이해찬
회고록

이해찬 회고록

꿈이 모여 역사가 되다

이해찬 지음

2022년 9월 21일 초판 1쇄 발행
2022년 10월 20일 초판 3쇄 발행

펴낸이 한철희 | 펴낸곳 돌베개 | 등록 1979년 8월 25일 제406-2003-000018호
주소 (10881) 경기도 파주시 회동길 77-20 (문발동)
전화 (031) 955-5020 | 팩스 (031) 955-5050
홈페이지 www.dolbegae.co.kr | 전자우편 book@dolbegae.co.kr
블로그 blog.naver.com/imdol79 | 트위터 @Dolbegae79 | 페이스북 /dolbegae

편집 이경아
표지디자인 김민해 | 본문디자인 이은정·이연경
마케팅 심찬식·고운성·김영수·한광재 | 제작·관리 윤국중·이수민·한누리
인쇄·제본 영신사

ISBN 979-11-91438-82-6 (03810)

책값은 뒤표지에 있습니다.

이해찬
회고록

꿈이 모여 역사가 되다

꿈이 모여 현실이 되고
오늘이 쌓여 역사가 된다

회고록을 내고자 마음을 먹고 준비를 하다 보니, 제 성장기 이야기도 있지만 주로 담길 내용이 1972년 유신을 전후한 시기부터 2022년 대선까지의 이야기가 되지 않을까 생각이 들었습니다. 박정희 유신체제, 전두환 군부독재, 노태우·김영삼 정부, 김대중·노무현 정부, 이명박·박근혜 정부, 문재인 정부 이렇게 50년입니다. 자료를 하나씩 정리하고 생각을 가다듬다 보니 이 모진 격동의 시기를 용케도, 혹은 질기게도 살아왔구나 싶더군요. 스무 살 홍안의 청년으로 대학에 입학한 해에 10월유신을 맞아 민주화운동을 시작했고, 2022년 나이 칠십이 되어 이 글을 쓰고 있으니, 이 회고록은 그 격동의 시기를 제가 살아온 기록, '이해찬, 격동의 50년'인 셈입니다.

돌이켜보면 그 50년은 두 개의 꿈을 향한 여정이었습니다.

1987년까지는 '대한민국의 민주화'의 꿈을 향해 달려왔고, 그 이후부터 지금까지는 '민주적 국민정당 건설'이 제가 정치를 하는 가장 큰 이유였습니다.

첫 번째 꿈은 1987년에 현실이 되었습니다. 5·16쿠데타로 군부독재가 시작된 지 61년, 6월항쟁으로 군부독재를 타도한 지 35년이 지난 현재, 한국은 명실상부하게 완전한 민주주의 국가로 세계에서 인정받고 있습니다. 감개가 무량하다 해야 할지 질기게 추구해 온 꿈이 헛되지 않았으니 기쁘다 해야 할지 잘 모르겠더군요. 그저 떠오르는 것은, 제가 10월유신을 맞아 청양 고향집으로 내려갔을 때 "이렇게 학생들이 다 집으로 가면, 4·19가 무슨 의미가 있겠느냐!" 단호하게 말씀하시어 제 민주화운동 인생의 길잡이가 된 아버님의 모습, 유신과 5공화국의 모진 핍박에도 민주화의 꿈을 함께 꾸다가 먼저 가신 선배와 동료 들이었습니다. 함석헌 선생님, 문익환·문동환 목사님, 김대중·노무현 대통령님, 안병무·이문영 교수님 등 앞에서 끌어 주며 우리들의 귀감이자 방패가 되어 주셨던 분들, 조영래·김근태·김병곤·이범영 등 함께 민주화에 몸을 바쳤던 선배와 동료 들이 지금 살아 계셨다면 얼마나 감개무량하셨을까, 함께 모여 꾸었던 민주화의 꿈이 이렇게 현실이 되고, 질기게 싸웠던 하루하루가 모여 역사의 결실을 맺었으니 감회가 아주 깊었을 것입니다.

제 또 하나의 꿈인 '민주적 국민정당 건설'은, 아직까지는 현재 진행형입니다. 1987년 대선 패배 이후 평화민주당에 입당하면서, 당 내 민주주의가 제도화되고 국민들의 뜻에 따라 운영되는 정당이 확립되어야 민주주의도, 정상적인 국정 운영도 가능하다는 생각에 민주적 국민정당 건설의 뜻을 세웠습니다. 그 후 33년, 제 정치의 모든 목표는 민주적 국민정당을 만드는 일에 맞춰져 있었습니다. 저는 정당을 정기노선으로 다니는 대형 노선버스라고 생각합니다. 대통령 선거, 국회의원 총선, 지방자치 선거를 정기적으로 치러 내야 하는 정치조직입니다. 지향하는 노선이 있어야 하고 국민들의 간절한 소망을 담아내야 합니다. 특정 후보가 선거 때 올라타서 패배하면 버리고 마는 중고 승용차가 아닙니다. 특히 언론, 노조, 시민사회가 취약한 우리나라에서는 정당의 역할과 책임이 매우 큽니다. 2018년 당대표로 취임한 이후 2년 동안 한 일들, 당원이 참여하는 플랫폼을 만들고 경선 제도를 정비하며 시스템 공천으로 21대 총선을 치른 것 모두, 국민들의 뜻에 예민한 감수성을 가진 민주적이고 유능한 국민정당을 만들기 위한 노력이었으며, 21대 총선의 큰 승리도 그 여정에 있어 하나의 결과일 뿐입니다.

지금의 민주당은 2000년 이전의 총재 정당과 비교하면 괄목상대라 하겠습니다만, 2022년 봄 대선 패배 과정에서 보듯이 아직도 부족한 부분이 많습니다. 그러나 대선 후보 경선에서 보여 준 당원과 국민의 참여, 안정된 경선 운영, 나아가 대선 기간과 패배 이후 당원과 지지자 들이 보여 주신 성숙하고 열정적인 모습은 참으로 희망적입니다. 선거는 패배할 수 있습니다. 중요한 것은 패배 이후에도 당과 진영이 흔들리지 않고 정체성을 지켜 내는 것, 그리고 그다음 선거를 준비할 수 있는 힘과 안정감이지요. 이제 저는 현실 정치의 일선에서는 물러났기에 좀 더 발전되고 안정된 민주적 국민정당을 만드는 일에 앞장서지는 못하겠지만, 저와 평화민주당에 함께 입당했던 동지들이 꿈꾸었던 민주적 국민정당 건설의 꿈도 이루어지는 날이 그렇게 멀지는 않았다고 믿습니다.

1988년 국회에 들어온 이래, 민주주의 완성과 민주적 국민정당 건설을 목표로 33년 동안 정치를 하면서 깨달은 것은 정치를 하는 사람은 온전한 공인(公人)이어야 한다는 것입니다. 공인으로서의 삶을 살려면 공인의식(Public Mind)을 가지는 것이 무엇보다 중요하며, 올바른 공인의식을 가지려면 역사와 현실을 함께 사고하는 사회과학적인 안목을 가져야 합니다. 우리나라의 역사 전개 과정인 통시적 흐름을 읽고 우리나라를 구성하고 있는 공시적 구조를 파악하며 현재 이 나라에 사는 중산층과 서민의 삶을 항상 의식하는 세 가지가 바로 사회과학적인 안목의 기반입니다.

아울러 정치인은 책임과 열정과 균형을 끊임없이 생각해야 합니다. 실제로 막스 베버는 정치인의 덕목으로 열정, 책임감, 균형을 강조했지요. 제 오랜 공직 생활의 경험에서 터득한 것은, 이런 덕목을 가지기 위해서는 정책과 사안을 다룰 때 경중과 선후와 완급을 가리는 게 중요합니다. 어느 일이 더 중요한지, 먼저 해야만 하는 일이 무엇인지를 생각하고 급히 해야 할 일인지 좀 더 신중하게 시간을 두고 할 일인지를 생각해야 실수도 적고 일도 제대로 해낼 수 있습니다. 나아가 어떤 일이든 진실한 마음으로 대하고, 성실한 태도로 끈기 있게 해 나가며, 반드시 이 사안으로 꼭 해결하겠다는 절실한 심정이 중요합니다. 정부에서 공직을 맡든, 국회에서 정당 소속으로 정치를 하든 이 여섯 가지를 기억한다면 일을 하는 데 실수는 적어지고 이루는 것은 많아질 것입니다.

이 책을 준비하고 구술하며 새삼 확인한 것은, 아무리 어려운 일이라도 꿈이 모이면 현실이 되고, 그 꿈을 향해 나아가는 오늘이 쌓여 역사가 된다는 것입니다. 당장 어렵고 길이 보이지 않더라도 뜻을 같이하는 사람들이 함께 모여 꿈을 나누고, 그 꿈을 향해 진실하고 성실하며 절실하게 오늘을 살다 보면 어느새 우리가 꿈꾸었던 일은 결국 이루어집니다. 그리고 그 꿈을 향한 하루하루 삶의 축적이 바로 우리의 역사가 됩니다. 저는 그 꿈이 이루어지는 이야기, 역사가 만들어지는 과정을 이 책에 담고자 했습니다.

회고록을 내는 데 여러 사람이 여정을 함께했습니다. 재야에서 언론자유에 매진하고 선진적인 정당을 만드는 데 크게 기여한 최민희 전 의원은 대담을 준비하고 이끌어 주었으며, '오딘의 눈' 관계자분들은 대담 녹취와 원고 정리를 맡았습니다. 격동의 세월 동안 인내심을 갖고 동지로 함께한 제 아내 김정옥은 대담 내내 자리를 지키며 기억에 도움을 주었고, 한상익 교수와 황희두 유튜버도 자리를 함께했습니다. 제가 1979년에 창업한 돌베개 출판사의 한철희 대표는 기꺼이 출판을 맡아 주었고 이경아 편집자는 원고를 반듯하게 책으로 만들어 냈습니다. 또한 여러 가지 도움을 주신 분들이 많이 있는데 일일이 언급하지 못한 것에 양해를 구합니다.

2년 가까이 준비하고 구술한 이야기를 책 한 권에 모아 놓고 나니, 참으로 그리운 사람들의 이야기, 그 시대를 함께 살아왔고 지금을 함께 사는 분들의 이야기가 되었습니다. 사랑하는 가족들, 존경했던 선생님들과 선후배 동지들, 거리와 광장에서 만났던 많은 동지들과 국민들의 웃음과 눈물이 이 안에 있더군요. 제가 그분들의 이야기를 한 것인지, 그분들이 제 입을 빌려 이야기를 하신 것인지 모르겠습니다. 아마도 이해찬의 회고록이라는 형식을 빌려 함께 살아온 모든 분들의 이야기가 된 것이 아닐까 싶습니다.

격동의 반세기를 함께했던 모든 분들께 이 책을 바칩니다.

2022년 여름, 세종에서

이해찬

차례

1부

이해찬이
이해찬이 된 DNA

청양 이 면장댁 아들로 태어난 행운

공부는 2인자, 놀 때는 리더

최민희　대표님의 어린 시절에 대해서는 알려진 게 별로 없습니다. 1952년 충남 청양에서 태어나 그곳에서 초등학교까지 다니셨다는 정도만 있더군요. 대표님은 냉정한 전략가의 이미지가 워낙 강해서 '어린 이해찬'을 상상하기가 쉽지 않습니다. 대표님은 어떤 아이였는지 궁금합니다.

이해찬　치열하게 놀았지. 철철이 실컷 뛰어놀았어요. 청양이 산골이에요. 봄에는 주로 산에 올라 칡뿌리 캐고, 버섯 따고, 개구리도 잡고. 여름에는 대개 물가에서 놀았지. 돌찾기 시합을 많이 했는데 하얀 차돌을 물에 던져 놓고 그걸 먼저 찾는 놀이예요. 그땐 그만큼 물이 맑았으니까. 물고기도 많이 잡았어. 우리는 그걸 '천렵(川獵) 나간다'고 했어요. 자그마한 손 그물로 물고기를 몰아서 고기통에 넣어. 고기통은 유리로 만든 항아리 같은 건데 물고기가 일단 들어가면 나오지를 못해. 그렇게 잡은 물고기는 그 자리에서 바로 어죽을 끓여 먹어요. 동네 국숫집들이 국수를 넣어 말렸는데 애들이 어죽 끓여 먹는다고 하면 그냥 좀 줬어. 가을에는 밤을 주우러 다녔어요. 산밤. 또 추수하고 남은 노적가리에 불을 놓기도 하고. 남아 있는 곡식 알갱이들이 타면서 톡톡 튀어나오는데 그걸 받아먹는 재미지.

겨울에는 썰매를 많이 탔어요. 청양천에서 얼음배를 만들어 타고 놀기도 했고. 얼음을 크게 잘라서 배를 만드는데, 놀다 보면 배 가운데가 녹아 깨지고 우리도 물에 빠져서 흠뻑 젖어요. 그러면 뚝방에 불을 놓고 걸어가면서 말렸지. 설부터 겨울 끄트머리까지는 쥐불놀이가 제일 큰 놀이였어요. 깡통에 불을 붙여 빙빙 돌리다가 던져서 논두렁, 밭두렁을 태우는 거. 해충을 죽이고 액땜도 하려는 건데 애들이야 신나는 놀이지. 근데 미련하게 굴다가는 날아오는 깡통에 머리를 맞기도 해요. 깡통에 불을 놓을 때는 관솔, 그러니까 송진이 많이 엉겨 붙은 가지나 솔잎 같은 걸 썼어요. 쥐불놀이를 제대로 하려면 가을부터 아주 바빠. 깡통, 마른 소똥, 관솔 따위를 가을부터 틈틈이 모아 둬. 말하자면 전투 장비 같은 거지. 쥐불놀이 준비물을 모아 두는 나만의 창고도 있었어요. 또… 골목 축구, 자치기 같은 것도 많이 했고. 하여간 그 시절에 원 없이 놀았다는 기억이 제일 먼저 떠올라요.

18

최민희　어렸을 때부터 수재라는 소리를 들으면서 명문 학교에 가기 위해 아등바등 공부하셨을 것 같은데 전혀 아니었군요.

이해찬　공부는 그렇게 열심히 안 했어요. 뭐 공부뿐만 아니라 뭐든 아등바등하는 성격은 아니었지. 어릴 때부터 느긋했어요. 초등학교 막 들어가서는 노래, 춤 이런 것만 가르쳐 주니까 너무 재미가 없더라고. 중간에 도망쳐 나오거나 집에는 학교 간다고 하고 다른 데 가서 놀기도 했어요. 그렇다고 공부를 아주 못하지는 않았어요. 1등은 못해도 2, 3등은 했으니까. 밤새워 공부하고 그런 건 아니지만 숙제는 반드시 하는 정도랄까.

　내가 초등학교 때 핸드볼을 했어요. 청양군 대표로 대회도 나가고 그랬지. 그땐 핸드볼을 '송구'라고 불렀어요. 낮에는 송구 연습을 하니까 밤에 숙제를 해야 하잖아. 다른 식구들이 다 잠들어도 숙제만큼은 꼭 다하고 잤어. 책임감은 강했다고 할 수 있어요.

　그때 운동하면서 대전을 처음 구경했는데, 큰 도시를 갔다 온 것만 해도 어린 마음에 굉장히 자랑스러웠어요. 경기 결과는 참패였지. 예선에서 8 대 0으로 졌어요. 하룻밤 자고 청양으로 돌아왔지. 우리 동네는 초가집이 대부분이었는데 대전은 차도 많고, 건물도 높고. 송구를 가르치는 방법도 많이 다른 것 같더라고. 우리와 수준 차이가 많이 났어요. 우리 팀은 공격수는 공격만 하고 수비수는 수비만 하는데, 도시 애들은 공격수도 필요하면 수비를 하고 수비수도 적극적으로 공격을 하니까 이길 수가 없는 거지.

최민희　핸드볼 선수까지 하셨다니 뜻밖입니다. 그렇게 열심히 놀고, 운동도 하셨는데 친구들과 관계는 어떠셨나요?

이해찬　내가 주로 대장 노릇을 했는데, 그건 우리 집 닭들 덕분이 아니었을까 싶어요. 우리 집이 양계를 해서 부자는 아니어도 형편이 괜찮았지. 그래서 얼음배 타러 갈 때 닭을 한 마리씩 가지고 나갔어. 실컷 놀다가 닭 잡아먹는 게 우리의 큰 재미였어요. 그러다 보니 자연스럽게 내가 무리를 이끌곤 했던 것 같아요. 계란도 귀했던 시절에 내가 나가면 닭을 먹을 수 있었으니까.

　그때 계란의 납품 기준이 58그램이었어요. 그 이상이 되면 군부대, 식당 같은 곳에 납품을 할 수 있었어. 키우던 닭이 500마리 정도였는데 하루에 200개 정도 알을 낳았어요. 그중에 상품성 없는 계란도 하루 열댓 개씩 나왔지. 어미 닭이 쪼아서 금이 간 놈, 껍데기가 채 단단해지지 않은 놈. 어머니가 계란 요리를 특히 잘하시게 된 게 그런 계란 덕분이에요. 계란찜, 장조림 등등 나는 계란이 귀했던 시절에도 그런 걸 먹고 자랐어요. 아버지가 당시에 면장이셨는데 월급만으로는 일곱이나 되는 자식을 먹이고 입히고 가르치는 게 빠듯했기 때문에 양계가 큰 도움이 됐어요. 온 가족이 양계 일을 거들었고 나도 학교 다녀오면 손을 보탰지.

　그래도 3, 4년에 한 번씩은 양계장이 홍역을 치렀어요. 그때도 닭들한테 돌림병이 돌았거든. 그나마 지금처럼 한군데 가둬 놓고 키우지 않았으니까 한꺼번에 몰살시킬 필요는 없었어요. 닭장 10개가 떨어져 있어서 돌림병이 오지 않은 닭장의 닭들부터 얼른 내다 팔거나 동네 사람들을 불러서 나눠 줬지. 그러고 나면 이듬해에 병아리를 다시 키웠어요.

최민희　말하자면 학교 성적은 2인자 정도였지만 친구들 사이에서는 일종의 리더 역할을 하셨고, 양계를 했던 집안 덕을 좀 보신 거네요. 부자는 아니었다고 하셨지만 말씀을 들어 보니 상당히 유복하게 자라셨습니다.

이해찬　그런 편이지. 내가 욕심이 별로 없고 매사에 느긋했던 것도 집안 형편 때문인지 몰라요. 딱히 부모님을 졸라야 할 일도, 형제자매들과 경쟁할 일도 없었어요. 내가 7남매 중 다섯째고 아들로는 셋째예요. 큰형님은 나보다 열여섯 살 위였고, 작은형님은 네 살 위였으니 형제들이 싸울 일이 없지. 할머니는 내가 아버지의 성격과 외모를 제일 많이 닮았다고 더 예뻐해 주셨고. 집안에서 경쟁을 한 게 있다면 겨울에 형제들이 한 이불을 덮고 잘 때 가운데 자리를 차지하려고 한 것 정도?

특히 먹을거리는 언제나 풍성했어요. 어머니는 충주 큰 부잣집 딸이셨는데 손이 좀 크셨어요. 장날마다 불고기거리를 사다가 저녁에 구워 주셨어. 한 사람에 두 점씩이었지만 그 시절에 불고기 먹는 집이 얼마나 됐겠어요. 여름에는 참외를 접으로 사셨어. 한 접이면 100개예요. 우리 집에 우물이 있었는데 참외 한 접을 거기에 넣어 두고 두레박으로 꺼내 먹었지. 다음 장이 되면 또 그렇게 사다 놓고 수시로 먹고. 어머니는 당신이 그렇게 자랐기 때문에 우리도 가정 형편에 비해 더 잘해 먹인 거예요. 정말 외가에 가면 우리 집은 아무것도 아니야. 온갖 진미를 다 먹을 수 있었어요. 외가는 지금으로 치면 큰 대형 마트 같은 상회를 하셨어요. 옷감이며 약재 같은 온갖 생필품을 취급했다고 해요. 내 기억에는 큰 기와 집 두 채가 있었는데 그림, 글씨를 수집해서 모아 두는 곳도 있었지. 아들딸 결혼할 때 귀한 걸로 서화 몇 점씩을 주셨대요. 나중에 외삼촌 두 분이 택시 사업을 하다가 부도가 나서 그 서화를 팔아서 살았다고 하니까 규모가 짐작이 돼요.

어머니는 10남매였는데 충주에 사는 외삼촌을 빼고 다들 외지에 살았지. 그래서 외할머니는 명절이 되면 자식들이 사는 곳을 쭉 돌아보시곤 했어요. 일종의 '순시'라고 할까. 외삼촌들이 택시 사업을 할 때여서 택시를 타고 다니셨는데, 자식들에게 나눠 주실 '하사품'을 싣고 오셨어요. 우리 집에 오실 때면 중국요리를 잔뜩 시켜 주시기도 했어. 외할머니 덕분에 난자완스 같은 고급 요리를 먹어 볼 수 있었어요. 가실 때는 용돈까지 주셨고. 눈이 부리부리하고 목소리가 크고 무서운 양반이었는데도 나는 외할머니만 오시면 신나고 좋았어.

최민희 대표님이 외가에 놀러 갔을 때 외할아버지가 닭들을 풀어 놓고 손자들에게 잡아 오라고 하셨다면서요. 잡아 오는 닭으로 음식을 해 주겠다고. 다들 포기하는데 대표님만 끝까지 닭을 잡아 와서 "해찬이 저놈은 나중에 뭐가 돼도 되겠다"는 말씀을 하셨다고 해요. 이시종 충북지사가 마을 어른들에게 들었다면서 밝힐 수 없는 경로로 '제보'를 했습니다.

이해찬 아, 그런 일이 있었다고 나도 들었어요. 그런데 솔직히 잘 기억은 안 나. 아마 초등학교 2학년쯤이 아닐까 싶어요. 할아버지가 닭을 잡아 보라고 하시는데 그게 잘되나. 집요하게 막 쫓아다닌

건 아니고 닭장 앞에서 기다리고 있다가 닭이 들어가려는 걸 붙잡았던 것 같아요. 닭이 빙빙 돌다가 지쳤을 때 닭장 앞에서 잡은 거지. 동네 사람들이 그걸 봤다고 하더라고.

최민희　이 얘기를 전해 듣고 대표님이 어릴 때부터 집념이 강했구나 생각했는데 집요했다기보다는 전략적이셨어요. 손자들에게 닭을 풀어서 잡아 오게 하는 과제는 부자 할아버지여서 가능했던 것 같고요. 그런데 집안 형편이 그 정도였다면 부모님들의 교육열도 높았을 텐데 공부를 열심히 안 하셨다니…, 공부 압박을 받지 않으셨습니까?

이해찬　전혀. 아버지는 자식들이 초등학교를 졸업하면 다 서울로 보내서 가르친다는 방침을 갖고 계셨지만, 공부를 잘해서 명문 학교에 가야 한다는 부담은 주지 않으셨지. 당시에 '5대 공립', '5대 사립'이라고 불리는 학교들이 서열화돼 있었지만 나는 거기 갈 성적이 안 돼서 덕수중학교에 들어갔어요. 어머니는 형님 둘의 대학 뒷바라지가 힘드니까 나는 덕수상고에 진학하기를 원하셨고. 덕수상고를 나오면 취직이 잘될 때니까요.

　청양에서는 서울의 중학교에 합격하는 것 자체가 어려웠고, 덕수중은 말하자면 '5대' 학교들 바로 다음의 서열로 명문 실업계 고등학교에 갈 아이들이 오는 곳이라 경쟁이 셌어요. 내가 입학한 그해에 자연 과목 시험문제 정답을 놓고 이른바 '디아스타제-무즙 파동'*까지 일어날 만큼 중학교 입시가 치열했던 때예요. 아마 나는 겨우 턱걸이로 덕수중에 들어갔을 거야.

그런데 가까스로 입학한 중학교 첫 시험에서 성적이 잘 나왔어요. 반에서 2등을 했어. 아버지에게 자랑을 하려고 청양에 내려갔어요. 서울에서 장항선을 타고 예산까지 가서 청양행 버스를 타야 하니까 대여섯 시간이 걸릴 때예요. 아버지에게 의기양양하게 성적표를 내밀었는데 전혀 관심이 없으신 거야. 밥은 잘 먹고 다니냐, 내려오는 버스는 안 복잡하더냐, 그런 말씀만 하시고 칭찬을 안 해 주셨어요. 좀 섭섭했지. 그 정도로 아버지는 나에게 공부를 잘하라거나 명문 학교를 가라거나 하는 부담을 주지 않으셨어요. 내가 형보다 좋은 학교를 못 가서 내심 실망하신 눈치였는데 "공부는 둘째가 낫다"는 말씀이 다였어.

공부만이 아니라 다른 모든 일에서도 부모님은 우리를 굉장히 자유롭게 키우셨어요. 나는 아버지한테 혼난 적도, 맞아 본 적도 없어요. 그냥 부모님과의 갈등이 거의 없었다고 할 수 있지.

아, 딱 한 번 어머니에게 반항을 한 적이 있네. 내 위로 형님 두 분이 있어요. 그러다 보니 나는 작은형이 입던 옷만 계속 물려 입었어. 새 옷을 입는 일이 없었어요. 몇 살 때인지 정확하지 않은데 내가 서운한 마음에 물려받은 옷을 반으로 싹둑 잘라 버린 일이 있었어요. 어머니가 그 일로 굉장히 충격을 받으셨나 봐. 평소에 내가 뭘 갖고 싶다고 하거나 불평하는 일이 없었으니까. 그러고 나서 새 옷을 사 주셨어. 그 일 말고는 부모님에게 반항을 한 적도,

디아스타제-무즙 파동 1964년 12월에 치러진 서울시 전기(前期) 중학교 입시 자연 과목 18번 문제의 정답이 갈리면서 법정 공방까지 벌였던 사건. 디아스타제와 무즙 둘 다 정답이라는 법원의 최종 판결로 당시 1점 차이로 명문 중학교에 입학하지 못한 약 40여 명의 학생이 소송에 이겨 5월에 전입학 형식으로 등교할 수 있었다.

열두 살 무렵 청양초등학교 친구들과 함께(오른쪽 맨 끝)

부모님이 큰소리를 내신 적도 없었던 것 같아요. 아버지가 나에게 늘 하신 말씀은 "경우 바르게 살아라"는 정도였어요. 자식들뿐 아니라 누구에게도 큰소리 한번 안 치셨던 분이에요, 우리 아버지가. 아내는 나보다 시아버지를 더 좋아했지. 세상에 이런 분이 없다고. 우리도 딸을 키울 때 아버지가 나를 키웠던 것처럼 키웠어요.

내 인생의 멘토, 아버지 이인용

최민희　아버님은 일본 유학을 다녀온 엘리트였고, 고향으로 돌아와 면장이 되셨습니다. 당시 일본 유학을 다녀온 지식인들은 친일로 출세의 길을 가거나 아니면 사회주의 계열의 독립운동에 뛰어들거나 하는 경우가 많았습니다. 아버님은 어느 쪽도 아닌 좀 다른 길을 가셨더라고요.

이해찬　아버지는 1914년생인데, 일본에서 잠업계 고등학교를 졸업하고 고향으로 돌아와 잠업 기사를 하셨어요. 사람들에게 잠업을 가르치는 일이었다고 해요. 그러다가 다시 일본 유학을 떠나서 츄오대(中央大) 법정학부에 들어가셨어. 우리 할아버지는 한학을 공부하신 분인데, 나라가 일본에 넘어가고 낙향하신 뒤에 그렇게 술을 많이 드셨대요. 아침마다 정자에 막걸리 한 말을 가져다 두게 하고는 점심도 되기 전에 그걸 싹 비우셨다고 해. 그러면서 출근하는 청양군 직원들한테 시비를 걸고 그랬나 봐요. 일종의 시위였던 거지. 아버지는 그런 할아버지가 못마땅했고 결국 유학을 떠나 버린 거예요. 어머니도 몇 년 뒤에 아버지를 따라 일본으로 가셨어요. 남편 없는 시집살이에 시아버지 술 시중도 너무 힘드니까…. 그러다가 태평양전쟁이 터졌고 할머니 성화에 두 분 다 고향으로 돌아오셨어. 아버지는 군 서기로 잠깐 일하다가 해방이 되고 나서 부면장을 맡으셨다고 해요. 시골에 면장을 할 만한 사람이 없으니까 아버지가 부면장을 맡아서 면장 대행을 한 거예요. 1952년에는 간선으로 면장에 선출되셨고 1956년, 1959년에 직접선거로 다시 면장이 되셨어요. 십수 년 면장을 하셨는데 그만두신 후에도 사람들은 '이 면장'이라고 불렀지.

　아버지가 일본 유학 시절 만난 유학생들에 대해 그런 말씀을 하셨어요. 일부는 고시 공부에 매진하고 일부는 시대를 비분강개하면서 토론을 했는데, 부잣집 자식들은 누구나 기생집에 드나들었다. 술값 떨어지면 나를 부르기도 했다. 개중에는 고학하는 유학생들 돈을 빌려 가서 독립운동 자금으로 썼다며 갚지 않는 자들도 있더라. 결론은 다 사람 나름이고 어떤 사상이 중요한 게 아니라 어떻게 사느냐가 중요한 거다.

아버지는 독립운동에 뛰어들 만큼 기개 있는 분은 아니었지만 사람의 도리를 지키며 살고자 하셨지. 창씨개명을 끝까지 거부하셨고.

아버지에게는 인생의 자랑거리가 두 가지 있었어요.

첫째가 6·25 때 인민군이 청양을 점령했는데 면장이면서도 화를 면했다는 거예요. 당시 인민군들이 들어오면 면장이나 관리들은 인민재판에 넘겨지거나 북으로 끌려가는 게 보통이었지. 이런 사람들은 인민군이 들어오기 전에 피신해야 하는데 아버지는 가족들만 피신시키셨어요. 그런데도 당시 청양군 인민위원장이 인민군에게 "이 면장은 면민들의 신망을 받는 사람"이라고 변호를 해 준 덕분에 아버지는 화를 면하셨다고 해요. 인민군 책임자에게 러시아 소설을 인용하면서 주민들에게 난폭하게 굴면 안 된다고 충고까지 하셨대. 그런데 전쟁이 끝난 뒤에는 인민군에 부역했던 사람이나 월북자의 가족들이 연좌제 때문에 고초를 겪게 되잖아요. 아버지는 가족들이 무슨 죄가 있겠냐고 월북자의 자녀가 취직을 할 때 신원보증도 서 주시고 그랬어요. 아버지한테는 무슨 사상이나 이념보다 사람의 도리가 중요했던 거지.

아버지의 두 번째 자랑거리는 자유당 말기 지방자치 선거에서 야당 후보로 면장에 당선되신 거예요. 그것도 압승으로. 자유당 시절의 부정선거는 말로 다 못할 정도였지. 경찰이 우리 집을 포위하고 사람들 출입도 통제하고 그랬어요. 그래도 아버지를 이길 수 없

부친 이인용과 딸 이현주. 이 당시 이해찬은 김대중 내란음모 사건으로 수감 중이었다.

었어. 아버지는 당신이 경우 바르게 살아온 덕분이라며 굉장히 자부심을 느끼셨어요.

최민희　소설 『태백산맥』에서 빨치산들이 민심을 얻기 위해 덕망 높은 지주를 살려 주는 대목이 떠오릅니다. 그 격렬했던 이념 대립의 시대에 모두의 신망을 얻으셨으니 자부심을 느끼실 만하네요. 자유당 시절 농촌에서 야당 후보로 압승하신 것도요. 그러고 보니 대표님 부자는 대를 이어 '선거 불패'입니다. 그런데 아버님은 면장 이상의 역할은 도전하지 않으셨나요?

이해찬　아버지의 외삼촌, 그러니까 할머니의 동생 되시는 분이 민주당 간사장도 하고 1965년에 야당 국회부의장까지 지낸 이상철 의원이에요. 당시 민주당 신파 계열에 속했어요. 우리는 그냥 할아버지라고 불렀지. 아버지를 일본으로 유학 보낸 것도 이분이었어요. 아버지는 자유당 시절 국회의원 선거 때부터 할아버지의 청양 선거사무장 노릇을 하셨어요. 평소에도 장날이 되면 민주당 지지자들이 우리 집에 들러서 아버지에게 서울 돌아가는 소식을 듣곤 했지. 변변한 언론도 없을 때니까 중요한 정보를 그렇게 얻는 거예요.

할아버지는 3대, 4대 국회의원 선거에서 낙선했지만 4·19혁명 후에 5대 국회의원에 당선되시고 민주당이 집권하면서 내무부 장관이 되셨어요. 아버지에게 공주군수를 제안하셨는데 아버지가 거절하셨어. 고향을 떠날 생각이 없다고. 그러니까 다시 청양군수는 어떠냐고 하셨대요. 그때는 아버지도 약간 마음이 움직였는데 하필 5·16쿠데타가 터지는 바람에 무산된 거지.

할아버지는 5대, 6대 국회의원을 하시고 1967년에 정계를 은퇴하시게 돼요. 그때도 아버지에게 지역구를 넘겨주려 하셨는데 아버지가 마다하고 다른 사람을 추천하셨어. 생각해 보면 우리 아버지는 면장이 딱 맞았어요. 고향에서 주변을 돌보는 일에 즐거움과 보람을 느끼셨지. 번잡한 것, 복잡한 것을 싫어하셨던 그 성정으로는 중앙 정치를 감당하실 수 없었을 거예요. 할아버지가 은퇴하신 후 청양 지역구에서 공화당 사람이 국회의원으로 당선된 건 안타까운 일이었지만….

최민희　모든 아들이 긍정적이든 부정적이든 아버지로부터 영향을 받는데요. 말씀을 들어 보면 대표님의 경우는 사적인 영역을 넘어 공적인 영역까지 아버님의 영향이 컸던 것 같습니다. 학생운동에 뛰어든 계기도 아버님 말씀 때문이었다고 들었어요. 나라가 이 모양인데 학생들이 데모도 안 하느냐고 질책하셨다고요.

이해찬 그러셨지. 나중에 다시 얘기하겠지만 1972년에 박정희가 유신을 선포하고 휴교령이 떨어지면서 학교가 문을 닫았어요. 청양 집에 내려갔더니 아버지가 "학생들이 데모도 안 하고 다들 고향으로 내려갔느냐"며 질책하신 거예요.

그런데 유신 때만이 아니라 아버지는 내 인생의 전환점마다 중요한 계기를 만들어 주신 분이야. 내가 중학교 들어가서 첫 시험을 잘 봤다고 했잖아요. 그러니까 서울 놈들 별거 아니구나 하는 생각이 들어서 공부를 열심히 하지 않게 됐어. 그래도 덕수상고에 가야 하니까 2학년 때까지 주산, 암산, 부기 이런 과목은 잘했어요. 덕분에 나중에 정치하면서 아주 잘 써먹었지. 아무튼 공부는 열심히 하지 않으면서 글씨는 좀 잘 쓰고 싶더라고. 내가 글씨를 잘 못썼어요. 그때는 펜글씨 교본이란 게 있어서 예쁜 글씨를 따라 쓰는 연습을 할 수 있었어요.

한번은 아버지가 서울에 오셨는데 내가 펜글씨 교본을 쓰는 걸 보시더니, "뭐 하냐? 그렇게 글씨 잘 쓰면 호병계(호적병사계) 간다"고 하셨어요. 아버지는 아들을 서울까지 보내서 공부시키는데 글씨 연습이나 하고 있는 게 못마땅하셨던 거야. "그거 할 시간에 책을 읽어라!" 웬만해서는 혼을 내거나 핀잔을 주는 아버지가 아니니까 그런 말씀 한마디가 효과가 커. 아, 글씨 잘 쓰는 게 중요한 게 아니구나 싶었지. 그때부터 글씨 연습은 관두고 청계천 헌책방에 드나들면서 소설책, 시집 같은 걸 읽은 거예요.

용산고등학교를 간 것도 아버지와 둘째 형님 덕분이었어요. 중학교 3학년 들어가면서 내가 대학을 가야겠다고 마음을 바꿨어요. 담임선생님을 찾아가서 인문계 고등학교를 가고 싶다, 자료를 좀 달라고 했더니 그런 게 없대요. 전례가 없었으니까. 내가 알아서 가야 한다고 하시더라고. 어디를 가야 할지 몰라서 작은형과 상의를 했지. 경기고, 서울고가 제일 명문이긴 했지만 '5대 공립학교' 중 어디든 하나만 가면 서울대 들어가는 데 지장이 없지 않겠느냐, 우리는 그런 판단을 했어요. 아버지께 말씀드렸더니 명쾌하고 단순하게 "그중 집에서 제일 가까운 데 가라"고 하셨어요. 그래서 용산고등학교 시험을 봤고 나쁘지 않은 성적으로 입학했어요.

아버지는 어떤 상황에서도 담백하신 분이에요. 민청학련 사건으로 내가 감옥에 있을 동안 면회는 안 오시고 엽서 한 장을 보내셨는데 내용이 딱 세 줄이야.

추운 겨울에 동상 걸리지 않도록 해라.
윗사람들 공경하고 아랫사람들에게 잘해라.
아비 씀.

박정희와 맞선 '야당 집안'의 여자들

최민희   아버님이 대표님 인생의 '멘토' 역할을 하셨네요. 아버님과의 일화는 또 나올 것 같으니, 이쯤에서 어머님 얘기를 해 봤으면 좋겠습니다. 충주 큰 부잣집 따님이라고 하셨는데, 어떤 분이셨나요? 어머님은.

이해찬   나는 어머니를 생각하면 제일 먼저 떠오르는 게 목욕이에요. 우리 집에 쇠 종을 거꾸로 놓은 것 같은 욕조가 있었어요. 아궁이와 연결을 해 놔서 밖에서 불을 때면 물이 뜨거워졌지. 욕조에 잠깐 들어가 있다가 때를 벗기고 그랬는데 우리는 한 달에 두 번씩 목욕을 했어요. 우리가 안 쓸 때는 동네 사람들이 빌려 썼어요. 공중목욕탕이 없을 때니까. 자기들이 땔나무를 갖고 와서 물을 데워서 썼지. 나는 어머니가 목욕하자는 말을 하는 게 싫었어요. 어머니는 체구도 자그마한 분이 어찌나 때를 박박 문지르는지 너무 아팠거든.

어머니는 굉장히 바지런하고 동작이 빠르고 머리도 좋은 분이었어요. 부잣집 딸이었지만 공부는 초등학교까지밖에 못하셨어요. 진명여학교에 합격했는데 외할아버지가 안 보내 주셨대요. 딸아이 혼자만 서울로 보낼 수는 없다고. 원래 어머니와 큰이모를 함께 보내려고 했는데 이모가 시험에 떨어지는 바람에 어머니도 못 간 거지. 나중에 밑에 이모는 집안 반대를 뚫고 서울로 갔기 때문에 어머니는 공부에 대해 맺힌 마음이 좀 있었던 것 같아요.

그래도 학력과 관계없이 지식이 많으셨어. 옛날 시골에 라디오가 흔치 않았는데 우리 집에는 있었거든. 어머니는 라디오를 열심히 듣고 신문도 읽으셔서 세상 물정을 잘 아셨지. 한번은 할아버지가 선거에서 떨어지고 우리 집에 빨간 딱지가 붙었어요. 차압을 당한 거야. 어머니는 아끼는 물건 몇 가지를 미리 옆집으로 옮겨 두시더라고. 그중에 첫째가 재봉틀이었어요.

어머니한테 재봉틀은 각별한 물건이었던 것 같아. 아버지를 따라 일본으로 떠날 때 외가에서 비단 등등 돈이 될 만한 것들을 좀 챙겨 주셨나 봐요. 어머니 생각엔 비단을 그냥 파는 것보다 뭔가 상품을 만들어서 팔면 더 좋겠다 싶더래요. 그래서 재봉틀로 일본 사람들이 입는 간단한 옷을 만들어서 집 밖에 걸어 놨더니 사람들이 정말 사 갔다는 거야. 그렇게 돈을 마련해서 헌책방까지 내셨대요. 전쟁 중에 헌책들이 쏟아져 나와서 제법 장사가 잘됐다고 해요.

최민희　통이 크고 수완도 굉장히 좋은 분이셨네요.

이해찬　그래요. 그 큰살림에 양계까지 하시고. 돼지도 기르셨는데 그놈들은 '국밥용'이었어요. 민주당 지지자들이 우리 집에 들르면 국밥에 막걸리 한 사발을 대접하셨거든. 선거 때는 드나드는 사람들이 더 많았는데 100명도 넘었어요. 주먹밥을 엄청 만드셨어. 그런 뒷바라지를 할머니하고 어머니 두 분이 다하셨지. 할머니는 어머니보다 더 통이 크고 그 시절에도 인맥이 넓은 분이었어요. 식당도 하시고 그랬는데 돌아가셨을 때 만장이 너무 많아서 상여가 장지에 도착할 동안 만장은 다 출발을 못 할 정도였대요. 할머니, 어머니 다 엄청난 살림을 하신 거예요.

어머니는 아버지, 할머니와 같이 할아버지를 도우면서 핍박 받은 경험 때문에 내가 정치하는 걸 반대하셨지. 내가 학생운동 할 때부터 그런 말씀을 많이 하셨어요. 너 데모하는 거는 혼자 고생하면 되지만 정치는 온 집안이 고생한다, 정치는 하지 말아라. 데모하는 거는 아버지가 허락한 일이니까 말리지 않으셨는데, 이게 나중에 정치랑 연결될 거라고 생각을 하신 거예요. 세상 돌아가는 이치를 아시니까. 그렇게 정치하지 말라고 하시더니 막상 정치를 하니까 아무 말씀 안 하셨어요. 데모할 때는 내 면회 다니고, 우리 딸

키워 주시고….

어머니는 마지막까지 독립적이셨어요. 여든이 넘어서야 청양 집을 정리하고 서울로 오셨어요. 주위 분들이 다들 돌아가셔서 친구가 없는 거야. 혼자 계셔 봐야 재미가 없으니까 우리가 서울로 모셔 왔는데 같이는 안 산다고 하셔서 집은 따로 구했어요. 우리 집 맞은편 아파트에 사셨어. 밥도 따로 드셨고. 당신이 반찬을 만들면 우리 집에 갖다 주셨고 우리가 반찬 만들면 어머니한테 갖다 드리면서. 모든 게 다 별개였어요. 관리비만 내가 내드렸지. 어머니는 자식들 신세 지기 싫다, 내 생활에 관여하지 말아라. 그래서 마지막에 요양병원 가시기 직전까지 독립해서 사셨어요. 나중에 보니까 돈도 많으시더라고. 내가 총리 할 때 재산 신고를 해야 하니까 어머니 통장을 봤는데, 1억 얼마를 갖고 계셨어. 웬 돈이냐고 여쭸더니 자식들이 매달 보내 드린 생활비를 모으셨대요. 우리 형제 일곱이 조금씩 모아서 매달 150만 원 정도를 어머니께 보냈는데 거기서 50만 원만 쓰신 거야. 시골에서는 두 분이 그 정도면 충분하니까. 채소 같은 거는 그냥 가꿔 드시면서 100만 원은 다 예금을 하셨어요. 경제적인 독립도 이루신 거예요. 그렇게 100세 넘게 사시다 가셨지.

최민희 대단한 분이셨네요. 그런데 말씀을 들어 보면 대표님은 학생운동, 정치 모두 굉장히 좋은 조건에서 하신 것 같습니다. 야당 집안에, 아버님 어머님이 모두 데모하는 것을 지지해 주셨고, 집안 형편도 괜찮아서 부양의 의무에서 비교적 자유롭고. 아버지는 학생운동을 지지해 주셨다 해도 보통의 어머니라면 아들 걱정

큰형 결혼식 날에 찍은 가족사진(앞줄 왼쪽에서 두 번째. 왼쪽에서 네 번째는 호랑이 외할머니)

에 말리고 싶으셨을 것 같은데…. 보수적인 집안에서 자란 저로서
는 많이 부럽습니다.

이해찬　그런 면에서 나는 비교가 안 될 만큼 조건이 좋았다고 할
수 있어요. 정신적으로 경제적으로 걸릴 게 아무것도 없었으니까.
어머니도 속으로야 걱정을 하셨겠지만 내색을 안 하신 거고. 우리
집안 분위기는 그러니까, 명절 같은 때 모이기만 하면 어른들이 박
정희 욕을 했어요. 박정희가 이번에는 어쨌다더라, 하면서 자연스
럽게 그냥. 여기에서 우리 고모 얘기를 안 할 수 없는데, 나에게도
영향을 주신 분이에요.

　고모 이름이 이계단인데, 평양으로 시집을 갔다가 남편이 일찍
돌아가시는 바람에 아들 하나만 데리고 서울로 오셨어요. 삼선동

산자락에서 아들이랑 사셨지. 이근형이라고 나한테 고종사촌 형이 되는데 군대 갔다 와서 장사를 했다고 들었어요. 그 형이 4·19 때 없어져서 가족들이 찾아다녔더니 동대문경찰서 앞에 총을 맞고 죽어 있었던 거예요. 그 뒤에 고모가 우리 집에서 같이 좀 살았어. 고모는 장날만 되면 하얗게 아래위로 차려입고 궤짝 하나를 들고 장에 갔어요. 궤짝 위에 올라가서 박정희 욕을 하는 거야. 아들이 4·19 때 죽었지만 자랑스럽게 생각했는데, 5·16으로 4·19가 다 물거품이 됐다는 거예요. 경찰들이 장날마다 고모를 끌어다가 집으로 데려왔어. 그래도 고모는 또 나가시고…. 나중에는 아버지까지 말리고 고모가 장날에 밖에 못 나가게 했을 정도였지. 고모는 4·19 유가족 연금을 한 푼도 안 쓰고 종잣돈을 만들어서 그 이자로 청양 학생들에게 장학금을 주셨어요. 그만큼 강단 있는 분이에요.

최민희　아버지뿐 아니라 할머니, 어머니, 고모까지 어린 이해찬이 사회와 정치를 인식하는 데 큰 영향을 주신 거네요. 대표님의 어린 시절 환경 전체가 어쩌면 정치인 이해찬이 만들어지는 토양이었다는 생각도 듭니다. 대표님은 고모님의 샤우팅을 직접 보셨나요? 어떤 느낌이셨습니까?

이해찬　봤지. 내가 중학교 다닐 때였을 거예요. 아까도 말했지만 박정희 비판은 우리 집의 일상이어서 새삼스럽지는 않았다고 할까. 그때는 박정희의 친일 행각 같은 얘기는 나오지도 않을 때였는데, 쿠데타를 일으킨 것만으로도 우리 집안에서는 뭐…. 어쨌든 그 시절의 우리 집안 환경, 가족들이 내 의식에 영향을 미친 건 분명할 거야.

아테네극장에서 영화를, 드라마센터에서 연극을

최민희　그런 특별한 집안에서 자란 대표님의 청소년기는 어땠을까 궁금합니다. 말하자면 질풍노도의 시기에 서울로 유학을 오셨어요. 자식들이 초등학교를 졸업하면 서울로 보낸다는 것이 아버지의 방침이었다고 말씀하셨는데, 대표님은 어떠셨습니까? 서울로 오는 것이.

이해찬　내가 초등학교 5학년 때 서울에 처음 가 봤어요. 큰형님이 서울에서 일하고 있었거든. 서울은 진짜 삐까번쩍하더라고. 그때 경복궁에 아이스링크가 있었어요. 거기서 아이스링크 쇼를 보고 광화문에 있는 제과점에 가서 빙수, 단팥빵, 소보로빵 같은 걸 먹었지. 청양에는 찐빵밖에 없었어요.

그날 서울에서 먹은 빵이 서울로 꼭 진학을 해야겠다는 동기가 좀 된 것 같아요. 비슷한 시기에 작은형님이 청양 집에 오면서 라면을 사 가지고 내려왔어요. 삼양라면. 먹어 보니까 무지하게 맛있는 거야. 겨울인데 뜨끈뜨끈한 방에서 라면을 끓여 먹어 보니까 세상에 이렇게 맛있는 국수가 있는가 싶더라고.

중학교는 서울로 가야겠다, 무조건 서울로 가는 거다, 그런 결심을 했어요.

최민희　라면과 빵이 서울 유학의 동기부여가 됐다니 대표님의 이미지와 정말 안 어울립니다. 서울에서만 자란 저 같은 사람은 이해가 잘 안 가는 장면이기도 하고요. 서울 와서 라면은 많이 드셨나요?

이해찬　작은형님과 을지로에 살았는데 필요한 생활비의 항목을 적어서 '아버님 전 상서'로 보냈어요. 교통비, 이발비, 간식비 등등 해서 합계 얼마를 보내 주시면 감사하겠습니다, 이렇게. 그때 버스비가 2원 50전쯤 됐을 거예요. 전차도 같았고. 아버지가 돈을 보내 주시면 차표부터 60장, 한 달 치를 사요. 그러면 150원이지. 무조건 그걸 먼저 사야 돼. 나머지는 생활비로 쓰는데 라면을 한 박스씩 사서 두고 끓여 먹었어요. 아주 풍족하지는 않았지만 꼭 필요한 건 아버지가 주셨으니까 서울 생활도 별 어려움은 없었어요. 그런데 서울 살면서 막연하게나마 도시화와 빈곤 문제 같은 걸 느낀 것 같아요. 청양은 시골이었지만 밥을 굶는다든지 하는 절대빈곤은 없었거든.

　내가 다닌 초등학교가 우리 집에서 가까웠어요. 2분 정도 거리였어. 우리 형제들은 도시락을 안 싸 가고 집에 와서 먹고 가고 그랬어요. 어머니가 시간에 맞춰서 밥을 해 놓으셔서 따뜻한 점심을 먹었지. 그때 우리 반 60명 중에서 절반이 도시락을 못 싸 왔어요. 못 싸 오는 애들은 학교에서 강냉이죽을 끓여 주거나 강냉이 빵을 만들어 주든가 했어. 처음에는 과자도 주고 우유를 끓여서 줬는데 나중에는 강냉이로 바뀌었지. 아무튼 점심거리를 줬어요. 도시락을 싸 오는 애들 중에 3분의 1은 감자, 고구마, 옥수수 같은 걸 싸

왔고, 또 3분의 1은 꽁보리밥을 싸 왔어요. 그래도 그런 차이에 대해서 별로 개념이 없었지. 한번은 내가 친구 집에 놀러 갔는데, 걔는 점심밥을 안 싸 오는 애였어요. 근데 집에 가 보니까 감자, 고구마가 많이 있더라고. 그걸 삶아서 같이 먹었어요. 먹을 게 없어서 도시락을 못 싸 온 게 아니라 어머니가 농사일을 나가야 해서 챙겨 주지 못했던 거지. 어차피 학교에서 강냉이죽을 주니까 그냥 왔던 거예요. 도시락을 안 싸 오는 애들도 집에 밭이 있고 먹을 게 있었어요.

서울에 와 보니까 대부분은 도시락을 싸 와요. 그런데 진짜 못 싸 오는 가난한 애들이 더러는 있더라고. 지금 생각하면 참 잘못된 일인데 학교에서 학생들 집안 형편을 조사했어요. 자기 집에 사는 사람 손 들어, 셋집에 사는 사람 손 들어 이런 식으로. 덕수중에서 집에 전화기 있는 사람 손 들어 보라고 했을 때 60명 중에 열 명이 안 됐어요. 나중에 용산고에서 비슷한 조사를 했는데, 전화기 있는 사람 손 들어 하니까 절반 이상이 손을 드는 거야. 아, 덕수중이랑 용산고는 많이 다르구나 싶었어요. 그때는 뭐가 문제인지 뚜렷하지 않았지만 은연중에 내 인식에 영향을 미친 거야.

최민희　10대에 어렴풋하게 느꼈던 사회 모순이 학생운동, 민주화 운동에 자양분이 되었다는 말씀이시죠?

이해찬　그렇지. 그렇다고 어릴 때부터 사회문제를 막 고민하고 그런 건 아니었고.

최민희　덕수중학교에 거의 꼴찌로 들어가서 첫 시험을 잘 봤다고 하셨어요. 그 뒤에도 줄곧 공부를 잘하셨나요? 요새 말하는 '중2병' 같은 사춘기는 겪지 않으셨는지도 궁금합니다.

이해찬　우리 세대는 중학교부터 입시를 치러야 해서 사춘기를 겪을 겨를이 없었다고 할까…. 다들 입시에 찌들어 있었지. 약간의 차이가 있었다면 언제 서울에 왔느냐에 따라 갈렸던 것 같아. 중학교 때 온 애들은 대체로 사춘기의 혼돈을 별로 안 겪었어요. 비교적 일찍 서울 생활을 하면서 친구도 사귀고 해서 그런 게 아닐까 싶어. 반면에 고등학교 때 유학 온 애들은 방황을 좀 하더라고. 보고 싶은 것도 많고, 여학생도 만나고 그러니까 아무래도 혼란스럽지 않겠어요? 대학 입시에서도 중학교 때 서울로 온 애들이 결과가 좋더라고.

　나는 중학교부터 서울 생활을 한데다가 원래 입시에 크게 매달리고 그러지 않았으니까 방황이 없었어. 공부는 늘 2, 3등 정도 했어요. 덕수상고에 들어가서 취직을 할 생각이었으니까 그만큼은 했지. 전교 1등을 목표로 공부하고 그런 적은 없었고 적당히 하면서 놀러 다녔어요. 특히 영화나 공연을 많이 봤어요. 청양에서는 영화를 볼 기회가 별로 없었거든. 우리 아버지가 면장을 하실 적에 청양 공설운동장에다가 면 공관이라는 걸 지었어요. 지금으로 치면 문화센터 같은 거야. 그게 생기면서 실내에서 영화를 볼 수 있게 됐어요. 그전에는 밤에 마당에다가 스크린을 쳐서 공짜 영화를 보여 줬거든. 면 공관에서 틀어 주는 영화는 공짜일 때도 있고 돈을 받을 때도 있었는데, 새 영화가 들어오면 시발택시가 돌아다니면서 전단을 뿌리고 마이크로 홍보도 했어요. '시네마스코프 총천연색 허장강 주연' 하면서. 애들은 졸졸 따라다니면서 전단을 줍고 그랬지.

그렇게 영화 한 편 들어오면 동네가 떠들썩한 데서 살았는데 서울에 오니까 아무 때나 영화를 볼 수 있는 거예요. 내가 살던 필동 주변에는 극장이 많았어. 대한극장, 국도극장, 스카라, 피카디리, 단성사⋯. 대한극장 건너편에 학생 전용 극장이 하나 있었는데 아테네극장*이라고. 어른들이 못 들어가는 곳은 아닌데 학생들이 볼 수 있는 영화만 틀어 줬어요. 값도 싸고. 그래서 저녁 먹고 나면 거길 자주 갔지. 연극도 많이 봤어요. 남산 드라마센터에서 배우 몇 명이 돌아가면서 모노드라마를 했는데, 그중에 신구 배우가 공연했던 게 제일 기억에 남아요. 명동극장에서는 사물놀이 패 공연을 처음 봤어. 그건 고등학교 다닐 때가 아닌가 싶어요. 내 또래인 김덕수 씨가 어린 나이에 거기서 공연을 했던 게 생각나요. 이런 경험들 때문에 인문학에 관심을 가진 것 같아.

아, 야구도 보러 다녔어요. 그때는 프로야구가 아니라 실업 야구. 한일은행, 제일은행 같은 실업 팀들이 있었고 박현식, 김응용 선수가 제일 유명하고 인기가 많았지. 지금은 감독으로 유명한 김응용 선수가 그때는 은행 야구단의 홈런타자였어요.

최민희　그 시절에도 대중문화의 트렌드가 있었을 텐데요. 저희

아테네극장　1960년대 서울 중구에 있던 청소년 전용 극장인 극동극장의 전신. 1961년 아테네극장으로 개관하고, 1971년에 극동극장으로 개칭했다. 2005년에 폐관했다.

이모 세대가 클리프 리처드에 열광했고, 언니 세대는 알랭 들롱에, 저희는 브룩 쉴즈에 열광했던 것처럼요.

이해찬　인기 많은 배우들이야 있었지. 그런데 외국 배우들 이름을 잘 기억하지 못하겠어요. 아테네극장에서 주로 상영했던 게 외국영화 중에서 학생들이 볼 만한 것들이었어요. 제목은 기억이 안 나는데 전후의 피폐한 사회를 다룬 유럽 영화를 인상 깊게 본 기억이 있어요. 국내 배우 중에서는 허장강, 김승호 이런 배우들이 인기가 많았던 것 같고.

이해찬이 수학을 잘했더라면…

최민희　다들 입시에 찌들어 있을 때도 대표님은 다양한 문화생활을 누리면서 여유롭게 지내셨네요. 그런데 왜 갑자기 인문계 고등학교로 진로를 바꾸셨습니까?

이해찬　작은형님 때문에요. 어느 날 작은형님이 자기랑 놀러 가자고 하더라고. 그게 중학교 2학년 때예요. 작은형님이 연세대에 다니고 있어서 거길 갔어요. 대학 캠퍼스라는 걸 처음 가 본 거야. 근데 중고등학교하고는 차원이 다르더구만. 그때까지 내가 본 학교는 운동장하고 건물이 있고 나무 몇 그루 심어 놓은 곳인데, 대학은 입구부터가 나무들이 쫙 늘어서 있고 노천극장이라는 것도 있고…. 제일 인상 깊은 건 '윤동주 시비'였어요. 캠퍼스를 한번 돌아보면서, 대학이 무지하게 좋은 데구나 싶었지. 작은형님이 작정을 하고 일부러 날 데려간 거예요. 자극을 주려고. 연세대를 보고 나서 아, 나도 공부를 열심히 해서 대학을 가야겠구나 하고 마음을 바꿨어요. 그래서 중3부터 인문계에 가려고 공부를 한 거지.

최민희   형님 덕분에 마음을 바꾸게 되셨고, 학교는 집에서 가까운 용산고를 선택하신 거고요. 앞에서 잠깐 말씀하실 때도 그런 생각이 들었는데 대표님도 아버님도 참 특이하신 분들입니다. 보통은 가고 싶은 학교를 정해 놓고 거기에 나를 맞추려고 노력하지, 집에서 가깝다는 이유로 학교를 선택하지는 않으니까요.

이해찬   서울대 가는 데에는 지장 없으니까 가까운 데가 낫다, 그냥 그런 생각을 한 거예요. 용산고에 가서 좋은 선생님들을 만났고 서울대도 갔으니까 됐지 뭐.

용산고에 들어가서 교사가 얼마나 중요한지 알았어요. 중학교 1학년 때 영어 선생님이 참 좋은 분이었고 실력도 있었는데 일본에서 공부를 하셨어요. 그러니까 발음이 일본식이에요. 'What is'를 '왓또 이즈' 이런 식으로. 고등학교 들어가서 영어를 배우는데 발음이 완전히 달라. 손홍빈이라는 영어 선생님이셨는데, 영국 유학 중에 몸이 아파서 귀국해 교사가 되셨대요. 영어가 유창하고 가르치는 게 재밌었어. 팝송도 들려주셨지.

세계사도 선생님 덕분에 재미있게 배웠어요. 이 양반은 세계사를 가르치면서도 연도 외우는 걸 하지 말라는 거야. 그때는 다들 연도를 외워야 한다고 배웠는데. 이 선생님은 흐름을 가르쳤어요.

역사는 흐름을 아는 게 중요하다면서. 이게 시험에는 도움이 안 되는데 진짜 교육이었어요. 점수가 잘 안 나와도 애들은 세계사가 재미있고 좋은 거예요. 그 선생님 인기가 좋았어.

음악 시간도 신이 났어요. 선생님이 교과서에 나오는 곡들도 가르쳤지만 주로 팝송을 가르쳐 주셨거든. 너희들이 좋아하는 노래 듣는 게 제일 좋은 거라면서. 우리 중에 노래를 잘하는 애가 하나 있었는데 걔는 주말에 미군부대에도 가서 팝송을 불렀어요. 처음에는 심부름을 갔다가 노래를 잘하니까 무대도 서고 그랬다고 하더라고. 음악 선생님도 그 사실을 아셔서 걔가 음악 시간에 팝송을 부르기도 했어요. 음악은 입시 과목이 아니라서 2학년까지만 배웠지만.

최민희　그나마 용산고여서 그런 여유가 좀 있었던 게 아닐까 싶네요. 용산고도 명문이고 공부를 아주 열심히 하는 학생들이 많았을 텐데, 대표님은 그때도 머리 싸매고 공부하진 않으셨습니까?

이해찬　열심히 하는 애들이 많았어요. 지방 중학교에서 용산고로 온 애들이 특히 열심히 했어. 지방에서는 정말 공부 잘하는 애들이 용산고등학교를 왔거든. 그 친구들은 대학을 가려고 엄청나게 열심히 하지. 나도 나름대로 열심히 했어요. 1, 2학년 때는 아니고 3학년 때부터…. 한 달에 한 번씩 모의고사를 봐서 1등부터 복도에다가 쫙 붙였어요. 문과는 문과대로, 이과는 이과대로. 나는 이과였는데 아주 좋을 때는 5등, 나쁠 때는 30등. 그 사이를 왔다 갔다 했어요. 평균은 한 20등 근처? 그 정도면 서울대 웬만한 데는 다 갈 수 있었어요. 문제는 수학을 못 따라간 거지. 1, 2학년 때 수학을 했어야 하는데 방과 후에 농구 하느라고 못했어. 우리끼리 '식당 팀'이라고 이름을 붙여서 매일 농구 하고 놀았지. 농구 끝나면 식당 가서 라면, 우동 같은 걸 사 먹어서 '식당팀'이라고 그랬어요. 아무튼 함수라는 개념 자체를 잘 모르고 고3이 됐어요. 고3에 가서 이과 수학을 하려니까 그게 안 되더라고. 청양에 내려가서 아버지께 말씀을 드렸지. 혼자서는 수학을 못하겠다, 학원을 좀 다니고 싶다고. 그런데 아버지가 딱 잘라서 거절을 하셨어요. 우리 형편이 학원비까지 줄 형편도 못 되고, 혼자 터득해서 합격을 해야지 과외를 해서 대학 갈 생각은 하지 말아라. 어머니는 해 주고 싶어 하셨지만 아버지가 허락을 안 하셨어요. 그래서 그냥 올라왔어. 수학은 계속 못했고.

최민희　그런데도 서울대 공대를 가셨습니다. 중간에 그만두셨지만.

이해찬　아버지는 처음에 농대를 가라고 하셨어요. 그런데 농대는 내가 별로였어. 너무 소극적이랄까. 그러면 의대가 어떠냐 하셨지. 연세대 의대 정도는 갈 수 있어서 고민을 했어요. 그러다가 공대는 어디든 다 괜찮다는 얘기를 듣고 서울대 섬유공학과를 선택한 거지. 기계공학과나 전기과는 아슬아슬해서 안전한 곳을 선택했는데, 들어가서 보니 내가 갈 곳이 아니었어.

　그때는 서울대 공대가 공릉에 있었어요. 교양과목 수업도 거기서 했고. 나는 수업을 못 따라가고 흥미도 없으니까 수업에 늦게 들어가거나 조금 앉았다 나오고 그랬어요. 그래도 다녀야지 어쩌겠냐 하면서 아침마다 열심히 가기는 갔지. 우리 집에서 대림동까지 20분 걸어가서 거기서 청량리까지 가요. 그다음에 청량리에 오는 스쿨버스를 타고 학교에 갔어. 거의 두 시간 가까이 걸렸어요. 아홉 시까지 가려면 일곱 시쯤에는 집에서 나와야 되는 거예요. 그렇게 학교에 갔다가 집에 올 때 또 두 시간이 걸리니까 이놈의 학교 다시는 안 온다 그런 마음이 들어. 이게 반복되는 거예요. 결국 1학기 필수과목인 대수, 기하학 두 개를 못 따라가서 F를 받았어요. 이걸 '쌍권총'이라고 해요. 필수과목을 F 받으면 계절학기에 재수강을 해서 D라도 받아야 다음 학기 수강 신청이 되는데 그것도 포기해 버렸어. 권총이 네 개가 되는 거예요. 그러면 유급이야.

아, 이건 아니구나 싶어서 학교를 접고 여행을 다녔어요. 친구들하고 넷이. 서울부터 목포로 해서 제주도까지 가려다가 태풍이 불어서 못 가고 순천, 마산, 부산을 거쳐서 동쪽으로 올라와 설악산까지. 무전여행이어서 돈 있으면 여관에서 자고 아니면 텐트 치고 자고 그랬어요. 설악산에서 서울로 돌아오는 돈이 떨어졌어요. 일단 백담을 넘어서 인제까지 나왔는데 서울까지 갈 차비가 부족한 거야. 무조건 버스를 타자, 하고는 버스 맨 뒤에 앉았어요. 차장이 와서 버스표를 달라고 하는데 사정을 했지. 우리가 가진 돈이 얼마 없다, 요만큼만 태워 주면 안 되겠냐. 그랬더니 차장이 웃으면서 돈을 안 받더라고. 서울까지 공짜로 왔어요. 그렇게 8월까지 놀러 다니다가 말하자면 '반수'를 한 거예요.

최민희　아버님이 학원비를 주지 않으셨던 게 대한민국 역사를 바꿨다고 해야 할 것 같습니다. 대표님이 수학을 잘했으면 공대를 계

46

속 다니셨을 테고, 그랬으면 사회학과에 가서 학생운동의 핵심이 되는 일은 없었을 테니까요. 그런데 왜 사회학과를 가셨습니까?

이해찬 반수를 할 때도 아버지는 의대를 가라고 하셨어요. 그랬는데 의대는 나한테 더 안 맞을 것 같았어. 문과로 바꿔야 되겠다 마음을 먹고 어디로 갈까 고민했어요. 법대는 갈 생각이 별로 없었고, 사회과학대는 내 성적이면 충분히 갈 수 있었고.

청계천 책방에 다니면서 책들을 좀 봤어요. 경제학, 사회학 이런 책들을 보니까 사회학이 훨씬 더 재밌겠더라고. 사회변동론이나 사상사 같은. 경제학은 좀 뭐랄까 영역이 좁게 느껴졌어요. 반면에 사회학은 역사나 철학도 다 다루는 것 같았고. 그래서 사회학과에 가서 교수가 되겠다고 마음을 먹은 거예요. 재수할 때는 내 점수가 어느 정도 나오는지 알아야 하니까 학원에 갔어요. 대성학원에 등록은 했는데 이게 대학교 강의실도 아니고 고등학교 교실도 아니고, 담배도 피고 막, 공부에 전혀 도움이 안 되는 거더구만. 등록해 놓고 한 번인가 두 번 가 보고 안 나갔어요.

그때 마침 고등학교 때 선생님이 당신 딸을 가르치면 어떻겠냐고 하셨어. 딸이 고3이었는데 그 애와 친구 세 명을 데리고 국영수 과외를 했어요. 걔들 가르치는 게 내 공부가 되고, 문과 수학은 쉬워서 충분히 가르칠 수 있었으니까.

최민희 또래 여학생을 과외 하시면서 떨리거나 하지는 않으셨습니까? 한창 이성에 눈이 가는 나이인데요. 중고등학교 시절에 여자 친구를 사귄다거나 짝사랑을 해 보신 적은 없으셨어요?

이해찬 가르쳤던 애들이 과외 할 때 말도 안 듣고 나를 놀려 먹기나 하고 그랬어요. 그래서 별로…. 다들 대학에 가서 미팅 제안도 하고 그랬는데 내가 칼같이 거절했어요. 고등학교 때 우리 학교 근처에 여고들이 있었지. 수도여고, 신광여고. 친구들이 수도여고 애들하고 연애를 많이 했어. 나는 안 했어요. 연애 감정이 있거나 그런 여학생도 없었고 그냥 학교만 착실히 다닌 거지.

최민희 연애소설 같은 것도 읽지 않으셨습니까? 저는 어렸을 때 언니를 좋아서 『보바리 부인』 같은 것도 읽었거든요. 세계 명작이란 게 남녀상열지사, 특히 불륜을 소재로 한 것들이 많아서 속으로 낯설었던 기억이 있습니다. 60년대 고등학생들은 어떤 책들을 주로 읽었나요?

이해찬 『보바리 부인』은 우리도 읽었지. 그때는 을유문화사, 정음사 이런 출판사가 있었고 거기서 나오는 소설책이나 시집을 읽었어요. 한국 소설도 많이 읽었는데 나는 『상록수』가 인상 깊었어요. 만홧가게가 유행이었지만 만화를 별로 좋아하지는 않았고.

최민희 어린 시절부터 대학 입학 때까지 말씀을 쭉 들어 보니 기본적으로 대표님은 수재였고 늘 사회문제에 관심을 갖고 계셨다는 생각이 듭니다. 학생운동에 뛰어들 만한 여러 가지 준비가 되어 있었는데 모르셨던 거죠. 그냥 주어진 상황에 맞게 슬슬 순리대로 따라가셨을 뿐이니까요. 이 책이 나오면 사람들이 놀라지 않을까 싶습니다. 이해찬은 언제나 뭔가 중대한 일을 하기 위해 치밀한 계획을 세운다. 아주 깐깐하고 무섭다는 이미지가 강하거든요.

이해찬 글쎄…. 공적으로만 나를 바라보니까 그런 이미지가 생길 수 있겠지. 나는 장관을 해야겠다, 국회의원을 해야겠다, 총리를 해야겠다, 당대표를 해야겠다, 그런 목표를 두고 일한 적이 한 번도 없어요. 하다 보니까 어떻게 그렇게 된 거지. 나는 우리 비서들에게도 구체적으로 뭘 안 시켜요. 방향만 주고 알아서 하라고 하는 거지.

최민희 그러고 보니 대표님 주변의 인연은 아주 길게 가는 것 같습니다. 보좌진들도 그렇고요.

이해찬 그런 편이지. 내가 먼저 그만두라고 한 사람이 거의 없어요. 30년 동안 정치하면서 해고시킨 사람이 딱 한 명 있어. 운전기사. 우리 지구당 사무실이 주차장이 없는 건물이었는데 기사가 자꾸 지구당 사무실 앞에다 차를 세웠어요. 그럼 경찰이 와서 주차를 하면 안 된다고 하면서 내 차인 걸 아니까 딱지는 또 안 떼. 나는 그런 게 싫어서 기사한테 건너편 유료 주차장에 주차를 하라고 그러는데, 이 사람이 말을 안 듣는 거야. 그러고는 또 경찰이랑 싸워. 그걸 동네 목사님이 두어 번 보시고는 자기 교회 주차장에 주차를 하라고 말씀하시더라고. 도저히 안 되겠다 싶어서 할 수 없이 그만두라고 했어요.

인생을 바꾼 유신 쿠데타

격동의 71년, 사회학자를 꿈꾸다

최민희　72년 서울대 사회학과에 입학하셨습니다. 경제학보다 사회학이 학문의 범위가 넓어 보였다고 하셨는데, 막상 들어가 보니 생각하신 것만큼 공부가 흥미로웠나요?

이해찬　그렇지. 교양과정은 공릉에서 수업을 했고 전공과목만 일주일에 두 번 혜화동에서 했어요. 교양과정에는 사회학 강의라고 할 수 있는 게 별로 없었고 사회학개론을 들었어요. 본과에서는 사회학개론, 사회계층론 같은 걸 들었는데 재미가 있는 거야. 개론은 고영복 교수, 계층론은 오갑환 교수가 강의를 하셨어요. 오 교수는 일찍 돌아가셨는데 우리나라 사회계층 구조를 처음으로 분석하신 분이야.

그때 들었던 강의들이 내가 가졌던 문제의식하고 이게 잘 맞았던 것 같아요. 재미도 느끼고. 그러니까 이제 공부를 열심히 하고 교수가 되겠다, 그렇게 마음을 딱 먹었지. 실제로 공부를 열심히 했고. 그때는 사회학과가 몇 군데 없었고 교수 되는 게 그렇게 어려운 일이 아니었어요. 서울대, 이대, 고대, 경북대 정도에 사회학과가 있었고 좀 있다가 연대에 생겼지. 굳이 외국 유학을 가지 않아도 교수가 될 수 있었기 때문에 유학은 꿈에도 생각 못할 때고. 대학원을 가려고 했어요.

최민희　대개 70년대 말 80년대 초 학번이 학생운동을 하는 과정을 보면, 대학에 들어갔는데 수업이 너무 재미가 없고 교수들의 학문적 깊이도 실망스러워서 서클을 찾고 그러다가 학생운동에 발을 담그게 됐거든요. 그런데 대표님께서는 사회학과 강의에 대한 만족도가 높으셨나 봅니다. 그때 들었던 강의 중에 기억나는 게 있으신가요?

이해찬　교수들이 모든 걸 충분히 가르쳐 준 건 아니지만 그래도 길잡이가 됐어요. 대학 공부라는 게 강의만으로 되는 것도 아니고. 내가 관심 있는 분야는 나름대로 자료를 구해서 보기도 하고 그랬지. 지금도 기억나는 강의는 고영복 교수의 사회학개론이에요. 원래 서양 사회학을 소개하는 정도의 내용이라 드라이하고 별 재미는 못 느꼈어. 그런데 이 양반이 7·4남북공동성명* 때 자문 교수로

1972년, 문리대의 상징인 마로니에 나무 아래서 사회학과 동기들과 함께(왼쪽에서 네 번째)

평양을 갔다 오셨어. 그러더니 굉장히 조심스럽게 자기가 평양을 가 보니까 남녀 할 것 없이 고등학교까지 의무교육을 하더라, 굉장히 학력이 고르고 높더라는 거예요.

그때 우리는 남자도 고등학교 졸업하는 사람이 절반이 안 됐고 여자는 그보다 훨씬 더 적었지. 청양초등학교 다닐 때 학생 수가 240명쯤 됐는데 여고를 졸업한 사람이 20명도 안 될 거예요. 대학 가는 여학생은 거의 없었고. 내 동기 중에서는 두 명인가 세 명밖

7·4남북공동성명 1972년 7월 4일, 대한민국과 조선민주주의인민공화국이 분단 이후 최초로 통일과 관련하여 합의, 발표한 공동성명. 박정희의 지시를 받은 중앙정보부장 이후락이 극비리에 조선민주주의인민공화국에 파견되어 김일성과 만나 자주, 평화, 민족대단결의 3대 통일 원칙을 제정했다. 합의의 해석에 대해서 남북의 견해차가 존재하지만, 대결 지향적인 노선에서 벗어나 자주적이고 평화로운 통일 원칙을 도출해 냈다는 점에서 큰 의의가 있다. 1991년 남북기본합의서, 2000년 남북정상회담과 6·15남북공동선언으로 이어진 남북 교류의 근간이 되었다.

에 안 됐어요. 그중에 서울사대 역사학과를 간 친구가 있는데『한 겨레』신문 김효순 기자 부인이야. 유일하게 여자가 청양에서 서울대에 들어간 사례였어요. 청양에서 제일 부잣집 딸이었지. 그때 청양에 축하 플래카드가 막 붙고 그랬어요.

아무튼 우리는 그런 상황에서 북한의 학력이 높다는 걸 알고 고영복 교수가 충격을 받은 거야. 이 양반이 돌아와서 대통령한테 정책 건의서를 내는데 우리도 빨리 직업교육을 시켜야 한다, 고등학교 의무교육까진 못하더라도 고등학교 못 간 사람들한테 기술교육을 시켜야 한다는 내용이었어요. 직업훈련원을 그래서 만든 거예요. 상급 학교에 못 간 청년들이 기숙사에서 살면서 기술교육을 받을 수 있도록 했는데, 그게 바로 고영복 교수의 제안이었지. 나는 당시에 북한이 우리보다 경제가 발전해 있고 학력이 높다는 사실을 전혀 몰랐으니까 그 양반 말씀에 충격을 받았어요.

혹시 폐가 될까 싶어서 그동안 한 번도 얘기한 적이 없는데, 돌아가시기도 했고 이제는 말해도 되지 않을까 싶네. '막걸리 반공법'이 통하던 시대에 북한이 우리보다 잘살고 교육 수준도 높다는 사실을 알게 된 그 강의가 가장 기억에 남아요.

최민희　강의 내용은 별로 인상적이지 않았다는 말씀이시군요. 대표님이 사회학, 그중에서도 사회계층론이나 사회변동론 같은 분야에 관심을 가진 데에는 역시 집안 분위기나 아버님의 영향이 있었겠지요?

이해찬　그렇지. 우리 집안이 정치가 집안이니까 사회의식이 바닥에 일단 깔려 있었다고 봐야겠지요. 거기다가 71년의 사회적 분위기에도 영향을 받았어요. 그때 사회가 어수선했어. 내가 고3이던 70년에 전태일 열사가 분신을 했는데 나는 전혀 몰랐어요. 71년에 대학 들어가서 보니까 바로 내가 중학교 때 다니던 청계천 평화시장 골목에서 그런 일이 있었던 거야. 거기를 돌아다니면서도 물건 파는 1층 상점들만 봤지 2층, 3층에 그렇게 열악한 노동 공간이 있는지 몰랐던 거예요.

광주대단지 사건*도 71년 여름에 터졌잖아요. 그 도시빈민들 중 다수가 내가 학창 시절에 오며 가며 봤던 청계천 판자촌에 살던 사람들이에요. 당시는 청계천 복개가 다 안 됐을 때라 천변에 판자촌이 쭉 늘어서 있었지. 청계천은 그냥 똥물이었고. 동대문 근처까지만 포장이 돼 있고 나머지는 포장이 안 된 상태로 똥물이 흐르고, 그 옆에 2층짜리 판잣집들이 다닥다닥….

서울시가 그 판자촌을 철거하면서 빈민들을 경기도 광주로 강제 이주시켰는데, 거기에 먹고살 만한 게 하나도 없으니까 사람들이 서울로 일을 다녔어요. 청계천 인력시장까지 버스를 타고 왔어. 그 사람들이 얼마 후에 폭동을 일으킨 거예요. 그러니까 광주대단지 사건으로 내가 도시빈민 문제를 피부로 느꼈다고 할 수 있지.

대학에서는 봄부터 교련 반대운동이 심했어요. 박정희가 69년

광주대단지 사건　1971년 8월 10일, 경기도 광주군(지금의 경기도 성남시) 개발지역 주민 수만 명이 정부의 무계획적인 도시정책과 졸속 행정에 반발하며 도시를 점거한 사건. 광주대단지(廣州大團地)란 서울시의 빈민가 정비 및 철거민 이주 사업의 일환으로 계획된 위성도시이다. 산업화와 도시화에 따른 농촌의 해체와 실업 문제 등 자본주의 사회의 구조적인 허점인 도시빈민 문제를 고스란히 드러낸 사건이었다. 2021년 '8·10성남민권운동'으로 명칭이 변경되었다.

3선개헌 직후에 고등학생도 교련을 받게 해서 나도 고등학교 때 일주일에 두 시간씩 했어요. 그런데 71년 2월에 교육법 시행령을 고쳐 가지고 대학 교련을 무지하게 강화한 거야. 대학을 졸업하려면 71시간 교련을 받아야 하고 교관도 현역 군인으로 바뀌었어요. 대학을 두들겨 잡아서 저항을 못하게 하려는 거였지. 그러니까 교련 반대 시위가 각 대학에서 막 일어나요. 서울대 공릉 캠퍼스에서도 공과대, 교양대 학생들이 반대 시위를 하면서 청량리까지 진출하고 그랬어. 나도 뒤에 따라다니고 그랬는데 어찌나 멀고 힘들었는지….

그런데 그때 신민당 대통령 후보로 나온 DJ(김대중)가 '향토예비군 폐지'를 공약으로 들고나왔어요. 4대 강국 안전보장론, 대중경제론, 향토예비군 폐지 이렇게 세 가지가 굉장히 혁신적인 공약이었는데, 그중에서도 향토예비군 폐지가 엄청난 충격을 줬어요. 가뜩이나 대학생들이 교련 반대 시위를 하는데 향토예비군까지 폐지하겠다고 하니 안보 불안을 부추긴다면서 DJ를 빨갱이로 몰기 시작한 거지. 나는 그런 혁신적인 정책을 내서는 DJ가 당선될 거라고 보진 않았는데, 공약 자체는 사람들한테 충격을 줬다고 봐요. 대통령 선거가 4월이었는데 DJ가 바람을 일으키면서 예상외로 격전이 치러졌잖아요.

95만 표 차이로 DJ가 박정희에게 졌지만 서울에서는 많이 이겼어요. 경기도는 비슷했고. 나머지 지역에서는 전라도 빼고 다 졌지. 충청도도 전체적으로 졌는데 내 고향 청양에서만 이겼어요. 5표 차이로. 그래서 박정희한테 청양이 찍혔다고 해요. 우리 아버지는 그때 DJ 선거운동을 무지하게 열심히 하셨거든. 그러니까 아버지도 찍혔어. 저 사람 때문에 박정희가 졌다고.

나는 DJ 장충단공원 유세에 갔는데 사람이 얼마나 많은지 맨 끝에서 연설이 잘 들리지도 않았어. 거기가 수십만 명은 들어갈 수 있는 곳이었는데도 사람들로 꽉 찼으니. 현장에서는 유세 내용을 거의 못 듣고 나중에 신문으로 보고 그랬어요. 혁신적인 공약들을 보고 나도 충격을 받았고.

DJ는 대통령 후보가 되는 과정에서도 파란을 일으켰지. 우리 정치사 최초로 당내 경선을 통해 후보가 됐어요. 이른바 신민당 신-구파 대결에서 구파로 불리던 YS(김영삼)를 꺾은 거예요. YS는 '40대 기수론'으로 크게 주목받고 있었거든. 예비 경선에서는 1등 김영삼, 2등 김대중, 3등 이철승 후보였고 1, 2등 표 차이도 꽤 됐는데, 결선에서 이철승 후보가 DJ를 지지하면서 판이 뒤집어졌어요. 나중에 얘기가 나오기를 '대통령 후보는 김대중이 되고, 당대표는 이철승이 한다'는 협상을 했다고 해요.

경선, 본선에서 DJ가 바람을 일으키고 박정희를 위협했지만 이길 수는 없었지. '투표에 이기고 개표에 졌다', 이게 당시 대선을 상징하는 말이었어요. 선거 후에도 대학가에서는 한동안 부정선거를 규탄하는 시위가 벌어지고 그랬어. 71년은 그런 시절이었어요. 내가 사회학에 관심을 갖게 된 게 그런 배경에서 아, 이건 사회의 변동이다, 사회경제사 이런 게 중요하구나, 그런 생각을 갖게 된 거지. 재수를 하면서 틈틈이 사회학 책 사서 읽고 그러다가 사회학 과에 입학을 했어요.

최민희 특히 1971년 대선 때 DJ가 '미·소·중·일 4대 강국 안전보장론'과 '평화통일론'을 치고 나온 부분은 놀라운 통찰력이었어요. 격동의 71년을 살면서 사회계층, 사회갈등 이런 분야에 더 관심을 갖게 되셨군요.

이해찬　71년의 의미를 좀 더 큰 틀에서 따져 보자면, 박정희 시대는 크게 세 토막으로 나눌 수 있어요. 집권부터 71년까지, 71년부터 75년까지, 그리고 79년 10·26까지. 권력을 잡고 승승장구하던 박정희가 첫 번째 위기를 맞은 게 71년이라고 봐요. 3선개헌을 할 때만 해도 저항이 있긴 했지만 미미했거든. 근데 71년에 접어들면서부터 앞에서 얘기한 사회 변화의 조짐들이 여기저기서 나타나는 거지. 나중에 자세히 얘기를 하겠지만, 74년 민청학련 사건도 1차 위기의 연장이라고 할 수 있어요.

　첫 번째 위기를 수습하기 위해서 유화정책을 쓰다가 그게 잘 안 되니까 광기를 드러내기 시작한 때가 75년이에요. 그해 초에 민청학련 관련자들을 석방하고 두 달쯤 후에 인혁당 관련자들을 사형시켜 버리잖아요. 재판이 끝난 바로 다음 날 형집행이라니, 참…. 한 달쯤 후에는 또 긴급조치 9호를 발동해서 유신헌법을 반대하거나 그런 주장을 보도하기만 해도 바로 체포할 수 있게 했고. 7월에는 사회안전법이라는 것도 만들어서 시국 사범들은 언제든지 재수감할 수 있게 했어요. 불안하니까 조금이라도 비판적인 사람들은 사회에서 격리시키려고 한 거지. 사회안전법을 만들 때 아무도 저항을 못했어. 잘 알겠지만 『동아일보』 백지 광고 사태*나 『조선일보』, 『동아일보』 기자들 대량 해고*도 75년이었잖아요. 말 그대로 광기였어, 광기. 그런 광기가 더 심해져서 집권 말기인 79년에 야당 대표였던 YS를 국회의원에서 제명했고 결국 부마항쟁,* 10·26으로 이어진 거예요. 그러니까 박정희 몰락의 씨앗은 71년부터 싹텄다고 할 수 있을 거예요. 위기를 돌파하려고 광기를 드러내는 과정이 곧 몰락으로 가는 과정이었던 거지. 75년 하반기부터는 진짜 살벌했어요. 다들 꼼짝도 못했어.

최민희　71년 대통령 선거에서 박정희가 충격을 받았을 것 같습니다. 특히 엄청난 물량 공세, 부정선거에도 서울에서 DJ가 이겼다는

『동아일보』 백지 광고 사태　1974년 12월부터 1975년 1월 초에 걸쳐 일어난 박정희 정부의 대표적인 언론탄압 사건. 1972년 유신체제가 들어서면서 언론에 대한 통제와 탄압은 극에 달했다. 이에 맞서 『동아일보』에서는 기자들의 '자유언론실천투쟁'이 벌어지게 되고, 야당이나 재야 운동 관련 기사가 지면에 실리는 등의 작은 변화가 일어났다. 그러나 박정희 정부는 이를 두고만 보지 않았다. 1974년 12월 중순부터 광고주들이 『동아일보』 광고를 해약하기 시작하더니 26일에는 광고면이 백지로 발행되는 상황에 이르렀다. 정부가 기업들을 압박해 『동아일보』에 광고를 주지 못하게 만든 것이다. 그러자 각계각층의 시민들이 개인 광고와 격려 광고를 실어 『동아일보』를 응원했다. 당시 시민들의 『동아일보』 광고 게재는 권력의 언론통제에 맞선 최초의 운동으로 평가되기도 한다.

『동아일보』 대량 해직 사태　박정희 정부의 광고 탄압에 『동아일보』가 굴복하면서 '자유언론실천투쟁'에 나섰던 기자들을 해고한 사건. 1975년 3월, 『동아일보』는 경영 악화를 이유로 네 곳의 부서를 예고 없이 폐지하고 18명의 직원을 해고했다. 기자들이 해고 철회를 요구하며 농성에 들어갔지만, 『동아일보』는 17명을 추가 해임했다. 편집국장 송건호가 기자 해임에 항의하며 사표를 제출하고 기자들의 농성이 장기화되자, 『동아일보』는 '구사대'를 농성장에 투입해 기자들을 폭력적으로 몰아냈다. 이때 『동아일보』에서 해직되거나 무기 정직된 직원들이 131명에 달한다.

부마항쟁　1979년 10월 16일부터 20일까지 부산시와 경남 마산시(현재 창원시)에서 유신 체제에 대항해 일어났던 항쟁. 부마민주항쟁, 부마민주화운동이라고도 한다. 16일에 부산대학교 학생들이 '유신 철폐'의 구호와 함께 시위를 시작했고, 다음 날인 17일부터 시민 계층으로 확산되어 18일과 19일에는 마산 지역으로 시위가 확산되었다. 같은 해 8월, YH 사건으로 김영삼이 국회의원에서 제명된 것이 부산 지역 민심을 건드렸고, 이 민심이 부마항쟁을 촉발하였으며, 또한 부마항쟁은 김재규의 10·26사건에 직접적인 영향을 미쳤으니, 학계에서는 사실상 YH 사건이야말로 유신체제 종식의 방아쇠 역할을 한 사건이라고 평가한다.

점은 박정희 정권으로선 등골이 서늘한 결과였을 겁니다.

이해찬 그랬을 거야. 득표율도 차이가 컸어요. 서울에서 DJ가 59.4%로 120만 표 가까이 얻었고, 박정희가 40% 그러니까 80만 표 남짓이었어.

근데 서울에서 DJ가 박정희를 이길 수 있었던 데에는 수도권 인구 변동도 한 요인이 되었다고 봐요. 박정희가 63년부터 1·2차 경제개발5개년계획을 시작하면서 이농 현상이 일어났잖아요. 근데 경상도에는 구미공단 같은 산업단지가 생기는데 전라도에는 그런 산단이 없었어. 그러니까 전라도 농민들은 무작정 상경을 하고 수도권에 호남 출신이 는 거지. 그런 말도 있었어요. 호남에서 서울로 오는 열차가 장항선과 호남선이 있었는데, 그 기차가 영등포 즈음에 오면 번쩍번쩍하는 도시의 불빛이 보이는 거야. 그래서 영등포역이 서울역인 줄 알고 잘못 내리는 바람에 호남 사람들이 영등포 일대에 많이 정착했다는 말들을 했어요. 옛날에는 신길동, 봉천동, 신림동까지 다 영등포구였어요.

학생운동의 길로 뚜벅뚜벅

최민희 사회변동에 관심을 갖고 사회학과에 입학하셨지만 유신 이전까지 학생운동에는 참여하지 않으셨습니다. 그런 점에서 유신 이 대표님 인생의 변곡점이라 할 수 있을 텐데요. 72년 10월 17일, 대표님은 무엇을 하고 계셨나요?

이해찬 그날도 전공수업이 있어서 문리대에 갔지. 지금은 복개가 됐는데 그때는 복개가 안 돼서 다리가 하나 있었어요. 미라보 다리라고. 거기서 저녁 여섯 시에 친구들을 만나기로 했어요. 저녁 먹으면서 술 한잔들 하자고. 애들을 기다리고 있는데 웬 군 트럭이 학교로 막 진입을 하는 거야. 스무 대쯤 됐어요. 집총을 한 군인들도 보이고. 깜짝 놀랐지. 이게 무슨 일인가 싶고. 일단 문리대 건너편 뒷골목으로 피했다가 진아춘이라는 중국집으로 갔어요. 거기서 저녁을 먹기로 했는데 애들이 두세 명쯤 왔나⋯. 허둥지둥 짜장면 한 그릇씩 얼른 먹고 나왔어요. 거긴 학교 바로 앞이고 학생들이 많이 모이던 곳이라 위험할 거 같았거든. 나중에 유신이라는 걸 알았어요. 그날 이후 바로 학교가 문을 닫았지.

최민희 휴교령이 떨어지고 바로 고향으로 가신 건가요?

이해찬 그때 내가 이모 댁에서 입주 아르바이트를 했어요. 이종동생들이 둘 있었거든. 하나는 초등학생, 하나는 중학생. 걔들을 가르쳤지. 이모는 숙대 영문과를 나온 인텔리였어요. 할아버지 반대를 뚫고 서울 유학을 갔다는 우리 어머니 동생. 이모부도 일본 공과대학을 나온 엔지니어로 당시 기아산업 사장이었지. 그러니까 입주 과외를 할 수 있는 형편이었어요. 휴교령이 떨어지고 2, 3일은 이모 댁에 있으면서 여기저기 배회를 했지. 학교 근처는 무서워서 가지도 못했고. 그러다가 갈 데도 없고 해서 청양으로 내려간 거예요.

최민희　그리고 대표님의 인생을 바꾼 아버님과의 대화가 이뤄진 거네요.

이해찬　그날 일만 없었으면 나는 아주 착실한 교수가 됐을 거야. 청양에 내려간 날 아버지하고 밥상을 같이했어요. 어렸을 때는 그런 적이 거의 없었지. 아버지와 할머니 밥상, 나머지 남자들 밥상과 여자들 밥상을 따로 차렸거든. 그날은 형, 누나가 서울로 가서 식구도 별로 없고 하니까 아버지와 같은 밥상에 앉았는데, 아버지가 얘기를 꺼내셨어요.

　학교가 문을 닫았냐? 학생들은 다 집에 갔느냐? 예, 유신이라서 닫았습니다. 그랬더니 아버지가 정색을 하시는 거야. 지금 유신은 일본의 메이지유신과 다르다. 박정희는 자기가 총통을 하려고, 영구 집권하려고 유신을 하는 것이다.

　나도 짐작은 했지만 그렇게 명료하게 생각을 정리하지 못했는데. 아버지는 이건 그냥 독재다, 유신이 아니다, 단호하게 말씀하시더라고. 그러면서 한 5, 6분 동안 일장 연설을 하셨어요. 4·19 일어난 지가 10년밖에 안 됐다. 이렇게 학생들이 다 사라지면 그 4·19가 무슨 의미가 있느냐! 나는 그 말씀이 '너 왜 집에 왔느냐' 그렇게 들렸어요. 아, 이건 뭔가 잘못된 것 같다⋯. 그래서 그다음 날 일어나자마자 서울로 다시 가야 되겠다 싶었어요. 가져갔던 책 보따리, 옷 보따리를 거의 풀지도 않은 채로 다시 챙겨서 올라왔지.

　서울에 와서 친구들을 만나려고 찾아다녔는데 애들이 없어. 하숙하는 친구들은 다 고향 집에 가고 자취하는 친구들만 좀 남아 있더라고. 걔들하고 얘기를 시작한 게 학생운동의 첫발이 된 거예요.

최민희　요즘은 10월유신을 쿠데타로 규정하는 의견이 일반적입니다. 그런데 아버님께서 이미 그 당시에 유신의 본질을 꿰뚫어 보셨던 것 같네요.

이해찬　그렇지. 71년 대선 결과에 대해서 학생들이나 야당은 불만이었지만 그렇다고 그걸 대놓고 부정하거나 끝까지 저항할 수 있는 분위기는 아니었어요. 그런데도 박정희는 불안했던 거야. 사회 변화의 조짐들이 심상치 않았으니까. 대선 이후 1년 반 만에 유신체제를 밀어붙인 거예요.

'10·17특별선언'으로 헌법 정지시키고 국회까지 해산시켰지. 그러고는 비상국무회의가 헌법 기능, 입법 기능을 했잖아요. 유신헌법안도 거기서 만들고. 이제 대통령은 통일주체국민회의가 뽑는 거니까 박정희는 그냥 종신 집권이야.

그뿐인가? 국회도 완전히 장악했지. 국회의원 정족수를 219명으로 하고 그중 3분의 1을 대통령이 지명하게 만들어요. '유신정우회'라고 부르는 사람들. 나머지 3분의 2만 선거로 뽑아. 그런데 중선거제로 바꿔서 73개 지역구마다 두 명을 뽑게 했어요. 여야가 한 명씩 당선될 수 있게. 여당은 73개 지역구에서 다 당선되니까 대통령이 지명한 사람들까지 합치면 146석이나 되는 거예요. 남은 73석을 야당들이 나눠 갖는 거지. 신민당이 73년 선거에서 겨우 50석을 얻었을 거야. 그러니 뭐 3권분립 체제가 다 무너질 수밖에…. 이게 쿠데타지 뭐겠어요.

'유신'이라는 허울을 썼지만 그냥 쿠데타야. 영구 집권을 위한. 아버지는 그걸 정확하게 보셨던 거예요.

최민희　운동권의 수많은 선배들을 만났지만, 아버님으로 인해 학생운동을 시작한 사람은 대표님이 처음입니다. 그래서 그런지 학생운동을 시작한 대목도 담담하고 자연스럽게(?) 말씀하시는 것 같습니다. 보통은 집안에서 반대하고 본인도 여러 가지 고민을 하는데 대표님은 그런 고민이 별로 없었던 것처럼 보입니다. 대표님 저서 중에 학생운동이 재미있었다고 한 대목도 읽었는데 선뜻 동의가 되지 않았습니다.

이해찬　음⋯. 내가 학생운동을 재미있다고 언급했다면 아마 사회학 공부가 흥미로웠다는 뜻일 거예요. 유신 반대운동 자체가 재미있을 수가 없지. 무서운 일인데.

다만 여러 면에서 내가 별 부담이 없었어요. 일단 아버지가 방향을 잡아 주신 거니까 부모님 반대를 걱정 안 해도 되고. 셋째 아들이니까 집안에 대한 경제적인 부담감이나 책임감도 거의 없었어요.

그때 이미 큰누나는 결혼을 했고, 작은누나는 통계청에 다니고 있었거든. 나는 이모 댁에서 먹고 자면서 과외비는 또 따로 받았으니 경제적으로나 심리적으로 안정되었지. 그래서 마음 놓고 서클 활동을 하기 시작한 거예요. 오로지 유신을 반대하는 일에 전념할 수 있었다고 할까. 유신을 빨리 종식시켜야 한다, 그런 생각이 꽉 차 있던 상태였지.

최민희　청양에서 서울로 올라오신 뒤에 남아 있던 친구들을 찾아다녔다고 하셨는데요. 어떤 분들과 만나셨습니까?

이해찬 고아석이라는 친구를 제일 먼저 만났어요. 나와 학년은 같은데 두 살 더 많았지. 이 친구가 굉장히 다혈질이야. 나를 보더니 야, 너 잘 돌아왔다면서 유신 반대를 해야 한다고 열변을 토했어요. 동지를 만난 거지. 고아석이 사람들을 찾아다니면서 최권행, 황지우—원래 이름은 황재우였어—이런 친구들도 만났어요. 선배들 중에는 나병식, 정찬용 이런 사람들이 있었지. 그리고 69년 3선 개헌 반대운동 때 강제 입영됐던 학생들 중에서 복학한 사람들이 있었어요. 이철, 안양로 같은 선배들.

최민희 친구들과 뜻을 모으고 본격적인 서클 활동을 시작하신 건가요? 한국문화연구회(한문연)라는 서클 활동을 하셨다고 알고 있습니다.

이해찬 한문연은 공개 서클인데 일종의 외피였지. 71년부터 공개 서클들이 잠행에 들어가요. 문리대에는 후진국사회발전연구회—후사연이라고 불렀어—라고 꽤 규모가 있는 서클이 있었는데 여기도 비공개로 전환을 했어요. 언더로 내려간다는 표현을 썼지. 나는 후사연 쪽 사람들하고 교류를 했지. 73년에 언더 서클이 몇 개가 더 있었는데, 이 서클들이 모여서 공동으로 한문연을 만든 거예요. 공개 활동은 한문연으로 하고, 비공개 활동은 따로 모임들이 있었어요.

최민희 주로 어떤 활동을 하셨습니까?

이해찬 우선 일본어부터 배웠어요. 일본어를 알아야 일본 사회과학 책을 보니까. 그때 일본 '이와나미 문고'라는 게 있었어요. 거기서 나오는 사회과학 책들을 보려고 일본어를 배운 거예요. 그리고 경제사를 공부했지. 세계경제사를 알아야 사상적 맥락을 이해할 수 있다고. 동양사학과 대학원생 선배가 지도 선배였어요.

이와나미 출판사에서 나온 『현대 휴머니즘』이나 잡지 『세카이』(世界)도 필독서였지. 『세카이』에 매달 '한국으로부터의 통신'이라는 글이 실렸는데 필자가 'T·K生'으로 나와요. 그래서 누가 그 글을 썼는지를 놓고 설왕설래했지. 나중에 지명관 교수가 썼다는 게 밝혀졌어요.

그리고 송정동 활빈교회에서 야학도 했지. 활빈교회를 맨 처음에 만든 사람은 김진홍 전도사예요. 그가 중학교 검정고시 야학을 열어서 우리가 아이들을 가르쳤어. 김진홍 전도사가 교장을 하고 제정구 선배가 교감을 맡았어요. 나는 제정구 선배 부탁으로 국어를 가르쳤어.

7월 말경에는 경북 구미로 농활을 갔어요. 70학번 나병식·정문화·김효순·이근성 이런 선배들, 72학번 동기들이 많았고, 73학번 문국주·김기정 이런 친구들도 있었지. 그런데 막상 가 보니 가뭄이 너무 심해서 농사를 지을 수 있는 형편이 아니었어요. 몇 달 동안 비가 안 와서 땅이 바짝 말랐어. 농민들은 씨를 다시 뿌려야 된다고 했는데, 습기가 있어야 씨를 뿌리지. 그 와중에 학생들이 농활 왔다고 경찰들은 감시를 하러 와요. 유신 이후에 처음으로 농활을 간 거니까. 농민들한테 뭔가 선동하는 게 아닌가 싶어 가지고. 일주일 정도 있다가 돌아왔는데 저녁마다 치열하게 토론을 했어요. 유신이 뭐냐, 어떻게 대응해야 되느냐, 이런 게 주제였지. 이 논쟁이 돌아와서도 계속되고 10·2데모로까지 이어지게 되는 거예요.

최민희　대표님이 야학을 하셨다는 말씀은 처음 듣습니다. 장차 '뉴라이트'의 대표 인사가 될 김진홍 목사의 교회에서 활동을 하셨네요.

이해찬　그렇지. 근데 그 시절에 잊을 수 없는 기억은 아이들이에요. 활빈교회가 한양대 건너편이었는데 근처에 분뇨처리장이 있었어요. 비가 오면 완전 똥물이 흘러나왔어. 야학 애들은 비닐우산을 만들어 놨다가 비가 오면 팔아요. 남학생이 예닐곱 명, 여학생이 서너 명쯤 됐지. 애들이 비가 오는 날 나를 데리러 나왔어요. 교회로 들어가는 길에 개천이 똥물로 흘러넘쳐서 내가 못 건너올까 봐. 나를 무등 태워서 건네주고 그랬어요. 애들이 그렇게까지 기다리는데 안 갈 수가 없어. 그랬는데 그 동네가 철거되는 바람에 야학도 없어졌지. 김진홍 전도사는 남양만에 두레운동을 하러 간다고 떠나고, 제정구 선배가 양천으로 가서 야학을 따로 했어요. 나는 양천 야학을 잠깐 나갔는데 거기도 곧 철거가 됐어. 제정구 선배가 부천으로 떠나면서 나도 야학을 그만뒀지.

최민희　대표님이 교련 교육을 받을 때도 유신에 대한 저항을 하셨다는 증언이 있습니다. 목총을 부러뜨리고 굉장히 논리적으로 연설을 하셨다는데, 혹시 기억을 하십니까?

66

이해찬   글세, 기억이 명료하지 않은데…. 목총은 일부러 부러뜨린 게 아니라 부러진 거예요. 73년 봄인데 그때는 현역 군인들이 교관으로 왔어요. 우리는 목총을 갖고 훈련을 했고. 땡볕에서 훈련받는 게 너무 힘들어서 내가 에잇, 하고 목총을 패대기쳤어요. 근데 그게 뚝 부러져 버리는 거야. 그러니까 교관이 나오라고 하더라고. 엎드려뻗쳐 하고 엉덩이를 엄청 맞았어요. 나는 맞은 기억만 강렬해.(웃음)

최민희   대표님이 기억을 잘 못하시지만, 저에게 증언해 주신 분은 그날 대표님이 너무 멋있었다고 하셨어요.

이해찬   내가 사회학과 수업 시간에 했던 말을 착각한 게 아닐까….

반유신 운동의 기폭제가 된 '10·2데모'

최민희   사회과학 공부, 야학, 농활 같은 활동을 하시다가 마침내 시위를 벌이셨는데요. 유신 이후 최초의 시위로 기록된 73년 '10·2데모'로 넘어갔으면 합니다.

이해찬   농활에서 돌아와 4학년들 간에 논쟁이 붙었어요. 유신 철폐를 위해 데모를 할 거냐 말 거냐. '현장보전론'과 '당면투쟁론'이 팽팽했지.

전자는 기층 민중 속에서 역량을 키워야 한다는 주장, 후자는 지금 유신 반대 투쟁에 나서야 한다는 주장이었어요. 문리대에서는 당면투쟁 분위기가 강했어. 그런데 데모를 하기로 결정해 놓고도 무산되는 경우가 몇 번 있었어요. 그러다가 10월 2일에 성공을 한 거지.

당면투쟁론이 힘을 얻은 데에는 DJ 납치 사건* 영향도 컸다고 봐요. 일본에서 8월 8일에 납치됐다가 닷새 뒤에 동교동 골목에서 발견되면서 알려졌지. 신문에 대서특필된 걸 보고 우리도 굉장히 큰 충격을 받았어요. 사진을 보니까 DJ 얼굴이 말이 아니야. 이렇게 막무가내로 납치해서 죽일 수도 있구나, 유신은 철폐해야 하는 거구나 그런 생각이 들었던 거예요. 그래서 9월 들어가면서 논쟁이 더 치열하게 벌어지고 데모를 해야 한다는 목소리도 커지고 그랬던 거지.

최민희 ‘10·2데모’가 문리대에서 일어난 이유가 있었군요. 말하자면 문리대가 ‘당면투쟁론’의 주도 세력이었네요. 대표님은 당시에 어떤 역할을 맡으셨습니까?

김대중 납치 사건 1973년 8월, 중앙정보부가 유신 반대운동을 주도하던 야당 정치인 김대중을 납치, 살해하려 했던 사건이다. 미국 정부에 의해 계획이 탄로나 실패했다. 당시 김대중은 일본에 머물던 중 납치되었는데, 실종 닷새 만에 서울 동교동 자택 앞에서 발견되었다. 사건 이후 박정희 정부는 특별수사본부를 설치했으나 아무런 성과 없이 1974년 8월 내사 중지했으며, 1975년에는 내사 종결해 버렸다. 당시 여당은 ‘김대중의 자작극이 아니냐’고 주장했지만, 사건이 국제적으로 알려지면서 유신정권의 행태에 비난이 쏟아졌다. 뿐만 아니라 이 사건으로 인해 한일 관계가 악화되고 남북 교류가 일제히 중단되는 등 한국은 외교적으로도 큰 타격을 입었다.

이해찬　2학년들은 현장 동원을 맡았어요. 유인물 제작이나 다른 대학과 연계하는 일은 4학년들이 했고. 이근성 선배가 유인물 책임자였는데 나는 선배의 조수 역할도 했어요. 유인물을 만들려고 수유리에 여관방을 하나 얻었지. 근데 가리방(등사기)도 없고 철필도 없고 준비가 안 되어 있는 거예요. 판판한 바닥에 기름종이를 대고 긁어서 밀면 된다고 누가 알려 줬다는데 안 돼. 몇 번을 해도 안 되더라고. 통금이 있던 때라 밤에 나가지도 못하고 애만 태웠지.

통금이 끝나고 이근성 선배가 가리방을 구하러 나갔어요. 자기 서클에 가리방을 갖고 있는 여학생이 있다고. 그 여학생이 명륜동에 산다는 것만 알아서 무작정 명륜동 골목을 돌아다니면서 이름을 막 불렀대요. 그랬더니 진짜 그 여학생이 나온 거야. 그렇게 가리방을 구해서 유인물을 만들었어.

유인물 내용은 3분 안에 읽을 수 있게 압축하고 압축했어요. 데모를 시작하면 동대문경찰서에서 바로 출동할 거다, 유인물 낭독은 3분 안에 끝내야 한다고 판단했거든. 다 읽지도 못하고 잡혀가면 안 되니까. 그런데 시위가 우리 예상과 달리 커지고 길어졌어요.

나는 학교로 돌아와서 사람들한테 유인물을 넘겨주고 원래 맡은 동원을 하고 다녔어. 나와 강구철, 김형배 등이 문리대 동원을 맡았어요. 근데 당시 분위기가 정말 살벌해서 동원을 하기가 어려웠어. 강의실에 들어가서 애들을 설득하려고 했어요. 내가 듣는 강의 중에 50명 정도가 수강하는 강의가 있었는데 수업 직전에 들어가 보니 30~40명 있더라고. 애들한테 얘기를 해야 하는데 교수가 들어와요. 그래서 3분만 시간을 달라고 교수한테 부탁을 했어. 안된대. 그럼 딱 2분만 주십시오. 뭐 하려고 그러냐? 데모를 하려고

선 언 문

노동을 무시하는 전 국민 대중의 생존권을 위협하는 이 참혹한 현실을 더 이상 좌시할 수 없어 스스로의 양심의 명령에 따라 우리의 저항을 벌여서 분연히 투쟁한다.

(...)

보라! 민중을 수탈하여 살찐 권력의 무패가 홀로 포식하려고 안간무례하게 거드럭거린다.

보라! 권력을 쥔 부정과 부패가 생존의 권리를 요구하는 민중의 몸(에) 무시무시한 정보 통치의 외사슬을 무겁게 죄우고 있다. 인간의 존엄성은 유린되고 자유는 암살되고 도덕은 타락하여 퇴폐와 불신이 우리를 검은 절망으로 몰아넣고 있다.

이미 그 흔적마저 찾아볼 수 없는 自由의 死亡時代에서 우리는, 민족을 의면한 권장권의 정보·폭요 통치를 목격한다. 미·공공과 외형은 반공 말면의 뱃속에서 임상한 모습을 야기시켰으니 그들의 최후 발악은 국민대중을 철름같은 공포 속에 몰아넣고 정보·폭요처리를 제도록하여 민족적 양심인 각유 민주주의의 신음을 철겨려 탈살하려는 것이다. 그들은 일민주의 시녀화, 사면부의 계열과를 일체의 국가기구를 폭요통치와 강식통로 전락시키고 칼집과 인공에 가증스러운 단양을 가함으로써 영구집권을 기도하고 있다.

민족의 생존을 위한 자립경제와 국민복지를 의면한 채, 國미과의 소수 특권층들의 (...) 영합하여 국민대중에 대한 가혹한 수탈을 강화하고 차8 경제예속의 (...)하는 민국 경제의 (...) 획일화로 (...)히려 순응을 꾀고 있다.

학우여!

自由와 正義, 그리고 (...)는 대학의 (...)이다.

오늘 우리는 너무도 然痛과 참담한 조국의 現실을 直視하며, 사회에 만연된 무기력과 저겁감. 구滿의 경녀에 비롯하게 육상을 구절한 모든 敗北主義, 무관주의, 무사안일주의와 모든 근로의 (...)

(...)

결 의 사 항

○ 정보·폭요 통치를 즉각 중지하고, 국민의 기본권을 보장하는 (...)
○ 매판 예속화를 즉각 중지하고 민족자립경제체제를 확립하여 국민의 생존권을 보장하라.
○ 정보·폭요 통치의 산물인 중앙정보부를 즉각 해체하고 만인 봉노할 김 대중 사건의 진상을 즉각 밝혀라.
○ 기업 정치인과 언론은 각성하라.

1973년 10월 2일
서울대학교 문리과 대학 학생일동

10·2데모 당시 이근성과 이해찬이 만든 유인물 (민주화운동기념사업회 제공)

합니다. 학생들한테 빨리 얘기하고 나가겠습니다, 그랬지. 그랬더니 교수가 얼른 하고 나가라는 거예요. 내가 학생들 앞에서 유신을 빨리 종결시켜야 한다고 연설을 했는데 애들이 잘 안 나와. 그래도 열 명쯤 따라 나왔어요. 교수도 안 말려. 나가려면 나가라 모른 척해 준 거예요.

그렇게 나갔는데 어떤 녀석이 도서관 앞에서 "불이야" 하고 막 소리를 지르고 있어. 그러니까 도서관에서 공부하던 애들이 뛰어나와. 그때 플래카드 담당들이 그 앞에 딱 플래카드를 펼치니까 자연스럽게 시위대가 만들어졌어요. 그렇게 해서 200여 명이 갑자기 모인 거예요. 우리는 몇 십 명 정도 모일 거라고 생각했는데. 그런데 경찰이 안 와. 진짜 당황스럽지. 선언문 말고는 준비한 게 없으니 그걸 읽고 또 읽고 돌아가면서 읽었어요. 그래도 경찰은 안 오고 사람은 더 많아지고. 시위 분위기를 유지해야 하니까 학교 안을 돌았어. 문리대랑 법대 사이에 구름다리가 하나 있었는데 거기를 건너서 법대까지 갔다가 돌아왔어요.

그렇게 거의 두 시간 정도 데모를 했을 거야. 점심때가 됐는데 밥도 못 먹고 여학생들은 빵 사 온다고 돈도 걷고 그랬어요. 그러다가 이제 강당에 들어가서 농성을 하자 해서 강당으로 갔지. 문이 잠겨 있어서 수위실에 문 열어 달라고 하려는데 그때 경찰이 들이닥쳤어요. 앞에 있던 사람들이 주로 연행되고 뒤에 있던 사람들은 도망을 쳤어. 나도 도망갔는데 학교 담장을 넘다가 왼쪽 발목을 다쳤어. 학교 쪽에서는 별로 높지 않은 담장인데 밖으로는 까마득한 거야. 그래도 붙잡히는 것보다는 나으니까 뛰어내렸지. 그때 연행된 사람들이 꽤 많았어요.

최민희　대표님이 담장 안으로 떨어지면 감옥이고 담장 밖으로 떨어지면 죽음이라는 말씀을 하신 일이 있는데, 높은 담장에서 뛰어내릴 때 얼마나 무서웠을까 싶네요.

　기록을 보면 구속자가 20명이나 됩니다. 그런데 시위 주동자들은 대부분 도망을 쳐서 수배가 떨어졌다고 되어 있어요. 대표님도 그중 한 분이었네요.

이해찬　맞아요. 나도 수배가 돼서 집에 못 들어가게 됐어. 구본수라고 고등학교 동창이 있는데 그 친구 큰아버지가 경기도 마석에 살았어요. 잣 농장을 하셨지. 구본수가 얘기를 해 줘서 그곳에 숨어 있었어요. 한 달 반, 두 달 가까이 거기 있었지 아마. 낮에는 친구 큰아버지와 장기나 바둑을 뒀어요. 그 양반이 바둑을 좋아하셨거든. 잣 농장을 하니까 형편도 괜찮았고 서울에서 꽤 먼 곳이라 잡힐 염려도 없어서 편하게 지냈어요. 좋은 분이셨어. 낮에는 그렇게 놀다가 저녁 무렵에는 서울로 나가서 사람들을 만나고 그랬어요. 돌아올 때는 청계천에서 버스를 타고 금곡까지 가서 금곡에서 마석까지 걸어왔어요. 그렇게 걸으면 거의 한 시간 반쯤 걸려. 깜깜할 때 돌아왔지.

최민희　바둑은 언제 배우셨어요?

이해찬　중학교 입학시험 끝나고 입학을 기다리면서 배웠지. 배워두기 잘한 것 같아.

최민희　구속자, 수배자가 많이 나왔지만 '10·2데모' 이후 유신 반대 시위가 서울대의 다른 단과대, 다른 대학으로 확산됩니다. '10·2데모'가 반유신 투쟁의 기폭제 역할을 했다고 봐야겠지요?

이해찬　다른 대학에서도 모의는 했는데 서울대 문리대가 제일 먼저 터뜨린 거지. 그러니까 상대도 하고 법대도 하고, 다른 대학들도 하고. 문리대는 학생 숫자가 많지 않아서 학교 밖으로는 안 나갔는데 다른 대학은 숫자가 많아서 거리로도 뛰쳐나가고 그랬어요. 시위가 지방으로 번져 나가고 지식인들은 성명을 내고.

　　그러니까 박정희가 유화책을 쓰더라고. 12월 초에 구속된 학생들을 모두 석방했어요. 수배도 해제돼서 다들 학교로 돌아왔지. 사회학과 이해영 교수가 학장이었는데 불려 가서 한참 꾸지람을 들었어요. 공부는 안 하고 데모한다고. 나보고 도망 다니면서 뭐 했냐고 물어서 도망 다니느라 바쁜데 뭘 하겠어요 그랬지.

최민희　정말 아무것도 안 하셨습니까?

이해찬　수배 중이니까 불안하긴 했지만 앞으로 뭘 할 거냐 그런 고민을 했지. 선도 투쟁이 성공을 한 거잖아요. 그러니까 뭐랄까 맛이 들렸다고 할까. 내년 봄에 한번 제대로 하자는 생각이 들었어요. 다들 그런 마음이었으니까 민청학련 사건이 일어난 거예요.

슬기로운 감옥 생활, '막달라 마리아'부터 '아놀드 하우저'까지

최민희 　민청학련(전국민주청년학생총연맹)은 최초의 전국 단위 학생운동이었다고 볼 수도 있는데요. 그동안 민청학련에 대한 증언이나 기록들도 꽤 나왔습니다. 하지만 대표님이 기억하는 민청학련의 또 다른 이야기들이 있을 것 같습니다.

이해찬 　민청학련이라는 조직의 실체가 있었던 건 아니었어요. 74년 봄에 개강을 하고 각 대학에서 시위를 준비하면서 날짜를 맞추기로 한 거지. 성명서도 같은 이름으로 내고. 그게 4월 3일이야.

　그동안 나온 민청학련에 대한 자료들을 봤는데 아쉬운 부분이 없지 않았어요. 나병식, 이근성, 정문화 같은 핵심 인물들의 진술이 거의 없다는 거. 정문화 씨는 암으로 일찍 돌아가시고, 김병곤이라고 상대 핵심 인물이었던 분도 일찍 돌아가셨거든. 나병식 씨는 내성적이어서 적극적으로 증언을 안 하신 것 같아요. 앞에서 잠깐 얘기한 이근성 선배도 후사연부터 민청학련 때까지 일관되게 활동하신 분인데 이분의 진술도 없어. 핵심 인물들이 빠져 있으니까 뭔가 허전해요. 나는 민청학련 책이 나올 때 총리를 할 때라 바빠서 인터뷰를 못했고.

최민희 　그래서 오래 살아야 한다는 말이 있어요. 어차피 기록은 나중에 하게 되니까 일찍 돌아가시면 힘들고 의미 있는 일을 하고도 기록에 나오지 않는 경우가 많았어요. 대표님이 기억하시는 1974년 4월 3일의 사건과 사람들을 듣고 싶습니다.

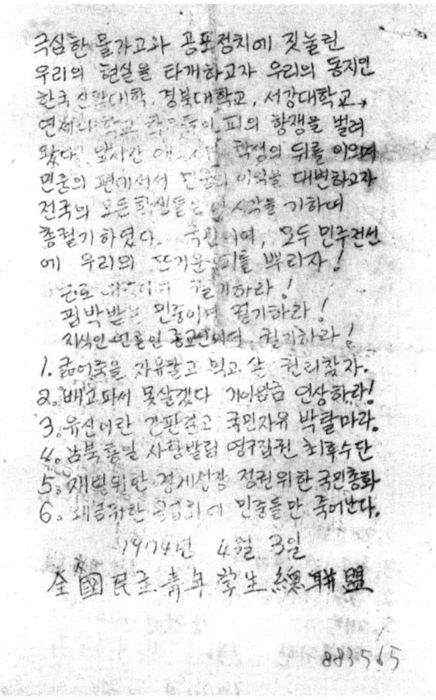

극심한 물가고와 공포정치에 짓눌린
우리의 현실을 타개하고자 우리의 동지인
한국신학대학, 경북대학교, 서강대학교,
연세대학교 [illegible] 피의 항쟁을 벌려
왔다. [illegible] 학생의 뒤를 이으며
민중의 편에서서 민중의 이익을 대변하고자
전국의 모든 학생들은 [illegible] 시각을 기하여
총궐기하였다. 국민이여, 모두 민주전선
에 우리의 뜨거운 피를 뿌리자!
근로 대중이여 궐기하라!
핍박받는 민중이여 궐기하라!
지식인 언론인 종교인이여 궐기하라!
1. 굶어죽을 자유찾고 먹고 살 권리찾자.
2. 배고파서 못살겠다 기아임금 인상하라!
3. 유신이란 간판걷고 국민자유 박탈마라.
4. 남북통일 사탕발림 영구집권 최후수단
5. 재벌위한 경제성장 정권위한 국민총화
6. 왜놈위한 근대화에 민중들만 죽어난다.
1974년 4월 3일
全國民主青年學生總聯盟
883565

1974년 4월 3일, 전국민주청년학생
총연맹 성명서 〔민주화운동기념사업회 제공〕

이해찬 그때 나는 3학년이 됐지. 3학년은 이제 현장 담당이었어요. 전국 대학을 잇는 건 유인태, 이철 같은 67, 68, 69학번들. 그러니까 3선개헌 반대운동 때문에 강제징집 당했다가 돌아온 선배들이었어요. 복학한 사람도 있고 졸업한 사람도 있었지. 이철은 복학을 해서 1학년이었고 유인태는 복학 후에 졸업을 했고. 이 사람들이 3선개헌 반대운동을 하면서 각 대학에 연락망이 있었던 거야. 경북대에 이강철, 부산대에 누구 이런 식으로. 그렇게 해서 학생들이 전국적으로 연결된 거예요.

나는 현장 담당이었지만 이때도 이근성 선배를 도와서 유인물을 만들었어요. 선배들이 준 원본을 받아서 밤새도록 찍었지. 그렇게 찍은 유인물을 들고 4월 3일 학교에 갔어요. 나와 강구철이 문리대 담당이었는데 강구철이 안 왔어. 학생들은 별로 없고 사복형사들은 쫙 깔려 있고. 형사들이 나를 보더니 바로 에워싸더구만. 정보가 샌 거지. 유인물이 든 가방을 들고 있었으니 꼼짝 못하는 상황이 됐어요. 옆에 있던 후배한테 가방을 잠깐 맡겼는데 안 되겠다 싶더라고. 잘못하면 유인물을 뿌려 보지도 못하고 잡혀갈 판이야. 그래서 후배한테 다시 가방을 받아서 유인물 절반 정도를 확 뿌려 버렸어요.

그랬더니 형사들이 벌 떼처럼 달려들어 나를 짓밟았어. 피투성이가 됐지. 그걸 보고 후배 박영훈이는 플래카드용 각목으로 형사들을 패고, 정진태는 형사 손가락을 물고…. 그래 봤자 3분도 못 버틴 거예요. 기껏해야 한 50초야 50초. 다들 동대문경찰서에 잡혀갔는데 박영훈, 정진태는 죄목이 폭행이었어.

그날 밤 동대문서 수사실에서 박정희가 민청학련을 빌미로 긴급조치 4호*를 선포했다는 걸 알았어요. 내용이 무시무시해. 민청학련이 북한 사주를 받고 정부 전복을 기도했다나. 그러더니 '민청학련 배후에 인혁당 재건위가 있다'는 데까지 나간 거야.

최민희　대표님은 고문당한 얘기를 전혀 하지 않으셨어요. 물론

긴급조치 제4호　'긴급조치'는 1972년 개헌된 대한민국의 유신헌법 제53조에 규정되어 있던, 대통령의 권한으로 취할 수 있었던 특별조치를 말한다. 대통령 박정희는 이 조치를 발동함으로써 '헌법상의 국민의 자유와 권리를 잠정적으로 정지'할 수 있는 권한을 가졌다. 긴급조치 제4호는 1974년 4월 3일에 의결되었는데, 전국민주청년학생총연맹(민청학련) 사건을 빌미로 선포되었다. 민청학련과 관련되거나 이러한 성격에 준하는 단체 조직 및 가입 금지, 단체 구성원과 연락하거나 편의를 제공하거나 직간접으로 관여하는 일체의 행위 금지, 학내외 집회·시위·성토·농성·기타 일체의 개별적 집단행위 금지 등을 포함했다. 또 이 조치를 위반하거나 비방하면 영장 없이 체포·수색해 군법회의에 넘기고 5년 이상의 유기징역에서 최고 사형까지 처할 수 있게 했다. 긴급조치 제4호로 비상군법회의에 송치된 사람들은 235명에 이르렀다.

고문이나 가혹행위를 당한 사람들 사이에서는 관련 얘기를 안 하는 게 금기이긴 하지만 용기를 내어 여쭙니다. 수사 받는 동안에도 가혹행위를 당하지 않으셨습니까?

이해찬　그때 내가 고생을 좀 했어. 처음으로 고춧가루 고문도 당하고. 나중에 누가 그러는데 내가 죽은 줄 알았대요. 하도 맞아서. 아이고, 이해찬이 죽었구나 그렇게 흉하게 소문이 나고 그랬대.

　학생들이 많이 잡혀 왔는데 문리대가 제일 많았고 의대생들도 많았어요. 성균관대에서도 잡혀 오고. 동대문경찰서 관할은 다 잡혀 왔어. 그중에서 나는 주모자급이 돼 있었어요. 강구철, 이철, 유인태는 현상수배가 떨어졌는데 1계급 특진에 현상금이 200만 원. 지금 돈으로 한 2억쯤 될 거예요. 그러니까 그 사람들 잡으려고 혈안이 됐지. 나는 수사 끝나고 유치장으로 넘어가서도 매일 불려 가서 고문당하고 맞았어요. 수배자들 행적을 대라고. 근데 나는 진짜 몰랐거든. 내가 알면 대겠는데 정말 모른다, 그랬지. 그때가 초봄이어서 쌀쌀했어요. 연탄난로를 때고 있었는데 연탄집게를 빼 가지고 이놈의 새끼 눈깔을 뺀다고 들이대는 거야. 그 순간은 진짜 공포스러웠어요. 일주일을 그렇게 아침에 불려 나갔다 오후에 시체처럼 돌아오니 저러다 죽는 거 아니냐고 그랬던 거예요.

　영장이 떨어지고도 구치소로 보내 주지 않아서 7월까지 유치장에 있었어요. 하도 많이 잡아들여서 구치소에 방이 없었던 거야. 나처럼 캠퍼스 행동대 역할을 한 정도에게 내줄 독방도 없고. 유치장에는 쥐가 왔다 갔다 하고 빈대는 너무 많아. 밥은 꽁보리밥에 단무지. 나는 그런 거를 먹어 본 적이 없어요. 처음에는 도저히 먹을 수가 없었는데 배가 고프니까 어떻게 해. 먹는 거지. 한 달 후쯤부터 면회가 되고 사식을 받을 수 있었어요. 형들이 면회를 와서 사식을 넣어 줬어.

최민희　그때 동대문경찰서에 같이 잡혀갔던 분이 대표님을 봤는데 너무 의연해서 인상적이었다고 합니다. 자기는 친구 따라 강남 간다는 정도의 마음으로 학생운동을 하다가 연행됐는데도 너무 무서웠대요. 그런데 이해찬은 전혀 안 무서워하더라….

이해찬　그럴 리가 있겠어요. 처음 잡혀가서 고문당하고 협박당할 때는 무서웠지. 공포를 느끼고. 근데 우리는 민청학련의 주범이 아니라 공범 수준이었잖아요. 더 이상 고문 안 받고 대기 상태에 있으면서부터는 여유가 생겼지. 어차피 감옥살이는 하는 거고….

　나중에는 유치장 생활도 좀 느슨해졌어요. 간수들이랑 친해져서 밤에는 유치장 문을 따 주기도 했지. 거기서 여러 사람들을 만났어. 저녁 여덟 시쯤에는 정식으로 구속되는 형사범들이 들어오고 밤 열 시가 넘으면 경범들이 들어와요. 절도, 폭행, 간통…. 근데 간통죄로 남녀가 들어오면 서로 마주 보지 못하게 분리를 시키더구만. 경범으로 구류 2주, 열흘 이런 식으로 들어왔다가 나가는 젊은 여자들도 있었는데 가만 보니까 간수들하고도 친해요. 간수들 라면도 끓여 주고 빨래도 해 주면서 자유롭게 지내더라고. 그중에 하나가 나갔다가 일주일 만에 또 들어오는 거예요. 우리가 왜 또 왔냐고 하니까 쉬러 들어왔대. 알고 보니 성매매업소에 있으면서 몸이 아프고 그러면 일부러 잡혀 들어오는 거였어요. 내가 있

78

는 동안 세 번이나 들어왔어. 우리가 빵 같은 걸 나눠 주고 그러니까 자기도 교도관들 라면을 얻어다가 끓여 주고 그랬지. 우리 중에 기독교 신자가 있었는데 '막달라 마리아'라는 별명을 붙여 줬어요. 감옥살이를 하지 않았다면 몰랐을 다양한 사람들의 모습을 거기서 봤어.

최민희 대표님은 유치장에서도 사람들을 모아 놓고 토론하셨다고 들었습니다만….

이해찬 그때 우리가 주로 읽은 책이 '창작과비평'에서 나온 것들이야. 나는 주로 창비 신서랑 계간지를 읽었어요. 인상 깊게 읽은 책이 아놀드 하우저의 『문학과 예술의 사회사』였어. 상권만 읽고도 이런 장르가 있구나 싶었지. 창비에서 나온 책들을 열심히 읽으면서 또 다른 문제의식이 생겼어요. 분단 시대의 역사 인식. 우리 사회의 주요 모순이 분단이라는 인식. 사회학에서 말하는 더 지배적으로 작용하는 모순이 우리 사회에서는 분단 모순이라는 걸 막연하게 느끼기 시작한 거예요. 김윤수, 백낙청 이런 분들을 알게 됐고 감옥에서 나가면 한번 만나 뵈어야겠다는 생각도 했어.

최민희 백낙청 교수님이 그런 면에서 우리 민주화운동에 크게 기여를 하셨다는 생각이 듭니다. 그때까지 학생운동이나 재야가 민주화운동과 통일의 연관성을 그다지 인식하지 못했으니까요.

이해찬 리영희의 『전환시대의 논리』, 강만길의 『분단시대의 역사

인식』, 아놀드 하우저의『문학과 예술의 사회사』, 이런 초기 창비 신서들이 역사 인식의 지평을 넓혀 줬어요. 특히『전환시대의 논리』는 충격적이었지. 그게 원래 계간『창작과비평』에 논문으로 실렸다가 신서로 나온 거예요. 리영희 교수가『조선일보』기자였을 때 창비에 투고를 하셨어.

내 인생의 새 지평

서대문구치소 '6동 하' 방장이 되다

최민희　7월경까지 유치장에 계시다가 서대문구치소로 이송되셨는데요. 후송차 타고 구치소에 들어갈 때 철문이 콰 닫히잖아요. 사회와 격리되는 순간인데, 그때 어떤 생각이 드셨습니까?

이해찬　글쎄. 우리는 구속될 거라고 생각을 안 했어요. 그전까지는 학생들이 데모했다고 국가보안법 적용하고 막 그러지는 않았거든. 그냥 유치장에서 좀 살다 나올 거라고 생각했지. 10·2데모 때 그랬으니까 민청학련도 그럴 거라고 생각했는데 아니었던 거지. 수사의 강도가 다르고 고문도 당하고 그러니까 아, 이게 예사로운 일이 아니구나 싶었어요.

그러다가 이철, 유인태 이런 선배들은 간첩으로 몰리고 국가보안법 위반, 내란예비음모, 내란선동 같은 혐의로 기소가 됐거든. 사형을 시킬 수도 있는 거예요. 나는 긴급조치 위반으로 기소가 돼서 무기징역까지 받을 수 있었고. 그러니까 구치소 들어갈 때도 뭐, 만만치 않은 상황이다 이런 생각을 하지 않았을까?

기억나는 건…, 구치소 들어가자마자 신체검사를 하잖아요. 완전히 나체로. 그다음에는 수번을 들고 앞뒤로 알몸을 다 찍었어. 굴욕적이었지.

최민희 유치장에서 다양한 사람들을 만나서 새로운 경험을 했다고 하셨는데요. 구치소 생활은 어떠셨습니까?

이해찬 서대문에서 한 3개월 있었는데 나름 재미나게 살았어.

민청학련 재판은 두 그룹으로 나눠져 있었어요. 60년대 학번들 그러니까 이철, 유인태 선배들이 1차 그룹, 나처럼 시위 현장에서 붙잡힌 학생들이 2차 그룹이었지. 1차 기소된 사람들은 다 독방에 있었는데 우리는 합방을 했어요. 방이 부족했던 거야.

구치소 첫날 신체검사를 마치고 저녁 무렵에 감방으로 들어갔어요. 서대문구치소에는 일제 때부터 쓰던 빨간 건물하고 나중에 만들어진 회색 시멘트 건물 두 종류가 있었어. 나는 회색 시멘트 건물로 갔는데 사람이 너무 많은 거예요. 바글바글해.

내 방은 '6동 하'였어요. 네 평쯤 되는 방에 수감자가 30명이나 됐어. 대부분 잡범들. 내가 들어가니까 화장실 앞에 무릎 꿇고 앉아 있으라고 하더라고. 재래식 변소에 뚜껑도 없어서 냄새가 지독하더구만. 그래도 어떡해. 저녁 먹을 때까지 무릎 꿇고 있었어요.

저녁밥이 나왔는데 도저히 먹을 수가 없어. 유치장에서는 간식이나 사식을 들일 수 있어서 서로 나눠서 먹고 그랬거든. 구치소 밥은 냄새가 나고 씹히지도 않았어요. 무말랭이, 시금치 같은 반찬도 다 썩은 재료를 썼는지 냄새가 지독해. 결국 첫 끼를 못 먹었어요. 다른 수감자들이 왜 안 먹느냐면서 또 욕을 막 하더라고. 그렇게 첫날이 지났어.

그런데 내 수번이 다른 사람들이랑 달랐어요. 딴 사람들은 파란 바탕에 흰색인가 그랬는데 나는 빨간 바탕이었던 거예요. 특별 감시 대상인 거지. 요시찰이야. 내가 데모하다가 들어온 걸 알고 그때부터 사람들 태도가 좀 바뀌었어. 교도관이 자꾸 나를 감시하니까 자리도 바꿔 주더라고. 화장실 반대편으로. 대우를 해 준다고 할까.

그러다가 일주일 만에 내가 방장이 됐어요. 교도관이 와서 나보고 뭐 도와줄 거 없느냐, 하면 내가 물이나 더 줘라. 그러면 물더 받아 오게 해 줬어요. 거기서 제일 귀한 게 물이었거든. 물을 공급할 수 있는 사람이 나밖에 없으니까 사람들이 네가 방장을 하는게 어떻겠냐고 하더라고. 그래서 방장을 맡았지.

영치금으로는 우리 방 사람들 밥값, 간식 값을 댔어요. 하루 상한선이 5천 원이었는데 난 매일 그만큼 들어왔으니 그걸로 사람들 밥 사 주는 게 일이야. 밥값으로 하루에 400원씩 들어갔어요. 큰돈들어간 거지. 하루 5천 원이 들어와도 밥 사 주고, 간식 사 주면 빠듯해. 마가린, 설탕. 계란을 사서 오래오래 섞으면 슈크림이 돼요.

거기다 건빵을 찍어 먹는 게 최고의 간식이었지. 사식은 못 사 먹었어요, 나 혼자 먹을 수가 없으니까.

탄원서도 써 줬어. 나한테 써 달라는 사람이 많았거든. 노부모가 계시다, 젖먹이가 있다 이런 얘기를 구구절절 넣어서 써요. 그러면 탄원서 써 준 덕분에 6개월이 줄었다며 인사를 하고, 건빵도 사서 돌리고 그랬어요. 물 공급해 주지, 영치금으로 밥 사 주고 간식 사 주지, 탄원서 써 주지… 방장의 권위가 딱 선 거야.

방은 창이 있어서 햇볕도 들어오고, 쥐가 안 돌아다니니까 견딜 만했어요. 그래도 좁으니까 칼잠을 자야 해. 열다섯 명씩 두 줄을 만들어서. 그러다 보면 얼굴에 남의 발이 막 올라오고 그래요. 결국 싸움이 나서 다들 깨고, 싸움이 붙은 둘은 승부를 내야 돼. 그래야 잠을 잤어요. 사람들하고 부대끼면서 석 달이 금방 간 것 같아.

최민희 유치장보다 더 다양한 수감자들을 만나셨을 텐데 기억에 남는 사람은 없나요?

이해찬 많지. 구치소는 네 시면 저녁을 줬어요. 일찍 저녁 먹고 할 일이 없으니까 어떤 녀석들은 노래를 불렀어요. 구성지게 잘해. 교도관들이 그런 건 안 말려. 그렇게라도 시간을 때우라고.

자기가 어떻게 잡혀 왔는지 사연을 늘어놓기도 해요. 얘기를 들어 보면 죄인은 한 놈도 없어. 다 억울해. 온갖 잡범들이 있는 감방에서도 제일 구박 받는 부류는 사기꾼이에요. '접시'라고 불렀지. 한 번도 뭘 사는 법이 없더라고. 그래서 구박을 받는 거예요. 내가 거기서 세상을 많이 봤어.

하루는 밤 열 시쯤 덩치가 엄청난 녀석이 들어왔어요. 문밖에서 신발을 벗고 문지방을 안 밟고 들어와. 조용히 변기통 앞으로 가서 누워요. '입방 절차'를 아는 거지. 알고 보니 마포 주변에서 노는 조폭이야. 별명이 '마포독수리'. 앞뒤 몸통에 독수리 문신을 했는데 앞이 수놈 뒤가 암놈이라나. 내가 방장이니까 어떻게 들어왔느냐 물어봤지. 술 마시다 사람을 한 대 쳤는데 원체 주먹이 세서 이빨을 부러뜨렸대요. 자기는 기억이 안 난대. 이 친구한테 규율 반장을 맡겼더니 방이 조용해졌어요. 먹을거리도 많이 들어와. 내가 탄원서도 써 주고 그랬는데 빨리 나가지는 못했어요. 전과가 많아서.

나중에 내가 처음으로 국회의원 선거에 나가게 됐을 때 마포독수리가 까만 양복 입은 친구들을 데리고 왔어. 뭐 도울 일이 없냐고. 깜짝 놀라서 얼른 가라고 했지. 선거 망칠 일 있냐고.

소매치기도 만났어요. 면도칼을 입에 물고 다니면서 조직적으로 소매치기를 하던 녀석이야. 주머니에 있는 돈을 만져 보면 천원짜린지 5천 원짜린지를 알아요. 어느 정도 솜씨인지 내기도 해 봤지. 내가 양쪽 주머니에 손수건을 넣어 놓고 그걸 모르게 빼내가면 슈크림 재료를 사 주기로 한 거예요. 아무리 신경을 바짝 쓰고 있어도 열에 일곱 번은 빼 가더라고. 그 친구 말이 뒷주머니는 다 자기 주머니래. 그러면서 중요한 게 있으면 앞주머니에 넣어야 한다고 충고해 줬지.

생계형 절도로 들어온 사람들도 꽤 됐어요. 30명 중에 대여섯 명 정도. '호주끼'라고 전설적인 도둑이 있어요. 노인이었는데 당시 전과 20범쯤 됐던 것 같아. 한국전쟁 때 참전한 호주 공군기를

'호주끼'라고 불렀어요. 교도소를 나가자마자 제트전투기처럼 다시 돌아온다고 그런 별명이 붙었대. 얘기를 들어 보니까 밖에서 살 수가 없어서 일부러 들어오는 거예요. 구멍가게에 가서 빵 두 개를 들고 도망을 쳐. 안 잡히면 또 훔치고 잡히면 감옥에 들어와서 끼니를 해결하고. 잡힐 때까지 훔치는 거예요. 그 사람이 나한테 방장님은 15년을 어떻게 살 거냐고 걱정을 해 주더구만.

정육점집 아들이 들어온 적도 있는데 유난히 허기를 못 견뎌. 매일 고기를 먹다가 구치소에 들어와서 고기를 못 먹으니 그렇대요. 근데 집에 밉보였는지 영치금이 안 들어와요. 내가 밥을 두 가다(덩어리)씩 사 주다가 한번은 양껏 먹어 보라고 했더니 다섯 가다를 먹어서 놀란 적도 있어.

같은 방은 아니었지만 인혁당으로 들어온 김용원 선생은 잊을 수가 없어요. 내 방 맞은편에 계셨어. 여고 교사였는데 수업 중에 붙잡혀 왔대요. 대화를 할 수 없으니까 수화를 했어요. 재소자들끼리 하는 교도소 수화가 있었거든. 선생이 자기는 곧 나갈 거라고 하셨는데…. 내가 75년 2월에 석방되고 얼마 안 돼서 사형을 당하셨지.

최민희　구치소에서 재미나게 살았다고 하셨지만 심상치 않은 상황에서 재판을 받으러 다니셨을 텐데 잠도 안 오고 그러지 않으셨습니까? 그냥 재판도 아니고 비상군법회의 재판이었는데요.

이해찬　잠은 그래도 잘 잤어요. 그때 내가 스물세 살이야. 구치소에서도 운동을 많이 했어. 뛰고 푸시업 하고. 그러니까 잠이 와요.

15년을 감옥에서 살 거라고는 생각하지 않았어요. 다만 상황이 더 엄중해지니까 박정희가 무슨 짓을 할지 모른다는 걱정을 했지. 쿠데타, 3선개헌, 유신…. 8월에는 육영수 여사가 문세광에게 피격되는 사건까지 터지잖아요. 그때 서대문구치소에서 사형집행이 여러 건 있었어요. 구치소 전체에 긴장감이 돌았지.

최민희　그런데 엄혹한 상황에서 재판을 받으면서도 '애국가 투쟁'을 하셨다고 기록돼 있습니다.

이해찬　아, 2차 재판을 시작할 때 내가 애국가를 부르자고 선동했지. 사전 모의를 한 건 아니고. 아무것도 안 할 수는 없다는 생각에 그랬어요. 당시만 해도 투쟁가가 따로 없어서 애국가를 부른 거야. 운동권의 투쟁가는 75년 5월 22일 이후에 나오게 돼요. 그날 김상진 열사 추도식이 열렸는데 문화패들이 중심이 됐거든. 아무튼 재판정에서 애국가를 부른 건 가만히 당하고만 있고 싶지 않아서였어.

최민희　재판정에서 가족들을 만나셨나요?

이해찬　우리는 앞에 있고 가족들은 뒤에 있으니까 대면을 할 수는 없었어요. 아버지는 그 재판에 대해 크게 관심이 없으셨어. 건강만 잘 돌보아라, 그런 정도였지. 재판에 한 번 오시고, 안양구치소로 이감된 후에 면회를 한 번 오신 게 다였어요. 다른 사람들은 가족들이 편지도 자주 보내는데 우리 아버지는 편지도 한 번 안 쓰시고. 그러다가 75년에 엽서 한 장이 온 거예요. 앞에서 얘기한 세 줄

짜리 엽서.

대전교도소에서 만난 장기수

최민희　10월 초에 서대문구치소에서 안양교도소로 이감되셨습니다. 거기서 장준하, 백기완 이런 분들을 만나셨지요?

이해찬　맞아요. 긴급조치 1호 위반으로 들어온 분들이 먼저 가 계시더구만.

　　백기완 선생을 그때는 잘 몰랐고, 장준하 선생은 내 방 옆의 옆방에 계셨어. 운동 나갈 때 얼굴을 뵀어요. 아주 멋져. 잘생기고. 까만 안경 쓰시고 가부좌해서 책을 읽고 계시다가 우리가 인사하면 건강해라, 건강해라, 하셨어요. 선생을 거기서 처음이자 마지막으로 뵌 거지.* 얼마 있다가 김동길 선생도 들어왔어요. 누나였던 김옥길 이화여대 총장이 동생 면회를 와서는 학생들한테도 짜장면 한 그릇, 사과 한 알씩을 넣어 줬어. 감동스럽더라고.

장준하 의문사 사건　1975년 8월 17일, 장준하 선생이 강원도 포천시 약사봉에서 수상쩍은 정황 하에 변사체로 발견된 사건. 장준하 선생은 독립운동가 출신의 언론인이다. 박정희의 탄압을 받으면서도 제7대 국회의원 선거에서 '옥중 당선'되어 정치인으로 박정희와 대립했다. 수사 당국은 실족사로 발표했으나 초동수사 부실, 엇갈리는 진술 등 석연치 않은 정황과 함께 타살 의혹이 제기되었다. 『동아일보』 장봉진 기자가 이 사건에 대해 의문점을 제기했다가 긴급조치 제9호 위반(유언비어 날조 및 유포 행위)으로 구속되기도 했다. 2012년 12월, '장준하선생사인진상조사공동위원회'는 자체 재조사를 통해 타살 흔적이 있는 유골 감식 결과를 근거로 최종 사인이 '타살 후 추락'이라고 발표했다.

거기서 수도경비사령관을 하다가 뇌물죄로 들어온 윤필용도 봤어요. 윤필용이 신군부 쪽이니까 박정희가 견제를 한 거야. 그때까지는 5·16쿠데타를 주도한 육사 8기가 주류였거든. 근데 윤필용은 감옥에 들어와서도 '소지'(교도소의 잡무를 보는 수형자) 완장을 차고 테니스 치면서 놀고 있더라고.

안양에는 전남대 학생들도 많았어요. 거기서 윤한봉, 김상윤, 이강, 박형선 등등 전남대생들을 만났어요. 운동 시간에는 서울대하고 전남대가 축구 시합을 했어요. 저녁에는 창가에 매달려서 노래 대결도 하고. 교회 다니는 친구들이 잘하더구만. 평소에 찬송가를 많이 불러서 그런가 봐.

그렇게 안양에서 가을을 보내고 11월 말, 12월 초쯤 대전교도소로 이감됐어요. 그때는 이미 상고를 포기하고 형이 확정된 상태였어. 상고 포기는 투쟁의 수단 같은 거예요. 어차피 이런 재판 의미가 없으니 상고하지 않겠다는. 안양교도소가 산 밑에 있어서 단풍 든 산이 잘 보였어요. 근처 군포역에서 아침마다 기적 소리가 울리는데 그 소리를 들으면 한편으로는 청량하면서 또 한편으로는 심란하고 그랬던 기억이 나네.

최민희   당시 대전교도소는 비전향 장기수들에 대한 전향 공작 등으로 악명이 높던 곳이었는데요. 분위기가 어땠습니까?

이해찬   대전교도소는 중촌동(中村洞)에 있어서 '나까무라'(中村)라고 불렀어요. 거기는 교도소 안에 또 담이 있더라고. 같이 이감된 선배 한 명이 입방 절차를 밟으면서 이거 완전 까막소구만, 그랬어. 그러니까 교도관이 욕을 하면서 화를 내요. 여기가 교도소지 왜 까막소냐고. 우리는 일반 재소자들과 격리돼서 한 방에 두세 명 씩 들어갔어요. 운동도 운동장이 아니라 칸막이가 쳐진 좁은 공간에서 했어. 그나마 하루 20분 정도 햇볕을 쬘 수 있는 기회인데 일요일, 국경일에는 안 시켜 줬어요.

비전향 장기수들을 거기서 처음 봤어. 분위기가 아주 을씨년스럽고 삼엄해. 대화는 일절 못했고 지나가면서 보면 건포마찰 같은 걸 하고 있었어요. 마른 수건으로 피부를 자극시켜 주는 거야.

그 사람들은 최하가 징역 20년이었어요. 맨 끝 방에 있는 사람과 교도관 눈을 피해서 통방을 했는데 54년에 들어와서 20년을 살았대. 교사를 하다가 부역을 해서 들어온 사람이야. 형을 좀 세게 받은 거지. 그해 연말이 만기라고 나갈 준비를 하고 있었어. 20년 동안 찾아오는 사람도 영치금 주는 사람도 없이 교도소에서 주는 걸로만 살았대요. 꽁보리밥에 장아찌, 칫솔 하나, 치약 조금, 수건, 비누, 휴지 몇 장 정도가 교도소에서 나오는 전부인데⋯. 내가 건빵 같은 걸 몰래 주고 그랬어요.

만기 출소 4, 5일 남겨 두고는 나한테 젓가락을 줘. 줄 게 이거밖에 없다면서. 그런데 만기가 됐는데 안 불러. 교도관을 불러서 물어보니까 연휴 끝나야 과장이 출근한대. 연휴가 끝났는데도 안 불러. 알고 보니 20년 형을 받기 전에 집행유예를 받았던 게 있는데 알려 주지 않았던 거야. 3년을 더 살아야 한다는 말에 이 사람이 넋을 놓아 버렸어요.

내가 왜 전향을 안 했냐고 물어봤지. 자기는 사회주의 사상이 옳다고 느꼈는데 왜 그걸 버려야 하는지 모르겠다고 그래. 그 믿음을 버리고서는 존재의 의미를 못 느끼겠다고 하더구만. 그 얘기를 하는데 사람의 신념이라는 게 참….

젓가락은 다시 돌려줬어요. 빵이랑 과자도 몰래 주면서 먹어야 된다고, 단식하면 안 된다고 했지. 그러다가 내가 75년 2월에 갑자기 형집행정지로 나오게 됐어요. 15년 형을 받았는데 11개월 만에 나온 거야. 내가 교도관한테 그 장기수랑 악수나 하고 나가게 해 달라고 했지. 허락을 안 해 주더라고. 그래서 면회 오겠다고 큰 소리로 얘기하고 나왔어요. 75년 가을쯤 그 양반을 보려고 대전교도소에 갔어. 면회 신청을 했더니 얼마 전에 죽었다는 거야. 전향하라고 고문을 받은 적은 없다고 했었는데 아마 실망감에 자기를 놓아 버린 게 아닌가 싶어요. 내가 출소한 이후에 전향 공작을 받았는지는 모르겠고.

최민희　비전향 장기수를 만나면서 분단 문제를 피부로 느끼셨겠군요.

이해찬　분단의 진면목을 본 거지. 청양에도 해방 후 인민위원장을 했던 일로 감옥에 간 사람이 있었어요. 내가 어렸을 때 그 양반이 석방됐는데 동네 사람들이 다 피했지. 애들한테는 집 근처에도 가지 말라고 하고. 그 사람이 감옥에 있을 때는 오히려 안 그랬어요. 가족들하고는 어울려 살았거든. 그러다가 부역했던 당사자가 풀려나니 혹시라도 엮일까 봐 가족들까지 다 기피하게 된 거야. 나는 어릴 적이라 그저 신기한 일로만 생각했던 것 같아요. 학생운동 하면서 책으로 접한 분단 문제는 머리로 이해한 거고. 반면에 비전향 장기수는 분단의 살아 있는 모습이었다고나 할까.

최민희　75년 2월에 민청학련 구속자들은 석방되었지만 유신정권은 더 극악해졌습니다. 4월 9일 인혁당 관련자들을 형 확정 20시간 후에 처형하고, 5월 13일에는 긴급조치 9호*를 선포했어요.

이해찬　광기였지. 유신 반대운동이 심해지니까 박정희가 75년 1월에 유신헌법 찬반 국민투표를 하겠다고 발표해요. 유신의 정당성을 얻겠다는 거지. 2월 12일에 국민투표가 가결되고 며칠 뒤에 우리를 형집행정지로 가석방시키거든. 정당성을 얻었다고 생각해서 일종의 유화책을 쓴 거야.

　그래도 못 나온 사람들은 있었어요. 졸업을 해서 학생이 아닌 사람들. 여정남, 김효순, 유인태 등. 나오는 사람들한테는 반성문을 쓰게 했어요. 반성문을 안 써서 못 나온 사람들이 있어. 나도 처음에는 반성문 못 쓰겠다고 버텼지. 그랬더니 반성문을 못 쓰겠으면 감상문이라도 쓰라는 거예요. 또 못 쓰겠다, 했더니 그럼 안 내보내 준대. 그래서 이건 내 의견서다 하고 짧게 썼지.

　국민투표까지 하고 민청학련도 풀어 줬지만 유신 반대운동이

긴급조치 제9호　1975년 5월 13일에 시행되어 1980년 전두환 신군부 정권이 등장하기까지 5년여에 걸쳐 가장 오랫동안 지속된 긴급조치. '긴급조치의 종합판'이라고 불린다. 집회·시위 등 정치활동을 금지했고, 위반자는 영장 없이 체포할 수 있도록 했다. 특히 유신헌법에 대해 일체의 비방이나 부정, 반대, 왜곡, 개헌 청원이나 폐기를 주장하거나 찬동·선동하는 행위를 할 수 없었고, 이런 내용을 방송·보도하거나 표현물을 제작·배포·판매·소지하는 일체의 행위 역시 긴급조치 위반으로 법관의 영장 없이 체포 구금할 수 있었다. 2013년 4월 18일, 대법원은 긴급조치 제9호를 무효 선언했다.

안 꺾였어요. 언론계, 종교계까지 들고일어났지. 그러니까 인혁당 관련자들을 그렇게 사형시켜 버리고 긴급조치 9호까지 발동을 한 거야. 4호보다 더 강력해. 이걸 위반하면 영장도 없이 체포할 수 있었어요. 초법적인 조치야. 7월에는 사회안전법이라는 걸 만들어요. 출소한 사람이 재범 우려가 있으면 재판 없이 감옥에 다시 넣어 버리는 거야. 우리 같은 사람들은 언제든지 잡혀갈 수 있다는 얘기지.

최민희 광기에 접어든 유신정권이 마음먹으면 언제든 잡혀갈 수 있는 상황에서 대표님은 어떻게 지내셨습니까?

이해찬 아무것도 할 수가 없었지. 공민권이 없는 건 물론이고 학교로 돌아갈 수도 없고 취직도 안 되고. 큰형님 집에 얹혀살 때라 눈치가 보여. 아이들이 넷인데 내가 방 한 칸을 떡하니 차지하고 있으면서 얻어먹었으니…. 형수한테는 골치 아픈 시동생이지.

거기다가 형사들이 집 앞에 와서 늘 지키고 있었어요. 외출을 하려면 신고를 해야 돼. 갈 곳이라고는 후배 박용훈이 집뿐이야. 거기 간다고 하면 허락을 해 줬어요. 근데 걔나 나나 똑같은 신세니까 딱히 할 일은 없어. 바둑 두고 라면 끓여 먹고.

유일한 숨통은 목요기도회였어요. 목요일마다 구속자들 가족이 종로5가 기독교회관에 모여서 인권기도회를 했거든. 거기 가면 사람을 만나고 세상 돌아가는 이야기도 들어. 만나야 위로가 돼. 물론 몰래 갔어요. 뒷담을 넘어서 가거나 박용훈이 집에 간다고 하고 나와서 중간에 새거나.

기도회에 가면 동대문경찰서 형사들이 와서 지켰어요. 종로5가니까. 근데 그 사람들이 나를 알잖아. 너 웬일로 여기 왔냐, 물어. 내가 지나가다 들렀다 뭐 그런 식으로 말하면 못 본 척해 주고 그랬어요. 내가 문리대 다니던 시절부터 알던 관계였으니까.

그때 문리대 담당 형사가 김만복이었어요. 참여정부 때 국정원장. 김덕창이라고 서울대 총책임자가 있었고 김만복은 하급자였지. 문리대 학생과 사무실에서 살다시피 했어. 김만복 외에도 차 주임이라고 정보과 형사가 있었는데 아주 살살이야. 나이도 많고. 튀김집에서 우리가 소주 먹고 있으면 와서 라면 값도 내고 그랬지.

그런데 75년 2월에 서울대 캠퍼스가 다 관악으로 옮겨 가요. 그러면서 노량진경찰서가 우리를 맡았어. 관악서가 들어서기 전이었거든. 노량진서는 학생운동 하는 애들을 다뤄 보지를 않아서 뭘 모르는 거야. 내가 출소하고 나서 우리 집을 지키는 형사들도 노량진서 소속이었어요. 나하고도 많이 싸웠지. 동대문서가 이해찬이 기도회 왔더라고 보고하면 노량진서는 결과적으로 물 먹은 게 되니까 담당 형사가 깨져. 그러면 형사가 나한테 막 화내고 그랬어요.

최민희 그때 서울대를 관악산 구석으로 몰아넣어서 데모를 못하게 하려고 한다는 소문이 돌았습니다.

이해찬 지금은 바뀌었는데 당시는 봉천동 고갯길만 막으면 학생들이 나올 수가 없었어요. 고갯길이니까 막기도 쉬웠지. 원래는 데모하고 관계없이 터를 잡았는데 75년에 서둘러 이사한 이유는 데모 막으려는 게 맞아요. 그런다고 데모가 막아지나….

서울 농대에서 김상진 열사가 할복을 했잖아요. 그게 75년 4월이야. 김상진 열사 추도식이 5월 22일에 열려. 민청학련 이후 기본 학생운동권이 무너진 뒤 학내 집회를 문화 서클들이 주도하게 되거든. 문화 서클들이 주도하니까 데모가 달라졌지. 투쟁가가 나오기 시작했는데 그게 5월 22일 데모야. 긴급조치 9호 이후 최초의 시위였어요. 연극회, 문학회 이런 문화운동 하던 친구들이 주도했어. 황선진, 김도연, 채광석, 김정환, 박우섭, 박인배 이런 사람들. 이념 서클에서 활동하던 사람들은 대부분 잡혀갔다 나왔으니 움직일 수가 없었던 거지.

5·22 사건으로 구속된 사람이 30~40명 됐어요. 민청학련 이후로 가장 많은 숫자야. 우리는 밖에서 그 상황을 지켜볼 수밖에 없었어요.

노동자의 삶을 보다

최민희　언제까지 형사들의 감시를 받으면서 그렇게 지내셨어요?

이해찬　사찰은 박정희 정권이 끝날 때까지 계속됐지. 하지만 75년 말에 뜻하지 않게 취직을 하게 돼요. 나하고 대전교도소 같은 방에 있던 장원영이라는 친구가 있었어요. 성실하고 잘생기고 공부도 잘했지. 노량진에서 어머니와 가난하게 살다가 감옥에서 나와서 유화통상이라는 회사에 취직을 했어요. 사장이 고향 사람인데 고등학교 때부터 장학금을 줬대요. 장원영이 워낙 성실하고 똑똑하니까 사장이 정보부에 얘기를 하고 채용을 한 거지. 얘를 우리 회사에서 좀 쓰고 싶다고.

유화통상은 와이셔츠를 많이 팔던 무역회사였어요. 무역 순위가 꽤 높았지. 하루는 장원영이 나를 찾아와서 자기 회사에 취직을 하지 않겠냐는 거예요. 사장이 친구 중에서 데려올 만한 사람이 없냐고 했대. 장원영을 써 보니까 일을 너무 잘하는 거지. 다른 직원들은 영어가 안 되니까 신용장 번역을 외부에 맡겼는데 장원영이는 그냥 다 읽잖아요. 그래서 장원영에게 데려올 친구를 찾은 거예요.

나는 갈 데도 없고, 할 일도 없잖아. 한번 해 보자 싶어서 정보부에 얘기했더니 그러라고 해서, 취직이 됐어요. 그게 75년 말쯤이에요. 첫 사회생활이 시작됐지. 열심히 해 보려고 무역영어, 무역실무 이런 책도 사 보고 그랬어요.

회사는 명동에 있었어요. 월급이 8만 원인가 그랬어요. 지금 돈으로 한 300 정도? 직장이 생겼으니 형님 집에서 나와서 하숙을 시작했지. 하숙비 3만 원 내고 나머지를 생활비로 썼는데 두어 달 지나니까 가불을 해야 되더라고. 명동에 나오는 친구들이 다 나한테 연락을 해. 취직된 사람이 나하고 장원영이뿐이니까. 그러면 만나서 밥 먹고, 소주 한잔 먹고….

업무는 처음에는 수출신용장을 처리하는 일이었는데 갈수록 일이 늘어요. 나중에는 원산지 증명도 취급했지. 그러다 보니 들어온 지 얼마 안 돼서 장원영이랑 내가 회사의 중요한 축이 되어 버렸어요.

4~5개월 다녔나? 이게 아닌 것 같다는 생각이 들어. 그러다가 사장하고 충돌도 좀 생기고. 결국 그만뒀어요. 유화통상에 다닌 게

내 인생의 유일한 외도였다고 할 수 있을 거예요.

최민희　사장하고의 충돌이라면, 거기서도 부당한 걸 못 참으셨습니까?

이해찬　그렇지. 논산에 와이셔츠 공장이 있었는데 하루 생산 목표가 만 장이었어요. 원단을 재단하고 나면 자투리 부위가 나와. 그걸 명동에 있는 보세 물품 취급하는 곳에 팔면 굉장히 좋은 수입이 돼요. 자투리가 많이 나오도록 하는 게 내 담당이었지. 그런데 하루는 와이셔츠 생산량이 만 장을 넘었어요. 만 장이 넘어가는 날은 노동자들한테 라면을 끓여 주기로 되어 있었거든. 근데 가서 보니까 라면이 아니라 라면땅이라고 과자를 주는 거야. 라면이 100원이면 라면땅은 10원이었어요. 공장장한테 따졌지. 그랬더니 끓이는 게 번거롭대요. 그러면 라면땅을 열 개씩 줘야 한다고 했지. 그 일로 공장장하고 시비가 붙었어요. 공장장이 보기에는 신출이 와 가지고 주제넘게 구니까 사장한테 일렀어. 사장도 공장장이 라면 값을 빼돌린다는 걸 알면서 모른 척했던 거예요. 나보고 네 일이나 잘하지 왜 공장에 관여하느냐, 이제 거기에 가지 말라고 하더라고.

그때부터 회사랑 갈등이 생기기 시작해서 결정적인 사건이 터져요. 무역회사는 서류 마감 시간에 굉장히 바빠요. 복사기가 없을 때라 먹지를 대고 서류를 타이핑을 해요. 다섯 시까지 끝내야 은행에 출금 신청을 넣을 수가 있어. 그래야 돈이 나오고.

서울여상 나온 직원들이 주로 그 일을 했는데 그중에서도 아주 속도가 빠른 고참이 있었어요. 타이핑을 하다가 오타를 내면 한 자한 자 수정할 수가 없으니까 아예 새로 쳐요. 하루는 고참 직원이 마감 시간에 쫓겨서 타이핑을 하다가 먹지를 확 찢었어. 오타가 나서 새로 먹지 세트를 넣으려고. 공교롭게 사장이 그걸 본 거예요. 민망할 정도로 그 직원을 꾸짖더라고. 내가 지금 마감이라 바쁘니까 들어가시라고 했더니 화가 났나 봐. 바닥에 떨어져 있던 핀 같은 걸 주우면서 이런 거 아껴 쓰라고 혼냈어요. 그리고 퇴근 무렵에 나를 불러. 물건을 안 아긴다고 또 그래. 직원들이 마감을 맞춰야 해서 그런 거지 헤프게 쓰는 것이 아니라고 말해도 소용이 없었어요.

가뜩이나 다닐까 말까 했는데 사장이 그렇게 나오니까 제가 그만두죠, 해 버렸지. 다음 날부터 안 나갔어요. 장원영이가 나오라고 하면서 자기는 생계 때문에 회사를 다녀야 한다고 하더라고. 그 말을 들으니 뭉클했어요. 그래도 다시 나가지는 않았어.

최민희　외도라고 표현하셨지만 무역회사 근무한 것도 그 나름의 의미가 있었을 것 같습니다.

이해찬　맞아요. 그때 공장의 생산직 노동자들 월급은 3만 원 정도 됐어요. 상고 나온 사무직 노동자들은 그보다는 조금 더 받았고. 지금으로 치면 최저임금 정도예요. 여성들이 이런 저임금 노동으로 노동시장을 떠받치고 있었던 거지. 공장 밥이 교도소 밥이랑 별 차이가 없었어요. 썩은 건 아니어도 반찬 가짓수는 비슷해.

그때 유화통상이 1년에 1,500만 불 정도 수출을 했으니까 상당히 돈을 잘 벌 때예요. 박정희가 수출 100억 불 선언을 하고 수출기업들을 지원해 줬어. 파격적인 금융 특혜를 줬거든. 1971년에 한국신탁은행 예금이자가 25%야. 1978년 한일은행 예금이자가 23% 남짓이고. 1970년대 당시 일반 금리가 평균 20%를 넘었는데, 무역회사는 외국 기업과의 신용장 하나만 있으면 대출을 해 줬어. 이자율이 6%야.

내가 그런 현장을 직접 본 거예요. 박정희 정권 아래서 기업들이 어떤 특혜 속에서 돈을 벌고 있나, 노동자들은 어떤 대접을 받고 있나. 생생한 현장 체험이라고 봐야지.

최민희　결혼 전이라 회사를 그만두는 '결단'이 어렵지 않았겠지요. 그런데 회사를 그만두는 순간 생계 문제가 달려들었을 텐데 어떻게 해결하셨어요?

이해찬　장원영한테 부탁을 했어요. 너희가 번역실에 가져가서 돈 주고 번역하는 거 나한테 가져오면 내가 하겠다고. 독일어하고 영어. 따져 보니까 그렇게 오전만 일하면 월급만큼 나와요. 장원영이한테 일감을 받아서 집에서 번역을 했지.

그즈음 집사람이 나한테 그만 만나자고 했어. 집사람은 사회학과 연합 서클에서 처음 만나서 내가 감옥에 있는 동안 뒷바라지를 계속해 줬어요. 그런데 졸업이 다가오고 그러니까 결혼 같은 현실적인 문제들이 생긴 거지. 헤어지자고 하고 그 뒤로 전화도 안 받아요. 하도 매정하게 나오니까 이건 아닌 거다 싶어서 포기를 했지.

최민희　뭐든 포기할 땐 딱 부러지게 하는 성격이시긴 한데, 사랑이 어떻게 그래요. 그렇게 매정하게 헤어지셨는데 어떻게 다시 만나고, 결혼까지 하셨는지 궁금합니다.

이해찬 헤어지고 1년 반쯤 지나서 충정로에서 우연히 만났어요. 차 한잔하면서 애기를 했는데 다시 사귀어 보자 그러더라고. 나를 만나다가 다른 남자들을 보니까 애들 같았다고 해요. 그렇게 만나서 78년에 결혼을 했지.

필독서를 만드는 '미다스의 손'

최민희 결혼하실 즈음에 서울대 앞에 광장서적이라는 서점을 내셨다고 알고 있습니다. 그전에는 계속 번역 일을 하셨습니까?

이해찬 번역도 하고 출판사 일도 했어. 유화통상을 그만두고 번역을 하다가 종각번역실 사람들을 알게 됐어요. 목요기도회에서 만난 분들이지. 내가 목요기도회는 꾸준히 나가서 구속자들, 가족들, 목사님들을 만났거든. 그곳이 서로 정보를 나누는 창구였으니까.

　종각번역실에는 정연주, 이인철, 이런 해직 기자들이 계셨어. 사회과학 번역거리가 들어오면 나한테 주셨어요. 에리히 프롬의 『소유냐 삶이냐』를 받아서 내가 번역하게 됐지. 그러다가 나도 종각번역실의 고정 멤버가 된 거예요. 기자들이 영어를 잘해서 일주일에 한 번은 영어 강독을 배우고. 일거리는 계속 들어왔어요. 『바우하우스』라고 독일 건축 책도 번역했는데 그게 몇 달 먹고살 수 있는 분량이었어. 근데 고유명사도 많고 너무 어려워. 마침 일본어로 번역된 게 있어서 독일어판, 일본어판 두 권을 갖다 놓고 번역했지.

그 시기에 『동아일보』 출신 해직 기자들, 출판사 하던 김언호, 조학래 이런 사람들을 만났어요. 김언호가 『신동아』 기자를 하다가 쫓겨나서 한길사를 시작했을 때야. 첫 번째 책이 신혼부부 여행 안내서였어. 근데 안 팔려. 사무실 유지할 형편이 안 돼서 조학래가 하는 과학과인간사에 책상 하나를 들여놓고 한길사가 책을 내고 그랬어요.

출판계 사람들과 가깝게 지내다가 나도 범우사에 들어가게 됐어요. 사연이 있는데, 내가 돈 버는 일은 아니었지만 엠네스티 인권보고서도 번역하고 있었거든. 일종의 자원봉사, 재능 기부. 엠네스티 본부에서 매주 나오는 보고서를 번역해서 한국 회원들에게 보내 주는 거예요. 각 나라의 인권침해 사례 같은 걸 실었어. 근데 엠네스티 사무실 맞은편에 범우사가 있었어요. 거기 윤형두 사장이 편집진을 꾸리는데 나보고 일하지 않겠냐고 제안을 한 거야. 범우사에서 '범우에세이' 시리즈를 기획하고 책 제작을 배우면서 나도 나중에 출판사를 해 봐야겠다 싶었지. 평민사가 생기면서 그리로 옮겨서 한동안 거기서도 일을 했어요.

범우사 다닐 적에 저녁이면 소주 마시러 오는 사람들이 있었어요. 정을병, 이호철, 임헌영, 리영희 이런 분들. 대구탕집이 하나 있었는데 거기서 술 한잔하면서 이런저런 얘기를 하는 거지. 그게 으악새클럽이야. 내가 거기를 따라다녔어요. 조태일 시인, 김초혜 시인도 그때 알게 됐어요. 김초혜 시인은 남편 조정래 선생하고

『소설문예』라는 월간지를 내고 있었어. 리버럴한 문인들로만 생각했는데 나중에 조정래 선생이 『태백산맥』을 쓰더라고. 상상도 못했던 소설이 나온 거예요. 뒤에 나온 『아리랑』, 『한강』도 대단하더구만. 내가 정치를 한 뒤에 조정래 선생을 강사로 초청하면 강연도 잘해 주셨지.

최민희　출판사에 다니시면서 엄청난 인맥을 쌓으셨네요. 또 당대 최고의 지성과 교류하면서 내적으로 많은 것이 차곡차곡 쌓여 가던 시절이었군요. 그런데 서점을 하실 생각은 어떻게 하셨습니까?

이해찬　78년 초에 결혼 얘기가 나왔어요. 돈 한 푼 없이 결혼을 할 수가 있나. 다음 해 봄에 하자고 했지. 번역을 집중적으로 해서 돈을 벌 생각이었어요. 그런데 처가에서 반지나 하나 해 오라면서 8월로 날을 잡았어요. 결혼을 하면 생활 기반이 있어야 되니까 서점을 차린 거예요.

그때까지만 해도 운동권들이 책이나 자료를 몰래 프린트해서 돌려 보는 경우가 많았어요. 출판 운동이 의미가 있었지. 다만 출판사는 책을 한번 잘못 내면 망하는데 나는 자본이 없잖아요. 반면에 서점은 큰 돈벌이는 안 되지만 망할 일은 없어. 좋은 책을 유통하는 것도 의미가 있고. 그래서 신림사거리에 서점 점포를 얻었어요.

최민희　감옥까지 갔다 온 운동권을 처가에서 흔쾌히 받아 주셨습니까?

이해찬　뭐, 그런 것 같지는 않아. 그래도 심하게 반대하거나 하지는 않으셨어요. 신촌에 만다린이라는 중국집에서 상견례를 했어요. 나는 그런 요릿집을 가 본 적도 없었지. 생전 처음 코스 요리를 시켰어. 장인어른하고는 따로 얘기를 좀 나눴어요. 앞으로 어떻게 살 거냐, 가족은 어떻게 책임질 거냐, 데모는 계속할 거냐. 거짓말을 할 수는 없어서 그랬지. 데모를 하고 싶어서 하는 게 아닙니다. 어쩔 수 없이 해야 할 상황이 있습니다. 하지만 가정도 책임지겠습니다. 솔직하게 말씀드렸는데 승낙을 하셨어요.

나중에 들어 보니 장인어른보다 큰처남이 더 반대를 했더구만. 그런데 우리 집사람 고집이 워낙 세니까 장모님은 반대해 봐야 소용없다고 하셨고, 처형하고 작은처남은 데모를 해서 그렇지 내가 사람은 괜찮더라고 설득해 주었대요.

허락을 받고 나서 정식으로 처가에 인사를 갔어요. 부산이야 처가가. 부산역에 내려서 택시를 잡으려고 하는데 도요타 슈퍼살롱이 마중을 나왔어요. 당시 최고급 승용차. 이게 뭐지 싶어서 멈칫했어. 그때까지도 처가가 뭐 하는 집안인지 잘 몰랐거든. 서울 아파트에서 삼 남매가 학교를 다니고 해서 그냥 좀 여유가 있나 보다 했지. 처가에 가 보니까 집도 근사해요. 내가 전혀 예상치 못한 상황을 맞은 거야. 슬쩍 물어봤더니 택시, 트럭, 건설회사, 농업용 비닐 생산 이런 걸 한대. 큰 사업하는 집안이었던 거예요.

참 고약스럽게 됐다 싶었어. 나는 데모를 해야 되는데….

최민희　운동하시면서 처가 사업에 폐를 끼칠까 봐 걱정하신 거군요.

이해찬 그렇지. 나중에 실제로 그런 일이 있었어. 그래도 어쩌겠어요. 결혼은 하기로 약속은 했고…. 주례는 송건호 선생이 해 주셨어. 그 뒤에 김대중 내란음모 사건으로 같이 감옥살이를 하면서 관계가 더 깊어졌지. 결혼식은 운동권 모임이 됐어요. 민청학련 이후에 한동안은 누가 결혼을 해도 잘 안 갔어. 가도 사진을 안 찍으려고 했지. 민청학련으로 하도 당해 가지고 뭔가 무리 지어 있는 모양을 남기지 않으려고…. 우리 중에 처음 결혼을 한 사람이 유홍준 씨예요. 75년에. 시간이 좀 지나면서 결혼들도 하고 부모님 돌아가시면 문상도 가고 하면서 뭐랄까 공동체 같은 분위기가 됐어요.

같은 생각을 가진 사람들끼리 공동체를 이룬다는 게 중요해. 우리 같은 사람들이 제법 숫자도 많아지고 왕래하고 어느 순간 보니까 공동체가 되어 있었던 거야. 학생운동권을 넘어서 해직 기자, 해직 교수, 출판인, 예술인, 신부님, 목사님 등등 교류하는 범위도 넓어졌어. 우리 또래들은 느슨한 조직이었지만 민주청년인권협의회라는 것도 만들고. 나중에 민주청년협의회로 이름을 바꿔요.

최민희 또래 대학생을 넘어 각계각층 지식인들과 교류하며 공동체라고 표현할 정도의 세가 형성된 것이네요.

이해찬 사회운동에서 큰 힘이 됐지. 구속자 구명운동 같은 활동을 같이하기도 했지만 평소에도 하나의 공동체처럼 지냈어요. 설이면 학생운동 출신들은 재야 어르신들에게 세배를 다녔지. 수유리 문익환 목사님, 문동환 박사님, 응암동 이호철 선생님, 진관동 백기완 선생님, 송건호 선생님, 이문영 교수님 댁까지.

104

광장서적에서 아내 김정옥과 함께.
1990년 무렵

최민희　서점 이름이 '광장서적'이었지요. 잘되었나요?

이해찬　신림사거리가 위치가 좋아서 책이 잘 팔렸어요. 인문사회과학 책만 판 건 아니고 여러 가지 책을 팔았지. 우리 서점이 생기고 나서 녹두서점, 논장, 다락방 이런 사회과학 서점들이 생겼어요.
　내가 한길사에 추천해서 『민족경제론』을 냈는데 내자마자 판매금지가 되어 버린 거야. 서점에 출고하기도 전에. 김언호 사장에게 미안하기도 하고 그래서 판금된 책 전부를 우리 서점에 가져다가 숨겨 놨어요. 근데 판금이 되니까 오히려 찾는 사람이 더 많아. 다른 서점에는 없으니까 다들 우리한테 와. 원래 가격의 70% 정도로 몰래 팔았어요. 팔리는 대로 한길사에 돈을 줬어. 관악경찰서가 그 사실을 알고서 우리 서점을 급습했는데도 책을 못 찾았어요. 서점 뒤 창고에 숨겨 뒀는데 그걸 몰랐던 거지. 『민족경제론』은 다 팔았고 한길사도 돈을 좀 벌었어.

김언호 사장이 또 낼 만한 책이 없느냐고 해서 몇 권을 기획해 줬어요. 다 성공했지. 그러면서 한길사가 인문사회과학 쪽으로 방향을 잡기 시작한 거예요. 『해방전후사의 인식』도 내고.

서점이 안정되면서 출판사를 한번 해 보자는 얘기가 나왔어요. 최권행이 제안을 했어. 먹고사는 건 해결이 됐고 내가 출판을 알고 있으니까. 나, 최권행, 최권행의 매제, 황석영 이렇게 넷이 자본을 모아서 한마당이라는 출판사를 차렸어요. 맨 처음 낸 책이 문병란 시인의 『죽순 밭에서』라는 시집. 근데 이걸 외설이라고 판금을 시키고 출판 등록까지 취소시켜 버리더라고. 일본을 비판하는 구절이 있었거든. 그래서 다른 출판사를 권리금 내고 산 다음에 이름을 돌베개로 바꿨어요. 최권행이 자기가 좋아하는 책들을 냈는데 잘 안 팔려. 계속 이렇게 하면 망하겠다 싶어서 내가 기획에 참여하기 시작했지. 『학교는 죽었다』 이런 책들을 기획해서 내니까 좀 팔리는 거예요.

다른 출판사에서도 인문사회과학 계통으로 추천을 해 달래. 그렇게 기획해 준 책 중에 제일 성공한 게 『아무도 미워하지 않는 자의 죽음』이었어요. 민청학련 사건으로 감옥에 있을 때 독일어 공부할 겸해서 접했었지. 감옥에서 일부를 봤는데 원본을 구해서 번역하면 어떨까 생각했거든. 소피아 서점이라고 독일 책 전문 서점에서 주문을 해서 받았어요. 원제가 『바이세 로제』(Die Weiße Rose: 백장미)였지.

『사회학적 상상력』이라는 책은 강희경 교수하고 내가 번역을 했어. 이것도 일본 책이랑 대조해서 번역을 하는데 그래도 어려운

책이었어요. 홍성사라고 새로 생긴 출판사에서 냈지. 『소유냐 삶이냐』를 낸 출판사야. 원고료가 아니라 인세로 계약을 했어요. 스테디셀러가 될 책이라고 봤거든. 출판사도 인세로 하면 부담이 없잖아. 사회학과 교재로도 쓰이면서 꾸준히 잘 팔렸어요. 나중에 돌베개에서 다시 냈고. 강희경 교수가 여자인 줄 알고 나랑 부부냐고 묻는 사람도 있었어. 아무튼 돌베개가 자리를 좀 잡아 가고 있었는데 10·26이 터진 거예요.

최민희　그런데 출판 기획들은 어떻게 하셨습니까? 『민족경제론』, 『학교는 죽었다』, 『아무도 미워하지 않는 자의 죽음』, 『사회학적 상상력』 등등 말씀하신 책들이 다 저희들의 필독서였습니다.

이해찬　후암동 소피아 서점, 광화문 범문사 이런 데를 가서 외국 책들을 구해 보는 거지. 그리고 『아사히 신문』, 『뉴욕 타임스』의 신간 소개란도 챙겨 봤어요. 『아사히 신문』은 꽤 비쌌지만 정기 구독했어.

최민희　겨우 5분의 1 정도 들었는데, 대표님은 삶 자체가 학습이었다는 생각이 듭니다. 어떻게 보면 그 시기가 대표님 인생에서 가장 풍요로웠던 때라고 할 수도 있을 것 같아요. 우선 엄청난 학습을 하셨고 시대의 필독서를 기획하거나 번역하시면서 지성인들과 교류하시고 인식의 지평뿐만 아니라 가치관이나 세계관이 정립된 듯합니다.

이해찬 75년부터 80년 복학하기 전까지 5년 동안이 내 인생의 기본 방향, 가치관, 신념 같은 게 정립됐다고 봐야겠지. 감옥에서도 엄청난 분량의 책을 읽었어요. 출소 이후에도 낮에는 책 읽고, 저녁에는 사람들과 술 마시면서 토론하고. 그런 생활이 익숙해졌어요. 80년 이후에는 그것을 현실에서 풀어 가는 실천의 과정이었고.

사형수 김대중을 만나 '일당'이 되다

'위장결혼식 사건'으로 보안사에 연행되다

최민희　이제 유신이 몰락하는 시기로 이야기가 접어드는데요. 대표님은 박정희 집권기를 세 단계로 나누고 긴급조치 9호부터를 말기로 보셨습니다. 대표님이 출소 후 출판사, 서점 등을 하며 재야 어른들과 암중모색하셨던 시기입니다. 당시에 유신의 말기적 징후들은 직접 느끼셨는지요?

이해찬　광기를 보인다고 생각했지. 인혁당 사람들을 그렇게 처형해 버릴 거라고는 누구도 예상을 못했어요. 그리고 얼마 후에 캄보디아, 베트남이 공산화되니까 이걸 유신체제 강화의 명분으로 쓰더구만. 관변단체들을 총동원해서 반공 궐기대회를 열고 분위기를 띄우더니 긴급조치 9호를 선포하는 거야. 이건 뒤집어 말하면 사법살인이나 긴급조치 9호 같은 극단적인 수단을 안 쓰면 체제 유지가 불안하다는 뜻이에요.

그런데 박정희 정권이 광기를 부릴수록 저항이 세지고 저항 범위는 넓어져. 대표적인 게 76년 '3·1민주구국선언 사건'*이지. 종교인들, 지식인들, 그리고 DJ가 처음으로 결합해서 반유신의 전면에 나선 거예요. 그때 문익환 목사가 등장하셨어요. 구약성경 번역을 끝내고 재야 운동에 참여하신 거야. 그 일로 DJ, 문익환 목사, 함세웅 신부, 이우정 교수 등등 열 분 넘게 구속됐어요. DJ까지 구속을 시키니까 다들 충격을 받았지. 내가 출소하고 나서 몰래 목요기도회에 다녔다고 했잖아요. 거기 가서 그분들 재판 소식 듣고 가족들도 뵙고 그랬던 거예요.

기층 민중운동도 막 터져 나왔어. 그게 반유신 운동하고는 또 다른 양상으로 벌어져요. 생존을 건 문제야. 농민운동 쪽에서는 가톨릭농민회가 주도해서 싸웠지. 대표적인 게 함평고구마 사건,* 오원춘 사건.*

3·1민주구국선언 사건　1976년 3월 1일, 3·1절 기념 미사가 열린 명동성당에서 문익환, 함석헌, 윤보선, 김대중, 문동환, 이문영 등 각계 지도층 인사들이 발표한 선언. 1975년 유신정권의 긴급조치 제9호 발동 이후 유신체제의 강압 통치에 맞서 이 상황을 타개하기 위해 재야 민주진영에서 시국선언을 모색하게 되었다. 이 선언이 발표된 사건을 '3·1민주구국선언 사건' 또는 '명동사건'이라고 한다. 선언문의 내용은 긴급조치 철폐, 민주 인사 석방, 언론·출판·집회의 자유, 의회정치 회복, 대통령직선제 요구, 사법권의 독립, 박정희 정권 퇴진 등을 담고 있다.
함평고구마 사건　1976~1978년, 고구마 수매 문제를 놓고 전남 함평군 지역의 농협이 농민들을 속이자 농민들이 이에 대한 보상을 요구하며 천주교 광주대교구와 연대, 투쟁한 사건.

노동운동에서는 주로 여성 노동자들이 노조를 만들고 싸웠잖아요. 저임금 노동으로 수출 주도 경제를 버텨 왔는데 그게 한계에 왔다는 얘기야. 노동운동을 찍어 누르려고 하다가 동일방직 사건,* YH 사건* 같은 게 일어났고. YH 사건은 굉장히 충격이었어요. 여성 노동자 김경숙 씨가 투신을 했으니까.

이 일로 노동운동하고 야당이 결합하면서 김영삼 의원 제명*까지 가게 된 거야. YH 사건 이전에는 재야나 기층 민중운동이 YS하고 교류가 없었어요. YS가 그래도 당총재 겸 국회의원이었는데 국

오원춘 사건 1978년, 경북 영양군 청기면 농민들은 농협에서 알선한 씨감자를 심었다가 싹이 나지 않아 농사를 망쳤다. 이때 가톨릭농민회 임원이던 오원춘이 당국을 상대로 피해보상을 받았고, 다른 농민들도 피해보상을 받을 수 있도록 강연을 하던 중 행방불명되었다. 보름 만에 나타난 오원춘은 영양 본당 신부에게 자신이 납치되어 모진 폭행을 당했음을 증언했고, 이에 분개한 천주교 안동교구 신부들이 주축이 되어 「짓밟히는 농민운동」이라는 문건을 제작, 천주교정의구현전국사제단 조직을 통해 7월 17일 전국에 이 사건을 폭로했다.

동일방직 사건 1978년 2월 21일, 쟁의 중인 동일방직 노동조합의 조합원들에게 반대파가 똥물을 뿌린 사건. 동일방직의 생산직 노동자는 대부분 여성이었으나 이른바 '어용'이었던 노동조합은 남성이 장악했고 오히려 노동자를 감시하는 기구로서 작용했다. 1972년 최초의 여성 지부장이 선출되었고, 이후에도 노동조합은 여성 지부장을 선출하여 노동자의 권익을 보호하고자 하였다. 1975년 나체 시위, 1978년 똥물 투척 사건 등이 있었다.

YH 사건 1979년 8월 9일, 가발 업체였던 YH무역의 여성 노동자 190여 명이 회사 운영 정상화와 노동자 생존권 보장을 요구하며 신민당사에서 농성을 벌였던 사건. 'YH 여공 신민당사 점거 농성 사건'이라고도 한다. 이 사건으로 당시 신민당 총재였던 김영삼이 신민당 총재 직무를 정지당한 뒤 결국 국회의원직에서 제명당했다.

김영삼 의원 제명 박정희 정권은 YH 사건 배후에 김영삼이 있다고 확신했다. 신민당 당사를 40시간 동안이나 노조 농성자들에게 내준 것 자체가 그렇다고 보았다. 1979년 8월, 경찰기동대가 신민당사에 난입하여 노동자들을 폭력적으로 강제 연행하고, 이들을 막는 신민당원들과 집회 참가자들에게 무자비한 폭력을 가했다. 이 과정에서 여공 김경숙이 사망한다. 그리고 10월 4일, 김영삼은 국회의원에서 제명된다. 거대 야당 총재의 국회의원 제명은 대한민국 헌정 사상 최초의 일이었다. 김영삼 총재는 국회의원 제명 직후 '닭의 모가지를 비틀어도 새벽은 온다'는 성명문을 발표했는데, 이 말은 지금까지 정치권에서 회자될 정도로 유명하다.

회의원 자격을 박탈해 버렸으니 갈 데까지 간 거지.

75년부터 벌어지는 상황을 지켜보니까 유신체제를 무너뜨리는 일이 그렇게 절망적이지 않더라고. 오래는 못 갈 거라고 생각했어요. 나만이 아니라 운동에 관여했거나 의식 있는 사람들이 대체로 그랬던 것 같아. 금방 이기지는 못해도 머지않아 무너진다….

최민희 유신정권의 모순이 누적되다가 결국 10·26이 터져 버렸습니다. 그리고 신군부가 등장하는데요. 대표님과 재야 어른들도 대응 방안을 모색하셨을 것 같습니다.

이해찬 내가 서점과 출판사를 하면서 재야 사람들과 느슨한 모임을 하고 있었다고 했잖아요. 민청협(민주청년협의회). 주로 종로 5가 기독교회관이나 그 근처 최열이 하는 반공해연구소에서 모였지. 그 연구소는 운동권 출신이 출판사가 아닌 다른 일을 하는 유일한 사무실이었어요. 그런데 우리가 반유신 운동을 미처 조직화하지 못하는 사이에 10·26이 터져 버린 거야.

그즈음 우리 출판사는 원혜영이 했던 풀무라는 출판사하고 순화동에서 사무실을 같이 쓰고 있었어요. 10·26이 터진 직후에 원혜영을 만났지. 잘못되면 우리가 검거 대상이 될 수도 있겠더라고. 비상계엄이 선포됐고 나는 사회안전법 대상인데다가 형집행정지 상태였으니까. 그래서 서울에서 얼쩡거리지 말고 지방 서점에 수금이나 하러 다니자, 이렇게 됐어요.

원래는 영업부장들이 한 달에 두어 번 수금을 다녔어요. 그걸 우리 둘이 하면서 상황을 좀 지켜보는 거지. 경비는 수금한 돈으로 쓰면 되고. 그렇게 부산까지 갔어요. 근데 별일이 없어. 누굴 잡아 갔다는 얘기도 안 들려.

말하자면 그때가 유신정권과 신군부 세력 사이의 공백기였던 거예요. 서울로 돌아오니 쿠데타가 일어날 것 같다는 얘기가 돌아. 전두환, 육사 11기 얘기가 나오고 쿠데타가 일어날 수 있다는 걱정들을 했어. 보안사령관이었던 전두환이 박정희 시해 합동수사본부장이 됐다는 건 주도권을 잡았다는 뜻이야. 정보부가 보안사 안으로 들어가 버린 거예요. 그해 11월에 전두환은 10·26 수사 결과를 발표하면서 처음으로 얼굴을 드러냈어요.

민청협 사람들도 따로 모였어요. 문동환 목사님 댁에서 모였을 거야. 한 20명 정도. 이거 어떻게 할 거냐, 대응을 해야겠다. 전두환이 쿠데타를 일으킬 것 같다, 최규하는 허수아비고, 대응을 안 하면 군부 정권이 계속 연장되겠다. 이런 얘기를 했어요. 본격적인 투쟁은 내년 3월에 복학해서 학생운동하고 함께하겠지만 당장은 전두환 군부 세력이 들어서지 못하게 저항을 해야 한다고 결론 내렸어요. 그렇게 해서 '명동 YWCA 위장결혼식 사건'*이 일어난 거야.

유신 철폐, 통일주체국민회의의 대통령 선출 반대를 주장해야겠는데 집회를 열 수가 없으니 결혼식으로 위장해서 모였던 거지. 최열, 최민화 같은 60년대 학번들이 선도 역할을 했고 70년대 학

YWCA 위장결혼식 사건　10·26 사건 이후 간접선거로 대통령을 선출하려는 통일주체국민회의의 발표에 반발하여 윤보선, 함석헌, 박종태, 임채정 등 재야인사들의 주도 하에 1979년 11월 24일에 서울 YWCA 회관에서 개최되었던 대통령직선제 요구 시위. 직접 시위는 군부와 경찰을 자극할 것으로 예상하여 결혼식을 가장한 시위였다. 집회 종료 후 140명이 불구속 입건되었고, 주동 인물 중 윤보선, 함석헌 등은 소환 조사 및 서면조사를 받았으며, 기타 주동자 14명은 용산구의 보안사령부로 끌려가 고문을 당했다.

번들은 학교로 가서 사람들을 조직했어요. 나는 서울대, 조성우는 고대, 이석표는 중앙대, 김학민이 연대를 맡았지. 결혼식의 신랑 역할은 연대 홍성엽이 맡겠다고 자원을 했고 신부는 가공의 인물이었어요. 이름이 윤정민.

'민주주의국민연합'이라고 78년에 재야인사들이 만든 단체가 있었는데 그 모임하고 민청협을 매개하는 역할은 장기표가 맡았고. 당일 집회장 안에서는 선언서 낭독까지 하고 나서 계엄군이 들이닥쳤어요. 밖에서는 유인물 뿌리면서 시위를 벌이다가 해산됐고.

최민희　1979년 11월 24일이었습니다. 기록을 보면 이 사건으로 140여 명이 연행되고 14명이 구속되었다고 합니다. 대표님도 연행되셨을 것 같은데요.

이해찬　나는 '하객'으로 참석했어요. 당일에 연행된 건 아니고 며칠 후에. 관악서에서 내 담당하고 정보과 형사가 찾아왔어요. 조사할 게 있다고. 그러더니 서빙고 보안사로 데리고 간 거야. 다른 건으로 보안사에 가 본 적은 있었지만 서빙고는 처음이었지. 수사실에 들어가자마자 엄청난 놈들이 와서 구둣발로 차고 몽둥이로 때리고…. 말 한마디 없이 한 시간 동안 그렇게 두들겨 맞았어요. 안경도 다 깨지고. 나중에 보니까 벽이 피투성이야. 겁주려고 안 닦은 거지.

여기 누가 수사받은 덴 줄 아느냐, 최열이가 받은 곳이다, 너도 최열같이 되고 싶냐며 협박을 했어. 그때 최열, 최민화, 백기완 이런 분들은 엄청나게 맞았어요. 함석헌 선생은 수염을 뽑혔다느니 김병걸 선생은 머리가 깨졌다느니 그런 소문도 돌았지.

그전에 내가 정보부에 두 번 잡혀가서 조사를 받은 적이 있어요. 한 번은 사회학과 다닐 때, 또 한 번은 성남교회 다닐 때. 보안사는 정보부보다 훨씬 공포스러웠어요. 구조가 2층이 복도 1층이 수사실이야. 2층에서 워커 소리가 들려 살벌하지. 방 안에서는 밖이 안 보이지만 밖에서는 안이 보여요. 방의 구조도 완전히 감방이더구만.

최민희　서빙고로 끌려가는 차 안에서 무섭지 않으셨나요? 끌려가서 조사 받을 때 어떠셨습니까?

이해찬　처음에는 이제 죽었다고 생각했지. 매일 두들겨 맞으면서 네 역할이 뭐냐고 추궁당하는 거야. 그런데 내가 위장결혼식에 참석한 거 말고는 드러나는 게 없어요. 며칠 지나고 나서 말했지. 구속시킬 건지 빨리 결정을 해 달라고. 집사람이 곧 해산을 해서 친정에 가야 하는데 구속될 거 같으면 혼자 가라고 해야 된다. 그랬더니 나를 담당했던 군인이 이놈아 너는 구속이지, 그러는 거야. 내가 뭘 했다고 구속이냐, 당신이 내 안경을 깨뜨렸으니 안경이나 물어내라 하면서 버텼어요.

그런데 나흘째인가 진짜 벤츠에 날 태우고 종로로 데려가서 안경을 두 개 맞춰 주는 거예요. 내가 기왕에 나왔으니 밥이나 먹고 들어가자 그랬지. 근처에 한일관이라고 불고깃집이 있었거든. 좀 어이없어하면서도 불고기를 사 주더라고. 둘이서 잘 먹고 서빙고로 돌아왔어요.

나를 구속까지 시킬 건 아니라고 생각한 거야. 나한테 귀띔을 해 줘요. 부장님이 결재를 해야 나간다. 부장님이 가끔 오시니까 기다려라. 처음엔 부장님이 누군지 몰랐어요. 나중에 보니까 전두환이더구만. 합수부장. 전두환이 쿠데타 준비하느라 바빠서 서빙고에 올 틈이 없었던가 봐.

12월 8일쯤 석방이 됐어요. 나가기 전에 또 한 번 무지하게 맞았어. 마지막 교육이라나. 첫날만큼은 아니었지만 의자에 묶어 놓고 구둣발로 걷어차고. 한 번만 더 오면 죽여 버리겠다면서…. 오 중령이라고 서빙고 책임자가 있었는데 나한테 여기서 나가면 데모하지 말고 서점이나 착실히 하라고 훈계도 했어요. 그러고는 밤 열두 시가 넘었는데 나가라는 거야. 서빙고 정문 앞에 떨어뜨려 놓고 갔는데 무지하게 추웠어요. 그 와중에도 저 문을 나왔으니까 살았다는 생각이 들어. 한 치라도 멀리 떨어져야겠다 싶어서 무작정 뛰었어요. 언덕을 구르다시피 내려와서 한강까지. 지금 생각하면 한남대교였던 것 같아요.

다리에 올라가니 바람이 너무 세서 뛸 수가 없어. 겨우 다리를 건너서 불이 켜진 곳이 있어 가 보니까 파출소예요. 술에 취한 것도 아닌데 제 발로 파출소에 들어온 놈을 순경이 어리둥절하게 봤지. 거기다가 얼굴은 깨지고 행색도 초라하고. 내가 서빙고에서 수사받고 나왔다, 도저히 신림동 집까지 갈 수가 없으니 나를 좀 데려다줘라, 그랬어요. 처음에는 미친놈 취급을 해요. 당신이 뭔데 우리가 집엘 데려다주냐고. 그래서 당신들은 나를 모르겠지만 관악서에 연락을 하면 나를 알 거다, 그랬지. 긴가민가하면서 관악서에 전화를 하니까 그쪽에서 나를 데리고 있으라고 한 거예요.

116

한 시간 반쯤 지나서 관악서 정보과 형사들이 왔어요. 내 담당하고 계장이. 그 사람들은 자기들이 나를 보안사에 넘겨준 거니까 미안해하면서 집까지 데려다줬어요. 한 2주 만에 집으로 돌아온 거예요.

최민희　저는 레이건 대통령이 방한했을 때 형사가 만나자고 해서 나갔다가 잡혀간 적이 있었습니다. 시골에서 올라온 형사였는데 순진해서 제가 어떻게 될지 모르고 불러냈던 거죠. 제가 울면서 따졌어요. 왜 거짓말하냐고. 구금할 거면 미리 말을 해 줘야 부모님도 걱정하지 않으시지 않느냐. 그 사람이 충격을 받아서 얼마 뒤 지방으로 내려갔고 곧 그만둬 버렸다고 합니다. 몇 년 지나서 편지가 왔는데 그때 너무 미안해서 떠났다고. 자신도 붙잡아 둘 줄 몰랐다고…. 그 시절에도 인간적인 형사들이 있었다는 생각이 듭니다. 아무튼 댁으로 돌아오셨는데 사모님은 괜찮으셨습니까? 임신 중에 큰 충격을 받으셨을 텐데요.

이해찬　부산 처가에 같이 내려가기로 한 바로 전날 내가 잡혀갔어요. 집사람은 갑자기 내 생사도 알 수 없는 상태가 됐으니까 많이 울었다고 해. 내가 돌아와서도 처가는 집사람 혼자 내려갔어요. 내 얼굴이 상처투성이여서 도저히 갈 수가 없었어. 다행히 집사람은 순산을 했어요. 12월 14일에 현주가 태어났지. 나는 소식을 듣고 처가로 내려갔고. 그 사이 12·12쿠데타가 일어난 거예요.

서울의 봄, 광주 그리고 '김대중 내란음모'

최민희 쿠데타가 일어났지만 민주화에 대한 열망을 막을 수는 없었습니다. 특히 80년 3월 대학들이 개강을 하면서 학생들의 학원 민주화, 계엄 철폐 요구가 터져 나왔어요. 이른바 '서울의 봄'을 맞았는데요. 대표님도 그 시기 복학을 하신 걸로 알고 있습니다.

이해찬 개학 전부터 복학 준비를 했어요. 위장결혼식 사건으로 1진 그룹들은 다 잡혀갔으니 남은 2진들이 복학을 해서 3월 투쟁을 어떻게 할 건지 계획을 세운 거예요. 장기표, 이신범, 이명준 등을 1월부터 빈번하게 만났는데 나중에 공소장을 보니까 주로 경양식집에서 만났더구만. 칸막이가 돼 있어서. 서울대가 복학생이 많았어요. 내가 복학생협의회 회장을 맡기로 했지.

최민희 그때 저는 2학년이었는데 학교들마다 학생회 부활 움직임이 일어났습니다. 학생회를 추진하면서 저희들은 DJ가 당시 상황을 어떻게 생각하는지, 의중이 무엇인지에 대해 이러저러한 얘기를 계속 들었던 것 같습니다. 대표님의 그룹이나 재야에서는 야당 지도자들과 교류나 소통을 하셨습니까?

이해찬 우리가 재야 어른들 댁에 세배를 다녔다고 했잖아요. 그해 설에도 세배를 다녔어. 백기완 선생은 구속 상태였고 문동환 선생은 미국에 계셨나 해서 못 갔고. 세배를 다니면서 YS, DJ의 의중을 좀 알아야겠다는 얘기가 나왔어요. 장기표, 서경석 등 다섯 사람이 동교동을 찾아갔지.

DJ는 연금 중이었는데 우리가 들어가고 나오는 걸 막지는 않았어. 그때 처음으로 대화를 해 봤는데 굉장히 신중하시더구만. 지금 보통 상황이 아니다, 5·16 세력보다 더 흉악하다, 그러니 학생들도 신중해야 한다. 그러면서 당신이 어떻게 하겠다는 말씀은 안 하시는 거예요.

DJ를 만나고 나서 YS한테 갔어. 지금도 잊어버리지 않는데 YS가 그런 비유를 하시더구만. 전두환이라는 사람이 길을 가다가 큰 금덩어리를 발견했다. 지켜보는 사람들이 많아서 그걸 집어넣을까 말까 망설이는 참이다. 그자가 그걸 집어넣지 못하도록 해야 한다. 근데 딱 거기까지만 말씀을 하셔.

YS, DJ를 만난 우리 결론은 두 사람 다 믿을 수가 없다, 의지해서는 안 되겠다는 거였어요. 전두환 세력과 맞서 싸울 의지가 없다고 느낀 거야. 관망하는 태도였으니까.

최민희 정치인으로서는 당연한 태도였는데 당시 상황에선 나이브하게 보였을 것 같습니다. 하여간 복학을 해서 학원에서 투쟁하겠다는 결정은 독자적으로 하셨다는 말씀이네요.

이해찬 그렇지. 민청협에 관여했던 사람들의 결정이었어요. 복학을 하니 재학생들이 학생회를 구성하더구만. 투표도 하고. 학생회 주요 멤버가 심재철, 유기홍, 김명인 이런 친구들이었어. 우리 복학생들은 학생회에는 관여하지 않았어요. 그런데 개강 직후에 학생회에서는 주로 교련 강화 반대, 어용 교수 퇴진을 얘기하는 거예요. 그때 병영 집체 훈련이라고 1학년을 군부대에 보내서 군사훈련을 받게 했거든. 나하고 이범영 등 복학생들은 지금 교련 반대나 어용 교수 얘기할 때가 아니다, 계엄 해제에 초점을 맞춰야 한다고 생각했어요. 교련 반대 주장은 오히려 안보 의식이 없다고 우리가 몰릴 수도 있고. 학생회와 복학생이 서로 견해가 안 맞았던 거지. 복학생 일부는 학생회에 동조하기도 했지만 전반적으로 재학생과 복학생 사이의 견해차가 잘 조율이 안 됐어요.

최민희　제 기억으로는 5월에 들어서면서부터는 학생회들이 계엄 해제를 주장했던 것 같습니다.

이해찬　맞아요. 5월 9일쯤으로 기억하는데 서울대에서 큰 집회가 있었어요. 총학생회와 우리가 비공식적으로 합의를 했지. 교련 반대 주장은 하지 않는 걸로. 그런데 막상 집회를 여니까 그게 안 돼요. 연사들이 올라가서 연설을 하는데 교련 반대가 학생들에겐 호소력이 있으니까 그쪽으로 흘러가는 거야.

　　그래서 내 옆에 있던 김부겸한테 그랬지. 네가 나가서 계엄 해제로 분위기를 뒤집어야 한다. 김부겸이 올라가더니 또 교련 반대 얘기를 한참 해요. 뒤집으라고 했더니 다 틀렸구만 했지. 그때 김부겸이 "그런데" 하면서 전두환 성토로 돌아섰어. 계엄 해제를 안 하면 전두환을 위한 교련이 되는 것이다. 그러면서 분위기가 바뀌었어요. 아마 김부겸의 인생에서 최고의 웅변이 아니었을까 싶어. 다들 감동을 받고 철야 농성을 했어요. 이슈가 전환이 돼 버린 거야.

최민희　80년 5월 집회에서 대표님과 당시 학생회 쪽이었던 유시민이 언쟁을 했다는 소문이 돌았습니다. 말씀을 들어 보니 분위기가 바뀐 9일 집회가 아닌가 생각되는데요.

이해찬　맞아. 그날 유시민이 사회를 봤어요. 대의원대회 의장인가 그랬어요. 김부겸이 연설을 하겠다고 하니까 마이크를 안 주려고 했지. 내가 쫓아 나가서 복학생도 발언권을 줘야 한다고 하면서 옥신각신했지. 그러다가 마이크를 준 거예요. 어렵게 얻은 마이크였어.

최민희　5월 13일부터 각 대학들에서 계엄 철폐를 요구하는 가두시위, 철야 농성이 벌어지고 15일에는 대학생 시위대가 서울역으로 집결하게 됩니다. 대표님도 그때 참여하셨지요?

이해찬　당연히. 처음에는 학교를 돌기만 하려고 했는데 복학생들이 앞장서서 나갔어요. 경찰들도 우리가 나갈 줄 몰랐을 거야. 14일에 대학별로 가두시위가 시작됐어. 15일에는 서울의 대학생들이 거의 다 나왔던 것 같아.

　　그때 처음으로 노래패가 등장했어요. 단과대 농성장을 돌면서 공연을 했지. 심상완이라는 친구가 리더였어. 학생운동에서 노래패가 나와서 일종의 선무가를 부른 게 처음이 아니었나 싶어요. 무슨 노래를 불렀는지는 기억이 안 나네. 악보는 없고 가사만 복사해서 나눠 주고 따라 부르게 했어. 우리 서점에 복사기가 있어서 복사를 해 갔지.

최민희　당시에 '바람이 분다 바람이 불어'로 시작되는 바람 송, 〈상록수〉, 〈우리 승리하리라〉 같은 노래를 불렀던 것 같습니다. 다 같이 어깨동무를 하고 노래를 하면 겁도 줄고 일체감이 생겨 좋았어요.

15일 상황에 대해서는 좀 더 구체적으로 말씀을 해 주셨으면 합니다. 이른바 '서울역 회군'이 없었으면 광주항쟁이 일어나지 않았을 것이라는 전제 아래 그날 지도부의 결정이 지금까지도 논란이 되고 있습니다.

이해찬　음…. 복학생들은 서울역에서 철야 농성에 들어가자고 했지. 총학생회에 전달을 하려고 하는데 회군 결정이 떨어진 거예요. 어이쿠, 낭패다 싶었어. 그 후에 들리는 얘기로는 서울대 교수 몇 사람이 총학생회장이던 심재철을 집중 설득했다는 거야. 학교로 돌아와야 한다고.

잘 알겠지만 그러고 나서 학생운동 지도부가 수배되거나 잡혀가면서 상황이 끝나 버렸고. 나도 수배됐어요. 복학생협의회도 못 하게 된 거지.

최민희　저희들한테는 16일 서울역에 모여라 이렇게 지시가 떨어졌습니다. 그런데 나가 보니 산발적 시위로 끝나 버렸어요. 반면에 전남대 앞에서는 전두환 물러가라는 시위가 벌어졌고 학살이 시작됐습니다. 서울에서 끝장을 봤으면 광주가 그렇게 되지 않았을 거라는 자책이 두고두고 우리를 괴롭혔습니다.

이해찬　15일 서울에서는 10만 명이 모여 있었잖아요. 그 정도 규모의 시위대가 수도 한복판에 있는데 어떻게 진압을 하겠느냐, 못한다는 게 내 판단이었어요. 우리가 청와대로 쳐들어가는 것도 아니고. 거기서 철야 농성을 하면서 계엄 해제를 요구하자, 버텨야 한다. 복학생협의회에서는 그렇게 판단했던 거예요. 그런데 회군 결정을 하고 지도부가 수배돼 버리니까 논의 체계가 작동이 안 되는 거지.

최민희　10만 명이 농성을 하면서 버티고 국회가 움직였으면 되는데…. 회군 결정 때문에 광주가 희생됐다는 사실은 부정할 수 없을 것 같습니다. 그런데 서울대 총학생회장 한 사람이 그런 결정을 좌우했다는 게 선뜻 이해되지는 않습니다.

이해찬　현장에서는 서울대 학생회장 중심으로 움직였던 건 사실이었으니까…. 나보다는 공식적인 지도부였던 총학생회 사람들의 얘기를 들어 보는 게 더 정확하지 않을까 싶네.

최민희　대표님은 또 수배가 됐는데, 수배 생활이 어떠셨습니까?

이해찬　처음에는 집사람, 아이까지 데리고 도망을 다녔어요. 현주가 6개월쯤 됐을 때인데…. 가족이 다니면 의심을 덜 받을 거 같아서. 도망 다니던 중에 광주항쟁이 터진 거예요. 언론에는 북한 간첩 얘기만 나오니까 무슨 일이 일어나는지 몰랐어. 한참 지나서 이러저런 얘기를 들었어요.

수배된 복학생들끼리도 다시 연락은 됐는데 잘 모여지지 않는 거야. 그래도 서울에서 뭔가 사건을 터뜨려서 광주의 고립을 깨야 한다고 생각했어요. 화염병을 만들어 보자 해서 한강에서 시도를 해 봤는데 잘 안 터져. 화염병은 포기하고 유인물을 뿌리는 걸로 바꿨지. 광주에서 학살이 벌어지고 있다는 걸 알리는 내용이었어요. 화신백화점 앞에서 뿌리기로 했는데 한 다섯 명이 나와서 좀 뿌리다 도망치고, 동대문 지하철역에서 또 좀 뿌리다가 도망치고 그랬어.

그 유인물은 문익환 목사님 아들(문성근) 댁에서 만들었어요. 여의도 시범아파트 살 때였는데 출근하면 집이 비니까 빌려 달라고 했지. 그렇게 한 일주일 유인물을 뿌려 보다가 잠수를 탔어요. 고등학교 동창, 대학교 동창을 찾아다니며 이삼 일씩 신세를 졌어. 그러니까 현주가 너무 지쳐서 안 되겠더라고. 할 수 없이 애는 청양으로 보냈어요.

다행히 그 와중에도 돈은 넉넉했어. 수배되기 직전에 『어둠의 자식들』 상권을 우리 출판사에서 냈어요. 이동철 씨가 자기 일생을 다룬 원고를 가져왔는데 그대로는 책으로 내기가 어렵겠더라고. 그런데 소재가 워낙 좋아서 황석영이 그걸 소설로 만든 거예요. 맛보기로 『월간중앙』에 연재를 시작했더니 그쪽에서 책으로 내고 싶어 했어. 안 된다고 거절을 했는데 알고 보니 현암사에서도 책을 내려고 한 거야. 황석영한테 5만 부 선인세까지 줬더라고. 장인어른한테 돈을 빌려서 현암사에 돌려주려고 했어요. 이 책은 될 책이라고 강력히 말씀드렸지. 수표로 천만 원을 받았어요.

그리고 상하권으로 계획하고 상권을 먼저 찍었는데 그만 수배를 당한 거예요. 어떡해. 현암사에 판권을 넘겼지. 그렇게 되니까 선인세를 돌려줄 필요가 없잖아요. 장인어른한테 빌린 돈을 그대로 가지고 도망을 다닌 거야.

그러다가 6월 중순쯤 되니까 다들 많이 잡혀가고 장기표하고 나만 남았어. 수사 인력도 나한테 집중이 되는 거예요. 숨을 만한 곳에 연락을 하면 형사들이 다녀갔다고 오지 말래. 그러던 중에 문리대 선배 방인철의 소개로 김호경 씨 집으로 갔어요. 서울대 정치학과를 나온 선배인데 암사동 아파트에 살았지. 한동안 거기 숨어서 꼼짝도 안 하고 있었어요. 근데 더 이상 형사들이 찾아다니는 것 같지가 않더라고. 방인철에게 전화를 걸어서 최근에 별다른 일이 없느냐고 물어봤지. 별일은 없다고 해서 안심하고 있다가 당한 거예요.

그날 월드컵 중계를 했는데 밤 열두 시에 초인종이 울려. 아차 싶었지. 김호경 씨 부인이 만삭이었는데 문을 여니까 권총을 딱 들이대요. 거의 열 명이 들어왔어. 베란다로 도망을 갈 생각이었는데 바로 포기하고 임신부가 있으니까 조용히 해 달라, 도망 안 가겠다고 했지. 그러고는 나랑 김호경 씨가 끌려 나왔어요. 그 양반이 나 때문에 엄청 고생을 했어….

최민희　그때 잡혀가서 '김대중 내란음모 사건'으로 엮이시는데요. 이전 사건 때보다 훨씬 고초를 겪으셨을 것 같습니다. 어디로 연행이 되셨습니까?

이해찬　처음에는 남산 중앙정보부. 회의실처럼 큰 방에 끌려갔는데 일단 무조건 두들겨 팼어요. 그런데 옷을 벗기다가 돈이 나온 거야. 천만 원 중에 10만 원쯤 쓰고 990만 원인가 들고 있었거든. 야, 이놈이 돈을 천만 원이나 갖고 있다. 간첩한테 받은 거냐, 김대중이한테 받은 거냐. 그러면서 그들은 완전 잔치 분위기예요.

내가 장인한테 빌려 왔으니 아침에 조회를 해 보라고 했지. 현금이었으면 꼼짝없이 간첩 누명을 뒤집어쓰는 거였어요. 조회를 해 보니까 내 말이 맞거든. 얼마나 실망을 했겠어. 왜 장인한테 돈을 빌려 쓰냐고 하면서 또 두들겨 패더구만.

내가 6월 24일쯤에 잡혔으니까 먼저 잡혀간 사람들보다 한 달정도 뒤였어요. 상대적으로 고생을 덜했어. 이미 각본이 다 짜여 있었고 거기에 내 이름을 집어넣기만 하면 되는 거니까. 방도 따로 없어서 수사관들 휴게실에 있었어요. 거기에 나를 넣어 놓고 밤에 자기들끼리 술 마시고 놀더구만.

가만히 얘기하는 걸 들어 보니 조성우, 설훈은 합수부가 안 받으려고 한대. 하도 맞아서 언제 죽을지 몰라 인도를 거부한다는 얘기였어. 나는 며칠 지나서 합수부로 넘겨졌어요. 가 보니 조성우는 정말 합수부에 없었고 박현채, 문희상, 김병곤, 설훈, 김학민 등 열댓 명이 있었지.

합수부에서는 너무 많이 맞았어요. 청와대 외곽 경호하던 33헌병대가 거기에 와 있었는데 심심하면 와서 발길질을 해 대요. 박정희 각하를 죽인 놈들이라고. 걸을 수가 없어서 누운 채로 몸을 밀고 다녔지. 화장실도 제대로 못 갔어. 좌변기가 아니니까 쪼그려 앉아야 되는데 그러면 허벅지 살이 터질 거 같아요.

어느 날은 서빙고 책임자가 순시를 나왔어. 보니까 위장결혼식 사건 때 서빙고에서 나를 풀어 줬던 오 중령이야. 그쪽도 나를 보더니 어디서 많이 본 놈이다, 하면서 수사 자료를 갖고 오라는 거예요. 죽었다 싶었지. 아니나 달라. 이거 우리가 풀어 준 놈이네, 이 새끼 나가서 또 데모를 했구나. 그러면서 구둣발로 걷어차고 밟아. 이 새끼 교육시키라며 지시하고 나갔는데⋯, 참 사람이 죽으라는 법은 없더구만. 경비를 하던 군인이 때리는 시늉만 하면서 나보고 소리를 지르라는 거예요. 나중에 얘기를 들어 보니 자기는 조선대 다니다가 군대에 왔대요. 광주 출신이니까 상황을 알았던 거지. 그 친구 이름을 잊어버릴 수가 없어. 정일권.

조서는 뭐 부인하고 말고 할 일이 아니었어요. 그냥 자기들 마음대로 썼으니까. 내란음모 성공하면 김대중이 너 뭘 시켜 주기로 했냐. 아니, 내 나이가 몇인데 뭘 시켜 줄 수 있겠냐. 신문사 사장 시켜 주기로 했잖아. 신문사 사장? 시켜 주면 좋겠네요. 그러면 '김대중이 신문사 사장을 시켜 주기로 하고', 이렇게 쓰는 식이었어요.

최민희　광주 출신의 군인을 만나서 고통을 더 당하지 않았다는 말씀이 인상적이네요. 위인전을 읽다 보면 위기의 순간에 뜻밖의 조력자들이 나타나는데 그런 비슷한 느낌이 듭니다.

이해찬　나중에 그 친구를 찾고 싶어서 좀 알아봤는데 못 찾았어요. 아무도 아는 사람이 없더라고. 어쨌든 나는 다른 사람들에 비해 고문을 덜 받은 거야.

DJ, "나는 죽지만 여러분은 포기하면 안 됩니다"

최민희　수사는 언제쯤 끝났습니까?

이해찬　7월 중순쯤에 서대문구치소로 넘어갔지. 합수부에서는 기초 수사를 했고 고등군법회의에 넘어가서 기소를 위한 수사 절차가 공식화됐어요. 거기서는 가혹 행위가 없었어. 우리가 재판을 받으러 나가니까 고문 흔적을 남기면 안 되잖아요. 사건의 '그림'을 마무리하는 일만 남아 고문할 필요가 없기도 했고.

　　내 담당은 김○○이라는 군검찰이었어요. 나랑 같은 71학번이야. 근데 이 친구가 한번 크게 실수를 했어. 우리 집에서 책을 압수해 왔는데 주로 영어나 일본어로 된 사회학 책들이었지. '사회갈등'(social conflict)이라는 제목이 들어간 책들이 있었어요. 사회갈등을 다루면서 마르크스주의를 비판하는 내용이야. 이 친구가 그런 책들을 가지고 와서는 나를 사회주의자라고 몰아가는 거예요.

　　내가 그렇지 않다, 이거는 마르크스주의를 비판한 책이다, 쓴 사람도 우익 사회학자다, 하면서 면박을 좀 줬어. 왜 이렇게 무식하냐, 법전이나 외웠지 교양이 없다, 서울대 교수들한테 한번 자문을 구해 보라고도 했어요. 2, 3학년 전공필수 강의에 쓰는 책이라고. 이 친구가 진짜 자문을 구했던가 봐. 내가 자문을 구해 봤냐고 따지는데 말이 없어. 마르크스주의를 비판하는 책이라고 답변이 온 거 아니냐, 했더니 또 대답을 안 해요. 쐐기를 박았지. 너 같은 무식한 검사한테는 이제부터 수사 협조를 안 하겠다고.

　　그러고 나서 갑자기 수사관이 정인봉으로 바뀌었어요. 이 사람은 큰소리도 치지 않고 조사 받으러 나가면 군만두, 짜장면 같은 걸 시켜 놓고 점심 드세요, 하고 나가. 그러고 나면 헌병들이 와서 조서에 지장을 찍게 해요. 자의로 지장을 찍는 사람은 아무도 없으니까 강제로 찍는 거지.

최민희　민청학련 사건으로 수감되셨을 때는 아버님이 오지 않으셨는데, 80년에는 면회를 오셨다고 들었습니다. 아버님께서 어떤 말씀을 하셨는지 궁금합니다.

이해찬　아버지가 민청학련 때하고는 많이 다르셨지. 면회도 빨리 오셨고 재판을 한 번도 안 빠지고 방청하셨대요. 재판이 어떻게 돼 가는지 추이를 보시는 거였어. 그래도 워낙 과묵한 분이라 여러 말씀은 안 하시더라고. 시국이 상당히 엄중하다, 언행에 신중해라. 그 정도 말씀을 하셨어요. 걱정이 되니까 그 말씀은 꼭 하고 싶으셨던 것 같아. 그런데 아버지가 재판을 다 방청하신 건 꼭 나 때문은 아니었어요. 내가 심문을 안 받을 때도 오셨는데, DJ 재판을 보고 싶으셨던 거야. 굉장히 중요한 역사의 한 장면이라고….

최민희　아버님은 박정희가 몰락해 가는 과정에서 일어난 민청학련 사건에 비해 80년 상황이 심각하고 탄압도 심할 것이라 생각하셨나 봅니다.

이해찬　그렇지. 광주에서 수백 명이 살상됐잖아요. 박정희 말기하고는 비교가 안 돼. 서슬이 퍼럴 때야. 우리도 긴장을 했어요. 구치소 생활도 달랐어. 민청학련 때는 30여 명이 같은 방에서 재미있게 지냈다고 했잖아요. 80년에는 독방에 들어갔어요. 서대문구치소 4동 4호. 분위기도 달라.

가운데 교도관이 있고 양쪽으로 방들이 있는 구조였지. 첫 번째 방에 남민전 사건*으로 사형선고를 받은 이재문 씨가 있었어요. 끄트머리에는 무기징역을 받은 임동규 씨가 있었고. 이 사람은 남민전 이전에 통혁당 재건위 사건으로 무기징역을 받아서 '쌍무기수'라고 하더구만. 수사 받으러 나갈 때는 이재문, 물을 뜨러 갈 때는 임동규, 두 사람 방을 지나가야 했어요. 근데 임동규 그 양반은 무기수인데도 굉장히 운동을 열심히 해. 종이로 봉을 만들어서 무술 같은 것도 하고. 나중에 보니 민족 무예를 하는 사람이었어.

최민희 재판 분위기도 더 살벌했을 것 같습니다.

이해찬 근데 우리가 재판정 자체를 일종의 놀이터로 만들어 버렸어. 유명한 일화도 있잖아요. 고은 씨한테 당신은 유신을 반대하지 않았느냐고 물었더니 "나는 똥 누면서도 반대하고 오줌 누면서도

남민전 사건 1976년, 이재문, 신향식, 김병권 등이 남조선민족해방전선준비위원회(남민전)를 비밀리에 조직하고 1977년 1월, 유신체제를 비판하는 유인물 「민중의 소리」를 배포하는 등 반유신 투쟁을 전개했다. 1979년 10월 4일부터 11월까지 이재문, 이문희, 차성환, 안재구, 이수일, 김남주, 이재오를 비롯한 남민전 조직원 84명이 구속됐다. 공안 기관은 이들을 국가보안법 및 반공법 위반 등의 혐의로 처벌했다. 후일 관련자들의 증언을 보면, 이 단체는 조선민주주의인민공화국을 맹목으로 추종하는 조직이었다기보다는 조선민주주의인민공화국과 대등한 처지에서 협상하려고 했던 진보성을 띤 민족주의 성향 단체였다고도 한다. 이재문은 남민전 주도자로 사형선고를 받고 1981년에 옥사했다.

반대하고 24시간 반대한다"고 대답했지. 유일하게 진지하게 재판에 임한 사람은 김대중 피고인이었어요. DJ는 그 상황을 심각하게 받아들였던 거예요.

최민희 DJ는 당신이 사형선고를 받을지 모른다고 예상하신 건가요?

이해찬 맞아요. 근데 광주 때문은 아니고. 오히려 광주에서 벌어진 일은 잘 모르셨던 것 같아. 7월 말 아니면 8월 초쯤 처음 뵀는데 나한테 물으셨어요. 광주에서 큰 사건이 일어나서 많이 죽었다면서요, 하고. 내가 저도 자세히는 모르지만 큰 살상이 있었고 발포를 했다고 그럽니다. 수백 명이 죽고 수천 명이 다쳤다고 들었습니다, 하니까 깜짝 놀라시더라고.

DJ가 사형선고를 감지한 건 기소 과정에서 일본 '한민통'(한국민주회복통일촉진국민회)이 나오면서부터예요. 처음에 DJ는 내란음모 혐의로만 수사를 받았거든. 법에 내란음모는 '미수의 죄에 한한다'고 돼 있어요. 성공한 내란은 처벌을 못하니까. 내란음모죄의 최고형은 사형이 아니라 무기징역이에요. 그런데 나중에 군검찰이 한민통을 엮어 넣었어. 이걸 반국가단체로 몰아서 DJ를 국가보안법 위반으로 몰려고.

한민통은 73년에 DJ가 워싱턴에서 만든 해외 민주화운동 단체예요. 초대 의장을 맡으셨지. 일본 지부를 만들려고 일본에 갔다가 납치된 거야. 구사일생으로 돌아와서 연금에서 해제될 때 중앙정보부가 DJ한테 제안을 했대요. 몇 가지 사항만 합의해 주면 부

김대중 내란음모 사건을 보도한 『경향신문』 기사. 1980년 8월 14일자 〔경향신문사 제공〕

인, 3남과 함께 출국을 허가하겠다고. DJ가 수락을 했지. 그러고 나서 한일 간에 합의가 이뤄지는데 '김대중의 해외 활동에 대해 한국 정부가 문제 삼지 않는다'는 거예요. 외무부하고 일본 외무성이 이걸 발표까지 했어. 일본은 DJ 납치 사건이 자기네 영토에서 일어난 국내법 위반 사건이니까 재발 방지 차원에서 이런 요구를 했다고 봐야지.

그런데 신군부가 한민통 활동을 빌미로 DJ한테 반국가단체 수괴죄를 뒤집어씌운 거야. 객관적인 증거는 없어. 검찰이 윤여동이라는 증인을 내세웠는데 자수한 거물 간첩이라나. 77년에 다른 간첩 사건 때 처음 등장했는데 DJ 재판에 다시 나온 거예요. 그러면서 한민통은 북의 지령을 받는 간첩 집단이라고 증언을 해. 누가 들어도 명백한 거짓말을 하니까 참고 듣기가 힘든 거야.

그때 방청을 하고 계시던 우리 아버지가 갑자기 소리를 치셨어. 재판다운 재판을 하라고. 일제강점기에도 이렇게 재판하진 않았다! 깜짝 놀랐어요. 아버지가 그렇게 소리치는 걸 처음 봤거든. 아무튼 우리도 막 소리를 지르고 하면서 소란이 일어났지. 그러니까 윤여동 이자가 재판장 뒤로 도망을 가서 숨더구만. 가족들이 다 끌려 나가고 나서야 다시 증언을 하러 나왔어.

최민희 아버님이 정말 대단하십니다. 시국을 엄중히 보고 처신을 조심하라고 당부했던 아버님이 '사고'를 치신 셈이네요. 그런데 73년에 한일 양국이 합의한 사항을 전두환 정권이 깨뜨리면 외교적으로 문제가 되지 않습니까?

이해찬 그렇지. 그러니까 어떻게든 재판 기록을 안 남기려고 한 게 아닐까 싶어요. 판결문만 있고 다른 재판 자료들이 남아 있지 않아. 그렇다고 언론이 재판을 제대로 써 주길 하나…. 판결문이 기소장이랑 똑같았는데 그것도 겨우 얻어 낸 거야. 교도소 있을 때 우리들이 갖고 있던 판결문을 다 빼앗아 갔거든. 다행히 조성우가 목포에서 자기 어머니한테 판결문을 몰래 넘겨주는 데 성공했어. 그게 문성근 씨, 이돈명 변호사를 거쳐서 공개됐어요.

그것 말고는 유일한 기록이 문성근 씨가 방청을 하면서 남긴 거야. 재판정 안에서는 메모도 못하게 해서 재판 과정을 외워 가지고 나와서 점심시간에 바로바로 써 놓았대요. 덕분에 재판의 실상이 일부라도 알려질 수 있었지. 나중에 들으니 문성근 씨가『뉴욕타임스』도쿄 특파원 헨리 스콧(Henry C. Scott) 등 외신 기자들을 통해 외국으로 보냈더라구. 그도 신군부가 DJ를 사형시킬까 봐 걱정을 많이 했대요. 79년에 파키스탄 총리였던 부토가 쿠데타 세력들한테 사형선고를 받고 처형됐거든.

아무튼 내가 국회의원 되고 나서 일본에 갔을 때 관련 기록이 좀 있나 찾아봤어요. 그런데 다 단편적인 것들이야. 김대중 정부 출범하고 나서 기록을 찾아봤는데 없다고 하더구만. 유일하게 찾은 게 DJ가 수감됐던 방을 촬영한 사진이라나.

최민희 말씀을 들어 보면 DJ는 생사를 건 재판인데 대표님을 비롯해 다른 분들에게는 '투쟁의 장'이었던 듯합니다. DJ 입장에서는 당황스럽지 않았을까요?

이해찬 그러셨던 것 같아요. 재판 중에 변호인을 추가로 구두 선임하셨어. DJ 변론은 원래 이태영 변호사가 맡았거든. 나머지는 대체로 국선변호인들이었고.

변호인이 접견 왔다고 해서 나가 보니 전혀 모르는 사람들이야. 나는 국선변호인 신청한 적이 없다고 하니 내가 신청 안 해도 자기들은 해야 한대. 그러면서 반성문을 쓰라는 거야. 아니 우리 변론을 해야지 어떻게 전두환한테 사과하라는 소리를 하느냐, 그런 변호인은 필요 없다, 그랬어요. 나중에 법정에서 보니까 다른 사람들도 다 비슷한 상황이야. 변호인이 '피고인은 반성을 하고 있다'고 제 맘대로 변론을 하는 거예요. 그러니까 난리가 나지. 내가

1980년 9월 12일, 김대중 내란음모 사건으로 군사재판을 받는 이해찬(동그라미)

〔이날 이해찬의 법정 최후진술〕이 재판이 과연 정당한 재판이냐? 이 군사법정이 혁명 재판부인지 쿠데타 재판부인지를 분명히 밝혀라. 만일 이 재판이 혁명 재판부라면 혁명의 대의명분은 무엇이냐? 수천 명의 광주 시민을 살상하고 전국에서 수천 명의 학생 시민을 구속한 혁명의 명분이 과연 무엇인가를 분명히 밝혀라. 명분이 없는 혁명은 없다. 그것은 바로 권력을 뺏는 쿠데타다. 이 재판이 혁명 재판부가 아니라 쿠데타 법정이라면 내란음모를 자행한 것은 여기 이 자리에 오랏줄로 묶여 있는 김대중 선생, 문익환 목사, 이문영 교수, 고은 시인, 한승헌 변호사를 비롯한 우리 24명의 동지들이 아니라 전두환 일당인 바로 당신들이다. 박정희가 18년 만에 비참한 종말을 고했듯이, 당신들 전두환 일당도 10년이 못 가 망할 것이다. 이것이 역사의 심판이다. 남녘땅 광주 등지에서 무수한 동포들이 비명에 사라져 갔는데 내가 이렇게 시퍼렇게 살아 있다는 것이 한없이 부끄럽다. 당신들의 총칼에 죽어 간 우리 동포들의 원혼이 구만리 청천 하늘을 떠돌고 있는데 내 어찌 편한 잠을 자겠는가. 이 영혼들을 위로하는 길은 이 땅을 민주화하는 것뿐이다. 나는 이 목숨을 다 바쳐 이 땅이 민주화될 때까지 싸워 나가겠다. 전두환 일당인 당신들을 붙잡아 이 법정에 세우겠다. 나는 당신들이 저지르고 있는 역사적 범죄를 결코, 절대로 용납할 수 없다.

언제 반성한다고 했냐, 왜 당신 맘대로 변론하냐, 내 변론하지 마, 등등. 피고인하고 변호사가 막 싸워.

국선변호인 중에서 안 그런 사람도 있긴 있었어요. 소정팔이라는 변호사였는데 내란을 시도했다고 볼 수 없다면서 전두환을 성토했지. 저 사람은 용기가 있구나 싶었는데 다음 재판부터는 안 보여. 사라졌어. 아무튼 그 정도로 변론이 엉터리였던 거예요.

DJ 변론을 맡은 이태영 변호사는 일종의 정치 연설을 했어요. 신군부를 규탄하는 거지. 우리가 듣기는 속이 시원해. 그런데 분위기가 싸늘해요. DJ도 긴장을 해서 듣는 것 같았어. 그러다가 이택돈의 변호인이 변론을 하러 나왔는데 이 사람이 딱 법리적인 변론을 해요. 허경만 변호사였어. 정치적인 얘기는 안 하고 법률적으로만 따져. 재판이 끝나고 DJ가 그 사람을 부르시더구만. 그 자리에서 내 변론도 좀 맡아 달라고. 당신한테는 법리를 따져 줄 변호사가 절박했던 거예요.

최민희 하지만 결국 DJ는 사형선고를 받았습니다. 송건호 선생이 생전에 그런 말씀을 하셨어요. 내란음모 사건 때 고문이 너무 심해서 일부 혐의를 인정했다, 법정에서 번복했지만 너무 괴로웠다. 내가 한 사람을 죽음으로 몰아넣었다는 생각에 번민의 밤을 보냈다….

이해찬 DJ가 사형선고를 받았을 때 다들 그런 괴로움을 겪었지. 그때 내 혐의는 내란음모 교사였어요. 내가 심재철한테 학생 데모를 조직하라고 교사했다는 거지. DJ, 나, 심재철로 고리가 이어지는 그림이야. 가운데 있던 내가 그 고리를 끊어 주면 DJ가 학생 시위를 선동했다는 그림이 안 되는 거잖아요. 사실도 아니고. 그래서 5월 10일경에 백영서 결혼식에 갔다고 알리바이를 댔어. 사실은 후배 박용훈이한테 축의금만 줬거든. 근데 박용훈이하고 미리 입을 맞춰 놓지 않아서 결혼식에 안 갔다는 게 들통난 거야. 결국 DJ와 심재철을 잇는 고리를 끊지 못하고 시인을 했어요. 최후진술에서 말했지. 내 허위 진술 때문에 다른 분들한테 누를 끼쳐서 죄송하다고.

최민희   그런 과정을 겪으면서 DJ라는 사람이 새롭게 인식되었을 것 같습니다.

이해찬   그렇지. 그전까지 DJ와 깊이 얘기해 볼 기회도 없었어요. 10·26 이후에 처음 만나 보고는 기대할 바가 없겠다고 생각했으니. 그런데 내란음모 사건으로 다 일당이 되어 버린 거예요. 재판은 DJ를 죽이는 쪽으로 흘러가고.

    재판 과정에서 보니까 보통 사람이 아니야. 공소 사실 하나하나를 법리적으로 부정하면서 반박하시더구만. 최후진술은 몇 시간을 하셨어. 들어 보니까 유언이야. 나는 이렇게 사형을 당하더라도 한국의 민주주의를 위해 여러분들은 포기하지 말아야 한다. 보복하지 말아야 한다. 그런 말씀을 조금도 흥분하지 않고 하시는데 어이구, 저런 사람이 있나 싶었어요. 대부분의 사람들이 감명을 받았을 거야. 그때 같이 재판 받은 사람들이 진짜 '일당'이 되어 버렸잖아요. 87년 비판적 지지, 평화민주당, 국민의 정부까지. '역사의 시루떡'이라고 할까. 사건과 인연이 켜켜이 누적되면서 역사가 만들어진다는 생각이 들어요.

두 번째 감옥살이, 교도소를 바꾸다

최민희 대표님은 그때 징역 10년 형을 받으셨습니다. DJ는 대법원까지 갔는데 대표님은 상고를 안 하셨다고 알고 있습니다.

이해찬 2심은 그냥 형식적으로 했고 대법원까지 안 갔어요. 해 봐야 소용도 없고. 1심 끝나고 나서 일부는 나갔어요. 심재철도 그때 나갔지 아마. 출정할 때는 피고인들이 같은 차를 타는데 1심 재판 끝나는 날인가 차 안에서 내가 심재철한테 말했어요. 나는 네가 걱정된다. 너는 광주 출신이고 거기서 사람들이 그렇게 많이 죽었는데 고향에서 널 어떻게 받아들일지. 나가서 처신 잘하고 신중하라고 충고를 했어요. 심재철이 재판정에서 시인을 했거든. 나한테 사주를 받았다고. 그러니까 자기도 나한테 미안했을 거야.

아무튼 2심까지 다 끝나고 교도소로 돌아왔는데 갑자기 짐을 싸라는 거야. 이송을 간대요. 어디로 가는지 얘기도 안 해 줘. 차를 타 보니까 다들 실려 있어. 이송된 곳은 남한산성 육군교도소였어요. DJ와 재야 어른들이 거기 있었는데 우리도 그리로 데리고 간 거지. 내리는 걸 거부하고 버텼어요. 일반 교도소도 아니고 군 교도소에 왜 민간인을 가두냐고. 그래 봤자 결국 끌려 내려왔지만.

이제 재판에 나갈 일도 없는데 외부와 완전히 격리됐구나 싶었어요. 교도소 구조도 일반 교도소랑 완전히 달라. 다 독방인데 창이 하나도 없어. 구석에 공기통만 하나 있고. 화장실도 없어. 하루에 한 번만 화장실에 갈 수 있대요. 첫 밤을 거기서 보내는데 공포심이 들 수밖에 없어요. 다 죽여 버려도 모르겠구나.

DJ는 이미 사형선고를 받았고…. 잠도 못 자고 밤을 새웠지. 워커 소리가 아주 거슬리고 소름 끼쳤어. 성경 하나만 있고 책도 안 넣어 줬고 화장실은 스물네 명이 교대로 갔어요. 그런데 어떤 방 앞에는 헌병이 총을 들고 서 있더구만. 짐작컨대 거기가 DJ 방이야.

이 답답한 상황을 어떻게든 좀 깨 봐야겠다는 생각이 들더라고. 기회를 보고 있었는데 교도관 여럿이 몰려오는 소리가 들려. 문을 열고 들어오더니, 이 새끼야 일어나 하면서 워커 신은 채로 방에 들어오는 거예요. 이때다 싶어서 밥그릇을 집어던지면서 소리를 쳤지. 남의 방에 신발 신고 들어오지 말라고. 이따위 인간들이 어딨냐고. 꼬투리를 잡은 거야. 그러니까 헌병들이 나를 번쩍 들고 보안과로 가더라고. 소장이 당황을 했어요. 왜 소리를 지르고 그러냐고 물어. 남의 방에 신발 신고 들어오는 놈들이 어딨냐고 따졌더니 미안하대. 워커 소리도 거슬린다고 말했지. 소장은 내 의도를 모르고 진짜 신발 때문에 그런 줄 아는 거예요. 얼마 후에 근무자들 신발이 워커에서 운동화로 다 바뀌었지.

어떤 사람은 화장실 문제로 시비를 걸었어요. 화장실이 여러 개가 있는데 왜 한 명씩만 보내냐, 앞사람이 똥을 오래 눠서 안 들어오는데 계속 기다리라는 말이냐 등등. 그러니까 두 명씩 보내 주고, 다시 세 명씩 보내 주더구만.

걸핏하면 단식도 했어요. 어른들이 단식을 시작하면 우리도 다 따라 해야 하잖아요. 그런데 한 분이 단식하고 이어서 또 다른 분이 단식하면 젊은 사람들은 계속 동조 단식을 해야 돼. 문익환 목사님이 단식 끝내면 이문영 교수님이 시작하고, 그다음에는 고은 시인이 하시고. 너무 힘들어. 이러지 말고 교도소 측하고 창구를 하나 만들자 해서, 내가 말하자면 재소자들의 창구 역할을 맡았어요. 교도소 입장에도 그게 나으니까 보안과장이 창구가 돼서 협상을 했지.

최민희 그 와중에도 전략을 짜서 움직이셨네요. 교도소와 협상해서 어떤 것들을 얻어 내셨는지 궁금합니다.

이해찬 재판도 다 끝났고 우리가 모의할 것도 없으니 살벌하게 할 필요가 없다고 했어요. 운동이나 시켜 주고 책 자유롭게 읽게 해 주고 그러면 당신들과 싸우지 않는다. 이렇게 창 없는 방은 안 된다. 이건 완전히 밀봉이다. 그랬더니 운동 시간을 늘려 주겠대요. 분위기가 많이 풀어졌어. 나중에는 밖에서 들여온 음식도 나눠 먹었지. 한 집에서 아예 스물네 명이 먹을 수 있는 분량을 해 왔어요.

목욕도 DJ 제외하고 같이하게 됐고. 그 겨울에 문익환 목사님은 냉수마찰을 하시더구만. 시원하다고 하시면서. 우리는 추워 죽겠는데 연세가 예순 넘으신 분이. 목욕탕에서 목사님과 박용길 장로님의 러브스토리를 수십 번 들은 것 같아.

내가 수감자들 총무 격으로 하루에 한 번은 각 방을 둘러보기도 했어요. 순시를 한 거지. 어떻게들 지내시는가…. DJ는 그냥 가부좌하고 앉아서 책을 보고 계셔. 대법 판결을 기다리고 있던 때야. 고은 시인은 만날 걸레로 방을 닦아. 반들반들해. 그게 수도래.

　1월 말에 이감이 됐으니 석 달 가까이 거기 있었는데 시간이 지날수록 많이 자유로워졌어요. DJ만 빼고. 나는 책도 안 넣어 주고 딱히 할 일이 없으니 밥 먹고, 푸시업 하고, 자고, 또 밥 먹고, 푸시업 하고, 또 자는 일과를 반복했어요. 하루에 푸시업만 천 번을 했지. 몸이 좋아졌어.

최민희　81년 1월 말에 DJ가 무기징역으로 감형되고 대표님과 다른 분들이 이감을 가셨더군요. DJ는 감형 소식을 듣고 어떤 반응을 보이셨습니까?

이해찬　어느 날 DJ 방 앞에 헌병이 없어졌어요. 우리가 걱정을 많이 했지. 무슨 일인가 하고. 알고 보니 그날 DJ가 중앙정보부를 갔다 오셨어요. 일종의 타협을 한 거야. 그리고 나서 대법에서는 사형을 확정하고 전두환이 무기로 감형을 해 주지.

　감형 결정이 난 날 목욕탕에서 DJ를 만났어요. 우리 중 몇 명이 목욕탕에 있었는데 DJ가 화장실에 나온다고 방으로 들어가라는 거야. 우리가 안 들어간다고 버티니까 목욕탕 밖으로는 나오지 말래. 그런데 DJ가 화장실에서 나와서는 목욕탕으로 갑자기 들어와 버린 거예요. 얼굴을 보니 확 폈어. 표정이 살아났어. 당신이 무기로 감형됐다고 알려 주셨고 다들 환호하면서 부둥켜안고 그랬지.

　DJ는 우리한테 또 당부 말씀을 하시더구만. 나는 나갈 수 없지만 여러분은 나가면 나라의 민주주의를 만들어 내야 한다고. 그 순간, 거기서 다시 '일당'으로 뭉쳐진 거예요.

최민희 DJ의 얼굴이 확 폈더라고 하셨는데 어떤 느낌인지 짐작됩니다. 의연했던 DJ도 죽음 앞에 공포를 느끼셨던 것이지요. 대표님이나 다른 분들도 말로 표현할 수 없이 기쁘셨을 것 같습니다.

이해찬 사형을 면하셨으니까 이제 감옥살이가 대수겠어요. 처음해 보시는 것도 아니고.

최민희 대표님은 어디로 이감을 가셨습니까?

이해찬 안동교도소. DJ는 청주로 가시고. 다들 연고지에서 제일 먼 데로 보낸 거예요. 지프차를 타고 몇 시간을 달려서 밤늦게 안동에 도착했지. 아침에 일어나 보니까 아무도 없는 건물에다 넣었어. 방도 먼지가 쌓여 있고. 6·25 때 불탔다가 임시로 만든 교도소래요. 방은 크고 창문도 있는데 판잣집 같아. 그러니까 너무 추워. 옮겨 달라, 못 살겠다 그랬더니 안 된다는 거야. 그런 데서 두 번째 징역살이를 했어요.

완전 격리. 거기는 징벌 받은 사람들만 가끔 들어왔다가 나가. 아무도 없고 혼자서 쥐하고 놀았지. 교도소 창문 밖에 밥을 뿌려 놔. 그러면 쥐가 와서 먹어. 쥐들이 처음에는 나를 보고 도망가더니 나중에는 안 갔어. 저놈은 못 나오는 놈이다 알았나 봐. 교도소에 쥐가 하도 많아서 한번씩 쥐를 잡았어요. 그러면 그걸 얻어 가지고 포도밭에 묻었어. 포도나무에 거름이 돼서 포도가 실하게 익더구만.

아침에 일어나서 누구랑 얘기할 사람도 없고 밥이나 받아먹으

142

면서 그렇게 지냈어요. 운동은 한 시간 시켜 주는데 밥은 다녀 본 교도소 중에서 제일 나빠. 그래서 사식을 사 먹었지.

최민희 다시 이감될 때까지 계속 그렇게 지내셨습니까?

이해찬 처음 한동안은 조용하게 지냈지. 교무과장한테 나는 책을 좀 봐야 한다 그랬더니 가능한 그렇게 해 주겠대요. 자그마한 좌식 책상도 하나 넣어 줬어. 그러다가 다시 싸움이 시작됐어요. 누군가 내 판결문을 훔쳐 갔거든.

하루는 운동을 나갔다 왔더니 방을 뒤진 흔적이 있어. 판결문이 없어졌더라고. 내 판결문 어디 갔냐고 따지니까 말을 안 해요. 가져갔단 말도 안 가져갔단 말도 안 해. 그때는 나도 판결문이 한일 간에 외교문제가 될 수 있다는 걸 몰랐지. 나중에 알게 됐는데 교도소가 가져간 게 아니었어. 정보부가 가져간 거야. 교도소에서는 돌려주고 싶어도 못 돌려줘.

걸핏하면 판결문을 내놓으라고 시비를 걸었지. 여름이 됐는데 그릇이 없으니까 굉장히 불편해요. 그래서 그릇을 만들려고 수박을 주문했어. 들어온 수박을 반으로 잘라서 파먹고 껍질을 그늘에 잘 말려서 썼어요.

근데 하루는 교무과장이 보자고 해서 갔더니 직원한테 수박을 사 오라고 돈을 주더라고. 조금 있다가 직원이 수박을 들고 오는데 큰 거 두 통이야. 나는 같은 돈으로 작은 수박 한 통을 넣어 줬거든. 시비 걸 건수가 생긴 거지. 왜 나한테는 식구통에 들어갈 만한 조그만 수박을 줬느냐, 내 영치금으로 산 건데, 하면서 따졌어요.

다음 날 보안과장한테 내가 법무부에 감사 요청을 해야겠으니 종이를 달라고 했어요. 그랬더니 안 된대. 대판 싸움이 벌어졌지.

음식 개선 투쟁도 했어. 내가 국수를 간식으로 자주 사 먹었는데 하루는 먹다가 굴욕감이 들어요. 소금물에 고춧가루가 좀 떠다니고 젓가락질 두어 번 하면 국수가 없는 거야. 이대로는 안 되겠다 싶어서 행형 규칙을 좀 보여 달라고 했어요. 안 보여 줘. 그래 그럼 내 판결문 내놔라, 하고 또 시비를 걸었지. 그러니까 우리가 처우 개선을 해 줄 테니 요구할 걸 하래요. 내가 이 국수를 300원에 파는 게 말이 되냐, 정식으로 감사를 요구하겠다고 따졌어. 소장이 보자고 하더니 요구를 수용하겠다고 하더구만.

그때 처음으로 행형법 시행령을 받아 봤지. 재소자들한테 하루 2,200칼로리인가를 주게 되어 있었어요. 아주 세세하게 나와 있어. 운동은 얼마나 시켜 줘야 하고, 목욕은 어떻게 시켜 줘야 하고 등등. 그런 게 있었는데 안 지켰던 거야.

우선 라면을 팔라고 요구했어요. 원가가 확인되는 거부터. 그때 라면이 100원쯤 됐나 그랬어. 교정 수익사업이라고 해서 판매액의 10%를 남길 수 있게 되어 있더라고. 교정공무원 장학금을 마련한다는 용도야. 투명하게 합시다. 그랬지. 그렇게 해서 간식 시간에 라면을 팔기 시작했어요.

재소자들이 나를 '60번'이라고 불렀는데 어느 날 나갔더니 "충성!" 그래. 내가 교도소랑 싸워서 라면을 먹게 된 걸 알았던 거지. 라면은 먼저 먹고 국물은 가져와서 나중에 밥 말아 먹고. 말하자면 천지개벽이 일어났어. 내친김에 식단까지 짰어요. 일단 내가 좀 먹을 수 있는 상태를 만들어야겠어. 나 말고는 싸울 사람도 없으니.

교도소하고 협상을 했지. 일주일 치 식단을 짜서 공개하자. 1식 3찬으로 2,200칼로리가 나오게끔. 육고기는 몇 그램, 생선은 몇 그램 이런 식으로 식단을 짜서 각방 식구통 앞에 붙여 놓게 됐어요. 이전에는 돼지고깃국이 나오면 기름만 떠 있고 고기는 없어. 돼지가 장화 신고 지나갔다고 하지.

식단을 짜고 나서부터는 국 따로, 돼지고기 삶은 건 따로 나왔어. 그러니까 이제 먹을 만한 반찬이야. 2,200칼로리를 주게끔 예산이 나오는데 그걸 다 안 쓰고 떼먹어 왔던 거야. 내가 속죄하는 마음으로 식당에 냉장고도 좀 놓고, 선풍기도 틀고 하자고 했더니 그렇게 하겠대요.

도서관에 책도 많이 사 넣었지. 한번은 운동 갔다 들어오는데 어떤 재소자를 교도관 여럿이 패고 있어요. 징벌방에 끌려온 건달이야. 뭐 하던 사람이냐고 물어보니까 목포 출신이고 대전에서 나이트클럽을 했다고 하더구만. 그 친구랑 말벗을 삼았지. 그러고 나서 징벌 받는 재소자들을 내 앞방에 넣어 달라고 요구했어요. 때리지 못하게.

교도소 환경이 싹 개선이 되니까 재소자들이 나를 보면 부소장님 오셨다고 농담을 하고 그랬어. 교도소에 정문과 중문이 있는데 중문 안이 재소자들 있는 곳이에요. 중문 밖은 교도소장, 중문 안은 내가 소장이야.

최민희 남한산성 육군교도소에서는 성경밖에 없었다고 하셨는데요. 안동교도소에서는 어떤 책을 읽으셨습니까?

이해찬 여러 가지. 소설책도 읽고 현대사 책도 많이 봤어요. 출판 기획을 해서 편지로 보내기도 했고. 시간이 많으니까 연감 같은 것도 거기서 읽었지. 성경은 어디에나 있어서 「욥기」를 자주 읽었어요. 시련을 당하는 이야기니까. 그때 문익환 목사님이 번역하신 공동번역성서가 문장이 유려하고 좋았어. 원래는 책을 세 권밖에 소지할 수 없는데 교무과장한테 얘기를 했지. 제한 없이 책을 좀 보게 해 달라고.

최민희 학생운동 했던 친구들이 때로는 교회를 외피로 쓰기도 하지만 실제로 신앙에 귀의한 친구들도 많았습니다. 대표님은 고달픈 수감 생활을 하면서 신앙에 기대고 싶은 마음이 들지는 않으셨습니까?

이해찬 글쎄. 종교를 가져야겠다고 생각해 본 적은 없어요. 신학자들이 쓴 책을 읽었을 때도 역사로 받아들이는 관점이었다고 할까. 가족들에게 편지 쓸 때 좋은 구절을 인용하기는 했지. 나는 그냥 내 나름대로의 신념을 지키려 했어요.

최민희 하기는 대표님 말씀을 들어 보면 수감 생활 중에도 끊임없이 현실의 무엇인가를 바꾸는 일을 하셔서 종교에 심취할 틈이 없었겠다는 생각이 듭니다. 그렇게 안동교도소를 '살 만하게' 바꾸셨는데, 다시 이감을 가셨지요?

이해찬 그러게. 안동에서 잘살고 있었는데 갑자기 춘천교도소로

1981년 안동 교도소에서 아내 김정옥에게 보낸 옥중 편지

〔도판 표시 부분〕 나는 아주 오래전에 『사회학적 상상력』을 번역하면서 개인의 삶과 사회구조 그리고 역사의 흐름, 이 셋으로 기본적인 틀을 짜놓은 밀즈의 사회관에 깊이 끌려들었던 적이 있었소. 지금 내가 다시 생각해 보면 이 셋 사이의 의미 부여가 사람에 따라 조금씩 다를 것 같아요. 어떤 이는 개인의 삶에, 어떤 이는 사회구조의 편성에, 또 어떤 사람은 역사의 흐름에 큰 의미를 부여한 것 같아요. 이런 틀을 머릿속에 그리면서 '어떻게 살 것인가'를 다시금 생각하곤 해요. 그리고 그 삶에서 겪는 고난과 아픔을 되새기곤 해요.

이감을 간다는 거예요. 아마 82년 10월쯤이었을 거야. 막 단풍이 드는 무렵이었어. 근데 춘천이라고 하니까 서울 근처로 갖다 놨다가 석방하겠구나, 이런 느낌이 들더라고. 징역살이가 2년 반을 넘어갈 때였고 크리스마스도 얼마 안 남았고. 우리가 춘천으로 옮길 때 DJ는 서울대병원으로 옮겼다가 나와서는 미국으로 가셨지.

춘천으로 이감을 가기 전에 또 판결문 달라고 했어요. 내가 이제 이사를 가야 하니까 판결문 줘라. 그러니까 춘천교도소로 가져다주겠대. 아니 내가 가지고 가겠다고 했더니 안 된대요. 그럼 나 차 못 탄다고 버텼지. 강제로 태우더구만. 춘천에 다 왔는데 점심시간이야. 점심을 먹어야겠는데 교도소에 가서 먹으래요. 내가 순댓국이나 한 그릇 먹고 가자고 했지. 또 안 된다고 해. 그래서 또 내 판결문 내놓으라고 했어. 그랬더니 뒤차하고 연락을 해요. 거기에 안기부 사람들이 따라왔거든. 결국 순댓국집 가서 순댓국을 먹었어.

교도소 앞에서 또 한 번 판결문 투쟁을 했지. 내 판결문 내놓으라고. 결국 못 받았지만 판결문으로 얻어 낸 게 꽤 많았어요.

춘천교도소는 신축 건물이었는데 내가 수감된 방이 2층에 있었어. 학생운동 하던 친구들이 들어와 있더구만. 성조기 방화 사건 등으로. 강원대, 고대 학생들. 엄주웅이 거기 있었지. 처음으로 비슷한 부류가 옆방에 있어서 대화를 했어요. 강원대 친구들은 아주 순박했어. 그중 한 명은 지금도 평화운동을 한다더구만. 나머지 둘은 농사를 짓는다고 들었고.

아무튼 거기도 식단이 개판이야. 그래서 또 보안과장을 만났지. 당신하고 싸우기 싫다. 도대체 식단이 이게 뭐냐, 이런 식으로 돈 떼먹고. 직원한테 안동교도소 갔다 와 보라고 해라. 그리고 나서 나랑 얘기를 하자, 그랬어요. 안동교도소에서 그 사람이랑은 싸우지 말라고 했다나. 순순히 고치겠다고 하더라고. 이번에도 라면부터 팔라고 했지. 춘천 가서는 한 번도 안 싸우고 다 바꿨어요. 강원대 친구들이 이게 웬일이냐며 좋아했어.

식단도 싹 고쳤지. 처음에 나한테만 제대로 된 국을 주다가 딱 걸린 거야. 나는 뽀얀 감잣국을 먹었는데 목욕하러 가면서 보니까 일반 재소자들은 껍질도 안 깐 국을 줬더라고. 그걸 또 문제 삼아가지고⋯.

춘천은 춥고 습했어요. 눈이 한번 오면 안 녹아. 거기서도 푸시업을 열심히 했지. 두어 달쯤 지나고 크리스마스가 다 됐는데 별 소식이 없어. 이번에는 못 나가나 보다 포기했는데 12월 24일 밤에 갑자기 방문이 벌컥 열리는 거야. 거의 아홉 시쯤 됐지. 그런데 나만 나왔어요. 다른 사람들이 먼저 나갈 줄 알았는데. 어찌나 미안한지. 갖고 있던 빵, 라면, 옷, 책 이런 것들 다 주고 왔지.

그날도 눈이 많이 왔어요. 서울로 들어와서 한강 다리를 건너는데 별천지 같았어⋯. 그날 밤늦게 집에 도착했어요.

최민희　거의 3년 만에 집으로 돌아가신 건데요. 어떠셨습니까?

이해찬　집에 갔는데 현주가 나를 못 들어오게 하는 거예요. 낯선 남자가 집에 갑자기 오니까. 안방 문을 딱 잠가 버려. 평화로운 아지트에 침입한 침입자가 된 거지.

어머니와 집사람이 현주를 데리고 면회를 다녔거든. 그때도 현주는 아빠인지도 잘 모르고 혼자서 왔다 갔다 그러긴 했어요. 그렇게 면회가 끝나면 어머니는 현주를 업고, 집사람은 보따리를 들고 나가는데 한번은 그 모습에 마음이 울컥했지. 어머니, 아내, 딸, 세 여자의 뒷모습이…. 좀처럼 울컥하는 법이 없었는데 그때는 그렇더라고. 방에 오니까 막 눈물이 쏟아지는 거야. 감옥살이하면서 처음 그렇게 울었어요.

그런데 막상 집에 오니까 이방인이야. 내가 현주한테 잘 보이려고 많이 데리고 다녔어요. 먹고 싶다는 거 다 사 주고. 그때 야쿠르트 아줌마가 스펀지케이크 같은 걸 팔았는데 그걸 통째로 사 주고 그랬지. 사탕도 한 봉지를 사 줘야 돼. 그렇게 한두 달 지나니까 괜찮아지더라고.

재야 운동의 브레인으로

'직업 운동가'가 될 결심

최민희 1982년 말부터 전두환 정권이 이른바 유화 조치를 단행합니다. 크리스마스 특사로 DJ와 대표님 등이 석방된 것도 그 일환이었겠지요?

이해찬 전두환으로서는 어느 정도 체제가 안정됐다고 본 거예요. 실제로 광주항쟁이 그렇게 끝나고 나서는 전면적으로 대드는 세력이 없었잖아요. 재야의 중요 인물들은 다 구속됐고 학생운동도 '역량 보존파'들만 남고 '선도 투쟁파'들은 대부분 구속됐으니까. 그런데다가 미국을 방문해서 정상적인 국가원수로 인정을 받고 싶은

데 그러려면 전향적인 조치가 필요했던 거지. 미국에서는 전두환을 쿠데타와 학살의 주범으로 인식하고 있었으니….

최민희 DJ가 사형선고를 받으면서 국제적인 비난 여론이 일어난 것도 전두환 정권에게는 압박이 되지 않았을까요? DJ가 최후진술에서 "나는 먼저 죽지만 먼저 죽은 나를 생각해서 이 땅에 정치 보복이 없도록 해 달라"고 했다는 사실이 알려지면서 국제사회에 DJ 구명 요구가 커졌습니다.

이해찬 그렇지. 광주항쟁 이후에 사형선고 받으면서 DJ가 동아시아의 만델라 같은 평가를 받게 됐어요. 앞에서도 잠깐 얘기를 했지만 DJ의 최후진술은 감동을 받을 수밖에 없는 내용이었어요. 정치 보복을 재생산하지 말라는 부분도 인상적이었지만 저 양반이 하느님을 정말 믿고 그 뜻을 따르는구나 싶더라고. 최후진술이 알려지면서 국제적으로 명망이 더 높아졌을 거야. 그런 인물을 전두환이 사형시키거나 감옥에 놔둔 채로 레이건을 만날 수는 없었다고 봐요.

종교계, 국제 인권 단체 이런 쪽에서는 DJ뿐 아니라 내란음모로 잡혀간 사람들 모두에게 관심을 갖고 적극적으로 지원을 해 줬어요. 내가 안동교도소 있을 적에 마리아 수녀라는 분이 매일 면회 요청을 했대요. 자기가 다녀갔다는 증표를 남겨 주려고 찐 계란 한 개를 매일 넣어 주셨어. 나중에 석방되고 인사를 갔더니 우리를 안심시켜 주려고 그렇게 하셨대. 우리를 잊지 않고 있다는 사실을 알려 준 거지.

엠네스티 본부에서 보내온 메모지 한 묶음이랑 연필 한 자루가 일주일에 한 번씩 들어왔어요. 세계 인권운동의 주축인 단체가 그렇게 해 주니까 실제로 마음에 위로가 됐어. 이 사람들이 우리를 관심을 갖고 지켜보고 있구나 하는.

최민희　최후진술이 어떤 사람을 집약적으로 보여 주는 시대였다는 생각이 듭니다. 저희들은 민청학련 때 김병곤 선배의 최후진술에 감명을 받았던 기억이 있어요. 이 법정에서 사형선고를 받아 영광이라는. 소문으로 전해 듣고 와, 멋있는 분이다, 그렇게 생각했습니다. DJ의 최후진술에서 그분의 신앙심을 보았다는 얘기는 대표님께 처음 듣습니다.

이해찬　난 하느님을 믿지 않는 사람이었고 종교도 없었어요. 사람 살아가는 이야기 중에 추상성이 극대화된 게 신학이라고 생각했지. 근데 DJ를 보면서 신은 모르겠지만 신앙은 확실히 있구나 싶더라고. 그리고 DJ가 아주 속된 정치에서 벗어나기 시작했다는 느낌을 받았어요.

　　당시에 우리가 정치인들을 아주 폄하했어. 지금도 그런 경향이 있지만 그때는 더했지. 나는 정치인 집안에서 컸기 때문에 약간 달랐고. 정치가 그저 거짓말하는 게 아니다, 제대로 하려는 사람에게는 고난의 길이라는 걸 알았다는 뜻이에요. 하지만 DJ가 그런 정치인이라고 생각하지는 않았어. 내란음모 사건을 겪으면서 이분이 우리가 흔히 아는 일반적인 정치인은 아니구나 싶었던 거예요.

　　DJ는 당신이 하느님으로부터 구원 받았다고 하셨어. 일본에서 납치됐을 때 예수님을 만나셨다는 거야. 은유적인 표현이었는지 모르겠지만 진짜 예수님을 만났다고 말씀을 하셔. 그때 살아서 돌아온 게 기적 같은 일이긴 해요.

일본에서 DJ 납치를 맡았던 우리 정무공사가 미국 대사관에 연락을 했대요. 우리가 지금 DJ를 납치해 간다고. 미국 대사가 이 사실을 미 국무부에 보고했고 국무부가 깜짝 놀라서 절대 안 된다, 무조건 막으라고 한 거야. 미국이 헬기까지 띄워서 죽음 직전의 DJ를 찾아냈으니 하늘이 도왔다고 할 만하지. 그런 일을 겪은 분이니까 하느님을 믿고 사형선고를 받은 뒤에도 의연했던 게 아닐까 싶어요.

여담인데 DJ 납치를 맡았던 정무공사는 그 일이 있고 나서 미국으로 이민을 갔어요. 그 아들이 주한 미국 대사를 했던 성 김이야. 대사로 올 때 동교동 사람들하고 상의를 했지. 노코멘트로 가자, 그렇게 얘기가 됐어요. 성 김 아버지가 DJ 납치를 맡았지만 다른 한편으로는 그 사람 덕분에 DJ가 살았으니까.

최민희　김대중이라는 정치인을 새롭게 인식하셨다고 했는데 대표님 인생에서 굉장히 중요한 계기가 아니었나 싶습니다. 후일 정치인 이해찬의 행보를 결정하는. 그 말씀은 차차 듣고, 일단 석방 직후 대표님은 어떤 상태였는지부터 들어 봐야겠지요.

이해찬　감방에서 나와 보니 서점은 보증금까지 다 까먹은 상태더구만. 75학번 후배들이 하고 있었거든. 내가 보증금을 다시 내고 서점을 맡았어요. 돌베개 출판사까지 사업체 두 개를 운영해야 돼. 애도 커 가고 하니까 마음을 단단히 먹었지.

하루는 황성모 교수, 안병무 교수 두 분이 나를 불러요. 찾아뵀더니 여기서 그러고 있지 말고 독일로 가서 공부를 하고 오는 게 어떠냐고 하시는 거야. 내가 공부할 스타일이지 정치나 재야 운동할 스타일은 아니라면서. 안기부가 그때 출소한 운동권 사람들이 외국 나가는 걸 허용해 줬어요. 해외여행도 쉽게 못 갈 때니까 일종의 특권인데 눈감아 준 거야. 외국으로 보내 버리려고 공작을 하는 경우도 있었고.

나도 독일에서 공부를 해 볼까 생각한 적이 있긴 했어요. 청사출판사에 『아무도 미워하지 않는 자의 죽음』을 소개했다고 했잖아요. 그 책이 굉장히 인상 깊어서 독일에 가 보고 싶었지. 근데 82년 출소했을 때는 공부가 중요하지 않았어. 전두환하고 싸워서 쫓아내야 한다는 의지가 강했지. 내 생각에 전두환 체제가 오래 못 갈 것 같았어요. 박정희 유신도 7년밖에 못 갔는데 전두환은 그 많은 광주 시민을 살상하고 얼마나 가겠나 싶었던 거야.

우리는 광주에 대한 부채 의식이 있잖아요. 서울에서 광주를 엄호하지 못해서 큰 희생을 당했다, 살인 정권을 몰아내야 한다, 그게 머릿속에 꽉 차 있었지. 그리고 그때 공부해서 뭐 하겠어, 벌써 서른이 넘었는데. 운동을 프로페셔널하게 해 보자는 쪽으로 사고가 전환된 거예요.

그러던 중에 법대 73학번 이범영이가 술 한잔하자고 우리 집에 찾아왔어요. 이범영은 4학년 2학기가 끝나는 일주일 전에 데모를 해서 잡혀갔던 친구야. 박석운, 백계문 셋이서 데모를 했지. 졸업을 앞두고 그런 일을 벌여서 굉장히 충격을 줬어. 운동권들 사이에 권위도 있었고 인격적으로도 원숙한 사람이에요. 그런 친구가 찾아와서 무슨 말을 할까 말까 한참 망설여. 어렵게 얘기를 꺼내는데 청년운동 단체를 하나 만들어야겠대. 운동이 이렇게 침체되어서는 안 된다, 청년운동을 해야 하는데 사람이 별로 없다면서 자기가 깃발을 들 테니 형님은 보호막이 되어 달라는 거야. 내가 감옥에서 나온 지 얼마 안 됐는데 또 들어갈지 모르니 미안하다고 하면서. 가만 들어 보니 이미 구상을 다하고 왔더구만. 당신 말이 옳다, 나도 돕겠다고 했어요. 잡혀갈 가능성이 크다는 생각을 했지만 안 할 수도 없잖아.

다른 한편으로는 김대중 내란음모 사건이 국제적인 파장을 일으켰는데 안기부 니들이 날 또 잡아넣겠냐 싶기도 했고. 참 이상한 보호막이지.

최민희 감옥에서 나오자마자 '직업 운동가'의 길을 선택하고 또 한 번 감옥 갈 각오를 하셨네요. 대개 그런 결정을 할 때는 아내에게 상의를 할 것 같은데, 사모님께는 어떻게 말씀하셨습니까?

이해찬 최악의 경우에 감옥에 갈 수 있다 그런 각오는 했지. 근데 감옥살이에는 이골이 났잖아요. 가족들이 먹고살 수 있는 최소한의 기반도 마련해 놨고. 무엇보다 이범영이 말이 다 맞아요. 청년운동 단체가 필요해.

당시에 내가 그런 얘기를 자주 했어요. 학교 쪽을 자꾸 쳐다보지 말자고. 다들 데모하다가 제적된 사람들이니까 나이가 들어도 계속 학생운동을 바라보는 거야. 우리는 소수이더라도 우리대로 사회운동을 구축해야지. 그리고 학생운동은 대중운동이잖아요. 우리는 선도적인 정치투쟁을 해야 한다고 생각했어.

실제로 민청련이 만들어질 때 학생들은 참여하지 않았어요. 개인적으로는 서울대하고 인연을 끊어야겠다 싶어서 신림동 집을 팔아서 응암동으로 이사를 했지. 재학생들이 자꾸 우리 집에 오니까. 내가 학생운동하고 계속 연결되면 안 되겠더라고.

집에는 얘기를 해 두기는 했지만 뭐 깊은 논의를 한 건 아니었어요. 집사람도 서점에 출판사에 애까지 키우니까 정신이 없었거든. 이범영이랑 박우섭이 집에 다녀갔다고 하니까 대강 분위기 파악을 한 거지.

포도밭의 결의, 민청련

최민희　이범영, 박우섭 두 분이 다녀간 즈음부터 민주화운동청년연합(민청련) 논의가 시작된 것인가요?

이해찬　그렇지. 83년 여름부터 본격적인 논의가 시작됐어요. 이범영이 주도적인 역할을 했어. 역곡 근처 포도밭에서 첫 모임을 했을 거야. 이범영, 박우섭, 연성만, 연성수 등등 역곡, 소사 지역에 사는 사람들이 많았거든.

운동의 방향을 뭘로 잡을 거냐, 어떻게 만들 거냐, 조직을 어떻게 구성할 거냐 같은 얘기가 몇 달 오고 갔지. 선도 투쟁을 하자는 쪽으로 방향을 잡았고, 서울대 출신들은 학번별로 다른 대학 출신들은 학교 전체가 한 그룹이 돼서 비공개 모임을 조직했어요. 지도부를 구성하는 문제, 특히 누가 의장을 할 것이냐를 놓고 논쟁이 오래갔지.

이범영이 제일 먼저 김근태 선배를 모시자고 했어요.

군이 분류를 하자면 김근태 선배는 역량 강화론자였어. 민청학련 사건에도 관여를 안 했지. 83년에는 인천 산업선교회에서 일하고 있었고. 그런 분을 의장으로 모시게 된 건, 80년처럼 복학생 위주의 운동으로 가면 안 된다고 판단했기 때문이에요. 당시에 기층 운동이 활발하게 일어났잖아요. 철거민, 도시빈민, 농민, 노동자 등등. 경인 지역은 노동운동하고 도시빈민운동의 중심이었고.

우리는 기층 운동의 역량과 청년 정치투쟁이 결합해야 한다고 생각했어. 청년들의 선도 투쟁이 기층 운동과 결합돼야 한다는 거지. 이 둘을 결합시킬 인물로 누가 제일 적합하냐. 여러 사람이 거론되다가 김근태 선배가 됐어요. 처음에는 고사하셨어. 긴 설득 끝에 수락을 하신 거야. 이범영이 제일 열심히 설득했어요.

잘 알겠지만 민청련은 비밀조직이 아니었어요. 반(半)합법 정치투쟁 단체. 전두환이 집권하고 최초의 공개 정치투쟁 단체야. 조직 전체를 드러낸 건 아니었지만 사무실을 두고 지도부를 밝혔지. 조직은 사무처 기능과 정책실 기능으로 나눴어. 전면에 나설 사람들이 사무처 기능을 맡고. 정책실 기능은 후견할 사람들이 맡은 거지. 최민화 선배는 위장결혼식 사건으로 심하게 고문을 당하고 나왔는데 그분이 정책위원장, 내가 부위원장이 됐어요.

최민희　민청련이 공식 출범한 날이 83년 9월 30일로 기록돼 있습니다.

158

이해찬   맞아요. 정릉 아리랑고개에 상지회관이라고 있었거든. 천주교 공소 비슷한 곳인데 거기를 몰래 빌려 가지고 발족식을 했어요. 우리는 한 50명 모일까 했는데 꽤 많이 모였지. 발족하는 걸 정보기관이 몰랐어요. 그때까지 보안이 잘 유지됐어.

사무실은 종로2가에 얻었어요. 파고다가구점이라고 있었는데 그 건물 2층인가 3층이었지. 민청련 간판을 달려고 하니까 종로서에서 뒤늦게 알고 난리가 난 거야. 사무실 사수 투쟁을 엄청나게 했어. 경찰이 쳐들어와서 집기를 뺏어 가면 우리는 가서 찾아오고. 그런 싸움을 한 달은 했던 것 같네. 종로서 가서 싸우다가 안경이 깨진 적도 있어요. 그때도 내가 안경 물어내라고 난리를 쳐서 받아냈지.

아무튼 그렇게 사무실을 지켜 내고 공개 활동을 할 수 있게 된 거예요. 아무도 못할 때였는데 민청련이 처음으로. 민청련이 만들어지고 나서 공개 조직들이 여럿 생겼지. 83년 말부터 해직교수협의회, 민주언론운동협의회, 민중문화운동협의회, 자유실천문인협의회 같은 단체들이 만들어졌잖아요. 청년들이 치고 나가니까 가능했던 거야.

재야 어른들도 84년 10월쯤에 민주통일국민회의(국민회의)라는 단체를 만들었어. 민청련처럼 선도 투쟁을 하려고 만든 조직인데 문익환 목사가 의장, 이창복·장기표 선생이 실무 책임을 맡았지. 근데 실무자가 없어서 내가 그쪽 실무를 지원하게 됐어요. 소속은 민청련인데 국민회의의 일을 한 거예요.

최민희   민청련이 만들어졌을 때를 저도 기억합니다. 폭압적인 상황이었는데 이상하게 희망적이고 낙관적인 분위기가 있었어요. 민청련이 민주화운동 진영 전반에 미친 영향은 대단했던 것 같습니다. 공개적인 운동 조직들이 등장하는 계기가 되었다는 측면도 있지만 당시 운동의 쟁점들을 이론으로 정리해서 내놓았으니까요.

이해찬 민청련 정책실에서 주로 정세 분석을 하고 운동론을 내놓고 그랬지. 그때 민청련에서 나온 첫 운동론이 '한 개의 칼과 두 개의 방패'*라는 제목이었어요. 이을호라고 아주 비상한 친구가 있었는데, 그 친구하고 박우섭이 초안을 썼을 거야. 학생운동권에도 굉장히 널리 보급됐어요. 그 당시로서는 잘 정립이 된 운동론이라고 할 수 있지.

또, 운동론은 아니지만 연성수가 민청련의 상징으로 두꺼비를 제안한 것도 의미심장했어요. 두꺼비가 임신을 하면 뱀을 일부러 약 올린대. 뱀이 화가 나서 두꺼비를 잡아먹으면 두꺼비의 독 때문에 죽어. 그렇게 죽은 뱀을 양분 삼아 두꺼비의 새끼들이 자라서 태어난다는 거야. 내가 그 얘기를 듣고 민청련 정신에 딱 맞는 애기다 그랬어요. 우리는 죽지만 대의를 이루는 거. 우리도 죽고 적도 죽이고. 민청련의 선도 투쟁이 말하자면 그런 거니까.

광주 5·18 묘역을 공개적으로 참배한 게 84년 민청련이 처음이

한 개의 칼과 두 개의 방패 민주화운동청년연합의 민주화운동 이론. '한 개의 칼'은 선도 투쟁을, '두 개의 방패'는 대중을 기반으로 하는 투쟁을 뜻한다. 이 논설의 초안은 박우섭이 잡고, 탈고는 이해찬이 했으며, 원래는 전단지로 만들었다가 나중에 민청련 기관지 『민주화의 길』제2호(1984. 4. 25.)에 「한 개의 칼과 두 개의 방패-주체적인 인식과 실천」이라는 제목으로 실렸다. 이 글은 이후 민청련에 가입하는 회원에게 기본 소양 지침서로 쓰이기도 했다.

민청련 사회부장 연성수와 부인 이기연이 제작한 두꺼비 판화 [민청련동지회 소장]

었어요. 민청련이 서울에서 최초로 5·18 희생자 추도식을 하고 가두시위를 했지. 시위 과정에서 폭행당한 이경은이 사산해 보수적인 여성 단체들까지 항의하고 그랬어요. 그전까지 상상도 못했던 일이었어. 80년 광주의 실상을 알리는 것 자체가 금기였을 때니까. 우리는 그걸 해내서 의기양양했지.

민주화운동의 구심, 민통련으로

최민희　85년 3월에는 민주통일민중운동연합(민통련)이 만들어졌고 대표님은 민통련에 참여하셨습니다.

이해찬 민통련이 만들어진 과정은 설명이 좀 필요한데. 앞에서 재야 어른들이 중심이 된 민주통일국민회의(국민회의)가 만들어졌다고 했잖아요. 그보다 몇 달 전에 민중민주운동협의회(민민협)라는 단체가 생겼어요. 민청련하고 몇몇 기층 단체들이 협의체로 만든 조직이야. 85년 들어 이렇게 여러 단체들이 갈라져 있으면 안 되겠다는 인식이 생겼고 통합 논의가 시작돼요. 그러면서 국민회의하고 민민협이 통합을 하지. 그게 민통련이야. 공동의 단일 투쟁 기구, 정치투쟁의 중심이 된 거예요.

민청련은 한동안 민통련에 결합하지 않고 독자적인 활동을 했어요. 그러다가 탄압을 많이 받고 김근태 의장이 구속되면서 민통련과 하나가 됐어. 85년 9월쯤이야. 나는 민청련이 어느 정도 자립 구조가 만들어졌다고 생각해서 민통련이 만들어질 때 거기 실무자로 간 거고. 정책실 차장.

최민희 민통련은 87년 6월항쟁 전까지 민주화운동 진영의 구심 역할을 했습니다. 민주화운동을 대표하는 단체가 '통일'을 전면에 내세운 것이 우리 운동사에 어떤 의미가 있을까요?

이해찬 사실 그전까지 민족 문제, 통일 문제는 우리 재야 운동권의 주요 관심이 아니었어요. 민통련 의장을 문익환 목사가 맡으셨는데 그분의 강한 의지가 있었지.

문 목사님은 늘 그런 말씀을 하셨어요. 나는 윤동주한테 빚진 사람이다, 장준하한테 빚진 사람이다. 문 목사님과 윤동주 시인이 북간도 명동촌에서 함께 자란 친구라는 걸 나중에 알았어요. 윤동

1985년, 민통련 사무처 실무자들과 함께(오른쪽에서 다섯 번째)

주 시인의 영결식을 연길에 있는 문재린 목사 교회에서 했더구만. 문익환 목사 부친이 문재린 목사님이에요. 모친 김신묵 여사는 어렸을 때 연길에서 본 3·1운동을 우리한테 얘기해 주시기도 했지. 문익환 목사님이 그런 배경에서 살아오셨기 때문에 민족, 통일 문제를 대하는 태도가 다른 재야인사들과 달랐던 게 아닐까 싶어요.

민주화운동과 민족 통일은 하나다, 동전의 양면이다. 그게 문 목사님의 명제였어. 민주화가 되어야 민족 통일이 가능하고, 민족 통일이 되어야 민주화가 완성된다. 그 말씀을 자주 하셨지.

앞에서 잠깐 얘기했지만 장준하 선생도 그렇게 말씀하셨거든. 민주화가 안 되면 분단 세력이 판친다고. 아마도 훗날의 전두환 세력 같은 경우를 말씀하신 거겠지. 그분들은 통일의 중요성을 체득하신 거고 그래서 더 간절하셨던 거지. 분단 이후에 살아온 사람들하고는 감이나 깊이가 달랐다고 할까.

민통련 지도부와 함께(맨 뒷줄 왼쪽에서 여섯 번째)

최민희　요약하자면 민통련이 노동자, 농민운동 같은 기층 운동과 연대하고, 통일을 핵심 과제로 내세우면서 재야 민주화운동의 의제가 민주, 민중, 통일로 확장되었다고 할 수 있겠네요. 대표님은 민통련에서 직업적 운동가로 일하시면서 뭐랄까 운동의 시야가 넓어졌을 것 같습니다.

이해찬　아무래도 그랬겠지. 민통련 조직은 두 개의 축이 있었어요. 지역 운동하고 부문 운동. 지역 운동이 열 군데, 부문 운동이 열네 군데였지. 지역 운동 간사가 이명식. 부문 운동 간사가 김부겸. 한 달에 한 번씩 대전 가톨릭농민회관에 모여서 조율을 했어요.

　　사무처는 상근 사무총장으로 이창복 선생이 계셨는데 실무는 주로 내가 했고. 성명서 쓰고 정세 분석하고 그런 일들. 당시 성명

민통련 정책실 차장 이해찬, 의장 문익환, 사무처장 임채정(왼쪽부터)

서는 대부분 내가 썼던 것 같아요. 문익환 목사님이 현장에 가서 강연도 많이 하셨는데 종종 목사님 수행도 했고. 오전에는 출판사하고 서점 일을 하고 오후에는 민통련 일을 하는 거예요.

그때 자가용을 샀어요. 서점에서 팔 책들을 출판사나 동대문 도매 상가 같은 데서 사 와야 했거든. 근데 운동권에 자가용 있는 사람이 거의 없을 때여서 여러모로 요긴하게 썼지.

민통련 일을 하면서 조직 운영의 노하우 같은 것도 생겼던 것 같아요. 사무처 운영 방식을 많이 바꿨어요. 특히 소속 단체들한테 회비를 내도록 했지.

최민희 단체들이 회비를 낸다는 건 당시로서는 혁신적인 발상인데요. 그게 가능했습니까?

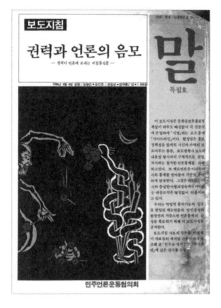

민주언론운동협의회에서 출간한『말』
특집호 표지〔민주화운동기념사업회
제공〕

이해찬　그때 민통련에 상근 체제를 만들었어요. 그러니까 돈이 많이 들 수밖에 없어. 단체들한테 역량에 맞게 회비를 내라고 했는데 저마다 방식이 달랐어요. 노동단체는 청계천에서 양말을 도매로 사 와 가지고 영등포역 앞에서 팔아. 수익금 일부는 자기들이 쓰고 일부는 민통련에 내는 거예요. 민미협(민족미술협의회) 사람들은 그림으로 달력을 만들었어. 민중미술이라고 했던 작품들, 판화 같은 걸로 달력을 만들어서 꽤 팔았어요. 언협(민주언론운동협의회)은『말』지 '보도지침'* 특집호로 회비를 냈어. 최 의원이『말』지 기자였으니까 잘 알겠지만 '보도지침'이 엄청 팔렸잖아요.

　민통련이 보도지침을 입수했을 때 처음에는 우리가 직접 폭로하려고 했지. 내가 그걸『말』지에서 판매용으로 내고 대중적으로 팔자고 주장했어요. 결국 그렇게 했고. 언협이 '보도지침'을 내서 2천원에 팔았는데, 우리한테는 600원인가 800원에 납품을 하는 거예요. 그러면 내 차에 싣고 집회나 교회 행사 같은 데 다니면서 팔았지. 처음에는 차로 들어가니까 검문에 안 걸렸어요. 나중에는 못 들어가게 했는데 그때마다 싸우고 들어갔어.

보도지침, 보신탕, 다방

최민희　대표님이 보도지침 폭로를 언협에 '양보'하셨다는 사실은 처음 듣습니다. 당시 언협 김태홍 사무국장이 우리가 해야 한다고 강력하게 주장했다는 것만 알고 있었거든요. '보도지침' 특집호 판매가 민통련의 재정 사업이었고, 대표님이 직접 팔러 다니셨다는 말씀을 들으니 반가운 마음이 듭니다. 저도 그때 '보도지침' 특집호 들고 여기저기 팔러 다녔는데 정말 신났습니다. 엄청난 반응이었어요.

이해찬　보도지침 내용이 워낙 충격적이었으니까. 운동 차원에서 많이 팔아야 했지만 재정적인 면에서도 우리는 절실했어요. 워낙 쪼들렸기 때문에.

보도지침　제5공화국 당시 문화공보부가 신문사와 방송사에 은밀히 하달한, 보도에 대한 지시 사항. 1985년에 잡지 『말』에 그 내용을 폭로하면서 존재가 세상에 알려졌다. 신문에 대한 보도지침은 문화공보부 홍보정책실을 통해 일괄 하달되었으며, 방송에 대한 보도지침은 국가안전기획부와 문화공보부에서 직접 하달되었다. 정부는 보도지침을 통해 뉴스의 내용뿐만 아니라 형식까지 구체적으로 지시했다. 주로 민주화운동, 대외 관계, 여론, 언론 등과 관련된 사안에 보도지침을 내렸다.

민통련 정책실 차장 시절

　단체들이 회비를 낸다고 해도 그것만으로는 안 돼. 참 여러 가지로 돈을 만들었지. 잘 알려져 있지는 않은데 김지하 시인이 난을 그렸어요. 당시에는 유명한 시인인데다가 민주화운동의 영웅이기도 해서 그림을 꽤 비싸게 팔 수 있었어. 그 양반한테 소주 한잔 잘 대접하면 난을 그려서 줬어요. 한 열 장씩 서너 번을 그려 준 것 같아. 우리가 그걸 형편이 좀 괜찮은 사람들한테 팔았지. 한 점에 30만 원쯤 했던가…. 그림을 명분으로 해서 지원을 받은 거예요. 예를 들면 한국 민주화를 지지하는 일본 지식인들한테 500만 원어치를 팔았어요.

　한번은 어떤 스님이 민통련으로 연락이 왔어. 만나자고. 나를 잘 알지도 못하는 양반이었어요. 갔더니 스님이 소주 한잔하자고 하면서 닭백숙까지 드셔. 혼자서 거나하게 드시더구만. 큰 절의 주지 스님이라는데 스님들이 지고 다니는 바랑에서 돈을 한 뭉텅이 꺼내 줘요. 갖다 쓰라고. 이걸 받아야 할지 말아야 할지 고민을 했지. 그러다가 받아 왔는데 200만 원쯤 됐어요. 그분이 그렇게 서너 번을 도와주셨어. 나중에 알고 보니 그분이 박헌영의 아들 원경 스님이었어요. 그때는 전혀 몰랐지.

강연균이라는 유명한 화가의 그림도 받은 적이 있었어요. 이분이 수채화의 대가였는데 임채정 의장 친구야. 그 양반이 석류 그림을 한 점 줬는데, 그게 굉장히 비싼 그림이었어요. 그것도 갖다 팔았지. 송용이라는 화가도 그림을 몇 점씩 주고 그랬어요. 그림이 아주 좋아. 정기적으로 일정 액수를 지원해 준 분들도 있었어요. 종로서적 장하구 씨. 부인이 산부인과 의사였는데 가끔 그분한테서 받아 오기도 하고. 공병우 선생은 타자기를 열 대, 스무 대씩 주셨어요. 팔아서 쓰라고. 그렇게 민통련 살림을 살았지.

최민희　직책은 정책실 차장인데 실제로는 재정까지 다 챙기셨네요.

이해찬　하다 보니 그렇게 됐어요. 한 달에 운영비가 500만 원은 들어가는 거야. 사무실 임대료, 활동비, 유인물 등등. 근데 후원은 안정적이지가 않으니 고정 수입이 간절했어요. 그래서 식당도 해 보고 다방도 해 봤는데 참 쉽지가 않더구만.

보신탕 잘하는 아주머니가 있어서 스카우트를 해서 우리가 식당을 차렸어요. 그런데 예전 그 맛이 안 나와요. 맛이 없어. 손님이 안 와. 나중에 알았는데 이 아주머니가 일부러 맛을 안 냈던 거예요. 우리가 손을 떼게 하려고. 결국 식당을 접었지.

그다음에는 다방을 인수하자는 제안이 나왔어요. 가 보니까 장사가 잘되더구만. 할까 말까 망설이다가 한번 해 보자 해서 인수를 했어요. 당시 돈으로 2천만 원인가 줬지 아마. 근데 우리가 인수하고 나서 종업원들이 한 명씩 한 명씩 다 그만둬요. 월급을 더 준대도 나가겠대요. 알고 보니 이게 이른바 '티켓 다방'이었던 거야. 매출이 점점 줄다가 임대료도 못 낼 판이 됐어요. 할 수 없이 문을 닫았지. 그렇게 두 번을 날렸어요.

최민희 처음 듣는 사실이 많습니다. 민통련이 보신탕집, 다방을 차렸다니….

86년 말쯤 민통련이 엄청나게 탄압을 받으면서 공개적인 활동을 사실상 못하게 되는데요. 그때부터는 어떻게 민통련이 운영됐는지 궁금합니다.

이해찬 건대 사건*이 결정타였어요. 5월에 인천5·3사건*으로 먼

인천5·3사건 1986년 5월 3일 인천시민회관 앞 광장에서 대한민국의 재야 및 학생운동권 세력이 국민헌법제정과 헌법제정민중회의 소집을 요구하는 시위를 벌인 사건. '5·3인천사태' '5·3인천민중항쟁'으로 불린다. 신민당 개헌추진위원회는 5월 3일 경기인천지부 현판식을 열기로 하고 인천시민회관에서부터 지부 사무실까지 행진을 계획했다. 그러나 여기에 서울, 인천 지역의 노동단체들과 학생들이 결집하면서 대규모 시위가 벌어졌고 신민당의 현판식은 열리지 못했다. 당시 시위에는 다양한 운동권 그룹이 참여했기 때문에 통일된 구호 없이 각자 유인물을 뿌리고 구호를 외쳤다. 정부는 이 사건을 좌경 용공 세력들의 반정부 폭력 행위로 규정하고 대대적인 수배와 검거에 나서는 등 공안정국을 조성했다.

건대 사건 반외세 자주화, 반독재 민주화, 조국 통일의 3대 구호를 내걸고 1986년 10월 28일부터 31일까지 66시간 50분 동안 건국대학교에서 전개된 학생 민주화운동. '10·28건국대학교 사태' 혹은 '10·28건국대학교 항쟁'이라는 명칭으로 불리기도 한다. 경찰은 10월 31일 '황소30'이라는 작전명으로 경찰력을 투입하여 5개 건물에서 분산 농성 중인 학생 1,520여 명을 연행하고 1,290명을 구속했다. 단일 사건 구속자 수로는 세계 최고를 기록한 사건이다.

저 한번 깨졌고. 10월에 건대에서 학생들이 천 명 넘게 연행되고 나서 우리가 성명서를 발표했어요. 전두환 정권의 폭력 진압을 규탄한다는 내용으로. 그러니까 그걸 빌미 삼아서 민통련 사무실에 경찰이 쳐들어왔어. 간부들은 연행되거나 수배되고 민통련은 결국 폐쇄됐어요. 집행부가 비공개로 전환되면서 여기저기 옮겨 다니는 조직이 되는 거지. 사무실은 공개적으로 차릴 수 없으니까 몰래 거점 하나만 구해 두고. 을지로5가였어요.

그때 민통련이 크게 당하기는 했지만 다른 단체들도 탄압을 세게 받았잖아요. 공안 사건들도 여러 개 터지고. 전두환 정권의 말기적 징후였지. 그러다가 87년 1월에 박종철 고문치사 사건이 일어난 거고….

박종철 사건 직후에 우리가 27·33이라고 부르는 두 번의 큰 시위가 벌어졌어요. 2월 7일 광화문 시위는 성공을 했어. 3월 3일에 또 기습 시위를 시도했는데 그때는 원천 봉쇄를 당해서 제대로 해 보지 못했어요. 경찰이 지방에 있는 병력을 다 동원해서 서울을 막은 거야. 아, 병력을 분산시키려면 전국 동시다발로 시위를 해야 되는 거구나 하는 깨달음을 얻었지. 그래서 6월항쟁 때는 전국 동시다발 집회를 기본 방침으로 하게 된 거예요.

최민희　5·3사건 얘기가 나온 김에 서울노동운동연합(서노련)에 대해 잠깐 여쭤보고 싶습니다. 당시 민통련과는 조금 다른 노선을 갖고 있던 단체가 서노련이었는데요. 민통련은 군부독재 타도, 민주 헌법 쟁취를 걸고 싸웠다면 서노련은 삼민 헌법 쟁취를 주장했습니다. 그러다가 86년 5월 인천5·3사건으로 대대적인 탄압을 받고 해산되었어요. 당시 대표님은 서노련의 노선을 어떻게 보셨습니까?

이해찬 민청련처럼 서노련도 85년 9월에 민통련에 들어왔어요. 민통련 안에는 노동자복지협의회가 있었는데 서노련과 갈등이 심했지. 서노련은 노동자들을 정치투쟁으로 이끌고 싶어 했지만 노동자들이 갑자기 그렇게 되지는 않잖아요. 노동자들이 중심이었던 노동자복지협의회는 그걸 잘 아니까…. 나도 노동자들을 자꾸 정치투쟁에 끌어오려 하지 말고 노동운동이 성장할 수 있도록 노동자들을 지원해야 한다는 입장이었거든. 그래서 민통련이 서노련에 끌려다니면 안 된다고 주장했어요. 많이 싸웠지.

그러다가 86년 초부터 야당에서 대통령직선제 개헌 서명운동에 들어가잖아요. 신민당이 각 지역에서 헌법개정추진위원회 현판식 행사를 열면 민통련은 밖에서 기습 시위를 하는 방식으로 간접결합을 했어요. 그런데 5월 3일 인천에서 서노련 쪽 그룹들이 격렬하게 시위를 벌이면서 민통련, 서노련이 배후 세력으로 몰리고 세게 탄압을 받은 거지. 그때 김문수가 제일 고문을 많이 당했어요. 노선이 달랐다고 해도 서노련 사람들이 끌려가서 고문당하면 거기에 대항하는 것도 민통련의 일이었으니까 같이 싸웠지.

최민희 당시 운동권의 다수가 혁명을 동경하면서 노동자들 속으로 들어갔습니다. 그들의 시각에서는 대표님이 '개량주의자'였을 텐데요. 논쟁할 때 개량주의자라는 비난을 받지 않으셨습니까?

이해찬 왜, 많이 들었지. 근데 나는 내가 개혁주의자인 걸 부정하지 않았어요. 우리 사회는 개혁으로 가야 한다, 교조적인 계급투쟁이나 혁명은 안 된다고 했어요. 개량주의자라고 비난을 해도 물러서지 않았지. 내가 물러서면 민통련의 노선이 잘못되니까.

사회사상사를 공부하면서 내가 마음에 새긴 명제가 있어요. 가치는 역사에서 배우고 방법은 현실에서 찾는다.

서구 자본주의 사회는 교조적인 마르크스주의가 가능하지 않다는 걸 보여 줬어요. 로자 룩셈부르크의 주장은 20세기 초에나 통했을지 모르지. 칼 포퍼 같은 학자는 마르크스주의를 버리고 '개방 사회' 개념과 함께 끊임없는 진보, 개혁을 주장했어요. 혁명은 짧고 단순한 과정이지만 개혁은 인내심을 갖고 계속해야 돼. 혁명보다 개혁이 더 어려운 거예요. 우리 사회는 일제강점기를 거쳐서 분단이 됐는데 여기에 교조적인 계급투쟁이 통할 수 없어. 우리만의 방법을 찾아서 개혁해야지.

노동운동은 노동자가 해고되면 힘이 떨어져요. 자본주의가 일정하게 발전하고 노조가 생산 라인을 장악해야 가능한 운동이에요. 그런데 학생운동 출신들이 노동 현장에 들어가서 선도 투쟁을 하다가 노동자들이 생산 현장에서 쫓겨나면 운동의 의미가 없어지잖아. 나는 서노련의 정치투쟁 노선에 동의하기 힘들었어요.

내가 사회학을 공부했기 때문에 교조주의에 빠지지 않았던 것 같아요. 경제학만 공부하면 교조주의에 빠지기 쉽지만 사회학은 계급론보다 계층론을 더 많이 배우거든.

최민희 민통련의 살림을 살아야 하는 현실적인 문제 때문에라도 대표님은 교조주의에 빠지기 힘들었을 것 같습니다.

이해찬 하긴, 당장 돈을 만들어 오는 게 급선무였으니까 교조주의에 빠질 틈도 없었지.

항쟁을 준비하다

최민희 이제 6월항쟁 얘기로 넘어가는데요. 먼저 6월항쟁이 일어나기까지의 상황부터 좀 짚어 봤으면 합니다.

이해찬 전두환이 81년에 7년 단임으로 대통령이 됐단 말이에요. 87년에 개헌을 안 하면 전두환은 더 못하는 상황인 거야. 개헌을 할 거냐 말 거냐를 가지고 논쟁이 많았어요. 저쪽이나 우리 쪽이나.
　85년 2월 12대 총선에서 신민당이 약진하면서 개헌 요구가 힘을 받게 돼요. 그 시기에 우리 쪽에서는 민청련을 시작으로 공개 조직들이 만들어지고 민통련도 생기면서 선도 투쟁이 막 일어나잖아요. 학생운동도 공개 조직들이 등장하면서 급진적으로 되고. 그런데 전두환이 86년 초에 개헌 논의를 89년까지 유보하겠다고 발표하니까 저항이 더 격렬해지는 거야. 그러면 또 탄압하고. 인천 5·3사건, 건대 사건, 부천서 성고문 사건이 다 이런 맥락에 있었지. 결국 87년 들어서 박종철 고문치사 사건이 터진 거고.

최민희 그런데도 전두환은 4·13호헌조치를 발표합니다. 5월 18일에는 정의구현사제단이 박종철 고문치사 사건이 은폐, 조작됐다는 사실을 폭로하면서 국민적 항쟁이 일어나게 되는데요. 당시 항쟁의 중심에 민주헌법쟁취 국민운동본부(국본)가 있었습니다. 6·10 대회의 명칭도 '박종철 고문 은폐조작 규탄 및 민주헌법쟁취 범국민대회'였고요. '민주헌법쟁취'로 정리가 됐지만 개헌의 방향을 두고 야당이나 민주화운동 진영에서는 논쟁이 치열했습니다. 당시 대표님의 구상은 무엇이었는지, 논쟁이 어떻게 정리되었는지 알고 싶습니다.

이해찬 정치권에서는 크게 보면 직선제와 내각제로 갈렸다고 할 수 있지. 신민당의 이민우 총재가 직선제와 내각제 사이를 오락가락했어요. 요구 사항 몇 개를 들어 준다면 내각제도 영 못할 것은 아니다 그런 식으로 애매하게. 자기가 대선에 나갈 수 있는 게 아니잖아. 그러니까 직선제를 주장하던 YS하고 DJ가 뛰쳐나와서 통일민주당을 창당해 버려.

민통련은 직선제라고 딱 못 박지 않고 그냥 민주헌법쟁취를 내세웠어요. 구체적인 권력구조는 언급하지 않았어. 직선제로 하면 DJ나 YS를 따라가는 모양새고 그렇다고 내각제를 하자는 것은 아니니까. 우리는 정당이 아니기 때문에 직선제를 주장하더라도 형식은 민주헌법쟁취로 해야 한다고 판단했어요. 또 노동자, 농민, 도시빈민 등등 기층 민중의 요구들을 헌법 정신에 담아야 한다는 취지에서도 민주헌법쟁취가 의미 있는 구호였지. 직선제만 못 박으면 그저 정치세력의 교체 방식만 얘기하는 거잖아요.

운동권 내에 헌법을 다시 만들어야 한다는 제헌의회파도 있긴 했지만 그 주장이 관철될 수는 없었어요. 그때 내 주장은 이랬어요.

지금까지의 대한민국을 부정하고 제헌의회를 만들면 그동안 해 왔던 민주화운동은 뭐가 되느냐, 4·19혁명을 우리가 이어 오고 있다. 민주화운동의 역사를 부정해서는 안 된다, 유신헌법을 철폐하는 거지 헌법을 다시 만드는 건 아니다.

국본의 성격을 두고도 논쟁이 많았어요. 우선 정치 결사체로 할지, 호헌 철폐 연합체로 할지. 그게 중요한 논쟁이었지. 민통련은 호헌 철폐를 이끌어 내기 위한 연합운동체, 연합전선으로 가야 한다는 입장이었어요.

당면 투쟁이 혁명이냐 개혁이냐 하는 논쟁도 있었지. 전두환한테 하도 탄압을 받으니까 무장 혁명을 해야 하는 거 아니냐는 사람들이 꽤 됐어요. 계급 혁명을 해야 한다는 거야. 내가 사회학 공부를 할 때도 혁명이냐 개혁이냐는 사회사상사에서 되게 중요한 논쟁거리였거든. 마르쿠제 대(對) 칼 포퍼. 마르쿠제는 혁명을, 포퍼는 개혁을 주장했어요. 논쟁 차원으로만 보면 둘이 막상막하야. 그런데 내 생각엔 혁명이 현실에서 힘들어. 사회주의 혁명을 성공한 나라는 러시아하고 중국뿐이잖아요. 유럽에는 없어. 한국 사회는 말해서 뭐해. 계급 혁명, 무장 혁명이 안 되는 사회라고 봐요. 개혁이 유일한 길인 거야.

또 시위 방식도 논쟁거리였어요. 쉽게 말해 평화 시위를 할 거냐, 화염병을 들 거냐였지. 민통련이 호헌조치 직후에 일주일 동안 내부 논의를 했어요. 어떻게 싸울 거냐를 놓고 3대 기본 원칙을 세웠지. 첫째, 전국 동시다발 시위를 한다. 둘째, 재야·정치권·종교계가 대연합전선을 만든다. 셋째, 일반 시민들이 참여할 수 있도록 최저 수준의 행동강령을 내세운다. 그러니까 시위 방식에 대한 민통련의 방침은 처음부터 명확했어요. 시민들이 참여하는 평화 시위.

최민희 그러고 보면 6월항쟁 과정에서 사실상 민통련의 기본 원칙이 모두 관철된 셈입니다. 두 번째 원칙이 정치권과 종교계까지 포함하는 연합전선을 만든다는 것인데, 국본이 만들어지기까지 과정을 좀 말씀해 주셨으면 합니다.

이해찬 민통련이 중심이 돼서 각 분야를 설득한 거지. 기독교는 이길재·황인성이 담당, 천주교는 이명준 담당. 정치권은 YS 쪽을 김도현이 맡고 DJ 쪽은 한영애가 맡았어요. 성유보 선생이 지식인, 문인 쪽을 맡았고. 다른 분야들도 나눠서 맡았어요.

정치권은 민통련과 같이하기로 했어요. 천주교 쪽도 비교적 쉽게 설득이 됐어요. 그런데 천주교 쪽이 정치권은 싫다는 거야. 기독교 쪽은 처음에는 독자적으로 하겠다고 하다가 같이하기로 했어요. 그런데 여기도 정치권이 끼면 안 하겠대요.

정치권을 빼고 가면 대중성이 없다고 여기 설득하고 저기 설득하고…. 기독교가 남았는데 마지막에 일종의 최후통첩을 했어요. 정 그렇다면 기독교는 빼고 가겠다고. 그랬더니 받아들였어요. 나중에 들어 보니 기독교 쪽에 민정당이랑 연결된 사람들이 방해를 한 거 같더구만.

농민운동, 빈민운동 같은 다른 부분 운동 단체들도 거의 다 참여하게 됐어요. 학생운동은 좀 복잡했지. 학생운동이 제일 큰 동원력이 있긴 했는데 입장이 나눠져 있었잖아요. NL그룹하고 CA그룹.* CA그룹이 최소한 화염병이나 돌은 들어야 한다는 거야. 그래서 내가 너희들은 빠져라 그랬어요. 그랬더니 또 전대협(전국대학생대표자협의회)은 민통련 노선에 따르겠으니 참여시켜 달래. 그때 이인영이 전대협 의장, 우상호가 연세대 학생회장 겸 서대협(서울지역대학생대표자협의회) 의장, 김성환이 서대협의 소통 창구 역할을 했어요. 하도 복잡하고 정신이 없어서 민청련한테 학생운동 쪽을 정리해 달라고 넘겼어요. 민통련 방침을 수용하겠다고 해서 마지막에 합류를 했는데 CA 쪽에서는 설득이 안 되는 친구들이 좀 있었지.

호헌조치 이후부터 국본이 만들어지기까지 거의 두 달을 논쟁하고 조율한 셈이에요.

최민희　민통련을 비롯해서 재야 단체들이 탄압을 많이 받고 있을 때여서 수배자도 많았을 텐데요. 말씀하셨던 논의가 쉽지 않았을 듯합니다.

이해찬　맞아요. 많은 일이 있었지. 한번은 우리 회의록을 안기부

NL, CA　1980년대 중반 한국 학생운동 진영에서 제기된 '사회구성체 논쟁'(사구체 논쟁)에서 진화·분립된 개념. 사구체 논쟁은 "한국 사회의 하부구조를 구성하는 것은 무엇인가", 즉 "한국 사회에서 착취하는 자와 착취 당하는 자는 누구이며, 누가 누구에게 투쟁해야 하는가"에 대한 논쟁이라 할 수 있다. 당시 운동권의 주류를 차지하던 NDR(민족민주혁명)이 주체사상을 수용하면서 다수파 NL(민족해방민중민주주의혁명)과 소수파 CA(민족민주, 제헌의회)로 분립되었다. CA는 ND라고도 불렸다. 이후 CA가 약화되자 PD(민중민주)가 약진하기 시작한다. PD는 급진적인 운동을 주장했으며, 1989년부터 NL에 맞서는 세력으로 성장한다. 이 NL과 PD의 대립 구도는 6월항쟁, 직선제, 노태우의 당선, 1990년대를 거쳐 오늘날까지도 미약하게나마 진보 정치 진영에 영향을 주고 있다.

가 갖고 있다는 말을 들었어요. 민가협(민주화실천가족운동협의회) 유시춘 간사가 서기를 맡아서 회의록을 작성했거든. 도청 아니면 누군가로부터 새 나간 거야. 같이 회의한 사람들이 몇 명 안 되니까 한 사람씩 점검을 해 봤어요. 누구였는지 밝히기는 어려운데, 대강 짐작이 가더구만. 그래서 그 사람을 배제하고 장소도 바꿨지. 장소를 미리 정하지 않고 시간만 정한 다음에 전령이 쪽지를 전달하는 방식을 썼어요. 우여곡절이 얼마나 많았겠어. 국본 논의의 핵심이던 성유보 선생이 갑자기 구속이 돼 버리는 일도 있었고….

국본 발기인 대회 겸 출범식을 어디서 할 것인지를 놓고도 고민이 많았어요. 기독교회관, 경동교회, 향린교회, 초동교회 네 곳이 후보였어요. 교회 쪽에서 허락을 해 줘야 하니까 쉽지 않았지. 최종 후보는 향린교회하고 초동교회였는데 초동교회는 목사님이 마지막까지 고민을 하시는 거야. 다행히 향린교회가 흔쾌히 허락을 해 줬어요. 당시에 홍근수 목사님, 안병무 박사님이 계실 때였거든. 그게 6월 9일 밤이었어. 국본 출범 바로 전날. 향린교회는 명동 뒷골목에 있었고 형사들 감시가 상대적으로 소홀했어요. 덕분에 발기인 대회를 할 수 있었지.

이어서 그날 저녁, 6·10국민대회 출정식이 성공회성당에서 열리잖아요. 그날 성당 안으로 들어가는 사람들은 다 구속을 각오한 분들이었어요. 출정식이 끝나고 이분들은 플래카드를 들고 성당 밖으로 나오다가 다 잡혀갔지. 밖에서는 이미 곳곳에서 시위가 벌어지고 있었고.

최민희 대표님도 연행되셨습니까?

이해찬　아니, 나는 끝까지 안 잡혔어요. 상황실장이 잡혀가면 안 되지. 그때 중부경찰서가 담당이었어. 국본이 출범하고 나서 발칵 뒤집혔다고 하더구만. 서장은 본부에 불려 가서 박살이 나고. 이해찬 이놈 잡히기만 해 봐라 했다는데 안 잡혔지. 나는 공식 수배는 아니었어요. 상임집행위원이 아니었으니까. 그래도 집에는 못 들어갔어. 주로 신길동에 있는 노동자복지협의회에서 먹고 자고 했어요. 거기도 마땅치 않다 싶으면 차박을 했고. 내 차 트렁크에 침낭하고 라면 끓여 먹을 코펠을 가지고 다녔어요. 산길 커브 도는 곳에 차를 바짝 붙여 놓고 거기서 잤어요.

"회군할 수 없다! 이번에는"

최민희　'호헌 철폐 민주 헌법 쟁취를 위한 6·10국민대회'를 시작으로 국민 항쟁이 벌어집니다. 당시를 떠올리면 지금도 가슴 뭉클한 순간들이 많은데요. 저는 항쟁의 조직적인 모습을 보면서 도대체 누가 이걸 기획했을까 궁금했습니다.

이해찬　민통련에서 세 가지 방침을 세웠다고 했잖아요. 첫째, 전국 동시다발 시위, 둘째, 대연합전선, 셋째, 최저 수준의 행동강령. 마지막 방침에 따라서 일반 시민들이 참여할 수 있는 방안들이 많이 나왔어요. 예를 들어 9시 뉴스가 시작되면 전두환부터 나오는 '땡전뉴스'를 거부하자는 취지의 9시 소등 운동, 6월 10일 6시 자동차 경적 시위와 하얀 손수건 흔들기 등등.

1987년 6월 11~15일, 서울 명동성당에서 벌어진 대학생·시민 들의 농성 투쟁

최민희　6월항쟁은 준비된 항쟁이었다는 생각이 듭니다. 오늘 대표님을 통해 전국 동시다발 시위도 전경 병력을 분산시키기 위한 기획이었다는 사실을 알게 됐습니다.

이해찬　5월 말쯤에 형사들하고 얘기를 하다가 경찰 병력을 파악하게 됐어요. 3만 6천 정도 된다는 거야. 1개 중대가 160명씩인데 3개 중대가 있어야 한 팀이 된대요. 500명이 한 팀인 거지. 계산을 해 보면 전체 병력이 70개 팀을 운영할 수 있어. 그래서 전국에 대학이 있는 도시에서는 무조건 투쟁 선언을 하자, 시위까지는 안 가더라도 그래야 병력을 분산시킬 수 있다고 제안을 했어요. 학생들이 투쟁 선언을 하면 한 도시에 적어도 병력 500명씩은 남겨 둘 거라고 본 거야.

서울에 배치하는 병력은 2만여 명 정도 예상했어요. 서대협 쪽에 얘기해서 대학들을 네 군데로 나누고 동서남북에서 시위를 하다가 시청 앞에서 모이도록 했지. 그렇게 하니까 병력이 쪼개지잖아요. 막상 최종 집결지 시청 앞 병력은 얼마 안 되는 거지.

최민희　그날 밤에 시위대 일부가 명동성당으로 들어가게 되는데요. 그러면서 명동성당 농성 투쟁이 시작됩니다.

이해찬　서울대 학생들이 회현 고가도로까지 진출을 하면서 다른 쪽 시위대가 신세계백화점까지 갔어요. 그런데 신세계백화점 앞에서 경찰 최루탄이 바닥난 거야. 얼마나 쏴 댔으면. 경찰이 시위대에 포위돼서 분수대로 도망을 쳤지. 날은 덥고 최루탄은 떨어지고 하니까 전경들이 헬멧을 벗고 곤봉도 내려놓더구만. 나는 한국은 행 쪽에 있었는데 시위대가 전경들을 때릴까 봐 걱정이 됐어요. 서대협 학생들한테 무장해제를 시키더라도 폭행은 절대 안 된다, 그러면 빌미를 잡힌다고 말했지. 다른 쪽에서는 계속 산발적인 시위가 벌어지다가 경찰에 밀려서 명동성당으로 피신을 간 거예요. 작정하고 들어간 게 아니고.

하루인가 이틀 후에 성당에서 나가 달라고 요청을 했어요. 그때 상황으로는 나갈 일이 아니야. 성당 쪽하고 싸우지 말고 어떻게든 버텨야 돼. 이명준 등이 신부님들하고 협상을 하면서 버텼어요. 학생들을 보호해 달라고. 그러는 동안 화이트칼라가 시위에 참여하게 됐고. 명동에 금융회사들이 많이 있었잖아요. 거기 화이트칼라들이 점심때 쏟아져 나왔지. 남대문시장에서는 상인들이 물, 김밥 같은 먹을 걸 가져다주고. 먼저 명동성당에서 농성하고 있던 상계동 철거민들은 숙식에 도움을 줬어요. 시민 항쟁이 되는 거야.

나중에 들어 보니 청와대에서 긴급회의를 했다고 하더구만. 이제 어떡할 거냐. 경찰 병력으로는 못 막는 상황이 됐는데 군을 투입할 거냐 말 거냐, 그런 얘기가 오갔대요. 실제로 6월 16일에 최루탄이 떨어졌다고 들었어요. 중부서 경찰이 알려 줬어. 그런데 최루탄은 새로 만들면 일주일을 건조해야 쓸 수 있으니 당장은 최루탄도 쏘기 어렵게 된 거지.

당시 청와대 정무수석이던 김용갑이 국회의원이 돼서 나랑 같이 유럽에 간 일이 있었어요. 근데 나한테 자랑을 하는 거야. 87년 6월에 전두환이 군대를 투입하려고 했는데 자기가 막았다고. 물론 이건 김용갑의 주장이에요.

우리도 긴급 대책 회의를 여러 번 했지. 앞으로 어떻게 해야 되나. 의견이 분분했어요. 정치권에서는 YS 쪽, DJ 쪽 모두 군 투입이 가능하니 그만해야 한다, 종교계에서는 YS의 영수 회담을 지켜보자는 입장이었어요. 전두환하고 YS가 영수 회담을 한다고 했거든. 결국 결렬됐지만. 민통련은 처음부터 절대 '회군'해선 안 된다고 주장했어요. 호헌 철폐할 때까지 평화적으로 싸우겠다, 빠질 사람들은 빠져라, 우리는 학생들과 가겠다. 나는 서울에서 또 80년처럼 하면 안 된다고 생각했어요. 설령 군대가 투입된다 하더라도…. 80년과 달리 이번에는 지도부 안에서 내가 주도권이 있을 때니까, 여기서 물러설 수 없다고 강하게 주장했지. 합정동 마리스타수도원에서 열린 회의에서 논쟁 끝에 6월 26일 평화 대행진을 하기로 결정이 났어요. 6월 26일 시위가 결국 6·29선언을 끌어냈다고 봐야지. 영수 회담도 결렬되고 민통련의 뜻이 관철되면서 정치권은 막판 논의에서 슬그머니 빠졌고.

최민희　서울이 80년 광주처럼 될 수 있다는 걸 각오하신 거네요. 그런 역사적인 결단을 내리고 앞장서서 주장할 때 두렵지 않으셨습니까? 가족들 생각도 하셨을 것 같은데요.

이해찬　광주에 대한 부채감이 너무 컸어요. 거기서 물러나면 광주를 또 저버리는 것 같았지. 개인적인 문제는…, 두렵기야 했지. 근데 내가 자라면서 아버지한테 영향을 많이 받았잖아요. 우리 아버지가 워낙 냉철하신 분이라 나도 결정적인 순간에는 가족이라든가 정서적인 두려움이 부차적이었던 것 같아요. 유신 때 아버지가 왜 데모를 하지 않느냐고 질책했던 태도가 은연중에 나한테도 영향을 미친 게 아닐까 싶어.

최민희　전두환은 군대를 투입하지 못했습니다. 김용갑 씨가 반대를 했는지는 모르겠지만 결정적인 이유는 미국의 반대 때문이었다고 알려졌습니다. 80년과 달라진 미국의 태도는 역시 광주항쟁이 남긴 유산이겠지요?

이해찬　그렇지. 미국이 광주에 군대 투입을 허락했다는 사실이 알려지면서 80년대 반미 운동이 시작됐잖아요. 우리 사회가 분단 이후에 그렇게 반미 감정이 높았던 적이 없었어요. 미국도 당황했을 거야. 그러니까 87년에는 전두환이 군을 움직이려는 걸 알고 막은 거예요. 80년 광주 같은 일이 서울에서 또 일어나면 미국이 그 책임을 뒤집어쓸까 봐. 그때 군대가 나왔다면 설령 발포를 안 해도 유혈 사태는 피할 수 없었어요. 경찰들은 진압 훈련이라도 받았지만 군대는 그조차 없잖아.

　미국이 전두환이 아니라 시민들의 편을 들게 된 건 싸워서 얻어 낸 거예요. 광주의 경험 때문에 미국이 군대를 붙잡아 뒀고 6월 항쟁이 성공하는 한 요인이 됐으니까.

최민희　6월항쟁이 전국으로 번져 가는 과정을 보면 그때는 광주가 아니라 부산이 먼저였습니다. 그리고 6월 27일 광주에서 마무리가 되는 모양새였어요.

1987년 이한열 열사 장례식

이해찬　광주는 80년에 하도 피해가 커서 대규모 시위를 추동해 낼 만한 시민 세력이 없었어요. 위축되어 있었다고. 반면에 부산은 부마항쟁의 경험과 기억이 있잖아요. 그러니까 부산에서부터 터져 나온 거지. 노무현 대통령, 문재인 대통령 모두 그때 인권변호사로 활약했고. 민통련 회의에서 부산민주시민협의회(부민협) 대표였던 노무현 변호사를 봤는데 말없이 주로 듣기만 했어요. 그런데 대우조선 이석규 열사 사건* 때 보니까 대단하더구만. 이상수 변호사

이석규 열사 사건　거제도 대우조선의 2년여 간의 노동자 대량 해고에 저항해, 1987년 8월 대우조선의 노동자들은 노조 결성을 요구하는 파업을 시작했다. 8월 22일 사측과의 최종 협상이 결렬되고, 평화 시위를 보장한다던 경찰은 노동자들에게 최루탄을 일제히 사격했다. 노동자 이석규(1966~1987)가 이때 최루탄을 흉부에 직격 당했고, 병원 이송 도중 사망했다. 당시 노무현, 이상수 등이 이석규의 장례준비위를 결성하고 시신을 지켰지만 영결식 당일 경찰에게 시신을 탈취 당해 그날 거행되기로 한 망월동에서의 매장이 무산되었고, 전국적으로 열리기로 한 추모 대회가 경찰 5만여 명의 원천 봉쇄로 불발되었다.

1987년 7월 5일 서울시청 광장 앞에서 열린 이한열 열사 노제 [朱立熙·이한열기념사업회 제공]

하고 둘이 딱 나타나서 노동자들하고 같이 싸우다가 제3자 개입으로 둘 다 구속되어 버린 거야.

최민희　6월 29일 결국 노태우 민정당 대표가 대통령직선제 개헌, 김대중 사면 복권, 구속자 석방 등 이른바 6·29선언을 발표합니다. 시민 항쟁에 일단 항복을 선언한 것이었어요. 광주 학살로 이어졌던 80년 서울의 봄과 비교하면 무엇이 달랐을까요?

이해찬　80년 서울은 순전히 학생들만의 시위였어요. 그것도 제대로 조직화되지 않은 대학생. 그들이 조직적인 지도부가 없는 상태에서 가두 진출만 한 거지. 반면에 87년 6월항쟁은 각 부문, 지역이 조직적으로 움직였어요. 국본이라는 지도부가 생겼고 학생들이 주력이긴 했지만 각 분야, 정치세력과 결합했어요. 운동의 경험이 양적으로 축적되고 질적으로 변화된 결과라고 봐요.

여기에다가 대중의 분노가 폭발해서 시민들이 나섰잖아요. 박종철이 고문으로 죽고, 이한열이 최루탄에 맞아 죽고⋯. 7월 9일 이한열 열사 장례식을 기억할 거예요. 그때 인파가 엄청났지. 운구 행렬이 연대에서 시청 앞까지 왔는데 후미는 아직도 연대를 출발하지 못했어. 연대부터 시청까지 다 인파로 가득 찬 거야. 문익환 목사는 추도사*를 하시면서 열사들 이름만 불렀지. 강렬한 인상을 남긴 연설이었지. 울컥했어요.

지나고 보니 그런 시민 항쟁은 세계사적으로도 유례가 없다는 생각이 들어요. 6·10은 평화 시위의 원형이 됐고 결국 군부독재를 종식시킨 거잖아요.

최민희 대표님이 출마하신 얘기는 따로 해야 될 것 같습니다. 72년부터 학생운동, 재야 운동을 하시다가 '정치인 이해찬'의 삶이 시작되니까요. 이쯤에서 한번 정리를 하고 넘어갔으면 합니다. 우선 대표님 개인의 삶에서 6월항쟁은 어떤 의미였을까요?

이해찬 그때 내 느낌은⋯ 아, 드디어 사선에서 벗어났구나. 언제 잡혀갈지, 언제 죽을지 모르니까 늘 가위에 눌리면서 살았거든. 그런 생활을 10년 넘게 한 거잖아요. 이겼다는 생각보다 드디어 끝났구나, 해방됐구나 싶었어요. 일제에서 해방됐을 때 사람들이 열광하면서 거리로 뛰어나왔던 게 이해됐다고 할까. 내 인생에서 제일 기뻤던 때였어요.

6월항쟁 터지기 직전에도 내가 수배 상태였어요. 나하고 몇 사

이한열 열사 추도식에서 절규하는 문익환 목사 〔박용수·민주화운동기념사업회 제공〕

문익환 목사 추도사　　당시 문익환 목사는 별도의 조사 없이 오로지 먼저 간 열사들의 이름을 부르짖었다. 민주주의의 길이 누구의 이름으로 쓰여졌는가를 대중에게 각인시킨 명연설이었다.

〔추도사〕 전 나이 일흔 살이나 먹은 노인입니다. 살 만큼 다 산 몸으로 어제 풀려나와 보니까, 스물한 살 젊은이의 장례식에 조사를 하라고 하는 부탁을 받았습니다. 아까 백기완 선생도 지난밤 한잠 못 잤다고 했지만, 저도 한잠 못 잤습니다. 너무너무 부끄러워서. 왜 나왔던가.

어제 저녁에 여기서 박수를 치는데 제가 거절을 했습니다. 내가 무슨 면목으로 당신들의 박수를 받을 것이냐? 밤을 꼴딱 새면서 아무리 생각을 해도 할 말이 없었습니다. 그래서 이 자리에 이한열 열사를 비롯한 많은 열사들의 이름이나 목이 터지게 부르고 들어가려고 나왔습니다. 모두 40여 명 된다고 하는데, 제가 스물다섯 사람의 이름밖에는 몰라서 스물다섯,사람의 이름을 적어 가지고 나왔습니다. 빠진 이들이 있다고 하면 제가 다 부른 다음에 그 가운데서 누구나 일어나서 불러 주세요.

전태일 열사여! 김상진 열사여! 장준하 열사여! 김태훈 열사여! 황정하 열사여! 김의기 열사여! 김세진 열사여! 이재호 열사여! 이동수 열사여! 김경숙 열사여! 진성일 열사여! 강상철 열사여! 송광영 열사여! 박영진 열사여! 광주 2천여 영령이여! 박용만 열사여! 김종태 열사여! 박혜정 열사여! 표정두 열사여! 황보영국 열사여! 박종만 열사여! 홍기일 열사여! 박종철 열사여! 오동근 열사여! 김용권 열사여! 이한열 열사여!

람이 내 차로 도망을 다녔지. 한번은 목동에서 밥을 먹으러 가다가 사고가 났어요. 트럭이 내 차를 탁 치더라고. 졸음운전을 한 것 같았어. 내려서 수리비를 받으려고 하는데 바로 앞에 오목교파출소가 있어요. 내 차에 타고 있던 네 명이 다 수배자인데…. *까딱하면 일망타진이야.* 빨리 거길 벗어나야 하니까 일단 차를 끌고 골목으로 들어왔지. 트럭 기사는 가진 돈이 3만 원인가밖에 없대. 그냥 주는 대로 받아서 빠져나왔어요.

늘 그런 긴장 속에서 살아온 거예요. 해방감이라는 말이 딱 맞아. 97년 대선에서 DJ가 당선되고 정권교체를 했을 때도 말할 수 없이 기뻤지. 근데 원초적인 느낌으로는 87년의 기쁨이 더 커요.

최민희 6월항쟁은 분명히 성공한 시민혁명입니다. 하지만 6·29 이후 대통령 선거를 거치면서 운동권 내부는 논쟁이 더 치열해졌습니다.

이해찬 노태우는 처음에 개헌을 반대했다고 해요. 자기가 대통령을 할 차례라고 생각했는데 직선제를 하면 선거를 해야 하니까. 자신도 체육관 선거를 하고 싶다는 거지. 그런데 방법이 없잖아. 경찰력으로는 시민 항쟁을 막을 수 없고 그렇다고 군을 투입하지도 못하게 됐고. 전두환이, 그렇다면 직선제를 너의 성과로 만들어라, 해서 노태우가 6·29선언을 한 거예요. 떠밀려서.

6·29가 나오고 우리 쪽에서는 개헌 방향에 대한 논의로 넘어가게 돼요. 개헌이 되기는 될 텐데 어떤 개헌이 돼야 하느냐. 제헌의회냐, 내각제냐, 직선제냐.

YS하고 DJ는 자기들이 대통령 선거에 나갈 생각이니까 직선제를 전면적으로 들고나와. 국회에서는 개헌특위가 만들어졌고. 거기서부터는 국본이 중심이 될 수가 없는 거예요. 다른 한편에서는 노동자 대투쟁이 터져 나오기 시작했어요. 민통련은 어떡할 거냐, 논의를 하다가 직선제를 암묵적으로 받아들여요. 직선제를 공식 입장으로 정하지는 않았고. 대통령직선제가 정해진 다음에는 이른바 후보 전술을 놓고 의견이 갈렸어요. 양김을 단일화해야 한다는 입장과 민중 후보를 내야 한다는 입장으로 민통련이 나뉘게 돼요.

대선 패배 그 후, 무엇을 할 것인가

성공한 항쟁, 실패한 '비판적 지지'

최민희   민통련의 논쟁과 분화 과정을 자세히 듣고 싶습니다.

이해찬   일단 국본 얘기부터 하면, 국본은 정치결사체가 아니잖아
요. 연합전선이야. 향후 어떻게 할 거냐를 두고 여러 논의가 있었
지. 각자 처지에 따라서 입장이 갈라질 수밖에 없었어요. 원래 역
할로 돌아가자는 사람, 노동운동을 비롯해서 기층 민중운동을 지
원해야 한다는 사람, 대선에 집중해서 정권을 교체해야 한다는 사
람 등등.

　해직 기자나 해직 교수 단체들은 원래 역할로 돌아가자는 쪽이

었어요. 실제로 해직 기자들 일부가 새 신문 창간 운동을 벌였고 그게『한겨레신문』창간으로 이어졌잖아요. 노동 현장을 적극적으로 지원하자는 주장은 다수라고 하기는 힘들었어요. 노동운동 단체들이 그다지 많지 않았으니까. 양김을 중심으로 한 야당 쪽 사람들이야 당연히 대선에 집중하자는 쪽이고. 이렇게 입장이 갈라지기 시작했지만 하나로 모아 내려는 노력은 별로 없었어요. 당연한 일이었지. 하나의 목표를 설정할 수 없는 상황이었으니까. 국본을 해체하자고 하진 않았지만 사실상 역할이 끝났다고 본 거예요 다들.

민통련은 7월에 들어서면서 문익환 목사님을 비롯해서 간부들이 석방되기 시작해요. 하지만 무엇을 할 것이냐를 두고 역시 의견이 갈려. 국본과 비슷한 양상이야. 복직할 곳이 있는 사람들은 원래 자리로 돌아가자, 민청련은 청년운동을 강화하자 그런 입장이었지.

내가 제일 아쉬운 건 개헌 논의를 정당에게만 맡겨 버린 거예요. 민통련이 개헌 내용에 개입을 했어야 했는데…. 우리 안에서 그런 요구가 있었지만 반영하지 못했어요.

그러는 사이에 YS와 DJ는 대선을 놓고 각축을 벌였어요. DJ가 6·29 직전에 가택연금에서 해제됐거든. 출마 선언은 YS가 먼저 했어요. DJ는 11월에 통일민주당을 탈당해서 평화민주당을 창당했지.

민통련은 일단 대선에서는 후보단일화에 초점을 맞춰야 한다는 쪽이 다수였어요. 9월쯤 독자 후보론이 나오긴 했지만 주류는 아니었어. 9월 말에 후보단일화를 위한 민통련의 입장을 발표하게 돼요. 그다음은 어떻게 후보단일화를 할 거냐, 그 방법에 대해 논의가 많았어요. 설득을 해서 YS, DJ 중 한쪽이 양보하게 해야 한다, 우리가 두 후보를 평가해서 지지 후보를 선택해야 한다, 교황 선출 방식처럼 두 사람을 가둬 놓고 결론이 날 때까지 논의하게 해야 한다, 온갖 얘기가 나왔지. 일단은 두 후보를 초청해서 정책 평가를 한 다음에 판단을 하기로 했어요.

최민희 그때 YS, DJ를 초청해서 판단하겠다는 건, 두 분이 민통련 토론에 온다는 전제에서 가능한 일인데요. 그만큼 민통련의 권위가 인정되었다는 뜻이기도 합니다.

이해찬 그렇지. 두 분이 동의를 했기 때문에 그 방법을 채택한 거예요. 당시 문익환 목사는 양김을 빼놓고 제일 영향력 있는 민주 인사였어. 대중성은 상대적으로 조금 떨어졌지만 도덕적인 권위는 양김보다 높았어요. 그런 분이 요청하니까 양김도 응할 수밖에 없지.

최민희 평가는 어떤 방식으로 하셨습니까?

이해찬 진행 방식이나 순서를 정하는 것도 만만치 않았지. 사회를 이재오가 봤는데 이 양반이 DJ보다는 YS에 가까운 성향이었어요. 나는 질문이 샜다는 얘기가 안 나오려면 YS를 먼저 하는 게 좋다고 생각했거든. 그런데 DJ 쪽에서는 왜 순서를 매겨서 하느냐고 말이 나오는 거예요. 결국 YS는 오전에, DJ는 오후에 하는 걸로 합의가 되긴 했어. 설득을 한 거예요. 두 분을 같이하게 되면 심층적인 토론을 못하겠더라고. 질문은 미리 보내 주고 답변을 준비하도록 했지.

그렇게 오전 오후로 나눠서 정책 평가를 했는데…. 한마디로 DJ가 너무 압도적이었어요. 그때까지만 해도 '양김'이라고 하면서 두 사람의 차이는 부각이 안 됐거든. 정책 질의를 하니까 차이가 드러나는 거야. YS는 금방 끝났어요. 질의응답이 잘 안 됐지. DJ는 내 기억으로 두 시간 이상을 한 것 같아요. 이 양반은 아는 게 너무 많아서 우리를 가르치려고 해서. 그런데 '(민족)자주' 얘기만 나오면 예민하게 반응을 했어. 80년 내란음모 사건 때 하도 당해서 그런 것 같았어요.

아무튼 정책 평가는 끝났는데 결론을 낼 수가 없는 거예요. 어떻게 비교하기도 어렵고, 민통련 간부 한 30명이 모여서 결론을 낸다는 게 무리더구만. 논의가 갈라져. 마지막 회의를 대전 가톨릭농민회관에서 했어요. 어쨌든 최종 결론을 내자고 해서. 근데 그날 나는 피곤해서 잠든 사이에 논의가 시작돼 버렸어요. 내가 문익환 목사님을 모시고 다닐 때였거든. 수행 비서 겸 가이드로. 자다가 일어나 보니까 논의가 중반을 넘어선 거야. 그날 내가 사회를 봤다고 알려져 있는데, 아니에요. 김희택 씨가 사회를 봤어요.

일단은 비판적 지지를 하자는 쪽으로 결론이 났지. 누구를 선택하든 비판적 지지를 하자는 거예요. 거기까지는 합의가 됐는데 그럼 누구로 할 거냐를 놓고 또 논쟁이 붙었어요.

내가 볼 때는 DJ가 양보해야 한다는 논리가 설득력이 있었어요. 이런 논리였어요. 이건 역사적인 결정이다. DJ가 역사적 안목이나 책임감이 훨씬 더 우월한 인물이다. 그러니까 더 큰 사람이 양보를 하도록 하자. YS가 먼저 대통령을 하고 이어서 DJ가 하면 된다. 추기경도 그렇게 주장을 하셨고.

최민희 하지만 결국 민통련은 DJ를 비판적 지지하기로 결정했는데요. 민통련이 DJ가 더 진보적이고 대통령 자질을 갖추었다는 판단 아래 이른바 '4자 필승론'*을 논리적 기반으로 DJ를 선택한 줄 알았습니다. 그런데 그게 아니었군요.

이해찬 DJ가 더 뛰어난 인물이라는 건 분명했어요. 다만 단일화를 위해서 역사에 대한 책임감이 더 강한 사람이 양보하는 게 좋겠다고 생각한 거지.

아무튼 단일화는 해야 하니까 김상곤 목사가 DJ를, 박형규 목사가 YS를 설득하기로 했어요. 김상곤 목사는 DJ를 만났어. 당신이 양보를 해라. 대의를 위해 양보하는 게 좋겠다. 그랬더니 DJ가 굉장히 서운하게 생각했다고 해요. 설득이 안 된 거예요. 생각해 보겠다 하고는 출마 선언을 해 버리셨어.

박형규 목사는 YS를 설득하려고 면담 요청을 했는데 안 만나 줬어요. 안 만나 주니까 양보를 하면 좋겠다는 취지를 서면으로 보냈다고 해요. 근데 서면에 대해서도 답을 안 했다고 하더구만. 양쪽 다 실패를 한 거예요. 그럼 이제 우리는 어떻게 할 거냐. 격론이

4자 필승론 1987년 제13대 대통령 선거에서 김대중 진영이 내세운 논리. 그해 6·29민주화선언으로 16년 만에 국민이 직접 대통령을 뽑았고, 1노-3김의 맞대결이었다. 당시 야권에서 초미의 화두는 바로 김영삼과 김대중의 후보단일화였다. 김종필 후보는 어차피 노태우 후보의 표를 나눌 것이므로, 김영삼과 김대중이 합치기만 하면 당선은 떼어 놓은 당상이었다. 하지만 이에 맞서 김대중 진영에서 나온 논리가 바로 '4자 필승론'이다. TK의 노태우와 PK의 김영삼이 영남을 나누고, 김종필이 충청권을 가져간다면, 수도권과 호남권의 지지를 받는 김대중이 반드시 승리한다는 논리이다. 하지만 이 논리는 허구였다. 1987년 대선은 김대중의 주장과 달리 야권의 분열로 신군부의 2인자 노태우의 당선으로 끝났고, 오히려 김영삼과 김대중의 분열은 노태우 정권 탄생의 명분과 정당성을 제공했다.

벌어졌지. 최종적으로 민통련은 DJ 지지로 가는 걸로 됐고.

그건 말하자면 민통련이 나서서 강제 단일화를 해 보자는 의미였어요. 우리가 DJ에 대해서 비판적 지지를 선언하면 양김 사이의 힘의 균형이 깨질 거라고 본 건데…. 이게 판단의 오류 같아. 전혀 먹히질 않았어요. YS는 요지부동이었지. 민통련과 재야의 역량을 과신했던 거예요. 또 다른 일부에서는 독자 후보를 내야 한다고 나왔고. 그러니 민통련이 내부적으로 분열되기 시작한 거예요.

한 가지 짚고 넘어가자면, '4자 필승론'은 민통련 입장이 아니었어요. 동교동계의 주장도 아니었고. 한 개인의 주장이었지. 그 논리 때문에 지역주의가 더 공고해진 게 아닌가 싶어요.

최민희　그 개인이 누구였을까요, 궁금하긴 합니다만. 민통련이 DJ에 대해 비판적 지지를 하기로 결정하는 과정에서 불미스러운 일도 있었다고 알고 있습니다. 모 씨가 문익환 목사님께 폭력적인 언행을 해서 징계를 당했다는 소문이 돌았는데 사실인가요?

이해찬　그랬지. 자기 뜻대로 안 되니까 문 목사님한테 우유 팩을 던지고 나가 버리더구만. 징계위원회가 소집되고 그 사람은 민통련에서 제명됐어.

최민희　민통련이 진통을 겪으면서 DJ에 대한 비판적 지지를 결정했지만 단일화는 실패했고, 노태우가 대통령에 당선됐습니다. DJ는 YS보다 득표율에서도 뒤졌고요. 재야의 분열과 대선 패배의 책임을 물어야 한다는 주장이 나왔고 88년 1월에 민통련 지도부가 사

1987년 12월, 김대중 대통령 후보 보라매공원 유세 현장(왼쪽에서 두 번째)〔박용수·민주화운동기념사업회 제공〕

과 성명을 내고 일괄 사퇴하게 됩니다.

이해찬　민통련으로서는 최악의 상황을 맞은 거예요. DJ가 양보하면 됐는데 분열을 만들었다는 비난을 받았지. 내부적으로는 비판적 지지를 주도한 사람들이 표적이 됐고. 만일 DJ에 대한 비판적 지지가 성공해 DJ가 당선됐다면 비판적 지지를 추진했던 사람들이 칭찬 받았겠지. 결과가 안 좋으니까 누군가는 책임을 져야 하는 거야. 거기다가 구로구청 사건*까지 터졌잖아요. 김병곤 상황실장이

구로구청 사건　구로구청 점거 농성 사건. 1987년 12월 16일, 제13대 대통령 선거가 진행되던 중, 구로구(을) 선거구에서 부정선거 정황을 감지한 시민과 학생 수천 명이 투표 장소인 구로구청에서 사흘간 농성을 벌였다. 19일 새벽에 백골단 등 5천여 명의 경찰 병력이 투입되었고, 진압 과정에서 다수의 시민이 중상을 입었으며 200여 명이 구속되었다.

그 현장에 뛰어들어서 구속돼 버렸어. 민통련으로서는 여러모로 당황스럽지. 우리가 할 말이 없었어요. 과오를 책임져야 하니까 사과하고 다 물러난 거예요.

평민당을 살려야 했던 이유

최민희 대표님도 그때 민통련을 그만두셨는데요. 개인적으로도 대선 패배의 후유증 같은 걸 겪으셨습니까? 저는 대선 다음 날 서울의 거리 분위기가 아직도 기억납니다. 착 가라앉아 있었어요. 너무 조용하고 침울했어요.

이해찬 나도 통탄스럽지…. 민통련을 그만두고 얼마 후에 안병무 박사한테 연락이 왔어요. 심장병 때문에 외출을 잘 못하실 때야. 내가 앞으로 민통련을 어떻게 했음 좋겠냐 여쭸더니, 되레 자네는 어떡할 거냐고 물으셔. 그러더니 독일로 공부하러 가라고, 자네는 공부에 소질이 있다고 하시는 거예요. 프랑크푸르트 대학을 소개하시면서 거기 가서 사회사상사 같은 걸 배워라, 당신이 주선을 해주겠다고도 하셨어. 나는 나이도 있고 사업을 하고 있어서 못 간다고 했어요.

그때 해직 기자들이 중심이 돼서 『한겨레신문』 창간을 준비하고 있었잖아요. 송건호 선생이 나더러 그리로 오라고 하셨어. 나도 『한겨레신문』으로 갈 생각이 있었어요.

최민희 그런데 얼마 후에 재야인사들과 '평화민주통일연구회'(평민련)를 만들어서 DJ의 평화민주당에 입당하셨습니다. 직업 운동가의 길을 벗어나 제도 정치권으로 들어가신 건데요. 그 뒤로 대표님의 인생은 완전히 달라졌어요. 사연이 많았을 것 같습니다.

이해찬 수유리에 계신 재야인사들, 그러니까 문익환, 문동환, 이문영, 안병무 같은 분들이 가끔 모여서 저녁을 하셨는데 어느 날 나를 불렀어요. DJ가 오신다는데 몇 사람 좀 오라고. 안병무 박사가 자네는 꼭 좀 오라고 하셨지. 갔더니 DJ가 당신의 곤궁한 처지를 토로하면서 도와 달라는 거예요. 내가 대선에서 3등으로 떨어지고 나니 의원들이 전망이 없다고 보고 떠난다, 당을 지탱하기가 어려워졌다, 재야에서 평민당(평화민주당)을 도와 달라, 입당해서 도와 달라, 오늘 이 자리에서 결론을 내 달라, 안 그러면 나도 정계를 떠나야 할 것 같다. 그러시는데 아주 절박해.

DJ가 먼저 자리를 뜨고 남아 있던 분들이 한참 논의를 했어요. 안병무 박사가 이렇게 정리를 하시더구만.

TK를 기반으로 한 극우 보수 세력이 집권을 했고 PK를 기반으로 한 보수적인 정당이 제1야당이 됐다. 학생운동은 점점 급진화되는데 개혁적인 야당이 없으면 급진주의가 기승을 부리게 된다. 특히 호남 지역이 급진주의로 흐를 수 있다. 그러면 안 된다. 평민당을 살려야 한다. 그러면서 사모님(박영숙 당총재대행)한테 당신부터 얼른 입당을 하라고 하셨어요. 안병무 박사 말씀이 설득력 있었고 권위 있는 분이 그렇게 나오니 평민당 입당 쪽으로 결론이 날 수밖에 없었지.

그런데 재야에서 입당할 사람들을 모으려면 실무자가 필요하잖아요. 안 박사님이 나더러 당신이 실무를 좀 해라, 하셔서 내가 맡게 된 거예요. 나는 정치할 사람은 아니지만 입당은 같이하고 실무를 도와드린 다음에 『한겨레신문』으로 갈 생각이었어. 송건호 선생님께도 좀 도와드리고 가겠습니다, 했지. 끝내 못 가고 이렇게 됐지만….

그때 입당한 사람들이 98명이에요. 입당은 결정했는데 정작 들어갈 사람이 얼마 없었어요. 운동권의 순혈주의 같은 분위기도 있었고. 그나마 대학생들까지 모아 모아서 98명이 된 거예요. 문익환 목사님은 당신이 입당을 할 수는 없으니 문동환 목사님의 등을 떠밀었지. 결국 문동환 목사님이 이사장을 맡아서 평민련을 만든 다음 평민당에 입당했어요. 박영숙 선생이 평민당 총재 권한대행을 맡기로 했고, 모든 당직과 공천에서 평민련은 50%의 지분을 보장받았어요.

최민희　DJ가 정말 절박했다는 생각이 듭니다. 100명이 채 되지 않는 재야인사 그룹에 총재 권한대행과 지분 50%를 보장한 것은 파격적입니다. 특히 당시 정당 구조를 생각해 보면. DJ를 총재로 모시고 일했던 평민당 사람들의 입장에서 평민련은 어떻게 보였을까요?

이해찬　처음이야 구세주였지. 재야 사람들이 들어와서 탈당 행렬이 멈추고 당이 유지되는 상황이었으니까. 쟁쟁한 정치인들도 우리한테 굽실굽실했어요. 그런데 우리가 주장하는 게 낯설었을 거

1988년 2월 3일, 평화민주당 재야인사 입당식

예요. 평민련의 입당 선언문을 보면 민주적 국민정당을 만들자는 거였어. 내가 제일 강조한 것도 민주적 국민정당이었고.

87년 대선에서 단일화에 실패한 이유도 구조적으로는 정당정치가 발전하지 못한 데 있어요. 71년 대선에서는 DJ가 신민당 경선을 통해서 후보가 됐잖아. 그때는 오히려 정당에 나름 의결 구조가 있었던 거예요. 반면에 87년에는 후보를 단일화할 수 있는 공정한 의결 구조가 없었지. 그러니까 단일화를 이래저래 편법으로 하려고 했던 거예요.

유신을 거치면서 정당, 정당정치가 더 후퇴했어요. DJ는 유신 이후에 합법적인 정당 활동을 해 본 적이 없잖아요. 미국으로 가고, 일본으로 가고, 붙잡혀 와서 연금되고, 감옥 가고, 또 미국 가고…. 합법적인 정당 활동은 평민당을 만들기 전까지 없었다고.

반면에 YS는 어떻게든 합법적으로 정당 활동을 해 왔어요. 그러니 단일화를 할 수 있는 정당 구조가 아니었던 거야. 71년까지만 해도 신파냐 구파냐 하는 파벌은 있었지만 경쟁 속에서 정당이 유지됐거든. 그런데 유신이 그조차 망가뜨렸어요. 유신의 큰 폐해야. 정당정치가 발전할 수 없도록 만든 게.

최민희 '민주적 국민정당'을 걸고 입당하셨는데 평민당의 현실은 어땠습니까?

이해찬 기본적인 사무 역량이 없었어요. 책상 하나에 사람이 네 명씩이야. 의자가 없어. 사무 능력이 없으니까 책상이 딱히 필요하지 않았던 거예요. 서류를 꾸밀 줄 아는 사람도, 변변한 타이프 한 대도 없어요. 회의를 할 때는 자료가 없어요. 그냥 말로 하더구만. 평민련이 당직의 절반을 보장 받기는 했는데 그걸 채울 사람이 부족해. 게다가 우리가 입당한 게 88년 2월인데 국회의원 선거가 4월이에요. 당이 이상한 길로 가지 않으려면 공천 심사부터 제대로 해야 하는 상황인 거야. 공천심사위원을 5 대 5로 구성하면서 나까지 들어가게 됐어요. 공천 과정에서 기존 당직자들이 반발하기도 했지만 나름 성과가 있었어요.

2월 말, 3월 초쯤에 민정당이 소선거구제를 주장하면서 선거구 제도가 바뀌게 돼요. 야당이 둘로 분열돼 있으니까 소선거구제를 하면 여당이 유리하다고 본 거지. 중선거구제를 하면 여야가 한 명씩 뽑히지만 소선거구로 쪼개면 여당만 뽑힐 가능성이 높잖아요. 특히 수도권에서 유리한 거예요.

야당은 선거구가 늘면 공천하기가 편하잖아요. 내부에서 싸울 필요 없이 각각 공천을 하면 되니까. 야당이 별 반대를 하지 않는 상태로 소선거구제로 합의가 됐어요. 그런데 공천심사에 들어가 보니까 호남 지역에만 신청자가 많아. 나머지 지역은 서울을 빼면 신청자가 거의 없었어요. 수도권 현역 의원들 몇몇을 빼면 신청하는 사람들이 없었지. 평민련이 절반 지분을 갖고 있다는 것도 큰 의미가 없어요. 자원이 있어야 말이지. 인물난에 시달린 거야. 그런 상황에서 나도 관악구에 출마를 하게 됐고.

아무튼 그 와중에 호남 지역만 경쟁이 붙었어요. 함평영광 지역구에 3선 조 아무개 의원이 현역으로 있었는데 평민련은 서경원을 밀었지. 가톨릭농민회 대표로 입당했고 농민운동의 상징적인 인물이었으니까. 다른 사람은 몰라도 서경원은 꼭 공천을 줘야 한다고 주장했어요. 거기서 갈등이 생겼지. 당내에서는 3선 의원을 밀어내고 농사짓던 사람을 공천 주는 게 말이 되냐는 반응이야. 우리는 공천심사를 거부하고 서경원을 공천하지 않으면 평민련은 철수하겠다고 배수진을 쳤어요. 그래서 당이 할 수 없이 받아들인 거예요. 서경원 후보 공천은 파격적인 개혁 공천이었지. 그때 평민련이 공천한 사람이 스무 명 정도였고 그중에 열 명인가 당선됐어요. 예상보다 많이 당선됐어.

최민희　저도 운동을 하면서 87년에 제일 행복했습니다. 그런데 대표님처럼 단단해 보이는 분도 두려움과 긴장감 속에서 운동을 하셨군요. 저희 세대는 뭐랄까 혁명적 낭만주의 같은 걸로 군부독재를 버텼던 것 같습니다. 끌려가고 고문당하면서도 어쩐지 이길 것 같은 느낌이랄까요. 대표님께서는 어떤 힘으로 두려움과 긴장감을 감당하셨습니까?

이해찬　직업으로서의 정치는 열정과 책임감, 그리고 균형이 중요
해요. 직업으로서의 학문은 열정과 책임감과 객관성이 중요하지.
재야 운동은 열정과 책임감과 희생이 필요해요. 핵심이 달라. 정치
는 균형, 학문은 객관성, 재야 운동은 희생·헌신이지.

　내가 80년대 감옥에 있을 때 책을 많이 읽었잖아요. 그중에서
도널드 고다드라는 전기작가가 쓴 『죽음 앞에서』가 참 인상적이었
어요. 반나치운동을 하다가 처형된 본회퍼 목사의 삶, 그가 겪은
고난과 고뇌를 다룬 거야. 그 책에, 고난을 이겨 내려면 고난 자체
를 내 걸로 체화해야 한다는 대목이 나와요. 기독교인으로서 본회
퍼가 가진 생각을 한마디로 표현했다는 생각이 들었어요. 본회퍼
는 독일 부유층 출신에 촉망 받는 신학자였지만 히틀러에 맞서다
가 의연하게 죽었지. 내가 기독교인은 아니지만 고난을 이기기 위
해서는 고난을 내 것으로 해야 한다는 말을 되새겼어요.

　그리고 동지에 대한 믿음, 인간에 대한 믿음이 없었다면 못 견
뎠을 거야. 언제든 잡혀가고, 구속되고, 죽을 수도 있는데…. 얼마
전에 사위랑 얘기하다가 내가 고문 받은 얘기가 나왔어요. 우리 손
자가 옆에서 듣고 깜짝 놀라서는 할아버지를 고문했다고요? 아이
고 무서워라, 하더라고. 역사 유튜브 같은 걸 보면서 독립운동가들
이 고문당한 얘기를 들었대요. 그런데 할아버지도 당했다고 하니
놀란 거야.

　70, 80년대를 돌아보면 다들 목숨을 내걸고 싸웠어요. 험난한 과
정에서도 동지 의식이 있었기 때문에 살았고. 민주화 세력이 그런

혹독한 시기를 같이 이겨 냈다는 점에서 자부심이 있는 것 같아요.

최민희 저는 대표님을 '보살' 같은 분이라고 표현합니다. 사람들은 잘 이해하지 못하지만요…. 그렇게 생긴 보살이 어딨냐는 반응도 보여요.(웃음) 고난을 이기기 위해서 고난을 내 것으로 받아들여야 한다는 말씀을 들으니 대표님의 보살 같은 면모가 어쩌면 단련된 것이겠다는 생각이 듭니다. 그런데 웬만한 일에는 까다롭지 않은 대표님도 사람을 대할 때는 아주 예민하게 가린다는 인상을 받습니다.

이해찬 그런 편이지. 어려서부터 주변에서 배운 것도 있고 정치권에 들어와서 더 강해졌어요. 정치인 주변에는 천하의 사기꾼부터 애국자까지 다 있기 때문에 가리지 않으면 안 돼요. 우리 아버지가 정치하는 이상철 할아버지를 도왔잖아요. 내가 어려서부터 아버지한테 들은 말 중 하나가 누가 후원금을 주면 잘 대처해야 한다는 거였어. 사람을 판단하는 일은 생선이 상했는지 아닌지 구분하는 거랑 다를 게 없다, 상하지 않았어도 이걸 회로 먹을지, 구워 먹을지, 탕으로 먹을지도 결정해야 한다. 그런 말씀을 늘 하셨어요. 정치권에 가서는 그 말씀을 잊지 않으려고 애를 썼지.

반면에 박정희, 전두환 시기를 거치면서 고난을 함께한 사람들에 대해서는 믿음이 있어요. 평민련도 그냥 그런 믿음을 갖고 한 거야. 안병무, 문동환 이런 분들은 정치적 이해관계가 아무것도 없었는데 그저 역사적 과제를 수행하려고 자기를 희생했어요. 그런 분들을 신뢰했기 때문에 나도 같이할 수 있었지.

206

최민희 사람을 가리는 대표님이었지만 재야 어른들에 대한 신뢰 때문에 평민련을 함께하고 평민당에 들어가셨다는 말씀이네요. 결국 사람이 전부네요.

이해찬 그렇지. 당시에 안병무 박사는 '민중'이라는 개념을 가져온 분이었어요. 민통련(민주통일민중운동연합)에 민중이 들어가잖아. 그때가 기층 운동이 활발하게 분출될 때는 아니었지만 피압박 대중을 민중으로 규정한 거예요. 6월항쟁 때는 '국민'을 넣어서 국본(국민운동본부)이 됐는데, 개헌 투쟁은 정치적 자유권 확보를 위한 것이니까 주체가 '국민'이야.

문동환 목사는 통일과 민주화가 하나라는 점을 논리적으로 풀어낸 분이었어요. 문익환 목사가 선언적이라면 문동환 목사는 이론적이라고 할까. 군부독재가 분단 때문에 등장할 수 있다, 민주화와 통일은 하나다, 이런 주장을 하는 가장 크고 영향력 있는 스피커들이셨지. 이분들은 통일이 관념이 아니고 그냥 삶이었어요. 모시고 다니면서 그 마음을 느끼게 되는 거야. 그분들의 말씀을 운동론으로 이론화시킨 게 자주적 민주 정부였어요. 그냥 나온 말이 아니라.

최민희 대표님 개인의 삶에서 6월항쟁의 의미는 '가위 눌린 삶'에서의 해방이라고 하셨는데요. 역사적으로 전두환 정권 시대와 6월항쟁을 간단하게 정리해 주셨으면 합니다. 그 말씀만 듣고 88년 국회의원 출마 얘기로 넘어가지요.

이해찬 박정희 정권이 유신 이후부터 광기에 접어들었다고 했잖아요. 전두환은 시작부터 살인 정권이었어. 부마항쟁부터 박정희 정권이 무너지는 걸 보면서 광주를 학살 대상으로 선택한 거예요. 지역주의를 이용하고 DJ까지 연루시켜서 감옥에 보냈고. 마지막엔 호헌까지. 노태우에게조차 권력을 넘겨줄 생각이 없었다고 봐야지. 박정희보다 더 지독하고 나빠. 구조적으로 보면 전두환은 박정희 시대를 거치면서 세력화된 거예요.

박정희의 쿠데타는 세력화된 군부를 기반으로 했다고 보기 어려워. 5·16 이후에 군부가 성장했지. 박정희 밑의 수방사, 보안사, 비서실, 중앙정보부는 말할 것도 없고 부처 장관, 외국 대사까지 군인들이 차지하잖아요. 전두환은 이렇게 세력화된 군부를 기반으로 해서 학살을 저지르고 권력을 잡았어요. 박정희와 다른 점이고 전두환 체제의 본질이지. 박정희가 영구 집권을 하겠다고 유신을 선포했지만 7년 만에 무너졌어요. 하물며 출발부터 정통성 없는 살인 정권이 오래 버틸 수 없는 거야.

경제적으로도 전두환은 박정희 경제정책의 수혜자였을 뿐이에요. 우리나라가 60년대로 넘어오면서 산업화가 되고 수출 주도형 경제구조가 만들어지잖아요. 자원이 없으니까 원자재를 사다가 제품을 만들어서 팔아야 하는데 그러려면 기술과 매니지먼트가 필요해. 박정희는 그 역할을 재벌이 맡도록 적극적으로 육성했어요. 이런 시스템 안에서 우리 사회의 물적 기반을 재벌이 다 차지하게 되지. 농업이나 복지를 희생시키면서 재벌을 키웠으니까. 그런데 농업이나 복지가 성장하지 못하면 내수가 안 생겨서 경제가 안 돌아가요.

지금까지 우리의 내수 기반이 약해진 이유가 그때부터 자원 배분을 불균등하게 해서 그런 거야. 60년대 중반에 우리 인구는 3천만이 안 됐어요. 4천만이 된 게 90년대 초반쯤이고. 그 정도 인구로 내수를 성장시키기가 쉽지 않아요.

아무튼 그래도 80년대에는 수출 주도 경제가 효과를 보면서 전두환이 그 덕을 봤다고 할 수 있어요. 그때 싱가포르, 타이완, 홍콩 그리고 한국을 아시아의 네 마리 용이라고 했지. 근데 우리를 빼면 다 소국이잖아요. 성장률은 좋지만 규모가 별로 대단하지 않은 거야. 그에 비하면 우리는 인구 규모가 있고 수출 역량도 생겨서 수출 신장 비율이 엄청 높았어요. 아시아의 다른 나라들이나 남미 나라들 중에서 우리만큼 수출을 통해서 성장을 이룬 데는 없었고. 전두환이 그 성과를 누린 거지. 자기가 정책을 만들어서 효과를 본 게 아니에요.

6월항쟁은 한마디로 '조직적이며 평화로운 방식으로 군부독재를 종식시킨 위대한 시민운동'이에요. 따지고 보면 박정희의 암살도 부마항쟁의 결과잖아. 시민들의 저항이 박정희 정권도, 전두환 정권도 무너뜨린 거지. 대단해요.

2부

정치인
이해찬

민주적 국민정당의 꿈을 안고

민주적 국민정당을 위한 '출마의 의무'

최민희 이제 '정치인 이해찬'의 삶으로 들어갑니다. 대표님께서는 재야 어른들을 잠시 도울 생각으로 평민당에 입당하셨다고 했지만 그로부터 30년 이상 정당 활동을 하셨고 국가 경영에 직접 참여하십니다. 88년 13대 총선 출마 얘기부터 시작해야겠지요?

이해찬 잠깐 얘기를 했지만 나는 잠시 어른들을 돕다가 『한겨레신문』으로 가려 했지. 그런데 소선거구제로 바뀌면서 공천할 지역은 늘어났는데 호남과 수도권 몇 곳을 빼면 신청자가 거의 없었어요. 평민련이 평민당에 입당하면서 민주적 국민정당, 정책정당을 만든다는 합의문도 채택하고 5 대 5 지분까지 보장 받았는데 그걸 못 채우는 상황이야.

그러니까 그때는 당선이 목적이 아니에요. DJ가 전국구 비례 11번을 받았는데 당선이 불확실하니까 평민당 후보가 많이 출마해서 한 표라도 더 얻을 필요가 있었다고. 누구라도 출마해야 돼. 함께 입당한 평민련 98명 중 20여 명 정도만 명망 있는 분들이고 나머지는 이삼십 대 실무자였어요. 나도 겨우 서른다섯. 내가 서울대를 다녔고 그 동네에서 서점을 했으니까 관악구가 좋겠다고 해서 그리로 나간 거예요. 당무 기획까지 맡은 처지에 나는 못 나가겠소, 정치에 뜻이 없소, 하면서 빠질 수가 없었어요.

평민련 사람들 20여 명이 출마를 했는데 다들 비슷해. 국회의원이 되겠다는 생각으로 나간 게 아니에요. 정치권에 민주개혁 세력의 교두보를 만든다는 의미였지. 그런데 '황색돌풍'이 불면서 열 명 이상 당선된 거예요.

최민희　대표님은 잠시만 도울 계획이었다고 하셨지만 그건 애초에 불가능했다는 생각이 듭니다. 대표님같이 젊고 유능한 인재가 당에 들어왔는데 DJ가 놔줄 리 없다는 말씀입니다. 그런데 출마를 한다고 했을 때 어머님께서 말리지 않으셨습니까? 일찍이 어머님은 재야 운동은 해도 좋지만 정치는 안 된다, 일가친척이 다 괴롭다고 말씀하셨다면서요. 거기다가 당선 가능성도 없었습니다. 당의 조직적인 기반도 없었는데 선거운동을 어떻게 하셨는지 궁금합니다. 상대는 여야의 거물 정치인들이었는데요.

214

1988년, 13대 국회의원 선거 합동연설회장 (박용수·민주화운동기념사업회 제공)

이해찬 통일민주당에서는 영등포에서 5선을 한 김수한 의원이 나
왔고 민정당에서는 비례대표만 두 번을 한 김종인 의원이 나왔지.
다들 김수한 대 김종인 양자 구도가 될 거라고 예측했어요. 나는
인지도가 전혀 없는데다가 후보 등록 마감 3일 전인가 처음으로
지역구를 갔어요. 관악을구.

내가 신림동에서 서점을 하긴 했지만 관악을구 전체는 잘 몰
라. 아무튼 선거사무실에 가 봤더니 당원들이 청소를 하고 있더구
만. 원래 지역구 사무실도 없었는데 허름한 사무실을 하나 얻은 거
예요. 이해찬이 왔습니다, 하니까 뭐 이런 녀석이 왔나 그런 눈치
였어요. 새파랗게 젊은 놈이 비쩍 마르고 돈도 한 푼 없어 보이고
그러니까.

그때는 정치자금법도 없었어요. 돈 많은 후보들은 무한정으로
돈을 써도 되는 거야. 나는 돈이 없으니까 서울대 운동권들이 자원
봉사단을 만들어서 선거운동을 했어요. 단장이 김한정이었지.

근데 아무리 자원봉사지만 밥은 먹여야 할 거 아니에요. 우리
어머니가 매일 아침저녁으로 밥을 해 주셨어요. 우리 집이 녹두거
리 서점 건너편 2층이었는데 거기서 자원봉사자들이 끼니를 해결
했어. 국에다 밥 말아 먹고 가는 정도로만. 어머니는 선거운동을
많이 해 보신 분이라 밥 먹이는 게 중요하다는 걸 아셨어요.

당시에는 합동 연설이 있었어요. 추첨으로 순번을 정했고. 그
런데 내가 대중 연설을 못했어요. 연단에 올라가서 얘기를 해도 사
람들이 잘 듣는 것 같지 않아. 그러니까 합동유세가 부담스러워.
순번이 뒤가 되면 남아 있는 청중도 없었어요. 후보가 일곱 명이었
는데 김종인, 김수한 두 사람이 먼저 하면 사람들이 다 가 버리는

거야. 그러면 아무도 없는 데서 그냥 혼자 연설을 했어요.

DJ가 지원 유세를 나왔을 때는 사람들이 좀 모였지. DJ는 나를 당신의 '감옥 동지'라고 소개했어요. 지금은 나라의 민주화를 위해 싸우는 민주투사가 필요하다, 이해찬은 내 감옥 동지인데 나는 이런 사람이 꼭 필요하다고 말씀하셨어요. 호남 출신 유권자들, 야당 성향 유권자들을 그렇게 설득한 거예요. 김종인 후보가 가인 김병로 선생의 손자라고 호남 표를 많이 흡수하고 있었고 김수한 후보는 통일민주당이 야당의 정통이라고 주장했거든. 근데 나는 DJ가 지원 유세를 해 주는 자리에서도 연설을 제대로 못했어요. 연설문이 있어도 말이 잘 안 나와⋯.

최민희 유시민 작가가 대표님 유세하실 때 몰래 가 봤다고 합니다. 하필 바람이 많이 부는 날이었는데 사람은 없고 너무 서글프고⋯ 저래 가지고 국회의원 되겠나 싶었다고 하더군요.

이해찬 그랬을 거야. 나도 이런 방식으로는 안 되겠다 싶었어요. 그래서 소모임에 집중했지. 당원들이 주선한 사람들을 이삼십 명씩 모아 놓고 사랑방에서 조곤조곤 얘기하듯이 선거운동을 한 거야. 하루에 보통 일곱 번, 많은 날은 열 번도 했어요. 새벽까지 한 적도 있고. 선거 끝날 때까지 한 백 번쯤 했지 아마. 그렇게 하니까 사람들 사이에 소문이 돌아요.

이해찬이 똑똑하더라, 서울대를 16년 다녔단다, 서울대 학생들이 전적으로 밀고 있다더라, DJ하고 감옥살이를 했다. 뭐 그런 말들이 퍼졌어요. 당원들이 홍보의 포인트를 잘 만들어서 입소문을

썩은 정치를 더이상 두고 볼 수는 없다!!

국민에게 드리는 말씀

이해찬을 말한다

"청송처럼 푸르른 기개와 굳건한 마음으로"

이 해 찬 드림

천주교정의구현전국사제단 대표 김 승 훈

김승훈 신부의 이해찬 후보 지지 선거 홍보물

내준 거지.

김승훈 신부님도 많이 도와주셨어요. 지역구에 성당이 두 곳 있었는데 김 신부님이 신림동 본당 주임신부를 하신 적이 있거든. 신부님이 내가 요청도 안 했는데 찾아오셨어. 신도들 중에 좀 영향력이 있는 사람들, 구역장이나 사목회장 같은 분들 집에 나를 데리고 다니셨어요. 어떤 날은 하루 종일 돌면서 이 사람을 꼭 당선시켜야 한다고 하셨지. 팸플릿까지 만들었다니까. 아직도 내가 갖고 있어요.

그렇게 소모임 중심으로 선거운동을 하면서 사람들을 만나니까 조금씩 인지도가 높아졌어요. 서울대 후배들 분위기도 한번 해볼 만하다는 분위기로 바뀌고 자원봉사자가 더 많이 모이는 거야.

218

최민희　인지도가 올라가고 분위기가 바뀌는 걸 현장에서 느끼셨습니까?

이해찬　신림7동에 난곡이라고 산동네가 있었잖아요. 나도 그때 처음 올라가 봤어. 가 보니까 아파트가 두어 동 있고 개인주택들도 좀 있긴 했는데 대부분 판잣집들이에요. 물은 길어다 먹고 공동 화장실을 쓰고, 서울에 아직 이런 곳이 있구나 싶을 만큼 낙후돼 있었어요. 거기 인구가 7천 명쯤 됐지 아마. 그런데 사람들이 나한테 인사를 하면서 자기 고향을 말하는 거야. 호남 사람들은 나도 함평이오, 나도 광주요, 이래요. 내가 호남 사람인 줄 알아. 평민당 후보니까. 우리 당원들도 거의 90%가 호남이었거든.

　근데 또 충청도 사람들은 내 고향이 청양이라는 걸 알고는 나도 논산이오, 나도 홍성이오, 그래요. 그렇다고 찍어 준다는 말은 안 해요. 특히 충청도 사람들은 내가 좀 도와주세요 하면 '잘되것쥬', '지 표가 어디 가남유' 하는 식으로 끝까지 버텨요. 그래도 어쨌든 호남이나 충청 출신 유권자들한테 내가 알려졌다는 거지.

　재래시장에서는 호남 사람들이 호의를 드러냈어요. 국숫집 가면 돈도 안 받으려고 하고, 떡 같은 것도 먹으라고 주고 그랬지. 분위기가 확 바뀌었다고 느낀 결정적인 시점은 DJ의 마지막 지원 유세였어요.

　선거운동 후반에 DJ가 저녁에 한번 오셨어요. 난곡 종점에서 30분만 하려고 했는데 사람들이 자꾸 모여. DJ는 상대 후보들을 비난하거나 하지 않고 거듭 지금은 민주투사가 필요할 때라고 강조하셨어요.

반응이 워낙 좋으니까 이 양반이 다음 일정이었던 서초 유세를 안 간다고, 취소하라고 하시는 거예요. 어둑어둑해지면서 가로등까지 켜지니까 분위기가 더 좋아졌어. 퇴근 시간이 겹치면서 사람들은 더 많이 모이고. 그날 DJ가 연설을 한 시간 반이나 하셨어요. 신이 나서.

다음 날 아침 인사를 나가니까 사람들 반응이 달라요. 상가를 돌 때도 분위기가 다른 거야. 그전까지만 해도 인사를 받아 주면서도 뭔가 데면데면했는데 적극 지지로 바뀌어 있었어요. 그러니까 나도 신이 났지. 당선 가능성이 생기면서 당에서 추가 지원도 들어왔고.

'이해찬식 선거운동'으로 당선되다

최민희 대표님의 선거운동 방식도 독특했습니다. 소모임을 통해서 유권자들의 마음을 얻는다는 건 당시로서는 획기적인 발상이었던 것 같습니다. '이해찬식 선거운동'을 하신 거네요. 그런데 이해찬식 선거운동은 과학적이기도 했습니다. 최초로 여론조사를 실시해서 유권자 분포 등을 파악하셨다고 들었어요.

이해찬 그랬지. 관악갑구에 이상현이란 사람이 민주공화당 후보로 나왔어요. 서울대 정치학과를 나왔는데 돈이 많아. 이 사람이 서울대 교수들한테 여론조사를 부탁했는데 지지도 조사라기보단 지역 실태 파악 정도였어요. 소선거구제로 선거구제가 바뀔지 모르고 관악구 전체를 조사한 거야. 그 조사 자료를 서울대 선배가 주셨어요. 인구구성을 보니까 호남 출신이 32%, 충청 출신이 28%예요. 둘을 합치면 60%. 내가 당은 평민당이고 고향은 충청도니까, 해볼 만한 거야. 대선 때도 DJ가 관악구에서 4만 표 정도를 받아서 1등을 했더라고. DJ가 받았던 표만 고스란히 받아도 이기겠다, 가능성이 있겠다는 생각을 했어요.

선거 초반에 자체적으로 여론조사를 한 번 했고 중반쯤 됐을 때 다시 해 봤어요. 그랬더니 나는 인지도, 지지율이 다 상승하고 있었어. 김종인은 정체, 김수한은 하락해요. 김수한 표가 내 쪽으로 넘어오는 거지. 아, 승기를 잡았다는 느낌이 들더라고.

최민희　여론조사가 정확했네요.

이해찬　맞아요. 남강고등학교에서 개표를 했는데 김종인하고 내가 박빙이에요. 내가 약간 앞서갔지. 투표함을 열 때마다 대체로 내가 조금씩 이기는 거야. 김수한은 일찌감치 뒤로 처졌어요.

그런데 갑자기 개표 요원들이 좀 쉬어야겠다며 나갔다 오겠대. 나가는 건 절대 안 된다고 막았어요. 무슨 일이 벌어질지 모르잖아. 우리가 무전기를 갖고 있었거든. 밖에 있는 당원들한테 절대 문을 열어 주면 안 된다고 했어요. 내가 빵하고 우유 같은 간식을 사다 주기는 하겠다고 해서 정리가 됐지.

그렇게 새벽 한 시쯤 되니까 내가 당선 유력으로 나와요. 두 시쯤 언론사에서 인터뷰를 하자고 왔어요. 『조선일보』야. 큰 이변이라고 하더구만. 나도 이상한 일이다, 당선이 목적이 아니었는데 하

1988년 13대 국회의원 선거 관악구(을) 포스터

다 보니 여기까지 왔다고 그랬지. 김종인 후보에게 5천 표 넘게 이 겼어요. 이변이었지. 나이도 어리고 재야 출신이고 아무도 당선을 예상하지 못했으니까.

그때 사진을 보면 선관위원들 표정이 다 얼떨떨해요.

최민희 이변의 여러 가지 요인이 있었을 겁니다. 선명 야당을 바 라는 유권자들의 기대와 평민당의 황색 바람, DJ의 지원, 참신한 선거운동 방식, 열성적인 자원봉사자 등등. 그중에 후보자의 가치 와 철학, 공약도 있지 않았을까요?

당시 대표님은 '재야의 양심'이라는 슬로건을 내걸고 광주학살 진상규명, 소외계층에게 관심을 갖는 정치를 약속하셨습니다. 유 권자들이 대표님 연설에 호응이 없었다고 말씀하셨지만 바닥에서

우리의 아이들에게도
'철거'의 고통을 물려줄것인가 !!

이해찬 함께 '철거' 없는 세상을 만듭시다 !!

3 이해찬

평화민주당 관악구 (을) 지구당

1988년 13대 국회의원 선거
기호 3번 이해찬 후보의 홍보물

부터 대표님의 공약에 호응이 일어나고 있었던 거죠.

이해찬   일단은 DJ 덕을 많이 봤다고 해야지. 자원봉사자들이 없었으면 선거를 못했을 거고. 공약 중에서는 광주학살 진상규명이 제일 호응이 컸던 것 같아요. 그다음이 영구임대아파트를 짓겠다는 거.

선거운동 하면서 난곡에 가 보니 애들이 집에 안 들어가요. 창도 없고 답답하니까. 꼬맹이들이 밖에서 놀고 있는데 거기에 술 마시는 어른들도 많아. 구슬 꿰기 같은 일로 생계를 잇는 집들이 많았고 직장 없는 사람들은 공터 같은 데서 밤늦게까지 술 마시면서 시간을 보내요. 낮에도 분위기가 을씨년스러웠어. 그러니까 영구임대아파트를 짓겠다, 살던 곳에서 쫓겨나지 않도록 하겠다는 공약이 호소력 있었겠지. 그때는 선거 홍보물에 제한이 없어서 열심히 뿌리고 다녔어요.

최민희   당선이 실감나셨습니까? 서점 아저씨에서 국회의원이 되셨는데요.

이해찬   선거 다음 날 사무실로 화환이 여러 개 들어왔는데 관악경찰서장이 보낸 것도 있었어요. 그걸 보니 진짜 당선이 됐구나 싶더구만. 관악서와는 인연이 많은데 선거 때도 일이 있었지.

선거 하루 전날 제주MBC에서 개표 방송을 테스트하다가 야당이 많이 지는 화면을 내보냈어요. 방송 사고가 난 거지. 대선에서 부정선거 논란이 있었는데 불과 4개월 만에 그런 사고가 나니까 학생들이 흥분했어. 서울대 학생들이 데모를 한다고 해서 쫓아가 보니 경찰이 최루탄을 얼마나 쏴 댔는지 앞이 안 보여요. 경찰한테 따졌지. 왜 이렇게 최루탄을 쏘느냐, 선거가 내일인데. 그랬더니 경찰이 선거 끝나면 나를 잡아넣어 버리겠대요. 정보과가 아니어서 그런지 나를 잘 몰라. 나를 뭐로 잡아가냐 그랬더니 아무튼 그냥 안 두겠대.

근데 내가 당선이 된 거예요. 관악경찰서에 당선 인사를 갔지. 서장이 앉아 있고 과장급들이 쭉 앉아 있어요. 싸늘해 분위기가. 나를 잡아가겠다던 경찰이 와서 미안하다고 그러더구만….

지역을 돌면서 당선 인사를 할 때는 사람들이 열성적으로 환호를 해 줬어요.

224

최민희　선관위나 경찰이 공공연히 여당 편을 들 때였으니까 이중 삼중으로 어려움을 겪으셨겠습니다. 돈 많은 후보들은 자금력으로 밀어붙이고….

이해찬　한번은 신림7동에 올라가는데 내 차를 가로막고 사람들이 싸우고 있어요. 비켜 달라고 했는데 들은 척도 안 해. 그렇다고 마냥 기다릴 수가 없잖아. 내가 1분 안에 안 비키면 그냥 지나간다고 엄포를 놨어요. 그러고는 차를 후진했다가 훅 올라가니깐 도망을 가. 내려오는 길에 보니까 또 그러고 있어요. 그런 식으로 선거운동을 방해하는 일이 잦았지.

　어떤 후보 캠프에서는 사람들한테 생닭을 한 마리씩 나눠 주기도 했어요. 가게에 얘기를 해 놓고 거기를 찾아가는 사람은 무조건 주는 거야. 그래서 우리 당원들도 가라고 했지. 닭 한 마리씩 공짜로 먹으라고….

최민희　1988년 13대 국회의원 선거에서는 이변이 속출했습니다. 집권당 민정당이 의정 사상 처음으로 과반 의석 확보에 실패했고, DJ의 평화민주당이 YS의 통일민주당을 제치고 제1당이 된 것도 이변이었습니다.

　평민련 출신 후보도 많이 당선되었습니다. 개별 지역구에서 이변을 일으키며 당선된 후보들도 대개 평민련 출신이었습니다. 대표님도 그렇고요. 이상수, 양성우 후보도 눈에 띄었어요. DJ는 뭐라고 하시던가요?

1992년 민주당 당무기획실장 시절, 김대중 총재와 함께

이해찬   평민당이 70석을 얻어서 제1야당이 됐잖아요. 호남에서는 거의 전원이 당선됐고 서울에서도 열 명 넘게 당선됐어. 평민련 출신들도 많이 당선됐어요. 스물세 명이 출마했는데 열다섯 명이 당선됐으니 대단했지. 재야 그룹이 제도권 정치에 진입해 교두보를 마련한 거라고 볼 수 있어요.

동교동에 인사를 갔더니 DJ가 잘했다, 잘 싸웠다고 하셨어요. 나는 이제 석운 선생 빚을 다 갚았네, 그러셔서 무슨 말씀인가 했지. 나중에 아버지께 여쭤보니까 석운이 이상철 할아버지 호였더구만.

최민희   당사자인 대표님은 어떠셨습니까. 민청학련 시위 주동자, 재야 운동 활동가가 국회의원이 된 겁니다.

226

이해찬　위상이 바뀐 건데 막상 당사자는 선거운동 하느라 바쁘고 국회의원 되어서 준비할 게 많잖아요. 그래서 경황없이 지나갔지. 뭐 특별한 느낌 같은 게 있었던 것 같지는 않고.

일하는 국회의원, 공부하는 의원실

최민희　이제 의정 활동으로 들어가는데요. 당시 다른 의원실에서 대표님을 원망했다는 얘기도 있습니다. 이해찬 의원실이 너무 열심히 일하는 바람에 상대적으로 다른 의원실은 노는 것처럼 보였다는…. 1년 의정 활동 계획을 미리 짜 놓고 일하셨다면서요?

이해찬　우리 보좌진들하고 1년에 두 번 워크숍을 갔어요. 연간 계획을 세우고 자료도 미리 확보를 해 뒀다가 국감 때 쓰고.

　예를 들면 정부문서수발대장이 있어요. 일찍 받아서 어느 부처에 어떤 문서가 오가는지 파악해. 한 번 가고 한 번 오는 문서는 문제가 없는 거예요. 근데 문서가 몇 번씩 왔다 갔다 하는 경우는 부처 간에 갈등이 있거나 문제가 있을 가능성이 커요. 그런 식으로 미리 준비를 했지.

최민희　이해찬 의원이 '일하는 국회의원', '일하는 의원실' 분위기를 만들었다는 평가가 그냥 나온 게 아니었네요. 보좌진은 어떻게 꾸리셨습니까?

이해찬　　그때는 보좌진이 다섯 명밖에 안 됐어요. 그중에 수행 비서 한 명, 행정사무 보는 직원 한 명, 운전기사 한 명. 그러니까 실제 의정 활동을 보좌하는 실무자는 한두 명이지. 의정 활동을 잘하라는 시스템이 아닌 거예요.

누구를 채용할까 하다가 유시민을 보좌관으로 데려왔지. 유시민이 그때 경찰의 감시를 받고 있었어요. 공식적으로 수배 상태는 아니고 수배 중이던 박계동을 잡으려고 따라다닌 거야. 상황을 보니 유시민이 그러고 있을 일이 아닌 거야, 이게. 치안본부장한테 설명을 잘해 해결을 했지. 유시민은 평민당 연수원장을 맡고 있던 유시춘 선생이 소개를 해 줬어요. 다른 보좌진들도 전부 젊은 사람들을 썼어요. 젊게 가자고.

근데 내가 노동위원회 일을 하게 되니까 노동 쪽 민원이 엄청나게 들어와요. 거기다가 국회운영위원회, 광주특별위원회, 예산결산특별위원회 일까지 했거든. 평민련 일은 또 그것대로 보면서. 다섯 명으로는 도저히 안 되는 거야. 일을 제대로 하려면 등록되지 않은 보좌진들을 써야 돼. 그러다 보니까 열 명이 넘었지. 돈도 엄청나게 들어가더구만.

서점에서 월 200 정도 수익이 났기 때문에 여유가 있을 거라고 생각했는데 아니야. 경비를 감당할 수가 없어요. 국회 들어가기 전과 비교하면 0이 하나 더 붙어요. 그렇다고 국회의원을 후원해 주는 제도가 있었던 때도 아니고. 그렇게 몇 달 지나고 보니까 돈이 절대적으로 부족한 거야. 후원해 달라는 요청은 또 어찌나 여기저기서 들어오는지. 동네 가게 개업부터 결혼식, 장례식, 각종 후원 행사…. 그런 요청을 대부분 다 잘랐는데도 경비가 부족해요. 잘못

돼도 한참 잘못됐다는 생각을 했지. 국회의원이 국민을 위해서 일하고 국민들이 국회의원을 후원해야 맞는 거잖아요.

도저히 안 돼서 아버지한테 말씀을 드렸어요. 청양에 산이 하나 있었는데 그걸 담보로 융자를 좀 받고 싶다고. 그랬더니 선뜻 그렇게 하라고 하셔. 근데 내가 말을 꺼내 놓고도 죄송해서 연락을 못했더니 전화를 주셨어요. 돈 빌려 놨으니까 가져가라고. 2천만 원을 융자 받아 놓으셨더구만.

최민희　결정적 순간에 또 아버님이 등장하셨군요. 그런데 대표님 초기 의정 활동하신 걸 보면 초선인데도 핵심적인 일은 다 맡으셨네요. 13대 국회 하면 저는 '광주특위'(5·18광주민주화운동 진상조사 특별위원회) 청문회가 가장 먼저 떠오릅니다. 대표님이 활약하셨던 모습을 기억하고 있고요. 당시 TV 화면을 보면 눈빛이 매우 강하셨습니다.

이해찬　아무래도 그때 청문회가 처음으로 도입됐으니까. '5공청문회', '광주청문회'는 생중계되면서 국민들 관심이 대단했어요. 노무현이라는 걸출한 의원도 등장했고. 국정감사가 부활한 것도 13대 국회의 중요한 의미예요. 유신 이전의 국회로 돌아갔다고 할 수 있어. 정치의 부활이라고 할까.

국정감사법을 만드는 게 쉽지는 않았어요. 여소 야대가 되면서 정부 여당도 자기들 맘대로 할 수 없었고, 야 3당이 의석수를 나눠 갖고 있었기 때문에 DJ나 YS도 JP가 협조를 해 줘야 되는 상황이었어요. 국정감사의 권한을 어디까지 보장할 것인지 실랑이를 하다가 증인에 대한 동행명령제까지 포함시켰어요.

근데 국정감사를 해 보니까 온갖 비리가 산더미야. 1961년도부터 쌓인 적폐니까 살짝 들춰 보기만 해도 온통 비리였던 거지.

최민희 대표님의 상임위 활동을 듣기 전에 광주청문회 얘기부터 해 봤으면 합니다. 80년 당시 군검찰의 검시조서를 찾아내서 계엄군의 만행을 증명하셨지요?

이해찬 맞아요. 우리 당은 광주청문회에 주력했는데 노무현 의원이 5공청문회 스타가 되면서 YS와 통일민주당이 더 주목을 받았지. 나는 정상용 의원 등과 청문회 준비를 했어요. 그러다가 정상용 의원이 5·18 당사자라고 해서 빠지고 대신 김영진 의원이 들어왔고. 처음에 청문회 준비할 때는 고생을 좀 했어요. 내가 그때까지 광주를 가 본 적이 없었던데다가 군대도 안 가 봤잖아. 광주는 현장 조사를 가면 되는데 군대 용어는 낯설어서 이해하는 데 시간이 좀 걸렸어요.

검시조서를 찾은 일은 제보 덕분이에요. 80년 5월에 희생자들 검시를 맡았던 의사가 제보를 했어요. 검시조서를 보면 공수부대가 시민들을 어떻게 학살했는지 알 수 있다고.

당시에 공수부대가 여성의 젖가슴을 도려냈다. 어린아이들까지 난사했다 그런 소문들이 무성했지만 증거는 없었잖아요. 부산 육군문서보존소에 직접 가서 100여 명 정도의 희생자 검시조서를 확보했지. 거기에는 사망 원인과 검시에 참여한 의사, 군검찰관 이름이 다 나와요. 그걸 하나씩 확인하는데 20대 여성의 사인이 '좌

1989년 광주청문회에서 당시 초선이던 이해찬 의원이 찾아낸 광주민주화운동 희생자의 검시조서

유방부 자상'이야. 왼쪽 가슴이 잘렸다는 거지. 근데 담당 군검찰관이 김이수였어요. 나중에 헌법재판관이 된 내 친구, 김이수. 바로 전화를 했지. 이 검시조서에 나오는 군검찰관이 너냐고 하니까 맞대요. 그렇게 해서 공수부대의 만행이 드러난 거예요.

그 건 말고도 공수부대 지휘관들이 청문회에서 거짓 증언한 내용을 반박한 게 많았어요. 시위대가 먼저 발포를 했고 공수부대는 정당방위 차원에서 우발적으로 발포를 시작했다는 증언 같은 게 대표적이지. 청문회 끝나고 우리 실무자들이 그 내용을 다 정리했

돌베개 출판사에서 출간한 『광주민중항쟁』과 광주청문회 방송 화면

지. 나중에 『광주민중항쟁』(1990년 5월 10일 출간)이라는 책으로
냈고, 다큐멘터리 제작에도 반영되고 그랬어요.

숨겨 놓은 '안기부 특활비'를 찾아내다

최민희 노동위 활약도 주목을 받으셨습니다. 87년 노동자 대투쟁
직후라 노동쟁의도 많았고 노동법 개정 목소리가 터져 나올 때였
어요. 대표님은 노무현, 이상수 의원과 함께 '노동위 삼총사'로 불
리셨습니다.

이해찬 처음에 노동 쪽은 주로 현장을 뛰었어요. 노동쟁의가 있
으면 노무현 의원하고 같이 쫓아가서 중재하고 그런 일들.
　폴리텍대학 전신이었던 직업훈련학교의 식비 문제도 기억이
나네. 그때 학생들 식비가 교도소 수용자 식비보다 적을 만큼 열악

했어요. 재소자 1인당 1일 식비가 아마 400원쯤 됐을 거야. 근데 직업훈련학교는 300원인가 그랬어요. 거기 교장들이 전부 군 출신이에요. 큰 곳은 육군 소장, 작은 곳은 육군 준장 그런 식으로. 한번은 현장 감사를 나갔더니 폐계로 백숙을 끓여 줘. 먹을 수가 없는 음식이에요. 교도소보다 적은 식비마저 빼돌린 거지. 국감에서 추궁해서 교장을 면직시켰어요.

그런데 사건이 터질 때마다 현장을 쫓아다니는 방식으로는 근본적인 해결이 안 되겠다 싶었어요. 입법을 통해서 제도화하는 게 중요하다는 생각을 하게 됐지.

당시에는 복수노조 금지 때문에 노조 설립 자체가 힘들었잖아요. 상급 노조는 한국노총뿐인데 여기에 가입된 노조가 하나 있으면 다른 노조는 설립이 안 돼. 다른 상급 노조가 필요한 거예요. 노동부도 노동자를 위한 곳이라기보다는 노조를 관리하는 곳이었지.

노동법을 고치는 논의를 하다 보면 답답하고 화가 나서 그만둬 버릴까 그런 생각이 들었어요. 나는 생각만 했는데 노무현 의원은 의원직 사퇴서를 의장한테 보내고 잠적해 버리시더구만. 아마 89년 초였을 거예요. 나도 심정은 똑같았지…. 89년에 노동조합법하고 노동쟁의조정법 개정안이 국회를 통과하긴 했는데 대통령 거부권 행사로 반려됐다가 90년 3당합당 후에는 폐기돼 버렸어요.

최민희　그래도 노동위에서 성과를 많이 남기셨습니다. 국정감사 하면서 부처별로 숨겨 놓은 안기부 특활비까지 찾으셨지요? 예산을 들여다보는 일이 보통 어려운 게 아닌데, 초선의원이 운동권 출신의 젊은 보좌진을 데리고 어떻게 안기부 특활비를 찾으셨습

1988년 13대 노동위 삼총사(오른쪽부터 노무현, 이해찬, 이상수)

니까?

이해찬　예결특위에 들어가게 되면서 공부부터 했지. 호텔에 방을 잡아 놓고 회계사를 모셔다가 정부 예산 구조, 관련 법에 대한 교육을 받았어요. 항목 번호들이 어떤 규칙으로 되어 있는지 파악하는 법도 배우고.

　안기부 특활비는 열심히 하다 보니 행운이 좀 따라 줬고. 당시에 안기부가 주도하는 기관 대책 회의가 있었어요. 노동부도 대상 기관 중 하나였어. 노동부 국정감사 때 그 회의록을 보여 달라고 하니 안 보여 줘요. 대외비 문서라고. 문서 대장에도 있고 보관된 캐비닛도 있는데 안 된대. 국회의원은 문서취급 권한이 있다고 싸웠지. 그랬더니 열람만 하게 해 주겠대요. 열람만으로는 안 된다고 실랑이를 하다가 내가 화가 나서 캐비닛을 발로 뻥 찼어요. 아, 그랬더니 문이 툭 열리는 거야. 참 허술해.

거기 문서들을 꺼내 보니 부처에 숨겨진 안기부 특활비가 나와요. 노동부 것만 있는 게 아니고 아홉 개 부처의 특활비를 하나로 작성해 놓은 거야. 내무부, 국방부 등등. 노동부장관은 큰일이 났어. 다른 부처는 얘기하지 말아 달라고 부탁을 하더구만. 그러겠다고 하고 노동부 특활비를 필사해서 갖고 나왔어요. 사업 내용은 없는데 공통의 번호가 있는 예산들이었어요. 그걸 다 합산해 보니 대략 2천억이 넘었지 아마. 노동부에서만 그 정도가 나온 거예요. 예결위에서 공개하니까 다들 놀라고 안기부는 발칵 뒤집어졌어요. 어떻게 저걸 갖고 있냐고….

최민희   예결특위에서는 계수조정소위 위원, 평민당 간사까지 맡으셨습니다. 경제관료들의 각종 예산편성 편법을 밝혀내고, 60여 개에 이르는 각종 정부기금의 운용 실태도 파헤치셨어요. 초선이 계수조정소위에 들어가는 것 자체가 이례적이지 않습니까?

이해찬   그렇지. 예결위는 계수조정소위가 핵심이잖아요. 우리 당이 거기에 들어가려고 엄청나게 준비를 많이 했어요. 서울대 조연천 교수라고 미국에서 들어온 지 얼마 되지 않았던 전문가를 모셔다가 과외도 받았지. 예결위에 우리 당은 두 명밖에 없었는데도 다른 당과 비교가 안 돼요. 치밀하게 준비를 해서 질의를 하면 정부가 쩔쩔매고 그랬지.

당시에 DJ가 상임위 상황을 다 보고 받았어요. 예결위 전체 회의에서 비교할 수 없을 정도로 발군의 실력을 보여야 계수조정소위에 들어갈 수가 있어요. 내가 계수조정소위에 들어가려고 아주 열심히 공부를 했어. 호텔을 잡아서 유시민, 곽해곤 등 보좌진하고 같이 자료를 팠어요. 그렇게 노력해서 들어갈 수 있었던 거예요. 그게 89년인데, 덕분에 전체 예산구조를 알게 됐어.

최민희　대표님은 다 계획이 있으셨군요.

이해찬　후에 다른 상임위에서 일하면서도 그때 쌓은 경험이 밑거름이 된 것 같아요. 예산 공부를 하려고 재정학 책을 보기도 했는데 책은 도움이 안 됐거든.

일반회계와 특별회계와 기금, 공기업 예산이 사실은 다 국가 예산이에요. 전체로 놓고 봐야 해. 편법을 찾아내려면 일반회계만 보면 안 돼요. 일반회계는 사업비가 25%밖에 안 돼요. 나머지는 인건비라든가 계속사업비라든가 하는 손댈 수 없는 경직성 경비야. 그런데 특별회계에서 일반회계에 지원해 주는 것도 있고 실제 사업이 특별회계에 포함돼 있기도 해요.

예산에는 늘 흔적이 남지…. 보좌관들이 그때 고생을 많이 했어요. 60개가 넘는 기금까지 다 살펴보고 문제점을 찾았으니까.

방폐장 비밀 계획을 밝히다

최민희　13대 국회 하반기에는 경제과학위원회로 상임위를 옮기셨는데, 거기서는 또 안면도 핵폐기장 건립 비밀 계획을 밝혀내셨습니다.

이해찬 90년 11월경에 과학기술처하고 원자력연구소가 안면도에 '방사성폐기물 연구시설을 건설한다'는 발표를 해요. 주민들은 격렬하게 반대 시위를 벌였지. 그게 그냥 연구시설이 아니었어요. 사용 후 핵연료 중간 처리장을 연구소 부지에 포함시켜서 짓고 인근에 중저준위 방사성폐기물 영구 처리장도 짓는다는 거였어요. 중준위 폐기물은 원자력발전소에서 나오는 폐필터, 폐윤활유 같은 거고 저준위 폐기물은 작업복이나 장갑 같은 거예요. 반면에 사용 후 핵연료는 고준위 폐기물이야. 사용 후 핵연료는 대량의 방사선과 열을 뿜어요. 그래서 일단 원자력발전소에서 보관을 해요. 열을 식히면서. 이런 고준위 폐기물 처리장은 입지 조건을 까다롭게 따지고 선정 절차도 투명해야 돼요. 그런데 그런 절차 없이 연구소 시설처럼 묶어서 중저준위 폐기물 처리장하고 같이 지으려고 한 거예요. 원자력연구소 국정감사에서 다 드러났지. 충청남도가 원자력연구소에 부지로 쓸 땅을 넘겨준 기록도 나왔어요.

충청남도에 해당 자료를 내놓으라고 했더니 소각했다는 거야. 그러면 소각 대장을 내놔라, 그랬더니 소각 대장도 없대. 왜 그런 중요 문서를 당신들 맘대로 소각하느냐고 또 따졌지.

충남도청 국감장에서 내가 충남지사 심대평한테 직접 물었어요. 아예 자기들이 원자력연구소에 땅을 준 사실이 없다는 거예요. 원자력연구소에는 그 자료가 있는데 당신은 아니라고 하니 도대체 무슨 일이냐, 하고 다그쳤지. 결국엔 무상으로 넘겨줬다고 그 자리에서 시인을 해 버렸어요. 난리가 났어. 자기들끼리 싸우고…. 심대평은 면직이 됐어요.

최민희　정부나 권력기관에 미운털이 박혔을 텐데요. 의정 활동에 외압을 받거나 공작의 대상이 된 적은 없으셨습니까?

이해찬　왜 없어요. 광주청문회 때 여당이 정호용 증인 채택을 못 하겠다고 해서 난리가 났었잖아요. 사실상 현장 지휘를 한 인물인데 정호용을 뺀 청문회가 무슨 의미가 있냐, 이렇게 하면 청문회 못한다고 강력하게 나갔지. 결국 증인 채택은 됐어요.

그즈음인데 새벽 네 시가 다 돼서 초인종이 울려. 나가 보니 장인어른이야. 붙잡혀 오셨대요. 부산세무서 직원들한테. 그 사람들이 밤새 고속도로를 달려서 우리 집 앞에 장인어른을 내려놓고 가 버렸어. 장인어른이 사업을 하시니까 세무서를 통해서 나를 협박한 거예요. 광주청문회에서 빠지라고. 장인어른께 너무 죄송했지만 그래도 내가 어떻게 빠지느냐, 그럴 수 없다고 말씀을 드렸지. 어찌나 화가 나는지….

나중에 계수조정소위에서 국세청의 안기부 특활비 다룰 때 장인어른 사건을 문제 삼았어요. 당신들 안기부에서 정보비 받아서 국회의원 협박하는 일이나 하지 않느냐고 따졌지. 그랬더니 보안사가 시켰다는 말은 못하고 지방 국세청이 그랬다고 인정을 하더구만. 여당도 할 말이 없는 거예요.

나는 국세청 정보비는 인정을 못하겠다고 버텼지. 그러니까 진도가 안 나가서 다른 부처에서 난리가 났어요. 이틀이 지나고 국세청이 항복을 해요. 좀 줄이는 정도로 해 주면 안 되겠냐고. 그럼 90% 줄이라고 했지. 아주 죽는소리를 해. 항목만이라도 살려 달라, 안 된다 그러면서 또 하루 내내 싸웠어요.

결국에는 50%를 살려 줬어요. 다른 부처들이 '불러뽕'—정부 부처 직원들을 불러다 놓고 아무것도 안 하는 것이에요—을 당하는 상황이니까 당에서도 적당히 타협하라고 하고. 국세청은 50%는 안 된다고 하는데 여당 의원들조차 "아~, 반이라도 받아 가요", 그러는 거예요. 마지막 날 다른 부처 심사하는데 또 국세청이 찾아왔어. 제발 25%만 더 살려 달라고 사정을 해서 올려 줬어요. 그 일로 공무원들 사이에 이해찬한테 걸리면 큰일 난다는 얘기가 돌았다고 하더구만.

장인어른 사업으로 협박한 거 말고도 일이 많았어요. 예결위 끝나고 멕시코로 여행을 간 적이 있었어요. 멕시코 대사가 오팔 판매점으로 안내를 해 줬어. 금고를 여니까 오팔에서 나오는 빛이 확 비쳐. 사람들이 많이들 사더구만. 근데 나보고도 자꾸 그걸 사라는 거예요. 천안 국회의원 한 사람은 나보고 하나 가져가래. 재벌가 사람이라 돈이 많았거든. 내가 안 하겠다고, 세관에 걸리면 망신당한다고 끝까지 거절했지. 나중에 알고 보니까 나를 엮으라고 지시가 떨어져 있었더라고.

또 한 번은 러시아에 출장을 가기로 했다가 취소한 적이 있었어요. 김봉호 의원하고 같이 가자고 했지. 그 양반이 러시아가 추우니까 캐시미어 코트를 사 입으라고 돈을 좀 줘서 처음으로 좋은 코트도 한 벌 샀어요. 근데 김봉호 의원이 갑자기 다른 일이 생겨서 러시아에 못 가게 됐어. 나도 혼자 가기는 뭣해서 취소했어요.

그런데 얼마 후 러시아에 갔던 의원 네 명이 자동차협회에서 3천만 원을 받은 사건이 터져요. 러시아에서 너무 비싼 술을 들여오다가 걸렸대. 내가 러시아에 출장을 갔으면 같이 묶어서 잡으려고 한 거예요.

탈당과 복당, 인내의 정치를 배우다

좌절된 야권 통합의 꿈

최민희   30대 초선의원의 의정 활동이 얼마나 매서웠으면 그렇게 까지 견제를 했을까 싶습니다. 91년 11월에 『시사저널』이 처음으로 의원들의 의정 활동을 평가했는데요. 대표님이 1위를 하셨습니다. 의정 활동으로 스타 정치인이 되셨어요.

하지만 그해 당내에서는 어려움을 겪으셨습니다. 평민당을 탈당했다가 복당하셨어요. 후일 대표님은 88년 평민당 입당, 91년 탈당과 복당, 2003년 열린우리당 창당을 '세 번의 강렬한 원체험'으로 꼽았는데, 그만큼 91년의 경험이 각별하셨던 것 같습니다.

13대 국회의원 의정 활동 평가 1위.
『시사저널』 1991년 11월 21일자 표지

이해찬　　상임위 활동에서 성과를 내긴 했는데 정당 개혁은 잘 안 됐어요.

　　탈당 얘기를 하기 전에 야권 통합하고 정당 개혁 얘기를 좀 해야 되겠지.

　　노태우 후보가 87년 대선 때 '올림픽 후에 중간평가를 받겠다'는 공약을 내놨잖아요. 89년에 중간평가가 뜨거운 감자가 됐어요. 노태우가 야당 총재들한테 영수 회담을 하자고 해요. DJ는 의총을 열어서 의원들의 의견을 듣겠다고 했지.

　　의총을 앞두고 총재와 원내대표단, 당3역 등이 사전 전략 회의를 열었어요. 그 자리에서 내가 그랬어. 중간평가는 의미도 실익도 없다고. 국민투표를 해서 우리가 이기기도 어렵거니와 설령 이긴다고 해도 노태우가 물러나겠느냐. 중간평가에 기대를 걸어서는 안 된다. 내가 당에 들어와 보니 집권의 미래가 없다. 호남하고 서

1991년 11월 21일 『시사저널』 보도

울 의원들 몇 명으로 무슨 집권을 하느냐. 하부도 없고 조직 기반
도 없다. 지금 우리는 두 가지를 해야 된다. 첫째, 야권 통합이다.
통합을 해서 대선에 나가야 한다. 그리고 통합된 당의 민주적 의결
구조를 만들어야 한다. 의결 구조가 없으면 어떻게 대선후보를 만
들겠냐. 둘째, 차라리 중간평가를 포기하고 지방자치제를 얻어 내
자. 우리 당은 지역에 하부조직이 없다. 근간이 없다. 지방자치제
를 통해서 지역 조직들을 만들어 가자.

　전략 회의에서 이렇게 주장을 하니까 DJ가 진심이냐고 물어보
셔. 그렇다고 했지. 중간평가라는 게 정치적인 의미만 있지 실현도
안 되고 지금 우리 당 조직으로 이길 역량도 안 된다. 그랬더니 의
아하게 생각하시더구만. 의외라고. 다른 의원들도 중간평가를 포
기한다는 게 정치적으로 타협하는 거 아니냐, 그런 생각들이 많았

어요. 내가 그렇지 않다고 했지. 무조건 타협을 하는 게 아니지 않느냐, 지방자치제를 얻어 내는 거다. 그럼 의총에 가서 이해찬 당신이 발언을 하겠느냐? 좋다, 하겠다.

그렇게 해서 내가 의총에서 발언을 하게 됐어요. 중간평가 대신 지방자치제를 받자는. 의원들이 무슨 뜬금없는 소리냐고 그랬어요. 일부는 이해찬이 정치 얼마 하지도 않고 벌써 '사쿠라' 된 거 아니냐고도 했고. 그러다가 결국 내 의견이 채택됐어요. DJ가 그렇게 하자고 하셨지. 그리고 DJ가 청와대에 가서 91년에 지방자치제 선거를 하기로 약속 받은 거예요.

영수 회담 결과를 의총에서 보고했는데 '중간평가를 안 하기로 했다'는 것만 크게 보도됐어요. 중간평가 대신 지방자치제를 하기로 했다는 부분은 제대로 안 다뤄지고. 언론도 그렇고 YS 쪽에서도 우리가 야합했다고 굉장히 비판이 많았어요.

최민희　저도 기억이 납니다. DJ가 중간평가를 포기했다고 비판을 받았지요. 대표님이 지방자치제를 처음 제안하셨다는 사실을 이번에 알았습니다. 결국 대표님 주장이 일부 받아들여져서 지방자치제 선거까지 얻어 낸 셈인데요. 나머지 요구, 그러니까 야당 통합과 민주적 의결 구조는 이뤄지지 못합니다. 오히려 YS와 JP가 여당과 야합해 3당이 합당하면서 DJ와 평민당이 고립돼 버렸습니다.

이해찬　젊은 의원들은 이대로 가면 집권할 수 없다고 생각했어요. 또 87년처럼 된다고 본 거야. 89년에 야권 통합 대책위를 만들어서 우리 당에서는 나하고 이상수·정대철·조윤형 의원, 통일민주당에서는 노무현·이철·김정길 의원 등이 통합 운동을 시작했어요. 근데 다 당내에서는 비주류들이야. DJ도 YS도 통합에는 다 뜨뜻미지근했거든. DJ는 그대로 가면 당신이 주도권을 잡을 수 있다고 봤어요. 청문회가 처음 시작됐을 때는 노무현 의원의 활약으로 민주당이 주목을 받았지만 89년이 되면서 분위기가 바뀌어요. 평민당이 의정 활동에서 앞서게 돼요. YS는 통합을 하면 밀린다고 생각한 거지.

그러던 차에 3당합당이 돼 버렸어요. 우린 몰랐는데 노태우가 박철언을 통해서 DJ에게 먼저 합당을 제안했대요. 여소 야대에서 정국 주도권을 가질 수 없으니까 야당을 잡아야 했던 거지. 그런데 JP만 잡아서는 의미가 없잖아요. 유신 본당, 5공 본당일 뿐이야. 평민당을 잡으면 의석도 200석이 되고 동서 통합이라는 명분도 갖게 되고 그러니까 DJ한테 요청을 한 거예요. DJ는 고심을 하다가 거절했고.

나중에 거절한 이유를 들었지. 그렇게 말씀하시더구만.

87년 대선에서 내가 패배한 것은 크게 반성한다. 그렇다고 쿠데타 세력하고 함께할 수는 없다. 광주 학살의 한 세력인데 호남 민중을 배신할 수는 없다. 나중에 선거에서 우리가 이기면 된다. 그런 정치는 안 한다.

DJ가 거절한 합당을 YS가 받아 버렸어요. 정국 주도권에서 밀리니까. 그러면서 JP까지 같이 받아 버린 거지. 호남이 고립된 거예요.

최민희　YS는 3당합당으로 호남을 고립시킬 수 있다는 구상을 했던 것 같습니다.

이해찬　그렇다고 봐야겠지. 노태우는 DJ에게 먼저 제안했으니까. 아무튼 90년 1월에 3당합당이 돼 버리니까 야권 통합 논의는 유야무야될 수밖에 없었어요.

최민희　사실상 평민당이 유일 야당이 돼 버렸지요. 3당합당을 거부한 노무현·김정길 의원, 무소속 이철 의원 등이 '민주당', 소위 '꼬마 민주당'을 만들긴 했습니다만. 그래도 대표님께서는 계속 야권 통합을 주장하셨습니다.

이해찬　동력은 없었어요. 원칙적인 주장을 한 거지. 꼬마 민주당하고의 통합이니까. 당내에서는 못마땅하게 여겼고.

최민희　김대중 퇴진 음모를 꾸민다는 의혹도 있었다고 들었습니다.

이해찬　일부 측근들의 생각이었어요. DJ 덕분에 당선된 놈이 배반한다고. DJ가 고립돼 있으니까 집권이 어렵다고 본 거지. 근데 DJ는 대선 출마를 포기하지 않고 있었어요. 나에 대해서도 저놈이 통합을 끝까지 주장하는구나, 하는 정도였어.

지방자치제 도입 단식투쟁

최민희 91년 선거에서도 야권 통합은 안 됐습니다. 평민당은 일부 재야인사를 영입해서, 꼬마 민주당은 이부영 선생을 받아들여서 각각 지방선거를 치르게 됩니다.

이해찬 평민당이 이우정 교수 등을 영입하고 신민주연합당으로 이름을 바꿨지. 88년에 평민련에 들어오지 않았던 사람들이 재야에 남아 있었거든. 그중에 일부는 평민당으로 오고 또 다른 일부는 꼬마 민주당으로 간 거예요. 나는 두 당이라도 통합해야 한다고 그랬는데 지방선거까지 통합이 안 돼서 각각 출마를 했어요. 졌지. 89년 영등포을 재보궐선거도 야당 후보 셋이 나와서 졌고 91년 지방선거도 졌고….

　노태우는 3당합당이 되고 나니까 지방자치제를 안 하려고 했어요. 지방자치제를 약속 받고 중간평가를 양보한 건데. YS도 지방자치제를 하면 92년 대선에서 불리하다고 보고 안 하려고 했지. 지방자치제를 하려면 법을 만들어야 하는데 YS가 반대하니까 법을 못 만들어요. 내무부는 대놓고 '시기상조'라고 하면서 법안 만들 준비를 안 해요.

　나, 김정길, 노무현, 이철. 네 명이 의원직 사퇴하고 단식에 들어갔어요. 마포에 공동 사무실 하나를 얻어 놓고 여의도에서 철수해 버렸어. 신당을 새로 만들자고 했지. 근데 우리가 사퇴하고 며칠 후에 DJ가 단식투쟁에 들어가고 우리 당 의원들이 전부 의원직을 사퇴했어요. 우리 넷이 의원직 사퇴한 게 별 의미가 없어진 거

1990년 7월 13일, 국군조직법, 방송관계법 등 쟁점 법안 및 추경예산안에 대한 민자당의 강행 처리에 반발하며 의원직 사퇴를 선언한 네 명의 의원들(왼쪽부터 이철, 김정길, 이해찬, 노무현) (노무현재단 제공).

야. 선풍기 틀었는데 태풍이 온 셈이랄까. 그때 DJ가 단식을 18일 인가 꽤 오래 해서 병원에도 실려 가셨어요.

　결국 노태우가 받아들이지. 91년에는 지방의회 선거부터 하고 95년에 자치단체장 선거를 하자고. 지자체장 선거를 대선 이후에 하게 되니까 YS도 받아들였어요. 우리는 일단 그거라도 받기로 하고 단식을 풀지. 그렇게 처음 지방의회 선거를 하게 된 거예요. 기초의회 선거는 91년 3월에 먼저 했는데 그건 정당 추천이 아니 야. 정당 추천을 하는 광역의회 선거는 6월이었어요. 4월에 평민당 이 신민주연합당(신민당)으로 당명을 바꿨고.

최민희　대표님과 김정길, 노무현, 이철 의원은 말하자면 선도 투 쟁을 하신 거네요. 당시에 요구사항이 지방자치제 도입만은 아니

248

었던 걸로 기억합니다. 3당합당으로 국회 의석이 왜곡됐으니 조기 총선을 해야 한다고 주장하지 않았나요?

이해찬　맞아요. 내각제 개헌 거부도 있었고. 노태우와 JP는 내각제를 원했지. YS는 대통령이 돼야 하니까 주장하지 않았고. 그런데 핵심 요구는 지방자치제 실시였어요. 그것 때문에 우리가 중간평가까지 양보했으니. 총선은 한 지가 얼마 안 됐고, 한다 한들 우리가 이기기도 힘들었어.

최민희　그런데 힘들게 얻어 낸 광역의회 선거를 앞두고 대표님은 탈당을 하시게 됩니다.

이해찬　관악구에서는 광역의원 네 명을 뽑게 돼 있었어요. 나는 지방자치제를 강하게 주장했던 사람이고 첫 선거니까 기대가 컸지.

최민희　그때 대표님이 추천했던 후보들이 쟁쟁하더군요.

이해찬　유시민, 백삼철, 김동기는 서울대 출신의 젊은 친구들이고, 신성하는 난곡 지역에서 상근 부위원장 격으로 오랫동안 일해 온 아주 양심적인 사람이었어요.

　그런데 다른 지역에서 부위원장을 하던 L씨가 와서 공천을 해 달라는 거야. 내가 볼 때는 우선 깜냥이 안 되고 동네에서 평도 안 좋아요. 나는 거절을 했지. 그 지역에는 백삼철을 내보내려고 준비하고 있었어요. 근데 마지막 공천심사 단계에서 뒤집어졌어. 백삼철은 난곡으로 보내고 L씨를 공천한 거예요. 백삼철은 난곡이라도 가겠다는데 거긴 이미 신성하라는 후보가 있었어요.

내가 DJ를 만나서 공천을 철회하라고 요구했어요. 안 그러면 내가 탈당하겠다고 배수진을 쳤지. DJ는 철회를 지시했는데 그게 안 됐어요. 그래서 탈당을 한 거야. 이철용 의원 지역구에서도 비슷한 문제가 생겨서 탈당을 했더구만. 선거가 참패로 끝나니까 내가 덤터기를 썼지. 이해찬이 탈당해서 선거 망쳤다고.

최민희　사실 대표님께서 추천한 네 사람 중에서 세 사람이 공천됐으니까 75%는 반영이 됐다고 볼 수도 있는데요.

이해찬　신성하가 난곡에서 오랫동안 준비하기도 했지만, 백삼철이 난곡에는 맞지 않았어요. 그 친구는 서울대 나와서 전경련 산하 연구소 연구원으로 일했어. 난곡은 빈민들이 많이 사는 동네인데. 거기는 신성하처럼 부대끼고 살면서 일할 사람이 딱 맞아요. 안성맞춤 공천이야. 그런데 L씨를 공천한다고 그런 사람을 빼 버렸으니. 이길재 공천심사 위원이 나한테 공천 발표 하루 전날 알려 준 거예요.

최민희　대표님이 탈당하실 때 네 사람도 같이 나왔습니까?

이해찬　그랬지. 그리고 다 떨어졌어. 내가 공천을 반대한 L씨만 당선됐어요. 할 말이 없지. 그때 정치를 그만두려고 했어요.

250

DJ에겐 꼭 필요했던 이해찬

최민희 공천이 탈당의 직접적인 계기였지만 근본적인 고민도 하셨던 것 같습니다. 평민당이 평민련 인사들을 영입하면서 약속했던 것들이 유야무야되고, 평민련의 존재 의미가 약해지는 데 대해서 갈등하셨던 흔적을 봤습니다. 다른 글에서요. 천하의 이해찬도 진짜 깊이 고민했다는 생각이 들었습니다.

이해찬 정당 개혁이라는 게 참 쉽지 않더구만. 한 1년 지나면서 희망이 없어졌던 것 같아요. 내가 그즈음에 월간지하고 좌담한 기사를 최근에 다시 읽어 봤는데 넋두리가 나와.

선거도 참패로 끝나고 91년 하반기에 도저히 안 되겠다 싶었어요. 야권 통합도 안 되지, 집권 전망은 없어 보이지, 당이 민주적으로 발전할 것 같지도 않지…. 경제적으로도 어렵지. 정치 관두고 출판사나 하는 게 낫겠다 싶었어요.

근데 미국 국무성에서 나를 초청했어요. 2주 정도 돌아다니다가 오니까 신민당이 꼬마 민주당과 통합하기로 했다는 거야. 거참. 당 개혁이 어렵겠다 싶어서 탈당하고 정치까지 그만두려 했는데 꼬마 민주당하고 통합한다니…. 이미 통합 선언까지 했어요. 난감하더구만. 5 대 5로 지구당을 반반씩 나누기로 했대요. 작아도 당이니까 평민련하고는 다르지.

노무현 의원이 나보고 복당을 하래요. 처음에는 안 하겠다고 했지. 정치를 그만두는 게 낫겠다고. 그랬더니 같이 당을 한번 해보자고 설득을 해. 노무현 의원과는 노동위, 야권 통합 활동을 하면서 친하기도 했고 거의 모든 행동을 같이했잖아요. 노무현 의원은 합당을 하는데 나는 복당을 안 하는 상황이 서로가 부담인 거야. 결국 복당을 하기로 하고 신청을 했어요. 근데 당에서 안 받아 줘. 받아 주면 안 된다는 사람들이 많았어, 내가 『신동아』에 「이야당으론 정권교체 못한다」라는 장문의 글을 썼거든(『신동아』, 1991. 7.). 신랄하게 썼지. 그러니까 천하의 배은망덕한 놈이라고 하는 사람들이 많았어요.

최민희　당시 『신동아』에 김광식이라는 사람이 「이해찬 의원에게 충고한다」는 글을 썼더라고요(『신동아』, 1991. 8.). 저도 이번에 자료를 찾다가 보게 됐습니다. 그래도 91년 10월에 복당을 하셨어요.

이해찬　미국에 갔을 때 김경재를 만났어요. 88년에 출마했다가 떨어져서 미국에 있었거든. 나보고 복당을 하라고 하더구만. 정치를 포기하면 안 된다면서. 그 양반이 DJ하고 친했어. 자기가 미국 오기 전에 DJ를 만났대요. 이해찬이 쓴 글을 읽어 보니까 총재님을 배신한 것 같지는 않다, 당 운영을 비민주적으로 한다는 비판이지 총재님이 잘못된 사람이라는 말은 아니다. 그러면서 내가 쓴 글을 보여 줬다는 거예요.

　DJ가 읽어 보고 그러셨대. 지하에 금고가 있다는 건 사실이 아니라고 했구만…. 당시 DJ는 '지하 금고설'에 시달리고 있었어요. 지하에 금고를 숨겨 놨다는 가짜 뉴스지. 근데 내가 DJ가 그런 분은 아니다, 그 집에 자주 가 봤는데 지하에는 책이 도서관처럼 꽉 차 있다, 책 읽고 서예 공부하는 서재다, 그렇게 썼거든. 말하자면

'지하 금고설'이 사실이 아니라고 증언을 한 셈이지. DJ가 그 대목에서 마음이 풀어지신 것 같아요.

그리고 노무현 의원이 나를 복당시키는 데 앞장을 섰어요. 처음에 당에서는 복당 심사 자체가 안 된다고 했어요. 이미 내 지역구에 남궁진이 있었고.

노무현 의원이 자기가 DJ를 만나서 얘기를 하겠다고 하더구만. 실제로 노무현 의원이 통합파의 중심이 돼서 DJ와 담판을 지었어요. 이해찬을 복당시켜 주지 않으면 나도 나가겠다고. 그렇게 해서 나는 복당이 됐는데 비슷한 시기에 탈당한 이철용 의원은 복당이 안 됐어요.

그즈음에 『시사저널』 의정 활동 평가가 보도된 거야. 이해찬이 1위라고. 인터뷰도 했어요. 서명숙 기자하고. 2007년에 서 기자를 비롯해서 젊은 기자들이 『시사저널』을 나와서 『시사인』을 만들었잖아요. 그 인연으로 당대표 퇴임하고 나서도 『시사인』하고 인터뷰를 했지.

아무튼 당시 『시사저널』 평가를 명분으로 노무현 의원이 이해찬을 공천하지 않으면 본인도 출마하지 않겠다고 또 그랬어요. '이런 실력 있는 사람을 공천하지 않는다면 도대체 이 당의 정체는 뭐냐'고 했던가 그랬어. 『시사저널』 기사의 영향도 있었고 노무현 의원이 앞장서서 공천을 받을 수 있었지.

그래도 우여곡절이 많았어요. 복당해서 지구당 개편 대회를 할 때 당원들 일부가 나를 반대했어요. 남궁진 쪽 사람들. DJ가 연설을 하러 왔는데 들어오지를 못하는 거야. 반대하는 사람들이 차를 막아서서. 경호팀이 겨우 길을 만들어서 들어오셨어요. 그날 DJ가

열변을 토하고 가셨지….

재선 성공과 '복권'

최민희 그때 돌아오신 게 얼마나 다행인지 모르겠습니다. 대표님이 없는 세 번의 민주 정부는 상상이 안 되거든요. 그러고 보면 대표님은 정치가 잘 안 맞는 듯 잘 맞는 분이라는 생각이 듭니다. 제왕적 총재 시절에 DJ에게 거의 단기필마로 저항하다가 탈당하고, 그러고도 다시 돌아와 압도적인 의정 활동 덕분에 공천까지 받으셨어요. 우여곡절이 있었지만 92년 14대 총선에서 재선에도 성공하십니다.

이해찬 그때 정치에는 인내가 필요하다는 걸 뼈저리게 느꼈지. 여건을 살펴야 하고 실력으로 권위를 쌓고 당 계선조직에 참여해서 하나씩 바꿔 가야 한다는….

92년에 다시 출마하게 됐을 때 상대는 김수한이었어요. 3당합당으로 여당 후보가 된 거야. 김종인은 지구당 위원장을 김수한한테 넘겨주고 경제수석을 거쳐서 복지부장관을 하고 있었지 아마. 김종인이 지구당 위원장일 때는 구청에 얘기를 해서 전입자들한테 무조건 쌀 한 포대를 주고 출산한 산모한테는 미역을 보내 주고 그랬어요. 선거법 위반 그런 것도 없었어. 그렇게 지역구를 관리했는데 김수한한테 넘겼지. 김수한하고는 행사장 같은 데서 만나면 인사도 잘하고 좋게 지냈어요. 내 인지도가 4년 전하고는 완전히 달

254

라져서 솔직히 게임이 안 됐어요. 광주청문회에서 얼굴이 많이 알려졌고 젊은 놈이 DJ하고도 당차게 싸운다, 의정 활동도 1등이다, 이런 소문이 나면서 인지도가 높았지. 충청도 사람들도 관심을 가져 주고. 압도적으로 이겼어요.

최민희 총선 직후인 92년 6월에 당직 개편이 있었습니다. 그때 DJ가 과연 자신을 비판하면서 뛰쳐나갔다가 돌아온 이해찬에게 당직을 줄 것인가, 뭘 줄 것인가, 세간의 관심이 컸어요. 그런데 대표님을 당무기획실장에 임명했더라고요. 당무기획실장이 당내 서열은 높지 않지만 대선 전략을 짜는 요직입니다. 복권의 의미가 있었겠지요?

이해찬 복권 정도가 아니었지. DJ가 불러서 갔더니 대선을 준비하라고 하셨어요.

최민희 DJ는 왜 대표님에게 당무기획실장까지 맡기셨을까요?

이해찬 내가 의정 활동 성적도 좋고 압도적으로 재선이 되기도 했지만, 내 탈당의 순수성을 이해하셨기 때문일 거예요. 야권 통합과 민주적 정당에 대한 충정 같은 거. 정치가 야바위판 같지만 나름의 룰이 있어요. 입장이 달라도 모함으로 비난하지 않는 게 중요해. 거짓말하지 않고 원칙 지키면서 내 생각을 얘기하면 되지.

최민희 당무기획실장을 맡고 대선 준비에 들어가셨습니까?

1992년 김대중 대통령 후보 지원 유세

이해찬 당무기획실 전용으로 쓸 사무실은 따로 구하고 전문위원도 열 명을 뽑았어요. DJ가 그렇게 하라고 하셨거든. 마포에 당사가 있었는데 그 옆에 사무실을 마련하고 공채를 했어요. 내가 직접 뽑았어. 고용진, 이강래, 이강진, 조정식 등등이 그때 뽑힌 사람들이에요. 이기택 계보를 좀 안배해 주라고 해서 꼬마 민주당에서 일했던 이강진, 조정식 등을 추천 받았지. 그 친구들도 다 시험을 봤어요. 면접도 보고 필기도 보고. 한 시간 동안 자기 생각을 쓰게 했지. 정당은 왜 필요한가 같은 주제로. 고용진이 글씨도 잘 쓰고 내용도 좋아서 기억이 남아요. 조윤형 의원실에서 일한 친구였어.

최민희 당에서는 최초의 공채였겠습니다.

이해찬 아마 그랬겠지. 그래 가지고 대선 기획하고 홍보를 시작했어요. 내가 맡은 건 당 홍보가 아니라 DJ 인물 홍보였어. 『시사저널』 마지막 페이지를 매주 사서 광고를 했어요. 『시사저널』이 10만 부 이상 나갈 때였잖아요. 지식인들이 많이 보기도 했고. 12월 대선까지 한 5개월 동안 계속 홍보를 했는데 DJ가 기가 막힌 생각이라며 아주 좋아하시더구만.

　선거운동 기간에는 '물결 유세단'을 운영했어요. 나하고 노무현, 이철, 김민석이 전국을 돌면서 유세를 하는 거야. 나도 그때는 연설이 좀 늘었어요. 자원봉사단이 한 200명 됐지. 다들 중앙당사에서 먹고 자면서 열심히 했어요. 총괄은 김민석이 맡았고. 유세단 반응이 좋아서 DJ는 더 늘렸으면 했는데 선거 일주일 남기고 자원봉사자를 더 모을 수가 없었어요. 유세단이 평택, 안양, 수원을 거쳐서 서울까지 왔는데 수원역에서 내가 죽을 뻔한 일도 겪었지.

다른 연사가 오기 전에 내가 가서 유세 준비를 해야 했어요. 빨리 가려다가 로터리에서 돌지 않고 바로 좌회전을 한 거야. 100% 내 잘못이었어. 트럭이 나한테 돌진해 오는 걸 보고 차에서 빠져나와서 목숨을 건졌어요. 차는 부서지고. 트럭 기사한테 미안하다고 하고 보상을 했지.

선거 끝나고 노무현 의원하고 DJ를 찾아가서 경비가 남았다고 돌려드렸어요. 그랬더니 돈 남았다고 가져오는 사람들을 처음 봤다면서 자원봉사자들 고기 좀 사 먹이라고 하시더구만. 그러고는 바로 은퇴 선언하고 영국으로 가 버리셨어요.

92년 대선은 처음부터 전망이 잘 안 섰어요. 꼬마 민주당하고 통합을 했지만 여전히 호남당에 머물러 있었고….

1992년 대선의 교훈—의제를 선점하라

최민희　저도 그즈음에 민주당 기관지 『민주광장』에서 잠시 일을 했습니다. 유종근 홍보위원장 밑에 있던 김도연 선배가 와 달라고 해서요. 대선 때는 DJ 홍보물도 만들고 했는데, 뚜렷한 선거 의제가 뭔지 잘 모르겠더군요. '대화합의 정치'가 캐치프레이즈였던 것으로 기억해요. 대표님은 이길 수 없다고 보신 건가요?

이해찬　솔직히 그랬지. 영남 쪽에는 우리 당이 아무런 기반도 조직도 없었어요. 3당합당을 하면서 YS가 통째로 가져가 버렸으니까. 충청 같은 다른 지역에는 의원 한 명 없었고. 거기다가 우리는 돈도 없잖아요. 국고보조도 없던 시절에 비례대표 의원들이 내는 당비로 당을 운영했는데. 호남하고 DJ가 가진 고정표만으로 선거를 치른 거예요. 거기다가 92년에 '이선실 간첩 사건'*이 터졌잖아요. 그 사람들이 김부겸을 포섭하려고 접근했다가 실패했어. 근데 김부겸이 DJ의 비서여서 대선 기간 내내 색깔 공격을 방어하느라고 바빴어요. 이슈의 주도권을 뺏기면 어려워져.

최민희　　정주영이 대선에 출마하면서 바람을 일으키기도 했습니다.

이해찬　　정주영 쪽하고 단일화 시도도 해 봤어요. 여론조사를 해 보면 도저히 안 되겠더라고. YS가 압도적이었어요. 정주영과 단일화가 되면 백중세까지는 될 것 같았지. 한광옥 사무총장한테 가서 이대로 가면 뻔하다, 마지막 방법은 정주영과 단일화를 하는 거라고 했어요. 한광옥 총장이 그러면 총재한테 가서 얘기를 해 보자고 하더구만. DJ한테 갔더니 우리하고 전혀 다른 판단을 하고 계셨어요. 무슨 소리냐, 미국에서 온 전문가들이 분석을 해 주고 있는데

이선실 간첩 사건　　남한조선노동당 중부지역당 사건. 국가안전기획부(안기부)는 1992년 10월 6일, 북한의 지령에 따라 남한에 지하당을 구축, 간첩 활동을 해 온 '남한조선노동당 중부지역당' 간첩 사건을 발표했다. 북한의 고위 당직자 이선실이 직접 남파돼 공작을 총지휘했다는 점에서 큰 충격을 주었으며, 이 사건은 대선을 앞둔 정치권에도 큰 영향을 주었다. 대통령 선거운동 기간에 민주당 부대변인 김부겸이 간첩 이선실과 접촉해 이씨로부터 500여만 원을 건네받은 혐의로 안기부에 구속되기도 했다. 이 사건은 남로당 사건 이후 최대 규모의 간첩 사건으로 전국을 충격에 빠뜨렸으나, 한편에서는 1992년 대선의 막바지인 10월에 발생했다는 점에서 선거철마다 나타나는 고질적인 '북풍'의 일환이었다는 주장도 만만치 않았다.

내가 이기는 걸로 나온다, 그러시는 거야. 내가 그 사람한테 따졌지. 왜 그런 엉터리 조사로 후보를 혼란스럽게 하냐. 내가 하든 당신이 하든 둘 중에 하나만 하자. 그랬더니 DJ가 당무기획실장이 해야지 무슨 소리냐고 하셔. 근데 단일화는 할 생각이 없는 거예요.

정주영 쪽도 마찬가지였어. 그쪽 사무총장이 김효영이라는 사람이었는데 후보들을 설득해 보자고 얘기가 됐어요. 정주영한테 가서 보고를 했다가 된통 혼만 났대요. 우리 당원이 500만 명인데 무슨 소리냐, 한 집에서 두 명만 찍어도 당선이라고. 한광옥 총장한테 안 되겠다고 전화가 왔어요.

최민희　정주영 후보와 단일화를 시도했다는 사실은 처음 듣습니다. 정주영 후보는 당선을 확신했군요.

이해찬　단일화 얘기는 밖으로 알려지지 않았어요. 내부에서 몇 사람이 시도했다가 안 됐으니까.

정주영은 92년에 통일국민당을 만들어서 그해 3월 총선에서 31석이나 얻었잖아요. 내가 탈당하고 무소속으로 있던 시기에 정몽준이 나한테도 제안을 했어요. 자기 아버지가 나를 꼭 데려오라고 한다. 다른 영입 인사들같이 예우를 해 주겠다. 아이고, 내가 어떻게 그 당에 가느냐고 거절했지만 그때 정주영이 공격적으로 사람들을 영입했어요. 김광일 의원도 그 당으로 갔지. 영입 인사들한테 30억씩 준다는 소문도 돌고. 나중에 정몽준한테 얼마나 썼냐고 물어봤어요. 대선까지 포함해서 계열사당 300억씩 냈다고 하더구만. 계열사가 30개 정도였으니까 9천억, 지금 돈으로 치면 4조

~5조 정도 될까. 아무튼 정주영은 돈과 조직이 있었고 국민당 바람이 불었으니까 자신이 있었던 거지.

DJ가 TV토론을 하자고 제안해서 세 후보가 만나 협상을 했어요. 정주영은 하자고 하는데 YS가 반대를 해요. 국민들이 후보를 제대로 알려면 토론을 해야 한다고 설득해도 안 돼. 정주영이 당신은 말도 잘하고 얼굴도 잘생겼는데 왜 토론을 안 하겠다고 그러냐고 했어요. 그래도 YS가 계속 반대하니까 정주영이 면박을 주고 그랬어. YS 얼굴이 벌개졌어요. 후보마다 배석자들이 두어 명씩 있었는데 그 앞에서 모욕감을 느낀 거 같아. 그걸 보니 YS가 당선되면 정주영은 큰일 나겠다는 생각이 들었어요. 아니나 다를까 대선 끝나고 무섭게 잡았잖아요. 국민당도 금방 와해되고.

최민희 DJ도 정주영도 당선을 기대했지만 결과는 YS의 승리였습니다. DJ와 거의 200만 표 차이가 났어요. 이길 수 없다는 대표님의 분석이 맞았던 것인데요. 구조적인 측면을 들여다보면 초선 시절부터 주장했던 당의 기반이 문제였어요. 호남과 서울의 변두리 지역을 기반으로 해서는 집권할 수 없다, 화이트칼라 노동자와 도시의 블루칼라 노동자, 도시빈민을 흡수할 수 있는 구조를 만들어야 한다고 초선 시절부터 주장하셨습니다.

이해찬 민주적 국민정당의 기본 구도가 그거예요. 당을 민주적으로 운영하고 구성을 인구분포에 맞게 만들어야 한다. 그게 안 된 거지. 3당합당까지 돼 버리고.

돌아온 DJ

최민희 대선 패배와 DJ의 은퇴 선언 후에 당이 재편됩니다. 저는 그 시기 두 가지 장면이 기억나는데요. 하나는 DJ가 은퇴하고 영국으로 떠나니까 『조선일보』가 엄청나게 찬양했던 것. 그리고 민주당 전당대회에서 노무현 후보가 격정적인 연설로 최고위원에 당선됐던 것입니다.

이해찬 『조선일보』가 그랬지. 근데 DJ는 정말 은퇴하신 거였어요. 기자회견할 때 우리도 울고 그랬지. 대선에서만 세 번째 진 거잖아요. 71년, 87년, 92년. 연세도 68세여서 더 이상 출마할 수 있다고 생각하지 않았어요.

　DJ가 떠난 후에 전당대회는 사실상 최고위원 선거였어요. 당 대표는 공동대표였던 이기택이 단독 대표가 되는 거였고. 재야에서 온 사람들은 '민주개혁정치모임'을 만들어서 최고위원에 출마했어요. 그런데 두 명이 나가면 당선 가능한데 박영숙, 이부영, 노무현, 세 사람이 출마 의사를 밝혀요. 여성 몫으로 박영숙 선생이 나가고 이부영과 노무현 중에 한 명을 정해야 하는데 조율이 안 됐어. 세 명이 다 나가서 박영숙 선생이 떨어져요. 그때 내가 그 양반이랑 연구소를 같이하고 있었어요. 환경사회정책연구원이라고. 원혜영도 같이했지. 연구소 규모가 꽤 컸어요. 박영숙 선생은 13대 비례를 하고 14대 때는 의원이 아니었기 때문에 소장을 맡았지. 그런데 최고위원에서 떨어지고 이 양반도 영국 케임브리지로 가셨어요. 그 바람에 내가 연구소를 맡게 됐어요. 당무에 관여를 안 하고 환경연구소 일만 했어요.

이기택 대표 이후 당에 별 재미가 없고 관심도 안 갔어요. 당에서 되는 일도 없고 최고위원들의 집단지도체제가 되면서 나눠 먹기로 갈등이 생겨. 최고위원이 여덟 명인데 최고 득표자부터 당직을 지명했어요. 1등은 사무총장, 2등은 원내총무, 3등은 정책위 의장 그런 식으로. 그렇게 8등까지 지명하고 나서 아홉 번째는 누가 지명할 건지를 놓고 싸우는 거야. 다시 1등부터 해야 한다, 아니다 8등부터 거슬러 올라가야 한다. 그러면서 당직 발령이 안 돼요. 당무위원도 나눠 먹기를 하고, 심지어 사무 보는 직원 자리까지 나눠 먹어요. 93~94년은 정말 재미없게 의원 생활을 했던 것 같아요. 당이 전망도 없고. 그나마 선거가 없어서 환경문제만 집중할 수 있었어요. 미국 환경부의 초청을 받아서 다녀오기도 하고.

최민희 93~94년이 재미없었다고 하시지만 94년에 『시사저널』이 선정한 14대 의정 활동 1위 의원으로 뽑히셨습니다. 그리고 94년에는 DJ가 돌아옵니다.

이해찬 맞아요. DJ가 94년에 귀국해서 동교동에 아태평화재단을 만드셨지. 사람들을 안 만나려고 목동 이희호 여사 언니 댁에 계셨어. 내가 가끔 그리로 찾아뵙고 그랬어요. 김한정, 정동채 등 몇 사람이 모시고 중국 여행을 간 적도 있어요. 중국에 한 번도 안 가 봤다고 안내를 좀 해 달라고 하셔서. 베이징, 시안을 거쳐 상하이로 열흘 정도 모시고 다녔는데 주석만 빼고 중국 정부 지도자들을 거의 다 만났어요. DJ가 한학을 하셔 가지고 한문을 잘 쓰고 읽으셔.

중국 사람하고 필담이 가능할 정도야. 중국 사람들이 깜짝 놀라더구만. 그때만 해도 정치하실 뜻이 없었어요. 내가 정치 힘들다, 당도 엉망이다, 푸념을 하면 당신들이 해야지 무슨 소리냐고 그러셨어요. 정치가 항상 좋은 일만 있는 게 아니라면서. 복귀할 기미가 전혀 없었어요.

그러다가 94년 말쯤에 목동으로 나를 부르셨어요. 갔더니 지방선거는 어떻게 하느냐고 물어보셔. 나는 지방선거에 별 관심이 없을 때였어요. 근데 DJ는 이전하고 뭔가 말씀이 좀 달라지셨어. 호남은 이긴다고 보고 서울을 겨냥해서 영입 구상을 하시는 거예요. 94년 말, 95년 초쯤일 텐데 나하고 정대철한테 이회창을 영입하자고 하더라고.

나하고 정대철이 이회창 변호사 사무실을 찾아갔어요. 광화문 교보빌딩에 있었는데 꽤 커. 정대철이 경기고 후배여서 깍듯하게 인사를 하고 영입 얘기를 꺼냈지. 이회창은 정치 같은 데 관심이 없다고 사양했어요. 자기는 법률가지 그런 거 하는 사람이 아니라고 딱 잘라 얘기해. 오신 거는 고맙지만 사람을 잘못 봤다는 식으로. 우리가 좀 무안하더구만. 이렇게 고고하신 분을, 우리가 잘못 알았구나…. 내가 정대철을 쿡쿡 찔렀어요. 그만 가자고. 무례가 된 거 같다고 정중하게 사과하고 돌아왔어요.

DJ한테 보고를 했지. 그 양반은 전혀 정치할 의사가 없더라. 말 꺼낸 우리가 무안했다. 그랬더니 그래? 안 되면 다른 사람 찾아야지, 하셨어요. 그렇게 해서 찾은 사람이 조순이야. 나는 조순한테는 안 갔어요. 이회창보다 조순은 더 가능성이 없다고 생각했거든. 정대철하고 다른 사람이 찾아갔는데 조순이 영입을 받아들였다는 거예요. 그게 95년 초.

최민희　95년 지방선거를 앞두고 정계 복귀를 구상하셨던 거네요. 실제로 서울시장 선거는 DJ의 정계 복귀 이정표가 됐습니다. 대표님은 선대위원장을 맡으셨지요?

이해찬　내가 나이도 어리고 재선인데다가 깜냥이 아니었는데…. 근데 DJ는 나보고 선대위원장을 하라는 거예요. 서울시장 선거는 이겨야겠는데 당에다 맡겨 두면 안 될 것 같다시면서.

　내가 중간평가를 없애면서까지 지방선거를 그렇게 강조해 놓고 첫 지자체장 선거에서 역할을 안 할 수도 없고. 더군다나 91년 지방의회 선거 때 탈당해서 나 때문에 참패했다는 원망도 많이 들었잖아요. 할 수 없이 맡았지.

수도 서울의 행정을 이끌다

파란만장했던 서울시장 선거

최민희 1995년 서울시장 선거는 민주당이 도저히 이길 수 없는 선거였습니다. 조순 교수를 영입했지만 일반 시민들에게는 낯선 인물이었고요.

이해찬 경제부총리, 한국은행 총재까지 한 양반이고 그 유명한 『경제학원론』도 썼는데 사람들은 잘 몰라. 후보로 모시고 다닐 때 곤혹스러운 일도 가끔 있었어요. 지하철을 타면 사람들이 나를 먼저 알아보고서 자리를 양보하고 그랬거든.
　당시엔 무소속 박찬종 후보가 잘나갔지. 92년 대선에도 나와서

266

표를 꽤 얻었잖아요. 200만 표 가까이. 그러니까 인지도에서는 조순 후보보다 훨씬 앞섰어. 여당에서는 정원식 전 국무총리가 나왔고. 초반에 여론조사를 해 보니까 조순 후보는 5% 미만이었어요.

최민희　당내에서는 조순 영입에 어떤 반응이었습니까?

이해찬　이기택 대표는 자기가 영입해 온 사람이 아니니까 별로 흔쾌하지 않았어요. 조세형, 홍사덕 의원은 경선을 하겠다고 나섰고. 그때는 대의원들만 경선을 했어요. 사실상 조직 경선이지. 대의원들도 계보가 사실상 정해져 있어. 조순은 DJ가 영입한 인물이고, DJ 쪽 계보가 대의원의 절반쯤 되니까 경선에서 쉽게 이길 거라고 생각했어요. 근데 아니야. 조세형 후보가 2등을 하고 홍사덕 후보가 3등을 했는데, 조순 후보는 과반이 안 됐지. 결선투표까지 하게 된 거예요. 홍사덕 후보한테 조순 지지 선언을 해 달라고 부탁했는데 그냥 가 버리더구만. 그때 경선이 71년 김영삼, 김대중, 이철승 후보가 붙었던 후에 처음으로 실시한 당내 경선이에요. 역사적인 의미가 있지.

　조순 후보는 나를 영입해 놓고 뭐 하는 거냐, 경선에 나가라더니 이제 결선투표까지 하라는 거냐며 역정을 냈어요. 결선투표에 안 나가시겠다는 거야. 연설은 안 하더라도 투표 선언할 때까지 후보가 단상에는 앉아 있어야 되거든. 근데 대기실에서 안 나가겠다고 버텨요. 시간은 다가오지, 투표 개시 선언할 때까지 안 나가면 끝이야. 배기선 후보 비서실장하고 내가 통사정을 했지. 그 양반이 앉아 있는 의자를 밀고 나가다시피 했어요. 겨우 단상에 모셔다 놓고 개시 선언하자마자 대기실로 돌아왔어. 그런데 이건 거예요.

후보로 확정되고 다음 날 이기택 대표한테 인사를 하러 갔지. 아현동 자택으로 갔는데 이 대표가 안 나와요. 한 시간쯤 기다렸더니 그제야 나오더구만. 첫 마디가 "뭐 하러 오셨수?"였어요. 내가 모욕감을 느꼈으니까 조순 후보는 어땠겠어. 얼굴이 벌겋게 되시더구만. 그 양반이 당시에 67세였어요. 학자로 존경만 받다가 정치권에 와서 경선까지 치렀는데 자기보다 열 살이나 어린 당대표한테 냉대를 받은 거야. 차 한 잔도 안 하고 잠시 얘기하다가 나왔어요. 다음 일정이 있어서 일어나야겠다고. 그다음부터는 이기택 대표하고는 스케줄을 안 잡았지.

최민희　본선 과정에서도 어려움이 많으셨겠습니다.

이해찬　그랬지. 이기택 대표는 경기도지사로 장경우를 후보로 내려고 했어요. DJ는 이종찬을 내고 싶어 했고. 김정길 사무총장이 조정을 시도했지만 잘 안 됐어요. 경선에서 장경우가 되긴 했는데 그 과정에서 갈등이 커졌지. 이 대표가 DJ와 좋지 않은 상황이니까 조순 후보에게 협조적이지 않았어요.

선거비용을 마련하는 데도 애를 먹었어. 그때 처음으로 국고지원이 됐어요. 법정선거비용이 서울시장 선거는 15억 3천 정도였고 전국적으로는 200억쯤 됐을 거야. 당에서 돈을 받아야 하는데 대표 비서실에 있는 당직자한테 전화가 왔어요. 서울에 5억을 배정할 것 같다고. 무슨 소리냐 하면서 가 보니까 진짜 5억으로 해 놨어요. 펄쩍 뛰었지. 어떻게 5억 갖고 서울시장 선거를 치르냐고. 전략적으로 판단해서 선거자금을 배치해야 한다, 전국 등가로 나누면 안 된다. 그랬더니 결정하면 받아 갈 일이지 말이 많다고 하더구만. 최고위원들도 자기 계보 지구당 위원장 쪽에만 관심이 있지 서울시장 선거에는 별 관심이 없어요. 선거비용을 계보 관리 비용으로 쓰면 되겠냐고 언쟁하다가 나와 버렸어.

의원회관에 돌아왔는데 이 대표가 전화를 했어요. 내가 버르장머리 없이 문을 쾅 닫고 나왔다는 거야. 그러면서 5억으로 선거를 치르래요. 나는 안 된다, 서울 경기 쪽에 전략적으로 배정을 해 달라고 버티고. 그러다가 싸움이 돼 버렸지.

그러고 나서 오후가 됐는데 봉투가 하나 왔어요. 수표로 15억 3천만 원이 들어 있어. 권노갑 최고위원이 이 대표하고 얘기를 해서 법정선거비용은 준 거예요. 서울의 지구당 45곳에 2천만 원씩 나눠 주니 10억 나가고, 나머지 5억은 캠프에서 유세 차량 같은 기본 준비하는 데 다 나가 버렸어요.

최민희　그럼 선거는 어떻게 치르셨습니까?

이해찬　아, 그전에 나하고 이종찬, 김민석이 함께 조순 후원회를 했었어요. 합법적인 후원회를 열어서 후보 제자들이 돈을 좀 내게 하려고. 경기고 후배, 서울 상대 제자들 믿고 63빌딩 회의장을 빌렸는데, 글쎄 적자가 났지 뭐야. 내 후원회만큼도 돈이 안 들어왔어.

선거운동은 일단 15억으로 시작했는데 어림도 없었지. 선거운동이 시작된 직후에 여론조사를 해 보니까 박찬종 40%, 정원식 20% 정도 되고 조순은 10%대밖에 안 나와요. 이게 안 되는 선거야. 당에서 도와주지도 않고. 갑갑하더구만.

DJ가 뒤에서 간접적으로 선거 지원을 해 주셨어요. 돈은 내가 알아서 할 거니까 열심히 현장을 뛰어 달라고 하시더라고. 하루는 저녁에 서교호텔로 오라고 해서 갔어요. 거기서 DJ가 자기는 2억을 마련할 테니 김홍일, 정대철, 이종찬이 각 1억씩을 마련해서 이해찬 선대위원장한테 주라고 하시는 거야. 그런 식으로 비용을 조달해 주셨어요.

그런 와중에 조순 후보 가족 중 한 명이 찾아와서 심각하게 "30억을 만들어 달라"고 요구하는 일도 있었지. 대기업 임원이었는데 자기가 알아보니 30억이 있어야 이길 수 있다는 거예요. 후보 등록 때 재산을 보니 조순 후보가 6억, 부인이 7억이었어요. 집은 두 채인데 하나는 후보가 서재처럼 쓰는 곳이고. 그동안 월급은 부인한테 주고 인세나 강연료는 후보 본인이 모았대요. 두 분 다 돈을 써본 적이 없는 사람들이야. 나보고 그러시더라고. 집사람 돈은 건드리지 말았으면 좋겠다, 그 사람이 평생 모았다, 내 돈은 반만 남겨주면 좋겠다. 선거 떨어져도 활동은 해야 하니까. 그래서 내가 반도 안 쓸 겁니다, 따로 대책을 세우고 있습니다, 그랬어요. 실제로 한 2억 썼나. 법적으로 후보 이름으로 써야 하는 것만 썼지. 조순 후보는 이 상황을 몰랐어요.

조순 후보 제자들은 자기들도 활동비를 달라고 했어요. 후원금도 안 걷었는데. 당신들 스승님 선거인데 자원봉사하기로 한 거 아니냐, 돈 갖고 이러면 안 된다 그랬지. 그다음에는 고참 당직자들이 와서 돈을 내놓으라고 하는 거야. 내가 줄 돈도 없고 줘서도 안 된다고 하니까 난리들이 났어요. 당신이 뭔데 마음대로 하느냐고.

내가 당신들은 여기를 출입하지 말라고 했지. 그 사람들, 재떨이를 집어던지면서 덤벼들고 그랬어요.

TV 토론으로 시작된 추격

최민희　그런 난관을 다 뚫고, 결국 서울시장 선거에서 이기셨습니다. 비결이 뭐였나요?

이해찬　어렵사리 역전을 한 거지. 비결이라기보다 몇 가지 요인이 있었던 것 같아.

　우선은 완전히 새로운 선거운동을 해야 한다, 기존 방식으로는 안 된다고 봤어요. 선대위도 가능한 젊은 사람들로 구성했어. 선대위원장이 젊기도 하고 이길 가능성도 낮으니까 젊은 친구들 말고는 오려는 사람도 별로 없었어요. 김민석, 이광재, 김희완, 정미홍, 차영 이런 사람들로 팀을 짰지.

　전략 회의를 여러 번 하면서 미디어 선거를 목표로 잡았어요. 92년 대선 때는 TV토론을 못했잖아요. 95년에는 했거든. 조순 후보 인지도가 낮으니까 유세만으로는 안 돼. TV토론을 가능한 많이 해야 하는 거예요. 방송 3사 토론회를 다했어요. KBS에서 제일 먼저 연락이 왔어. MBC에서도 제안이 왔는데 KBS보다 먼저 해야 한다고 졸라요. 그거는 도의상 안 될 것 같다고 했더니 자기들이랑 먼저 안 하면 안 하겠대. 뒤늦게 다시 연락이 왔는데 그때는 이미 SBS하고 약속이 잡혀 있었어요. SBS는 녹화방송을 하겠다고 하더

1995년 민주당 서울시장 후보 유세

구만. 편집을 하지 않는다는 조건으로 녹화방송을 했지.

TV토론을 보고 DJ가 이런 말씀을 하셨어요. 92년에 나도 TV 토론을 할 수 있었더라면 떨어지지 않았을 텐데…. DJ는 온갖 비난에 시달렸지만 직접 해명할 기회가 없었잖아요. 그게 굉장히 아쉬우셨던 거야. 여러 번 말씀하셨어.

TV토론 다음으로 중요하게 생각한 게 후보 이미지. 어떤 이미지를 만들어야 하나 이것저것 해 봤어요. KFC 할아버지도 나왔지. 그러다가 FGI(Focus Group Interview: 표적 집단 면접)에서 '서울 포청천'이 나왔어요. 당시에 〈판관 포청천〉이라는 드라마가 한창 유행했잖아요. 조순 시장 이미지가 포청천하고 비슷해. 서울시를 '복마전'이라고들 했거든. 그 복마전을 깨 버리겠다는 거지. '판관' 대신 '서울'을 넣어서 집중 홍보를 시작했어요.

젊고 활기찬 느낌을 주려고 포스터 사진도 노타이 차림으로 찍었어요. 그게 선거에서 처음으로 양복을 안 입은 후보 포스터였을 거야. 말들이 많았어요. 유권자에 대한 예의가 아니다 뭐다 하면서. 촬영도 야외에서 했지. 스튜디오에서 찍으면 표정이 잘 안 나온다고. 영국에 있던 사진작가가 왔어요. 자기가 작품을 한번 만들어 보겠다면서. 오후 시간에 국회의사당 숲 같은 데를 다니면서 찍었는데 아주 잘 나왔어. 유세 다닐 때도 후보가 야구 모자를 쓰고 캐주얼한 차림을 했어요.

최민희　나이가 많다는 조순 후보의 단점을 역발상으로 극복하셨네요. 조순 후보가 달변이 아니었는데 TV토론도 적극적으로 활용하셨고요.

이해찬　말로는 박찬종을 어떻게 따라가겠어요. 말솜씨가 너무 현란해. 거기다가 젊고 변호사고 얼굴도 훤칠하고. 반면에 조순 후보는 나이도 많지 말투도 어눌했어요. 그런데 그게 진실하게 느껴질 수도 있겠다 싶었어요. 말을 잘하고 많이 하는 게 중요한 게 아니니까. 토론에서는 인상적인 한마디, 진정성 있는 자세가 중요해.

의정 활동하면서 내가 토론회를 자주 나갔어요. 그중에서 가장 인상 깊었던 게 안기부 예산 문제 토론이었지. 여러분, 안기부 예산이 얼만지 아십니까? 그랬더니 다들 모른대. 안기부 예산은 우리나라 전체 예산의 10%입니다. 그런데 제가 받은 자료는 이거 한 장입니다. 이거 가지고 안기부 예산 심사를 하라고 합니다. 제목만 가지고 국가 예산 10분의 1이 넘는 걸 어떻게 심사합니까? 그러면서 심사 자료를 보여 줬어요. 백지나 다름없는. 그날 토론 끝나고 나니까 그 장면만 남아요.

토론 앞두고 조순 후보한테 얘기를 했지. 박찬종이 너무 심하게 나오면 어른으로서 한마디 하시라고. 여보세요, 정치가 인생의 다가 아닙니다. 제가 대학 선배고 인생 선배인데 말씀이 너무 지나치십니다. 그랬더니 조순 후보가 진짜 그렇게 하셨어. 문제는 이 양반이 유세를 많이 다니니까 저녁이면 힘들어서 졸음이 쏟아지는 거야. 토론을 하는데 발언할 때가 아니면 눈을 감아 버려요. 식겁했지. 눈 감으시면 안 됩니다. 진지한 모습을 보이셔야 합니다, 신신당부를 했어요. 그렇게 토론을 하면서 조금씩 따라잡았는데 그래도 20%를 못 넘어. 그러다가 선거가 열흘 정도 남았을 때 SBS 토론에서 박찬종의 유신 찬양 증거를 밝히게 돼요. 그게 결정적이었지.

72년에 박찬종이 유신 찬양 글을 신문에 실은 적이 있었어요. 그걸 부산대학교 사서가 찾아서 우리한테 팩스로 보내 줬어요. TV 토론 자료로 쓰라고. 다른 방송사 토론회에서 그걸 보여 주니까 박찬종이 자기가 쓴 글이 아니래요. 이름이 도용됐다는 거야. 그런데 방송 나간 다음에 제보자가 팩스 한 장을 더 보냈어요. 유신 찬양 좌담회 사진인데 거기 박찬종이 딱 있어요.

SBS 토론 때 쓰려고 계획을 세웠지. 후보자 캠프에 속한 한 명에게 질의 기회를 주기로 합의한 거예요. 근데 저쪽에서 눈치를 챘는지 사회자한테 질문을 줘서 읽게 하자는 거야. 그렇게 하면 우리가 거절할 줄 알았나 봐. 좋다고 했어요. 우리는 "박찬종 후보가 72년 『부산일보』 좌담회에서 '유신헌법은 세계 최초이자 유일한 역사

창조적 헌법'이라고 찬양한 사실을 확인했다. 그동안 유신 찬양을 부인했던 것이 거짓말 아니냐"고 물었지. 사회자가 그걸 읽어 나가는데 박찬종이 갑자기 "이거 빼라" "반칙이다" 하면서 답변을 거부해 버렸어. 방송 사고야. 우리는 녹화를 편집하지 않고 방송하기로 했으니 그대로 내보내라고 요구했어요. 만약에 이 부분을 빼면 토론 자체를 거부하겠다면서 철수했지. 오후 네 시경에 사고가 났는데 연합뉴스 기사가 나왔는지 토론이 왜 중단됐냐고 취재가 막 들어와. 사건이 커지니까 박찬종도 못 버텨. 녹화를 재개하기로 양쪽 대변인들이 합의했어요. 나는 사과부터 하라고 요구했지. 한 시간 만에 토론이 다시 시작되고 박찬종은 녹화 중단을 사과하고 유신 찬양 발언을 인정했어요. 밤에 그게 그대로 방송됐고. 그때부터 우리는 상승세, 박찬종은 하락세로 들어간 거야. 잘하면 이길 것 같더구만.

히든카드, '이해찬 정무부시장'

최민희　그때 '이해찬 정무부시장' 카드로 쐐기를 박으셨던 건가요?

이해찬　그건 배기선 비서실장 작품이었어요. 여론조사를 보니 젊은 층 표가 적어. 그러니까 러닝메이트처럼 젊은 사람을 정무부시장 후보로 내세우자는 아이디어가 나왔어요. 처음에는 내가 나갈 생각이 아니었어요. 나는 선대위원장이니까 홍사덕이나 이철을 생각했지. 근데 두 사람 다 거절했어요. 의원직을 사퇴해야 하니 쉬운 일이 아니야. 그런 상태에서 배기선 실장이 '이해찬이 정무부시장을 하기로 했다'고 언론에 흘려 버렸어요. 나하고 상의도 없이. 내가 아니라고 하면 상황이 이상해지는 거예요. 출근하는데 취재가 막 들어와. 난감하더구만. 우리가 이제 조금 앞서가는 것 같은데 그 기세를 굳혀야 하잖아요. 내가 안 한다고 해서 선거를 지면 다 뒤집어써야 해. 배기선 실장한테 따졌더니 그렇게라도 해야지 어쩌겠냐고 그래. 어쩔 수 없이 공식 발표를 했어요. 계산해 보니까 한 7만 표 정도를 뺏어 오는 효과가 있었던 것 같아.

최민희 그 정도면 승리의 요인 중에 하나로 꼽아야 할 것 같습니다.

이해찬 효과가 전혀 없지는 않았겠지…. 선거운동 후반에는 DJ까지 지원 유세를 하셨는데 그 영향도 컸어요. 처음에 우리는 DJ를 내세우지 않으려고 했어. '호남표'만으로는 안 되니까. 그런데 후보가 원체 인지도가 없어서 DJ가 유세를 나와야 그나마 사람이 모였어요. 이기택 대표로도 안 되는 거예요. 할 수 없이 DJ가 적극적으로 유세에 나서는 걸로 전략을 수정했지. 다만 동선을 나눴어요. DJ는 구로, 신림, 신도림, 영등포 쪽. 그러니까 우리 당 지지세가 강한 지역을 돌았어요. 조순 후보는 북쪽을 맡았고. DJ는 후보 옆에서 지원을 하실 생각이었어. 근데 내가 말씀드렸어요. 우리는 중도표를 잡아야 한다, 그러니 따로 다니시는 게 좋겠다고.

DJ가 연설할 때 습관이 있잖아요. 손으로 두부를 썰 듯이 하시는 거. 그게 안 고쳐져. 할 수 없이 연단을 없애 버렸어요. 연단 없이 스탠드 마이크만 뒀지. 원고를 연단에 놓고 연설을 하셨는데 연단을 치워 버리니까 원고를 들어야 돼요. 그래서 두부를 못 썰어. 나한테 왜 연단이 없냐고 하시더구만. 내가 손짓하는 거, 소리 지르는 거, 그런 거 하시지 말라고 그랬어요. 웅변 말고 말씀을 하시라고. 그렇게 해서 조금 고쳐졌지. 어쨌든 DJ가 움직이니까 사람이 모이고 당이 동원됐어요.

아, 당 조직을 움직이는 데는 '약봉지 홍보'도 효과가 컸어요. 후보들이 선거 명함을 길에서 나눠 주잖아요. 시장, 구청장, 시의원 후보들이 다 뿌리니까 얼마나 종류가 많겠어. 누가 아이디어를 냈어요. 지역구마다 민주당 후보들의 명함을 한 세트로 넣어서 돌리자고. '원팀' 전략이지. 약국에서 쓰는 약봉지를 투명한 비닐로 만들어서 조순 후보, 구청장 후보, 시의원 후보 명함을 같이 넣었어요. 을지로에서 만들었는데 하루 20만 장씩 찍어 낼 수 있대. 열흘 동안 시설을 통째로 빌렸어요. 다른 당이 따라 할 거 같아서. 아니나 달라, 저쪽 사람들은 진짜 약봉지에 명함을 넣어서 돌리더라고. 돈이 많이 들긴 했는데 그만큼 효과를 봤어요.

최종적으로 50만 표 차이로 이겼어. 6월 27일. 광역 선거에서 처음 이겨 본 거야.

'삼풍백화점 붕괴'로 시작된 부시장 업무

최민희 승리가 기쁘셨겠지만, 개인적으로는 국회의원을 그만두고 정무부시장이 되시는 건데요. 당시 겨우 43세였습니다. 어떤 생각이 드셨습니까?

이해찬　선거 끝나고 이틀 뒤에 삼풍백화점이 무너졌어요. 뭘 느끼고 할 경황이 있나. 조순 당선자하고 저녁을 먹고 있는데 당시 최병렬 서울시장한테서 전화가 왔어요. 백화점이 무너졌다는 거야. 어차피 곧 시장 취임을 할 거니까 당선자가 사고 현장에 좀 나왔으면 좋겠대. 밥 먹다 말고 뛰어갔지.

　현장에 갔더니 일대가 정전이 돼서 깜깜했어요. 삼풍백화점을 몇 번 가 본 적이 있었는데도 어디가 어딘지 분간이 안 돼. 맞은편 사법연수원 건물에 임시 상황실이 차려졌더구만. 거기서 당선자가 일종의 서울시장 권한대행처럼 사고 수습을 맡게 된 거예요. 다음 날 아침에 현장을 보니까 기가 막혀…. 아비규환이야.

　취임식을 남산에서 하려고 했는데 취소를 하고 사고 수습부터 했어요. 공식 임기는 7월 1일부터 시작됐고. 오전에는 시 업무 인수인계 받아야지, 오후에는 사고 수습하러 가야지 정신이 없었어요. 원래는 행정부시장 일인데 이 양반이 현장에 잘 가려고 하지를 않아. 수습대책위원장을 내가 맡게 됐지. 서울시가 그렇게 큰 재해를 당해 본 적이 없잖아요. 성수대교 붕괴도 엄청난 사고였지만 사상자는 50명 정도였거든. 삼풍은 500명이 사망, 500명이 중상, 2천 명이 경상. 인근이 환자들로 가득했어요. 현장은 시신이 불타고 부패해서 심한 악취가 났고. 거기서 매몰자 구조 상황을 파악하면서 피해자 가족들도 응대해야 하니까 공무원들이 힘들어 했지.

　수습하는 데 한 달쯤 걸렸을 거야. 별별 일이 다 있었어요. 서울교대 강당에 피해자 보호자들 대기소를 차렸는데, 시간이 지나면서 시신을 못 찾은 가족들이 남잖아요. 시신이 발견되면 아무개를 찾았다고 방송을 해요. 그러면 사람들이 막 박수를 쳐. 시신만 찾아도 반가운 거야. 아이러니지.

최민희　삼풍 사고는 정말 충격이었습니다. 안타까운 사연도 많았고요.

이해찬　맞아요. 반대로 매몰된 상태에서 열흘 넘게 버티고 구조된 사람들도 있었고. 아슬아슬하게 사고를 비껴간 사람들도 있었지. 어떤 엄마가 아들한테 삼풍백화점에서 식빵을 사 오라고 심부름을 시킨 거야. 근데 요놈이 오락실로 샜어. 실컷 놀다가 나와 보니 백화점이 없어져서 집으로 갔는데 부모는 그걸 모르니까 난리가 났지. 나중에 아들을 찾았다고 우리한테 와서 알려 줬어요.

최민희　이래저래 대표님은 일복을 타고나신 것 같습니다. 현장 수습도 그렇지만 피해자 지원이나 보상 문제도 보통 일이 아니었을 텐데요.

이해찬　사고의 귀책사유가 민간에 있었어요. 백화점이 무리하게 용도 변경해서 부실 공사를 한 거지. 서초구청은 관리감독의 책임이 있다고 할 수 있고. 근데 구청이 사고 수습을 감당할 수 없는 규모잖아요. 일단 시에서 수습을 맡기는 했는데 비용이 너무 많이 들었어요. 시신을 냉동실 안치하는 데 하루 10만 원. 500명쯤 되니까 하루에 5천만 원. 중환자 500명 치료비가 또 하루 5천만 원 정도.

1995년 삼풍백화점 붕괴 현장을 살펴보는 이해찬 서울시 정무부시장

다른 비용 합해서, 하루에 2억씩 들어가요. 밥값이라도 좀 나누자고 구청에 하루씩 맡기니까 경비를 떠넘긴다고 비판하는 기사가 나와.

YS가 특별재난지역으로 선포하고 자금을 주겠다고 했는데 그것도 잘 안 됐어요. 귀책사유가 민간에 있으니까 특별재난지역으로 선정이 안 되는 거야. 수습에 3천억 정도가 예상됐는데 정부에서는 그 절반만 주겠대요. 그래서 귀책사유가 있는 삼풍백화점 사장한테 재산 포기 각서를 내놓으라고 했는데 안 내놓더라고.

거기다가 피해자 쪽 대책위원회에 진짜 유가족인지 의심 가는 사람들도 몇몇 있었어요. 자기 가족이 사고 당시에 백화점 안에 있었다고 주장하는데 확인이 안 되는 거지. 이런 사람들은 유난히 강경하게 나와. 아무튼 시신 안치 비용을 따져 봐도 피해자들하고 협상을 서두르는 게 합리적이었어요. 비교적 무난하게 마무리가 됐어.

사고를 수습하고 서초구청 강당에서 영결식을 하는데 나도 시 공무원들하고 갔어요. 유가족들이 격앙돼 있으니까 공무원들은 옆문으로 빠져나가자는 거예요. 안 된다고 했지. 내가 도망가는 것 같잖아. 내가 먼저 갈 테니 따라오라고 했어요. 서울시는 귀책사유가 없고 수습하느라 고생한 걸 알고 있으니까 유가족들도 나한테는 뭐라고 하지 않더구만. 서초구청장은 유가족들한테 붙잡혀서 소란이 났지. 눈을 다쳐서 실명할 뻔했어요.

서울시 '3개년 계획'을 세우다

최민희 시작부터 난제를 풀어내셨는데요. 다른 시정은 어땠습니까?

이해찬 정무부시장은 그때 신설된 자리였고 서울시에만 있었어요. 노태우 정부 내무부가 어떻게든 지방자치제를 늦추려 했다고 그랬잖아요. 지자체 권한을 놓고도 마지막까지 싸웠거든. 그러다가 단체장은 선출하더라도 행정의 전문성을 위해 부단체장은 내무부가 지명한 공무원이 맡기로 절충한 거예요.

서울시 정무부시장의 소관 업무를 보니까 시의회, 외교, 시민사회, 기획 업무가 들어와 있었어요. 내 밑에 공보관, 시의회 사무처장, 기획관리실장이 있어. 기획관리실은 예산을 사실상 편성하는 곳이니까 정무부시장이 모든 예산을 결재하는 셈이에요. 그때 그런 생각이 들더구만. 야당이 처음으로 행정을 맡았는데 잘하지 못하면 큰일이다. 행정 역량이 없는 정치세력으로 인식돼서 영원히 집권을 못할 수도 있겠다. 바짝 긴장을 했지. 야당에게 행정을 맡겨도 걱정 없다, 잘한다는 소리를 듣게 하자 싶었어요.

그런데 일을 하려고 보니 시정 계획서가 없어. 왜 계획서가 없냐니까 시장이 언제 바뀔지 모르는데 그걸 왜 하냐는 거야. 최소 행정만 하겠다는 얘기지. 방향도 없이 이렇게 가면 안 되겠다 싶어서 3개년 계획을 세우자고 했어요. 시장 임기가 3년이었거든. 3개년 기획단을 만들어서 회의를 하는데 일에 진척이 없어. 지난주 보고한 내용을 똑같이 보고해요. 지난번에 하지 않았냐고 하면 조금 다르대. 자세히 보면 손톱만큼 달라. 그래서 보고서 양식부터 만들게 했어요. 지난주에 한 일, 이번 주에 하고 있는 일, 다음 주에 할 일을 나눠서 쓰게 하고 그대로 일을 하도록 다그쳤어요. 밤새워서 3개년 계획을 잡아 나간 덕분에 11월경에 마무리를 했어요. 공무원들한테 '저승사자가 왔다'는 소리를 들었지.

최민희　　그때까지만 해도 공직사회의 '복지부동'이 심각했다고 기억하는데, 행정조직을 장악하고 일을 하게 만드셨군요.

이해찬　　들어가서 보니까 지방자치가 아니라 공무원 자치예요. 9월경에 '바른 시정 기획단'이라는 걸 만들어서 내가 직접 단장을 맡았어요. 공무원들하고 민간 전문가가 동수로 참여해서 분야별로 시정 계획을 놓고 토론했지. 그러면서 불합리한 계획은 백지화하고 필요한 사업을 발굴했어요. 대표적인 게 관선 시절에 수립해 놓은 '시청 신청사 건립 계획', '국가 상징 거리 조성 계획'이야. 둘 다 수천억의 예산이 들어가는데 시민들의 생활하고는 별로 관계가 없었어요. 대신에 여성발전기금, 동네 작은 도서관, 작은 공원, 노인복지시설 같은 복지예산을 늘렸지.

최민희 취임 직후에 지하철공사 노조 파업도 해결하셨습니다. 그때 보수언론들이 노조에 끌려다닌다고 비난을 많이 했어요.

이해찬 어디, 언론만 그랬나. 기업들, 노동부까지 압력을 넣었지. 그때까지 해마다 지하철 노조가 파업을 해서 시민들 불편이 이만저만이 아니었어요. 노조도 피해가 컸어. 해직자들도 많았고 손해배상 소송이 들어가 있었거든. 나는 손배소 문제를 해결해 주고 복직도 단계적으로 다해 줄 테니 파업을 자제해 달라고 했어요. 근데 이런 협상 내용이 새 나가면서 난리가 난 거야. 경제 단체들이 성명서 발표하고 기자회견 열고 그랬지. 해고자 복직 문제는 노사 협상 대상이 아니다, 중앙정부와 지방정부가 노사 정책이 다르면 혼란스럽다, 그런 주장이었어요. 노동부는 공공부문에서 해고자를 복직시키고 손배소를 처리해 주는 선례를 만들면 민간 부문에 영향을 미친다고 압박했고. 노동부차관이 나를 직접 찾아왔다니까. 나는 당사자인 노사가 합의하면 됐지 왜 정부가 개입을 하느냐, 우리가 알아서 한다고 버텼어요. 슬쩍 압박도 했지. 내가 서울시에 오래 있겠느냐, 국회로 돌아갈 거다…. 근데 서울시 안에서도 정부 입장에 동조하는 고위 관료들이 많았어요. 보수언론은 대놓고 나를 비난하고.

그래서 일단 후퇴를 했지. 노조하고 물밑 대화를 하면서 공식 합의 사항에는 해고자 복직을 제외시키고 가압류한 조합비의 반을 풀었어요. 노조는 파업을 안 했고. 그러고 나서 두어 달 지나니까 다들 잊어버리더구만. 그때 해고자 40명 중에서 일부를 조용히 복직시켰지.

최민희   대표님은 연말에 서울시를 그만두고 당으로 돌아가셨는데, 나머지 해고자들은 어떻게 됐습니까?

이해찬   다음 해에 국회의원 당선되고 나서 조순 시장한테 건의를 했지. 다는 아니지만 대부분이 복직된 걸로 알고 있어요. 그러고 나서 한동안 파업이 없었지.

인사는 균형 있게, 살림은 알뜰하게

최민희   조순 시장도 대표님도 시 공무원들을 잘 모르는 상태였을 텐데요. 인사는 어떻게 하셨습니까?

이해찬   조순 시장에게 서두르지 말자고 했어요. 인재풀부터 파악을 하자고. 한 달 동안 인사 기록부터 봤어요. 그리고 대기업 기획관리실에 있는 내 친구들을 불러다가 저녁 먹으면서 조언을 들었지. 서울시가 대기업하고 조직 규모가 비슷하니까.

행정부시장을 교체할 거냐 말 거냐가 중요 인사 중 하나였는데 그냥 가기로 했어요. 삼풍 사건 수습도 해야 하고 기획관리실장을 어차피 새로운 사람으로 써야 하니까. 2급 공무원 중에서 발탁을 해야 하는데 평이 좋은 사람, 성과가 좋은 사람 중에서 찾았어요. 조순 시장은 강원도 출신이고 나는 충청도 출신인데 영남 출신을 발탁했지. 그랬더니 공무원들 사이에 TK 출신을 쓴다고 소문이 쫙 났어요. 지역 차별 안 하고 공정하게 한다. 그게 첫 인사였는데 공무원 사회에서 굉장히 호평을 받았어.

그런데 행정부시장이 자꾸 검찰에 불려 다니는 거예요. 물어보니 옛날에 작은 사건이 하나 있어서 불려 다닌대. 하루는 검찰이 시에 와서 서류를 다 압수해 가 버렸어요. 결재해야 하는 공문서까지. 내가 지검장한테 전화를 해서 따졌지. 공문서인데 다 압수를 해 가면 시가 어떻게 행정을 하느냐, 복사를 해 가든가 꼭 필요한 걸 가져가고 나머지는 돌려줘라, 앞으로는 적시된 영장 없이는 못 가져간다. 그랬더니 지검장이 그렇게 하겠대. 그러면서 심각한 건 아니지만 비리 사건인데 본인이 사직을 하면 그냥 넘어가겠다는 거예요. 행정부시장은 시에 누를 끼칠 수 없다고 사직을 했어. 그 사람이 사직을 하고 기획관리실장 하던 사람을 승진시켰어요. 충청도 출신이었어.

나머지 인사에서는 누적돼 왔던 호남 차별을 극복하려고 했어요. 2급 이하는 1급 공무원들로 인사위원회를 꾸려야 하는데 인사위원 대상에도, 승진 대상에도 호남 출신이 없는 거야. 일단 인사위원에 호남 출신이 한 사람은 들어가야 한다고 생각했어요. 어렵사리 총리실에 있던 호남 출신을 한 명 찾았지. 근데 1급으로 승진할 경력이 안 되고 서울시에서 공직을 시작한 것도 아니어서 '호남 출신을 특별 대우한다'는 말이 날 수도 있겠더구만. 그래서 국장급 이상을 모아 놓고 솔직하게 얘기했어요. 이런 취지에서 승진을 시키려고 하니 이의가 있으면 이 자리에서 말해 달라고. 인사에서 호남이 차별을 받아 왔다는 걸 다들 부정하지 못했어요.

최민희 야당에게 행정을 맡겨도 걱정 없다는 말을 듣고 싶었다고 하셨습니다. 정무부시장으로서 이룬 성과 중에서 알려지지는 않았지만 잘했다고 자부하시는 일이 있는지요?

이해찬 서울시는 시재가 있어요. 말하자면 시의 현금 보유량이지. 세금이 들어올 때는 은행 잔고가 많아졌다가 사업을 집행하면 줄어든다고 생각하면 돼요. 당시에 평균 시재가 2조 좀 넘었을 거야. 상업은행이 주거래은행이었는데 금리가 아주 낮더구만. 2%인가밖에 안 됐어요. 근데 주택은행에서 자기들은 10%를 주겠대. 덜컥 옮길 수는 없지만 그렇게 큰 차이가 나는데 가만있을 수도 없잖아요. 컨설팅을 해 보니까 8%까지는 가능한 걸로 나왔어요. 경쟁입찰이든 뭐든 방법을 좀 검토하기로 했지.

그러니까 상업은행이 난리가 났어. 자기들이 사실은 청와대 제 2부속실을 지원하고 있다, 금리를 조금 올릴 테니 그냥 맡겨 달라는 거예요. 내가 그건 잘못된 관행이라고 했지. 재무국장이 상업은행하고 협상을 해 왔는데 4%로 올려 주겠대요. 행정부시장한테 다시 협상을 해 보라고 해서 6%까지 올렸어요. 다시 컨설팅을 받아 보니 7.6%까지는 크게 문제가 없다고 해서 마지막으로 내가 나섰지. 7.2%인가 7.3%를 제시하더구만. 4% 넘게 올린 거예요. 그렇게 해서 상업은행하고 거래를 유지하면서 일부만 주택은행으로 옮겼지. 1년에 800억 정도를 아낀 셈이야.

최민희 취임 직후부터 난제들을 맡아서 해결하고 빠른 시간에 행정을 파악하고 조직을 장악하셨는데요. 공무원들 입장에서 보면 '저승사자'라는 말이 나올 만큼 깐깐하고 엄격한 상관이셨을 겁니다. 반대 세력의 견제나 음해는 없었나요?

이해찬 모함을 당하는 일이 비일비재했지. 서울시 교육청 교육감의 뺨을 때렸다는 모함을 당한 적도 있어요.

사연이 이래. 우리 딸이 다니던 중학교에서 어떤 교사가 수업 시간에 상습적으로 성희롱을 한 거예요. 하루는 애들이 못 참고 항의를 하니까 이 사람이 되레 애들한테 화를 냈나 봐. 딸애가 저녁을 먹다가 갑자기 막 울었대. 오늘 학교에서 이러저러한 일이 있었다고. 집사람은 자기가 나서는 게 뭐해서 애를 달랬는데 다른 학부모들이 난리가 난 거야. 학교운영위에서 문제를 삼았는데 학교도 교육청도 아무런 조치를 하지 않았어요. 차일피일 미루기만 하고.

그러던 중에 교육감이 나를 찾아왔어. 이강진 시의원이 시의회에서 이 문제를 질의하려고 한다는 거예요. 왜 교육청이 적절한 조치를 취하지 않느냐고. 이강진은 내 보좌관으로 일했던 친구였거든. 그러니까 이 교육감은 나한테 이강진 질의를 막아 달라고 찾아왔어요. 나는 당연히 거절했지. 이강진이 내 보좌관이긴 했지만 지금은 시의원인데 내가 어떻게 하라 마라 하느냐고. 그랬더니 이 양반이 "같은 차관급인데 그 정도도 협조를 못해요?" 이러는 거야.

그 말에 내가 버럭 화를 냈어요. 당신 그런 말 때문에 더더욱 못하겠다. 나가라. 그랬더니 자기한테 막말을 한다면서 나가 버렸어요. 나중에 보니까 그 일이 내가 나이 지긋한 교육감의 따귀를 때린 걸로 소문이 났더구만….

마침내 평화적인 정권교체

정책위 의장이 되다

최민희　반년 남짓 동안 서울시에서 많은 성과를 내셨습니다. 좀 더 계실 수도 있었을 텐데 빨리 당으로 돌아가셨어요.

이해찬　DJ가 빨리 오라고 하셨어. 첨부터 DJ는 내가 서울시로 들어가는 걸 바라지 않으셨어요. 그즈음에 이미 정계 복귀, 신당 창당 구상을 하고 계셨던 거지. 근데 내가 조순 캠프 선대위 책임자였고, 선거기간에 조순 시장과 함께 서울시에 들어간다고 이미 약속을 했는데 안 갈 수 없잖아요. 내가 연말까지는 하고 당으로 복귀해야 한다고 말씀드렸어. 신당은 95년 7월에 창당됐어요. 새정치국민회의.

나는 삼풍 사건 수습 와중이어서 낮에는 일하고 저녁에 당에 들러 보는 정도였지. 다음 해 총선에 출마하려면 6개월 전에 서울시를 그만둬야 하니까 '3개년 계획'을 마무리하고 싶어서 더 서둘렀던 거예요.

DJ가 영국에 계실 때나 귀국해서 목동에서 지내실 때 가끔 찾아뵈었다고 했잖아요. 그때만 해도 나는 DJ의 정계 은퇴를 기정사실로 생각했어요. 우리한테 당신들이 잘해야 한다고 늘 말씀하셨고. 그런데 요즘 이런저런 자료들을 보니까 그때부터 정계 복귀 조짐이 보였던 것 같아. 지방선거를 통해서 가능성을 타진하신 거지.

정계 복귀를 할까 말까 상당히 망설이셨던 건 사실이에요. 민주당의 전망이 안 보이고 지방선거 하면서 이기택 대표하고 갈등도 심해지고, 정상적인 전당대회가 될 수 없는 상태라고 보셨어요. 그러니까 탈당을 해서 신당을 만드시더구만. 우리들 의사하고는 관계없이 그냥 가셨어요. 말린다고 될 일이 아니야. 우리한테는 빨리 오라고만 하면서.

내가 봐도 총선 결과가 좋을 거 같지는 않았어요. 당 이미지도 '호남당'으로 돌아가 버렸고 언론에서는 DJ의 권력욕, 말 바꾸기를 맹비난하고. DJ가 권력의 화신처럼 됐지. 그때 노무현, 김원기 이런 양반들도 DJ를 안 따라갔잖아요. 조순 시장도 새 당에 입당을 안 했어요. 자기는 명분 없는 당에 안 간다면서. DJ는 오기 바랐는데…. 나도 안 가려면 그냥 시에 있어야 하는 건데 일단 총선까지만 도와드리자, 그런 생각이었어요.

1996년 새정치국민회의 정책위 의장 시절, 김대중 총재와 함께

최민희　　그럼 새정치국민회의에 돌아오셔서 곧바로 총선 준비에 들어가셨습니까?

이해찬　　그런 셈이지. 내가 12월에 서울시에서 나왔는데 그때 당은 총선 준비의 골격이 다 짜여 있었어요. 나는 지구당 위원장으로 복귀하면서 기획단장을 맡았어요. 영입 작업부터 시작했지.

　　영입은 크게 두 그룹으로 나눠서 이뤄졌어요. 한 그룹은 젊고 개혁적인 인물. 천정배, 정동영, 신기남, 정세균, 추미애 같은 사람들. 또 한 그룹은 시니어들. 안정적이고 보수 색채를 띤 사람들이었어요. 이동원, 신낙균 같은. 북풍을 막으려고 군 인사들도 영입했지. 천용택, 나병선, 임복진 등이었는데 다 당선이 됐어요. 주니어들은 지역구로 내보내고 시니어들은 비례를 준다는 게 공천의 큰 방향이었어.

나는 첫 번째 그룹의 영입을 맡았어요. 추미애는 정대철 의원 쪽에서 영입을 했고 나는 잘 몰랐어. 근데 자기가 먼저 지역구에 나가겠다고 하더구만. 젊은 여성에 판사 출신이니까 비례를 달라고 해도 줄 판국이었는데. 자기는 한양대를 나왔으니 성동구로 가겠다는 거예요. 속으로 가상하다 싶었지. 정동영은 서울에 지역구로 나갔으면 했는데 전주를 고집했고. 김희택은 부천에 공천하려고 했는데 김영환이 양보를 해 달라고 하니까 선선히 해 줬어요. 그랬는데 갑자기 김영환이 안산으로 나가겠다고 해서 꼬였지.

그래도 그때 공천부터 돈 문제가 맑아지기 시작했어요. 92년 선거까지는 비례공천으로 특별당비 120억을 걷었다고 해요. 나중에 DJ 회고를 보니까 그렇게 안 하면 당이 돌아가지 않았다고 하셨더구만. 돈이 나올 데가 없으니까…. 아무튼 그렇게 해 왔던 걸 재산에 따라 차등을 둬서 비례 등록비를 내게 했지.

최민희　15대 총선이 새정치국민회의에 만족스러운 결과는 아니었습니다.

이해찬　맞아요. 79석밖에 못 얻었어. 호남 출신 중진들은 수도권에서 거의 다 떨어져 버렸고. 김영배 의원만 살아남았지 아마. 그바람에 내가 코너에 좀 몰렸어요. DJ의 지원 동선을 젊은 후보들 중심으로 했다고. 신예들은 지명도가 낮잖아요. 총재하고 같이 화면에 좀 잡혀야 되겠다 싶어서 동선을 그렇게 짰거든. 실제로 그친구들은 대개 당선이 됐어. 나를 원망하는 말들이 많았는데, 뭐 어쩌겠어요. 재선, 삼선들한테 지원을 몰아주는 게 맞는 거냐, 신예들을 지원하는 게 맞다, 그랬지.

15대 총선 결과의 의미는 '호남표만으로는 안 된다'였어요. 꼬마 민주당과 합쳤는데 열 석도 채 안 늘었잖아. 우리 당이 강세인 지역에서도 나만 살아남았고. 호남당 이미지로, 호남 사람을 후보로 낸다고 되는 게 아니었어요. PK, 충청권은 다 놓치고.

신당이 만들어지긴 만들어졌는데, 말하자면 절반쯤 성공했다고 할까. 명분도 별로 없고, 의석도 적은데 DJ의 정계 복귀는 성공을 한 거예요. 그래도 DJ는 그 정도면 발판을 마련했다고 판단을 한 것 같아요. 대선으로 가는 발판. 거기서부터 DJP 연합을 구상하신 거지.

최민희　DJP 연합에 대해서는 궁금한 게 많습니다. 따로 여쭤보도록 하고, 먼저 96년 4월에 있었던 원내총무 경선 얘기를 좀 듣고 싶습니다. 사무총장과 정책위 의장은 총재가 지명하는데 원내총무는 당내 경선을 했더군요. 대표님은 경선에 출마하셨지만 뜻을 이루지 못하셨어요. 박상천 의원이 당선됩니다. 그것도 DJ의 의중이었을까요?

이해찬　그거는 아니야. 그때 나는 꼭 되겠다고 나간 게 아니었어요. 처음으로 원내총무 경선을 하니까 평민련 출신들이 우리도 목소리를 좀 내자고 그랬어. 그러면서 나보고 나가라고 한 거예요. 재야 출신들이 30명은 되니까 2등이나 3등은 할 줄 알았지.

근데 나가라고 해 놓고들 안 찍었어.(웃음) 열 표인가 열한 표

받았어요. 영입한 젊은 친구들도 안 찍었고. 사실 그 선거에서 내가 당선되는 흐름은 아니야. 보통 의원들은 되는 후보를 찍잖아요. 상임위도 배정 받아야 되고 하니까. 그리고 그때까지 사실상 돈 선거였어요. 전당대회도 다 돈이었지. 의원들이나 지구당 위원장들 밥 한번 먹자고 해서 만나면 최하 100만 원씩, 많게는 500만 원씩 주고 그랬어요. 나도 50만 원씩 줬어. 게임이 안 됐지만.

최민희　대표님은 당선될 수 없는 구조였군요. 그러고 보니 지구당 위원장 했던 어떤 분이 저한테 그런 말씀을 하신 적이 있습니다. 과거에는 전당대회 때 대표 후보들이 한 번씩 돌고 가면 1억 원씩은 남았는데, 이제는 국민경선이다 온라인 당원이다 해서 좋은 시절 끝났다고.

이해찬　맞아요. 그때까지만 해도 직업적 원외 지구당 위원장이 있었지. 의원 후원과 별도로 지구당 후원이 법적으로 가능하던 시절이에요. 대선, 총선, 전당대회 한 번씩 할 때마다 돈이 나오니까 당선이 안 돼도 먹고사는 데 충분한 거야. 그러니 당이 발전할 수 있었겠어요?

최민희　대표님이 원내총무 경선에서 참패하신 건 DJ의 의중이 아니라 돈의 힘이었네요. 선거 직후 5월에 DJ가 당직 개편을 하면서 대표님을 정책위 의장으로 지명하셨습니다. 그래서 저는 DJ가 '큰 그림'을 갖고 '이해찬 원내총무'를 원치 않았던 건가 추측했거든요.

이해찬　그건 아니에요.

최민희　대표님이 정책위 의장이셨을 때 전교조(전국교직원노동조합) 합법화와 정리해고를 포함한 노동법 개정이 큰 이슈였습니다. 당시에 대표님은 노동계와 진보세력의 표적이 되셨더군요. 그리고 IMF가 터지면서 유예기간 없는 정리해고 법안이 그대로 시행되면서 우리 사회가 전혀 준비를 못한 채 노동유연성을 맞았습니다. 그때 어떤 상황이었나요?

이해찬　96년 말에 노동법 개정할 때 여러 사안이 있었어요. 전교조 합법화, 노조 전임자 임금 지급, 복수노조 허용 등등. 내가 정책위 의장이어서 여당하고 계속 협상을 했지. 우리가 소수니까 협상을 안 할 수가 없어. 근데 내 추천으로 국회에 들어온 방용석 의원은 노동계 출신이어서 강경한 입장이었고. 우리가 반대만 하다가 말 거냐 일부라도 우리 의견을 반영되게 할 거냐 고민을 하다가 당에서는 일부라도 반영하자는 쪽으로 결정했어요. 노동계는 안 된다는 입장이야.

　내가 '사쿠라'라고 욕을 많이 먹었어. 방용석 의원도 항의하고. 내가 그때 방 의원한테 그런 말을 했어요. 원칙을 고수하려면 나가서 노동운동을 하셔야 한다. 정치는 100%의 싸움이 아니다. 다 포기할 거냐.

　그렇게 협상이 지지부진하던 중에 여당이 날치기를 해 버린 거예요. 노동계가 총파업을 하고 난리가 났지. 97년 초에 재협상을 하게 됐고 나, 이상득, 진념 노동부장관이 협상을 했어요.

근데 전교조 합법화, 노조 전임자 임금 지급은 저쪽에서 죽어도 안 받아. 우리 쪽에서는 전임자 임금 지급이 없으면 노동운동을 할 수가 없잖아요. 기업이 주지 않으면 산별노조에서 전임자 임금을 줘야 하는데 산별에 돈이 없으니까. 그나마 큰 노조는 조합비가 좀 있지만 작은 노조는 없어. 그래서 내가 기금을 만들자고 했어요. 노동자들도 일부를 내고 기업에서도 일부를 내고 국가는 세금을 깎아 주자. 현행 제도를 유지하면서 산별 기금을 만들어서 쌓아 놓자. 노조에서는 그것도 못 받겠다고 하고. 그래도 거의 합의까지 갔는데 IMF가 오면서 협상이 다 무산돼 버렸어요. 정리해고제도 3년 유예를 하려고 했는데 무산됐지.

최민희 대표님이 '사구라'라는 비난을 들었다니 기이하게 느껴집니다. 진보 진영에서는 민주 정부 때부터 노동시장유연화가 시작됐다고 비판하는 사람들이 있습니다.

이해찬 틀린 말은 아닌데…. IMF로 노동시장의 개념 자체가 바뀌는 거예요. 기업이 다 망해 버리고 정리해고할 필요도 없는 상황이 됐으니까. IMF는 고환율, 고금리, 노동유연성, 자본시장 개방 이런 걸 요구했고. 나라가 파산 지경이니 꼼짝없이 수용할 수밖에 없었던 거지.

DJP 연합, 처음엔 반대했지만…

최민희　정책위 의장이셨으니 DJP 연합도 깊이 고민을 하셨을 것 같은데요. 이제 DJP 연합 얘기를 좀 해 봤으면 합니다.

이해찬　정책위 의장을 맡긴 했는데 참 난감한 지경이 됐어요. JP랑 연합을 하시겠다고 하니 나로서는…. 유신 잔재라고 봐야지. 극보수 세력하고 연합하는 거잖아요. 지역 연합이긴 한데 상대가 구 공화당이야. 이게 얼마나 실효성이 있겠는가 싶기도 했고. 근데 그걸 하시겠대요.

　결국 연합이 성사됐지. 정책위 의장이 DJP 연합에 맞는 정책을 공유해 나가야 하는데 서로 비슷한 게 별로 없었어요. 쌀값 문제, 농민 문제에서만 좀 맞아. 저쪽은 허남훈 정책위 의장이었는데 괜찮은 양반이었지. 서로 충돌하지 않는 선에서 최저 수준의 정책 공조를 하자, 그렇게 됐어요. 근데 그게 쉽나. 힘들었어.

최민희　대표님은 DJP 연합에 대한 생각이 다르셨군요.

이해찬　그렇게까지 해야 하나 싶었지. 그래도 이길 것 같지 않았고. 우리 정체성을 잃으면서까지 해야 하나 그런 생각을 했어요. 나는 집권을 못해도 노선은 지켜야 한다는 거고, DJ는 어떻게든 집권을 해야 한다는 거고. 근데 DJ가 방향을 세우고 나서는 반대하지 않았어요. 사실 그것밖에 집권할 방법이 없었으니까. 자력으로 안 되잖아요. 꼬마 민주당 했던 사람들도 오지 않았고. DJ 입장에서는

JP 빼고 연대할 사람이 아무도 없는 거예요. 신당을 만드는 것도 처음엔 반대했지만 하시겠다니까 도와드렸잖아요. DJP 연합도 입장을 바꾸고 수용했어요. 수용했으면 잘되도록 해야 하고.

최민희 일단 DJ가 최종 결정을 하면 수용하는 대표님의 태도에 수긍이 가면서도 쉽지 않으셨을 것 같기도 합니다. 학생운동이나 민주화운동 혹은 전문적인 분야에서 일하다가 정치권에 들어오게 되면 '신념'과 '현실과의 타협' 사이에서 갈등하게 되거든요. 머릿속에서는 신념이 이기는데, 현실에서는 타협의 정도에 따라 현실이 바뀌는 것이더라구요. 최종 결정에 승복하고 일이 잘되도록 최선을 다한다. 대표님께 배우고 싶은 것이 많지만 이 점은 특히 가슴에 와닿습니다. 하여간. DJ는 인구구성으로 봐서 단독으로 대선을 이길 수 없다고 보신 거지요?

이해찬 그렇지. 서울에 사는 영호남 출신 인구를 빼고 보면, 영남이 1,000만, 호남이 600만, 충청이 600만 조금 넘는 정도였어요. 숫자상으로 호남과 충청을 합치면 영남보다는 많은 거지. 수도권에는 호남 출신이 많이 있고. 근데 단순히 산술적으로 합해서 되는 게 아니잖아요. 호남과 충청은 유권자들의 특성이 다르니까. 충남은 3분의 2 정도가 보수성향이었어요. 셋 중 둘은 옛날 공화당 성향이 강해. 충북은 충남보다 더 보수적이고. JP와 자민련이 DJ와 연합한다고 해서 유권자들이 다 따라오는 건 아니야.

충청에서는 DJP 연합으로 표를 얼마나 더 가져왔나 따져 보니 약간 플러스 된 정도였어요. DJ, 이회창, 이인제가 다 나눠 가졌으니까. 우리한테 확 기울어지지 않았어요. JP한테 충청도 가서 사시라고 했지. 실제로 JP가 굉장히 열심히 했어요. 그렇게 하니까 충남, 대전이 조금씩 우리 쪽으로 움직여. 충북은 그래도 힘들었어요. 우리 당 의원도 한 명 없으니 잘 안 되는 거야. 대전, 충남에서 조금씩 격차가 줄었는데 IMF가 터져 버리면서 상당히 분위기가 바뀌었지.

그래도 JP가 이회창을 도왔으면 충청권에서 우리가 참패를 했을 거예요. DJP 연합의 효과가 있었다고 봐야지. 그리고 드러나지 않았지만 중요한 사실이 있어요. DJP 연합으로 색깔론, 북풍이 힘을 잃었어요. 보수정당하고 손을 잡아 버리니까. 92년 대선 때는 이선실 사건 방어하다가 선거가 끝나 버렸거든.

영남 지역은 이인제가 이회창 표를 많이 잠식해 준 효과가 컸어요. YS 이후에 여당이 분열하잖아요. 경선에 여덟 명인가 아홉 명이 나왔지 아마. 이회창, 이홍구, 이수성, 이인제까지. 이회창이 후보가 되니까 이인제는 탈당을 해서 무소속으로 나왔고. 우리 입장에서는 이인제가 무너지면 안 되는 상황이었어요. 이인제한테 가는 PK 표는 어떻게 해도 우리에게는 안 오니까. 이인제는 YS 사람이라 DJ도 싫어했지만 이회창하고도 관계가 안 좋았지. 당선이 안 되더라도 자기 표를 받아 놓는 거예요. 그래서 거의 20%를 얻었어.

최민희 일부 학자들은 97년 대선 결과를 DJP 연합 하나로만 설명하기도 하더군요. 대표님은 DJP 연합, 이인제 효과, IMF가 복합적으로 작용한 결과로 보시네요. DJP 연합이 북풍과 이념 공세를 차단했다는 것은 정확한 지적으로 보입니다.

이해찬 DJP 연합, 이인제 출마, IMF까지 작동을 해서 겨우겨우 39만 표 차이로 이긴 거예요. 하늘의 뜻이 아니면 이길 수 없는 선거야. 물론 역사에 우연이라는 건 없어요. 그런데 IMF 같은 구조적 우연이 와. 준비가 안 된 사람은 그걸 자기 것으로 못 만들지. DJ는 구조적 우연을 대비하고 준비한 사람이었어요. 우리가 DJ를 '준비된 대통령'이라고 했는데 딱 맞는 말이었어.

최민희 DJ는 집권을 위해서 DJP 연합을 추진하셨지만 JP는 다른 구상이었습니다. 내각제를 원했지요. JP와 내각제 문제는 어떻게 합의하셨는지 궁금합니다.

이해찬 합의의 내용을 보면 지역 연합이라기보다는 내각제를 고리로 하는 연합이 맞아요. 내각제를 수용해서라도 연합을 이뤄야 하니까. 근데 내각제를 하려면 개헌을 해야 하잖아요. 우리 의지와 상관없이 일단 2000년 총선에서 다수를 얻어야 가능한 일이야. 그리고 만약 개헌을 할 수 있는 의석이 돼서 내각제를 한다면 대통령 임기는 2년 반밖에 안 되는 거예요. JP를 설득했지. 지금 대선에서는 내각제를 전면에 내걸 수가 없다, 2년 반짜리 대통령을 뽑아 달라고 할 수는 없지 않느냐. 우리가 집권하고 다음 총선에서 이기면 내각제를 하겠다, 그렇게 약속했어요. 합의는 했지만 대선 과정에서 노출하지 않았던 거예요. 내각제 의지를 JP가 의심하지 않도록 잘 관리를 했지.

'준비된 대통령'의 승리

최민희　당시 대표님께서는 대선 기획을 맡으셨지요?

이해찬　이종찬 기획본부장, 나는 수석부본부장이었지. 이종찬은 민자당에서 온 사람이었으니까 내가 사실상 본부장 역할을 했어요. 방도 따로 줬어. 본부장 방은 일종의 사랑방 역할을 하는 거고 내 방이 일하는 방인 거예요. 아무나 출입할 수 없는.

최민희　앞서 잠깐 말씀하셨는데요. DJP 연합을 했는데도 충청권이 확 넘어오지 않았다고. 초반에 선거 판세가 어땠습니까?

이해찬　표 차이가 꽤 났어요. 우리가 10% 이상 처졌지. 9월인가 DJ가 이회창을 앞선다는 여론조사가 처음 나오긴 했는데, 이인제 탈당으로 조사가 좀 부정확했던 것 같아요. 우리 여론조사에서는 앞서지 못했거든. 지지율 격차가 쉽게 줄어들지가 않는 거야. 충청권은 뜨뜻미지근하고.

근데 우리 당에 안 오겠다던 조순 시장은 민주당 이기택 대표하고 경선을 해서 대선후보가 되더구만. 그러고는 민자당하고 합당을 했어요. 그때 민자당 당명이 한나라당으로 바뀌는데, 조순 시장이 한나라당 초대 총재가 돼요. 나중에 이 양반이 한나라당이라는 이름을 자기가 지었다고 나한테 자랑을 하셨어. 아무튼 조순 시장은 한나라당 총재로 이회창 후보를 지원하게 된 거예요.

DJ로서는 기가 막히지. 나보고 "아이고, 이 의장, 뭐 했어, 뭐

했어" 그러셨어요. 민주당이 민자당하고 합당을 하면서 민주당 마포 당사도 한나라당 재산이 됐지. 어렵사리 마련한 건데…. DJ는 탈당을 하고 신당을 만들었으니까 아까워도 어쩌겠어요.

10월에 이인제가 국민신당을 창당하고 대선 출마를 공식화하니까 PK에서 이인제 바람이 일어났어요. 그전에 내가 여러 차례 이인제한테도 도와달라고 그랬지. 학생운동 할 때부터 알았고 국회 노동위도 같이해서 친했거든. 우리 당에 와서 DJ 다음을 모색하는 게 어떻겠느냐? 뭐 그런 얘기를 많이 했어요. 그랬더니 내가 왜 DJ를 돕느냐고, 내가 DJ를 도우면 YS 지지하던 사람들도 다 도망갈 거라고 하더구만. 그 말이 맞아요. 이인제하고는 연합 자체가 성립이 안 되는 구도였지. 따로 출마한 덕분에 이회창 표를 잠식해 줬고.

그래도 지지율에서 밀리고 있었는데 IMF가 터져 버린 거예요. 11월 21일. 공식적으로 구제금융을 신청한 날. 근데 우리한테는 이미 18일경부터 심상치 않다는 소문이 돌았어요.

최민희 이인제 효과로 부산경남 표가 분산됐는데도 DJ 지지율이 이회창에 밀렸다니, 지역과 기득권의 강고함을 다시 느낍니다. 그런데 IMF가 터지면서 지지율이 역전된 것인가요?

이해찬 IMF 터지고 우리가 신문광고를 냈어요. '근조 국가부도'라고. 그 무렵에 역전이 된 거 같아. 신문광고 내기 전에 논의를 많이 했어요. 조세형 대행이 선대위원장이었는데 이 사태를 선거에서 어떻게 다룰 건지 얘기를 했지. 이건 국가부도다, 그렇게 정리를

1997년 대통령 선거 새정치국민회의 신문광고

하고 당에 남아 있던 돈을 신문광고에 쓰기로 한 거예요. 한 40억 정도밖에 없었는데 모든 신문에 광고를 했던 걸로 기억해요.

그렇게 지지율이 역전돼서 5% 정도 우리가 앞서요. 근데 또 격차가 점점 줄어드네. 우리가 매일 여론조사를 했거든. 한나라당이 IMF 터지고 충격에 빠져 있다가 점차 정신을 차리고 쫓아오는 거예요. 그 속도가 무서워. 공식 선거운동 기간이 시작되기도 전인데. 거기다가 돈 없지, 조직도 없지. 전국적으로 투표소가 1만여 개쯤 됐는데 영남 쪽은 투표참관인도 다 배치하지 못하게 생겼어요. 개표참관인도 마땅치 않아. 투표에서 이기고 개표 잘못해서 지는 거 아닌가, 아주 비상이었어요. 급해서 전교조, 전농에 부탁하고 그랬지. 근데 이 사람들을 지역에 있는 개표소까지 보내려면 식비, 교통비를 줘야 하는데 그 비용도 조달이 잘 안 됐어요. 그때 누가 나한테 아이디어를 줘. 모든 개표소에다 방송사 카메라를 최대한 빨리 설치하도록 요구하자. 그렇게 하고 참관인은 70~80% 정도만 들어간 거예요.

최민희 그렇게 해서 결국 1.9% 정도 이기셨습니다.

이해찬 선거 당일에 출구 조사를 해 보니까 오후 세 시쯤 2% 정도 이기는 걸로 나왔어요. 그대로 된 거지. 우리가 자체적으로 출구 조사를 할 때여서 DJ에게 보고를 드렸어요. 이길 것 같다, 마음의 준비를 하셔야 할 것 같다. 개표 시작되고 밤 열 시쯤부터 약간 앞서는 걸로 나왔어요. 이제 사고만 안 나면 이긴다 싶었어. 혹시 어디서 도발해도 대응하지 말라고 지시를 해 놓고 기다렸지.

또 얘기하지만, 하늘의 뜻이 아니면 이길 수 없는 선거였어요. 선거 한 달 앞두고 IMF가 터질 줄 누가 알았겠어요. YS가 외환보유고가 너무 적다는 보고를 받았을 때 대책을 세웠으면, 조금이라도 외환을 확보했으면 선거 결과가 달라졌을지 몰라요. 내 기억으로는 외환보유고가 두 달 버티기 힘든 정도였어. 그러면 사실상 신용장 발급이 안 돼요. 신용 가치가 없다고 보니까. 대선 끝날 때까지만 버틸 수 있었다면 버텼을 텐데, 그조차 못하는 상황이었던 거예요. 원자재 등 무엇이든 수입할 수가 없으니 항복 선언을 할 수밖에 없었지.

최민희 북풍이나 색깔론은 과거에 비해 힘을 잃었다고 하셨는데요. 하지만 DJ가 당선될 거 같으니까 안기부가 공작을 모의하기도 했습니다. 북한이 휴전선에서 도발을 일으키도록 주문한다는 이른바 '총풍 사건'이었는데요.

이해찬 맞아요. 총풍 사건이 밝혀지는 과정에서 안기부 공작원

'흑금성 사건'까지 드러났지. 흑금성을 다룬 영화도 봤어요. 〈공작〉인가? 아무튼 그때 우리가 천용택 의원 중심으로 북풍 대책팀을 꾸렸어요. 베이징까지 가서 막은 거야.

총풍 공작을 주도한 사람은 안기부장 권영해. DJ가 후보일 때 내가 안기부에 모시고 간 적이 있어요. 일반적인 얘기를 좀 하더니 후보한테 특별 브리핑을 해야 하니까 나머지 분들은 기다리라고 하면서 후보만 데려가. DJ한테 저 사람 말을 믿으시면 안 된다고 말씀드렸지. 내가 예산심의할 때 율곡사업을 다뤘어요. 엄청 큰 사업인데 좀 의심스러워. 근데 뭐가 뭔지 잘 모르겠어. 그 율곡사업의 주무가 권영해였어요. 그때부터 믿을 수가 없었지. 이 사람이 장관까지 가고 안기부장이 된 거야. DJ가 권영해한테 무슨 말을 들으셨는지 나와서는 나보고 차에 좀 타 보래. 그러시더니 이 의장이 사람을 잘못 본 거 같다고 하시더구만. 근데 내가 제대로 봤어. 선거에 들어가니까 총풍 공작을 모의했잖아요.

최민희　정말 온갖 난관을 뚫고 DJ가 대통령이 되셨습니다. 선거 결과를 보고 어떤 마음이 드시던가요?

이해찬　하도 지쳐 가지고…. 넋이 나갔지. 그래도 DJ가 당선 인사 말씀을 하셔야 되니까 나하고 조세형, 박상천, 이종찬 등이 당선 메시지를 뭘로 할지 고민을 했어요. 당일 밤에 준비한 메시지를 들고 일산 DJ 댁으로 갔지. 근데 집 앞에 사람들이 꽉 들어차서 안으로 들어갈 수가 없어. 들여보내 달라고 부탁을 했더니 사람들이 나를 알아보고 헹가래를 치는 거예요. 그러면서 나를 머리 위로 들어서 옮겼어요. 그 바람에 안경도 없어지고, 시계도 없어지고 그랬어. 나는 진이 빠지고.

안으로 들어가니까 청와대 경호실에서 이미 나와 있더구만. 계단에서부터 출입을 막아요. 아직 주무신대. DJ도 탈진 상태였던 거예요. 밑에서 한두 시간쯤 기다리다가 들어갔지. 메시지를 읽어 보시더니 한 문단 정도를 추가하셨어요. 근데 그걸 반영할 수가 없는 상황이에요. 시간이 안 돼서 그냥 인쇄에 들어갔거든. 그래도 빠진 부분을 기어이 말씀으로 하시더구만. 나중에 안가로 불러서 뭐라하셨어. 우리는 밥이라도 주실 줄 알고 갔는데 혼만 났어요. 추가한 문단 왜 뺐냐고. 앞으로는 그러지 말라고 그러셨어요.

인수위원회의 틀을 만들다

최민희　본격적으로 정권 인수 작업에 들어가야 했을 텐데요. 인수위원회는 어떻게 구성됐습니까?

이해찬　우리가 다 생전 처음 겪는 일이잖아요. DJ가 이종찬, 이해찬은 내일부터 인수위를 맡으시오, 하셔서 얼떨결에 알겠습니다 한 거예요. 인수위가 뭔지도 몰랐는데. 당선자 신분이 되는 순간부터 후보나 총재 시절하고는 또 달라요. 말씀의 무게가 이제 다 명령이야. 의견이 아니라.

근데 인수위라는 게 아무런 규정이 없어. 전례도 없고. 87년에 노태우 인수위가 있었지만 그때는 정권교체가 아니었잖아요. 김

제15대 대통령직인수위원회 정책분과위원회(맨 앞줄 왼쪽에서 두 번째)

종인 등 열댓 명이 정권 승계를 준비한 정도였어요. 우리는 정권이 바뀌는 인수위니까 차원이 다르지. 행정자치부에서는 첫마디가 인수위 비용을 못 준다는 거예요. 아무 규정이 없다고. 나중에 예비비로 비용을 마련하긴 했는데 그만큼 인수위가 생소한 일이었어요.

우리는 인수위의 기본 틀부터 만들어야 하는 상황이에요. 공무원 몇 사람을 차출해서 초안을 만들게 했지. 최종찬이라고 경제기획원 1급 간부를 불러서 초안 작업을 시켰어요. 인수위원장은 이종찬이 맡고 삼청동 초등학교 자리에 인수위원회를 차렸어요. 각 부처에서 2급 공무원들을 한 명씩 전문위원으로 파견하게 하고. 정책, 통일·외교·안보, 정무, 경제1, 경제2, 사회·문화, 이렇게 6개 분과위원회를 만들었을 거예요. 우리 당하고 자민련 의원들이 대여섯 명씩 분과위원으로 참여했지. 나는 정책분과위원장. 정책분과는 별동대처럼 전체를 총괄하는 일을 맡았어요.

미국 사례를 보니까 인수위가 대개 새 정부의 100대 과제를 압축하는 일을 하더구만. 우리도 그런 식으로 계획을 세워서 DJ한테 보고했지. 거의 매일 저녁 시간에 안가로 찾아가서 보고를 드렸어요. IMF를 포함해서 비상 경제 대책은 자민련 김용환 의원이 맡고 있었어요. 재무장관을 했던 양반이라. 그 외에 나머지 국정 과제는 우리가 맡은 거고. 그렇게 역할 분담을 해서 매일 저녁마다 모여서 논의를 했어요.

최민희 대표님께서 그런 말씀을 하신 적이 있습니다. 당시 우리 관료 중에 IMF의 자본시장 자유화 같은 걸 제대로 이해한 사람이 없어서 안타까웠다고요.

이해찬 정확히 말하면, 협상을 해야 하는데 우리 관료 사회가 영어로 협상을 할 수 있는 역량도 안 됐어요. 시장을 개방한 적이 없으니 국제금융시장도 잘 몰라요. 관치금융이었으니까. 협상은 급하고 누군가는 협상장에 들어가야 하는데…. 영어도 잘하고 국제금융시장도 알고 협상도 할 수 있는 그런 사람이 없더라니까.

수소문해서 전문가를 찾았는데 교포였어요. 금융회사 자문을 하는데 월가에서 평판이 높아. 구 여권 집안의 아들이고 미국 국적이었지만 그래도 적임자라는 거야. 이 사람이 자기 신분이 노출되지 않는 조건으로 노력해 보겠다고 했어요. 아주 고액의 연봉을 받는 사람인데 우리가 그런 사람을 써 본 적이 없잖아요. 연봉 계약을 파기하고 우리 정부 일을 하려면 회사에 위약금을 물어야 한대. 이건 정부 차원에서 해결을 했지. 그리고 신분을 안 밝히는 조건으로 그 사람이 협상에 참여한 거예요. 나중에 들어 보니까 왜 이리 한국 공무원이 영어를 못하느냐, 금융시장을 모르냐고 했다더구만.

최민희 97년이면 우리 경제관료들도 영어를 잘할 때가 아닌가요?

이해찬 영어를 그냥 잘해서는 안 되니까. 협상을 할 정도가 돼야 하는데 그러려면 금융도 알고 전문용어도 잘 알아야지.

한번은 안가에 갔더니 클린턴이 DJ한테 전화를 했어요. 자기가 도와드리겠다, 특사를 보내겠으니 필요한 거 말씀하시라고 했대요. 92년 로스앤젤레스에서 폭동이 일어나서 한인 상점들이 약

탈도 당하고 또 한인들이 많이 다쳤잖아요. 그때 DJ가 미국에 갔다가 방문한 곳에서 우연히 클린턴을 만났어요. 엘리베이터 앞에서 만났는데 클린턴이 DJ한테 당신 얘기를 많이 들었다. 이번에 당선되시라, 나는 떨어질 거 같다고 그랬대요. 근데 클린턴이 당선되고 DJ는 떨어졌지. 그러다가 5년 뒤에 DJ가 당선되니까 특사를 보낸 거예요.

우리는 달러가 급했잖아요. 달러를 빌려야 하는데 일본은 안 빌려 줬거든. 근데 미국은 특사까지 보내서 먼저 빌려 주겠다는 뜻을 밝힌 거예요. 재무부에 얼마를 빌리면 되겠느냐고 물어보니 30억 달러를 보고했대요. 특사하고 만나는 자리에 김용환 위원장이 나가고 우리는 배석을 했지. 특사한테 30억 달러를 빌려 달라고 요청했더니 이 사람이 좀 어이없다는 표정이더구만. 그러면서도 오케이, 내일 바로 보내 주겠다고 그래요. 알고 보니 미국은 200억 달러 정도를 생각하고 왔대요. 특사는 내가 여기까지 왔는데 고작 30억 달러라니 하면서 놀랐고.

당시에 우리가 IMF에 400억 달러를 빌려야 했어요. 만약 200억 달러를 미국에서 빌렸으면 IMF와의 협상력이 높아졌겠지.

최민희　클린턴이 DJ를 존경했다는 사실은 잘 알고 있었는데, 이런 뒷얘기가 있는 줄은 몰랐습니다. 우리가 만델라를 존경하듯이 클린턴은 DJ를 존경했고 어떻게든 도와주려고 했던 것 같은데요. 정말 안타깝습니다.

이해찬　우리 관료 사회가 그랬어요. 그 대가를 톡톡히 치러야 했고.

최민희　IMF 얘기를 하느라 인수위 얘기가 잠시 끊어졌는데요. 100대 과제는 잘 마무리되었습니까?

이해찬　인수위를 2월 초까지 한 달 반쯤 했나? DJ가 일주일에 두 번 정도 인수위 회의에 참석하셨어요. 우리가 점령군이 아니다, 말 조심하라고 혼도 내고 그러셨지. 걸러지지 않은 내용들이 기사로 막 쏟아지고 그랬거든.

　100대 과제는 큰 부처는 5개 과제로 압축하고 작은 부처는 3개로 압축해서 가져오게 했어요. 그렇게 올라온 과제들은 다시 세 가지로 분류했고. 유지할 것, 수정할 것, 폐지할 것. 근데 부처들이 각 과제들 밑에다가 온갖 걸 다 집어넣어서 올리는 거야. 고구마 줄기처럼 잔뜩 붙어서 와요. 그러면 다시 정리해서 올리게 했어요. 거기에서 빠지는 정책과제를 담당하는 부서들은 난리가 나요. 혹시 자리가 없어질까 봐. 거의 한 달 반 동안 진을 뺐어요. 그때 '정책의 품질'이라는 말을 처음 썼지. 정책의 품질을 높이자고 하면서.

　첫 인수위 경험이 너무 힘들어서 2002년에는 고사했어요. 노무현 당선자가 연락을 하셨는데 도저히 못하겠다고 그랬지.

최민희　그런데 그때 대표님께서 만드신 인수위의 기본 틀이 지금까지도 유지되고 있습니다. 서울시도 그렇고 정부도 그렇고 어디를 가시든 기초를 닦아 놓은 거지요. '국민의 정부'라는 명칭도 인수위에서 지으셨지요?

이해찬　그건 조세형 의원 작품이야. 인수위 막바지까지 정부 이름을 못 정했어요. 학자들에게 맡겼는데 토론만 하고 매듭을 못 지어. 그러던 중에 조세형 의원이 '국민의 정부'라고 하면 되잖아, 그보다 좋은 게 어딨냐, 그랬어요. 기자 출신이어서 그런지 감각이 있었어. 보고를 드렸더니 좋다고 하셔서 결정됐지.

최민희　인선은 어떻게 이뤄졌습니까? 대표님께서는 뜻밖에 교육부장관을 맡으셨는데 그 말씀도 듣고 싶습니다.

이해찬　신문에는 노상 인선 얘기만 나왔지. 자가발전해서 내가 뭘 할 거라고 떠들고 다니는 사람도 있고 그러니까⋯. 통제가 안 되는 거예요. 경제부처 인사는 JP 쪽이 추천하고, 비경제부처는 우리 쪽에서 추천하기로 했어요. 근데 경제부처는 자리는 많은데 할 만한 사람이 없고, 비경제부처는 자리는 적은데 할 사람은 많아. 경제부처를 다 못 채우니까 이쪽에서 사람을 보내 줘야 했어요.

청와대 인선은 똑똑한 사람이 대통령 옆에 있어야 될 것 같아서 강봉균 장관을 추천했어요. 김영삼 정부에서 정통부장관을 하고 있었거든. 근데 수석은 차관급이잖아요. 정책기획수석으로 쓰는 게 어떻겠냐고 DJ한테 말씀을 드렸더니 본인 의사를 물어보라고 하시더구만. 강 장관을 찾아갔지. 자기는 김영삼 정부에서 일했는데 DJ 청와대에 가는 게 맞을까 고민이 된대. 하루 생각하고 다음 날 하겠다고 연락이 왔어요. 경제수석은 김태동이 맡기로 했고.

나는 어디로 갈 거냐 고민을 했지. 청와대는 의원직을 사퇴해야 하니까 갈 수가 없어요. 또 사퇴하면 정치를 못해. 처음에는 환경부로 가라고들 했어요. 내가 14대 때 환경 쪽 상도 받고 그러니

312

김대중 대통령으로부터 교육부장관 임명장을 받는 이해찬

까 전문가인 줄 알고. 나는 기획예산처 쪽으로 갈 의향이 있다고
했어. JP 쪽에 경제부처를 맡기는 게 좀 불안해서. 그러다가 노동
부 얘기도 나오고 국정원 얘기도 나오고 그랬는데, 내가 다 거절했
어요. 정 안 되면 그냥 당으로 돌아가려고 했지.

조각이 다 끝나고 나는 당으로 돌아가는 걸로 됐어요. 2월 말
인가 조각 결과를 발표하는 날인데 나는 낚시나 가려고 준비를 하
고 있었어. 근데 아침 여덟 시에 연락이 왔어요. 김중권 비서실장
이야. 30분 뒤에 교육부장관으로 발표할 거니까 준비하라고. 전화
를 잘못한 줄 알고, "저 이해찬인데요?" 그랬어요. 교육부는 가 본
적도 없는데…. 그러니까 대통령이 그렇게 정하셨다면서 전화를
끊어 버려요.

급하게 집에다 양복 좀 갖다 달라고 해서 입고 임명장 받으러 갔

지. 교육위도 안 해 봤고 교육부는 예산 다룰 때만 좀 들여다봤지. 직제도 잘 몰랐어요. 나중에 직접 여쭤봤어요. 왜 저한테 교육부를 맡기셨냐고. 거기 그럴 사정이 있었어, 그렇게만 말씀하셨어요.

최민희　확인된 건 아닌데 항간에는 그런 얘기도 있었습니다. DJ가 그동안 교육부장관으로 성과를 낸 사람이 누구냐고 관료들에게 물어보니 교육 전문가 아닌 사람을 꼽았다고 해요. 그 말을 듣고 DJ가 그럴 수 있겠다, 교육개혁은 교육 쪽하고 인연이 없는 이해찬 같은 사람이 좋겠다고 생각하셨다는 겁니다.

이해찬　글쎄, 나는 교육부장관 후보자 검증 과정에서 사고가 난 걸로 아는데. 아무튼 지금 생각해 보니까 서울시장 선거, 92년 대선, 97년 대선, 중요한 일이 있을 때마다 DJ한테 내가 이래저래 써먹기 좋았던 것 같아.

IMF는 막을 수 있었다

최민희　정권교체가 되면서 YS의 시대가 마감이 됩니다. 새 정부 얘기를 하기 전에 대표님께서는 김영삼 정부를 어떻게 평가하시는지 짧게라도 듣고 싶습니다.

이해찬　문민정부이긴 한데 군부독재에 의탁한 거지, 지역주의를 활용해서. 내가 보기에 YS는 담대하고 의지가 강하긴 한데 정치적

314

역량은 약한 사람이었어요. 자기 구상이 없는. 참모들도 유능한 사람들이 별로 없었던 것 같아. 머리는 빌릴 수 있다고 했지만 그것도 잘못 빌렸어요. 대통령이 되려는 의지는 강하지만 역량은 안 되니까 3당합당이라는 방식을 쓴 거지.

그래도 공직자 재산 신고하고 금융실명제, 하나회 해체, 전두환·노태우 구속은 성과였어요. 특히 무력을 가지고 쿠데타를 할 수 있는 군부 세력을 해체한 거. DJ가 집권했다면 오히려 못했을 수 있어요. DJ가 국정원 개편할 때 얼마나 저항이 심했어요. 그런 점에서 보면 YS는 민주화에 대한 이해는 강해. 근데 결정적으로 남북 관계하고 경제를 못 풀었지. 물론 김일성이 갑작스럽게 서거하기도 했지만 노태우만큼도 못했어요. 남북 관계는.

경제는 YS 자신이 식견이 부족하고 관료들은 안일하고…. 그러다 보니 엉망이 됐던 거고. 신도시 개발로 유동자금이 부동산투기의 재원으로 들어가기 시작한 게 노태우 정부 말, 김영삼 정부 초부터였어요. 박정희 정부부터 조성된 유동자금이 부동산투기로 작동하기 시작한 거지. 집 보러 다닐 때 여름에 얼음 들고 다닌다고 했어요. 얼음이 녹기 전에 빨리 집을 사야 한다고. 이때부터 경제 구조가 유동자금의 영향을 크게 받기 시작했다는 의미예요. 금융실명제를 했지만 이런 구조를 통제, 관리하지는 못했다고 봐야지.

결정적으로 IMF가 터졌는데, 내가 보기에는 외환 유동자금 관리에 실패한 거예요. 한국이 OECD에 가입하면서 외환 자율화가 됐잖아요. 그전까지는 차관, 외자도입이 까다로웠는데 자율화되면서 단기금융사, 제2금융권이 막 생겨요. 단기자금을 막 들여와. 아시아 전역이 그랬지. 그게 미국이나 다국적의 초단기자금이었어요. 금리가 거의 10% 되는. 그런 단기자금을 들여와서 국내 융자를 해 줬는데 그게 관리가 안 되는 거야.

97년 여름 YS가 각 당 정책위 의장들을 청와대로 초청해서 나도 갔어요. 그 자리에 경제수석하고 경제부총리가 있었지. 우리나라가 무역의존도가 높기 때문에 외환보유고가 중요해요. 그래야 신용장이 발부되고 원활하게 돌아가는데 그해 6, 7월 시점에서 외환보유고가 500억 달러가 채 안 됐어요. 당시 수출액을 고려하면 600억 달러 정도는 보유하고 있어야 했거든. 내가 YS한테 굉장히 위험한 상황이라고 얘기를 했지. 그랬더니 YS가 경제수석한테 얘기를 해 보래. 경제수석이 김인호라고 유능한 사람이었어요. 근데 이 사람이 괜찮다, 일본하고 스와프가 돼 있다, 그런 거예요. 강경식도 비슷한 얘기를 했고. 그러니까 YS가 거 보라고, 괜찮다고 하지 않느냐고 안심을 하더구만. 그리고 넉 달 뒤에 IMF가 터진 거야.

최민희 안일하게, 일본을 믿고, 그런데 일본은 스와프를 안 해 줬던 거고요.

이해찬 그렇지. 김영삼 정부의 과도기적 역할은 인정하지만 실패한 정부라고 봐야지. 아쉬운 몇 가지가 더 있는데, 하나가 대학 정원을 풀어 버린 거예요. 어느 나라나 고등교육이 필요한 직업은 40% 정도거든. 근데 김영삼 정부가 준칙주의라고 해 가지고 최소한의 교수들, 강의실 등을 갖추면 허가를 해 줬어요. 사실상 신고제였지. 유동자금이 한쪽으로는 부동산, 다른 한쪽으로는 증여세를 안 내도 되는 재단 출연으로 가는 거예요. 그렇게 해서 대학이

300여 개로 늘게 돼. 대학이 급격하게 두 배로 늘면서 대졸 실업자
는 양산되고.

복지정책이나 사회안전망을 그때부터 강화하기 시작했어야 하
는데 그런 걸 못했지. 언론 정책도 세무조사하려다가 못했고. 군부
독재 정부는 아니었지만 조중동하고 보수 연합이 돼 버렸잖아요.
언론사는 준재벌 기업으로 커 버리고.

가장 뜨거운 곳으로

공부하는 장관, 토론하는 관료

최민희　이제 교육부장관 시절로 들어가야 하는데요. 제가 이번에 자료들을 살펴보니 대표님께서 하실 말씀이 많을 것 같았습니다. 돌아가신 이상희 전 방송위원장이 "교육부와 방송위원회는 가지 말라는 말이 있었는데" 하면서 하소연하신 적이 있습니다. 두 곳이 원래 갈등의 소지가 가장 많다며 교육부장관치고 비판 안 받은 사람이 없다, 천하의 이해찬도 욕을 먹더라, 그러셨어요. 1년 3개월 동안 교육부장관을 하셨는데, 그 시절이 어떤 측면에서는 대표님 인생의 가장 '핫'한 시기가 아닐까 합니다.

이해찬 앞에서도 얘기했지만 내가 교육을 잘 몰랐어요. 사회학에서는 교육을 '제2의 사회화'라고 해요. 그 정도의 기본 개념만 갖고 있었어요. 교육 문제에 관심이 있었던 것도 아니고. 나는 '법무부 국립대학'(교도소)을 먼저 졸업했잖아요. 서울대 졸업장을 받은 건 86년쯤일걸. 교육부가 어디 있는지도 몰랐지. 교육이 얼마나 복잡한 문제인지 모르고 교육부로 간 거예요.

가서 들여다보니 교육부 규모가 무지하게 크더구만. 대학 졸업자가 40만 명이 모여 있는 데야. 부처 공무원들, 초등학교부터 대학교까지 교원들. 말 잘하고 글 잘 쓰고 똑똑한 사람, 고학력자들이 모여 있어요. 학생은 천만 명. 그러니까 대부분의 가정이 교육부하고 연관돼 있는 거예요. 학교는 전국적으로 1만 개 정도. 예산이 정확히 기억 안 나는데 거의 8조에서 10조쯤 됐어요.

장관은 수시로 바뀌어서 제일 오래 한 사람이 민관식. 근데 그 양반은 교육을 잘 모르는 사람이었어요. 교육정책을 주도하거나 그러지는 않았어. 박정희 아들 박지만이 중학교에 들어갈 때 추첨으로 제도를 바꾸어서 장관을 오래 했다는 얘기가 있었어요.

교육정책은 오락가락했는데 그나마 95년에 교육개혁위원회가 만든 '5·31교육개혁'이 이전보다 체계화된 거였어요. 그 자료가 엄청 두꺼워서 요약본을 밤새워 읽었지. 그러니까 어느 정도 가닥은 보여요. 근데 거기에도 고등교육에 관한 내용은 없어. 크게 초등학교부터 고등학교 1학년까지 10년, 문과와 이과로 갈라지는 고등학교 2년을 나눠서 교육과정의 방향을 잡아 놓은 거예요. 세계화 추세에 맞는 개방형 교육을 지향한다고 돼 있어. 이걸 보완하면 되겠다 싶었어요. 뭔가를 새로 시작하면 논의 자체만 족히 2년이 걸리니까. 부족한 걸 보완하는 쪽으로 방침을 세웠지.

교육부 직원들한테는 취임할 때 솔직하게 얘기했어요. 내가 교육을 모른다, 당신들에 대해서도 잘 모른다, 교육정책을 공부해야 하는데 나하고 토론을 좀 하자, 인사도 사람을 좀 파악한 후에 하겠다, 그랬지. 의외로 이게 잘 통했어요. 처음에는 직원들이 바짝 얼어 있었거든. 실세 장관, 까다로운 사람이 왔다고 말도 잘 안 하고 눈치 보고. 근데 소문하고 다르게 내가 큰소리치지도 않고 토론하자고 하고 그러니까 좀 풀어지는 거 같았어요.

내가 뭘 알아야 큰소리를 치지. 공부부터 좀 해야 되니까 정책 토론을 한 거예요. 매주 토요일 오후에 했는데 활성화되는 데는 시간이 좀 걸렸어요.

최민희 이번에 살펴보니 장관이 되신 직후에는 언론도 긍정적인 분위기였더군요. DJ가 '교육 특사'를 보냈다, 개혁적 리더십이다, 실세 장관이다, 그러면서요. 심지어 『조선일보』가 지금 말씀하신 정책 토론을 칭찬하는 기사도 보았습니다. 장관이 주재하는 토론에서 아이디어가 넘친다는 내용이었어요.

이해찬 맞아요. 초반에는 언론이 우호적이었지. 그게 바뀌게 되는 이유는 좀 있다 얘기하기로 하고….

일단 정책 토론이 활성화된 건 계기가 있었어요. 처음부터 토론이 활발했던 건 아니에요. 교육부 분위기가 워낙 폐쇄적인데다가 그런 토론을 해 본 적이 없잖아요. 국장들은 따로 방이 없어서 칸막이 대신 책을 쌓아 놓고 있더구만. 좁은 공간에서 책으로 벽을

320

1998년 9월 18일, 새교육추진위원회·교육부 합동연찬회를 주최한 이해찬

만들어 놓고 서로 간에도 대화를 별로 안 했어요. 그런 데서 정책 토론을 시작한 거지.

주요 정책 중에서 주제를 뽑고 담당 국장들이 기조 발표를 하고 토론했어요. 서기관들은 배석하고. 근데 한 두어 주 해 보니까 실무 담당자한테까지 결론이 전달되지를 않아. 서기관, 사무관이 실무를 하는데 그 사람들이 모르면 안 되잖아요. 회의를 중계할 수 있는 시설을 각 과별로 설치했지. 그렇게 하면 전달 과정이 필요가 없으니까. 오후 두 시나 세 시부터 시작해서 저녁 먹을 때까지 2~3꼭지씩 토론했어요.

토론이 활성화된 결정적인 계기는 교원 정년 단축 문제였어요. 당시 기획예산처가 교원 정년을 65세에서 60세로 단축한다는 방침을 정했어요. 근데 그렇게 하면 초등학교 교원은 충원할 수가 없는 거예요. 중고등학교 교사의 경우는 꼭 사범대를 나오지 않아도 교직과목 이수하고 자격시험을 보면 되잖아요. 초등학교 교사는 교대를 나와야 하는데 그 인원이 1년에 5천 명밖에 안 돼요. 매년 초등학교에서 그만큼의 교사 수요가 발생해요. 졸업하면 무조건 발령이야. 그런 상황에서 정년을 5년 단축하면 갑자기 4만여 명이 줄어드는데, 5천 명으로 어떻게 다 충원을 해요. 기획예산처가 이런 걸 따져 보지도 않고 대통령한테 보고를 한 거예요.

한동안 기획예산처하고 실랑이를 했지. 청와대도 설득했어요. 60세는 도저히 안 된다고. 그렇게 해서 일단 61세로 절충이 됐어요.

그리고 나서 정책 토론을 하는데 배석한 김광조라는 서기관이 손을 들어요. 발언권을 달라고. 말해 보라고 하니까 61세도 안 된다는 거예요. 명예퇴직하는 사람까지 고려해야 한다고. 나한테 대통령을 설득하셔야 한대. 다른 직원들한테 물어보니까 이 서기관의 말이 맞아요. 근데 다들 말을 안 하고 있던 거지. 이미 끝났다, 더 올리기 힘들다고 보고.

이후 내가 그 서기관을 3급 국장, 교육정책심의관으로 승진시켰어요. 당신이 주장한 일이고 아이디어도 많으니 교원 정년 문제를 맡아서 해 보라고. 그 뒤부터 난리가 났어요. 토론에서 적극적으로 의견을 말한 사람이 승진을 했으니까. 서기관들이 저도요, 저도요 하면서 토론이 활성화된 거예요.

극적으로 통과된 '교원 정년 단축' 법안

최민희 그렇게 해서 62세로 교육공무원법이 개정된 것이군요. 그

동안 저는 당시 정부가 교원 정년을 단계적으로 줄이려 했다고 알고 있었는데 그런 건 아니었습니까?

이해찬 그렇게 단계적으로 줄이면 오히려 더 혼란스러워져서 안 된다고 봤어요. '원샷'으로 61세를 합의했는데 정책 토론에서 김광조 서기관이 제동을 걸었던 거지. 행정고시 출신인데 우수하고 신망도 높은 사람이었어요.

교육공무원법을 개정할 때는 JP의 협조도 컸어요. 국회 상임위에 우리 쪽이 여섯 명, 자민련이 세 명, 한나라당이 여덟 명이었거든. 자민련 의원들이 다 찬성을 해 줘야 통과되는 거예요. 근데 이 양반들이 정년 단축을 반대해. 말이 안 통할 정도야. 도무지 법을 통과시킬 방법이 없어서 JP한테 부탁하려고 했지. 교육부하고 총리실이 가까워서 JP가 평소에도 가끔 나를 불렀어요. 점심시간에 비빔밥이나 먹으면서 바둑 두자고. 그러면 나는 일부러 졌어요. JP 외가가 청양이어서 거기 얘기도 하고. 개인적으로 잘 지낸 거야.

아무튼 JP를 비싼 한정식집에 모시고 상임위 자민련 의원들도 초대했어요. 정년 단축 얘기를 꺼내야 하는데 자꾸 엉뚱한 얘기만 해. JP가 그림을 잘 그린다, 피아노도 잘 친다, '5·16혁명' 때 이런저런 일이 있었다, 등등. 속으로 혁명은 무슨, 하면서도 기회를 봤어요. 근데 밥을 다 먹을 때까지 아무 말씀을 안 해요. 일어서면서 옷을 가져오라고 하기에 아이구, 틀렸구나 했지. 그때 JP가 "내가 사범대 나온 사람이야" 그래요. 그러더니 "이 장관 말이 맞어. 정년 단축해 줘야 돼", 딱 한마디 하고 나가 버리셨어. 자민련 의원들이 붕 뜬 표정이더구만.

상임위에서 교육공무원법 토론을 종결하고 표결에 들어갔을 때 이 양반들이 어떻게 했겠어요. 찬성하는 사람은 일어나라고 하니까 다 일어났어. 자민련 전체를 포함해서 9:7로 통과가 됐어. 한나라당은 자민련이 반대할 줄 알고 있다가 당한 거예요. 아니, 이런 법이 어디 있냐고 난리가 났지. 어쩌겠어요. 통과가 돼 버렸는데. JP가 노련한 양반이야. 식사 자리에서 토론에 부쳐 봤자 갑론을박되니까 나가면서 한마디로 정리해 버린 거예요.

나는 법안 통과되기 전날 잠을 못 잤어요. 안 될 줄 알았거든. 백세주 두 병을 대접에 다 따라서 마시고 억지로 잤지. 그랬는데 통과되니까 얼마나 기분이 좋아요. 교육부 직원들 다 데리고 회식을 했어. 내가 백세주인가 폭탄주인가 세 대접을 마시고 나가떨어져서 집에 업혀 왔대요. 다음 날 여덟 시 이십 분쯤 출근했는데 사무실에 아무도 없어요. 다들 장관님 오늘 못 나올 거라고 우리도 좀 천천히 나오자고 한 거야. 그 뒤로 직원들이 술을 안 먹더구만.

최민희　　역사적인 장면이었군요. 그런데 JP는 왜 찬성을 했을까요?

이해찬　　학부모는 8 대 2 정도로 찬성 여론이 높았지. 법안이 통과되고 나서 JP한테 고맙다고 인사를 드렸어요. 대통령도 전화하셨고. 그때 JP가 나한테 그러시더구만. "이 장관 말이 맞어. 교육은 미래를 보는 거야. 컴퓨터 같은 것도 가르쳐야 하는데 어떻게 하겠어." 이 양반이 대통령한테는 "그러니까 DJP 연합이지요", 그랬다고 들었어요. 그때만 해도 JP는 내각제에 대한 기대가 있었던 게 아닐까 싶어.

최민희　　JP가 정치적으로 노련한 선택을 했지만, 교육에 대해 원칙적인 얘기를 했다는 생각도 듭니다.

이해찬　　그래요. 당시에 컴퓨터가 학교 현장에 보급되기 시작했는데 50대 중반쯤 되는 교원들은 배우려는 분위기가 아니야. 컴퓨터가 익숙하지도 않고 이제 배워서 언제 쓰겠냐 싶지.

　　산업사회 단계에서는 암기식 교육이었어요. 지식정보화사회로 넘어가면 패러다임이 바뀌지. 암기가 아니라 지식을 활용하는 방법, 공부하는 방법을 가르치는 거예요. '러닝 투 런'(learning to learn, LTL). 근데 교사들이 기존의 패러다임에 익숙해져 있으면 아이들을 제대로 가르칠 수가 없어요.

　　특히 초등학교는 중고등학교보다 교육 내용의 변화가 빨라요. 과목별로 교사가 있는 게 아니라 담임이 여러 과목을 가르쳐야 하니까 더 힘들지. 그때는 음악, 미술까지 가르쳤잖아요. 담임교사의 수업 시수가 일주일에 17시간씩 됐어요. 하루 세 시간을 수업해야 하는 거예요. 젊은 교사들은 병가 내는 교사들의 수업까지 대신하면 시수가 25시간까지 올라갔어요. 그러면 제대로 가르치기 힘들어. 사실 초등학교 교사는 55세가 넘어가면 변화를 쫓아가기가 어렵다고 봤어요.

최민희　　8 대 2라고 하셨는데 당시에 학부모들은 정년 단축에 찬성했던 분위기였다고 기억합니다. 교원 단체들은 반발이 심했지요?

이해찬　　교총(한국교원단체총연합회)은 반대가 거셌고 전교조는 찬성이었다가 마지막에 반대로 돌아섰지.

교원 단체들 반발이 어느 정도였냐 하면, 내가 교육부장관 퇴임하고 2000년 총선에 출마했잖아요. 그때 퇴직한 교장, 교감들 중에서 보수적인 양반들이 다섯 명씩 팀을 짜서 우리 동네 식당을 다녔어요. 밥 먹으면서 내 욕을 하는 거지. 말하자면 낙선 운동을 한 거야. 한 50개 팀이 있었다고 들었어요. 실제로 내가 만난 적도 있고.

한번은 점심때 식당에 갔다가 신림동 학교에서 교감을 하고 있는 사람을 만났어요. 근데 이 양반이 화들짝 놀라. 선거 끝나고 내가 당선된 후에 찾아왔더구만. 미안하게 됐다고.

진통은 있었지만 3년 정년을 단축하니까 뭐랄까, 학교의 신진대사가 활발해진 건 사실이었어요. 교사들이 50대 초반에 교장이 되고, 40대 말에 교감이 될 수 있는 거예요. 혁신 분위기를 만드는 데 굉장히 중요한 성과였다고 봐요. 그때 하지 못했으면 계속 못했을 거야.

숨은 돈 찾기, 톱다운실링… 예산 마련은 이해찬처럼

최민희　　교총이나 국회 설득도 힘드셨겠지만 무엇보다 난제는 예산 확보였을 것 같습니다.

이해찬　　4조 가까이가 필요했지. 당사자들 의사와 무관하게 62세에 퇴직을 시키니까 3년 치 월급에 해당하는 명퇴 수당을 미리 다 줘야 하잖아요. 근데 IMF 때문에 국세가 줄면서 교육예산은 오히려 줄어드는 거예요. 관리비, 인건비는 줄일 수 없으니 사업비가 줄어요. 거의 1조 정도 줄겠더라고. 분당, 인천 같은 곳에 신도시가 생기면서 학교 수요는 늘어나는데. 현장을 다녀 보니 학교를 짓는 동안 컨테이너를 가져다 놓고 수업을 하더구만. 컨테이너를 맨땅 위에 세워서 문 열고 들어가면 먼지가 일어나요. 절망스러웠지. 실업자가 많아지니까 급식비를 못 내는 아이들도 늘었고.

이대로는 안 되겠다 싶어서 교육부 기채 허가를 받았어요. 1조 800억 정도. 말하자면 교육부가 자체적으로 채권을 발행하는 거예요. 기획예산처는 펄쩍 뛰었지. 부처가 채권을 발행하는 경우는 없었거든. 그래도 어떡해요, 예산이 없는데. 기획예산처하고 싸워서 결국엔 허가를 받았지. 그랬는데 실제 발행은 안 했어요.

예산을 들여다보니까 99년 국채 발행 이자를 연 8%로 계산해서 13조를 책정해 놨어요. 근데 IMF를 극복하면서 금리가 떨어졌을 거 아니에요. 기획예산처 진념 장관한테 물어봤어요. 실금리는 얼마나 되겠냐고. 한 3% 정도 더 내려갈 거 같다고 그래요. 차액이 5조 정도 되는 거잖아요. 옳다구나 싶어서 그럼 차액이 생기니까 명예퇴직 예산으로 좀 쓰자고 했어요. 진념 장관이 그걸 또 어찌 알았냐고 해서 내가 다 뒤져 봤다, 예결위 전문 아니냐, 그랬지. 그걸로 명예퇴직 예산을 만들었어요.

최민희 전례 없던 기채 허가에, 숨어 있는 예산까지 찾아내시니…. 대표님처럼 예산을 만들어 낼 수만 있다면 팬데믹 상황에서 벌어진 재난지원금 논란도 없을 것 같습니다. 그런데 그게 아무나 할 수 있는 일은 아닙니다. 제가 국회에서 국정감사를 해 봤지만 대표님처럼 자기만의 노하우로, 남는 예산을 찾아서, 꼭 필요한 정책에 쓰는 장관을 본 적이 없어요.

이해찬　그건 일반적으로 기대하기가 어려워요. 나는 초선 때부터 예결위를 거의 6년 했으니까 가능했지. 남는 예산을 찾아내는 능력보다 처음부터 합리적으로 예산을 편성할 수 있는 제도가 필요해요. 톱다운실링제(Top Down Ceiling: 예산할당제). 내가 교육부장관일 때 교육부만 이걸 했지.

　예산에는 확정예산과 변동예산이 있잖아요. 변동예산은 예측할 수가 없어요. 근데 기획예산처가 모든 부처의 예산을 다 짜면서 불필요한 건 넣고 장관이 중요하게 추진할 예산은 빼는 일이 많아요. 예를 들어서 밀링기라고 선반 깎는 기계를 해마다 교육청이 사서 실업계 고등학교에 보내 주는 예산이 있었어요. 그때는 이미 컴퓨터로 제어하는 밀링기를 쓰고 있어서 구식 밀링기가 필요가 없는데. 쓰지 않는 걸 보내니까 학교에서는 뜯지도 않고 쌓아 놔요. 업자들하고 교육청 직원들하고 유착이 돼서 벌어진 일이야.

　내가 진념 장관한테 그랬어요. 예산의 편성을 교육부가 할 수 있게 해 달라고. 기획예산처에서 심의관 한 사람을 보내 달라, 팀을 짜서 총액 범위에서 합리적으로 예산편성하겠다. 진 장관이 나하고 싸우기 싫어서 그랬는지 그렇게 해 줬어요. 열여섯 명이 팀을 짰어. 최초로 교육부가 예산을 편성해서 예산처에 넘겨줬어요. 이게 톱다운실링제예요.

참여정부 들어서는 전 부처에 도입했어요. 각 부처별 실링(총액)을 주고, 장관들이 모여서 회의를 해요. 토론에서 밀리면 자기 실링을 다 못 얻어. 그러니까 장관들이 예산 공부를 엄청 해 오더구만. 내가 총리였을 때 회의를 주재해 봤는데 거의 이틀 동안 격론을 벌였어요. 논지가 좋은 사람은 예산을 다 챙겨 가는 거지. 이명박 정부 들어서 옛날로 다시 돌아갔는데, 톱다운실링제는 꼭 부활시켜야 할 제도라고 봐요. 그래야 같은 규모의 예산이라도 역점 사업에 좀 더 배정하고 불필요한 사업은 줄일 수 있어. 장관의 굉장히 중요한 재량권이에요.

최민희   그렇군요. 국가 예산을 어떻게 편성하고 집행해야 하는지 정치인들이 대표님 회고록을 읽고 배워야 할 것 같습니다. 제가 자료를 보니까 대표님이 진짜 예산 전문가라는 사실을 보여 주는 일화가 또 있었어요. 유인종 교육감이 첫 업무보고에서 지방채를 발행하게 해 달라고 대표님께 요구했다가 거절당한 얘기였습니다. 대표님께서는 지방채 발행을 하지 않고도 쓸 수 있는 예산이 1,600억 원이나 된다고 하셨더군요. 동결된 교원 기본급 670억, 처우 개선비 삭감액 730억 등을 구체적으로 언급하시면서. 이런 얘기를 할 수 있는 장관은 전무후무했습니다.

이해찬   그런 일이 있었지. 그때 서울시 교육청이 잠깐 부도가 나서 직원들 급여도 못 주고 그랬어요. 근데 살펴보니까 돈이 있는 거야. 전체 교육예산이 줄고 있는데 서울시 교육청은 있는 예산도 못 쓰고 있었어요. 전용 방법을 몰라서. 기획예산처에 전용 요청을 해서 급여로 지급하면 되는데.

학교 현장의 난맥상을 보다

최민희   62세 교원 정년 단축은 법안 내용부터 국회 통과, 예산까지 극적으로 마무리하셨는데요. 다른 정책들은 어떠셨습니까? 그렇게 밀도 있는 정책 토론을 계속하셨으면 얼마 안 가서 업무를 다 파악하셨을 것 같은데요.

이해찬   중요 정책은 정책 토론에서 다 걸러졌어요. 한 6개월 그렇게 하니까 내 머릿속이 좀 정리가 되는 것 같았지. 그러면서 하나하나 가닥을 잡았어요. 교육예산 확보, 교원 수급, 입시제도 개선, 방과후교육, 촌지 근절, 비리 근절 등등. 당장 추진해야 할 일과 장기적으로 해결해야 할 일이 다르니까 구분이 필요했지.

촌지나 학원 비리는 당장 근절할 문제였어요. 장관 되고 얼마 안 됐을 땐데, 밤에 집으로 팩스가 드르륵 들어와요. 모의고사 출제 업체의 영업부장 격인 사람이 자기 금전출납부를 팩스로 보내온 거야. 한 50장 됐지. 학교 이름, 교장, 교과목별 주임 교사, 교사, 기자 명단이 쭉 있고 이 사람들한테 촌지를 언제, 얼마나 줬는지 기록을 해 놨어요. 교장은 50만 원, 주임은 30만 원, 교사는 20만 원, 그런 식이야. 받은 사람은 수백 명이에요. 두세 번 받은 사람은 100만 원 정도 받았고.

제보자는 다 내가 준 거다, 어떻게 처리할 거냐고 묻더구만. 일단 나도 확인을 해 봐야 되고, 어떻게 처리할 것인지 생각을 좀 해 보자고 했지. 그러고는 친한 기자한테 물어봤어요. 이런 제보가 들어왔다, 신빙성이 있느냐고. 사실이라는 거예요. 근데 문제의식이 없어. 그냥 관행이래요. 모의고사 채택 수수료. 관행이라서 문제 삼기도 힘들대요. 참 갑갑하더구만.

최민희 교육계 전체가 촌지를 당연하게 여기는 분위기였군요.

이해찬 맞아요. 1년에 모의고사를 열 번쯤 본대요. 그때마다 해당 업체는 여기저기 채택료를 줘야 하니까 못 견뎌서 제보를 한 거야.

원래 출제는 외부에 맡기는 게 아니에요. 교사가 가르치고 출제하고 채점을 해 봐야 아이들을 파악할 수 있어요. 가르친 내용을 얼마나 이해하고 있는지, 뭐가 부족한지 알아야 되잖아요. 그런데 외부에 출제를 맡기고 교사는 어떤 문제가 나오는지도 몰라요. 학교마다 진도가 다른데 학원에서는 문제를 똑같이 내. 거기다가 시험지를 학원에 갖다 주면 채점까지 해 줘요. 내가 교육학 책을 보니 이게 가장 나쁜 교육이더구만. 학생을 알 수 없으니까. 교육은 기본이 대화인데, 대화는 사라지고 업체가 시험을 내고 컴퓨터가 채점을 하고 있는 거예요.

모의고사를 1년에 네 번으로 줄여 버렸지. 학기 시작할 때, 끝날 때 한 번씩만 보는 걸로. 시험 출제 업체 매출이 3분의 1로 줄고, 촌지도 3분의 1로 줄어들 수밖에 없잖아요. 신문은 학원 광고가 대폭 줄었지. 그랬더니 아이들 학력이 저하된다고 비난이 쏟아지더구만. 학력이 모의고사에만 달려 있는 게 아닌데… 언론하고 관계도 점점 나빠졌지.

최민희　그동안 언론이 이해찬 교육부장관에 대해 비판적으로 돌아선 계기가 입시제도라고만 생각했는데, 숨겨진 1센티미터가 있었네요.

이해찬　교총 같은 단체는 처음부터 나에 대해서 부정적이었어요. 원래 보수적인 성향이니까. 근데 교육부 출입하는 기자들은 괜찮았어요. 열여섯 명인가 있었는데 자기들끼리 협의해서 '아무개가 수석했다' 이런 종류의 기사를 없애고 그랬지. 1등만 교육하는 거 아니지 않느냐고.

최민희　촌지 문제는 학교와 업체 사이의 문제이기도 하지만 학부모와 교사들 사이의 문제이기도 했습니다. 그즈음 큰아이가 초등학교에 다녔는데, 솔직히 저도 갈등이 되더군요. 그런데 5학년쯤인가부터 교사들에게 촌지 주는 분위기가 사라졌습니다. 대표님이 교육부장관이 되신 후 일어난 변화였던 것 같은데요. 당시에 촌지 신고 센터 같은 것도 만들지 않았나요?

이해찬　학부모가 교사에게 주는 촌지 관행이 더 큰 문제였던 게 맞아요. 촌지라는 게, 다른 사람이 안 주면 나도 안 줄 건데 다들 주는 분위기에서 나만 빠질 수 없어서 주게 되잖아요. 단속을 심하게 했지. 몇 사람을 징계하기도 했어요. 그러면서 점차 안 주는 쪽으로 분위기가 잡혀 갔던 거야.

신고 센터는 교육부가 아니라 강남교육청에서 만들었어요. 강남이 제일 심했거든. 근데 몇 건이나 신고가 됐나 확인해 보니 단 한 건도 없어요. 아무 실효성 없는 걸 만들어 놓고 업무보고를 올렸다고 질책을 좀 했지. 그런 요식행위로는 해결이 안 돼요.

근데 촌지만 문제가 아니었어요. 곳곳이 난맥상이야. 다 이권으로 얽여 있어. 예를 들어 방학 때면 아이들에게 '방학책'을 사게 했잖아요. 그거 아니어도 참고서가 얼마나 많은데. 방학 숙제니까 의무적으로 사야 돼요. 그걸 교총이 냈어요. 1년에 수십억을 버는 거야. 어린이신문도 단체로 구독하고 있더구만. 의무는 아니었지만 거기 있는 문제 풀이에서 시험을 내니까 사 보는 애들이 있어. 학교에서는 구독료를 걷어 수수료 떼고 신문사에 줘요. 아이들 상대로 장사를 하는 셈이지.

수학여행 갈 때는 학교가 업체들한테 커미션을 받았어요. 숙박, 관광 회사 같은 데서. 경주로 수학여행 온 학교들을 불시에 감사했더니 밥이고 숙박이고 다 엉망이에요. 수학여행을 학급 단위로 갈 수 있게 했어요. 대형 커미션이 생길 수 없게 하려고.

급식도 커미션이 작동했어요. 그때는 돈을 내고 먹는 급식이었는데 엉망이야. 대부분 학교가 외부 업체에서 도시락을 사 왔어요. 학교에서 직접 조리하는 경우도 있긴 했지. 그건 학부모들이 와서 조리를 했어요. 맞벌이가정은 벌금을 내고. 학교 입장에서는 사 오는 게 편하잖아. 사고 날 위험도 적고 하니까 밥만 학교에서 조리했어요. 현장을 둘러보니 공급 받는 도시락이라는 게 국도 없고 반찬은 다 뻣뻣해. 잘 쉬지 않는 멸치볶음, 콩자반 같은 거니까. 가능한 학교에서 직접 조리하도록 유도했지.

작은 관행 하나를 개선하는 것도 보통 복잡한 일이 아니에요. 수업 준비물을 학생들한테 가져오게 하지 말고 학교가 사도록 했어요. 부모들은 아주 좋아했지. 매일 아침 준비물 챙겨서 보내는 게 힘들잖아요. 근데 학교 앞 문방구들은 난리가 나는 거야. 모든 일에 이해관계가 얽혀 있어요.

한꺼번에 다 바꾸는 게 불가능해. 초등학교는 학교운영위원회를 구성해서 학부모와 교사가 참여하게 했지.

'이해찬 세대'는 학력이 낮다?

최민희   관행과 비리를 바로잡는 일이 어려우셨겠지만, 입시제도를 바꾸는 일만큼은 아니었다고 생각합니다. 이해찬 장관의 입시제도 개선은 엄청난 논란과 논쟁을 불러왔고 '이해찬 세대'라는 말까지 생겼어요. 이 말을 긍정적으로 쓰는 사람들은 교육 분야에 전문적이거나 진보적인 사람들이고 대부분은 부정적인 의미로 썼습니다. 예를 들면 '이해찬 세대가 단군 이래 최저 학력'이라는 식으로요. 바뀐 입시제도도 '하나만 잘하면 대학 가는 제도'로 왜곡되었습니다. 대표님께서 하실 말씀이 많을 듯합니다.

이해찬   모의고사 시험을 줄이니까 학력 저하라고 했고, 입시전형을 다양화하고 특기 적성을 살리도록 했더니 '한 과목만 잘하면 대학 간다'는 식으로 오해하는 경우가 많았지. 보통 2002년에 대학에 들어간 학생들을 '이해찬 세대'라고 불렀어요. 입시제도는 지금 바꿔도 곧바로 적용을 할 수가 없잖아요. 고등학교 아이들은 바뀐 제도에 맞게 대입을 준비해야 하고, 중학교 아이들은 어떤 고등학교에 갈 것인지 선택해야 하니까. 새 입시제도는 1999년에 고1이었던 아이들이 대학에 들어가는 2002년부터 적용하기로 했기 때문에 그 학생들이 '이해찬 세대'가 됐어요. 지금도 공무원들을 만나면 "제가 이해찬 세대입니다" 그러는 사람이 있어요. 내가 농담으로 이해찬 세대가 아니고 이해찬 대세구만, 그래요.

당시에 새로운 교육 시스템이 필요했어요. 지식정보화사회에 맞는 시스템. 학교 정보화 사업이라고 해서 모든 학교에 컴퓨터실을 만들고 교사들에게 컴퓨터를 한 대씩 사 줬어요. 40만 대. 그때 KT랑 SKT를 민영화했잖아요. 그러면서 정보화촉진기금 2조 6천억인가를 만들었어요. 그중에서 3천억을 교육부에 배정해 달라고 DJ한테 엄청 졸랐지. 결국 2천억을 배정 받았어요. 그 돈으로 학교 정보화 사업을 한 거예요.

입시제도도 창의력을 키우고 특기 적성을 살리는 방향으로 바꾸는 게 옳다고 봤어요. 사지선다형 문제 풀이만으로는 아이들의 생각을 알 수 없잖아요. 수능 점수 하나로 대학 가던 시대에서 수능, 수행평가, 심층 면접, 논술 등 대학마다 입시 선발 기준을 다양화하도록 요구했어요. 자율권을 주지만 서열화, 고교등급제는 안 된다는 조건으로. 획기적인 전환점이었지만 안 해 본 일이니 교사들도 학생들도 어려웠을 거예요.

한 과목만 잘하면 대학 간다는 말은 와전됐어요. 나는 그런 말을 한 적이 없어. 하도 그런 말이 떠돌아다녀서 좀 알아봤어요. DJ가 어느 모임에 가서 비슷한 말씀을 하셨다고는 하는데, 그것도 특기 적성을 강조하신 거예요. 근데 참여정부 때 총리 지명되고 나서도 이 말을 따지더구만.

MBC에서 인터뷰를 하러 왔는데 어떤 학생이 춤만 춰서 외대를 갔다는 거예요. 사실이 아니라고 했지. 언론에 비슷한 보도가 나온 적은 있지만 오보였다고 알려 줬어요. 그리고 나는 한 과목만 잘하면 대학 간다는 말을 한 적이 없다. 교육부장관이 어떻게 그런 말을 하겠느냐고 했지. 그런데도 자꾸 우기는 거야. 내가 인터뷰를 안 하겠다고 했어요. 춤만 춰서 외대를 갔다는 근거자료를 찾아오라고 하면서. 결국 못 찾아왔어요.

최민희 입시의 패러다임을 바꾸신 거고, 지금까지 이어지고 있는 셈입니다. 그런데 우리 사회는 개혁 과제가 던져지면 기득권세력이 그 제도를 자신에게 유리하게 변형시켜서 확대해 나가는 경우가 많았습니다. 입시제도도 그런 예가 아닐까 싶습니다.

이해찬 큰 제도를 바꾸고 나면 후속 조치들이 필요해요. 초기에 생기는 부작용들을 손질해야 하는데 그걸 못하면 부작용이 확대되는 거지. 특히 입시제도가 그랬던 것 같아요. 특기 적성을 살려서 대학에 갈 수 있게 하라는 건데 그러려면 공교육이 뒷받침을 해 줘야 해요. 교사들 연수를 자주 시키고, 특기 적성 전문 과목을 학교에서 가르치고, 상담교사도 더 많이 배치해야 하고…. 근데 이런 일을 제대로 못했어요. 그러니까 학원에 주도권을 뺏기는 거예요. 논술은 아예 학원이 모범 답안을 만들어 내잖아요.

수시모집은 특기 적성을 고려해서 정원의 30% 이내에서 학생들을 선발하라는 취지였어요. 그런데 대학들이 수시를 악용해 버렸지. 이명박 정부 거치면서 수시 비율이 60% 정도까지 됐어요. 부작용을 줄이지 못하고 오히려 확대시킨 거예요. 고등학교는 서열화되고 공교육 체계가 흔들리는 현상이 나타나요. 대학들이 수시에서 성적 좋은 아이들을 다 빼 가. 수시에 붙은 아이들은 더 이상 학교에 갈 필요가 없으니까 정상적인 공교육이 안 돼요.

입시에서 대학은 수요자, 초중등학교는 공급자라고 할 수 있어요. 전체 교육 시스템에서 수요자와 공급자가 교육 내용을 공유하면서 함께 가야 돼요. 근데 우리는 수요자 중심이야. 그러다 보니 특목고는 본래 목적하고는 아무 상관없이 의대 가는 코스, 법대 가는 코스가 됐어요. 자사고는 부유층 자녀들의 학교가 되어 버리고. 교육이 계층이동의 통로가 되지 못하고 사다리를 끊어 버리는 꼴이 됐어요.

이런 문제를 교육부 차원에서는 다 해결할 수가 없어요. 국가교육위원회 같은 걸 만들어서 제도의 취지를 살릴 수 있게 후속 조치를 했어야 하는데… 입시제도도 국가교육위원회가 관리하게 하고. 교육개혁은 시간이 정말 많이 걸리는 작업이에요. 개혁 정부가 20년은 가면서 일관성을 갖고 추진했어야 하는 게 아니었나 싶어요.

최민희 특기 적성을 살린다는 원래 취지가 현실에서 왜곡되기는 했지만 방향은 맞았다는 생각이 듭니다. 실제로 특기 적성을 살려서 대학에 간 학생들이 많고요. '이해찬 세대'가 학력이 낮다는 주장도 객관적인 근거는 없습니다.

이해찬　그래요. 특기 적성을 살려서 대학에 간 학생들이 상당히 공부도 잘하는 경우가 많았어요. 서울대에서 평가를 해 봤는데 3학년이 되면 자율적인 학습 능력이 있는 학생들이 더 나은 성적을 낸다는 거예요.

최민희　최근 수시전형에 대해 문제 제기를 많이 하는데, 비율도 중요하지만 평가 과정의 공정성이 핵심이 아닐까 생각합니다.

이해찬　비율과 공정성 두 가지 모두 중요해요. 수시 비율이 50%를 넘으면 공교육이 정상적으로 돌아가지 않아요. 공정성 확보는 난제지. 그렇다고 사립학교 수시모집의 세세한 기준까지 정부가 만들기는 힘들어요. 자율성이라는 취지가 훼손되고. 어렵지만 자율정화가 가장 좋은 방법이긴 해요.

최민희　교원 안식년 제도를 도입하시려고 했는데요. 그것도 변화된 교육 시스템에 맞게 교원들이 재훈련 받아야 한다는 취지였습니까?

이해찬　그렇지. 대학교수들은 7년에 한 번 안식년을 주잖아요. 사실 안식년은 초중고 교사들이 더 필요하거든. 근데 행자부, 기획예산처 다 반대하는 거예요. 이걸 하려면 정원이 늘어야 되니까. 내가 그만두면서 흐지부지됐어요.

　교원 안식년 제도는 못했지만, 하나 덧붙이고 싶은 게 있어요. 당시에 내가 학력과 무관한 대학교수 자격증 제도를 만들었어요.

중학교 때 사물놀이 공연을 감명 깊게 봤다고 했잖아요. 교육부장관이 되고 김덕수 선생을 만났는데 강의를 많이 다니신다고 하더구만. 생각해 보니 이런 장인들, 인간문화재급의 전문가들은 학력에 관계없이 대학에서 강의를 할 수 있어야 하는 거예요. 근데 제도적으로 석사 학위가 없으면 대학교수가 될 수 없었어. 내가 그러면 안 된다 해서 네 분인가 다섯 분한테 정식 대학교수 자격증을 줬어요. 김덕수 선생, 안성 유기 만드는 장인 같은 분들이에요.

28년 동안 이어진 BK21

최민희　이제 대학 교육 얘기를 좀 해 볼까 합니다. BK21(Brain Korea 21)을 시작하셨지요?

이해찬　맞아요. 교육부장관이 돼서 보니까 대학 정책에는 관심들이 없더구만. 한국학술진흥재단이 교수들한테 연구비를 지원하는 정도였는데 실태조사를 해 보니 평가도 제대로 안 하고 있었어요. 대개 문과는 500만 원, 이과는 천만 원 정도씩 나눠 주는 거야. 이렇게 해서는 안 된다 싶었어요. IMF를 극복한 우리 사회가 이제 먹거리와 교육을 연계시킬 필요가 있었어요. 산학 협력이 이뤄져야 해. 더 크게 보면 산업사회 이후 지식 기반 사회에서 새로운 영역을 개척해야 했고.

　　대학 교육은 교원 정년 단축 같은 방식으로 혁신을 할 수가 없어요. 교수들이 서른 넘어서야 입직을 하니까. 30년 정도 일하는 거예요. 게다가 대학에서는 교육만 하는 게 아니야. 연구를 하잖아요. 정년 단축은 합리적이지 않다고 봤어요. 그럼 어떻게 대학 교육을 혁신할 것인가, 이런 고민 속에서 BK21이 도입됐어요. 큰 틀에서 대학원 중심 대학과 일반대학으로 나눠서 특성화하는 거예요. 연구 중심 대학은 학부를 줄이고 대학원을 늘려야 했지. 일반대학은 실용적인 교육을 중심으로 가요. 산학 협력을 강화하고. 전국 대학에 비슷비슷한 과들이 있는데 그러지 말고 각 대학을 특성화하자는 방향이었어요.

유럽, 미국에서는 어떻게 하고 있나 자문을 받으려고 스탠퍼드 대학에도 직접 갔지. 이종문 회장이라고 IBM에 부품을 납품하는 회사를 운영했는데 스탠퍼드에 기부를 많이 했어요. 그 양반이 스탠퍼드와 연결을 해 줘서 총장하고 경영대 학장, 의대 학장, 공대 학장을 만났어요. 도움이 됐지만 뭔가 추상적이야. 내가 아쉬워하니까 이종문 회장이 다음에 한 번 더 기회를 만들자고 해요. 세계적인 석학들과 세미나 자리를 만들어 주겠다면서. 그러더니 얼마 있다가 캘리포니아주 카멜시의 호텔 하나를 빌려서 미국 각지에 있는 한국계 석학들을 초청했어요. 30명 정도. 거기서 2박 3일 세미나를 열었어. 모든 비용을 이종문 회장이 자비로 부담해 주신 거야. 그때 카이스트 총장이 된 서남표, 버클리대 김성호, 뇌 과학자 조장희 교수 등도 왔어요. IMF 위기를 극복하고 있는 고국을 돕겠다며 세미나에서 보고서도 만들고 그랬지.

그러면서 정책의 방향과 내용은 구상을 했는데, 적당한 이름이 필요한 거예요. 교육부 안팎에서 공모도 했는데 공무원 한 사람이 'BK21'을 생각해 냈어요. 우리가 가진 거는 브레인밖에 없지 않느냐, '브레인 코리아'에서 BK, 21세기에서 21을 딴 거지. 그 친구를 승진시키고 BK21 업무를 맡겼어요.

최민희　어떤 식으로 사업이 이뤄지는 것인가요?

이해찬　연구에 참여하는 대학원생들한테 생활비를 직접 지원하는 거예요. 인재를 키우고 연구 중심 대학을 만들려면 학생들한테 연구할 시간을 줘야 해. 석박사과정이 보통 2년, 5년이잖아요. 근데 대학원생들이 학비, 생활비 때문에 과외 같은 아르바이트를 해요. 시간을 많이 뺏겨. 대학이 BK21 공모에 응해서 채택되면 연구에 참여하는 대학원생들에게 인건비를 지급했어요. 석사는 월 80만 원, 박사는 월 120만 원. 1년 예산이 2천억, 7년간 1조 4천억이 들어가는 정책이에요. 처음에는 이과만 하려고 했는데 각 대학 문과 교수들이 항의를 해서 2차 때는 문과도 포함했지.

　내가 스탠퍼드 공과대 학장을 만났을 때 한국 학생들이 어떠냐고 물어봤어요. 기븐스라고 저명한 물리학자인데 나한테 그러더구만. 한국 학생들은 실험을 하다가도 해가 떨어지면 집에 가려고 한다, 그러면 안 된다. 실험을 따라가야 한다. 영어를 잘 못해서 그런지 토론에도 참여를 잘 안 한다. 기숙사가 있어야 한다. 영어를 배워서 오든가 학부 때부터 유학을 오는 것이 좋겠다. 그래서 내가 한국에서는 어린 시절부터 새 나라의 어린이는 일찍 자고 일찍 일어나라고 가르친다고 농담을 했는데, 그 양반 말은 새겨들었어요.

　연구 중심 대학으로 가겠다는 곳들은 기숙사를 지으라고 했지. 서울대는 그동안 프로젝트 같은 걸 신청하면 늘 받았으니까 BK21

준비를 제대로 안 하는 거예요. 그래서 카이스트, 포항공대 같은 사립대학까지 지원 대상에 포함시켰어요. 과기부(과학기술부) 산하 대학에 왜 교육부 예산을 주냐고 교육부, 서울대에서 반발이 나와. 그래도 안 된다, 서울대도 자극이 필요하다, 경쟁해야 한다고 정리했어요.

연구 담당 교수가 논문을 얼마나 썼는지, 얼마나 인용됐는지도 주요 평가 항목에 넣었어요. 그전에는 우리 교수들 논문이 국제 학술지에 실리는 경우가 별로 없었지. 실려도 별로 주목 받지 못하거나. 스탠퍼드에서 그러더구만. 논문의 피인용도가 중요하다고.

최민희　7년간 1조 4천억 원 예산이라면 엄청난 규모인데요. 교육부가 그 정도 예산을 감당할 수 있었습니까? 예산이 줄어서 기채 발행까지 생각하셨다고 하셨는데….

이해찬　그때까지 교육부에 그런 규모의 프로젝트가 없었지. 근데 원래는 1년에 5천억 원 예산을 생각했어요. 사립대 3천억, 국립대 2천억 요렇게. 월드뱅크에 근무하는 후배한테 물어보니 월드뱅크가 개발도상국, 후진국들한테 장기 대여해 주는 사회개발 지원금이 있대요. 5년 거치 10년 분할상환이 가능한데 한국은 당시 조건에서 3억 달러를 받아 갈 수 있다는 거야. 거기서 3억 달러를 빌려 와서 사립대학 지원용 재원으로 쓰려고 했어요. 국립대학은 따로 2천억 을 마련하고.

근데 기획예산처가 펄쩍 뛰어. 1조 4천억짜리 프로젝트가 어디 있냐, 기채 발행까지 허가해 줬는데 뭘 또 빌려 오겠다는 거냐면서. 거기다가 시간이 갈수록 우리가 월드뱅크에서 돈을 빌릴 수 있는 조건이 까다로워져요. IMF가 수습되어 가니까. 할 수 없이 월드뱅크는 포기하고 그냥 2천억으로 가자 그렇게 됐지.

그래도 기획예산처는 반대했어요. 대통령이 지방 순시 가실 때 행자부, 교육부장관은 늘 따라가요. 기획예산처, 국토부장관은 상황에 따라서 가고. 나하고 기획예산처장관이 자주 만나게 되는 거예요. 진념 장관은 노동법 개정 때부터 나한테 묵은 감정이 있었고, 교원 정년 단축도 교육부가 주장해서 62세가 됐으니까 내가 못마땅하지. 당신이 하고 싶은 대로 다하면서 왜 우리한테 돈만 내라는 거냐, 뭐 그런 입장이었어요. 어쩌겠어. 그럼 천억만 달라, 나머지는 내가 마련하겠다고 했어요. 근데 천억도 안 주려고 하더구만. 그래 가지고 대통령 앞에서 둘이서 다퉜어요. 나는 달라고 하고 진념 장관은 못 준다 하고. 대통령이 지켜보면서 아무 말씀을 안 하셔.

대통령이 해외 출장 가시는 날 아침에 전화를 드렸어요. 결정해 주고 가시라고. 공항 가시는 길이었는데, 천억 지원해 줄 테니까 하라고 하시더구만. 아이구, 감사합니다 그랬지. 곧바로 진념 장관한테 전화했어요. 대통령이 결심하셨으니까 달라고. 왜 대통령한테 직접 전화를 했냐고 뭐라고 해요. 기획예산처하고는 아무리 얘기해도 안 되니까 그랬다, 내가 포기할 사람이냐고 그랬어요.

최민희 천억은 기획예산처에서 준다 해도 나머지 천억은 어떻게 마련하셨습니까?

이해찬 교육부 예산에서 만들었지. 자세히 들여다보니 허술한 게 너무 많았어요. 낭비되는 예산을 구조조정해서 천억을 마련했어요. 예산은 만들었는데 문제는 다른 데서 생겼지. 교육부에서 사업계획을 빨리 못 만든 거예요. 사업계획이 성안돼야 국회에 예산서를 올릴 건데 그런 사업을 해 본 적이 없어서 성안이 늦어졌어요. 기획예산처는 성안도 안 된 정책을 놓고 돈부터 달라고 한다고 또 뭐라 그래. 할 수 없이 포괄 예산으로 넣자고 했어요. 항목은 나중에 넣고 일단 예산을 태워 놓자, 그래야 내년에 집행을 할 수 있다. 우리 당 의원들까지 말이 안 된다고 그랬어요. 2천억짜리 포괄 예산이 어딨냐고. 그때 의원들한테 밥 엄청 샀어. 이거는 반드시 해야 한다, 국가 장래가 걸려 있다, 설득을 했어요. 결국 통과가 됐지.

예산을 통과시켜 놓고도 99년 3월까지 사업계획을 마무리하지 못했어요. 1분기 예산을 못 쓴 거예요. 나는 사업계획을 95% 정도까지 만들었을 때 교육부를 떠나게 됐고. 대학들이 로비를 엄청 심하게 하면서 초기 계획이 좀 흐트러졌어요. 심사위원회에 외국인 교수들을 넣어 객관적 심사를 하려 했는데, 외국인 교수를 빼 버린다거나 하는. 김덕중 장관한테 내가 뭐라 했지. 지금 와서 그러면 어쩌냐고. 그래도 지금까지 정권에 관계없이 이어지면서 고등교육 정책의 중심이 된 거예요.

최민희　우리나라에 이렇게 장수하는 정책이 있었나 싶습니다. 2021년에 4기가 시작되었으니까 최소한 28년짜리 정책입니다.

이해찬　그렇지. 내가 참여정부에서 총리 할 때 2기를 시작했는데 그때 예산을 3천억으로 올렸어요. 기획예산처는 1기만 하고 끝내려고 하다가 내가 총리가 됐으니 반대를 못하더구만. 7년, 2조 천억짜리 사업으로 더 커진 거예요.

99년 처음 시작할 때는 참여 안 하겠다는 대학도 있고 그랬어. 대학에 다니면서 설명회를 했는데 부산대는 교수협의회에서 반대를 했어요. 대학의 자율성을 침해하고 통제하는 수단이다, 대학을 특성화하겠다는 자체가 말이 안 된다, 그런 이유였지. 부산대를 기계 분야로 특성화하면 좋겠다고 생각했는데 참여도 안 한 거예요. 연구가 한 대학 단위로만 이뤄지는 건 아니에요. 한 곳이 중심이 돼서 그 지역의 대학들이 팀으로 같이 참여하기도 해. 부산대가 빠지면서 경상대가 중심이 됐지.

지금 경상대는 바이오 분야에서 두각을 나타내고 있어요. 충청권은 카이스트가 중심이 됐고, 울산·포항 지역은 포항공대가 중심이 됐어요. BK21이 자리를 잡으면서 연구 사업을 따 오는 대학은 현수막을 붙이는 분위기가 된 거예요. 담당 교수한테 대학원생들이 몰리고.

미국 대학에는 TA(티칭 어시스턴트)와 RA(리서치 어시스턴트)가 있어요. RA는 주로 외국 유학생들이 맡아. 우리가 인재를 키워 놓으면 미국 대학이 RA로 적은 비용만 대고 써먹는다고 봐야지. BK21은 우리 대학에도 연구 풍토를 만들려고 한 거예요. BK21 담당 기관은 한국학술진흥재단으로 했어요. 박석무 이사장이었고 책임자는 한민구 박사. 독일에서 유학 중이던 유시민이 돌아와서 기획실장을 맡았고.

최민희　BK21 성과를 정리한 논문 같은 건 없습니까?

이해찬　왜, 많이 나왔어요. 1999년부터 2017년까지만 대략 따져 봤는데 BK21의 효과 등을 주제로 한 논문이 60편이 넘더구만. 대체로 긍정적인 평가고.

우리 사위가 기계공학과 교수인데, 그런 얘기를 한 적도 있어요. 자기 교수님이 연구만 하시는 분이고 민주당 지지자도 아닌데 BK21 때문에 나를 지지하게 됐다고. 그 양반이 그랬대요. 이해찬이 과연 BK21을 해낼 수 있을까 싶었다, 근데 정말 하더라.

최민희　그런데 당시에 BK21을 제대로 쓴 기사가 거의 없었던 것 같습니다. 나중에 비리 관련 기사는 여러 번 봤는데….

이해찬　그랬어요. 기사를 거의 안 쓰더구만. 비리는 몇몇 대학들이 있었지. 주로 학교가 연구 사업을 따내려고 로비하다가 문제가 되거나, 교수들이 학생들 인건비를 빼돌리다가 걸렸어요. 다른 연구 프로젝트는 지원금의 40% 정도를 교수가 받는데 BK21은 10% 정도예요. 학생들 인건비가 많으니까.

일부 비리가 있었다고 해도 대학 교육을 혁신하는 큰 프로젝트였어요. 다른 나라에서도 많이 벤치마킹했고. 중국은 100대 중점대학을 육성하는 데 BK21을 활용하겠다면서 배워 갔어요. 천즈리 (陳至立)라고 여성 장관이 한국에 왔지. 지금까지 BK21하고 비슷한 정책을 시행한다고 알고 있어요.

인사권 행사로 가능했던 표준 설계도 도입

최민희 인사는 어떻게 하셨습니까? 취임하셨을 때 사람을 좀 파악한 뒤에 하겠다고 말씀하셨던데요. 교육부 규모가 워낙 커서 사람을 파악하는 일이 쉽지는 않으셨을 듯합니다.

이해찬 교육부장관이 인사를 하는 국장급 직원만 100명이에요. 그중에서 직접 만나고 지시하는 사람은 몇 명 안 돼. 제일 높은 직위가 서울시 부교육감, 서울대 사무국장인데 이 사람들조차 1년에 한두 번 봐요. 나머지 사람들은 장관 얼굴 한 번 못 보는 거예요.

차관한테 그랬지. 실국장 중에서 내가 직접 쓸 사람들만 내가 인사를 하겠다. 나머지는 당신이 해라. 그러면서 합리적 기준을 만들어 보라고 했어요. 조선제 차관이었는데 정통 교육부 관료야. 나름의 인사 기준을 만들어 왔더구만. 내가 인사 방침을 공표했어요. 차관이 대부분의 인사를 할 거라고. 그러니까 차관도 권위가 생겨요. 축사 같은 외부 일정도 웬만하면 차관이 다하도록 했어요. 꼭 필요한 것만 내가 하고. 나는 주로 안에서 토론하고 정책개발하는 데 집중했지.

기본적인 인사 방침은 그랬는데, 필요하면 적극적으로 인사권을 쓰기도 했어요.

아까 교육예산이 줄어서 학교 신축이 어려웠다고 했잖아요. 예산 중에서 제일 비중이 큰 게 학교 짓는 거예요. 근데 평당 예산이 265만 원이나 됐어요. 주택공사 아파트 단가가 평당 245만 원이었는데 20만 원이 더 비싸. 말이 안 되는 얘기야. 시설과장을 불러서 예산 절감 방안을 마련해 보라고 했어요. 이 사람이 265만 원에서 더 줄일 수가 없대. 요지부동이야. 청양에서 건설업을 하는 친구를 불러서 물어봤지. 청양에서 학교도 짓는 친구였어요. 평당 265만 원을 주면 얼마나 남느냐고 물었더니 "많이 남지" 그래요. 그러면 얼마면 되느냐고 했더니 220만 원까지 괜찮다고 하더구만.

다시 시설과장을 불러서 내가 알아보니 이러저러하더라, 215만 원으로 낮춰 봐라, 지시를 했어요. 근데 또 안 된대. 꿈쩍도 안 해요. 공무원 신분 보장되니까 장관 말도 안 듣는 거예요. 담당 국장은 교사 출신이라 관심이 별로 없고. 그날은 마음을 딱 먹었지. 총무과장 들어오라고 해서 시설과장을 전문대 사무국장으로 발령 내라고 했어요. 그리고 부산교육청 시설과에 있던 사람을 불러올렸어요. 새 시설과장한테 215만 원으로 맞춰 보라고 하니까 표준 설계도를 만들자고 하더라고. 그동안은 학교 100개를 지으면 100번의 설계비가 나갔던 거예요. 표준 설계도를 만들면 그 예산을 줄일 수 있잖아요. 학교가 복잡한 건물이 아니고 보통 교실 하나가 30평, 3층 정도니까 표준 설계도가 가능하지.

연대 건축과에 얘기를 하니까 자기들이 야심 차게 한번 해 보겠다고 나서더구만. 도시형, 농촌형, 대형, 소형 등으로 나눠서 30개 표준 설계도가 나왔어요. 비용이 20억인가 30억 정도였지, 아마. 그렇게 해서 학교 지을 때마다 표준 설계도를 주고 조금 변형해서 짓게 했어요. 공사비가 10% 가까이 줄었어요. 혹시 그렇게 해서 학교 건물이 부실해지면 어떡하나 걱정했는데 나중에 보니까 더 예쁘고 좋아. 그전까지 천편일률적이던 건물이 오히려 다양해졌고 이후에 하자도 발생하지 않았어요. 그러니 단가가 얼마나 부풀려져 있었던 거야.

최민희   정책을 추진할 때 관료들을 설득하고 그래도 안 되면 인사로 관철하셨군요. 다들 그걸 실천하고 싶어 하지만 잘 못합니다. 대표님처럼 하실 수 있는 분은 극소수인 것 같습니다.

이해찬   관료들하고 일할 때 공정한 인사와 상벌이 제일 중요하지.

최민희   교과서도 대표님이 교육부장관으로 계실 때 완전히 바뀌었다고 알고 있습니다. 집필진을 바꾸셨지요?

이해찬   그랬지. 우리 교과서가 정말 낙후돼 있었어요. 몇 십 년 전에 만든 교과서를 쓰고 있는 거야. 작은 4×6배판. 내가 봐도 질려요. 변변한 사진 자료도 안 들어가요. 대충 그림을 넣어. 컴퓨터가 나온 지 오래고 '엄지족'이 등장하던 때인데…. 다른 나라 교과서를 보면 크기도 크고 종이도 좋고 동화책 같잖아요. 우리도 바꿔야 한다고 생각했어요. 집필하는 사람들부터 바꿨지. 연령대가 높은 장학사들은 교육과정평가원으로 보냈어요.

사립대 분규의 '해결사'

최민희   사립대 분규도 여러 건 해결하셨습니다. 합리적인 일처리로 긍정적인 평가를 받으셨어요. 때론 폐교 명령 같은 극약처방까

교육부장관 시절

지 쓰셨습니다.

이해찬　이미 사학 비리 터진 곳이 한 열 군데 정도 됐어요. 감사팀은 두 팀인데 학교가 300개니까 전수 감사가 불가능해. 한 학교에 보름이 걸려요. 비리가 터진 곳만 감사해도 못 따라갈 지경인 거야. 여기저기 분규가 터지고 투서들은 들어오고….

　맨 먼저 손을 댄 게 외국어대였지. 설립자 부인이 교육부에 투서를 했어요. 학교를 조카에게 맡겼는데 이 사람이 서울공대 출신이라더구만. 그래서 그런지 외대에다가 무리하게 공대를 만들었대요. 교수 채용 비리, 입시 비리까지 벌어지고.

　투서를 보낸 설립자 부인을 교육부에 오시라고 했어요. 80대 어르신이야. 6·25 끝나고 벽돌 찍어 만든 학교를 이 지경으로 만들어 놨다고 분통을 터뜨려요. 감사를 하고 임시이사를 파견했지. 학교 수업이 파행을 겪으면 교육부장관이 임시이사를 파견할 수 있거든. 정년 퇴임한 변형윤 교수한테 이사장을 부탁드리고 수습을 도와 달라고 했어요. 설립자 부인은 임시이사의 절반을 자기가 선택하게 해 달라고 하더구만. 근데 법적으로 안 되는 거예요. 솔직하게 얘기했지. 그럴 수는 없다, 임시이사 구성은 장관의 권한이다. 하지만 설립자로서 최대한 존중을 해 드리겠으니 추천을 해 보시라. 그리고 명예이사장 제도를 만들어서 이사장과 똑같이 예우를 해 드리겠다. 단 법적인 권한은 안 된다. 그렇게 해서 정리가 됐어요.

광주예술대는 김영삼 정부 때 만든 '준칙주의'*로 설립된 대학 중에 최악의 사례였어요. 횡령에 비리투성이. 학생은 정원 외로 더 뽑아 놓고 건물에서 비가 줄줄 새. 도저히 학교를 유지할 수가 없어요. 처음으로 폐교 명령을 내렸지. 처음엔 경고를 줬는데 안 되는 거예요. 재단 소유자가 박○○ 의원 친구라고 봐줬으면 하는 부탁을 받기도 했지만…. 학교를 없앴을 때 제일 큰 걱정은 학생들이었어요. 학생들이 갑자기 갈 데가 없잖아. 그래서 재단은 없애도

대학설립준칙주의　1996년에 시행한 제도. 1970~1980년대 산업화에 따른 경제 호황으로 인력 시장에서 수요보다 공급이 모자라는 상황이 발생하자, 대졸 인력 부족 문제를 타개하고자 김영삼 정부는 대학을 늘려 산업 인력을 공급하기 위한 정책 연구에 착수했다. 대학 설립 요건을 완화하는 '대학설립준칙주의'도 이때 도입됐다.
대학 설립 계획부터 최종 설립까지 단계별로 조건을 충족해 교육부의 인가를 받는 인가제와 달리 이 제도는 교지, 교사, 교원, 수익용 기본 재산 등 최소 설립 요건만 갖추면 곧바로 대학 설립을 인가받을 수 있다. 이 제도의 시행 이후 2011년까지 63개의 대학이 신설되었다. 하지만 대학 설립 기준을 완화함으로써 부실 사학이 난립하고, 그 피해는 고스란히 대학 구성원에게 넘어갔다. 결국 이 제도는 대학의 자율과 경쟁이라는 정부의 의도는 퇴색하고 대학 서열화와 부실 대학 양산을 초래하는 결과를 낳았다.

학교를 없애기가 힘들어요. 인근 대학들한테 연구비를 지원하고, 광주예술대 학생들을 받아 주도록 했어요. 그렇게 해서 학생들 문제를 해결했지.

최민희 대표님은 언제 어디서나 '해결사' 역할을 하시는 것 같습니다. 외대나 광주예술대 말고도 여러 곳이 있었지요? 건국대, 경원대, 덕성여대, 오산대 분규도 해결하고 나오신 걸로 알고 있습니다. 경원대의 경우는 가천대로 통합돼서 발전을 많이 했어요.

이해찬 맞아요. 경원대를 설립한 사람이 동아건설 회장의 동생 최원영인데 플루티스트야. 『시사저널』도 창간하고 그랬지. 근데 동아건설이 학교 돈 218억을 빌려 간 뒤 부도가 난 거예요. 빌려 간 돈을 못 갚으니까 최원영 이사장은 배임이 됐고. 이 사람이 일본으로 가서 오지를 않는 거예요. 이사회가 굴러가지 않게 돼서 임시이사를 파견했어요. 학교를 거저먹으려고 덤벼드는 사람들이 한둘이 아니더구만.

그때 가천대 이길여 이사장이 찾아왔어요. 학교를 인수해 보고 싶다고. 자기는 가천대라고 하는 조그만 대학을 하고 있는데 수도권에서 제대로 해 보고 싶대요. 그러면 교비 218억을 현금 납입해야 한다고 했지. 돈을 냈는데 이사장을 안 시켜 주면 어떻게 하냐고 걱정을 하더구만. 내가 그랬어요. 장관을 못 믿으면 못하시는 거다, 당신과 내 명의로 공동 통장을 만들자, 교육부에 보관해 놓고 가천대 감사를 해서 비리가 없는지 보겠다. 말하자면 우선 협상권자가 되는 거지. 이 양반이 열흘 만에 통장을 가져왔어요. IMF

직후라 현금을 그렇게 동원할 사람이 없었는데. 감사 결과도 문제가 없고.

감사를 천정배 의원한테 부탁하고 이사회도 다시 구성했어요. 그렇게 해서 경원대가 가천대로 통합된 거예요. 한 10년쯤 후에 가천대 행사에 초대를 받았어요. 축사를 좀 해 달라고. 학교를 아주 잘 만들어 놨더구만. 조장희 박사라고 세계적인 뇌 과학자가 계신데, 그분을 스카우트해서 뇌과학연구소를 만드는 걸 보고 잘되겠구나 싶었어요.

건국대는 수습을 했는데 내가 장관 그만두고 또 문제가 생겼지. 처음에는 형제들 사이의 분란이었어요. 장자가 죽고 그 부인이 이사장을 맡았는데 차남이 형수를 쫓아내려고 하다가 분규가 생긴 거예요. 그다음에 황산덕이라고 법무부장관 했던 사람이 총장으로 와서 이사회를 장악했는데 친일 행적이 드러나서 학생들한테 쫓겨났지. 근데 다음 총장도 비리가 터져서 이사장하고 총장이 다 물러났다더구만.

서원대는 이해동 목사님한테 수습을 부탁드렸고….

나에게도 엄격하고, 남에게도 엄격하라

최민희 교육부장관 시절을 쭉 돌아보셨는데요. 감회가 어떠신지 궁금합니다.

이해찬 내가 생각했던 것보다 훨씬 더 어려웠어요. 그래도 결과적으로 보면 교육개혁의 성과가 있었다고 봐요. 갈등 사안을 다루면서 욕도 많이 먹었지만 일을 많이 하는 사람이 욕도 많이 먹잖아요. 다만 일할 때 원칙은 있어야지. 어떤 문제가 생기면 회피하지 말고 어떻게 해서든 해결책을 찾자, 공적 이익을 기준으로 일을 처리하자, 하급자에게 책임을 떠넘기지 말고 끝까지 책임을 지자, 합리적인 결론을 내리려면 잘 들어야 한다, 이런 것들.

최민희 대표님이 늘 말씀하시는 '퍼블릭 마인드'(Public Mind)와도 일맥상통합니다. '퍼블릭 마인드'를 한마디로 정리해 주신다면요?

이해찬 어떤 사회 수요에 대해서 판단을 잘하고 책임을 지는 거. 판단력과 책임감, 이 두 가지를 잘 끌어가는 게 '퍼블릭 마인드'가 아닐까 싶어요.

　한 가지 덧붙이자면 공무원, 공인으로서 자세도 중요하고. 나한테 관대하고 남한테도 관대한 사람이 있어요. 좋은 사람이지. 근데 이런 사람들은 뭘 하지 못해요. 공인은 이러면 안 돼. 남한테는 엄한데 나한테는 관대한 사람도 있어요. 아주 이기적인 사람이야. 반대로 남한테는 관대한데 자기한테 엄한 사람은 도덕주의자라고 할 수 있을 거예요. 이것도 공인의 자세는 아니라고 봐. 공인의 자세는 남한테도 엄하고 나한테도 엄해야 해요. 그래야 공적인 기강이 서니까요.

최민희 교육을 잘 모르고 교육부장관이 되셨다고 했지만, 어떤 장관보다 업무 파악을 빨리하셨고 많은 일을 하셨습니다. 학습 능력이 남다르신 것 같습니다.

이해찬　다행히 내가 읽는 속도가 아주 빨라요. 책 읽을 때 가로로 읽는 사람이 있고 대각선으로 읽는 사람이 있고 세로로 읽는 사람이 있어요. 나는 대각선으로 읽는 편이야. 중간은 되는 거지. 안동교도소에서 책을 많이 봐서 훈련이 된 것 같아요. 업무 파악하고 일 처리하는 데 크게 도움이 됐어. 보고서나 자료를 읽을 때 다른 사람들보다 세 배 정도 빨랐어요.

최민희　많은 일을 하셨지만 그래도 아쉬운 점이 있겠지요.

이해찬　지식정보화시대에 맞는 실용 교육을 조금 더 확대시켰어야 했어.

　　그때 내가 IT(Information Technology), BT(Bio Technology) 개념을 들여왔어요. 미국에 가서 보니까 이미 그 사람들은 IT, BT 분야에 역점을 두고 있어요. 돌아와서 그런 얘기를 했더니 어떤 장관이 ET라는 말은 들어 봤어도 IT, BT는 못 들어 봤대요. 농담이었지만 그 정도로 우리가 IT나 BT에 대한 개념이 없었던 거예요. 그런데 DJ는 그 뜻을 알아채고 CT(Culture and Technology)도 있어야 하지 않겠냐고 하셨지. 〈쥬라기 공원〉 같은 영화 한 편 만드는 게 자동차 수십만 대 수출하는 것보다 낫다는 말씀이었어요.

　　보통 비물질문명은 물질문명이 발전하는 속도를 못 따라가잖아요. 지식정보화시대로 넘어왔는데 우리가 그걸 인식하지 못했어요. 그나마 DJ 정부가 들어서고 지식정보화 산업에서는 우리가 앞서가야 한다고 보고 2조 6천억 원의 정보화촉진기금을 만들어서 IT산업을 키운 거예요.

최민희　김대중 정부의 IT 정책은 따로 말씀을 듣기로 하고요. 교육부장관 시절을 마무리하면서 한 가지만 추가로 여쭤봤으면 합니다. 대표님께서는 교원 정년 단축 과정에서 청와대를 설득했다고 말씀하셨습니다. 한번 결정된 정책에 대해 청와대를 설득해서 바꾸는 경우가 정말 드문데요. 개혁적인 정책이 채택되기까지 과정을 자세히 기록하는 일이 정말 중요하다는 생각이 듭니다. 청와대를 어떻게 설득하셨습니까?

이해찬　조규향이라고 청와대 교육문화수석이 있었어요. 교육 관련해서 대통령한테 정책 자문을 많이 했지. 교육부에서 오랫동안 일한 전문가였거든. 대통령께 뭔가 보고하기 전에 교문수석하고 충분히 얘기를 해야 돼요. 나는 차관, 정책기획관을 데리고 가고 교문수석은 교육 비서관을 데리고 와서 청와대 근처 식당에서 밤 늦게까지 점검을 했어요. 우리 생각을 얘기하면 교문수석이 듣고 타당한 걸 수용하는 거지. 그렇게 어느 정도 정리된 내용을 대통령께 보고드렸어요. 그럼 대통령은 꼭 교문수석 생각은 어떠냐고 물어보셔. 교문수석이 괜찮다고 하면 안심을 하셨어요. 큰 오류는 없나 보구나 하고.
　　교원 정년 단축은 대통령도 처음에 60세를 주장하셨어요. 그런 상황에서 절차상 합리적이지 않게 우리 주장을 하면 문제가 돼요.

다른 쪽에서 반드시 대통령한테 따로 보고를 한다고. 그게 관료 사회의 특징이에요. 그러니까 먼저 대통령 주변 사람들한테 설명을 잘해 줘야 해. 단순한 일정 조율 같은 게 아니라 충분한 토론이 필요해요. 실무자들의 의견도 경청해야 하고.

최민희　청와대든 당이든 충분히 소통하고 설득해서 조율된 정책이라야 성사될 수 있다는 말씀이시네요.

이해찬　장관들끼리도 협조할 수 있어요. 행정자치부 김정길 장관이 부산 지역의 학교들을 고치고 싶어 했는데 행자부에서는 할 수 없는 일이에요. 특별교부금이 있어도 학교에다가는 못 쓰거든. 그래서 내가 해 줬어요.

당시 건설교통부 이정무 장관하고는 수도권 대학 정원 늘릴 때 협조가 됐지. 이 양반이 자민련 사람인데 나랑 잘 지냈어요. 수도권 대학 정원은 규제 때문에 함부로 늘릴 수가 없고 건설교통부가 허가를 해 줘야 되는 거예요. 처음에는 안 된다고 그랬어요.

내가 IT, 애니메이션, 스포츠 같은 분야를 개척하려면 수도권 정원을 풀어 줘야 한다고 설득했지. 결국 2천 명 정도 증원을 동의해 줬어요. 그러면서 자기한테는 뭘 해 줄 거냐고 묻더구만. 그래서 당신 요구할 것을 가지고 와 보시오 그랬지.

이 얘기가 나온 김에 하나 덧붙이면, 정원은 늘려 놨는데 어느 대학에 어떻게 배정을 할 건지를 놓고 관료들이 벌벌 떠는 거예요. 정원을 늘려 주면 대학에 수십억 지원금을 주는 거나 마찬가지 효과잖아요. 까딱하면 비리가 될 수도 있으니까 아무도 손을 안 대려고 해. 도저히 안 되겠어서 담당 과장하고 대학실장을 불렀지. 내가 보는 앞에서 배정을 하게 했어요. 밖으로는 다음 달쯤 배정할 것처럼 돼 있어서 대학들은 시간적으로 여유가 있다고 생각했을 때예요. 근데 그날 정해서 다음 날 아침에 내가 발표를 해 버렸어요. 대학실장은 내가 한 거 아니다, 장관님이 했다, 어떤 로비도 없었다, 그렇게 할 수 있었지. 그때 명지대 바둑학과, 용인대 스포츠경영학과 같은 과들이 신설됐어요.

나중에 어느 대학에서 총장이 인사를 왔더구만. 왜 우리한테 30명이나 줬냐고 하면서. 엄청난 이권이 걸린 일을 처리했지만 누가 밥 한 번 사 줬다는 소리가 안 나왔어요. 로비에 시달리면 일을 못해. 어려운 일일수록 장관이 책임지고 매듭지어 줘야 해요.

IMF를 넘고 남북 화해로

남북정상회담 수행

최민희　99년 5월에 교육부를 떠나셨습니다. 2000년 16대 총선에 출마해 4선 의원이 되셨고 곧바로 당 정책위 의장을 맡으셨어요.

이해찬　교육부장관 끝내고 나서 한동안 완전히 지쳐 있었어요. 95년 서울시장 선거 때부터 한 번도 쉬지를 못했잖아요. 4년 반 가까이 막중한 일을 하고 나니 그로기 상태가 된 거지. 근데 2000년에 또 총선이야. 2000년 1월에 새정치국민회의가 새천년민주당으로 재창당을 했어요. 새천년민주당에 입당해서 출마를 했는데 상대 후보가 약해서 게임이 안 됐어요.

2000년 8월 정책위 의장 시절, 당정회의에서 발언하는 이해찬

주말에 관악산 올라가는 사람들이 많잖아요. 거기 가서 인사를 하고 있는데 상대 후보가 등산을 가요. 어디 가시냐고 물어보니까 "에휴, 선거는 다 끝났는데요 뭐" 그러더구만. 실제로 내가 압승을 했어요.

선거 끝나고 열흘쯤 지났을 무렵인데 갑자기 청와대에서 연락이 왔어요. 당 정책위 의장을 빨리 맡아야 될 것 같다고. 그러면서 6·15정상회담을 잘 준비해야 한다는 거예요. 그렇게 입당한 지 서너 달 만에 정책위 의장을 맡았어요. 정상회담 준비 말고도 몇 가지 미션이 더 있었지. 의료 개혁, 정보화 산업 육성 같은.

당시 의약분업이 쟁점이었는데 최고위원 중에서도 추진하자는 사람이 한 명도 없었어요. 적당히 임의 분업을 하자는 사람들은 있었지만. 의사 집단이 하도 반대를 하니까 그런 거예요. 의약분업을 추진하면서부터 우리 당하고 의사 집단하고 관계가 소원해지기 시작했다고 할 수 있어요. 내가 의사들한테 욕을 많이 먹었지.

그래도 DJ는 의지가 분명하셨어. 내가 못하겠다고 하니까 최고위원회에 직접 들어가라고 하시더구만. 나를 임명직 최고위원으로 임명하셨어요. 남궁석 의원이 정책위 의장을 맡고. 근데 이 양반이 IT 분야에만 관심이 있었어요.

최고위원이 되어 의약분업 문제를 정리하고 나서 내가 다시 정책위 의장을 맡았지.

최민희　당으로 오시자마자 또 막중한 임무를 맡아서 해결하셨네요. 남북정상회담 때는 대통령을 모시고 평양에도 다녀오셨습니다. 그 말씀을 듣기 전에 한 가지 여쭤보겠습니다. 늘 궁금했던 게 있는데요. 김대중 대통령 이전의 대통령들도 정상회담을 추진했는데 왜 성사되지 못했을까요?

이해찬　역대 정부 모두 정상회담을 추진하긴 했어요. 통일이나 민족문제에 대한 진지한 접근 여부가 문제였지. 전두환에게 정상회담은 정치적인 홍보 용도였을 뿐이고 진정성은 없었다고 봐야지. 노태우 정부는 그래도 남북 간 기본합의서를 만들었잖아요. 노태우 정부는 북방 정책에서도 성과가 있었지만 실제로 남북 관계를 풀어 가려고 했던 거야. 큰 성과였다고 봐요.

YS는 처음에 별 생각이 없었던 거 같아. 주변에도 남북 관계를 고민한 사람이 별로 없고. 근데 갑작스럽게 남북정상회담을 해야 하는 상황이 돼 버린 거예요. 93년 초에 북한이 핵확산금지조약(NPT)을 탈퇴하면서 북미 관계가 최악이 되잖아요. 미국이 북한

핵시설을 폭격하려고 했지. 한반도에 전쟁이 일어날 판이야. 94년에 DJ가 아태재단 이사장이었는데 카터 전 대통령한테 공개적으로 요청을 했어요. 김일성 주석을 만나서 한반도 무력 충돌을 막을 방법을 찾아 달라고. 카터가 그 요청을 받아들여서 6월에 평양을 방문한 거야. 카터를 만난 자리에서 김일성이 남북정상회담을 제안했고 카터가 그걸 YS한테 전달했어요. 그렇게 극적으로 남북정상회담이 합의됐지. 7월 말에 평양에서 만나기로 시간, 장소까지 다 정해졌는데…. 한 달도 안 남기고 김일성 주석이 서거할 줄 누가 알았겠어요.

　　DJ는 71년 대선 때부터 4대 강국 안전보장론, 3단계 통일론 같은 걸 공약으로 내세웠던 분이니까 대통령이 되고 나서 당연히 남북 관계를 풀려고 했어요. 98년 6월에 현대 정주영 회장이 1차 '소떼 방북'*을 하잖아요. 미국은 처음에 반대를 했어요. 한반도 문제는 미국하고 같이 가야 한다는 거지. 근데 DJ가 미국의 반대를 돌파했어요. 정주영 회장한테는 직접 전화를 하셔서 미 국무부에서 사람이 올 텐데 그전에 방북을 하라고 하셨어. 그런 게 지도자의 의지가 아닐까 싶어요. 정주영 회장이 암소 500마리 — 그중 100마리는 임신 중이었지 — 를 끌고 판문점을 넘어가면서 남북 교류의 물꼬가 트였지. 그러면서 정상회담으로 이어지고, 정상회담 후에

정주영의 소 떼 방북　　1998년 현대그룹 정주영 명예회장은 두 차례에 걸쳐 소 1,001마리를 끌고 방북했다. 6월 1차 방북 때 500마리, 10월 2차 방북 때 501마리의 소가 북한에 전달되었다. 실향민인 정주영 회장은 어린 시절 고향 집에서 소를 판 돈 70원을 가지고 가출했다고 알려졌다. 소 떼 방북에 대해 그는 "한 마리의 소가 1,000마리의 소가 되어 빚을 갚으러 고향을 찾아간다"고 밝히기도 했다. 당시 현대그룹은 트럭과 사료를 포함해 약 41억 7,700만 원의 비용을 부담했으며, 이 방북을 계기로 남북 경제협력과 민간교류가 증가되었다.

는 또 북미 간 대화가 시작되고.

최민희   정주영 회장의 소 떼 방북이 김대중 대통령의 확고한 의지로 성사된 일이었군요. 김영삼 정부 때 정상회담 합의 과정에서도 그렇고 정말 김대중 대통령은 한반도 평화를 일생 동안 고민하셨던 것 같습니다. 결국 정상회담까지 성사시키셨고요.

이해찬   그래요. 정상회담의 성과가 많았지만 그중에서도 주한미군 문제를 푼 거는 대단한 일이었지. 정상회담 이후에는 북미 관계를 풀어 가야 되는데 핵심이 주한미군 문제였어요. DJ는 정상회담을 통해서 김정일 위원장이 주한미군 주둔의 필요성을 인정하게 해야 한다고 생각하셨어요. 그러고는 전략을 세워서 비공개 회담할 적에 그 얘기를 꺼내셨지. 주한미군이 없으면 오히려 한반도 정세가 불안해진다고 설득을 하신 거예요. 여기에 김정일 위원장도 주한미군 철수를 주장하지 않겠다고 화답을 했고.

최민희   남북 정상이 만나는 역사적 장면에 함께하셨을 때, 어떠셨습니까?

이해찬   정부하고 청와대 사람들은 일반 수행원, 기업인 등은 특별 수행원으로 갔어요. 내가 특별 수행원 단장이었지. 성남비행장에서 비행기를 탔어요. 나는 처음 가 봤어. 대통령이 해외 나가실 때 교육부장관은 안 나가거든. 보통 행자부장관, 외교부장관이 나가고. 아무튼 거기서 비행기를 타는데 가슴이 쿵쾅쿵쾅 뛰어. 진짜 감격스럽더구만. 평양까지 한 50분밖에 안 걸렸어요. 서울에서 대구 가는 정도야. 비행기에서 내려다보니까 백령도 조금 지나서 소설『장길산』에 나오는 장산곶, 『심청전』에 나오는 인당수가 있어요. 북으로 간다는 실감이 났지. 이렇게 가까운 곳을 못 왔나 싶고…. 우리가 탄 비행기가 평양에 먼저 내렸고 대통령이 타신 비행기가 나중에 내렸어요. 평양 시내는 아주 난리가 났지. 나도 나중에 알았는데 대통령이 김정일 위원장 차에 타셨다고 하더구만.

최민희 두 정상이 만나는 모습, 평양 시민들이 열광하는 모습을 텔레비전으로 지켜본 사람들도 감격했으니까 현장은 얼마나 뜨거웠을지 짐작이 됩니다. 대표님께서는 회담 실무를 맡지는 않으셨으니까 시간적인 여유가 좀 있었을 것 같은데요. 혹시 평양을 좀 둘러볼 수 있는 일정은 없었습니까?

이해찬 그런 거는 없었고. 둘째 날 아침에 일어나 보니까 부벽루, 노동경기장이 보여요. 오며 가며 을밀대가 보여서 잠깐 들어가서 보고 싶다고 했더니 시간이 없대. 그래도 잠시만 보자고 해서 10분쯤 봤는데 생각보다 크지 않았어요. 관리도 잘되는 것 같지 않고. 우리 역사책에는 중요한 유적으로 나오는데 북에서는 그렇지 않은가 보다 했지.

최민희 정상회담이 6월 13일에 시작되어서 15일에 '6·15남북공동선언'을 발표하는 것으로 끝나는데요. 특별히 기억에 남는 장면이 있다면 말씀해 주십시오.

제1차 남북정상회담에서 김정일 국방위원장과 악수하는 이해찬 특별 수행원 단장

이해찬   둘째 날 저녁에 백화원에서 기념 만찬이 열렸어요. 합의 문이 성사된 후니까 만찬 분위기가 좋았지. 경계는 삼엄했어요. 들어가기 전에 신발도 다 벗게 하고 여성들 핸드백에 든 물건까지 다 꺼내게 하는 거야. 무안스러울 정도로. 그래도 우리가 손님인데 너무한다 싶었지만 어쩌겠어요.

만찬이 시작됐는데 내가 앉은 테이블에 북한군의 핵심 인사들이 있었어요. 그 사람들이 나한테 교류 협력 기금을 물어. 얼마나 교류할 거냐고. 결정은 대통령이 하시는 거다, 정상회담이 잘됐으니 그것도 잘되지 않겠냐고 했어요. 그랬더니 "어, 그래도 정책위 의장이 보고하기에 달려 있는 거 아니오", 그러더구만. 내가 그랬어요. 아직은 북쪽에 대한 남한 사람들의 인식이 안 좋다, 교류 분위기를 위해서 북쪽의 정표 같은 걸 보내면 어떠냐? 추석 선물로 보내면 좋지 않겠냐….

나중에 추석 즈음에 북한에서 진짜 송이버섯을 남한에 보냈어요. 북한 칠보산 송이가 제일 좋은 송이거든. 아무튼 송이를 많이 보냈어요. 어림짐작에도 한 3천억 원어치 정도는 되지 않겠나 생각들 하더라고요.

하여간 그날 만찬 자리에서 술이 좀 들어가고 나서 내가 농담을 한마디 하겠다, 오해하면 안 된다고 해 놓고 그랬지. 저기 앉으신 저분이 누구시냐, 김대중 대통령이시다. 우리나라 대통령은 국군통수권자다. 근데 당신네 군 간부들이 저분한테 가서 술 한 잔씩을 다 따랐다. 상황 끝난 거 아니냐! 그랬더니 동석했던 군 간부가 "우리는 민족 통일을 위해서는 무슨 일이든 합니다" 하더구만.

최민희　교류 협력 기금은 실제로 얼마가 됐습니까?

이해찬　DJ가 5천억 정도를 하자고, 야당을 설득해 보라고 하셨어요. 이강두 의원하고 내가 협상을 하는데 어떻게 설득을 할까 고민했지. 처음에는 그냥 5천억을 말할까 하다가 "우리 국민 1인당 만 원씩만 하자"고 했어요. 그러자고 하더구만. 그 정도야 큰 부담이 아닐 것 같다고. 당시에 우리 인구가 4,700만 정도 됐어요. 그러면 4,700억이잖아요. 근데 예산 반영하는 과정에서 이강두 의원이 470억이라고 한 거예요. 실수로 0 하나를 덜 붙인 거지. 다 합의된 내용이었으니까 바로잡았어요. 별 저항 없이 통과됐고.

그때 똑같은 내용을 어떻게 표현하느냐가 정말 중요하다는 걸 느꼈어요. '5천억'과 '국민 1인당 만 원씩'은 느낌이 다르잖아요.

DJ가 교류 협력 기금을 그 정도로 생각하시면서도 대기업들이 북에 설비투자를 하는 건 위험하다고 보셨어요. 기부를 하거나 물건을 사고파는 정도가 맞다는 거예요. 예를 들어 북한에서는 배가 작으니까 생선을 많이 못 잡아요. 큰 배를 제공하고 거기서 잡은 생선을 일본에 수출하거나 남한으로 가져오겠다는 건 좋다고 하셨어요.

세계가 축하한 DJ 노벨평화상

최민희 보수세력들은 민주 정부의 대북정책을 '퍼주기'라고 비난하지 않습니까? 그런데 이런 말씀을 들어 보면, 퍼주기는커녕 김대중 대통령은 남북 화해를 추진해 가는 단계마다 치밀한 계획을 갖고 계셨던 것 같습니다.

노벨평화상 얘기도 안 할 수 없는데요. 정상회담이 끝나고 몇 달 뒤에 김대중 대통령이 노벨평화상을 수상하셨습니다. 그해가 노벨평화상 제정 100주년이었고 추천된 단체가 35곳, 추천된 인물이 115명이나 되더군요. 그 치열한 경쟁을 뚫고 선정되신 건 정말 대단한 일이었습니다. 그런데 정작 국내에서는 김대중 대통령의 수상을 반대한다는 사람들이 있었고, '로비로 노벨상을 받았다'고 음해하는 사람들도 있었어요.

이해찬 나도 자세한 선정 과정은 알 수가 없지. 정상회담 성공하

2000년, 노벨평화상을 수상한 김대중 대통령과 군나르 베르게 노벨위원회 위원장 (연합뉴스 제공)

고 나서 여름부터 노벨상 이야기가 들리기는 했어요. 우리가 알고 있는 DJ보다 세계가 인정하는 DJ는 훨씬 더 큰 인물이에요. 대통령으로서가 아니라 인권운동가로서. 그런 인물이 남북정상회담을 성사시키고 한반도 긴장 완화를 해냈잖아요. 국내에서 일부 폄하하는 분위기가 있다고 해도 세계적으로는 DJ에 대한 객관적인 평가에 전혀 영향을 못 미치는 거예요.

2004년에 내가 유럽 진보정상회의(Progressive Governance Summit)에 참석을 한 적이 있어요. 진보·개혁 정치를 추구하는 유럽 국가들이 참여하는데 영국, 독일 같은 나라들이지. 한국은 참여정부 때 처음 초청을 받았어요. 그 후에도 대통령은 못 가시고 내가 두 번을 더 갔어. 회의 후에 사적인 얘기도 나누고 그러는데, 내가 스웨덴 페르손 총리를 처음 만났을 때 노벨평화상 얘기를 꺼냈어요. 고맙다고. 근데 그 양반이 잘 알고 있더구만.

심지어 한국에 DJ 노벨상 수상을 깎아내리는 사람들이 있다는 걸 알아. 노벨상을 뭘로 보고 그러는지 모르겠다고 그래요. 우리가 어떻게 권위를 지켜 왔겠냐, 추천 과정이나 심사 기준이 얼마나 엄격한 줄 아느냐, 한국 언론이 문제다…, 그런 말을 스웨덴 총리에게서 들었지.

DJ 노벨상 수상 당시에 노벨상위원회 베르게 위원장이 특별 해명까지 했잖아요. 노벨상은 로비가 불가능하다, 유일한 로비라면 '김대중에게 노벨상을 주지 말라'는 기이한 로비가 있었을 뿐이다. 한국에서 DJ의 노벨상 수상을 반대하는 편지가 엄청나게 날아와서 놀랐대요. 발신지가 특정 지역에 편중돼 있었다고 했지.

우리가 얼마나 왜곡된 환경에서 정치를 하는가 싶은 생각이 들었어요. 나라 밖에서는 DJ의 수상을 반기고 축하하는데…. 조수미 성악가는 축하연에 가서 공연을 하겠다고 먼저 연락을 주기도 했어요.

그런데 이런 축하 분위기는 제대로 보도가 안 되고 엉뚱한 논란이 부각됐지.

최민희 지금 생각해도 어이없고 안타까운 일입니다. 그런데 대표님은 노벨상 시상식에 같이 가셨던가요?

이해찬   아니, 못 갔어요. 나도 참석하고는 싶었지. 근데 수행 인원은 제한되어 있고 나는 그전에 정상회담을 수행했잖아요. 굳이 가겠다고 하면 DJ가 안 된다고 하시진 않았겠지만 다른 사람들을 배려해야 하니까. DJ가 나한테 슬쩍 물어보셨어요. 이 의장은 또 안 가도 되지? 그래서 안 갔지 뭐.

최민희   당시 노벨상 선정위원회가 DJ를 수상자로 선정한 사유를 보니까 주변국, 그러니까 일본과의 관계 개선도 포함돼 있었습니다. '김대중-오부치 선언'*을 긍정적으로 평가한 것 같았습니다.

이해찬   98년에 DJ가 일본을 방문해서 오부치 게이조 총리하고 새로운 한일 관계를 선언했잖아요. 그때 오부치 총리가 식민 지배로 한국 국민들에게 손해와 고통을 준 역사적 사실을 받아들인다면서 사과를 했지. 공식 문서로 사과한 게 처음이었는데 그 배경을 좀 얘기할 필요가 있어요.

    DJ가 대통령이 돼서 방일을 하게 되니까 일본에서는 73년 납치 사건이 부담이 되는 거예요. 자기네 영토에서 납치가 일어났는데 그걸 묵인한 셈이니까. 일본이 DJ한테 사과를 해야지. 근데 DJ가 납치 사건을 문제 삼지 않았어요. 대신에 식민지 강점에 대한 사죄를 비공식적으로 요구했지. 그러면서 한일 관계를 미래지향적

김대중-오부치 선언   김대중 대통령이 1998년 10월 7일부터 10일까지 일본을 국빈 방문해 오부치 게이조 일본국 내각총리대신과 회담을 가졌다. 양국 정상은 이 자리에서 1965년 국교 정상화 이래 구축되어 온 양국 간의 긴밀한 우호협력 관계를 보다 높은 차원으로 발전시켜 21세기의 새로운 한·일 동반 관계를 구축한다는 공통의 결의를 선언했다.

으로 풀었어요.

DJ도 마음속에는 납치 사건이 남아 있었겠지. 식민지 강점에 대한 국민감정도 여전히 나쁘고. 근데 한일 관계가 끊을 수 없는 관계잖아요. 당시에는 경제 의존도도 높아서 관계가 나빠지면 우리 경제가 어려워져. 그러니까 한일 관계를 풀어야 한다고 생각하신 거예요.

그때 선언으로 각 분야에서 한일 교류 협력이 이뤄졌고 일본 대중문화 개방도 시작됐지.

"지원하되 간섭하지 않는다"

최민희　당시에 일본 문화의 단계적 개방을 두고 문화계에서 격론이 벌어지기도 했습니다. 왜색 문화 논란이 매우 컸어요. 정서적 거부감은 당연했구요. 이미 일본 문화가 저변에 많이 들어와 있기도 했습니다.

이해찬　일본 만화, 게임, 패션, 잡지가 엄청나게 들어와 있었어요. 명동 책방에 들러 보면 일본 패션잡지가 제일 좋은 자리에 있었는데 그걸 사러 많이들 와. 일본 문화가 우리 문화보다 우월하다는 생각이 좀 퍼져 있었지. 그러다 보니 일본 문화에 우리가 흡수되는 거 아니냐 이런 걱정들이 많았어요. DJ도 약간 걱정하시는 것 같았지만 확실한 철학을 갖고 계셨어요.

문화는 막는다고 막아지는 게 아니다. 정권이 문화를 어떻게 막겠느냐. 국민들이 선택하게 하되, 우리 문화의 질을 높여야 한다. DJ는 근본이 자유주의자셨어요. 이런 생각이 '지원하되 간섭하지 않는다'는 문화정책으로 이어진 거예요. DJ가 일관되게 하신 말씀이었어요. 문화산업을 발전시키기 위해 지원은 하지만 간섭을 하면 안 된다는 거.

집권 중반기부터 문화 예산이 많이 늘었어요. 그 시기에 박지원, 김한길 문화관광부장관이었지. 예산도 많고 부처도 크고. 문화 예술 쪽으로 지원을 대폭 늘리면서 한류가 발전하는 기반이 됐어요. DJ가 바라던 게 이뤄진 거야. 우리 문화의 질을 높여서 국민의 선택을 받게 하자. 우리가 일본 문화에 흡수되면 어쩌나 걱정했는데 한류가 일본을 휩쓸고 세계로 퍼져 나가게 됐잖아요.

돌이켜 보면 문화의 발전은 민주화랑 같이 왔어요. 정치적 자유가 있어야 문화도 발전하는 거야. 코미디가 정치를 풍자할 수 있고 드라마, 영화의 소재가 다양해지고.

최민희　역시 자본주의 사회는 돈 가는 곳에 마음 가는 거고 정부의 통 큰 지원이 한류의 기반이 되었군요. 그런데 김대중 대통령이 아무리 자유주의자이고 문화에 대한 '쿨'한 인식이 있었다고 하더라도 '지원하되 간섭하지 않는다'를 실천하는 건 현실적으로 어려운 일이 아니었을까 싶습니다. 권력의 속성이 지원하면 반드시 간섭하고 싶어 할 것 같거든요.

이해찬　문화 강국은 말로는 쉬워도 정말 도달하기 힘든 목표지. 지원하되 간섭하지 않는다는 원칙도 지키기가 힘들어요. 그런데

DJ는 국가가 할 수 있는 일과 해서는 안 되는 일을 명확하게 정리하셨어요. 오히려 함께 일하는 사람들이 못 따라갔어요.

방송이나 언론도 정부가 개입할 일이 아니라고 보셨지. 당선되자마자 방송개혁위원회를 만들었고 통합방송법으로 방송위원회를 출범시켰잖아요. 그건 방송정책권을 사실상 내려놓겠다는 거예요.

DJ는 교육방송 EBS도 '방송'에 방점을 두셨어요. 나는 EBS를 교육기관이라고 생각했고 실제로 당시에는 교육부 산하였어요. 근데 DJ는 "방송 붙은 곳은 다 넘겨" 그러시는 거예요. 교육부에서 독립시켜야 한다는 얘기야.

실제로 2000년에 한국교육방송공사로 되잖아요. 문제는 재정이었어요. KBS가 수신료 일부를 EBS에 보조금으로 주는데 그거 가지고는 운영이 안 돼요. 한시적으로 EBS를 지원하고, 대신에 회계감사를 받는 안을 내가 제안했어요. 그랬더니 EBS 쪽에서 지원은 바라면서 감사는 싫어하더구만. 이치에 어긋나는 얘기지. 재정 자립을 어떻게 할 건지 마땅한 방법도 없었어요. 내가 교육부장관 말기에 한국교육평가원이랑 EBS 교재를 연계하도록 했어요. 그러니까 교재가 좀 팔렸어요. 다행히 그게 잘 굴러가서 정착이 된 거예요.

최민희　DJ는 수십 년간 왜곡 보도, 편파보도에 시달리셨어요. 그런데도 언론 자유나 방송 독립에 대한 확고한 철학을 갖고 계셨다는 건 대단합니다.

이해찬　맞아요. 대선 때 DJ에 대한 악의적인 뉴스가 말도 못했잖아요. 이야, 이렇게까지 하는구나 싶었던 적이 많아. 뉴스에서 절 뚝거리면서 걷는 다리가 먼저 나오고 지팡이가 나오고 카메라가 올라가면서 DJ 얼굴을 잡아요. 집권 후에도 햇볕정책이 '퍼주기'라 고 계속 흔들었지. 교류 협력 기금 얘기를 잠깐 했지만 야당도 별 다른 이의 없이 합의를 한 거예요. 그런데도 무조건 '퍼주기'라고 하니까, 참….

인수위 때 MBC와 SBS의 고위 간부가 나를 찾아왔어요. MBC 간부는 민영 미디어렙을 개방해 달라는 거야. KBS는 시청료로 운 영이 되지만 MBC는 광고로 운영된다, 그러니까 우리는 자유롭게 광고 영업을 할 수 있게 민영 미디어렙을 갖게 해 달라. 근데 들어 보니까 당치 않아요. 당시에 방송광고는 한국방송광고공사가 다 했 는데 MBC만 따로 할 수는 없어요. 어려울 것 같다고 했지. 개인적 으로도 반대고. 그랬더니 두고 보자는 식으로 나와요. 서로 욕만 안 했지 극단적으로 맞섰어요. 다시는 찾아오지 마시라고 해 버렸어.

당시에는 방송사들이 적자가 많지 않았어요. 영향력도 점점 더 커지는 시기였고. 자기들이 그동안 편파보도했던 거는 모른 척하 고 정권교체가 되니까 다들 돈 더 벌게 해 달라는 요구부터 하는 거예요. 그런 걸 무조건 들어줄 수는 없잖아요. 그날 밤에 DJ한테 인수위 보고를 드리면서 MBC 건도 말씀을 드렸지. 잘했다고 하시 더구만.

언론계 관행을 깨는 것도 힘들었어요. 그때까지만 해도 장관이 임명되면 첫 업무가 언론사 방문이야. 신문사들부터 시작해서 방 송사, 통신사를 가는데 다 돌려면 열흘 가까이 걸리는 거예요. 방 문한 언론사는 다음 날 아무개 장관이 본사에 내방했다고 기사를 내고. 나는 교육부장관 임명되고 나서 몇 군데 하다가 중단했어요. 제일 바쁠 때 그러고 다니는 게 시간이 아까워. 그러니까 안 간 곳에서는 난리들이었지.

최민희　집권 초기에 언론의 '민원'을 들어주면서 우호적인 관계를 만들 수도 있었는데 하지 않으셨네요. 오히려 2001년에는 국세청이 중앙 언론사 23곳을 대상으로 세무조사를 했습니다. 시민 단체들은 적극 지지했지만 거대 신문사들은 정권의 언론 탄압이라고 거세게 반발했어요. 혹시 당시 세무조사와 관련한 뒷이야기가 있는지요?

이해찬　언론사 세무조사 관련해서는 당이 거의 관여를 안 했어요. 워낙에 민감한 사항이니까. 그때 사주 몇 사람이 탈세, 횡령 이런 혐의로 구속됐지만 다들 이렇게 저렇게 석방되지 않았어요? 신문사가 성역이었지. 사기업이 경영을 엉망으로 하면서 그걸 바로잡으려고 하면 언론탄압이라고 하고….

최민희　문화 부분에서 국민의 정부 시절 빼놓을 수 없는 기억 중 하나가 2002년 한일 월드컵입니다. 붉은악마 열풍이 대단했어요. 광장의 문화, 참여의 문화가 발전하는 계기가 되었던 것 같습니다.

이해찬　맞아요. 길거리 응원이 생기고 문화로 정착됐지. 노무현 후보가 민주당 대선후보로 확정된 뒤에 본선이 열렸을 거예요. 노무현 후보하고 나, 김민석 셋이 붉은악마 옷 입고 같이 응원하러

2002년, 한일 월드컵 16강전에서 노무현 민주당 대통령 후보와 함께 응원하는 이해찬〔노무
현재단 제공〕

갔던 기억이 나네.

월드컵은 정주영 회장이 따 온 거예요. 근데 한국 단독으로 개최하는 게 리스크가 많이 따른다고 봤어요. 남북 관계가 경색되거나 하면 차질이 생길 수 있으니까. 일본도 공동 개최를 요구했고. 그래서 합의가 됐지.

공동 개최로 결정되고 나서 예선전이 열릴 때 일화가 있어요. 정몽준이 자기가 일본을 가는데 같이 가자는 거야. 정몽준은 피파(FIFA) 부회장이었거든. 이유를 물어보니까 다른 나라 피파 부회장들이 대부분 왕족이거나 재벌이래요. 자기가 재벌 아들이긴 하지만 정계의 거물도 아니고 하니 전직 법무부장관, 교육부장관이 옆에 앉아 있으면 좋겠다는 거야. 같이 가서 찬조를 해 달래. 그래서 나랑 박희태 전 장관이 갔어요. 가마모토라고 유명한 선수 출신

정치인도 만나고, 예선전을 보고 왔지.

근데 좀 지나서 이번에는 우즈베키스탄을 가자고 하더구만. 거기서 한국이 카자흐스탄이랑 예선전을 했거든. 우즈베키스탄은 그때 처음 가 봤어요. 거기까지 간 김에 고려인 마을을 방문했어요. 스탈린이 강제 이주시켰던 조선 사람들의 후손이 사는 곳. 카레이스키* 4세들이지. 목화밭에서 아이들이 일을 하고 있는데 이만저만 고된 노동이 아니야. 그걸 보니까 눈물이 나요. 나라가 잘못되면 국민이 대를 이어 고통을 받는구나 싶었어. 조선 말기 위정자들이 정치를 제대로 했다면 우리 아이들이 그런 고생을 하겠어요? 정치가 국민의 삶을 결정한다는 걸 거기서 또 깨달았어요. 이후 카레이스키 문제에 관심을 갖고 살펴보게 됐지.

축구는 우리가 카자흐스탄을 크게 이겼어요. 이틀 정도 여기저기 더 둘러볼 생각이었는데 일정이 바뀌어서 바로 돌아왔지. 대사관에서 승리 축하 만찬이 열렸는데 김정남 단장 겸 축구협회 전무가 나한테 부탁을 하는 거예요. 선수들이 제일 좋아하는 게 빨리 집에 가는 거다, 시합은 끝났는데 돌아가는 비행기 시간 때문에 이틀 더 머물러야 한다, 근데 딱히 할 것도 없다. 전세기 하나 띄워서 내일이라도 돌아가게 해 주면 선수들한테 이틀 정도 휴가를 줄 수 있다. 그래서 내가 정몽준한테 얘기를 했어요. 정몽준이가 누가 그

카레이스키 19세기 말부터 폭정과 가난, 일제의 핍박 등을 피해 극동 러시아로 이주한 조선인의 후손. '고려인'이라고도 부른다. 1937년 소련의 스탈린 정부는 일본과 내통할 우려가 있다는 이유로 연해주에 거주하던 조선인 약 17만여 명을 카자흐스탄, 우즈베키스탄 등 중앙아시아 지역으로 강제 이주시켰다. 한민족임에도 해방 후나 소련연방 해체 후 한국으로 귀환하지 못했다. 현재 러시아를 비롯한 독립국가연합 국가에 50여만 명이 살고 있는 것으로 추정된다.

러더냐고 물어서 그냥 어디서 들었다고 했지. 그러니까 김정남이 그랬구먼 하더라고. 전세기를 띄우려면 한 5천만 원 든대요. 다음 날 아침에 전세기로 돌아왔어요.

IMF를 극복하고 IT 산업을 육성하다

최민희　정책위 의장이 되실 때 IT 분야 육성도 핵심 과제 중 하나였다고 말씀하셨는데요.

이해찬　집권하기 전에 내가 DJ의 연설문을 여러 번 써 드렸는데 한번은 제3의 물결, 정보화시대, 그런 말씀을 드렸어요. 굉장히 귀담아 들으시더라고. 그러고 나서 며칠 뒤에 보니까 사람들한테 정보화시대에 대해서 나보다 더 말씀을 잘하셔. 그때부터 새로운 시대를 대비해야 한다는 비전을 갖고 계셨던 거예요.

　집권 후에도 연설문을 보면 우리가 산업사회에서는 뒤졌지만 지식사회에서는 앞서가야 한다는 인식이 담겨 있어요. 98년 6월에 DJ가 미국을 방문하셨을 때 스탠퍼드 대학에서 특강을 하셨어요. 이종문 회장이 스탠퍼드 대학에 200만 달러를 기증해. 한국의 IT 전문가 양성 프로그램을 설치, 운영해 달라는 거였어요. 이분이 스탠퍼드 교수님들하고 한국에도 오셔서 IT 분야 육성에 여러 가지로 도움을 많이 주셨지.

　DJ는 집권 초부터 IT 산업을 키워야 한다는 목표가 확실했어요. 근데 일단은 IMF 수습이 우선이잖아요. 1년 반쯤 지나 위기가 어느 정도 수습이 되고 2000년 말에 정부가 'IMF 졸업'을 공식 선언했어요. 그러니까 본격적으로 IT 산업 육성에 나서게 된 거예요. 2000년 말에 IMT-2000이라고 차세대 영상 이동통신 사업자를 선정해요. KT하고 SKT가 됐어. 쉽게 말해 KT, SKT한테 주파수를 각각 1조 3천억에 판 거예요. 그 돈이 정보화촉진기금으로 쓰였지.

2001년에 내가 미국 출장을 가게 됐어요. 실리콘밸리가 불황을 맞고 있던 때야. DJ가 미국에 빨리 좀 다녀오라고 하시더구만. 이한구 의원이 한나라당 정책위 의장이었는데 같이 가자고 해서 팀으로 갔어요. 버클리 대학, 스탠퍼드 대학도 들렀지. IT 업계가 왜 불황을 맞았는지 파악해 보니까 핵심이 기존 전통산업하고의 결합 여부예요.

순수하게 IT 분야만으로는 성장에 한계가 있었어요. 반면에 제조업 같은 전통산업하고 IT 기술이 결합을 하면 시너지가 생겨. 예를 들어 공장을 정보화하면 산업의 생산성을 높이잖아요. 다녀와서 DJ에게 보고를 드렸더니 기존 산업에 IT를 어떻게 장착할 것인지 고민을 해 보라고 하시더구만.

그때 유럽도 출장을 가려고 했는데 사고가 생기는 바람에 미국에서 그냥 돌아와서 아쉬웠지. 샌프란시스코 호텔에서 같이 간 직원이 가방을 잃어버렸어요. 거기에 경비가 다 들어 있었는데 누가 가져갔어. 고급 호텔인데도 CCTV가 없어요. 이 직원은 패닉이 돼 가지고 계속 같이 다니기도 힘들겠더라고. 내가 알아서 처리할 테니 당신은 귀국해라, 몸이 아파서 먼저 돌아왔다고 해라. 그러고는 당장 급한 경비는 빌리고 유럽 출장은 포기를 했어요.

최민희　포항제철을 만든 사람은 박정희이지만 IT와 결합해서 부가가치를 높인 사람은 김대중 대통령이라고들 합니다. 말씀을 들으면서 지도자의 비전이 얼마나 중요한지 다시 한 번 생각하게 됩니다.

이해찬　조선산업, 철강산업이 IT 기술과 접목되면서 현대중공업이나 포항제철의 생산성이 엄청 높아졌어요. 참여정부 때 방한한 벨기에 총리를 모시고 포항제철을 방문한 적이 있어요. 벨기에가 나라는 작아도 철강 강국이야. 그때 포항제철의 생산성이 왜 높아졌는가를 이구택 회장이 설명해 줬어요. 핵심이 IT 기술을 접목시킨 거라고 설명하더구만.

예전에는 철광석 가루를 녹여서 쇳물을 만든 다음에 한번 굳혔다가 다시 쇳물을 만들었대요. 근데 IT 기술을 접목시켜서 응고-가열 과정을 생략하고 바로 쇳물을 만들어서 옮긴다는 거예요. 온도를 유지해서. 에너지와 시간을 절약하니까 비용도 확 떨어지고. 그러니까 벨기에 총리가 우리로서는 상상할 수 없는 일이라고 부러워했어요. 현대중공업에서도 IT 기술을 결합해서 로봇이 용접을 해요. 모든 공정을 컴퓨터가 통제하니까 가능한 거지. 이런 것들이 말하자면 스마트 팩토리를 만들어 가는 과정이었어요.

그리고 네이버라든가 다음 같은 플랫폼이나 메신저, 게임 같은 쪽에서 새로운 시장이 개척되기 시작했고.

아쉬운 건 우리가 원천기술을 가져다가 응용하고 상품화하는 건 잘했는데 원천기술 자체를 개발하지 못한 거예요. 메모리 분야는 육성이 됐는데 비메모리 분야가 뒤처졌지. 구글이나 마이크로 소프트 같은 기업이 못 나왔잖아요. 실리콘밸리의 중심 도시 팰로앨토(Palo Alto) 같은 데 가 보면 전 세계에서 가장 유능한 인재들이 와 있어요. 그런 사람들이 처음부터 대기업에 들어가서 일하는 게 아니라 자본이 없이 창업을 시도해요. 첨단기술 개발에 도전하는 벤처기업들한테 엔젤클럽이라든가 사모펀드 같은 자본이 유입되니까 가능한 거지. 우리는 그런 걸 못 만들었고.

언어의 제약도 있어요. IT 분야에서 쓰는 언어의 70%가 영어야. 20%가 중국어고 5%가 스페인어. 나머지 5%가 각종 언어인데 사실 의미가 없어요. 프로그램을 짜도 수요가 없으니까. 우리 싸이월드가 페이스북보다 먼저 개발됐지만 세계시장에 진입을 못했잖아요.

최민희　박정희 신화가 수십 년간 계속된 이유는 '박정희의 산업화가 우리를 먹여 살린다'는 인식 때문이었던 것 같습니다. 그런데 정보화시대의 한국 사회는 IT 산업이 먹여 살리고 있다고 해도 과언이 아닙니다. 국민의 정부가 그 토대를 만들어서 참여정부까지 이어졌다고 할 수 있는데요. 이명박, 박근혜 정부 들어서는 IT 분야에 대한 전략이 별로 없었습니다. IT 산업이 모바일 중심으로 급격하게 바뀌는 중요한 시기였는데요.

이해찬　이명박 정부는 토목, 건설에 몰두했으니까…. 집권하자마자 정보통신부하고 과학기술부를 없앴잖아요. 정통부 업무를 지식경제부 등 여러 부처로 쪼갰지. 박근혜 정부는 뭐, 마인드 자체가 없었던 것 같고.

IMF 구조조정, 우리에게 다른 길이 있었다면…

최민희 국민의 정부는 IMF 환란 중에 출범했지만 IMF를 '조기졸업'했고 남북 관계 개선, IT 산업 육성 등 정말 많은 일을 했습니다. 하지만 당시를 되돌아보셨을 때 아쉬운 점도 있을 것 같습니다.

이해찬 처음 민주적 정권교체를 이루고 집권한 정부였지만 성과가 많았다고 할 수 있을 거예요.

지방자치제도 안착, 4대 강국 외교 같은 것도 성과지. 국민의 정부를 수평적 정권교체라고 말하는 사람들이 있었는데, 나는 틀린 표현이라고 생각해요. 민주 정부에서 민주 정부로 교체되어야 수평적 정권교체지. 엄밀하게 말해 김영삼 정부는 군부 세력의 잔재가 연장된 거잖아요. 그러니까 국민의 정부는 민주적 정권교체라고 해야 맞아.

그런데 IMF 상황에서 집권을 하다 보니 민주 정부로서 새로운 틀을 만들기보다는 당장의 문제를 수습해야 했어요. IMF는 금융시장 개방에다가 고강도 구조조정을 압박하고…. DJ가 취임도 하기 전에 5대 재벌들하고 구조조정 원칙을 합의했잖아요. 경영 투명성 제고, 상호지급보증 해소, 재무구조개선, 업종전문화, 경영자 책임 강화가 5대 원칙이었지. 부채 한도를 200% 내로 줄이는 구조조정을 하면서 자회사들이 정비됐어요. 핵심 역량을 강화하는 쪽으로 해서 삼성은 자동차를 내놓고 전자에 주력하고, 현대는 하이닉스를 내놓고 자동차에 주력하는 식으로 구조조정을 했지. 대우는 마지막까지 제대로 못했어요. 주력사업이 마땅하게 없기도 했고. 대우 쪽에 아는 양반이 한번 만나자고 해서 갔더니 부채 규모를 오히려 키워서 상황을 극복하겠다는 마인드더구만. 내가 뜻은 전달하겠지만 안 될 거라고 했어요. 부채를 줄이는 것이 기본 구조조정 방향이고, 은행에서 돈을 빌릴수록 은행만 부실해지니까. 금융권도 구조조정 자금으로 167조인가를 쏟아부었는데…. 아무튼 대우는 버티다가 그룹 전체가 해체돼 버렸어요.

재벌 구조조정과 함께 공기업도 민영화를 시작했잖아요. 포스코, KT, 기업은행 등등. 공기업들을 민영화해서 상장하면 대금이 들어오고 그 돈으로 경기부양을 위해서 필요한 시설을 짓거나 SOC(사회간접자본)에 투자를 한 거예요. 그때 주요 기업들이 외국 자본에 넘어갔지. 할 수만 있었다면 제한적 개방을 했어야 하는데 우리한테 방어 능력이 없었고 조건이 완전 개방이었으니 어쩌겠어요.

그러고 나서 소비를 촉진하려고 신용카드 발행을 쉽게 했잖아요. 내가 정책위 의장을 할 땐데, 공기업 민영화도 그렇고 신용카드 보급은 다음 정권에 부담을 주겠다 싶었어요. 3~4년 지나서 부채 폭탄으로 돌아오지 않을까 걱정했더니 아니나 다를까 참여정부 때 문제가 됐고…. 외환위기를 수습하는 과정에서 부작용이 이것저것 많았어요. 그나마 그렇게라도 했기 때문에 IMF를 극복한 것이거든.

최민희 외환위기 극복 과정에서 벌어진 부작용을 말씀하셨는데요. 우리에게 신자유주의를 무조건 받아들이는 것 외에 다른 선택지가 있었다면, 좀 더 민주적이고 개혁적인 사회경제 구조를 만들

수도 있었을 것이라는 아쉬움으로 들립니다.

이해찬 맞아요. 그래도 복지제도의 체계를 만든 건 다행이야. 국민의 정부가 처음으로 기초생활보장제도를 만들었어요. IMF 터지고 노숙자들이 정말 많았지. 서울역, 종로, 영등포 등지에서 많을 적에는 서울에 60만 명까지 갔어요. 복지 체계를 만드는 게 시급한 거야. 국가가 모든 걸 보장해 줘야 하는 7% 정도가 기초생활수급자로 지정됐어요. 하위 20% 중에서 절대빈곤층이지. 그 위는 차상위계층 13%. 이 계층은 조금 차등을 둬서 지원을 하고. 나는 국민의 정부가 이런 기본적인 사회안전망을 만든 게 가장 큰 성과가 아닐까 생각해요.

최민희 김대중 대통령이 IMF의 신자유주의 정책을 받아들였지만 어쨌든 한국 정치사에서 가장 진보적이고 개혁적인 정치인이셨잖아요. 통일외교, 문화, IT, 복지정책에 있어서는 진보적 정책 기조가 유지됐던 것이고요.

이해찬 그런 말을 들어 봤는지 모르겠네. DJ는 우향우를 하는 데 아홉 번이 걸린다는. 10도씩 끊어서 아홉 번에 걸쳐 우향우를 한대요. 반면에 YS는 한 번에 우향우를 해 버리고, 박정희는 180도를 단번에 돌아 버렸지. 이건 큰 차이예요. DJ는 현실에 따라 조심스럽게 오른쪽으로 돌았던 거예요. DJ와 국민의 정부를 그렇게 이해하면 되지 않을까 싶어.

사실 우리 복지제도는 유럽의 중도우파와 가깝지. 내가 유럽 진보정상회의에 갔었다고 했잖아요. 거기 가 보면 스웨덴 복지정책에 대해서 여러 나라들이 볼멘소리를 해요. 천천히 좀 가라고. 민주당의 복지정책은 스웨덴 우파와 비슷한 정도예요.

최민희 이제 국민의 정부 시기를 마무리하고 2002년 대선 얘기로 들어가야 할 것 같습니다. 그전에 한 가지만 더 여쭤보고 싶은데요. 국민의 정부에서 인사는 어떻게 이뤄졌는지 궁금합니다.

이해찬 음…, 그때는 인사청문회도 없었고 장관은 DJ가 직접 선택을 했지. 산하기관 인사 같은 것은 부처에 자율권을 비교적 많이 줬어요. 청와대 수석들도 장관들을 통제하거나 하지 않았고. 그러다 보니까 내가 실수한 적이 있었어요. 교육부 산하에 정신문화원이라고 있었는데 조직이 아주 엉터리야. 개혁이 필요하다고 보고 한상진 교수를 원장으로 염두에 뒀어요. 근데 그 사실이 신문에 보도가 돼 버렸어. 그 바람에 DJ한테 한 소리 들었어요. 나는 그냥 내가 하면 된다고 생각하고 얘기했는데 DJ가 의중에 둔 사람이 있었나 봐요. 그만큼 산하기관 인사는 장관들의 재량에 맡기는 분위기였다는 얘기예요. 자유로웠지. 청와대에서 인사 개입을 거의 안 했어. 참여정부 때는 청와대 인사위원회를 만들었는데 오히려 더 폐쇄적이었던 것 같아요. 인사권은 청와대가 다 가져갔고.

관료 사회에서는 중요 보직에 영남 출신들이 많았어요. 호남 출신들은 1, 2급이 거의 없고. 특히 경제관료 쪽이 심했어요. 국민의 정부 들어서는 호남 출신들이 조금 숨통이 트이는데 그래도 주류는 영남이었지. 어떤 분위기였냐면, 호남 출신 관료들은 자기가 어디 출신이라는 걸 안 밝히려고 했어요. 호적을 서울로 바꿔서 등본에도 서울로 나오게 했던 거야. 이런 지역 편향을 바로잡는 게 단기간에 가능하지 않아요. 민주 정부가 오래 집권을 하면서 균형 인사의 뿌리를 내려야지.

3부

꿈은
이루어진다

노무현 후보를 지켜야 한다

2001년 '세대교체론'을 주장한 진짜 이유

최민희　이제 드라마틱했던 2002년 민주당 국민참여경선 이야기를 해 봤으면 합니다. 그전에 잠깐 당시 민주당 상황을 짚어 봐야할 것 같은데요. 대표님이 애초 평민당에 입당하실 때 가장 큰 목표는 민주적 국민정당 건설이라고 하셨습니다. 정계에 입문해서 5·18 진상규명, 교육개혁, 재정 운용 개혁 등등 크고 작은 성과를 냈고 정권교체에도 일조하셨는데, 정당 개혁은 어느 정도까지 이뤄진 상태였는지 궁금합니다. 국회에서는 대통령 하기보다 제대로 된 정당 대표 하기가 더 어렵다는 말이 떠돌아다니더라구요. 정당을 이끌기도 힘든데 정당을 바꾼다는 것은 매우 힘든 일이었을 것 같습니다.

이해찬 87년 이후에 군부독재 체제가 끝나면서 정당정치가 복원이 되긴 했지만 그게 개인 리더십에 의한 '3김정치'였어요. 92년에도 당내 민주주의는 없었어요. 공천 제도가 하향식이었을 뿐만 아니라 대의원도 지명제였으니까. 위에서부터 다 내려가는 거야.

그러다가 93년 민주당이 전당대회에서 최고위원을 처음 선출했고, 95년에 서울시장 후보 경선을 했어요. 이거 외에는 민주적인 의사결정 구조가 없었지. 97년에 DJ가 대통령에 당선되고도 2002년까지 당 총재였잖아요. 당시 당대표는 사실상 총재 대행이라고 봐야 돼. 여전히 당내 민주주의라는 게 없었다고 할 수 있어요. 지구당 개편 회의록도 적당히 이름만 바꿔서 만들고….

재정 구조도 민주적 국민정당과는 거리가 멀었어요. 정당이 건강한 재정 구조를 확립하려면 당원들의 당비와 합법적인 후원 제도, 국고 지원이 필요해요. 나는 당비를 내는 기간 당원과 그렇지 않은 일반 당원으로 나눠서 기간 당원한테는 투표권을 더 줘야 한다고 주장해 왔지. 당비 내는 당원들이 권리를 행사하는 구조를 만들고 국가는 국고보조를 통해서 정당을 육성해야 정당정치가 발전해요. 정당이 음성적으로 정치자금을 조달하니까 독재정권 아래서 야당은 쉽게 공작의 대상이 됐어요. 언제든 죽일 수 있는 존재였던 거야.

내가 90년대에 독일 에버트 재단(프리드리히 에버트 재단)을 방문한 적이 있어요. 에버트 재단이 사민당 계열의 재단인데, 당시 사민당이 받는 국고보조금이 연간 1,400억이라고 들었어요. 에버트 재단이 받는 게 800억 정도고.

아무튼 2000년 들어서도 민주적 국민정당은 아직 슬로건이었을 뿐이에요. 2000년 1월에 새정치국민회의가 새천년민주당으로 재창당을 하잖아요. 그때 나는 직접 관여를 안 했는데 전당대회에 참석하는 당원들한테 버스 대절해 주고, 식사비 주면서 참여를 시켰어요. 당의 운영 방식이 달라지지 않았던 거지. 그러다가 2002년 대선후보 경선에서 처음으로 당원하고 일반 국민들이 참여하는 방식을 만든 거예요. 95년 서울시장 후보 경선이 맹아였다고 생각해요. 거기서 국민 참여를 확대한 방식이니까. 내가 평민당에 88년 입당했으니 14년 걸렸네요. 대선후보를 경선으로 뽑기까지.

최민희　당시 경선 방식을 살펴보면 대의원 20%, 일반 당원 30%, 일반 국민 50%의 비율이었고, 모든 후보를 놓고 1위부터 최하위까지 번호를 매기는 선호 투표제였습니다. 많은 분들이 이 경선 방식을 자기가 만들었다고 주장하고 있어요.

이해찬　글쎄…. 나는 잘 모르겠어요. 경선 룰을 만드는 데 직접 관여를 안 했거든. 다만 당시 전반적인 분위기를 얘기하자면, 당 밖에서는 이회창 대세론, 당내에서는 이인제 대세론이었지. 98년에 이인제가 우리 당으로 들어왔잖아요. 97년 대선에서 거의 500만 표 가까이 얻었으니까 이인제를 우리 후보로 내면 그나마 가능성이 있다고 본 거예요. 재집권이 쉽다고 생각하지는 않았지만.

경선이 시작되기 전까지 다들 '대선후보 노무현'은 상상도 못 했어요. 물론 2000년경부터 노무현 의원은 대선 출마 의사가 있었지. 해수부장관 끝내고 나서 나한테 그랬어요. 대선에 나가겠다고. 그땐 흘려들었는데 진짜 대선에 도전한 거야.

최민희　제가 당시 경선 관련 자료들을 찾다가 대표님이 이미 2001년 6, 7월에 '세대교체론'을 주장하셨다는 기사를 봤습니다. 지식기반, 선진 복지, 남북 화해로 가는 전환기에 차세대 지도자의 덕목을 말씀하신 건데요. "냉전 교육을 받은 정치인, 권위주의적 사고를 가진 정치인, 지역 터잡이에 근거해 정치를 이끌려는 사람은 지도자가 못 된다"고 하셨더군요. 언론들은 대표님이 한나라당 이회창 총재를 겨냥하는 동시에 여권 대선주자들에 대한 메시지도 던졌다는 해석을 내놨습니다.

　대표님의 진짜 의중은 무엇이었나요?

이해찬　이회창을 겨냥한 것도 맞지만 이인제도 안 된다는 얘기를 돌려 말한 거예요. 개인적으로는 이인제 의원하고 가깝다고 했잖아요. 학생운동 선배이기도 하고 노동위 활동도 같이했고. 그런데 이 양반이 역량은 뛰어났지만 퍼블릭 마인드가 부족하다 생각했어요. 개인적인 정치 욕망을 추구한다고 할까…. 그런 점에서 나하고는 결이 맞지 않았어요. YS 밑에서 정치를 하면서 구태 정치에 물들기도 했고.

최민희　그러니까 대표님은 이인제 대세론을 따르지 않으셨던 거군요.

이해찬　그렇지. DJ는 당 3역은 중립을 지키라고 하셨는데, 노무현 의원을 지지할까 봐 그러셨던 것 같아요. 내가 세대교체론을 들고 나왔을 때 김근태, 노무현 의원은 반색을 했지. 김중권 대표는 못 마땅해했고. 이인제 의원은 별다른 반응이 없었는데 나하고 맞붙지 않으려고 그랬을 거예요.

드라마 같았던 국민참여경선

최민희　국민참여경선이 시작되자 반응이 폭발적이었습니다. 경선 선거인단 수가 3만 5천 명이었는데 190여만 명이 신청했어요. 이때부터 이미 이인제 대세론이 깨지기 시작했다고 볼 수 있을 것 같습니다.

이해찬　노무현 후보 외에 다른 후보들은 자기를 지지할 선거인단을 모집해 왔어요. 그래서 자기가 선거인단인지 아닌지 모르는 경우도 생겨. 근데 노무현 후보 쪽은 자발적인 지지자들이 신청하는 거예요. 노사모를 중심으로 해서.

　경선 들어가기 전에 노무현 후보가 나한테 와서 자기를 좀 도와 달라고 했어요. 내가 당 3역은 중립을 지키라는 지침이 있어서 대놓고 도울 수 없다, 죄송하다, 그랬지. 나로서는 굉장히 미안한 일이었어요. 92년에 이 양반 덕분에 공천을 받았는데 나는 필요할 때 돕지를 못하니까. 못 도와드린다고 하니까 고개를 푹 숙이고 돌아가는데 어깨에 힘이 빠진 것 같아…. 그리고 나서 유시민한테 전화가 왔어요. 정책위 의장을 그만두고 도와주시면 되지 않냐고 따지는 거지.

최민희　그런데 경선이 시작되자마자 노무현 후보의 지지율이 올라가기 시작했습니다. 민주당 경선이 시작된 3월 9일에 『문화일보』와 SBS 공동 여론조사 결과가 나오는데요. 양자 대결에서 노무현 후보가 41.7%, 이회창 후보가 40.6%였어요. 경선에서도 '노풍'이 불기 시작해서 '태풍'이 돼 버렸습니다. 4월 27일 민주당 대통령 후보로 확정된 직후 노무현 후보의 지지율은 60%까지 갔어요. 대표님은 노무현 후보의 경선 승리를 예상하셨습니까?

이해찬　처음에는 아니었지. 지역 경선이 울산, 제주, 광주 순서로 시작됐잖아요. 제주에서는 한화갑 후보가 예상대로 1위를 했는데, 울산에서 뜻밖에 노무현 후보가 1위를 하더구만. 그때부터 가능성을 보인 거예요. 시작하자마자 이인제를 넘어섰으니까.

　　그래도 광주 경선이 결정적인 계기였지. 노사모가 엄청나게 열심히 뛰었어요. 광주에서 승부를 내자, 광주에서 이기면 경선을 휘어잡을 수 있다, 그러면서.

　　근데 진짜 광주에서 노무현 후보가 1위를 해 버린 거예요. 한화갑 후보는 3위가 되고. 난리가 났지. 한화갑 후보는 자기 텃밭에서 졌으니까 충격이 클 수밖에 없어요. 그래서 사퇴를 해 버리잖아. 이 양반이 그러고는 전당대회에서 당대표가 되는 쪽으로 방향을 바꿨어요. 광주 경선 후에는 '노풍'이 아주 파죽지세야.

　　이인제 후보는 충청 지역에서만 간신히 1위를 했어요. 다급하니까 노무현 후보한테 색깔론을 들고나왔는데 효과가 없었잖아요. 되레 인천 경선에서 노무현 후보가 그 유명한 연설을 하면서 인기가 더 올라가. 장인의 좌익 활동을 공격 받으니까 "아내를 버리란 말이냐" 하고 받아쳐 버렸지. 내가 그 연설을 보면서 이야, 감각의 차이가 커도 너무 크구나 싶었어요. 완전히 다른 스타일의 정치인인 거예요. 어떤 정치인이 그렇게 말할 수 있겠어요. 결국 이인제는 전남 경선에서도 지고 사퇴를 해 버렸어.

최민희　당시 전당대회에서 대표님은 최고위원에 출마하지 않으셨나요?

이해찬　정책위 의장 그만두고 나갔는데 떨어졌어요. 여덟 명이나 뽑으니까 떨어질 줄 몰랐어. 근데 9등도 못했지. 11등인가 했을 거예요. 다들 나 하나쯤 안 찍어도 이해찬은 되겠지, 그런 생각들을 했다고 하더구만.

　그때 기억나는 에피소드가 있지. 선거운동 하러 전국을 다니는데 비용이 솔찬히 들어갔어요. 한번은 조윤형 의원 지역구에 갔는데 사무실이 아주 좋아요. 유대운이라고 사무국장한테 50만 원을 줬더니 안 받아. 그러면서 이걸로 밥 사 드시고 다니라고 100만 원을 나한테 줬어요.

　창원에서는 지구당 사람들 밥 사 주고 격려금 차원으로 100만 원씩을 줬더니 그중 하나가 "우리를 거지로 아느냐"고 발끈했어요. 내가 표 달라는 거 아니다, 지방에 다니고 하실 때 경비로 쓰라는 거다, 그랬는데도 계속 불만이야. 그럼 돌려 달라고 하니까 안 내놔요. 결국 돌려받았지. 100만 원을 우습게 알 만큼 전당대회를 하면 지구당에 돈을 많이 뿌린 거예요.

승부사 노무현의 선택

최민희　노무현 후보가 경선에서 승리하고 난 후에는 여러 가지로 순탄치가 않았습니다. 첫 번째 위기는 김영삼 전 대통령 방문 때문이 아니었나 싶습니다. 의외의 행보였어요. 그 후로 민주당과 노무현 후보 지지율이 점점 떨어져서 10%대가 됐습니다.

이해찬　맞아요. 그때 'YS 시계'를 차고 방문했지. YS가 아주 인기가 없었는데…. 거기다가 DJ는 아들 비리가 터지면서 레임덕이 왔고. 민주당은 6월 지방선거에서 참패했어요. 호남만 빼고 다 졌지.

최민희　지방선거 참패 후에 민주당 최고위원회가 노무현 후보를 재신임하겠다는 결정을 내렸습니다. 8월 재보선에서 참패하고 나서는 정몽준 씨와 후보단일화를 요구하는 모임까지 만들어졌어요. 민주당이 자기 당 후보를 흔드는 모습이 정치공학적으로는 있을 수 있는 일인지 몰라도 국민들이 보기에는 볼썽사나웠습니다. 당시 민주당의 고민이 컸을 테고 구성원 간에 갈등도 심했을 것 같은데요. 대표님은 어떤 생각을 하셨는지 궁금합니다.

이해찬　경선으로 뽑은 대선후보를 흔들면 안 된다, 이러면 경선

제도가 정착될 수가 없다는 게 내 생각이었지. 7월 초에 나를 포함해서 30명 정도가 정치개혁 모임을 만들었어요. 임채정, 이상수, 이재정, 김희선 의원 등등. 노무현 후보의 개혁 노선을 적극적으로 뒷받침하기 위한 모임이라고 밝혔어요. 근데 이미 당 분위기가 노무현으로는 안 된다는 쪽으로 기울어진 거야. 후보 교체론이 막 나오고. 그나마 월드컵 때까지만 해도 노무현 후보가 간신히 버텼는데. 우리가 월드컵 4강에 진출하고 정몽준 바람이 불면서 분위기가 넘어가 버렸어요. 거기다가 당대표가 된 한화갑이 노무현 후보를 안 도와줘. 그런 상태에서 지지율은 15~16%밖에 안 나오지, 돈도 없지, 전망이 잘 안 섰어요.

그러다가 10월쯤 되니까 정몽준하고 단일화를 하자고 하는 거예요. 당 안에서는 후보단일화협의회(후단협)가 만들어지고 그중에 일부는 탈당을 했지. 후단협은 아니었는데 김민석도 탈당을 해서 정몽준 쪽으로 갔어요.

2002년 지방선거 앞두고 DJ가 나한테 서울시장 출마를 제안하셨어요. 나는 고사를 했지. 얼마 후에 김민석이 찾아왔어. 자기가 서울시장 선거에 나가도 되겠느냐. 그러라고 했지. 이상수 의원하고 경선을 해서 후보가 됐는데 본선에서 떨어진 거예요. 30대 촉망받는 정치인이니까 2004년에 다시 출마하면 된다는 분위기였고. 낙선하고 나서 미국에 간다고 하더니 갑자기 정몽준한테 가더구만.

아무튼 그렇게 해서 정몽준하고 단일화 압박이 안팎에서 막 들어왔고, 결국 받아들이게 됐어요. 대선 출정식 하는 날 단일화 발표를 했는데 노사모가 충격을 많이 받더구만. 그날 노사모 사람들이 많이 와 있었어요. 단일화를 하면 노무현 후보가 진다고 생각할 때니까 시쳇말로 '멘붕'이 온 표정이야. 문성근 씨도 당혹스러워하는 것처럼 보였어요. 단일화한다는 걸 몰랐던 거지.

최민희　단일화 협상 전 여론조사 결과를 보면 이회창 30%대, 정몽준 20% 중반, 노무현 15% 정도였습니다. 그런데 민주당이 단일화 방식을 여론조사로 하자는 데 합의했어요. 대표님은 단일화 협상단장을 맡으셨는데요. 단일화 협상 과정에 진통이 있었을 것 같습니다.

이해찬　정몽준 쪽에서 국민여론조사로 단일화를 하자고 했지. 자기들이 앞서니까. 내가 생각할 때 여론조사 방식은 전례도 없고 과학적이지도 않았어요. 그걸 노무현 후보가 받아들이겠다고 한 거예요. 나는 단일화를 해도 노 후보가 대통령에 당선되기 어렵다고 봤어요. 노 후보도 같은 생각이었고. 근데 결론이 달라. 나는 어차피 안 될 거 단일화를 못하더라도 원칙을 지키는 선택을 하자. 노 후보는 단일화가 안 되면 어차피 떨어진다, 그러니 이 방법밖에 없지 않느냐….

최민희　말씀하셨듯이 노무현 대통령은 완전히 다른 스타일의 정치인이라는 걸 또 확인하게 되네요. 승부사입니다.

이해찬　맞아요. 나는 생각이 달랐지만 후보가 결심했으니 어쩌겠어요. 근데 막상 여론조사를 하려니까 보통 복잡한 일이 아니야.

제일 문제는 오차를 어떡할 거냐, 였어요. 오차범위 내에서 나온 여론조사 결과로는 우열을 가릴 수가 없거든. 다시 해야 돼요. 그러면 여론조사를 수십 번 해서 오차범위 밖의 것만 써야 하는데 그렇게 할 수도 없는 상황이고.

그래서 오차를 무시하자고 했어요. 단 1%라도 앞선 사람이 이긴 걸로 하자. 나로서는 그렇게 주장할 수밖에 없었지. 직전 여론조사를 보면 정몽준 23%, 노무현 17% 정도가 나왔어요. 6% 차이밖에 안 돼. 한참 실랑이를 하다가 오차를 인정하지 않기로 합의가 됐어요. 0.1%라도 앞선 사람이 이기는 걸로. 처음에는 세 군데 여론조사 기관에서 조사를 해서 두 군데 이상 이겨야 되는 걸로 했지. 근데 시간이 너무 많이 걸리고 할 만한 기관이 없어서 두 곳에서만 하게 됐어요.

여론조사 문항을 놓고도 치열했어요. 초안을 정몽준 쪽에서 썼는데 받아 보니까 노무현 후보한테 조금 유리한 거예요. 협상장에서 김한길이 문항을 들고 왔는데, 나더러 이걸 받으면 안 된다고 큰소리를 치래. 그냥 덥석 받으면 안 된다고. 자기는 받겠다고 할 테니 싸우는 것처럼 하자는 거예요. 아주 꾀가 있어. 밖에 정몽준 쪽 사람들이 들으라고 큰소리로 못 받겠다 했지. 그러다가 내가 포기한다, 도리가 있겠느냐, 하면서 마지못해 받기로 했어요. 여론조사는 일주일 후인가 실시하기로 했지 아마.

그런데 다음 날 문제가 생겼어요. 한 언론사에서 여론조사를 발표했는데 노무현 후보가 정몽준 후보를 이기는 걸로 나온 거야. 저쪽에서 난리가 났어. 협상단이 다 사퇴해 버렸어요. 다시 협상을 하자고 하니까 이해찬을 빼야 한대. 그래서 김한길이 협상단장을 맡고 신계륜 비서실장이 간사를 맡았어요. 재협상할 때 여론조사 날짜는 바꿔도 상관없지만 문항은 정몽준 쪽에서 작성한 걸 절대 바꾸면 안 된다고 신계륜 간사한테 말해 뒀지.

단일화 파기, 극적인 승리

최민희　예상을 깨고 여론조사에서 노무현 후보가 정몽준 후보를 이겼습니다. 단일 후보가 된 후에는 지지율이 급등해서 이회창 후보까지 따라잡았어요.

이해찬　그랬지. 40% 정도가 나왔어요. 이회창 후보가 33~35%로 떨어졌고. 선거를 한 달 남기고 뒤집어진 거예요. 단일화 효과야. 진짜 꿈만 같더구만. 정몽준 후보가 승복하고 흔쾌히 선대위원장을 맡겠다고 했어요. 노무현 후보로 단일화가 결정된 직후에 여의도 포장마차에서 노무현, 정몽준 두 사람이 축하주를 '러브샷' 하는 장면이 크게 보도됐잖아요. 단일화의 상징성이 큰 장면이었지.

당선 가능성이 생기니까 후원금도 들어왔어요. 이상수 의원이 총무본부장이었는데 나한테도 연락이 오는 거예요. 후원금 내겠다고. 그전에는 돈이 없어서 진짜 고생들을 했어요. 광고도 큰 회사들이 안 붙어서 조그만 회사들하고 했거든. 회사가 작으니까 우리가 돈을 줘야 계약이 돼요. 근데 후보는 돈 만들 필요 없다고 물정 모르는 말씀을 하고 그랬지….

최민희　DJP 연합에서는 JP가 내각제를 요구했습니다. 당시 정몽준 쪽에서는 구체적으로 어떤 것을 원했는지 알고 싶습니다.

이해찬　단일화되고 나서 연립정부 구성을 논의했어요. 정몽준은 총리나 외교부장관을 하고 싶어 했어. 선거에 이길 테니 약속해 달라고 그랬지. 자기는 외교 분야에 관심이 많다고. 근데 DJP 연합 때는 내각제를 염두에 두고 JP가 총리를 한 건데, 정몽준의 경우는 그게 아니잖아요. 총리도 외교부장관도 대통령 직속이고 외교부장관은 대통령의 특명전권대사 역할을 하는 자리예요. 외교에서 대통령 대행이야. 노무현 후보는 완강하게 반대했어요. 내가 기획본부장이었으니까 정몽준을 설득했지. 일단 우리를 믿고 따라와 달라. 선거 끝나고 얘기해 보자. 그러면서 유세도 같이 나오고 그랬던 거예요.

최민희　그러다가 선거운동 마지막 날 정몽준이 단일화 파기 선언을 하게 되는데요. 그날 얘기를 좀 듣고 싶습니다.

이해찬　마지막 날은 각자 유세를 하다가 종로에서 같이 마무리를 하기로 했어요. 그날 아침에 정몽준을 만났을 때 내가 그랬지. 오늘은 홀가분하게 하자고. 우리가 한 2~3% 정도 앞서고 있었으니까. 나도 처음으로 신림동에서 저녁 유세를 했어요. 일곱 시쯤이었는데 사람이 엄청나게 모였더구만. 97년 선거 때만큼 모인 거 같았어요.

　아, 근데 종로 유세에서 큰일이 벌어진 거야. 여덟 시 좀 넘어서 전화를 받았어요. 급하게 캠프로 갔더니 정몽준이 유세 때 틀어져서 집으로 가 버렸대. 기가 막혀요. 다행히 정몽준 쪽에서 공식적으로 뭔가 발표한 건 아니었어. 나중에 들어 보니 그때 정몽준은 김홍국이랑 술을 마셨다고 하더구만. 일단 9시 뉴스에는 나가지 않았는데 추측성 뉴스들이 나오기 시작해요. 정몽준이 단일화를 철회한다더라. 캠프에 다들 모였지. 비상 상황이잖아요. 노무현 후보를 설득했어요. 정몽준 집으로 가서 달래야 한다. 근데 안 돼요. 안 가겠다는 거예요.

다들 포기하고 나왔어요. 나보고 얘기를 해 보라는데 안 하겠다고 했어요. 그랬더니 당신이 기획본부장이지 않냐, 그래요. 할 수 없이 후보한테 갔는데 나도 화가 나는 거야. 소리를 쳤어요. 나라의 명운이 걸려 있다, 당신 혼자 하는 일이 아니다, 우리가 이러려고 이 고생을 하면서 여기까지 왔냐, 당장 일어나서 가시라. 하, 그래도 꿈쩍을 안 하더구만. 내가 화가 나서 문을 쾅 닫고 나왔어요. "이런 식이면 앞으로 정치하지 마시라", 그런 비슷한 말을 했어요. 근데 나중에 이해찬이 "대통령도 자기가 하기 싫으면 못하는 거지" 하면서 소리쳤다고 소문이 났지.

아무튼 그러고 화를 내고 나왔더니 조금 지나서 후보가 마음을 바꿨어요. 정몽준한테 가겠다고. 그때가 열한 시쯤 됐을 거예요. 정대철 위원장이 후보를 수행해서 갔는데 좀 있다가 전화가 와요. 가는 중에 후보가 또 차를 돌리라고 한다, 아무리 생각해도 못 가겠다고 그런다…. 그때 정대철 위원장이 울고불고했대요. 그렇게 어렵게 찾아갔는데 정몽준이 만나 주질 않았지. 정몽준이 술에 취해서 자고 있었다고 하더구만.

『조선일보』는 좋아 가지고 대선 당일 신문에 대서특필을 했잖아요. 정몽준이 노무현을 버렸다고. 국민들도 버리라는 얘기였지.*이제 틀렸구나 싶은 생각이 들었어요. 집에 가서 자고 좀 늦게 일어났지. 출구 조사 포인트를 잡아 놨는데 확인을 해 보니 2~3%지고 있는 걸로 나와요. 그게 오전 열한 시였어요. 어차피 안 되나보다 하면서 캠프에 나갔어. 근데 청년들이 오후 들어서 투표장에나온다는 거예요. 출구 조사 격차가 조금씩 줄더니 세 시쯤 되니까우리가 앞서. 그때부터 묘한 기분이 들기 시작했어요.

최민희 민주당 내에서는 노무현 후보를 흔들었지만 당 밖에서는헌신적인 지지자 그룹이 있었습니다. 노사모, 개혁국민정당 등이온라인, 오프라인에서 정말 열심히 뛰었어요. 대선 당일 새벽에는「정몽준, 노무현 버렸다」는 사설이 실린 『조선일보』를 수거하러 다니기까지 합니다. 인터넷의 등장과 새로운 형태의 정치 팬덤이 승리의 한 요인이 아니었을까요?

이해찬 맞아요. 나중에 KT 사장을 만나서 물어보니까 대선 당일

사설 「鄭夢準, 노무현 버렸다」 2002년 12월 19일자 『조선일보』 사설의 제목이다. 신문사가 특정 정당을 노골적으로 편드는 우스운 모양새였다. 사설의 일부를 인용하면 다음과 같다. "16대 대통령 선거의 코미디 대상(大賞)은 단연 '노무현·정몽준 후보 단일화'다. 선거 운동 시작 직전, 동서고금을 통해 유래가 없는 여론조사로 후보 단일화에 합의하고, 선거운동 마감 하루 전까지 공동 유세를 펼치다가, 투표를 10시간 앞둔 상황에서 정씨가 후보 단일화를 철회했다. 이로써 대선 정국은 180도 뒤집어졌다. … 지금 시점에서 분명한 것은 후보 단일화에 합의했고 유세를 함께 다니면서 노무현 후보의 손을 들어줬던 정몽준 씨마저 '노 후보는 곤란하다'고 판단한 급작스러운 변화의 뜻을 슬기롭게 읽어 내야 하는 일이다."

에 2천만 건의 통화가 이뤄졌대요. 최고로 통화량이 많은 날이었다고 하더구만. 지지자들이 투표 독려를 한 거예요. 항상 느끼지만 시대 변화를 빨리 간파하고 새로운 미디어를 먼저 활용할 줄 알아야 돼요. 인터넷을 통해서 지지자들이 모이고 선거운동을 한다는 거. 이회창 쪽은 생각지도 못하는 일이었지.

우리 당도 본부장들 중에서 컴퓨터를 다룰 줄 아는 사람이 별로 없었어요. 그래도 노트북 한 대씩을 앞에 두고 거기다 스티커를 붙였어요. '낡은 정치 청산' 같은. 언론에 노출될 때 새로운 이미지를 부각하려고 그런 거지.

최민희　공약 중에서는 행정수도 이전이 눈에 띄었습니다.

이해찬　선거에서 주도권을 잡는 건 아주 중요해요. 행정수도 공약으로 선거의 주도권을 잡았지. 97년에도 행정수도 이전을 공약으로 내걸 거냐 말 거냐 고민을 했었어요. 그때 DJ는 굉장히 조심스러워하셨어요. 우리가 휴전선을 포기하는 것처럼 역공을 당할 수도 있다고. 2002년에 균형발전 차원에서 공약을 내자고 하니까 수도권 의원들이 반대를 많이 하더구만. 근데 노무현 후보가 공약으로 가자고 선택을 했어요. 그러면서 그게 선거의 주 이슈가 되어 버린 거야. 상대편은 우리 공약을 공격하다가 끝났어요. 자기들 주장이 없었지.

최민희　2002년 대선 승리의 요인을 정리하면, 노무현 후보 개인의 독특한 역량과 치명적 매력, 후보단일화, 행정수도 이전 공약,

인터넷 선거운동 정도가 되지 않을까 싶습니다. 반면 이회창 후보는 의제를 선점하지 못한데다가 아들 병역 비리 의혹까지 불거지면서 타격을 입었고요.

이해찬　그렇게 볼 수 있지. 후보에 대해서 한마디 더 하자면, 선거는 기본적으로 진정성이 있어야 돼요. 그리고 비전과 신뢰가 필요하지. 노무현 후보는 오랫동안 지역감정 극복에 진정성을 보여 줬어요. 몸으로 부딪쳤어. 그리고 결정적인 순간에 예상을 벗어나는 선택을 했어요. 노 후보를 보면서 나 같은 정치 오래 한 사람은 대통령이 될 수 없다는 생각이 들었어요.

　이회창 후보 아들 병역 문제는 김대업이 언론을 통해서 주장했잖아요. 우리가 처음 제기한 게 아니야. 그런데 우리가 그 사람하고 공작을 한 것처럼 보도되기도 했지.

최민희　노무현 후보 당선이 확정됐을 때 어떠셨습니까?

이해찬　긴장이 확 풀려서 잠들었어요. 다 같이 찍은 사진에 내가 없어요. 자고 있었거든. 어떻게 이런 일이 있을 수가 있나 싶고 꿈만 같았지. DJ가 당선됐을 때도 그랬는데, 하늘의 뜻이라는 느낌이 들었어요. 국민경선부터 온갖 우여곡절을 다 겪었잖아요.

돌아온 대통령의 '책임총리'

참여정부 첫 중국 특사

최민희 말씀하신 것처럼 수많은 우여곡절을 겪고 극적으로 노무현 후보가 대통령에 당선됐습니다. 그런데 대표님은 인수위도 그렇고 참여정부 출범 초기 정부에 참여하지 않으셨는데요. 특별한 이유가 있었습니까?

이해찬 노 대통령을 뭘로 도와드릴 거냐, 내 나름대로 고민을 했어요. 당을 제대로 만들어야겠다고 생각했지. 한화갑 대표가 당권을 차지하면서 대선을 돕지 않았단 말이에요. 사무실도 제대로 못 쓰게 했어. 정동영 쪽은 쇄신파라고 해서 돕긴 도왔는데 적극적이

지는 않았고. 대선에서 이겼지만 노무현 후보하고 같이했던 사람들은 여전히 당내에서 소수파였어요. 115명 중에 한 40명 정도. 임채정, 이상수, 이재정 이런 재야 출신들이 중심이었지. 한화갑계가 장악한 당을 찾아와야 하는 거예요. 안 그러면 뭘 할 수가 없었어. 노 대통령은 국정원장도 제안을 하셨는데, 내가 그건 아니라고 했어요. 국정원 쪽에 맞는 사람도 아니고 대통령을 뒷받침하기 위해서라도 나는 당을 정비해야 한다. 1년 후에 총선도 치러야 하지 않느냐고.

최민희　민주적 국민정당 건설을 목표로 정치에 입문한 뒤 계속 정당 개혁을 추구해 왔던 대표님의 일관된 선택이라고 볼 수 있겠습니다.

이해찬　어렵게 경선을 해서 후보를 선출해 놓으면 당이 흔들고…. 더 이상 그래서는 안 되잖아요. 당에 남아서 제대로 건사를 해야 한다 싶었지.

그래도 중국 특사는 한 번 했어요. 당선자 신분일 때 저녁을 같이하면서 말씀하시더구만. 당신이 중국을 자주 왔다 갔다 했으니까 특사로 좀 다녀오라고. 그건 하겠다고 했어요. 2003년 초에 갔지. 장쩌민(江澤民)이 주석이고 후진타오(胡錦濤)가 차기 주석으로 내정돼 있을 때였어요. 왕이(王毅)는 특사를 담당하는 외교부차관 중 한 명이었고.

근데 중국 측에서 장쩌민 주석 면담 일정을 잡아 주질 않는 거예요. 직접 대통령 말씀을 전해야 하는데. 언제 주석을 만나느냐고 물어보니 기다려 보라고만 해요.

왕이는 나를 안내하는 역할인데 자기가 꼭 회담 당사자인 듯 나를 만나서 이것저것 물어보더구만.

타이완을 어떻게 생각하느냐고도 물었어요. 내가 그랬지. 우리가 한중 수교를 맺었고 하나의 중국을 인정하는 입장이다, 타이완에 대해서 따로 물을 필요가 뭐가 있냐. 가만 보니까 나를 테스트하는 거였어요. 왕이 다음에는 외교부장관 리자오싱(李肇星)을 만났는데 또 비슷한 얘기를 해요. 미국에 대해서 어떻게 생각하느냐, 미중 관계를 어떻게 보느냐.

최민희　주석을 만나기 위한 통과의례 같은 것이었군요. 외교적으로 민감한 질문들인데 어떻게 대답하셨습니까?

이해찬　중국하고 한국은 역사적으로 서로 싸우기도 했다. 중국은 주류 민족이 많이 바뀐 나라고 우리가 정복당한 적도 있었다. 하지만 서로 짐을 싸서 떠날 수 있는 처지가 아니지 않느냐. 어쩔 수 없는 이웃이니까 잘 지낼 수밖에 없다.

미국은 우리와 군사동맹 관계이지만 역사는 50년밖에 안 됐다. 세계대전 이전에는 관계가 없었고 앞으로 어떻게 될지 모른다. 하지만 6·25 때 우리가 미국의 도움을 받은 것은 사실이다. 김일성과 박헌영이 공동명의로 중국에 참전을 요청하는 편지를 보내니까 중국이 그 요구를 들어주지 않았느냐. 대통령은 그 정도로 생각하고 계시다. 이렇게 얘기를 했어요.

그랬더니 그다음에는 국무위원이 또 면담을 하는 거예요. 달라

2003년 노무현 대통령 중국 특사로서 장쩌민 주석과 환담하는 이해찬

이 라마를 한국에서 초청했는데, 그걸 어떻게 생각하느냐고 묻더구만. 이건 예상 질문에 없었어요. 뭐라고 답변을 해야 되나 싶었지. 그러다가 당신들은 달라이 라마를 민족해방운동 한다고 해서 정치인으로 취급하는데, 우리나라는 종교계에서 종교인으로 초청한 거다. 우리나라는 정교분리 사회고 정치와 종교는 관련이 없다. 그리고 달라이 라마가 한국에 안 오게 하려면 당신들이 우리 불교계 인사를 초청해서 그 사람이 민족주의자, 독립운동가라는 걸 인식시켜라. 나도 당신들의 뜻을 전달하겠다. 그랬더니 좋은 말씀하셨다고 하더구만.

　이틀에 걸쳐서 첫날 오전에 차관, 오후에 장관, 다음 날 오후에 국무위원까지 면담을 한 거예요. 옛날 사신들이 중국에 가면 자금성 들어가기 전에 노잣돈이 다 떨어진단 말이 있는데 그 생각이 나더라고.

최민희　그래서 주석은 만나셨습니까?

이해찬　만났지. 중국은 주석 만나는 날짜를 전날까지 안 알려 줘요. 그게 특징이야. 호텔에 있는데 밤 아홉 시쯤에 전화가 왔어요. 다음 날 열 시에 주석 면담이 있다고. 중난하이(中南海)*의 주석 집무실에서 만나자고 하더구만. 예의를 갖춘 거지. 대담은 아주 잘 됐는데 DJ한테 받은 아이디어 덕분이었어요.

내가 중국 가기 전에 김대중 대통령한테 인사를 갔었거든. 그랬더니 DJ가 장쩌민 주석을 만나면 '동티모르를 해방시킨 아시아 평화의 영도자'라는 말을 전해 주라는 거예요. 주석한테 그렇게 전했더니 아주 좋아해요.

내가 80년대 내란음모 사건 때 DJ와 같이 감옥살이를 했다고도 했어. 기분이 좋아서 동티모르 얘기를 계속하더구만. 면담이 30분 예정이었는데 자기가 25분을 썼어요. 나도 할 말을 해야 되니까 잠깐 끼어들어서 당선자 메시지를 말씀드리겠다고 했지. 그랬더니 알았다면서 다음 일정이 있다는 쪽지도 찢어 버리는 거야. 결국 50분 가까이 면담을 했어요. 나가면서는 굉장히 귀한 분이 오셨다, 잘 대접을 하라는 지시까지 하고 갔어요. 내가 나오려고 하는데 외교부에서 잠깐 기다리래요. 한 20분 기다렸나. 근데 그사이에 의전이

중난하이　베이징 시내 중심부에 있는 호수. 옛 황실 정원. 주변에 중국 공산당 당사를 비롯한 주요 정부 기관, 국가주석과 총리의 집무실 등이 있다. 일반인은 출입할 수 없다.

2017년 문재인 대통령 중국 특사로서 시진핑 주석에게 친서를 전달하는 이해찬

하나 높아졌어요. 보통 특사로 가면 부총리급 예우를 해 줘요. 사이드카 네 대 정도로 다녀. 정식 경호는 아니고 의전상 그렇게 해요. 주석을 만나러 갈 때는 그렇게 갔는데 면담 후에 바뀐 거야. 사이드카 열 대가 쫙 서고 차량도 리무진이에요. 총리급으로 의전이 격상됐어요. 중국이란 나라가 그렇더구만. 호텔로 왔더니 레드카펫이 깔려 있어요. 나보고 그리 가래. 대통령이나 레드카펫을 깔아 주는데…. 방도 바꿔 놨어요. 프레지던트 룸으로.

최민희　주석의 한 마디에 의전도 바뀌는군요. 어쨌든 특사로서의 임무는 성공하셨습니다. 뿐만 아니라 왕이와의 인연이 지금까지도 계속되고 있습니다. 2020년 연말에 왕이 국무위원이 방한했을 때 대표님과의 만찬을 요청해서 화제가 되었어요. 정당 대표들과도 만나지 않았는데 이해찬을 만났다고.

이해찬　노무현 대통령 취임식 때 중국에서 첸치천(錢其琛)이라고 국무원 부총리가 사절단으로 왔어요. 대통령께는 미리 말씀을 드렸지. 중국에서 누가 올지 모르지만 대접을 잘해야 할 것 같다고. 첸치천이 왔을 때 내가 50분을 만났어요.

　왕이는 나랑 동갑이에요. 아주 잘생겼어. 처음 봤을 때는 배우 같았어요. 장인이 저우언라이(周恩來) 총리의 비서였대요. 말하자면 외교가의 적통인 거지. 지금 외교부장 겸 국무위원인데 그런 경우는 별로 없어요. 아주 야무진 사람이야. 나랑은 막역한 사이가 됐어. 지난번에 나하고만 만찬을 한 거는 이유가 있어요. 정치권의 누군가를 만나긴 해야 하는데, 이낙연 대표를 만나면 다른 당대표들도 만나야 하니까 복잡해지잖아요. 그래서 나를 만난 거예요.

대북송금특검과 민주당의 분열

최민희　참여정부 초기에 가장 뜨거운 이슈가 대북송금특검이었습니다. 노무현 대통령이 특검을 수용했고 DJ와 동교동계는 반발했는데요. 대표님은 어떤 입장이셨습니까?

이해찬　대통령 취임하는 날 대북송금특검법안*을 한나라당이 국회에 제출했어요. 그게 첫 법안이야. 그때부터 대통령 흔들기를 시작한 거지. DJ하고 노 대통령을 이간할 수도 있고… 이게 노 대통령 입장에서 곤란할 수밖에 없어요. 당내에서 대통령을 전폭적으로 지지하는 분위기도 아니었잖아요. 대통령이 거부권을 행사해서 법안을 국회로 돌려보낸다 해도 재의결 때 민주당 의원들 중에 이탈 표가 나올 가능성이 높아. 거부권이 무력화되는 거예요.

DJ가 그건 통치행위였다, 직접 한마디 하면 되는 건데 그렇게 안 하셨어요. 불법이 아니다 하셨거든. 민주당 내에서 노무현 대통령을 더 압박했지. 국회에서는 특검법이 통과될 수밖에 없으니까 거부권을 행사하라는 요구였어요.

나하고 김원기 국회의장이 DJ를 찾아갔어요. 대통령의 곤란한 처지를 말씀드리려고. 다른 한편으로는 정대철 대표가 청와대를 찾아가서 특검 받으시면 안 된다고 대통령을 설득했지. DJ는 서운해하셨어요. 대통령이 거부권을 행사하겠다는 뜻을 확실하게 안 밝히니까. 한참 얘기하고 있는데 청와대 쪽에서 연락이 왔어요. 안 되겠다, 수용할 수밖에 없겠다고. 그러니까 DJ는 더 서운해하지. 우리도 참 난감했어요.

특검이 시작되면서 호남 쪽 지지율이 빠지고, 민주당은 분열되고. 노 대통령은 시작부터 고난의 길이었어요.

대북송금특검법안   2003년 2월 당시 야당이던 한나라당이 제출한 '남북정상회담 관련 대북 비밀 송금 의혹 사건 등의 진상규명을 위한 특별검사 임명 등에 관한 법률'. 한나라당은 2000년 남북정상회담 성사를 위해 북한에 비밀 송금이 이루어졌다는 의혹을 제기하며 수사를 요구했다. 대북 송금은 통치행위라는 동교동계의 반발과 논란 속에 특검법이 통과되었다. 특검은 '현대그룹이 대북 7대 사업권 구입 명목으로 4억 5천만 달러를 북한에 송금했으며, 정부가 이를 도왔다'는 수사 결과를 발표했다. 수사 과정에서 조사를 받던 정몽헌 현대아산 회장이 자살했고, 박지원 전 장관이 구속되었다.

최민희   당시에 시민사회단체 사람들 몇 명이 문재인 민정수석을 뵈었습니다. 청와대는 대북송금특검에 대해서 검찰 수사보다 특검 수사가 차라리 낫다는 판단을 했던 것 같아요. 문재인 정부도 그랬지만 노무현 정부 때 특히 검찰은 민주 정부에 적대적이었습니다.

이해찬   맞아요. 일반 수사로 가면 별건 수사를 할 가능성이 높았지. 특검은 수사 대상, 기간을 법적으로 한정해 놓으니까 차라리 낫다는 거예요. DJ한테도 그 말씀을 드렸더니 서운함이 좀 가셨어요. 그러면서 두 분 사이가 완화가 된 거야.

최민희   특검 결과 박지원, 임동원 등 DJ 측근 인사들이 구속되고 현대 정몽헌 회장이 투신하는 등 파장이 컸습니다.

이해찬   내용상으로 보면 송금 절차는 정상적인 결재 라인이 아니었어요. 근데 그렇게 해서 정주영 회장이 대북 사업권을 잔뜩 땄잖아요. 현대아산에서도 문제가 될까 봐 돈을 안 보내려고 했다더구만. 실무자들은 반대를 하는데 정주영 회장이 "선수금으로 생각하고 보내라"고 해서 보냈대요.

　　그러면서 김정일 위원장한테 공단을 하나 만들자고 제안한 거야. 관광사업은 큰돈이 안 되니까. 공단을 하려면 금강산 쪽은 수출에 마땅하지 않고, 항구가 있는 개성 쪽이 좋겠다고 했대요. 그랬더니 김정일 위원장이 거긴 군부대가 있는데 어떻게 공단을 만드냐면서 DJ의 의향을 타진해 달라고 한 거예요. 정주영 회장이 DJ한테 상황을 얘기하니까 DJ 입장에서는 불감청고소원(不敢請固所願)이지. 그렇게 해서 현대가 5억 달러를 북에 지원하고 북은 개성에서 군부대를 빼게 됐어요. 개성공단을 합의하고 나서 정상회담이 이루어졌고.

최민희　대북송금은 절차적 투명성을 갖지 못해 사법적인 처벌을 받았습니다. 그럼에도 현대와 김정일 간의 개성공단 합의는 이후 남북 관계 개선에 물꼬를 튼 역할을 했다는 말씀이시지요?

이해찬　○○○이라고 정주영 회장 수행 비서를 했던 사람이 있어요. 그 양반이 지금도 이런 말을 해요. 남북 관계 개선을 말로만 해서는 진척이 안 된다, 정주영 같은 사람이 있어서 윤활유 역할을 해야 하는데 요즘은 그런 사람이 없다고.

열린우리당을 창당했지만…

최민희　특검 수용을 놓고 삐거덕거리던 민주당은 결국 분당이 됩니다. 물론 근본 원인은 대선후보 경선에서부터 시작된 동교동계와의 갈등이라고 할 수 있을 텐데요. 말씀하셨듯이 당권을 잡은 동교동계는 후보 교체를 요구하고 대선에서도 노무현 후보를 지원하지 않았습니다. 노무현 후보가 자력으로 대통령에 당선되면서 당내에 정당 개혁, 지도부 교체의 요구가 일어날 수밖에 없었을 것 같습니다. 그래도 분당은 쉽지 않은 결정이셨지요?

이해찬 원래는 전당대회를 해서 당을 정비하고 당권을 가져오자는 생각이었어요. 선대위에 참여했던 의원들 중심으로 전당대회 소집을 요구하려고 했지. 그러려면 당무 회의를 열어야 돼요. 당무 회의에 우리 쪽 사람들은 다 들어가서 앉아 있는데 다른 쪽은 일부만 들어와서 논쟁을 하는 거예요. 왜 전당대회를 해야 하느냐고. 그렇게 시간을 한참 끌었어. 나중에는 건달 같은 사람들이 와서 슬슬 치고 다니면서 협박을 하더구만. 나는 DJ하고 관계가 있어서 그런지 함부로 못하고 신기남 의원한테 가서 협박을 해요. 어떤 여성 당원은 이미경 의원한테 상스러운 소리를 하면서 머리채를 잡아당긴 거야. 몸싸움이 벌어지고 난리가 났지.

그런 일을 겪고 나니 차라리 신당을 만들자는 쪽으로 분위기가 바뀌었어요. 신당 창당 준비위원회로 넘어가게 돼. 천정배 의원은 싸워 보기도 전에 이미 탈당해 버렸고. 내가 그러지 말라고 몇 번 설득을 했는데….

최민희 건달 동원하고 머리채 잡았던 상황을 돌이켜 보면 그때 새천년민주당의 수준이 과거와 크게 다르지 않았구나 하는 생각이 듭니다.

이해찬 DJ가 집권한 기간 동안 당은 발전을 하지 못했어요. 2002년에 한화갑이 당권을 차지하면서부터 노무현 후보하고 대립했고. 참여정부 들어서는 우리 쪽하고 계속 갈등이야. 그래도 신당을 만드는 것보다는 민주당을 바꾸는 게 맞아요. 의원이 100명은 돼야 대통령을 지원할 수 있는 당이 되는 거 아니야. 근데 폭력 사태까지 벌어지니까 어쩔 수 없이 신당을 만들게 된 거지.

아무튼 신당 창당으로 방향을 잡고 나서 우리가 북한산에 갔어요. 결의를 하는 거지. 근데 막걸리 한잔씩 하면서 막 울고 그랬어. 대통령까지 당선시켰는데 당이 저렇게 되니까….

40명 정도가 신당 창당 준비위원회를 만들고 내가 기획단장을 맡았어요. 당명도 내가 지은 거야. 처음에 나는 '우리당'으로 하려고 했는데 '열린'을 붙여야 개방형 당처럼 보인다고 해서 '열린우리당'이 됐어요. 당대표는 간선으로 뽑기로 했지. 당대표는 당을 관리하는 사람이지 대선후보가 아니에요. 근데 당대표를 직선으로 뽑으니까 돈 선거가 되고 부작용이 너무 많아. 시도당 위원장은 직선제를 하기로 했어요. 당원은 당비를 내는 기간 당원과 일반 당원으로 구분하고.

근데 중앙위원회에서 문제가 터져요. 보훈회관 뒤에 조그마한 호텔이 하나 있었어요. 거기서 중앙위원회를 하는데 정동영 쪽 사람들이 들이닥친 거야. 당대표 직선제를 하자면서 당헌개정안을 현장에서 제출했어요. 간선제를 하면 정동영은 당대표가 되기 어려웠거든. 그런 상황은 생각지도 못했지. 어이가 없기도 하고. 정동영, 김한길, 김희선 등이 중심이 돼서 직선제 안이 통과돼 버렸어요.

그러고 나서 나는 당에서 손을 뗐어요. 정동영이 당 의장이 됐지. 내가 퍼블릭 마인드가 중요하다고 강조하잖아요. 퍼블릭 마인드가 없으면 이런 일이 벌어지는 거예요. 자기 사조직을 키우는 게 당이라고 생각해. 당권 차지한 다음에 공천권을 가지려 들고….

창당을 하긴 했는데 전당대회를 치러 보니까 그런 구조를 갖고는 당이 안 되겠어요. 당을 제대로 해 보려고 했는데 실패했어. 의원 수가 47명이니까 여당이라고 해도 법안이 통과되나, 예산심의가 되나, 민주당에 70명 정도 의원이 남아 있었는데 한나라당 편을 들고. 장관들은 다 주눅이 들어 있어요. 당을 만들긴 만들었는데 전혀 대통령을 방어할 수 있는 당이 아닌 거야.

탄핵, 총선 승리, 아버지를 여의다

최민희 그런데 반전이 일어납니다. 탄핵 역풍으로 열린우리당이 4·15총선에서 152석을 얻게 되는데요. 전당대회 할 때까지만 해도 전혀 예상하지 못하셨지요?

이해찬 후보로 내보낼 만한 자원이 없었어요. 그래도 어떡할 거야. 당은 당인데 어떻게든 해 봐야지. 장관들을 초청해서 저녁을 한번 샀어요. 장관들 중에서 몇 명은 출마를 권해 보려고. 그 양반들한테 내가 그랬어요. 우리 당 의원이 40여 명밖에 안 되지만 여당이기 때문에 총선에서 100명은 만들 수 있다. 그러니까 다들 말도 안 된다는 분위기야. 그때 한명숙 환경부장관이 자기는 출마한다고, 일산으로 가겠다더구만. 홍사덕이랑 붙어야 하는데 솔직히될 거 같지 않았어요. 속으로만 와, 한 번도 출마를 안 해 본 사람이 용감하다, 그랬지.

그러고 있는데 탄핵을 한 거야. 탄핵안을 발의하기 전에 한나라당 최병렬 당대표를 만났어요. 탄핵하면 안 된다, 대통령 발언이 무슨 탄핵감이냐, 이건 내란이다, 그랬지. 최병렬은 자기 혼자 결정하는 게 아니라면서 가 버렸어요.

최민희　예상치 못한 탄핵 역풍이 부니까 일각에서는 탄핵 음모론을 제기하기도 했습니다. 노무현 대통령이 의도적으로 승부수를 띄웠다고….

이해찬　글쎄…. 2004년이 시작되면서부터 한나라당은 총선을 대비한 정치 공세를 했어요. 대통령으로 인정할 수가 없다, 탄핵을 해야 한다. 그런 얘기가 1월 하순경부터 나왔어요. 나중에 들었는데…, 당시 헌법재판소 관계자와 민주당 관계자가 먼 인척이래요. 헌법재판소 관계자가 민주당 관계자한테 탄핵이 가능하다고 슬쩍 귀띔을 해 줬다는 거야. 민주당 관계자가 그 얘기를 듣고 확신을 한 것 같아요. 민주당을 부추겨서 3월 12일에 탄핵소추안이 가결됐지. 취임하고 불과 2년 만에 대통령이 탄핵되는 초유의 일이 벌어진 거야. 청와대로 대통령을 찾아갔더니 풀이 죽어서 관저에 계시더구만. 집무실도 못 가니까. 내가 뭐 딱히 할 말도 없었어요. 데면데면 앉아 있다가 돌아왔지.

최민희　국회에서 탄핵소추안이 가결되자마자 시민들이 탄핵 반대 촛불을 들었습니다. 30만이 모였던 바둑판 시위는 인구에 회자되었어요. 시민들의 힘으로 탄핵도 기각시키고 해방 후 최초로 민주개혁 세력이 과반 의석을 확보할 수 있었다는 생각이 듭니다.

이해찬　기적이지. 민주당 152석에 민주노동당도 10석을 얻었잖아요. 나는 탄핵 직후에 아버님이 돌아가셔서 선거운동을 거의 못했어요. 유세를 선거 전날 서울대 근처 녹두거리에서 딱 한 번 했지. 그런데도 당선이 된 거야.

최민희　아버님이 그때 돌아가셨군요.

이해찬　당에서 회의하고 있는데 어머니한테서 전화가 왔어요. 아버지가 안 일어나신다는 거야. 숨은 쉬고 있는데. 아침 여섯 시면 일어나시는 분이 아홉 시가 되어도 안 일어나신다니까 덜컥 겁이 나더구만. 일단 병원으로 모시게 하고 나는 회의 끝나고 갔어요. 뇌출혈이래. 피를 빼내려면 호스를 꽂아야 되는데 틈이 없다는 거예요. 장기는 다 돌아가지만 뇌사상태나 마찬가지였어요. 일단 인공호흡기를 달자고 했지. 그때 아버지 연세가 아흔이셨어요. 병원에서는 인공호흡기가 의미 없다는 얘기를 빙빙 돌려서 해. 대놓고 달지 말라고 하면 윤리적인 문제가 되니까. 이런 경우는 뇌사상태가 아주 오래간다, 연명치료밖에 안 된다, 비용이 하루 50만 원이다. 그러면서 나가 버려요. 가족들이 상의를 했지. 의사가 인공호흡기를 안 붙이려고 하는데 그렇게 하자고. 우리가 인공호흡기를 달지 않겠으니 이 상태에서 진료만 봐 달라고 했어요.

　선거는 시작됐고 당은 엉망이고 병원 왔다 갔다 하니까 나는 정신이 없었어요. 아버지는 그 상태에서 어쩌다 한 번씩 눈을 뜨셨지. 근데 요렇게 둘러보다가 자식 중에 하나라도 없으면 다시 눈을 감으시는 거예요. 네다섯 번을 그렇게 하셨어. 그래서 형제들끼리 얘기를 했어요. 아버지가 눈을 뜨셨을 때 재빨리 바로 모이자고. 사람이라는 존재가 참 묘하다는 생각이 들더구만. 자식들이 다 모여 있는 걸 확인하시고는 돌아가셨어요, 아버지가. 그게 선거 닷새 전이야.

최민희　대표님께 아버님은 인생의 멘토 같은 분이셨는데요. 그런 아버님과 담백하게 헤어지는 게 어렵지 않으셨습니까?

이해찬　선거보다는 아버지 마지막을 지키는 데 주력하긴 했지만 잘 보내 드렸어요. 아버지는 당신이 살아오셨던 것처럼 담백하게 돌아가셔. 뇌출혈만 왔지 다른 장기들은 다 깨끗했어요. 워낙 운동을 좋아하셔서 유도, 테니스 같은 걸 즐기셨는데 마지막까지 관리를 잘하신 거지.

헌법 정신을 따르는, 명실상부 책임총리

최민희　5월 14일 헌재는 탄핵소추안을 기각합니다. 돌아온 노무현 대통령은 대표님께 국무총리를 맡기셨는데요. 그 얘기를 듣고 싶습니다.

이해찬　그전에 원내대표 떨어진 얘기부터 해야 돼요. 총선도 끝나고 탄핵 정국도 끝나고 나서 유시민이 찾아왔어요. 청와대에 갔다 오는 길이라고 하면서 나더러 원내대표를 좀 나가 달라고 그래요. 나는 하반기 국회의장을 생각하고 있었거든. 상반기에 6선 김원기 의장이 하셨으니까 하반기에는 5선인 내가 하면 되지 않겠나 했지. 근데 갑자기 원내대표를 하라니까 좀 뜬금없었어요. 천정배 의원이 원내대표를 하겠다고 선언한 상태였고. 천정배하고 내가 경쟁하는 것도 좀 그렇잖아요. 내가 뜬금없이 원내대표 선거를 나가야 되겠냐고 하니까 대통령이 그렇게 말씀하셨대. 그때 대통령한테 좀 죄송하더구만. 당을 잘해 보겠다고 정부에 참여를 안 했고, 인수위도 안 했고…. 당을 한다면서 원내대표는 안 한다고 할 수가 없었어요. 그래서 나갔지. 떨어질 거라고는 생각도 안 했는데 떨어졌어요. 여섯 표 차이.

그때 대통령하고 당대표가 원내대표 선거에 개입하지 않기로 합의를 했었어요. 근데 정동영 대표가 선거 이틀 전에 올라와서 개입을 했어. 선거 앞두고 여성 의원 세 사람이 찾아온 일도 있었어요. 상임위원장 세 자리를 요구했는데 내가 그건 곤란하다고 거절했지.

아무튼 원내대표 떨어지고 앙코르와트에 여행을 갔다 왔어요. 5월 하순쯤이었을 거야. 유시민이 또 찾아왔어. 대통령이 좀 보자고 하신대요. 청와대로 갔지. 대통령은 탄핵에 대한 격앙된 감정이 아직 남아 있더구만.

이런저런 얘기를 나누다가 "헌법 정신 지키면서 총리 한번 안 해 보시겠냐" 그러시는 거예요. 어느 정도 예상을 하고 갔지만 그때만 해도 나는 1차 고려 대상이 아니었어요. 김혁규 전 경남지사가 그때 우리 당에 와 있었거든. 그 양반이 대선 과정에서 노무현 후보를 도왔어요. 경남지사도 잘한 걸로 평가 받았고. 그리고 한두

2004년 7월, 국무총리 임명장을 받는 이해찬

명 후보가 더 있었지. 그랬는데 방향을 바꾼 거예요. 헌법 정신에 맞는 총리, 행정부를 통할하고 국무위원 임명제청권 행사하는 책임총리를 해 보자는 쪽으로.

내가 생각 좀 해 보겠다, 즉답할 수 있는 상황은 아니다, 그렇게 말씀드리고 나왔어요. 돌아오니까 이미 기자들이 의원회관에 잔뜩 와 있더구만. 내가 거의 지명인 것처럼 기사가 나오고. 근데 총리를 하면 국회의장을 못하잖아요. 당을 추슬러 나갈 사람도 없고. 천정배 의원이 원내대표가 됐는데 당이 중구난방이었어요. 몇 사람하고 상의를 했지. 그러고 나서 총리를 하기로 결정한 거예요.

최민희　국무총리 인준 표결에서 열린우리당 의원 수보다 훨씬 많은 표를 얻으셨지요?

이해찬   그랬지. 청문회도 별거 없이 끝났어요. 장인이 돌아가시면서 대부도에 있는 땅을 600평 정도 상속해 주셨어요. 주말농장하라고. 장인이 당뇨병으로 돌아가셨거든. 운동을 해야 된다면서 골프 회원권이랑 주말농장을 주신 거야. 그 유언대로 당원들하고 주말에 가서 농사를 지었어요. 포도밭이었는데 추석 지나고 가 보니까 어떤 놈이 다 서리를 해 갔어. 청문회에서 그게 나왔는데 문제될 건 없었어요. 그것 말고는 심재철이 우리 가족 묘지를 문제 삼은 정도. 아버지 돌아가시고 청양에 가족 묘지 만들려고 나무를 열 그루인가 베어 냈거든. 그걸 무허가 벌목이라고 뭐라 했지.

인준 표결을 하니까 200표가 나왔어요. 우리 당 표보다 50표쯤 더 많아. 한나라당에서도 40명은 찍은 것 같았어요. 그렇게 총리 업무를 시작했어.

'버럭총리'가 된 사연

최민희   막상 총리가 되시고 나서는 국회에서 야당과 팽팽한 긴장 관계가 계속됐습니다. 야당이 엉뚱한 질의를 하면 호통도 치시고 그랬지요.

이해찬   여당이 과반을 넘었는데도 장관들은 여전히 주눅이 들어 있어요. 16대 국회에서 하도 당해 가지고 국회만 가면 벌벌 떠는 것 같았어. 근데 그렇게 해서는 정부가 안 되는 거예요. 거기다가 우리 당 의원 152명 중에서 초선이 108명이었어요. 그중에는 개성이 강한 사람도 있고. 우리끼리 우스갯소리로 108번뇌다 그랬지. 아슬아슬한 과반이니까 몇 사람만 이탈해도 일이 안 돼요.

이래서는 안 되겠다 싶어서 내가 일부러 세게 답변을 했어요. 내가 5선이니까 일부러 무시하기도 하고. 한나라당은 더 화를 내고 그랬지. 근데 그렇게 하고도 내가 잘 버티니까 대통령은 기분이 좋은 거예요. 당하기만 하다가…. 국무회의 때 나를 보면 당신이 총리가 되니까 내가 기분이 좋다고 그러셨어요. 그러면서 분위기가 좀 달라졌어. 장관들도 좀 기가 살고.

최민희　대정부질의에 답하시면서 "한나라당이 차떼기당 아니냐"고 불법대선자금 문제를 거침없이 언급하기도 하셨습니다. 대표님의 이미지를 '버럭총리'로 각인시킨 장면이 아닐까 싶은데요.

이해찬　그건 사연이 있어요. 의도적인 거야. 2004년 10월에 헌재가 행정수도 이전을 위헌으로 판결했잖아요. 설마 했는데 들려오는 얘기가 심상치 않더구만. 그러더니 진짜 위헌판결이 났어요. 서울이 수도인 게 관습헌법이라는 논리로….

청와대로 급히 갔더니 대통령도 화가 나셨어. 넋두리를 하시더라고. 옆에서 그 말을 들은 어떤 행정관이 기자들한테 옮긴 거예요. 대통령이 헌재 판결에 "처음 들어 보는 이론"이라고 불만을 드러냈다는 보도가 일부 언론에 실렸어요. 내가 아주 등골이 오싹해. 탄핵에서 겨우 빠져나왔는데 헌재 결정을 수용 안 하면 그건 진짜 탄핵이야. 헌법재판소의 판결은 불복 절차가 없어요. 대통령은 그렇게 말씀하신 적이 없다고 빨리 수습을 하라고 했지. 안 그러면

2005년 2월, 국회 대정부 질문에서 답변하는 이해찬

큰일이 난다고.

그다음 날부턴가 대정부질의가 있어서 국회에 나갔어요. 마지막 날에 한나라당 안택수 의원이 내가 유럽 순방 중에 한 말을 꼬투리 잡아서 시답잖은 질의를 하는 거예요. 내가 "한나라당이 집권하면 역사는 퇴보한다"고 했더니 한나라당 폄훼 발언이라고. 어떻게 대답을 할까 하다가 한나라당은 차떼기당인데 어떻게 좋은 정당이라고 할 수 있느냐, 차떼기당 맞지 않냐, 등의 답변을 했지. 한나라당이 아주 난리가 났잖아요. 나더러 사과하라면서 등원도 거부했어. 언론은 나 때문에 국회가 파행됐다고 대서특필을 하고. 덕분에 헌재 판결 얘기는 쏙 들어갔어요.

내가 13일 만인가 말이 너무 심했다면서 "사의를 표한다"고 했어요. 그러니까 또 그게 감사의 뜻이냐, 사과의 뜻이냐고 따지더구만. 충청도에서는 '사과'를 격조 있게 표현해서 '사의'라고 한다, 충청도 양반은 다 안다고 했지.

어렵지만 풀어낸 방폐장, 공공기관 이전

최민희　대통령을 지키기 위해서 몸을 던져 '물타기' 하신 거네요. '버럭총리' 이미지를 얻으셨지만 실세 총리, 명실상부한 책임총리였다는 평가도 받으셨습니다. 재임 중에 민감한 현안들을 많이 처리하셨지요?

이해찬　방폐장, 행정수도, 공공기관 이전, 평택 미군기지, FTA…. 여러 가지 갈등 과제가 막 쌓여 있었어요. 매주 수요일마다 청와대 국정상황실하고 총리실 정책상황실이 정책협의회를 했지. 관련 부처 장관들도 오라고 해서 일곱 시 반부터 아홉 시까지 의제 두 개씩을 잡아서 회의를 했어요. 청와대 정책실장이나 수석은 의견을 잘 얘기하지 않더구만. 대통령이 정책에 관한 건 총리한테 다 위임했으니 토 달지 말라고 한 거예요. 내가 물어보면 답변은 다하면서 자기주장을 내세우지는 않아요. 책임총리제를 그렇게 실행했다고 할 수 있어요. 대통령한테는 그 회의에서 나온 얘기들은 보고드렸고.

　월요일에는 대통령과 오찬을 하면서 주례 회의를 했어요. 열두 시부터 두 시까지. 대통령 비서실장, 정책실장, 국무조정실장, 총리 비서실장까지 여섯 명이 참석하는데 30분 동안 밥 먹고, 한 시간 반 동안 국정에 관련된 포괄적인 논의를 하는 거야. 자료는 그전에 우리가 보내 놓고. 갈등 과제도 그런 식으로 하나씩 하나씩 정리를 해 나갔어요.

그리고 주말에는 총리실, 청와대, 당이 같이 조정 회의를 해요. 총리가 주관을 하고 청와대에서는 정책실장, 당에서는 대표하고 정책위 의장, 총리실에서는 국무조정실장하고 비서실장이 참석했어요.

최민희 말씀하신 방폐장, 공공기관 이전, 평택 미군기지 문제 등등은 하나하나가 다 난제였습니다. 어떻게 해결해 나가셨는지 좀 구체적으로 듣고 싶습니다.

이해찬 방폐장 문제는 내가 총리로 가기 전에 이미 문제가 돼 있었어요. 2003년에 부안군수가 정부에 방폐장 유치를 신청했다가 주민들이 반발하면서 격렬한 시위가 벌어지고 그랬지. 내가 1990년 안면도 방폐장이 실패할 때 그 문제를 다뤄 봤잖아요. 부안의 경우도 보니까 일종의 속임수 홍보를 해 온 거예요. 방폐장이 뭔지를 정확히 알려 주지 않고 유치하는 지역에 대규모 지원금을 준다고. 그러다가 문제가 터졌는데 수습하는 사람이 없어요. 그때 고건 총리를 만나서 빨리 수습을 해야지 오래 끌면 안 된다고 했어요. 근데 방폐장에 대해서 별로 개념이 없더구만….

내가 총리가 되면서 책임지고 해결할 일이 됐어요. 일단은 방폐장이 위험한 시설이라는 걸 인정해야 돼요. 그다음에 안전하게 건설하겠다는 약속을 하면서 특별법으로 유치 지역에 인센티브를 주는 거지. 현금 3천억에 양성자가속기를 주겠다고 했어요. 유치를 원하는 지역은 주민투표를 해서 찬성률이 높은 쪽이 가져가는 걸로 하고. 부안이 제일 먼저 원하더구만. 근데 거기는 적지가 아니에요. 단층 구조 옆이야. 부안은 안 된다고 했지. 경주, 군산, 울진 세 곳이 신청을 해서 경주가 됐어요.

방폐장 건립의 패러다임을 바꾼 거예요. 주민투표로 국가적 과제를 해결한 첫 사례야. 특별법 만들 때는 이런 과정이 고준위폐기물을 처리하기 위한 예비단계가 아니냐는 의혹도 나왔어요. 고준위폐기물은 별도로 처리한다는 걸 명확하게 하려고 법에 명시를 했지. 방폐장 건립추진위의 민간 위원장 한갑수라는 분이 그때 애를 많이 썼어요.

그렇게 해서 10년 넘게 부지를 못 찾던 방폐장을 경주에 만들어서 중저준위폐기물을 보관 처리하고 있어요. 그때 터널 파는 기술도 많이 개발이 됐대요. 땅속에 동굴을 파서 폐기물을 보관하는 방식이거든. 공사비가 넉넉하니까 다양한 방법을 시도한 거지.

사후 처리 비용까지 생각하면 원자력은 가장 비싼 연료예요. 우리는 고준위폐기물, 그러니까 사용 후 핵연료를 재처리할 수 없어요. 이걸 재처리하면 핵무기를 만들 수 있는 플루토늄이 되잖아요. 미국하고 원자력협정을 맺을 때 우리는 재처리 권한을 못 갖게 했어요. 국가 간 이동도 안 돼요. 그 위험한 걸 안고 가는 거지. 중저준위폐기물도 계속 쌓일 텐데 우리는 국토가 좁아서 인적이 드문 곳이 별로 없잖아요. 방폐장 만들 곳을 찾기가 어려울 수밖에 없어요.

최민희　방폐장은 유치하려는 곳이 없어서 난제였다면 혁신도시는 지역 간 유치 경쟁이 치열해서 지정이 어려웠을 것 같습니다.

이해찬　혁신도시는 원래 대통령 공약이 아니었어요. 국가균형발전 공약은 행정수도하고 기업도시 건설이었지. 근데 내가 총리로 갔을 때 혁신도시가 이미 추진되고 있더라고. 대통령의 의지였어요. 13대 시도에 혁신도시를 지정해서 공공기관을 이전시키는 거예요. 기업도시는 민간기업이 주도하는 거라 상대적으로 단순해요. 복잡한 건 혁신도시야. 기관들이 지방으로 가니까 시도지사들은 쌍수를 들고 환영하는데, 기관 사람들은 싫어해요. 기관이 150개 정도 되니까 그걸 어디에, 어떻게 분산시킬지 정하는 게 보통 일이 아니에요. 지자체들은 좋은 기관을 서로 가져가겠다고 하지. 대통령은 나보고 알아서 하라고 하시고….

지표도 만들고 시도지사들이 원하는 기관들을 받아서 대략 방향을 잡았는데, 한국전력이 문제야. 지자체들이 가장 원하는 게 한전이었어요. 규모가 제일 크니까. 그것만으로도 신도시가 하나 만들어지는 셈이거든. 내가 장관들, 시도지사들하고 회의하면서 그랬어요. 다들 한전만 자꾸 주장하지 말아라, 그러다가 한전을 유치하는 지자체장 한 사람만 영웅이 된다.

어떻게 할까 고민을 하다가 한전부터 먼저 입찰에 부치자고 했어요. '한전+1'로 해서 한전을 가져가는 곳은 다른 공공기관 딱 하나만 더 유치할 수 있게 한 거예요. 다른 기관들은 여러 개 유치가 가능하고. 그러니까 광주하고 울산 두 곳이 남더구만. 광주, 울산은 죽어도 한전을 받아 가야겠대. 울산은 한전이 없어도 이미 자립도가 높은 도시잖아요. 울산시장을 만나서 얘기를 했지. 한전이 아니라 다른 기관들을 더 주면 안 되겠냐. 그랬더니 원래 울산으로 이전하려고 구상했던 기관들에다가 두 개를 더 주면 한전 입찰에서 빠지겠대요. 내가 두 개는 무리고 하나를 더 줄 테니 마지막에 빠지라고 했어요. 그렇게 해서 한전은 광주로 가고, 울산은 석유공사를 더 가져간 거예요. 광주는 한전을 주는 대신에 전라남도하고 같이 묶어서 혁신도시를 만들도록 했지. 그게 나주혁신도시예요.

공공기관 노조들한테는 아파트 제공 같은 인센티브를 주면서 설득했지. 시도지사들이 원하는 기관을 유치하려고 노조들을 찾아다니고 그랬어요.

"나는 뭐 하나", 기뻐했던 대통령

최민희　대통령은 정말 좋아하셨겠네요. 총리한테 일을 맡기면 뭐든 해결이 되니까.

이해찬　좋아하시면서 자꾸 난제를 맡겨요. "나는 뭐 하나" 그러시면서. 한번은 청와대 인사추천위원회도 좀 들여다보라고 하시는 거야. 처음에 뭣도 모르고 일단 참석을 했어요. 공공기관 인사를 논의하는데, 기준도 없이 막 하고 있더구만. 보고만 있을 수 없어서 한마디 했지. 인사는 기준을 가지고 해야 된다, 연고주의 같은 걸로 하면 안 된다. 그랬더니 행정관으로 보이는 사람이 대뜸 총리님은 누굴 지지하십니까, 그러더라고. 어이가 없었어요. 내가 추천한다는 뜻이 아니다, 인사를 검토할 때 원칙을 말하는 거다, 그랬지. 가만 보니까 별로 큰 기관의 인사도 아닌데 다들 한마디씩 하면서 결정이 늦어지는 거예요. 내가 갈 자리가 아니다 싶었어. 대통령한테 인추위를 이렇게 운영하시면 안 된다고 말씀드렸어요. 그러고 나서 다음 주에 점심을 먹는데 대통령이 갑자기 지시를 하셔. "이 시간 이후로 차관급 이하 인사는 모든 권한을 총리에게 위임합니다."

큰일 났다 싶더구만. 총리실로 돌아오면서 생각해 봤지. 대통령이 그게 무슨 의미인지 모르시는 거 같았어요. 정책권, 인사권이 다 총리한테 넘어오면 청와대는 뭐 하는 곳이에요? 그 자리에 배석했던 비서실장, 정책실장 등등한테 단속을 했어요. 오늘 대통령 말씀이 절대 밖으로 나가면 안 된다. 대통령의 명이 있었으니까 내가 인사를 하긴 할 텐데, 국무조정실장하고 비서실장은 인사와 관련해 사람 이름을 거론하지 마라. 거론하는 순간 해임이다. 그러고는 청와대에서 인사안을 만들어서 형식적으로 나를 거쳐 가게 했어요. 대통령한테는 마지막 보고를 드리고. 이 과정이 밖에 나가지 않게 엄명을 내렸지.

근데 청와대 인사수석이 자꾸 내 방을 찾아오니까 총리실에서 눈치를 챈 거야. 금요일마다 국무조정실장이 주재하는 차관 회의가 있어요. 거기에 1급을 내보내고 차관들이 잘 안 왔는데, 언제부터 차관들이 다 참석을 하더구만. 눈치를 채고. 도저히 안 되겠어서 대통령한테 말씀을 드렸어요. 지금까지 하기는 했는데 더 이상은 못하겠습니다. 이건 대통령이 하셔야 된다. 어려운 일을 나한테 다 떠넘기시면 어떻게 하냐. 그렇게 해서 원래대로 돌아갔지.

최민희 총리 재임 기간이 2004년 6월부터 2006년 3월까지 2년이 채 되지 않습니다. 그 기간 동안 처리하신 굵직한 현안들이 몇 가지나 될까요?

이해찬 행복도시 건설 등 16개 주요 국정 현안들을 거의 다 해결한 거 같아요. FTA는 마지막 단계를 한명숙 총리가 처리하셨고.

장관들이 자기가 책임지고 처리해야 될 일을 수요일 정책협의회에 들고 왔어요. 그러면서 무지하게 중요한 회의가 돼 버렸어. 행정에서는 가닥을 빨리 쳐 줘야 일이 누적되지 않아요. 그걸 총리가 하는 거지. 그렇게 처리를 하니까 총리실을 정책의 종말처리장이라고 불렀어요.

일을 처리할 때 차관 인사권으로 1급 공무원들을 압박하는 게 효과적이었어요. 예를 들면, 보육 예산을 4천억에서 2조로 올리라는데 처음에는 꿈쩍도 안 해. 그래서 당신들이 정 그렇게 나오면 나도 카드가 있다. 기재부(기획재정부) 1급들은 승진을 포기하는 거냐, 했더니 2조를 열흘 만에 만들어 오더구만. 야, 이 사람들아 진작 만들어 오지 싶었어요.

'대통령 흔들기'에 합세한 여당

한미 FTA, 개방형 통상국가의 불가피한 선택

최민희　한미 FTA에 대해서는 조금 자세한 말씀을 듣고 싶습니다. 한미 FTA는 참여정부 후반기에 가장 큰 이슈였는데요. 노무현 대통령은 FTA를 통한 외적 자극으로 경제의 구조개혁을 꾀했던 게 아닌가 싶습니다. 하지만 진보 쪽 전문가들은 SDI(투자자-국가 소송 제도)로 인한 타격 등 근본적인 질문을 던지면서 비판했어요. 격렬한 논쟁이 벌어졌습니다.

이해찬　2005년경부터 미국에서 FTA 요구가 나오기 시작했어요. 자기들은 한국 가전제품이나 자동차 같은 걸 많이 사 가는데 자기

네 쌀, 고기 이런 농축산물은 수출을 못하니까. 미국의 압박을 어떡할 거냐…. 정부 내에서 논의를 여러 차례 했어요. 우리는 개방형 통상국가잖아요. 미국의 요구를 받아들일 수밖에 없는 거야. 대신 분야별로 내용을 검토하면서 사전 준비를 했어요. 일단 우리 주식인 쌀은 개방할 수 없다, 미국이 얘기도 못 꺼내게 해야 한다. 미국 자동차에 대해서만 배출가스 기준을 완화해 줄 수는 없다. 소고기도 광우병 문제가 있어서 30개월 이상은 안 된다. 몇 가지 기준을 세웠지. 문화 쪽에서는 스크린쿼터 축소 때문에 영화인들 반발이 심했는데 그건 영화진흥기금을 만들어서 영화산업을 보호하는 쪽으로 대책을 세웠어요.

SDI는 남미에서 실제로 겪었던 일이고 우려가 없는 건 아니었지만 그렇게 현실적인 문제는 아니었어요. 그래도 그것까지 협상에서 다루는 걸로 했지.

내가 총리를 그만두기 직전, 2006년 2월에 협상 개시 선언을 했어요.

근데 협상이 끝난 직후에 미국에 가 보니까 각 주마다 이해관계가 다르더구만. 그때는 내가 열린우리당 동북아평화위원장이었는데 미국 상원의 초청을 받고 갔어요. 뉴욕에서 헨리 키신저 전 국무장관도 만났지. 주로 외교 라인 쪽 사람들을 만나서 북핵 문제하고 북미 관계 개선에 대한 얘기를 했는데, FTA 분위기도 좀 파악을 할 수 있었어요. 몬태나주 상원의원이 자기 주에 같이 가자는 거야. 왜 그런가 했더니 몬태나는 주력 산업이 소고기예요. 나를 데리고 가서 선거용으로 써먹을 생각인 거 같았어요. 내가 바쁘다고 고사를 했지. 뉴욕주 상원의원은 미국 자동차를 많이 사 달라고 그래요. 거기에 자동차 부품공장이 많거든.

그때 만난 사람 중에 톰 랜토스라고 하원 외교위원장이 있었어요. 정부에서는 그 사람을 꼭 만나고 오라고 했어요. 이태식 대사도 그렇고. 근데 안 만나 줘. 마침 반기문 UN 사무총장이 그즈음 취임을 해서 그 양반한테 부탁을 했지. 반 총장이 나를 두고 "He is my boss"라고 했대요. UN 사무총장이 그렇게까지 얘기하니까 의전상 면담을 잡은 거예요. 날 보더니 "Are you his boss?" 그러더구만. 이 사람은 FTA 얘기를 전혀 안 했어요. 30분 정도 면담을 했는데 북핵 문제만 다뤘어요. 어떻게 보면 그쪽엔 FTA가 심각한 의제가 아니라는 뜻이에요.

최민희 2002년 대선 때 칠레 농산물 개방 반대 농민 집회에서 노무현 후보가 계란세례를 받은 일이 있었습니다. 한·칠레 FTA로 칠레 농산물이 들어오면 우리 농가가 몰락할 것이라고 우려했지만 그런 일은 일어나지 않았는데요. 우리의 격렬한 논쟁들을 돌아보면 비현실적인 예측도 있었던 것 같습니다.

이해찬 진보정당이나 노조, 농민들은 반발이 많았지. 생존권이 걸린 문제이기도 하고 미국의 압박이라고 생각하니까 그랬을 거예요. 근데 우리가 미국하고만 FTA를 한 게 아니고 캐나다, EU, 일본, 중국까지 시도했잖아요. 일본, 중국은 소극적으로 나와서 못했지만.

미국의 압력이라는 측면에서는 이라크 파병 때가 더 큰 고민을 던져 줬던 것 같아요. 명분 있는 전쟁도 아니었고, 우리 안보랑 직결되지도 않고, 파병 반대하는 촛불집회까지 벌어졌고. 그런데 미국은 파병을 계속 압박하지, 야당은 한미동맹 때문에 파병을 하라고 그러지. 내가 정부에 있을 때는 아니었는데 대통령이 부르셨어요. 갔더니 대통령이 고민하신 흔적이 역력해요. 민주당 내에서는 천천히 결정하는 게 좋겠다는 분위기였고. 고심 끝에 비전투 지역에 비전투 병력을 파병하는 정도로 타협이 된 거예요.

최민희　앞에서 잠깐 반기문 총장 얘기가 나왔는데요. UN 사무총장을 만들기 위해 정부가 노력을 많이 했다고 알고 있습니다. 그 말씀을 좀 해 주셨으면 합니다.

이해찬　원래는 『중앙일보』 홍석현 회장이 UN 사무총장을 하고 싶어 했어요. 2005년 초에 미국 대사로 가 있을 때 대통령한테 요청을 한 거야. 청와대 오찬 회의하는 날 공식 일정이 끝나고 대통령이 말씀을 하시더구만. 홍 대사가 도와 달라는데 어떡하면 좋겠냐고. 근데 UN 사무총장을 정부가 공식적으로 나서서 지원하는 전례가 없었어요. 상임이사국들의 의중을 파악하는 정도지. 대통령한테 이런 말씀을 드렸어요.

　　그러고 나서 청와대가 머뭇거리는 사이에 'X파일'*이 터져 버린 거예요. 홍 회장은 미국 대사조차 못하게 됐고.

X파일 사건　2005년 7월, MBC 이상호 기자가 국가안전기획부의 도청 내용이 담긴 테이프를 입수해 1990년대 중후반 삼성그룹과 정치권·검찰 사이의 유착 관계를 폭로한 사건. '삼성 X파일 사건', '안기부 X파일 사건'이라고도 부른다. 이 파일을 통해 정경유착의 실태, 삼성그룹에 대한 봐주기 수사, 불공정한 재판, 광범위한 불법 도청 문제 등이 모두 드러났다.

당시 UN 사무총장이 남아공 사람이었는데 차기 사무총장 쿼터는 아시아로 넘어와 있었어요. 홍석현이 못하게 되면서 반기문이 대신 등장한 셈이지. 예상치 않았던 후보였는데 정부가 굉장히 공을 많이 들였어요.

UN 사무총장이 되려면 일단 미국이 동의를 해야 가능해요. 미국 입장에서는 어차피 아시아 지역에서 누군가 해야 하는데 일본은 중국이 견제하니까 안 되잖아요. 거기다 우리가 이라크 파병, FTA 협상도 했으니까 일찌감치 동의를 했어요. 나머지 상임이사국들한테도 다 얘기를 했지. 중국, 영국은 내가 얘기했어요. 중국 특사로도 가고 하면서 내가 중국과는 나름 신뢰가 있었거든. 탕자쉬안(唐家璇) 국무위원하고 얘기를 했더니 자기들은 반대하지 않겠대요. 중국은 그게 최고의 동의라고 보면 돼요.

영국은 2006년 초 남아공 진보정상회의에서 토니 블레어 총리를 만나서 얘기를 했지. 우리가 이라크 파병까지 했다, 영국 때문에 한 거다. 다른 나라들은 이라크에서 거의 다 철수하고 우리하고 영국만 남았다. 우리를 좀 도와줘라. 그러니까 자기가 돌아가서 점검을 해 보고 입장을 알려 주겠대요. 귀국해서 보름쯤 후에 연락이 왔어. 노코멘트 하겠다고. 묵인하겠다는 건데 그 정도면 외교적으로 굉장히 긍정적인 사인이에요. 러시아에도 한 번 다녀왔어요. 내가 캐나다에 있는데 반기문한테 연락이 왔어. 러시아를 좀 가 달라고.

비상임이사국들한테도 애를 많이 썼어요. 내가 총리 할 때 스리랑카를 방문한 적이 있었어. 쓰나미 피해 지원을 해 줬는데 당시 총리의 지역구까지 방문을 했어요. 아주 고마워하더구만. 근데 UN 사무총장 뽑을 때 그 총리가 스리랑카 대통령이 돼 있었어요. 얘기하기가 좋지. 총리 퇴임 후에 페루에 특사 자격으로 방문했을 때도 UN 사무총장 얘기를 했고.

반기문 UN 사무총장 당선은 외교적인 성과라고 봐요. 비상임 이사국 50개국 중에서 한 나라만 반기문 총장을 반대했다는데 일본으로 추정하지.

총리에서 물러나 다시 당으로

최민희 한미 FTA 협상이 시작된 직후인 2006년 3월, 갑작스럽게 총리에서 물러나시게 됩니다. 당시 자세한 상황을 말씀해 주실 수 있을까요?

이해찬 2005년 말에 정동영 통일부장관하고 김근태 보건복지부장관이 임기를 마치고 당으로 돌아갔어요. 정동영은 당 의장이 됐지. 나는 정부에 좀 더 남기로 했는데 생각지도 못한 일이 생긴 거예요. 2006년 3·1절에.

대통령 경호 중에 광복절하고 3·1절 경호가 제일 중요해요. 그때는 총리하고 대통령이 떨어져 있어야 한다더구만. 총리는 공관에도 있지 말라고 했어요. 2006년 3·1절도 그랬지. 나는 기념행사도 못 가고 총리 공관에도 못 있고. 마침 그때 장모님이 편찮으셨어요. 어차피 공관을 비워야 하니까 겸사겸사 부산에 갔어요. 장모님 뵙고 부산 쪽에서 노 대통령 후원했던 사람들이랑 골프 약속도 잡았지. 근데 지역신문 기자가 내가 골프 치는 걸 본 거예요. 총리가 3·1절 행사에도 참석 안 하고 골프를 쳤다고 기사를 썼어. 경호상의 문제 때문에 행사에 못 간 거니까 별문제가 안 됐어요. 『조선일보』가 '내기 골프'를 쳤다고 크게 키운 거야. 그걸 취재하려고 서울에서 기자들이 한 200명 부산에 내려왔다고 하더구만.

골프 치는 사람들 사이에서 '빼먹기'라는 게 있어요. 그날 50만 원을 놔두고 만 원씩 가져가는 걸 했는데 나는 3만 원을 가져왔어. 내가 원래 '내기 골프'를 치지도 않지만 아프리카 순방 다녀온 지 얼마 안 돼서 몸도 피곤하고 그랬어요. 캐디가 내 몫이라면서 3만 원을 주기에 카트에 두고 왔지. 캐디한테 준 거야. 근데 『조선일보』가 '내기 골프'로 보도를 하는 바람에 수사가 시작됐어요. 경찰이 내가 3만 원 준 캐디를 불러다가 겁을 줬대요. 이해찬이 100만 원짜리 내기 골프를 쳤다는 진술을 하라고. 이 캐디가 화가 나서 골프장 간부한테 전화를 한 거예요. 경찰이 거짓말을 시킨다고. 골프장 간부가 왜 있지도 않은 일을 수사하느냐고 항의를 했다는구만. 그렇게 해서 수사는 중단됐어요.

근데 정동영 당 의장이 청와대를 찾아가서 총리를 교체하라고 요구했어요. 돌아가는 길에 문재인 민정수석한테 또 전화를 해서 그랬다는구만. 한 시간 내로 교체를 안 하면 가만있지 않겠다고. 조중동이 흔드는데 당에서까지 그렇게 나오니까 대통령한테 부담이 되잖아요. 가뜩이나 그즈음에 지지율도 많이 빠지고 있었는데. 그래서 나도 그만하겠다고 한 거예요.

최민희 1년 9개월 총리로 재임하시면서 정말 많은 일을 하셨는데요. 각별히 대표님의 기억에 남는 일이나 잘 알려지지 않았지만 의미 있다고 생각하는 일이 있다면 말씀해 주십시오.

이해찬　제주4·3사건 수형자들의 명예 회복을 결정한 거. 내가 '제주4·3사건 진상규명 및 명예회복위원회' 위원장이었어요. 4·3사건 당시의 희생자들을 심사해서 공식적인 희생자로 확정하는 일을 했지. 근데 그때까지 4·3사건으로 수감됐던 사람들은 심사 대상에서 보류됐어요. 수형자들을 희생자로 볼 수 있느냐 없느냐를 놓고 몇 년간 논란이 된 거야. 그랬는데 2005년 3월에 수형인 607명을 희생자로 결정했어요. 위원들 중에 반발하는 사람들이 있었지만 다수 의견으로 결정해 버렸어.

　　4·3 때 수형자들이 군법회의에서 재판을 받았잖아요. 그 군법회의가 법률이 정한 정상적인 재판으로 보기 힘들어. 공판조서도 없고 판결문도 없어서 재심도 불가능해. 특별법의 '희생자 제외 기준'에 해당되지 않으면 수형자라도 희생자로 결정할 수 있다고 봤어요. 유족들도 고마워했고 제주 지역에서 아주 환영하는 분위기였지.

　　그리고 앞에서 잠깐 얘기한 보육 예산 2조 증액. 우리 사회가 IMF를 겪고 나서부터 저출산 경향이 심해졌어요. 보육을 국가가 책임지는 다양한 방법이 필요한데 총리가 돼서 보니까 예산이 4천억 정도밖에 안 되는 거야. 공보육에만 지원을 하고 있어요. 근데 공립은 얼마 없고 사립만 잔뜩 늘어나 있어.

　　'보육의 사회화'를 하려면 일단 예산이 따라 줘야 하잖아요. 보육 예산을 대폭 늘렸지. 그때 보육 예산은 여성가족부가 담당했어요. 문제는 예산을 쓸 준비가 안 되어 있었다는 거. 전달체계가 제대로 구축되지 못했어요. 아이들을 어디에 맡기든 일정한 수준의 보육, 교육을 받도록 해야 하는데…. 지금까지도 전달체계가 복잡해.

최민희　당으로 돌아오셨을 때 상황이 어땠습니까? 당시 열린우리당을 떠올리면 당대표가 수시로 바뀌었고 뭔가 시끄럽고 복잡했던 느낌이 드는데요.

이해찬　총선에서 다수당이 되긴 했는데 추슬러지지 않았어요. 얘기한 것처럼 6개월마다 대표가 바뀌는 거야. 정동영, 신기남, 문희상, 이부영….

　5·31지방선거 앞두고 당은 대통령하고 거리두기 하는 쪽으로 갔어요. 대통령한테 탈당까지 요구했지.

　그런데도 지방선거에서 참패를 했잖아요. 서울시장 후보로 강금실 전 장관도 내고 그랬는데 광역단체장은 전북 한 곳에서만 이겼어. 한나라당이 16개 중에 12개를 차지하고. 기초단체장도 서울을 한나라당이 다 차지해 버렸어요.

정상회담을 위한 특사 아닌 특사

최민희　당으로 돌아오신 2006년은 남북 관계가 초긴장 상태였습니다. 10월에는 북한이 1차 핵실험을 강행했는데요. 그래도 참여정부는 미국에 외교적 해법을 강조하면서 남북 관계를 주도적으로 관리했고, 2007년 2·13합의, 10월 정상회담을 성사시켰습니다. 당

2007년 열린우리당 동북아평화위원회 위원장으로서 김영남 북한 최고인민회의 상임위원장과 함께한 이해찬

시 대표님은 열린우리당 동북아평화위원회 위원장을 맡아서 정상회담을 추진하셨지요?

이해찬　2007년 2월에 동북아평화위원회를 맡았어요. 비용을 당에서 줄 형편이 안 돼서 내가 특별당비를 냈어. 그리고 3월에 동북아평화위원장 자격으로 북한을 방문하게 돼요. 의원외교 차원에서 북한 민족화해협의회의 초청에 응하는 형식이었지. 내가 대통령 특사 형식으로 가는 게 제일 좋지만 당시 분위기에서는 안 맞아. 대통령도 특사는 곤란하다는 생각이셨어요.

　6일 일정이었는데 정의용 의원, 이화영 의원, 조영택 국무조정실장이 같이 갔어요. 김정일 위원장, 장성택만 빼놓고 필요한 사람들은 다 만났지. 김영남 최고인민회의 상임위원장 등등. 내가 특사는 아니지만 대통령 의중을 전하러 갔으니까 정상회담 얘기를 한 거예요. 그때만 해도 내가 북한 지도부들을 많이 알고 있었을 때야.

김영남 위원장은 2005년 4월 인도네시아 자카르타에서 열린 '아시아·아프리카 정상회의'(반둥회의)에서 만났어요. 그해 2월에 북한이 핵무기 보유를 공식 선언하면서 6자회담은 교착 상태에 빠졌고 '북한 6월 핵실험설'이 돌고 그랬지. 김영남 위원장한테 만나자고 했는데 동의를 안 해. 그러다가 밤늦게 연락이 왔어요. 회의 들어가기 전에 30분 정도 먼저 만나자고.

열 시에 회의가 시작되는데 아홉 시부터 길목을 지키고 있다가 아홉 시 이십 분쯤 만났어요. 북관대첩비*를 매개로 해서 얘기를 시작했지. 북관대첩비는 임진왜란 때 함경도 의병들의 전공 기념비예요. 숙종 때 함경도 길주에 세운 거야. 근데 그걸 일본이 러일전쟁 때 파 가서 야스쿠니신사에 방치해 놨어요. 우리 정부가 계속 반환 요구를 했는데 일본이 안 돌려주고 있었거든. 내가 그랬지. 북관대첩비를 돌려받기 위해서 남북이 협의해서 공동 추진해야 하지 않겠느냐, 돌려받으면 서울에서 전시 후에 평양으로 가져가는 게 어떠냐. 그렇게 해서 대화가 풀려 갔어요.

내가 6자회담에 능동적으로 응해 달라고 했더니 그러더구만. "6자회담은 우리가 먼저 제안한 거다, 조건이 맞으면 한다." 그러고 나서 6월에 당시 정동영 통일부장관이 방북해서 김정일 위원장

북관대첩비　임진왜란 당시 조선의 장군 정문부가 왜군 격퇴를 기념하여 세운 비석. 일본이 무단 도굴 후 점거하였다가 2005년 대한민국으로 반환되었고, 2006년에 원래 자리인 북한 성진시로 돌아가 보존되고 있다.

을 만났어요. 9월에는 베이징에서 4차 6자회담이 열렸고.

최민희 반둥회의에서 대표님이 김영남 위원장을 만나신 몇 달 후에 북미가 9·19공동성명에 합의했군요. 그러다가 BDA 문제,* 한미합동훈련 등으로 북한이 반발하면서 2006년에 긴장이 고조됐고, 그걸 다시 남북정상회담으로 풀고. 역사적인 순간마다 보이지 않는 곳에 대표님이 계셨던 것 같습니다.

이해찬 외교 문제는 내 관할이 아니었지만 남북 관계는 워낙 중요하고 민감한 사안이니 대통령하고 여러 차례 얘기를 했어요. 비공개로 아주 격의 없이. 인식은 같았지만 다루는 방법에서는 차이가 좀 있었어요. 나는 북핵 문제를 역점 사항으로 둬야 한다고 생각했는데 대통령은 아니었지. 회고록에도 이해찬 총리가 여기저기 다닌다는데 잘될지 모르겠다, 지켜보자, 그러셨다는데….

돌이켜 보면 당시에 대통령 주변 참모들이 경험이 부족했던 것 같아요. 북핵 문제 같은 중대 사안을 격의 없이 의논할 사람이 없었어요. 문재인 비서실장이 계셨지만 정책을 다루는 자리는 아니니까 관점이 또 다르지.

2007년 정상회담은 너무 늦은 감이 있어요. 아쉬워. 6·15선언이 남북 관계의 큰 그림을 그렸다면 10·4선언은 구체적인 내용을 만든 거예요. 서해에 공동 어로수역, 임진강 하구 모래채취 협력

BDA 방콕델타아시아. 중국의 특별행정구인 마카오에 위치한 소규모 은행으로, 1970년대부터 북한과 거래를 시작해 북한의 유일한 외환 결제 창구였지만 2005년 미국이 북한의 돈세탁 창구로 지목하여 거래가 동결되었다.

같은 새로운 내용도 들어갔고. 근데 정권을 뺏기면서 다 후퇴해 버렸으니 아쉽지.

대선후보 경선에 나선 까닭

최민희　남북정상회담 이후에는 완전히 대선 국면으로 넘어갑니다. 대표님의 경선 출마 얘기를 하지 않을 수 없는데요. 의외였지만 다른 한편으로 당연하기도 했습니다. 대권에 뜻이 없는 분이 나설 수밖에 없는 상황이었다는 의미입니다. 대통합민주신당*이라는 정체불명의 정당이 만들어졌는데 국민들에게는 그저 정치공학적인 이합집산으로밖에 보이지 않았습니다. '이해찬'이 나서야 한다는 얘기가 나왔지만 한동안 망설이셨지요?

이해찬　준비를 안 했어요. 나올 생각이 없었으니까. 2006년 지방선거에서 지고 나서 당이 아주 혼란스러웠어요. 대통령하고는 거리두기를 하면서 탈당하라고 요구하고. 지지율은 내려가고 재집권이 힘들어 보였지. 대선을 치르긴 치러야 하는데 후보도 마땅치가 않아요. 그래도 뭔가 참여정부의 정치적 구심점을 유지해야 한다는 생각을 했어요. 대선에서 이기고 지는 거랑 관계없이. 그렇지 않으면 당이 콩가루가 돼요. 이게 내가 다른 정치인들하고 좀 다른

대통합민주신당　2007년 열린우리당 탈당파 80명, 당시 민주당 탈당파 4명, 손학규를 중심으로 한 한나라당 일부 탈당 세력, 시민사회 일부가 모여 창당했다.

446

점이에요. 나는 정당이라는 걸 제도로 봐요. 게임의 장으로 보지 않거든. 삼권분립 체계를 기본으로 하면서 정당, 노조, 관료 사회, 시민사회 등등의 기둥들이 있어야 해요. 그중에서도 정당이 큰 기둥이지.

그럼 우리의 구심을 세워야 하는데 누가 할 거냐. 처음에는 한명숙 전 총리가 먼저 출마 선언을 했어요. 유시민도 출마하겠다고 했고. 나도 고민을 하다가 마지막에 출마하겠다고 선언을 하게 되지. 결정하기 전에 DJ를 찾아뵈었어요. "이 장관, 뭐 하는 사람이냐"면서 출마하라고 하시더구만. 우리가 재집권은 못하더라도 오두막 한 채는 남겨야 한다는 생각이셨던 것 같아요. 나, 한명숙, 유시민 우리 세 사람이 그래도 노무현 정부하고 대립하지 않는 후보들이잖아요. 우리 셋이 경선에 출마해서 가장 지지율이 높은 사람으로 단일화하자고 합의했지.

대통합민주신당은 말하자면 선거용 임시 정당이었어요. 열린우리당을 탈당해서 신당을 만든다는 건 노무현과 결별하겠다는 뜻이나 마찬가지야. 한나라당에서 탈당한 손학규까지 데려와서. 근데 김한길 등 80명이 나가 버리니까 열린우리당은 60명이 채 안남았어요. 어떻게 할 건지 선택을 해야 했어. 유시민은 열린우리당을 유지하자고 했고 나는 아니었고. 결국 대통합민주신당이랑 합당을 하게 된 거예요. 대선을 치르기 위해서.

최민희　대선 준비를 안 했다고 하셨지만, 4대 과제를 제시하셨습니다. 한반도 평화 체제 정립, 국가경쟁력 강화, 사회 대통합, 성숙한 민주주의.

이해찬 기본이라고 할 수 있는 것들이에요. 특히 한반도 평화 체제 정립은. 분단이라는 특수성 때문에 우리 사회는 각 분야에서 여러 가지 난관에 부딪혀 왔어요. 북핵 위기와 한반도 긴장 고조는 경제에도 직접적인 영향을 끼쳤지. 그런데 2005년에 북한이 핵보유를 선언하고 2006년에 핵실험을 하면서 북핵 문제가 '수직적 고도화' 차원으로 넘어갔어요. 보유 여부가 아니라 핵기술의 고도화가 문제가 된 거지. 당시는 초기 단계였기 때문에 최대한 억제해야 된다는 게 내 생각이었어요.

때마침 미국과 북한이 태도 변화를 보이고 있었어요. 2007년 6자회담에서 2·13합의가 이뤄졌잖아요. 북이 영변 핵시설을 폐쇄하는 조건으로 중유를 제공하는 '행동 대 행동'의 합의였지. 누가 중유를 부담할 건지 결정해야 했는데, 그때 우리 정부라도 먼저 나서서 중유를 제공하기로 했어요. 일단 합의가 이행되도록 해야 다음 단계로 나아갈 수 있으니까. 이런 경험이 도움이 됐어요. 북핵 문제를 해결하고 한반도 평화 체제를 구축할 수 있는 적기라고 판단한 거예요.

국가경쟁력 강화와 사회 대통합은 경제 분야 과제였어요. 사회 대통합에서는 '사회적 대협약'이 중요한 내용이었지. 참여정부 시절에 국민소득이 2만 달러까지 올라갔잖아요. 그 정도가 되면 성장이 한계에 부딪혀요. 정부, 기업, 노조, 시민사회 등등 각계가 참여해서 일자리를 비롯한 갈등 사안을 타협해야 해요. 유럽의 여러 나라도 그런 과정을 거쳤지. 성공한 경우도 있고 실패한 경우도 있지만. 아무튼 우리 사회가 그런 대협약이 필요한 단계에 왔다고 봤어요.

최민희 대표님이 생각하시는 성숙한 민주주의는 어떤 모습인가요?

이해찬 정치 영역만 민주화가 된다고 나라가 민주화되는 건 아니에요. 성숙한 민주주의는 언론, 사법, 경제, 시민사회가 민주적으로 균형 있게 발전한 사회라고 할 수 있어요. 그런 사회에서는 구성원들이 서로 신뢰하고, 대화와 타협으로 갈등을 해결하고, 공동체에 대한 높은 책임감을 가질 수 있다고 봐요.

최민희 그런데 당시 민주당 대선 경선은 동원 선거 논란으로 시끄러웠습니다. 정동영 후보 쪽에서 선거인단 명부를 박스째 실어 나르다가 발각이 돼서 '박스떼기 경선'이라는 말도 나왔어요. 실망한 지지자들이 사실상 투표 거부를 한 것으로 보였습니다. 투표율이 낮았어요. 대표님은 3위에 그치셨고요. 경선에서 승리한 정동영 후보가 대선에 출마했지만 530여만 표 차이로 대패합니다. 이회창 후보가 나와서 355만 표를 얻었는데도 이명박 후보와 격차가 너무 컸어요.

이해찬 경선 룰이 엉망이었지. 명단만 가져오면 추첨해서 투표권을 줬어요. 2002년 경선보다 후퇴해 버린 거야. 당은 큰 위기에 빠졌고.

최민희 2008년 1월 당대표로 손학규 전 지사가 당선되자 탈당하셨습니다. 대통합민주신당은 손학규 체제로 총선을 치렀지만 참패했고요. 당시 상황이 대표님에게 힘드셨을 것 같습니다. 정치를 하면서 늘 민주적 국민정당 건설을 꿈꾸셨는데 당이 정체성마저 잃어버렸으니까요.

탈당하시면서 발표한 보도 자료에 대표님의 심경이 드러나더군요. "87년 6월항쟁 이후 정치를 시작했던 평화민주당의 일맥이자 개혁과 진보를 위해 참여했던 열린우리당의 법률적 후신인 신당을 떠나자니 만감이 교차한다"고 하셨습니다.

이해찬 대선에서 지고 나서 안희정이 '친노는 폐족(廢族)'이라는 말을 했어요. 내가 아주 화를 냈어. 다시 일어나서 당을 추슬러 갈 생각을 해야지, '폐족'이라니. 그리고 그 용어 자체가 얼마나 봉건적인 말이에요? 민주주의를 하겠다는 세력이 그런 말을 쓰면 안 되는 거예요.

그런데다 당대표로 손학규가 선출되는 걸 보니까 아이고, 이렇게 해서 당이 끝나는구나 싶었어요. 한나라당 출신 당대표라니. 완전히 좌표를 잃어버린 당이 됐어요. 뭘 할 수가 없었어요. 탈당을 하고 총선에도 불출마했지. 정치를 그만둘 생각이었어요.

중국으로 갈 생각이었어. 베이징 대학에서 석좌교수를 제안했거든. 한번 가 봤는데 숙소도 잘 지어 놨더구만. 내가 원하는 대로 특강을 할 수 있었어요. 한 2년 거기서 강의나 하면서 지내려고 했지.

저평가된 참여정부의 경제 성과

최민희　참여정부에 대한 평가랄까요, 정리가 한번 필요한 것 같습니다. 유독 언론은 참여정부에 대한 평가에 인색했습니다. 특히 경제 분야. 참여정부 때 국민소득이 1인당 2만 달러가 넘고 국가경쟁력 측면에서도 우수한 정부였습니다. '경포대'(경제를 포기한 대통령)라는 말도 나왔지만 어불성설이었어요. 총리를 역임하신 입장에서 하실 말씀이 많을 것 같습니다.

이해찬　경제적 성과가 많았지. 참여정부 마지막 해인 2007년 당시 기준으로 수출, 국민소득, 신용등급, 주가, 재정 등등 모든 지표가 안정돼 있었어요. 언론이나 야당이 주장하는 경제 파탄은 말도 안 돼.

　오히려 참여정부 때 900원까지 내려간 환율이 MB 정부 때 1,100원대로 올라가요. 국가경쟁력 차원에서 환율은 굉장히 중요한 문제야. 환율이 오르면 재벌은 이익을 봐. 1달러짜리를 수출하면 900원 벌던 걸 1,100원 벌게 되니까. 근데 우리는 쌀이나 채소 몇 가지를 빼고 원자재를 수입하는 나라잖아요. 환율이 높아지면 물가가 오르고 국민들은 손해를 보게 돼. 그리고 기업이 기술개발은 안 하고 환율로 돈을 벌면 국가경쟁력이 높아질 수가 없어요.

　참여정부 때도 재벌은 정부가 개입해서 환율을 올려 달라고 그랬어. 내가 그걸 억제했어요. 가능하면 외평채(외국환평형기금채권) 발행하지 말고 버티자. 가격경쟁력으로는 살아남을 수 없다. 그렇게 버티니까 환율이 점점 떨어져서 900원까지 갔어요. 기업들은 살아남으려고 생산성을 높이는 방법을 찾는 거지. 기술개발하고 새로운 원자재 발굴하고 구조조정하고. 하이닉스가 대표적이에요. 열 배 가까이 생산성을 높였어.

대통령하고 환율과 국가경쟁력 문제를 늘 상의했어요. 대기업 위주로 경제를 보면 안 된다, 기업이 자생력을 갖도록 체질을 강화해야 한다, 외평채 함부로 발행하면 안 된다… 이게 대통령이 나를 신뢰한 이유 중에 하나였어요. 내가 예결위, 정책위 의장 등을 거치면서 재경부 관료와 논쟁해도 밀리지 않을 정도로 경험을 많이 쌓았잖아요. 대통령 주변에 관료와 다른 목소리를 내줄 사람이 많이 없었으니까.

참여정부가 잘하지 못한 것도 있지. IMF 극복 과정에서 양극화가 심해졌는데 그걸 획기적으로 완화시키지 못했어요. 부동산 대책도 그렇고.

최민희　참여정부가 환율에 개입하지 않음으로써 기업경쟁력을 높이고 경제의 체질 개선에 기여했다는 건 미처 생각하지 못했습니다.

이해찬　어려운 일이지만 중요한 정책이에요. 고환율로 가격경쟁력을 유지하려고 하면 기업도 국가도 경쟁력을 가질 수 없어요.

비행기로 상품을 수출하는 나라들이 잘사는 나라들이야. 부피는 작고 가치는 높은 상품을 수출하는 거지. 2006년에 우리 수출 규모가 3천억 달러 정도 됐어요. 근데 독일은 우리 수출품 절반의 양으로 같은 가치를 벌었어요. 주로 부품을 생산하니까. 요즘에는 우리도 비행기로 수출하는 게 많아졌지. 어떻게 보면 우리 경제는 GDP보다 실제 경쟁력이 더 중요하다고 할 수 있어요.

최민희　부동산 대책이 아쉽다고 하셨는데요.

이해찬　2001년으로 기억하는데, 갑자기 판교 지역을 개발한다는 발표가 났어요. 김대중 대통령이 아침에 나한테 전화를 하셨는데 나도 보도를 보고 처음 알았어. 국토교통부가 대통령한테 보고도 안 하고 발표를 해 버린 거예요. 알아보니까 건설 경기를 부양하기 위해서 그랬대. 건설업체들이 로비를 했다고 봐야지. 그때 처음으로 '공급부족'이라는 얘기가 나왔어요. 거기에 신도시를 만들면서 서울 외곽이 투기 지역이 되는 거야.

손학규 경기지사는 IT 기업이 거기 들어가게 해야 한다고 그랬어요. 국토교통부 입장, 우리 당의 입장, 경기도 입장이 다 달라. 나는 그걸 교통 문제로만 봤어요. 톨게이트, 고속도로 혼잡 같은. 그렇게 하다가 일부를 주거용으로 쓰고 일부를 IT 사업용으로 쓰는 걸로 절충을 했지.

그때 잘했어야 하는 건데 아쉬워요. 수도권 아파트 공급의 기본 방침을 잡았어야 했다는 뜻이야. 공공임대라든가 소셜믹스(Social Mix) 같은. 당시 내가 싱가포르에 간 적이 있었어요. 거기는 신혼 세대를 위해서 공공임대아파트를 공급해 주더구만. 5년 내지 10년 동안 살다가 반납을 하는 거예요.

최민희　8·31대책을 비롯한 부동산 규제 정책에 대해서는 어떻게 평가하시는지요?

이해찬　정교하지 못한 부분이 있긴 했지. 핵심이 집값을 잡는 거였는데 토지를 규제 대상에 포함시켜서 불만이 나왔다든가 하는. 그래도 LTV, DTI* 같은 금융 규제를 강화한 건 잘한 거예요. 공급도 늘려야 했지만 금융 규제를 안 할 수 없는 상황이었어. 참여정부가 출범할 때 시중에 돈이 엄청 풀려 있었어요. IMF 극복 과정에서 구조조정 비용으로 160조가 투입됐고 경기부양을 위해서 각종 규제를 풀었잖아요. 국제적인 유동성도 늘어나는 상황이었어요.

2005년 8·31대책(8·31 부동산 종합대책)에서 처음으로 DTI 규제를 도입했어요. 부처 사이에서도 입장이 달라서 격론이 벌어졌지. 근데 그대로 가면 금융 쪽에서 문제가 터져서 IMF보다 더 큰 경제위기가 올 수가 있다는 거야. 미국에서 이미 서브프라임 모기지가 심상치 않았거든. 국토부 반대가 심했지만 최종적으로 DTI 도입을 결정했어요.

그때 그렇게 묶어 놓았기 때문에 2008년 글로벌 금융위기 때 그나마 우리는 최악을 피했다고 봐요. MB 정부, 박근혜 정부 거치면서 규제를 다 풀어 버렸지만. 2014년에 최경환이 경제부총리 되면서는 아예 '빚내서 집 사라'는 메시지를 줬잖아요. 2008년 가계부채가 700조 정도였는데 2018년이 되면 1,500조가 넘어. 국민소득은 2만 달러에서 3만 달러로 오른 반면에 가계부채는 두 배 넘게

LTV, DTI　LTV는 주택담보대출비율. 주택을 담보로 대출 받을 때 적용되는 담보가치 대비 최대 대출 가능 한도. DTI는 총부채상환비율. 금융회사에 상환해야 하는 대출금 원금과 이자가 개인의 연소득에서 차지하는 비율.

늘어난 거지. 위험이 커진 거예요.

최민희　참여정부 전반을 평가한다면 어떤지요.

이해찬　노 대통령은 투명한 정치를 중심에 뒀어요. 정책적으로는 국가균형발전을 추구했고. 두 가지는 어느 정도 이뤘다고 봐요. 경제, 문화, 복지 등에서도 성과가 많았어요.

　아쉬운 부분은 국민 통합. 이게 정치의 가장 중요한 목적 중 하나잖아요. 도모하고 협상하는 게 정치의 본질이에요. 근데 정치 실종 상태가 많았지. 민주화가 되면서 저마다 목소리를 내는 시대가 됐어요. 사회통합을 더 잘 해냈어야 하는데 그렇지 못한 거 같아.

　참여정부는 여러 가지 성과를 내고도 제대로 평가 받지 못했어요. 언론 환경, 여당과의 관계, 관료들의 이반 등이 원인이라고 봐요. 언론 환경이 아주 나빴는데 치밀한 준비 없이 기자실 폐쇄 같은 정책을 펴면서 언론하고 전쟁을 치렀어요. 당정 간 협의를 긴밀하게 하지 못해서 협조가 잘 안 됐고. 대통령이 총재가 되지 않는 건 바람직해요. 하지만 국정을 운영하려면 당정이 협력해야 하는데 잘 안 됐지. 안타까워.

'동지' 노무현, 대통령 노무현

최민희　대표님께 노무현 대통령은 어떤 존재였는지 궁금합니다.

이해찬 재야 때도 같이했고, 국회의원도 같이했고…. 동지인 거지. 굉장히 열정적이고 격정적인 분이야. 민통련 할 때 부산에 노무현 변호사, 문재인 변호사 사무실이 같은 건물에 있었어요. 사람들이 노변문변, 그렇게 불렀지. 사자성어처럼. 두 양반이 같이 연행되면 노변은 조서 작성도 안 하고 싸운대요. 문변은 또박또박 조서 작성하고 반박하고. 결과는 같아. 같이 나와.

나하고는 성격이 반대였어요. 내가 보기에는 예측 불허인 면도 있었고. 그래도 서로 간에 신뢰가 있으니까 같이 왔어요.

노 대통령 같은 분이 없어. 사심 없고, 개방적이고, 권위주의 없고…. 정말 '괜찮은 사람'이야.

최민희 노 대통령 입장에서 대표님은 든든하면서도 어려운 동지가 아니었을까 싶습니다. 총리 시절에 두 분이 이견으로 갈등하신 경우는 없었나요? 2006년 유시민 장관 임명을 둘러싸고 흉흉한(?) 소문이 돌았던 기억이 있습니다.

이해찬 노 대통령 회고록을 보면 내가 두어 군데 언급돼요. 당신한테 유능한 총리들이 있어서 대통령을 할 수 있었다고 쓰신 대목이 있어요. 한명숙 총리는 인내심이 많고 이해찬 총리는 정책에 밝았다고 하셨지…. 나하고 성격은 달랐지만 궁합은 잘 맞는 편이었어요. 허심탄회하게 말씀하셨고 격의 없이 논의했으니까. 장관을 연초에 임명해서 2년은 일하고 평가 받도록 하자, 톱다운실링제(예산할당제)로 장관에게 예산편성권을 주자, 그런 얘기들도 대통령과 토론했고 동의를 하셨어.

456

2002년 대통령 선거 운동 중 노무현 후보와 함께 (노무현재단 제공)

　유시민 장관 건은 내가 반대를 했어요. 그때 이상수 의원이 노동부장관 후보, 이재정 의원이 통일부장관 후보였거든. 이상수 의원은 대선 때 총무본부장 하면서 후원금 일부를 영수증 처리 안 해가지고 정치자금법 위반으로 유죄판결을 받았잖아요. 이재정 의원이 한화에서 받은 후원금을 이상수 의원한테 전했는데 그게 영수증 처리가 안 되는 바람에 이 양반도 유죄판결을 받았어. 그게 2004년이에요. 그러니까 두 사람만으로도 청문회가 부담스러운 거야. 유시민은 여당 의원들 사이에서도 비토를 하는 분위기가 있었고. 그래서 유시민은 나중에 쓰자고 말씀드렸던 거예요.

　대통령은 꼭 이번에 써야 된대. 점심 먹을 때 시작해서 저녁 먹을 때까지 논쟁을 했어요. 결론이 안 나면 좀 쉬었다가 또 하고. 담배 한 대 피고 오겠다고 나가셨을 때 유시민한테 전화를 걸었어요. 대통령한테 장관 안 하겠다고 말씀드려라. 근데 좀 있다가 대통령이 돌아와서 "이 총리가 유시민한테 전화했지" 하시더구만. 그러면서 "총리를 교체하는 길밖에 없겠네", 이러시는 거야. 내가 "이런 문제로 총리를 해임하면 우리가 뭐가 되겠느냐, 다시는 그런 말씀하지 마시라"고 했어요. 그러고 물러섰지.

막상 청문회가 시작되니까 모든 언론이 유시민한테만 관심이 있어요. 다른 장관 후보자한테는 관심이 없어. 덕분에 이상수, 이재정 청문회가 쉽게 끝난 거예요. 유시민 포함해서 세 후보 다 통과됐고. 그러니 내가 할 말이 없더구만.

최민희 김대중 대통령도 그렇지만 노무현 대통령 역시 한국 정치사에 나오기 힘든 지도자였습니다. 두 분 모두 상고 출신이고 입지전적 인물이셨어요. 하지만 두 분에 대한 국민의 정서는 달랐다고 생각합니다. 김 대통령이 선생님처럼 중심을 잡아 주는 분, 권위 있는 어른의 느낌을 주었다면, 노 대통령은 만나서 얘기하고 싶고, 친근하고, 때로는 귀여운 느낌까지 주었던 것 같아요.

이해찬 노 대통령이 대중 친화적이었다고 할 수 있지. DJ는 의중을 잘 안 드러내셨어요. 나는 DJ가 화내시는 걸 본 적이 없어. 반면에 노 대통령은 의중부터 드러내 보이셨잖아요. 격노하시는 걸 여러 번 봤어요. 그게 성격의 차이이기도 하고 경험의 차이이기도 하고 그래. 두 분 다 나한테 허심탄회하게 말씀하셨지만 방식이 달랐어요. DJ는 전권을 주면서도 하나하나 조심스럽게 다루셨고, 노 대통령은 전권을 주면서 알아서 하시오, 그러셨지.

가끔 총리 공관에 오셔서 막걸리도 같이 마시고 그랬어요, 노

2004년 12월 24일, 정부업무 평가보고회 (노무현재단 제공)

대통령하고는. 이러저런 얘기하면서. 근데 나는 노 대통령이 귀엽
지는 않았어요. 물론 아이같이 순수한 면은 갖고 계셨지만. 언제인
지 정확히 기억은 안 나는데, 아마 대선후보 되고 나서였을 거야.
같이 골프를 쳤어요. 내가 좀 더 잘 치니까 핸디캡을 드렸지. 전반
후반 넉 점씩 여덟 점. 근데 그날따라 기가 막히게 잘 치셔. 그래
가지고 내가 92타, 노 대통령이 88타를 쳤어요. 내가 12점이나 진
거야. 아주 좋아하시더구만. 다른 사람들한테도 내가 오늘 이해찬
을 깼다고 그렇게 좋아하셨대요.

　　다시 나오기 힘든 스타일의 대통령이고, 그런 스타일이어서 대
통령이 될 수 있었던 분이라고나 할까….

최민희　　말씀처럼 노 대통령은 의중을 쉽게 드러내셨습니다. 총리

로서 난처한 상황은 없으셨는지요? 예를 들어 2005년 대연정 제안 같은. 한나라당이 중대선거구제를 동의해 준다면 국무총리를 포함한 내각 구성권을 한나라당에 넘겨주겠다는 내용이었는데요. 큰 논란이 벌어졌습니다.

이해찬 원래 우리가 소수파일 때 생각하셨던 거예요. 2004년 총선에서 열린우리당이 과반 의석을 차지하긴 했는데 연말에 개혁 입법들을 처리하지 못하잖아요. 2005년 초에는 과반 의석도 무너지고. 그러면서 다시 연합정부를 생각하신 것 같아요. 중대선거구제로 지역감정을 완화하고 대연정으로 협치를 할 수 있지 않을까 하고. 여당 수뇌부하고 회의하는 자리에서 "연합정부라도 해야 하는 거 아니냐"고 말씀을 꺼내셨어요. 여야가 합의하지 않으면 불가능한 일인데….

내가 함구령을 내렸지. 이건 없었던 얘기다. 근데 흘러 나가서 언론에 보도가 돼 버렸어요. 여야가 다 반대를 하고 여당하고 관계만 더 나빠진 거예요. 나중에 회고록에도 실수였다고 쓰셨더구만. 대통령의 답답한 심정은 이해가 됐지만 나도 그때 당황스럽긴 했어요.

최민희 참여정부 시절을 돌이켜 보면 '이해찬 없는 노무현'은 상상이 안 됩니다. 국정 운영에서도 그렇고 개인적으로도 의지를 많이 하셨을 것 같습니다.

이해찬 퇴임하시고 2009년 검찰에 출두하기 전에 봉하에 갔었어요. 나 혼자 갔어. 이런저런 얘기를 하다가 심경을 토로하시더구만. 검찰에 가서는 인적 사항만 대답하시라고 했고. 검찰이 모욕 주기로 나올 건데 이것저것 얘기하다 보면 화가 나서 불필요한 말씀을 하게 될까 봐. 그러겠다고 하시더구만.

대통령이 나는 몰랐소 해 봐야 소용이 없다는 걸 당신도 잘 아셨어. 어디 말도 못하고 스트레스가 쌓인 거예요. 거기다가 주변 사람들까지 다 괴롭힘을 당하고. 감당하기 힘들지….

위기의 민주주의, 시민과 함께

MB 정권의 음모와 핍박

최민희　참여정부를 마무리하면서 한 가지만 더 짚고 넘어갔으면 합니다. 2007년 대선에서 정동영 후보가 완패한 이유가 무엇일까요?

이해찬　우선은 2006년 지방선거 참패가 원인이라고 봐요. 그럼 지방선거는 왜 졌느냐? 2006년 초에 정동영 대표 체제가 되잖아요. 그때부터 노 대통령하고 차별화 전략을 썼어요. 노 대통령 지지도가 많이 떨어지니까 대통령을 엄호하는 게 자기한테 불리하다고 생각한 거지. 정권 후반기로 들어서면서 그렇잖아도 공격을 받고 있는데…. 대통령하고 거리를 둔다고 유리한 게 아니야. 우리 내부에서 응집력이 없어졌어요.

서울시장 후보로 강금실을 내고 대통령하고 차별화했지만 선거운동은 엉망이었어요. 준비가 안 됐어. 첫 번째 TV 토론에서 주거정책을 다루는데 기본적인 수치도 다 틀리더구만. 플래카드조차 좋은 자리는 뺏겨. 그나마 다 걸지도 못했어요. 어디는 걸고 어디는 안 걸고. 거기다가 보라색으로 만들어서 때가 타니까 보기가 안 좋았어요. 선거의 기본을 모른다 싶었지. 당이 흐트러지니까 플래카드 하나 제대로 달지 못하는 거예요. 이길 수가 없었어요.

지방선거에 참패하는 걸 보면서 대선도 이길 수 없겠다고 생각했지. 경선 과정에서는 당내 민주주의가 무너졌고. 그러니 우리 당 지지자들조차 투표장에 안 나갔던 거예요. 표차가 그렇게 커질 수밖에.

노무현 대통령도 재집권에 의지가 별로 없어 보였어요. 그것도 큰일이었지. DJ는 카드라도 발행해서 내수를 진작시켰어요. 다음 정권에 부담이 될 위험이 있지만 정권을 뺏기는 것보다는 낫다고 판단하신 거예요. 2007년에는 경제도 나쁘지 않았어. 무역 호황에 내수도 좋았는데…. 대통령은 재집권에 의지를 보여야 돼요.

경제면에서는 양극화가 심해진 게 원인이라고 할 수 있어요. 민주노총도 문제가 있었지만 정부도 양극화 문제에 소홀했던 게 사실이에요. 비정규직이 제도화되어 버렸단 말이야. 우리가 노동법을 개정하지 못했지. 양극화가 심해지고 전반적인 사회통합이 약해졌어요.

또 하나 결정적인 실수가 있는데, 언론하고 사이가 나빴던 거.

유튜브 같은 매체도 없을 때잖아요. 조중동이 정부를 비난해도 반론해 주는 데가 없어요. 잘하는 게 있어도 홍보가 안 돼.

심지어 대선 기간 중 이명박이 '다스'는 자기 게 아니라고 거짓말을 해도 보수언론, 검찰이 합세해서 방어해 줬어요. 도리어 다스가 이명박의 것이라고 주장했던 정봉주가 감옥엘 가고. 이명박은 크리미널이었지. 이명박이 '새빨간 거짓말' 운운하며 국민을 속이는데 그게 통했던 거예요. 그 결과가 대선 참패고.

최민희　어찌 보면 이명박 당선은 검찰과 보수언론의 합작품이라고도 할 수 있겠습니다. 당시 검찰이 BBK 사건*에 대해 이명박을 무혐의 처분하지 않았다면 대통령이 되지 못했을 테니까요. 아무튼 이명박은 대통령에 당선되자마자 거리낌 없이 권력을 휘둘렀습니다. '좌파 척결'을 공공연히 언급하고, 참여정부와의 차별화를 내세우며 공무원 사회를 들쑤셨어요. 국가홍보처 공무원이 "우리는 영혼이 없다"라고 하기까지 했으니까요.

참여정부 인사들에 대한 뒷조사와 탄압도 시작됐습니다. 대표님은 어떠셨습니까?

이해찬　2008년 초에 내가 중국에 갈 생각을 했다고 그랬잖아요. 근데 분위기가 좀 이상하더라고. 알아보니 검찰이 나하고 내 주변을 뒷조사하고 있는 거예요. 조카들까지. 결국 김평수, 한도철 둘

BBK 사건　1999년에 설립된 투자자문회사 BBK가 옵셔널벤처스사의 주가를 조작한 사건. 2007년 대선을 앞두고 한나라당 후보 이명박의 개입, 실소유주 의혹이 제기되었다. 검찰과 특검은 이명박을 무혐의 처분했으나 여전히 의혹이 남아 있다.

을 감옥에 보냈어. 김평수는 교육공무원 출신인데 교원공제회 이사장을 했고 한도철은 교원공제회 소유 골프장 대표였어요. 내 도움을 받은 사람들이야. 검찰은 나를 엮으려고 했던 모양인데 두 사람 다 안 넘어갔어요. 그러니까 둘을 배임수재로 구속시켜 버려. 김평수는 구속영장을 세 번이나 청구했지. 그때 검사가 우병우였어요.

한명숙 전 총리 사건하고 비슷한 방식이야. 한만호, 곽영욱 둘을 별건으로 잡아다 가둬 놓고 한 전 총리랑 엮었잖아요. 근데 한 전 총리한테 돈을 줬다고 했던 접대실을 내가 알잖아. 접대실하고 그 앞에 경호팀이 쉬는 사무실 사이가 아주 짧아요. 5미터가 안 돼. 처음에는 접대실에서 나오다가 돈을 줬다고 그랬어요. 그게 말이 안 되니까 접대실 의자에 뒀다고 말을 바꿔요. 이것도 말이 안 돼. 접대실에 큰 창이 있어서 경호원들이 안을 다 보고 있거든.

2010년에는 국정원이 이강진하고 이화영을 잡아갔어요. 2007년 3월에 내가 평양을 갔을 때 같이 갔던 사람들이야. 이강진은 내가 총리였을 때 공보수석을 했던 친구고, 이화영은 2007년 당시에 국회의원이었지. 이 둘이 평양에서 리호남이라는 사람을 만난 적이 있어요. 리호남이 누구냐면 간첩 혐의로 구속된 '흑금성'의 대북 파트너예요. 몇 년 전에 영화 〈공작〉으로도 나왔던 그 '흑금성'. 국정원은 참여정부의 정상회담 과정을 캤던 거예요. 이강진, 이화영을 몇 달 동안 도감청하고 이메일, 은행 구좌까지 다 뒤졌더구만. 국가보안법 위반 혐의를 수사한다면서.

이강진을 데려가 놓고 국정원 3차장이 나한테 전화를 했어요. 비서를 데려왔다고. 어찌나 화가 나던지. 원세훈한테 당장 내놓으라고 난리를 쳤지.

원세훈은 내가 서울시에 있을 때 보사국장(보건사회국장)을 시켜 줬어요. 보사국장 하던 사람이 차관으로 가게 됐는데 원세훈한테 그 자리라도 갈래, 했더니 그러겠다고 해서. 근데 이명박을 만나더니 최측근이 돼 가지고 국정원장까지 가더구만. 그러고는 이강진, 이화영을 잡아갔으니 나로서는 기가 막힐 노릇이었지. 수사를 해 봐야 아무것도 없으니까 얼마 못 가서 둘 다 풀어 주긴 했어요. 이강진은 불기소, 이화영은 기소중지로.

이명박은 집권하면서부터 계속 이런 식으로 나왔어요. 내가 중국을 갈 때가 아니구나 싶어서 머뭇머뭇하게 됐지. 근데 또 아무것도 안 할 수는 없어서 『광장』이라고 계간지를 만들게 됐어요.

최민희 이명박 정부가 대표님을 타깃으로 이래저래 주변을 뒤졌지만 실패했군요.

이해찬 그 중심에 이명박 친형 이상득 쪽 사람이 있어요. 나하고 이상득은 각 당의 정책위 의장을 하면서 잘 알아요. 그런데도 나를 사찰하고 기획 수사를 꾸민 거야. 실패했지만.

나중에 알게 된 건데 태광실업 박연차 회장이 나한테도 돈을 주려고 했더구만. 내가 2005년에 베트남에 갔었어요. 당시에 박연차가 베트남에 공장을 운영하고 있었어. 나는 그 사람이 노 대통령을 후원했다는 애기만 들었지 잘은 몰랐어요. 근데 술을 한 병 갖고 나를 찾아왔더구만. 그때 나 모르게 내 비서실장 이기우한테 돈을 주려고 했대요. 이기우가 우리 총리님은 그런 거 안 받는다고 거절했지. 박연차가 베트남 방문하는 정치인들한테 그런 식으로 몇 천만 원씩 돈을 줬대요. 뇌물이라고 생각하지도 않고 일종의 예우라고. 몇몇 정치인들은 그 돈을 받아서 문제가 됐지. 나는 안 받아서 살아남았고.

대선 때 'BBK 의혹'을 제기했다가 우리 당 의원들이 고소고발 당했을 때도 나를 어쩌지는 못했어요. 수사를 받긴 했지. 내가 대선 때 '정치검찰·이명박 유착 진상규명대책위원장'을 맡았거든. 근데 무혐의로 끝났어요.

2008년 4월경에 우리 부부가 결혼 30주년 기념으로 북유럽 여행을 갔어요. 그때 검찰이 전화를 했더구만. BBK 수사를 마무리해야 하는데 국내에 안 계시니 전화로 확인을 하겠다는 거야. 내가 배터리가 1분 치밖에 안 남았으니 질문을 정리해서 다시 전화하라고 했어요. 그랬더니 짧게 대답만 하래. 다른 말씀은 하지 말고. 전부 나랑은 관계없는 내용이어서 네, 아니오 식으로 대답했지. 그러고는 끝이야. 근데 검찰에 조사 받으러 간 정봉주는 기소가 됐잖아요. 그때 우리가 출두하지 말라고 그랬어요. 일단 출두하면 어떻게든지 엮을 거라고. 정봉주는 허위사실유포로 감옥에 갔지.

2012년에는 검찰이 내 친구한테 허위 진술을 강요해서 나를 엮으려고 했어요. 내 친구가 2011년에 저축은행 사건으로 구속이 됐거든. 근데 검찰이 "이해찬한테 2억 원을 줬다고 불라"면서 일주일간 아침마다 불러냈대요. 친구가 끝까지 거부하니까 1억, 5천, 4천으로 내게 줬다고 요구하는 액수를 깎았다는 거야. 마지막에는 500만 원까지 내려갔다더구만. 그래도 내 친구가 이해찬한테 돈 준 적이 없다고 하니 다른 민주당 의원을 들이대더래요.

2009년 5월 23일, 그 후

최민희 세상은 21세기인데 보수 정권의 검찰을 동원한 정치공작은 고문만 빠졌지 박정희 시대와 다를 바가 없다는 생각이 듭니다.

2009년 들어서는 참여정부 인사들에 대한 탄압이 노 대통령에게로 향합니다. 당시 상황을 보면 광우병 소고기 수입 반대 촛불집회로 궁지에 몰린 이명박 정부가 위기를 벗어나기 위해 정적 탄압이라는 비열한 수법을 썼다는 생각이 들어요. 이명박 정부는 들어서자마자 광우병 촛불집회로 위기를 맞고 한때 지지율이 8%까지 떨어졌습니다. 반면에 노 대통령은 퇴임 후 봉하로 내려가 정착하면서 오히려 인기가 높아졌고요. 봉하 사저 앞에서 "대통령 할아버지 나오세요!" 열풍이 일었다고 할 정도였으니까요. 이명박이 갑자기 봉하의 대통령기록물을 문제 삼으면서 노 대통령과 각을 세우더니 급기야 박연차 기획 수사를 벌였습니다.

이해찬 촛불집회 이후에 시민 단체들한테 주던 보조금도 끊었잖아요. 시민 단체가 촛불집회를 주도했다고. 그 사람들은 사고 구조가 좀 달라요. 이명박이 그랬잖아. 초 살 돈은 어디서 나나. 야당 사람들 사찰하고 시민 단체 탄압하고 그래도 안 되니까… 노 대통령 쪽으로 화살을 겨눈 거야.

봉하로 내려간 후에 노 대통령은 비교적 행복하게 지내셨어요. 농사도 짓고 찾아오는 사람들한테 연설도 하고. 은퇴한 대통령의 소탈한 모습이 국민들한테 정겹게 보였던 것 같아. 이명박 입장에서는 싫었겠지.

최민희　노 대통령이 봉하로 내려가신 뒤 '영남신당 창당설'이 계속 나왔습니다. 이명박은 노 대통령을 구심으로 한 정치세력의 결집이 두려웠을 것 같아요. 실제 그런 움직임이 있었습니까?

이해찬　전혀 없었어요. 노 대통령하고 그런 얘기를 나눠 본 적이 없어요. 엉망이 된 민주당을 어떡할 거냐, 걱정하는 정도였지. 그리고 노 대통령은 『진보의 미래』를 집필하는 데 전념했어요. '영남신당'은 근거 없는 얘기야. 노 대통령의 뜻과도 맞지 않아요.

최민희　2009년 5월 23일 이야기를 안 할 수 없을 것 같습니다.

이해찬　그날 나는 중국 시안에 있었어요. 옌안시장이 초청을 해서 옌안에 갔다가 시안 호텔에 있었지. 호텔을 나오려고 하는데 비서한테서 연락이 온 거야. 노 대통령이 투신, 서거하셨다고…. 황망했지. 그때 로비에 삼성전자에 다닌다는 젊은 친구들이 몇 명 있었는데 다들 황망해했어요.

봉하에 도착하니 저녁 일곱 시쯤 됐다. 어둡고 비가 좀 왔어요. 길에 사람들이 꽉 차서 차가 진입을 못해. 내려서 인파를 헤치고 겨우 들어갔어요. 대책 회의를 하고 있더구만. 장례를 어떻게 치를 거냐. 서울까지 가서 국장으로 치르자는 사람도 있고 조용히 부산 정도에서 치르자는 사람도 있었어요. 후자가 좀 더 많아. 결론을 못 내리고 내가 도착하고 나서 의견을 들어 보자 그런 상태더라고. 생각해 보니까 부산은 아닌 것 같았어요. 노 대통령이 죄를 지은 것처럼 자인하는 모양새야. 그래서 당당하게 치르자, 서울 가서 국

2009년 5월 24일, 봉하마을에서 노무현 대통령의 영정을 옮기는 이해찬 (연합뉴스 제공)

민장으로 치르자고 했어요. 대통령에 맞게 예우를 하고 장례를 치러야지 그냥 부산에서 해 버리면 안 된다, 그랬지. 기조를 바꾼 거예요.

한명숙 전 총리가 한승수 총리하고 공동장의위원장을 맡아서 경복궁에서 영결식을 치렀지. 서울광장 노제 거쳐서 서울역까지 가는 운구 행렬이 몇 시간 동안 다 중계가 됐잖아요. 노 대통령이 검찰 조사 받으러 가는 길을 언론들이 중계했는데, 우리도 시민들 애도 받으면서 떠나시는 걸 중계하게 해야지…. 화장식 할 곳은 미리 내가 몇 군데 가 봤어요. 수원 연화장이 제일 낫더구만. 그래서 거기로 정했어.

최민희　원래 장의위원장을 대표님이 맡기로 하셨다가 한명숙 전

노무현 대통령 안장식을 마친 후 기자회견에 참석한 이해찬

총리로 바뀌었습니다. 추도사도 한 전 총리가 하셨어요.

이해찬　정부 측과 공동으로 장의위원회를 꾸리면서 그렇게 하기로 했어요. 추도사는 할까 했는데, 내 심정이 추도사를 할 수가 없겠더라고. 황망하고 어이도 없고…. 한 전 총리가 하시는 게 여러모로 좋겠다 싶었어요. 시민들이 보기에도 그게 낫겠어. 실제로 한 전 총리 추도사가 사람들한테 깊이 각인이 됐잖아요. 지켜 드리지 못해 미안하다는.

최민희　심금을 울리는 추도사였습니다. '지못미'(지켜 드리지 못해 미안하다) 열풍을 불러일으켰지요. 덕분에 한 전 총리가 시민들에게 깊은 인상을 남겼고 차기 대권 후보 등의 반열에 오르기도 하

2009년, '시민주권' 창립을 알리는 이해찬

셨습니다. 그런데 세상일이라는 게 그게 꼭 좋은 일이었는지 모르
겠습니다. 대중의 관심을 받으면서 이명박 정부의 타깃이 된 게 아
닌가 싶어서요.

어쨌든 2009년 5월 23일 이후 많은 것이 변했는데요. 대표님
의 정치 복귀도 시간문제가 되어 버린 것 같았습니다. 노무현재단
을 추진하셨고, '시민주권'도 만드시게 됩니다.

이해찬 　시민들을 조직화해야 되겠다고 생각했어요. 깨어 있는 시
민들의 조직된 힘. 노 대통령의 유언이나 마찬가지잖아요. 그 뜻을
살려서 당은 아니지만 시민 조직을 만들자. 기존의 기념사업회 같
은 조직이 아니라 시민들이 직접 참여하는 조직을 만들자고 했어
요. 처음에는 전직 장차관을 지냈던 사람들한테 돈을 좀 내라고 했

지. 시민 회원들이 2만 5천 명쯤 됐어요. '지못미'라는 현상이 전국적으로 벌어지면서 개미군단이 그렇게 참여한 거예요. 한명숙 전 총리가 초대 이사장을 맡고.

'혁신과통합'에서 민주통합당으로

최민희 말씀하신 것처럼 시민들 마음속의 '지못미 현상'을 어떻게 조직화할 수 있느냐가 중요했는데요. 대표님이 노무현재단, '시민주권'을 만들면서 토대를 마련하셨다는 생각이 듭니다. 여기에 불을 붙여서 정치적 세력화를 시도한 분이 문성근 배우였어요. 2010년 8월 야권 통합과 정당 개혁을 주장하며 '국민의 명령' 프로젝트를 시작했습니다. 아래로부터의 정치개혁 운동이었는데 18만 명이 회원으로 가입했어요. 당시 문성근 배우가 저한테 그런 말을 했습니다. 결국 마무리는 이해찬 대표님이 하실 거다. '국민의 명령'을 시작하면서 대표님과 늘 상의하셨다고 들었습니다.

이해찬 울분과 열정. 문익환 목사님 자제들 중에서 그분의 성정을 제일 많이 닮은 사람이야, 문성근 배우가. 나하고는 수시로 만나서 의논을 했지. 문 배우가 '국민의 명령'을 시작했을 때 상황을 좀 얘기해야 할 것 같아요.

2010년 6월 지방선거에서 한명숙 전 총리가 서울시장에 출마했다가 떨어지잖아요. 언론에 나오는 여론조사 결과를 보면 전혀 게임이 안 될 정도로 지는 거야. 대면 여론조사는 돈이 꽤 많이 들어

2011년 8월 17일, '혁신과통합' 제안자 모임 및 기자회견

가는데 비용을 깎아서 한 번 해 봤지. 그랬더니 오세훈하고 별 차이가 안 나요. 내가 해 볼 만한 선거라고 했는데도 당에서 돈을 안 줘. 그럼 돈을 좀 빌려 달라고 했는데 안 통해. 3천만 원 한 번, 2천만 원 한 번 줬나 그랬지. 할 수 없이 우리 집을 저당 잡히고 3억을 대출 받았어요. 그때는 펀드를 발행할 생각을 못했거든. 당에서는 우리 당의 후보가 아니라 '친노 후보'라고 생각한 거예요. '시민주권' 주도로 서울시장 선거를 치렀지.

개표 후에 밤 열한 시까지만 해도 우리가 이기는 줄 알았어요. 내가 시청 광장에 가서 연설까지 했다니까. 근데 강남하고 관악이 개표가 안 된 거야. 그 두 곳이 제일 큰 덴데. 거기서 아홉 시부터 새벽 두세 시까지 개표 관리가 안 됐어요. 관악구는 유종필이 구청장 후보로 나왔는데 일찌감치 당선이 확실했어요. 그러니까 참관인들이 가 버렸어. 참관인 신분증을 우리한테라도 주고 가야 남아

노무현재단 전 이사장 이해찬과 신임 이사장 유시민. 2018년 10월 15일 (연합뉴스 제공)

있는 서울시장 개표를 참관할 거 아냐. 그냥 가 버리니까 다른 사람들이 들어가지를 못했어요. 강남 쪽도 그랬지. 강남의 개표가 진행될수록 오세훈하고 표 차이가 자꾸 줄어들어요. 결국은 뒤집혔고. 개표 관리만 더 잘했어도 우리가 어떻게 됐을지 모른다는 안타까움이 커요.

또 하나 아쉬웠던 건 야권 통합이 안 된 거예요. 진보신당에서 노회찬 후보가 나왔잖아요. 14만 표 정도를 얻었어. 한 전 총리가 2만 6천 표 차이로 떨어졌으니까 야권 통합이 됐으면…. 단일화를 여러 차례 시도했어요.

하여간 2010년 서울시장 선거를 치르면서 또 한 번 당이 문제가 많다고 생각하게 된 거예요.

최민희　2011년 8월 '국민의 명령' 주도로 '시민주권', '내가 꿈꾸는 나라' 등이 모여 '혁신과통합'이 창립됩니다. 대표님과 문재인, 문성근, 이용선 네 분이 상임대표를 맡으셨어요. 양산에 칩거하던 문재인 전 실장이 정치인의 길로 들어서게 되는 시작이었다고 봅니다. 이어 2011년 12월 16일 '혁신과통합'은 민주당과 지분 없는 통합으로 '민주통합당'을 창당하게 되는데요. 대표님이 큰 역할을 하셨습니다.

이해찬   2011년 8월에 오세훈이 무상급식 주민투표를 내걸었다가 스스로 사퇴를 해 버렸잖아요. 10월 보궐선거를 하게 됐는데『한겨레신문』기자 출신인 윤석인 씨가 나를 찾아왔어요. 민청련 할 때부터 알던 친구야. 박원순 변호사가 서울시장에 출마할 생각을 갖고 있다는 거예요. 지금 지리산 종주 중이라 자기가 대신 상의를 하고 연락을 주기로 했대. 내가 그랬어요. 떠보기 하지 말고 정말 출마할 뜻이 있으면 내일이라도 내려와서 연락을 달라. 박 변호사가 수염도 안 깎은 채로 바로 왔더구만. 당시에 민주당에서는 박영선 의원이 서울시장 후보를 준비하고 있었어요. 박 변호사한테 박영선과의 경선을 각오하라, 도와주기는 하겠다고 그랬지. 박영선 의원이 나한테 섭섭해했어요. 근데 나는 박 의원이 본선에서 이기기 어렵겠다고 봤어요.

　아무튼 야권 단일 후보로 무소속 박원순 후보가 서울시장에 당선이 된 거 아냐. 이걸 계기로 통합 신당을 만들어야겠다고 생각했어요. 민주당 손학규 대표를 만났지. 안국동에서 막걸리 한잔하면서 이런저런 얘기하다가 지분이니 뭐니 따지지 말고 깔끔하게 통합하기로 했어요. 얘기를 길게 안 했어요. 개인 입당은 배제하고

476

당대당 통합 방식으로 민주통합당을 창당하게 된 거예요. 혁신과 통합 상임대표로서 민주당 대표와 막후 협상을 벌인 셈이 된 거지.

우리가 2006년 지방선거에서는 참패했다가 2010년 선거에서 약간 회복을 하잖아요. 이명박에 대한 중간평가 성격의 선거였고, 노무현·김대중 대통령 두 분이 돌아가시면서 시민들 내면에서 뭔가 잘못되고 있다는 각성이랄까, 하여간 새로운 흐름이 형성된다는 느낌을 받았어요. 한편에서는 새로운 야권 세력에 대한 기대가 모아지기 시작했고. 그런 분위기가 2010년 지방선거에 반영됐다고 봐야 해요.

DJ가 돌아가시기 직전에 나하고 문재인, 정세균, 안희정 등이 찾아뵌 적이 있었어요. 2009년 7월경이지. 노 대통령 영결식 때 땡볕에 오래 계신 탓이었는지 그 뒤부터 거동이 힘들어지셨고 건강도 나빠지셨어. 홍대 서교호텔에서 뵜는데 절박하게 말씀하셨어요. 민주주의, 평화, 경제가 무너지고 있다. 큰일 났다. 나는 이제 오래 살 것 같지 않은데 여러분들이 남아서 잘해야 한다. 사실상 유언이었지. 그러고는 이틀인가 뒤에 입원하셨을 거예요. 문재인 실장도 DJ 말씀을 듣고 현실 정치에서 뭔가 역할을 해야 한다고 결심했을 테고. 그 결심이 총선 출마로까지 이어졌겠지요.

2012년 총선, 대선이 다가오는데 어떻게든 야권이 혁신과 통합을 해야 했어요. 2011년 말이 그런 상황이었어요.

최민희 '혁신과통합'은 먼저 시민통합당을 만들어 민주당과 당대당 통합을 했습니다. 통합 논의가 길지 않았다고 말씀하셨지만 우여곡절은 많았습니다. 지분 문제 외에 당 혁신 방안을 두고 논란이 컸는데요. '혁신과통합'은 개방형 시민 정당, 젊은 정당, 온오프 결합 스마트 정당을 주장했는데 민주당은 쉽게 받아들이지 못했습니다.

이해찬　그래도 반드시 해야 하는 일이었지. 나는 민주통합당을 후배들에게 넘겨줄 당이라고 생각했어요. 당시에 민주당은 정체성을 잃어버린 노쇠한 당이었어요. 지도부, 당원 모두 자기 혁신성이 없기 때문에 외부에서 혁신성을 수혈해야 했어요. DJ가 평민련을 흡수해서 당을 혁신했던 것처럼 시민사회, 청년 세력을 흡수해야 한다는 거지.

청년들을 양성하기 위해서 35세 이하 남녀 두 명씩을 경선으로 뽑아서 비례후보로 내는 '청년비례대표 국회의원' 제도를 하자고 했어요. 그러니까 당직자들 내부에서도 반발이 나와. 자기들 몫이 없어지는 거 아니냐고. 전통적으로 당직자 두 명한테 비례를 줬잖아요. 할 수 없이 넷 중 둘은 당직자 출신으로 하고 35세 이하에서 두 명, 45세 이하에서 두 명을 뽑기로 했지.

또 시민들이 모바일로도 쉽게 당원이 될 수 있고, 당의 의사결정에 참여할 수 있게 했어요. 기존 당원이 당의 1층이라면 새로운 모바일 당원이 2층이 되는 거야. 당 지도부를 선출할 때는 당비 내는 권리당원만이 아니라 일반 국민들도 경선인단에 참여할 수 있게 하되 반영 비율을 달리하도록 하고. 그때가 당의 의결 구조를 바꾸는 첫 시작이었어요. 종이당원으로는 정당이 발전할 수가 없어요. 진성당원을 육성하고 권리와 동시에 의무를 부여해야 해. 온라인을 플랫폼으로 하는 새로운 정당을 구상했어요.

최민희　2010년 지방선거를 민주 세력이 새롭게 재결집할 수 있었던 계기로 보셨는데요. 서울, 경기를 한나라당에 내주긴 했지만 전체적으로는 민주당이 승리했다고 할 수 있었습니다. 아울러 당시 선거는 '무상급식'으로 대표되는 복지 논쟁이 시작되었다는 점에서도 의미가 컸던 것 같습니다. 진보정당 쪽에서 무상급식을 의제로 만들었고, 민주당이 무상급식, 무상교육, 무상의료를 들고나왔어요. 대표님은 '무상' 대신 '의무'라는 개념을 쓰자고 말씀하셨지요?

이해찬　무상급식은 시혜의 느낌을 주거든. 복지는 시혜가 아니고 인권에 관련된 기본권이에요. 평등권적이면서 자유권적인 기본권. 기본 복지가 이루어져야 사람으로서 품위를 유지할 수 있어요. 그리고 병역은 국민의 의무이기 때문에 군대 갈 때 생활과 관련된 모든 걸 국가가 제공해요. 교육도 국민의 의무잖아요. 의무교육 시기에 제공하는 급식은 의무급식이라는 말이 맞다고 생각해요.

　2010년 지자체 선거는 시대의 요구가 복지와 평화로 바뀌고 있다는 걸 보여 줬어요. 의무급식이 유권자들의 호응을 받았고 북풍, 색깔론이 안 먹힌 선거예요. 선거 직전이었던 3월에 천안함 사건이 터졌잖아요. 남북 관계가 긴장되고 야당에 대한 색깔 공세가 벌어졌지만 유권자들은 전쟁이 아니라 평화를 더 열망했어요. 엄청난 변화지. 그렇게 시대의 한 장이 넘어가고 있었던 거예요. 그리고 유권자들은 투표를 통해 정치권에 더 이상 색깔론 등을 악용하지 말라는 경고장을 날린 게 아닐까 싶어요.

세종시로 가다

최민희　민주통합당이 창당되고 2012년 1월 전당대회에서 한명숙 전 총리가 당대표로 선출됩니다. 통합 전 민주당 지지율을 살펴봤더니 15% 정도였어요. 대표님과 문재인 실장님 등 친노 인사들이 가세한 민주통합당 지지율은 40% 전후로 치솟습니다. 하지만 4월 총선에서 박근혜 대표 체제의 새누리당이 과반 의석을 차지하게 됩니다. 민주통합당은 127석을 얻었어요. 대표님은 세종시 출마를 결단해서 당선되셨고요. 당시 민주통합당의 공천과 선거운동 과정을 지켜보셨을 텐데, 어떠셨습니까? 당시 민주통합당의 슬로건이 '공천권을 국민에게'였는데요.

이해찬　답답했지…. 공천심사에서 현역 386들을 먼저 공천했어요. 단수로. 기득권을 강화하는 쪽으로 가 버린 거지. 비례대표 후보는 한명숙 대표가 최고위원들한테 한 사람씩 추천권을 줬어요. 지분 나눠 주듯이. 그러니까 자기가 추천한 사람을 앞 순위로 넣으려고 싸움이 일어나. 패착이었어요. 앞 순위가 중요한 게 아니잖아요. 우리 당에서는 몇 명을 당선시키겠다, 목표를 갖고 그런 틀을 만드는 게 중요한데….

공천 과정에서 지도력이 안 보이고 진행도 지리멸렬했어요. 이런 당에서 뭘 할 수 있느냐, 이러려고 당을 만들었느냐고 내가 좀 심하게 질타를 했어요.

어렵게 정리가 되고 공천이 진행됐지.

최민희 당시 상황을 잘 알기에 '어렵게'라는 표현만으로 정리하고 넘어가려니 부족한 느낌이 듭니다. 국민의 명령, 혁신과통합, 민주통합당, 2012년 1월 새 대표 선출 과정에서 대표님이 어떤 심정으로 어떤 역할을 하셨는지 알고 있었거든요. 많이 분노하셨는데 그 공적 분노가 세종시 출마의 반전으로 '승화'되는 걸 봤어요. 외람되게도 '저분이 부처가 아닐까', 혼자 생각한 적이 있습니다.

세종시 출마는 어떻게 이뤄진 건가요? 당시 대표님은 출마 의사가 전혀 없으셨는데, 마감 직전에 후보 등록을 하셨습니다.

이해찬 한명숙 대표가 요청을 했는데 처음에는 고사했어요. 세종시가 단독 선거구가 될 거라는 예상도 못했지. 내가 안 한다고 했더니 한 대표가 그러시더구만. 우리가 만든 도시인데 포기할 거냐, 누군가는 나가야 된다. 눈물까지 보이셨어요. 총선 상황도 안 좋았고 하도 간곡히 부탁하셔서 후보 등록 마감 3일 전인가 출마를 결정하게 됐어요.

나는 그때까지 세종시를 가 본 적도 없고 아무 연고도 없었어요. 상대는 충남도지사까지 했던 심대평이고. 당연히 떨어질 거라고 생각했지. 에이 모르겠다, 어차피 안 될 거다 싶어서 사진도 새로 안 찍었어요.

세종시는 과거 연기군 지역에 공주하고 청원 일부, 거기에 신도시가 포함된 곳인데 처음엔 어디가 어딘지도 잘 모르겠더구만. 농촌 쪽은 과수원이 많아서 배꽃, 복숭아꽃이 흐드러지게 피어 있었어요. 진짜 무릉도원 같았지.

선거하고 상관없이 풍광을 구경하는 게 좋았어요.

2012년 4월, 19대 총선 선거운동 중 세종시민과 함께

최민희　그런데도 당선이 되셨습니다. 심지어 주변 지역구에 지원 유세까지 다니셨어요. 대표님 출마 덕에 인근 5, 6개 지역까지 이겼다고 봅니다만.

이해찬　처음에 노인회관부터 방문했어요. 노인회장님한테 인사를 드렸더니 내 손을 꽉 잡으서. 여든쯤 된 분이었어. 심대평이는 지가 국무총리 하려고 세종시를 백지화시키려고 했다, 이해찬 총리께서는 총리까지 하신 분이 세종시를 도와주려고 이렇게 오셔서 고맙다, 영의정께서 마무리를 하러 오신 거다, 그러시는 거예요. 내가 국무총리 지낸 사람한테 큰절 한번 받으시겠냐, 하면서 큰절을 올렸지. 다들 깜짝 놀라더구만. 조치원에 있는 노인회관도 갔

책임집니다

세종시 완성! 정권교체!

충남 청양 출생(59세)
청양초, 덕수중, 용산고
서울대 사회학과
서울시정무부시장(전)
교육부장관(전)
13~17대 국회의원
국무총리(전)

일 잘하는 후보

2 이해찬

2012년 19대 국회의원 선거 포스터

는데 거기서도 비슷한 얘기를 들었어요. 심대평은 국무총리 하려고 세종시를 백지화하려고 했다, 이해찬은 어려운데 와 줘서 고맙다…. 유권자한테 고맙다는 소리를 다 들은 거예요.

근데 여론조사를 보면 내가 압도적으로 지는 걸로 나왔어요. 한 20% 가까이 져. 바닥의 분위기하고는 많이 달라서 대면 조사를 했지. 대면 조사는 반반 정도로 나왔어요. 내가 연고도 전혀 없이 왔는데 이 정도면 해볼 만한 선거라는 생각이 들더구만.

그래서 운동화 두 켤레를 사 오라고 했어요. 선거운동을 운동화 신고 한 거는 그때가 처음이야. 처음으로 운동화까지 사서 신고 부지런히 다녔는데 사람이 없어. 면에는 장사하는 사람들이 좀 있었고 농촌 쪽은 다들 파종하러 나가서 사람을 만나기가 힘들었어요.

토론에서는 내가 확실히 따라잡았지. 심대평이 전혀 준비가 안 돼 있었어요. 허당이야. 토론 끝나고 여론조사를 했더니 내가 이기는 걸로 나와. 선거운동 시작하고 한 열흘쯤 지나니까 이미 내가 이긴 선거였어요. 면 단위에서 지더라도 조치원읍에서는 내가 이겨. 그래서 지원 유세도 다녔어요.

박범계가 처음 출마했을 때라 그리로 지원 유세를 갔어요. 내가 가니까 대전 쪽이 다 모이더구만. 논산의 김종민, 천안의 박완주, 청주의 홍재형, 공주의 박수현 후보 등 인근 선거구로 지원 유세까지 다녔는데 내 선거는 압승이었고.

2012년 대선 패배

최민희 총선이 끝나고 한명숙 대표가 사퇴하셨습니다. 비대위 체제로 다시 전당대회가 치러졌고 대표님이 당대표에 당선되셨어요. 그러면서 이해찬 대표, 박지원 원내대표 체제가 출범합니다. '비노' 쪽에서는 이해찬-박지원 연대를 '이박담합'이라고 비판했지만 대선에 대한 기대감을 갖게 하는 체제였습니다. 이해찬 대표, 박지원 원내대표, 문재인 대선후보라면 이길 수 있지 않을까 하는….

이해찬 총선에서 새누리당이 과반을 차지했지만 민주통합당이 참패했다고 보기는 어려워요. 100석 정도에서 127석이 됐으니 나름 약진을 한 거지. 근데 언론에서 야당이 압승할 수도 있다고 바람을 넣었거든. 그러다가 지니까 참패한 것처럼 됐어요. 언론, 당 내부 여기저기서 지도부를 흔들려고 하고. 대선까지 당이 안정적으로 가야 하는데 한 대표가 사퇴를 해 버렸어요. 내가 전화해서 언론보도에 흔들리면 안 된다, 약진한 선거다, 그랬지만 소용이 없더구만. 3주 정도 문성근 대행 체제로 가다가 박지원 원내대표가 되면서 비대위 체제로 전당대회를 하게 됐지.

박지원 의원은 원래 당대표에 출마하려고 했어요. 나는 대선을 치르려면 박지원 대표 체제가 적절하지 않다는 생각이었어. 문재인 실장이 후보가 된다면 호흡을 맞추기 어렵기 때문에. 박 의원을 만나서 얘기를 했지. 나하고 당신이 당대표 선거에서 경쟁하는 거는 좋은 구도가 아니다. 둘이 나갔다가 내가 당대표가 되고 문재인 실장이 후보가 되면 호남을 배제한 모양새가 된다. 당신이 원내대표 선거에 나가고 내가 당대표 선거에 나가는 게 좋지 않겠냐, 내가 도와주겠다. 그렇게 얘기가 된 거예요.

그때 당대표 선거에 김한길이 출마했어요. 나는 준비 없이 출마했고 지역구 기반도 약하니까 오프라인에서는 진 곳이 많았지. 부산, 서울, 세종 정도에서만 앞섰어. 호남은 추미애 후보가 가져가고 정동영 쪽 조직은 김한길한테 갔어요. 2007년 대선 때의 조직들이 남아 있었거든. 내가 당대표가 된 건 모바일에서 이겼기 때문이에요. 그때부터 당 일부에서 모바일 선거에 대한 두려움이 생긴 거 같아.

최민희　9월 대선후보 경선에서 문재인 후보가 민주당 대권 후보로 결정이 됩니다. 그런데 민주통합당 지도부 내에서 분열이 일어나는데요. 대선을 한 달여 앞두고 김한길 의원이 최고위원직을 사퇴합니다. 당 쇄신에 실패했다면서 '지도부 동반 사퇴'를 주장했어

2012년 8월, 민주통합당 당대표 당선

요. 결국 대표님도 당대표에서 물러나셨습니다. 그즈음 원내대변
인이던 이 아무개 의원이 요청해서 만난 적이 있습니다. "대중이
피를 원한다"면서 박지원 원내대표를 물러나게 해야 대선에서 이
긴다, 같이하자고 하더군요. 납득할 수 없는 논리였습니다.

이해찬　전당대회 끝나고 나서 당직을 임명해야 하는데 합의가 잘
안 됐어요. 최고위원들마다 뭐 달라, 뭐 달라 지분을 요구하는 거
야. 한쪽에서는 안철수하고 단일화 문제를 해결해야 했어요. 늦어
도 7월 말까지는 경선 룰을 결정해야 하니까 안철수 쪽에 민주당
에 입당을 해서 경선에 참여할지 말지 정도는 알려 달라고 했지.
공개적으로 요청했어요. 그때까지만 해도 내가 안철수를 나쁘게
보지 않았어요. 그렇다고 높게 평가한 건 아니고. 안철수가 낸 책

을 봤는데 솔직히 신문 스크랩 정도였어요. 그래도 단일화를 해야 하니까 좋게 얘기했지.

안철수 쪽에서 분명한 입장을 안 밝혀도 우리 당은 일정에 따라서 경선을 해야 되잖아요. 9월 말에 문재인 후보가 확정이 됐고, 안철수하고 단일화가 남아 있었어. 그 와중에 김한길이 최고위원을 사퇴해 버렸어요. 지도부를 흔들려고 그런 거야. 나를 끌어내리려고…. 거기다가 박지원 원내대표는 저축은행 사건으로 검찰에서 자꾸 불러. 회기 중이어서 출석을 안 해도 되지만 언론에 자꾸 보도가 돼요. 당은 안 보이고 검찰이 원내대표한테 출석요구를 한다는 게 부각되니까 안 좋지.

내가 당대표 사퇴한 거는 단일화 때문이에요. 안철수 쪽에서 이해찬이 사퇴해야 단일화를 하겠다는 거야. 문재인 후보를 만났더니 그래요. 처음에는 내가 거절을 했지. 그때 안철수는 "우리는 그런 걸 요구한 적이 없다"고 언론플레이를 하더구만. 얼마 후에 다시 문재인 후보를 만났는데 또 나한테 사퇴 얘기를 했어요. 나는 또 거절하고. 그러니까 안철수가 단일화 협상을 거부하는 거야. 문재인 후보를 세 번째 만났을 때 내가 그랬어요. 내가 사퇴를 하면 구심점이 없어서 선거를 못 이끌어 간다. 후보도 당내에서 경험이 별로 없지 않느냐. 중구난방이 될 텐데 어찌 사퇴를 하겠냐. 근데 송기인 신부까지 사퇴 요구를 하시고….

그때 나하고 박 원내대표하고 둘이서 너무 심한 거 아니냐, 그런 얘기를 했어요. 처음에는 당대표, 원내대표 모두 대선에 관여하지 말라는 정도였어요. 그러더니 아예 당직에서 물러나라고 한 거야. 임기가 있는 당직인데 이렇게까지 해야 하나…. 결국 사퇴를 했지.

최민희　당시 대표님과 최고위원들은 사퇴 선언문을 발표했는데
요. 사퇴를 결심한 이유에 대해서 "우리가 정권교체를 위한 단일
화를 거부하거나 지연시키는 핑곗거리가 되어서는 안 되기 때문"
이라고 했습니다. 그런데 안철수 후보는 왜 그렇게 대표님의 사퇴
에 집착했을까요?

이해찬　그러게. 안철수 쪽과 만났을 때 그런 얘기를 했어요. 나는
문재인 후보로 단일화되기를 원한다. 하지만 경선을 해서 안철수
후보가 되더라도 당선을 위해 전념할 수밖에 없다. 정권교체가 최
종 목적이기 때문이다. 이명박 정부 끝내고 나라를 제대로 만드는
게 내 일이다. 내가 당대표로 있어도 안철수 후보에게 나쁘지 않
다. 그랬는데도 전혀 못 알아들은 것 같아요.
　안철수 뒤에 평화재단과 최석호(법륜 스님)가 있었어요. 여기
서 안철수를 띄웠다고 할 수 있지. 2011년에 '청춘콘서트'를 열어
서 안철수가 대중들과 접촉하게 하고 인지도를 높였잖아요. 그 행
사를 평화재단 평화교육원이 기획한 건데 평화재단 이사장이 법
륜, 평화교육원장이 윤여준이야. 나한테 법륜을 소개해 준 사람은
최석진 씨예요. 법륜의 형인데 남민전(남조선민족해방전선) 사건
에 연루됐던 양반이야. 2012년에 법륜을 만났더니 안철수로 단일
화를 해야 한다고 주장하더구만. 그래서 내가 입당을 해서 경선을
하지 않으면 여론조사 말고는 방법이 없다고 했어요.

488

2012년 12월, 제18대 대통령 선거 유세 현장

최민희　안철수 측은 대표님의 퍼블릭 마인드를 이해하지 못했을 겁니다.

그런데 막상 대표님이 사퇴하고 단일화 협상이 진행 중이던 11월 23일, 안 후보는 돌연 후보 사퇴를 선언합니다. 결국 문재인 후보로 단일화가 된 셈인데요. 대표님은 선거 과정에서 아무런 역할도 할 수 없는 처지였습니다. 박영선, 이인영, 김부겸 3인 대표 체제로 선거를 치르다가 정세균 의원이 긴급 투입됐어요. 선거 과정을 지켜보시는 마음이 어떠셨습니까?

이해찬　답답했지. 예를 들어서 문재인 후보로 단일화된 직후에 국민펀드 2차를 모금했어요. 근데 목표 모금액이 100억이야. 안철수가 '반값 선거운동'을 제안한 적이 있었는데 거기에 호응한다는 취지래요. 1차 국민펀드에서 200억을 모았는데 그 절반으로 목표를 낮춘 거야. 그때 법정선거비용이 500억쯤 됐어요. 필수적으로 들어가는 비용이 있는데 반값 선거운동이라니….

선거는 목적지를 향해서 예정된 시간에 도착해야 하는 기차와 같아요. 정해진 정류장이 아니면 멈출 수 없고 급정거를 할 수도 없어요. 중간에 무슨 일이 있어도 기차는 가야 하는 거야. 당시 선거를 지켜보면서 또 기회를 놓치는구나 싶었어요. 이명박 시대의 고통을 벗어나게 됐는데, 어느 정도 약진을 해서 여기까지 왔는데….

단일화 과정, 캠페인 과정이 다 실패한 선거였어요. 박근혜가 당선되는 걸 보니 기가 막히더구만. 이제 정치는 안 해야 되겠구나, 그랬어요. 당에 일절 관여 안 하고 세종시 일에만 전념을 했지.

최민희 대선이 끝나고 황우여 새누리당 대표를 본회의장 앞에서 만난 적이 있어요. 제가 물었죠. 언제 이긴다고 생각하셨냐. 황 대표가 그러더군요. 전쟁을 앞두고 장수를 바꾸는 게 아닌데 이해찬 대표가 물러나는 것을 보고 "됐다" 싶었다고요.

모든 대선은 시대정신이 반영되지 않습니까? 돌아보면 2012년 대선의 시대정신은 무엇이었나 하는 생각이 듭니다. 비명에 간 박정희, 육영수에 대한 한을 푸는 선거였나 싶어 씁쓸합니다.

이해찬 앞에서 잠깐 얘기했지만 2012년 대선의 시대정신은 평화와 복지였어요. 2010년 지방선거 때 이미 확인된 거예요. 무상급식이 의제가 되고, 천안함 사건으로 평화에 대한 열망이 더 커지고.

490

당시에 한명숙 후보가 유세를 할 때 학생들이 "평화냐 전쟁이냐" 그런 구호를 외쳤더니 전경들이 막았다고 하더구만. 왜 그랬겠어요. 평화가 대중의 요구였거든. 북풍이 안 통하는 시대야. 천안함 사건이 인천 앞바다에서 일어났는데도 인천에서 송영길 후보가 당선되잖아요. 그리고 IMF 이후 양극화가 심해지면서 복지가 시대정신이 될 수밖에 없었어요.

우리가 평화와 복지라는 시대정신을 잘 담아내지 못했다고 생각해요. 반면에 박근혜는 '경제민주화'를 내세웠어요. 복지의 냄새를 풍겼지. 이명박은 '부자 되세요'라는 메시지를 던졌지만 실패했잖아요. 박근혜는 이명박과도 다른 방향을 제시한 거예요.

물론 박정희 향수도 살아 있었다고 봐요. 내가 대구 사찰에 간 적이 있는데 박근혜도 왔었어요. 어르신들이 박근혜를 보고 땅에 엎드려서 절을 하더구만. 여왕님을 대하는 것처럼. 박정희에 대한 로열티가 박근혜로 이어진 면이 있었어요.

하지만 그것만으로 우리가 졌다고 보기는 힘들어요. 명료한 우리의 메시지가 없었어요. 선거 과정은 실전이 아니라 연습을 하는 것처럼 보였고. 단일화도 시너지가 생기는 방식이 아니었잖아요. 냉소적인 단일화랄까. 박근혜 쪽이 잘했다기보다는 우리가 못했던 거예요. 여러 가지 요인들이 있겠지만.

최민희 박정희 향수만으로 박근혜의 당선을 설명할 수 없다, 우리가 시대정신을 명확하게 담지 못했다고 하셨습니다. 저도 박근혜가 내세웠던 국민대통합, 국민행복 100%, 경제민주화 같은 공약이 우리보다 훨씬 명료했다는 생각이 듭니다. 동시에 박근혜는 이명박과 차별화하면서 여당 속의 야당처럼 인식되기도 했고요. 덕분에 이명박 정부에 대한 불만이 박근혜 쪽으로 전이되지 않았던 것 같습니다.

이해찬   그렇지. 박근혜는 이명박의 '세종시 백지화'에도 반대했어요. 박정희로부터 행정수도가 시작된 거잖아요. 자기 아버지의 정책을 일관되게 찬성했어요. 이명박과 충돌하면서.

MB 정부, 모든 것이 후퇴한 시기

최민희   이제 박근혜 정부 시기로 넘어가는데요. 그전에 이명박 정부에 대한 대표님의 평가를 듣고 싶습니다. 저는 이명박 하면, 일단 토목공사부터 떠오릅니다. 한반도 대운하 공약부터 시작해서 4대강 사업까지, 아무리 '배운 도둑질'이 토목공사였다지만 21세기에 20세기형 토목 사업이라니요.

이해찬   그때 IT 육성을 더 했어야 하는데 토목 사업에만 몰두했지. 이명박은 대통령이 되기 전부터 운하에 대한 구상을 했어요. 국회의원 할 때 충주호에서 문경으로 넘어가는 운하를 파자고 그랬어. 한강을 낙동강하고 연결시키자는 거예요. 내가 그 얘기를 듣고 속으로 미쳤나, 그랬어. 충주호는 겨울에 꽝꽝 얼어요. 트럭이 다녀도 될 정도로 얼어붙는 데야. 어떻게 낙동강까지 끌어가겠어요. 근데 서울시장 되더니 청계천을 인공으로 만들더구만. 한강물을 전기로 끌어들여서. 사람들한테는 휴식 공간이 되니까 인공하천이 문제라는 생각을 잘 안 하는데 자연스러운 건 아니에요.

대통령이 돼서는 4대강 사업을 벌이는데 참…. 4대강을 물류 수송에 쓰려면 배가 다녀야 되니까 수심이 깊어야 해요. 수심을 8미터로 만들려고 강바닥을 긁었잖아요. 근데 그렇게 만들어 봐야 경제성도 없어요. 물류비용이 더 들어. 토건족, 건설사들만 배불리는 사업이야.

2016년에 한국수자원공사 감사를 해 보니까 4대강 비용이 33조 가까이 되더구만. 원래 22조라고 했는데 아니야. 10조가 더 들어가요. 수자원공사가 8조를 떠맡았는데 그게 다 회사채였어요. 그 이자 비용은 정부예산으로 지원해 줘요. 거기다가 2015년에 정부가 수자원공사 부채 30%를 갚아 주기로 했어. 이런 비용까지 계산하면 33조쯤 되는 거예요. 수자원공사가 건실한 회사였는데 4대강에 8조를 쏟아부으면서 부실해졌지. 그러니까 빚을 갚으려고 부산 에코델타시티 사업* 같은 데 또 투자를 해야 했지.

최민희　수자원공사뿐 아니라 가스공사, 석유공사 등 여러 공기업들이 부실해졌습니다. 자원외교로 인한 국고 손실도 수십 조로 추정되고요.

부산에코델타시티 사업　이명박 정부의 4대강 사업에 포함되어 부산시 강서구에 추진한 신도시 조성 사업. 6조가 넘게 투입되는 대형 사업으로 2012년에 시작됐으며, 수자원공사가 80%, 부산도시공사가 20% 지분을 갖고 있다. 그러나 적자 우려와 함께 참여 건설사 간 담합, 비리 의혹이 제기되어 왔다. 수자원공사 직원의 85억 횡령 사건이 벌어지기도 했다.

이해찬　자원외교는 전체 손실 규모를 제대로 한번 조사해야 돼요. 말이 안 돼. 석유공사가 2009년에 인수한 '하베스트'*만 봐도 얼마나 엉터리야? 부실한 정유 회사를 실사 한 번 없이 4조 넘게 주고 인수했잖아요. 그것도 40일인가 만에 덥석 샀어. 그러고는 3년 뒤에 1조 원 넘게 손해 보고 팔아. 이런 의혹투성이 자원 개발 사업이 한두 개가 아니에요. 투자나 처분 과정에서 MB 쪽 사람들한테 엄청난 돈이 흘러갔다는 의혹도 있었는데 안 밝혀졌지.

인천공항 민영화 시도*까지 성공했으면 큰일 날 뻔했어요. 형편없는 금액에 싱가포르 자본에 팔려고 그랬잖아요. 반대 여론이 워낙 심해서 무산됐지만. 자산평가 금액의 10분의 1도 안 되는 헐값에 넘기려고 했더구만. 알짜 기업은 헐값에 팔고 부실기업은 비싸게 사들이고.

최민희　남북 관계도 파탄이라고 할 만큼 나빴습니다. 2008년 7월 박왕자 피격 사건*이 일어나면서 금강산 관광이 중단됐고, 2010년 3월 천안함 피격 사건이 터지면서 남북 관계가 급격히 경색됐어요.

하베스트 인수　이명박 정부의 주요 자원외교 정책 중 하나. 이명박 정부 당시 한국석유공사가 캐나다 하베스트 본사 인수에 2.6조 원, 정유 부문인 하베스트 날(NARL) 인수에 1.5조 원으로 총 4.1조 원을 투자했다. 하지만 하베스트사에서 생산되는 원유가 유전으로서의 가치가 전혀 없었고, 그로 인해 현재까지 약 5조 원이 넘는 손실 금액이 발생하고 있어 여야를 막론하고 질타 받는 정책이다.

인천공항 민영화 시도　이명박 정부는 '공기업 선진화'를 명목으로 인천공항을 포함한 공기업의 민영화(지분매각)를 추진했다. 그러나 인천공항은 수익성, 경쟁력, 서비스 등에서 세계 최고 수준으로 평가 받고 있었기 때문에 정부의 민영화 시도는 명분을 얻지 못했으며 야당, 시민 단체, 노조 등의 거센 반발에 부딪혔다. 일반 국민을 상대로 한 여론조사에서도 민영화 반대 의견이 압도적으로 많아 사실상 백지화되었다.

이해찬 박왕자 씨 피격 사건은 우발적인 사건이었기 때문에 수습할 수 있었다고 봐요. 그렇게 못한 거지. 오바마 정부는 초기에 남북 관계를 풀고 북미 관계까지 풀어 보려고 했어요. 근데 이명박 정부가 별생각이 없으니 안 된 거예요.

오바마도 클린턴 정부의 '전략적 인내' 기조를 이어받았어요. 남북이 뭘 하겠다고 해야 미국이 나설 텐데 남북이 틀어지니까 미국도 슬그머니 발을 빼고 있었던 거예요.

천안함 사건은 좀 더 확실한 정보가 필요해요. 정부가 아무리 북한 소행이라고 해도 여전히 의혹을 제기하는 사람들이 있잖아요. 음모론도 돌아다니고. 그런 사람들이 주장하는 것 중에 하나가 '당시 인근에서 한미 합동군사훈련이 있었는데 북한 잠수정이 음파탐지기를 뚫고 어뢰를 쐈다는 걸 믿기 힘들다'는 거더구만. 실제로 그때 미군 이지스함 두 척, 우리 이지스함 한 척이 합동군사훈련에 참여하긴 했어. 음모론을 퍼뜨리는 사람들도 납득할 만한 설명이 필요하다는 생각이 들어요.

최민희 김대중 대통령은 이명박 정부를 "민주주의를 후퇴시켰고 민생을 파탄 냈으며 남북 관계를 후퇴시킨 정권"이라고 규정하셨습니다. 이명박 정부의 성과가 있었나 싶긴 합니다만 굳이 찾아보자면 어떤 게 있을까요?

박왕자 피격 사건 2008년 7월 11일, 금강산으로 관광을 간 박왕자 씨가 북한군의 총격으로 사망한 사건. 해안가 산책 도중 관광 통제 울타리를 벗어난 박씨에게 인민군 해안 초소 초병이 총탄을 발사한 것으로 알려졌다. 이 사건으로 금강산 관광이 중단됐고 같은 해 개성 관광도 중단되는 등 남북 관계가 큰 타격을 입었다.

이해찬　금융위기를 비교적 빨리 벗어났다는 걸 업적으로 꼽더구만. 근데 엄밀히 말해 그건 이명박 정부가 잘해서가 아니에요. 앞에서 얘기했지만 참여정부 때부터 이미 대비를 했어요. 2005년경부터 부동산, 가계부채 상황을 보고 심상치 않다고 봤지. 미국의 서브프라임 모기지가 금융위기를 촉발시켰잖아요. 우리는 그런 통제되지 않은 파생상품이 많지 않았어요. 은행이 무너지지 않는 거야. 다만 미국이 흔들리니까 우리 쪽에 투자해 놓은 외국계 자본들이 빠져나갔고 그러면서 위기가 왔다고 할 수 있어요. 이명박 정부가 여기에 대응을 잘한 것도 아니야. 다른 나라들하고 비교를 해보면 미국, 한국만 소득이 떨어졌거든.

　이명박 정부가 딱히 성과를 남긴 것 같지 않아요. 김대중·노무현 정부 때 세계 1위였던 IT 산업이 후퇴한 것은 큰 손실이었고.

　문화, 언론 쪽에서도 다 후퇴하잖아. 이런 분야는 정부가 얼마나 탈권위주의적으로 나가느냐가 굉장히 중요해요. 자유로운 분위기를 깨 버리면 좋은 창작물이 나올 수가 없어요. 언론도 제 역할을 못하고. 이명박은 원래 있던 매체들을 장악하고 종편까지 만들었어요. 반면에 우리 쪽은 목소리를 낼 수 있는 마땅한 매체가 없었어요. 그러니 여론이 왜곡되지.

최민희　그런 언론 환경에서 '나꼼수' 같은 팟캐스트가 등장한 건 그나마 다행이었습니다.

이해찬　'나꼼수'라는 게 있다는 얘기만 들었지 당시에는 잘 몰랐어요. 나중에 『한겨레』가 만든 '파파이스'에서 인터뷰를 한번 하

2017년 10월, 〈김어준의 파파이스〉 마지막 방송에 출연한 이해찬

자고 연락이 왔어요. 그걸 누가 보는데 하면서도 갔지. 그때 진행을 하던 김어준을 처음 만났어요. 이걸 얼마나 보느냐고 하니까 이래저래 한 800만 명이 본다는 거예요. 내가 거짓말하지 말라고 했다니까. 근데 대선 때 문재인 후보 지원 유세를 나갔더니 사람들이 '파파이스' 인터뷰를 봤다고 다들 한마디씩 해요. 또 나오라고 하고. 88년에 광주 청문회 끝나고 나서 사람들이 보인 반응이랑 비슷한 정도였어요. 그래서 일주일에 한 번씩 네 번을 나갔잖아요.

우리 목소리를 낼 수 있는 매체를 발굴하는 게 중요해.

탄핵! 촛불시민혁명

2016년 탈당과 복당

최민희　2013년 박근혜 정부가 출범합니다. 절치부심을 해야 될 민주통합당은 혼란스러운 모습이었고요. 2013년 김한길 대표 체제가 되면서 당명을 민주당으로 바꾸었다가, 2014년 3월에는 안철수의 새정치연합과 합당을 하고 새정치민주연합이 됩니다. 대표님께서는 당시 어떤 생각을 하셨는지 궁금합니다.

이해찬　당의 헤게모니가 김한길, 안철수에게 넘어간 거지. 문재인 후보는 낙선 후에 주도권이 떨어졌고, 당 내부도 대선 패배를 수습할 능력이 없었어요. 최선을 다하고 졌으면 복원 능력이 생기는데 그러지 못했잖아요. 한동안은 당이 어렵겠구나, 그런 생각을 했어요.

그래도 새정치민주연합 의석수가 130석이었거든. 내가 우리 쪽 사람들한테 김한길 체제에 토 달지 말고 가만히 있으라고 했어요. 그렇게라도 있어야 박근혜 정부를 견제할 거 아니에요. 근데 세월호 참사나 국정원 댓글조작 사건 같은 문제도 제대로 대응을 못하더구만. 의원 몇몇이 대응을 한 거지 당 차원에서 한 일이 딱히 없었어요. 지도력이 없으니….

나는 당 활동은 안 하고 세종시로 내려가 있었어요. 세종시를 제대로 만들려면 할 게 많았어. 세종시가 출범한 게 2012년 7월이었으니까. 특별법은 2010년에 만들어졌는데 이명박 정부 때 뒷받침해 준 게 없어요. 한동안 세종시 만드는 일에 전념했지.

최민희 2015년 전당대회에서 문재인 당대표가 당선되고 당명도 더불어민주당으로 바뀝니다. 당시 문재인 의원이 주변에 당대표 출마를 타진했을 때 6 대 4 정도로 찬성, 반대 의견이 나왔던 것 같습니다. 반대하는 쪽에서는 당권과 대권의 분리가 우리 당의 방침이라면서 문재인 의원을 '욕심쟁이'라고 비판했어요. 대표님은 어떤 의견이셨습니까?

이해찬 나는 적극적으로, 공개적으로 나서지는 않았어요. 일반적으로는 당권과 대권을 분리하는 게 맞지. 근데 문재인 의원이 2017년 대선에 다시 출마하려면 당을 맡아서 제대로 운영해 볼 필요가 있다는 생각이 들었어요. 2012년 대선 때는 당을 너무 모르셨어. 당을 한번 겪어 봐야 되지 않겠나 싶었지.

그나마 문재인 당대표 체제가 되면서 당이 정비되기 시작한 거 아니에요. 당대표 선거 때도 험한 꼴을 많이 봤어요. 문재인 후보가 근소한 차이로 박지원 후보를 이겼잖아요. 박지원 후보 쪽에서 문 후보를 얼마나 인신공격하는지….

당대표가 되고 나서도 계속 내부에서 흔들어 댔어. '친문패권'이라고, 무슨 죄를 지은 것처럼. 그러니까 문 대표도 견디기 힘들어하시는 것 같았어요. 그런 험한 일은 처음 당해 보니까. 내가 한번인가 만났나? 흔들리면 안 된다, 2017년을 준비하셔야 한다고 그랬지. 총선에는 출마를 안 하겠다고 해서 불안했는데 다행히 대선을 포기할 생각은 아니더구만. 철저하게 준비해서 나가겠다고 하셨어요. 실제로 '광흥창팀'을 만들어서 굉장히 열심히 준비를 하셨고.

최민희　20대 총선 때도 우여곡절이 많았습니다. 김종인 비대위 체제로 총선을 치렀는데 부산의 한 지역위원장이 '이해찬 배제론'을 들고나오더군요. 실제로 대표님께서는 민주당 공천에서 배제되셨습니다. 그러자 무소속으로 출마해 당선되셨고, 추미애 대표 체제에서 복당하셨는데요. 대표님의 정치 인생에서 가장 파격적인 행보가 아니었나 생각됩니다.

이해찬　나는 김종인 같은 인물을 데려온 것이 패착이라고 봐요. 당의 정체성이 약해지는 거야. 정체성을 잃으면 기둥이 무너지는 것과 같아요.

500

2016년 2월에 박근혜 정부가 개성공단을 폐쇄해 버렸잖아요. 개성공단에 입주해 있던 경제인들이 우리 당에 민원을 넣으러 온다고 해서 면담 자리가 마련됐어요. 나한테도 배석을 하라고 연락이 왔어. 내가 개성공단 기업인들하고 잘 알고 도와주고 그랬으니까. 세종시에서 올라와서 배석을 했어요. 그리고 김종인 비대위원장을 잠깐 만나서 얘기를 나눴는데, 참 기가 막히더구만. 저런 인물이 우리 당의 비대위원장이라니….

김종인 비대위는 정세균계 의원들을 쳐냈어요. 문재인 의원은 총선 출마를 안 하겠다고 했고. 나만 잘라 버리면 당을 장악할 수 있는 상황이었어. 김종인은 나를 쳐낼 생각이 없었던 것 같은데 주변의 비대위원들이 그러려고 했던 것 같아요.

근데 나는 공천 평가에서도 아무런 하자가 없고 세종시에서 내 지지율이 당 지지율보다 높았어요. 전해철이 알아보니 나하고 자기를 컷오프 시키려고 한다는 거야. 문재인 의원이 공천심의위원 한 분에게 얘기를 하셨대요. 두 사람은 탈락시키면 안 된다고. 그 위원이 김종인에게 전달을 했더니, 처음에는 가만있다가 그다음에는 내가 알아서 하겠다고 핀잔을 줬다지.

사실 나는 출마할 생각이 별로 없었어요. 오래 했잖아. 세종시 출마도 등 떠밀려서 나간 거고. 나 말고 세종시에 출마할 사람을 찾고 있었어요. 좋은 인물을 추천 받아서 만나 보기도 했는데 그 사람이 안 하겠대요. 마땅한 사람을 못 찾고 있는 상황에서 나까지 그냥 빠지면 의석이 하나 없어지는 거잖아요. 게다가 세종시가 완성될 때까지 세종 시민들에게 책임을 져야 하는데…. 그래서 무소속으로 출마했어요. 마땅한 사람이 있었으면 굳이 내가 나갈 필요가 없었지.

최민희 지금 생각해 보면 무소속으로라도 출마하신 게 옳은 판단이었습니다. 이후 박근혜 탄핵, 대선, 총선까지 대표님이 안 계신 당을 생각할 수 없습니다.

이해찬 당선되고 나서 바로 복당 신청을 했는데 김종인 비대위 체제에서는 안 받아 줬어요. 그러다가 추미애 의원이 당대표가 되고 나서 복당할 수 있었지.

세월호, 왜 구하지 못했나

최민희 박근혜 정부 얘기를 좀 해야 할 것 같습니다. 전반적인 국가 운용의 행태가 박정희 시대로 회귀했다는 생각이 듭니다. 박정희 시대 사람들도 다시 등장했어요. 김기춘이 국정의 전면에 나서고 '7인회' 같은 사조직이 영향력을 행사했습니다. 그렇다고 해도 최순실이라는 비선 실세의 존재는 상상도 못했습니다.

이해찬 그 정도일 줄은 우리가 다 몰랐지. 박근혜가 취임하고 나서 누군가 청와대에 들락거린다는 소문은 있었어요. 청와대의 일반 행정관들, 비서들은 다 바뀌었는데 기능직 쪽에서는 그대로 간 사람들이 많았거든. 이런저런 소문이 흘러나왔지. 근데 청와대에 가면 누구든지 엑스레이 검색대를 통과해야 하잖아요. 본관하고 관저에 들어가려면 인수문도 지나야 하고. 내가 보기에는 경호실은 최순실이 드나드는 걸 알았을 거예요. 제 딴에는 보안을 잘 지킨 셈이지.

관저에 들어가면 왼쪽은 사적인 공간, 오른쪽은 손님맞이 홀이 있어요. 노무현 대통령 때는 그 중간에 문이 없었거든. 사저 쪽으로 갈 일이 없었으니까 오른쪽으로만 가서 뵈었어요. 박근혜 때는 중간에 문을 만들어 놨다고 하더구만. 최순실이 거기를 사용한 게 아닌가 싶기도 해요.

최민희　박근혜는 최순실에게 국정 운영을 떠넘기다시피 했습니다. 어떻게 그렇게 오랫동안 본질을 가릴 수 있었는지 의문입니다.

이해찬　내가 총리 할 때 박근혜가 당대표여서 인사하러 갔어요. 30분 정도 얘기를 했는데 예, 예, 예, 잘하세요, 그것밖에 없는 거야. 하실 말씀 없으십니까, 물어도 "잘하세요"뿐이었어요. 아무런 콘텐츠가 없더구만. 그런데 언론은 박근혜가 무슨 말이든 하면 대단한 의미를 부여해 줬어요.

최민희　이명박 정부도 차마 하지 못했던 개성공단을 폐쇄하고 국정교과서 파동을 일으킨 것 등을 보면 박근혜는 국정 철학 자체가 없었다는 생각이 듭니다. 자기 아버지의 통치 방식만 좇다가 스스로 무너졌다고 할까요.

이해찬　개성공단을 폐쇄하면서 남북 관계가 완전히 단절됐지. 남북 관계를 어떻게 풀어 가야겠다는 구상 자체가 없었던 거예요. 부동산도 참여정부 때 만들어 놨던 정책들이 완전히 다 무너졌어요. 빚내서 집 사라는 분위기가 됐지. 그때 돈이 확 풀렸잖아.

최민희　세월호 참사도 얘기하지 않을 수 없습니다. 이명박 정부가 '정의란 무엇인가'라는 의문을 갖게 했다면 박근혜 정부는 '국가란 무엇인가'를 질문하게 했습니다. 대표님께서는 총리를 하셨고 위기 시에 정부가 어떻게 대응해야 하는지 잘 알고 계실 텐데요. 세월호 참사를 보면서 어떤 생각이 드셨습니까?

이해찬　위기관리 매뉴얼만 제대로 작동했어도 그런 참사는 막을 수 있었을 거야.
　참여정부에서 만든 위기관리 매뉴얼이 굵직한 것만 200여 개였어요. NSC(국가안전보장회의)를 대북 파트와 안전 파트로 나누고 24시간 모니터를 했어요. 공군·해군 레이더가 동해, 서해, 남해를 180도 감시하는데 청와대에서는 이걸 실시간으로 볼 수 있었지. 근데 이런 시스템을 이명박 때 없애 버리고 매뉴얼을 안 쓴 거야. 박근혜 정부 들어와서는 그런 게 있었는지조차 몰라요.
　위기 상황에서 출동할 수 있는 병력도 못 썼어요. 세월호는 군 사고가 아니라서 일단 해경이 먼저 나서는 게 맞아요. 경찰 특수부대가 30분이면 우리나라 어디든지 갈 수 있어요. 이 부대는 고성능 헬기로 이동해서 밧줄 타고 바로 목표물에 접근하는 특공대예요. 대테러 작전도 가능해. 영화 같은 거 보면 밧줄 탄 특공대가 창문을 박차고 들어가서 테러범을 진압하잖아요. 그런 걸 실제로 하는 친구들이야. 진압에 5분밖에 안 걸려요. 이 특공대가 과천에 있었고 바로 출동했으면 세월호 안의 아이들을 구조할 수 있었어요. 배가 완전히 가라앉기까지 한 시간 반 동안 떠 있었으니까. 구출할 시간이 충분했는데 못 한 거예요.

나중에 국회 안전행정위원회에서 경찰청장을 불렀어요. 사고가 났을 때 어디 졸업식인가 가서 축사를 하고 있었더구만. 말이 안 되는 일이야. 대통령은 어디 있었는지도 알 수가 없고, 총리는 아무것도 안 했고, 경찰청장은 축사하러 다녔고. 누가 위기 상황에 대응을 해요? 해경도 지위 체계가 안 서 있었어요. 경찰이 제대로 못 하면 평택에 있는 해군 2함대라도 움직였으면 됐어요. 근데 안 갔잖아. 정부의 위기관리 매뉴얼이 없었던 거지.

최민희 박근혜 정부의 세월호 대응을 생각하면 지금도 분통이 터집니다. 사람을 구할 생각보다 어떻게든 축소하고 은폐할 생각밖에 없었던 것 같아요. 사고가 났던 시간에 박근혜 씨가 무엇을 하고 있었는지 아직도 밝혀지지 않았습니다.

이해찬 관저에서 본관으로 출근을 안 했다는 건 분명한데, 그 자체로 문제예요. 청와대 집무실에도 휴게실이 있어요. 피곤하면 거기서 쉬면 돼요. 대통령이 출근을 안 했다는 건 청와대의 운영 체계라든가 기강이 엉망이었다고 봐야지.

촛불시민혁명이 만든 '벚꽃 대선'

최민희 2016년 10월 JTBC가 입수한 태블릿PC를 통해서 국정농단의 실체가 드러나기 시작했습니다. 엄청난 시민 저항이 일어났고 결국 헌정 사상 처음으로 대통령 탄핵이 이뤄집니다. 촛불집회가 없었다면 국회가 탄핵까지 갈 수 없었겠지요?

이해찬 촛불 1만 명당 국회의원 한 명이었다고 보면 돼요. 무슨 말이냐. 당시 주말마다 대규모 촛불집회가 열렸잖아요. 12월 9일에 국회가 탄핵안을 가결했는데 찬성 의원이 234명이었어요. 근데 직전 주말인 12월 3일 촛불집회에 나온 사람이 234만 명 정도였지. 최대 규모였어요. 촛불집회가 그렇게 커지지 않았으면 탄핵을 못했을 거예요. 태블릿PC가 나오고 나서도 바로 탄핵 여론이 일어난 건 아니었어요. 박근혜가 스스로 물러나는 게 좋다는 분위기였지. 그게 안 먹히니까 탄핵 요구까지 나오게 됐고.

그즈음 우리 당 의원들하고 몇이서 저녁에 만났어요. 어떻게 수습할 거냐. 탄핵을 안 할 수도 없는 상황인데 의원 200명을 모으기는 쉽지가 않다. 탄핵안을 발의했다가 가결이 안 될 수도 있으니까 굉장히 노심초사했어요. 처음에 따져 봤을 때는 200명이 안 됐거든. 야당 의석을 다 합쳐도 30명 가까이가 부족해. 새누리당 김무성계가 관건이라고 봤어요. 근데 촛불집회가 걷잡을 수 없이 커져. 여당 의원들도 압박을 받을 수밖에 없는 분위기가 된 거예요. 촛불 1만 명이 국회의원 한 명을 탄핵으로 이끌어 냈다는 말이 괜한 말이 아니야.

2016년 청계광장, 박근혜 대통령 탄핵 촛불집회

　　헌재도 여론을 의식하지 않을 수 없었을 거예요. 헌재가 탄핵 심판 중일 때 한 송년회에서 우연히 헌법재판관 한 분을 만났어요. 어떻게 될 것 같으냐고 물어보니까, "준비를 잘하고 있다" 그렇게 만 말해요. 그러면서 웃더구만.

최민희　　대표님은 70년대부터 수많은 집회와 시위 현장을 누비셨습니다. 2016년 탄핵 촛불집회도 자주 나가신 걸로 알고 있는데요. 어떠셨습니까? 2016년의 촛불집회는.

이해찬　　말 그대로 시민혁명을 이뤄 낸 세계사적인 사건이에요. 놀라운 집회였어.
　　광화문 촛불집회에 나갔다가 부산서 올라온 여성들하고 얘기를 나누게 됐어요. 나를 보고 사진을 찍자고 해서 이러저런 얘기를 했지. 서울 오는데 돈이 너무 많이 든대. 왕복 교통비에 밥값에 서울이 추워서 옷도 두툼한 걸로 사고 부츠도 샀다고 하소연을 해요. 한 번 올 때마다 거의 20만 원이 든다고 하더구만. 그러면서도 매주 온다는 거야. 어떻게든 빨리 끝내야 한다고. 이런 사람들을 만나니까 내가 주말이 기다려졌어요. 시민의 힘을 보는구나 싶었지.

집회 방식이나 분위기도 완전히 달랐어요. 87년 6월항쟁하고는 말할 것도 없고 이전 촛불집회하고도 달라. 각 분야마다 사전 논의를 하고 그 힘들이 모여서 메인 집회가 이뤄지더구만. 집회에 문화적인 콘텐츠들이 다양하게 등장하기도 했고.

최민희 시민의 힘을 말씀하셨는데요. 코로나19 팬데믹 상황에서도 우리의 시민의식이 얼마나 성숙했는지 알 수 있었습니다.

이해찬 맞아요. 처음에 코로나19가 터졌을 때 정말 걱정을 많이 했어요. 근데 시민들이 자율적인 방역을 너무 잘하는 거야. 이런 나라가 어디 있어요? 미국이나 유럽의 선진국이라는 곳에서도 사회적 규범 같은 게 안 보였잖아요. 이제 선진국이라는 개념을 바꿔야 한다는 생각이 들더라고. 정말 대단한 거야. 우리 시민의 힘이.

최민희 헌재에서 탄핵이 인용되면서 조기 대선이 치러집니다. 대표님은 문재인 후보 수석선대위원장을 맡으셨지요?

이해찬 당내 경선을 할 때 문재인 후보가 도와 달라고 하셨어요.

508

2016년 광화문, 박근혜 대통령 탄핵 촛불집회

내가 그거는 좀 아닌 것 같다고 말씀드렸지. 어차피 경선은 문제가 없다, 오히려 내가 합세하면 캠프가 '친노 패거리'로 몰릴 수 있으니 본선에 들어가면 도와드리겠다고 했어요. 본선에서 추미애 대표가 상임선대본부장, 나는 수석선대위원장을 맡았고 최고위원들은 공동선대위원장이 됐어요.

수석선대위원장 인사말을 할 때 내가 그랬어요. 이번 대선은 삼류들과 싸우는 선거가 아니라 우리 자신과 싸우는 선거다. 우리가 좋은 공약을 내고, 책임지고, 수행해야 하는 선거. 철학적인 인사말을 했다고들 하더구만. 근데 실제로 홍준표 후보한테 이기는 게 문제가 아니었어요. 인수위도 없이 곧바로 정부를 넘겨받아야 하는 상황이었잖아요. 국정 운영을 위한 사전 준비가 중요한 거지.

최민희　문재인 후보가 당선될 가능성이 90% 이상이었다고 봅니다. 국정 운영을 위한 사전 준비가 중요했다고 말씀하셨는데요. 실제 선거 과정에서 그런 준비가 얼마나 잘 이뤄졌는지 궁금합니다.

이해찬　잘 안 됐어요. 국정의 핵심 정책들은 공식적인 선대본부 차원이 아니라 따로 팀을 꾸려서 준비해야 해요. 나는 당연히 드러나지 않는 팀이 있는 줄 알았지. 근데 없었더구만. 그러다 보니 사전 준비가 취약했어요. 예를 들면 최저임금은 '임기 중 만 원까지 올린다'고 목표를 세웠으면 무리 없이 성공했을 거예요. 그런 전략을 못 세웠어. 결과적으로 집권 첫해부터 최저임금을 너무 많이 올린다는 저항에 부딪히게 됐잖아요. 학자 몇 사람 주장으로 정책을 짜면 안 되는 건데….

처음에는 캠프에서 일정 조정도 잘 안 됐어요. 후보 동선이 막지그재그야. 강원도 갔다가 전라도 갔다가 하루에 몇 백 킬로미터를 달리는 거예요. 비행기도 없이 그렇게 다니면 어떻게 해. 일정이 왜 이러냐고 따져 보니까 책임자가 없었어요. 몇 사람이 있는데 자기들끼리도 조율이 안 되는 거 같았지. 후보가 나한테 전화를 하셨어요. 일정 관리를 좀 챙겨 달라고.

최민희　그런 상황인 줄 전혀 몰랐습니다. 어쨌든 문재인 후보가 당선됐으니 선거 과정에 대해서는 비판적으로 따져 보지 않았고요.

이해찬　대선을 치러 보면 여러 가지 필수적인 요소들이 작용해요. 시대정신, 당의 안정, 새로운 정책 등등. 그중에서도 제일 중요한 건 역시 후보의 진정성 같아요. 문재인 후보는 정책은 좀 약한 측면이 있었지만 진정성이 확실했거든. 그 부분이 끌어가는 힘이 됐어요. 언행에 과장이 없고 신중하고. 국정 농단 후에 치르는 선거니까 더더욱 그런 진정성이 사람들의 공감을 얻지 않았나 싶어요. 내가 국회의원 하면서 겪어 봤지만 홍준표 후보는 진정성이라는 측면에서 게임이 안 되는 거야.

최민희　더불어서 2012년 대선과 비교해 보면 민주당이 중심을 잃지 않고 선거의 중심에 있었던 것 같습니다. 경선 과정에서도 후보들이 자기만의 색깔로 경쟁했지만 후보가 뽑힌 후에는 하나가 되었습니다.

2017년 제19대 대통령 선거 세종시 유세 현장

이해찬 경선에 출마한 네 후보가 촛불집회 때부터 각자의 요구가 있었어요. 견해의 차이도 있고 표현이 좀 거칠게 나오기도 하고. 그렇지만 전체적으로는 정권을 교체해야 한다는 인식이 강했다고 봐요.

최민희 당시 대선을 앞두고 한동안 '반기문 대망론'이 거론되기도 했습니다. 하지만 반 전 총장이 막상 대선 출마를 공식화한 후에는 급격하게 지지율이 빠졌어요. 그런 상황을 예상하셨는지 궁금합니다.

이해찬 반기문이 한 30% 지지를 받고 있을 땐데, 나를 '반기문

지지'로 몰아가려는 시도가 있었어요. 2016년 6월에 미국 갈 일이 있어서 반기문하고 잠깐 티타임 일정을 잡았거든. 그걸 갖고 고위 외교관이 내가 반기문을 지지하는 것처럼 언론플레이를 한 모양이에요. 공항에 내려서 호텔로 갔는데 기자들이 엄청 따라오면서 묻는 거야. 그런 뜻이 아니라고 설명하고 티타임을 취소해 버렸지. 참여정부가 반기문을 UN 사무총장 만들려고 노력을 많이 했잖아요. 그런데 다른 당으로 대선에 나가겠다는 거는 속된 말로 배신 비슷해. 그런 사람을 내가 어떻게 지지할 수 있겠어요?

거기다가 외교관은 정치를 못해요. 기자들한테도 내가 여러 번 얘기했어요. 외교관은 돌다리를 두들겨 보고 안 건너가는 사람이다. 두루뭉수리하게, 애매하게 말하는 사람이다. 반기문도 스스로 그런 농담을 했지. 근데 모든 걸 불확실하게 말하는 사람은 정치를 할 수가 없어요. 아니나 달라. 실제로 20여 일 만에 낙마하잖아요.

당대표에 나선 이유, 다시 '정당 개혁'

최민희 2018년 전당대회에서 당대표가 되십니다. 출마를 결심하신 이유가 무엇이었는지 궁금합니다.

이해찬 2018년 전당대회에서 뽑을 지도부는 2020년 총선을 책임져야 해요. 문재인 정부 중후반기도 뒷받침해야 하고. 근데 후보들을 보니까 우리 당의 노선하고 딱 맞는 후보들이 아니야. 당의 진로를 맡기기는 어렵지 않나 싶었지. 그렇다고 내가 나서야겠다고 생각한 건 아니었어요. 그때 건강도 썩 좋지 않았고.

근데 몇몇 사람들이 찾아와서 내가 당대표에 출마해야 한다는 거예요. '웬수' 같은 사람들이지. 그 사람들한테는 당대표 후보들에 대해서 이렇다 저렇다 말을 안 했어요. 내가 나서겠다고 하지도 않았고. 한 2주 동안 고민을 상당히 했어요. 내 정치를 내가 마무리해야 하는데 어떻게 할 것이냐… 그 사이에 '웬수'들이 자꾸 늘어났어요. 내 비서한테도 전화해서 성화였다더구만. 유시민은 "이해찬의 골수까지 빼먹어야 한다"고 그랬대요. 결국 나도 마음을 먹었어요. 당대표 2년 임기 동안에 당을 제대로 된 진지(陣地)로 만들어 놓는 게 중요하겠다 싶어서.

최민희 다시 '정당 개혁'으로 돌아가셨군요. 대표님은 당대표에 출마하신 동기부터 여느 후보들과는 다른 것 같습니다. 그런데 출마하면 당선된다는 확신이 드셨습니까? 당 밖에서는 '선거 불패'였지만 당내 선거에서는 성적이 좋지 않으셨는데요.

이해찬 내가 선거 경험이 많잖아요. 출마하면 이긴다는 확신은 있었지. 다만 너무 늦게 나와서 여러 사람들한테 미안했어요. 출마를 하고 보니까 이미 '짝짓기'가 돼 있었어요. 의원, 대의원, 당원들이 지지할 후보하고 연결이 된 거야. 그걸 헤치고 들어가야 하는데 굉장히 미안했어요. 후보들한테도 그렇고 후보들하고 '짝짓기'한 당원들한테도 그렇고. 대의원들한테 전화를 하면 다들 난감해했지. 진작 말씀하시지, 왜 이제 나오셨느냐, 내 입장이 곤란하네요, 등등. 처음 일주일 정도 선거운동을 해 보니까 이거 간단치 않겠다 싶었어요. 캠프에 오려는 의원들도 별로 없고.

대의원 명단을 갖고 다니면서 시간 날 때마다 전화를 한 통씩이라도 했어요. 그나마 "당신은 안 된다"고 하는 사람은 없었어요. 곤란해하면서도 "찍어는 주겠다"는 사람들이 있었지. 중반쯤가니까 가닥이 잡히기 시작하더구만. 점점 나아지는 거 같았어요. 인상적인 뭔가 하나는 있어야 할 것 같아서 '한 표 줍쇼'를 생각해 냈어. 〈한끼줍쇼〉라는 프로그램이 있었잖아요. 이경규, 강호동이 나오는. 그걸 보고 내가 개발한 거예요. 경선할 때 연설 마지막에 "한 표 줍쇼~" 그랬지. 반응이 좋아. 선거운동 마지막 날 내가 40~42%는 얻을 것 같다고 했더니 이해식이 물어요. 어떻게 아시냐고. 그게 감이야. 실제로 42.88%가 나왔어요.

최민희 당시 대표님은 '20년 집권 플랜'이라는 슬로건을 내걸고 6대 공약을 발표하셨습니다. 첫 번째가 압도적 총선 승리, 두 번째가 당 현대화 전면 추진이었어요. 일단, 첫 번째 공약은 완벽하게 지키셨습니다.

이해찬 내 공약들은 말하자면 당의 미래를 안정화시키는 거예요. 어떻게 하면 총선에서 과반을 넘길 수 있을까…. 결과는 내 최종 예상보다 10석 정도 더 나왔지.

제일 중요한 게 시스템 공천이었어요. 공천 룰을 어떻게 정하느냐가 중요해. 그리고 선거 1년 전에 미리 룰을 정해야 돼요. 룰이 늦어지면 사람들이 뭘 기준으로 준비를 해야 할지 알 수가 없고 그러면서 줄서기를 하게 되거든. 내가 최고위원들한테 그랬어요.

2018년 8월 25일, 더불어민주당 당대표 당선

공천권을 줄 수 없으니 양해해 달라, 나도 공천권을 안 갖겠다. 최고위원들이 비례대표를 자기 몫이라고 생각하는 순간 공정성을 잃어버리게 돼요. 공천 대신 추천을 하시라고 했지.

처음 목표는 130석으로 잡고 그렇게 천명했어요. 근데 지방선거에서 많이 이긴 덕분에 지역 기반이 튼튼해졌단 말이야. 2020년 2월에 첫 조사를 해 보니까 150석에 육박할 거 같더구만. 연동형 비례제로 비례 의석이 줄어드는데도 그랬어요. 당시 조사를 상당히 치밀하게 했거든. 단독으로 150석을 넘길 수 있겠다 싶어서 목표를 상향했어요.

호남 지역 전략은 출향 인사를 배제하고 지역 인재들한테 경선 기회를 주는 거였어요. 그동안 호남에서 당선된 사람들이 서울로 와서 지역을 외면하는 일이 반복됐잖아요. 그런 사람들 말고 지역에서 계속 활동을 해 온 사람들한테 기회를 줬어요. 그러니까 안정이 되더구만. 호남이 동요하면 수도권까지 영향을 미치거든.

우리 당이 취약한 지역에도 모두 후보를 냈어요. 대구경북 쪽에서 활동해 온 사람들은 많이 지쳐 있단 말이야. 어차피 당선이 안 된다고 생각하니까. 그런 지역은 선거비용을 지원해 주면서 출마를 하도록 했어요. 공천 결과에 반발이 없었던 것도 처음이었지만 모든 지역구에 후보를 낸 것도 처음이었지.

총선 압승의 약속을 지키다

최민희　2020년 총선은 팬데믹 상황에서 치러졌습니다. 코로나19가 여당의 악재가 될 것이라는 예상을 뒤집고 압승하셨습니다.

이해찬　당시 제일 큰 민생 의제가 코로나19였어요. 그거 말고도 몇 가지 핵심 의제가 더 있긴 했지. 첫째가 '미투' 문제였는데 공천 단계부터 원천 차단했어요. '미투'로 낙마시킨 사람이 네 명쯤 됐을 거야. 미세먼지도 중요한 의제였어요. 서해안 쪽 발전소만 두 달 가동을 안 해도 미세먼지가 많이 가라앉아요. 그걸 정부하고 협의했어.

코로나19는 발생하자마자 총력전을 펼쳤어요. 초기에는 방역 체계를 강화하는 데 전념하다시피 했지. 근데 막상 선거에 돌입하니까 재난지원금이 핵심이 됐잖아요. 가게들이 문을 닫기 시작하는데 팬데믹은 쉽게 끝날 것 같지 않고. 서둘러서 지급을 해야 돼.

근데 홍남기 장관이 끝까지 반대를 하는 거예요. 선거 전에 지원 대상을 분류도 못한다고 그랬지. 할 수 없이 선거 임박해서 통보를 했어요. 정 그러면 당신이 그만둬야 한다. 우리는 전 국민 20만 원 지급으로 한다. 만약 우리가 선거에 지면 주지 말아라. 그때 청와대도 선별 지급이었는데 내가 보편 지급으로 밀고 나간 거예요. 그냥 발표를 해 버렸어. 그게 총선 때 내린 제일 큰 결단 두 개 중에 하나였던 것 같아요.

보편 지급을 하면 부가세로 10%가 환수돼요. 소득이 늘어나니까 근로소득세도 5% 정도 더 나와요. 지원금을 안 받겠다는 사람들이 15% 정도 됐고. 실제로는 5% 정도 안 받았더구만. 아무튼 20%는 다시 회수가 돼요. 거기다가 신속하게 지급할 수 있었고 지역 경제를 살리는 데 효과를 봤어요.

최민희　두 가지 중대 결단이라고 하셨는데요. 나머지 하나가 혹시 비례정당인지요. 당시 엄청난 논란이 일었습니다. 대표님은 자타 공인 원칙주의자인데 비례정당을 수용하셨어요.

이해찬　맞아요. 제일 애를 먹었던 게 연동형 비례제였어. 국민의힘이 위성 비례정당을 만들겠다고 하면서 20석 이상을 가져가게 생겼는데 우리는 7석밖에 안 되는 거예요. 그러면 비례에서만 15석 가까이 차이가 나. 압승이 쉽지 않아요. 비례정당 안 만들고 의석을 포기하면 어떻게 되나, 욕을 좀 먹더라도 실리를 찾아야 하는 거 아닌가. 그렇게 마음을 바꿨어요. 원칙은 아니지만 어쩔 수 없이 해야 하는 일이라고.

당내에서도 논쟁이 심했어요. 최고위원 간담회를 할 때 내가 그랬지. 소리 지르지 말고 얘기하자, 누가 좋아서 비례정당 하느냐, 그냥 가면 당이 깨진다… 열린민주당이 만들어지면서 우리 당원들이 동요했거든. 후유증이 생길 게 뻔히 보이는 거예요. 그리고 연동형 비례는 소수자, 약자를 위한 제도잖아요. 열린민주당은 '셀럽'들 중심이었고. 그건 아니라고 생각했어요. '개혁국민운동본부'가 중심이 돼서 더불어시민당을 만들 때 약속했어요. 소수 정당 몇 명에 대해서는 관여하지 않겠다, 총선 끝나고 통합 후 제명해주겠다.

최민희　대표님이 생각하시는 '당 현대화'는 무엇인가요?

이해찬　민주적인 의사결정 구조와 소통 구조를 갖춘 플랫폼 정당, 시스템 정당을 만드는 거예요. 내가 정치를 시작한 이유가 민주적 국민정당을 만들기 위해서라고 했잖아요. 플랫폼 정당은 민주적 국민정당을 현실에서 구체화한 거라고 할 수 있지.

2002년에 경선으로 뽑은 노무현 후보를 당내에서 흔들었어요. 절차에 따라 후보를 뽑아 놓고 흔들면 당 운영이 불가능해. 그래서 내가 급하게 정치 개혁 모임을 만들어서 후보 지키기에 나선 거예요. 이후에는 그렇게까지 심각한 상황이 벌어지지 않았지만, 그렇다고 당이 발전하지도 못했어요. 열린우리당을 만들어 놓고도 변한 게 없어. 여전히 당을 자기들이 몰고 다니는 자동차쯤으로 생각을 하니까 그래요. 당이 소모품이지. 당대표가 임기를 끝낸 경우가 없었어요. 이제 추미애 대표 한 명이야. 내가 일곱 번 총선에 나갔는데 그때마다 당 이름이 다 달랐어요. 당원, 지지자들은 같은데 당 이름만 바뀌고 발전이 없는 거예요.

당원들한테 권리를 주고 의사결정에 쉽게 참여할 수 있게 해야 해요. 당대표 선거 때 '권리당원 권익 향상을 위한 10대 공약'을 따로 발표했어요. 공직 후보자, 당 지도부를 선출할 때 권리당원 비율을 확대하겠다, 당의 중요 정책이나 현안에 대해서 전 당원, 대의원 투표제를 도입하겠다, 온오프 통합 당원 활동 플랫폼을 만들겠다, 당원 소통 게시판을 운영하겠다, 등등.

스마트폰이 보급된 지가 10년이 넘었어요. 플랫폼 정당이 되려면 이런 변화를 적극적으로 활용해야 해. 미국 같은 데는 우리보다 정보화가 늦었지만 '무브온'(MoveOn)* 같은 풀뿌리 정치조직이 생겨나서 2008년 오바마가 집권할 때 엄청난 역할을 했잖아요. 회원이 500만 명에서 2천만 명까지 됐다더구만. 주제별로 토론을 해서 지지할 정책을 정하는 거야. 유권자 규모가 크니까 당이 수용을 하게 돼요.

우리 당도 지지자들이 참여할 수 있는 구조가 필요해요. 참여의 메커니즘을 만들어 주는 게 플랫폼이에요. 지지자들의 요구를 담아 주는 그릇이 없으면 당이 사회에서 격리돼요. 지지자들이 모바일로 참여할 수 있는 시스템을 도입해야 한다고 계속 주장해 왔지. 근데 안철수·김한길 체제에서는 안 되는 거예요. 안철수가 제

무브온 미국의 진보주의 시민 단체. 1998년 'MoveOn.org'라는 이메일 단체로 출범했으며 당시 성추문 사건으로 탄핵 위기에 처한 빌 클린턴 전 대통령 구명운동을 하며 알려지기 시작했다. 무브온은 전통적인 유세 방식과는 별도로 인터넷의 장점을 최대한 활용함으로써 디지털 정치운동의 개막을 알렸다.

2018년 9월 1일, 당정청 전원회의에 참석하는 문재인 대통령과 이해찬 대표 (뉴시스 제공)

일 반대했어. 모바일에 대한 공포였다고 봐요.

최민희 대표님이 보시기에 플랫폼 정당으로서 민주당은 어디까지 진화했습니까?

이해찬 최민희 의원이 대표 발의해서 통과시킨 온라인 입당법이 중요했지. 당원 가입이 간편해져서 당원 수가 많이 늘었어요. 그런 토대에서 당비를 납부하고 중요 당원당규를 전 당원 투표에 부치는 정도가 1단계라고 할 수 있어요. 2단계는 당원들의 토론방을 비롯해서 다양한 소모임이 활성화되는 수준. 3단계는 당원들이 모바일로 자기 당적을 관리하는 데까지 가는 거예요. 1단계 오는 데 10억 정도가 들었어요. 근데 실제로 당을 민주적으로 운영을 안 하면 소용이 없어. 오히려 분열을 만드는 구조가 될 수 있어요. 3단계까지 가려면 시간이 한참 걸리겠지. 플랫폼을 운영하는 기구가 있어야 하고.

'20년 집권'의 꿈

최민희 6대 공약 중 나머지는 민생, 자치분권, 한반도 평화 등에 관한 것이었는데요.

이해찬 맞아요. 민생연석회의를 만들고 을지로위원회를 상설로 하겠다고 했지. 당대표 되고 나서 10월에 민생연석회의가 공식적

2018년 10월 17일, 더불어민주당 민생연석회의 발대식

으로 출범했어요. 시민 단체, 소상공인 단체, 자영업 단체, 청년 단체들하고 거버넌스를 만든 거야. 우리 당이 중산층과 서민을 위한 당이라고 하는데 그런 정체성을 살리겠다는 취지였어요. 불공정한 카드수수료 체계를 개선한다든가 세입자 권리를 보호한다든가 하는 민생 의제를 해결하는 쪽으로 방향을 잡았지. 유럽은 오랜 노동 조합의 역사가 있기 때문에 그걸 기반으로 하는 대중정당이 가능했어요. 하지만 우리는 좀 다르잖아. 노조 조직률이 20%도 안 돼요. 그래도 진보정당이 생기기 전까지는 우리 당이 노조하고 접촉이 많았는데 민주노동당 같은 정당이 등장하면서 민주노총은 아무래도 그쪽하고 가까워진 거지.

그렇다고 우리가 노동 의제를 외면하면 안 되잖아요. 정의·공정·가치 실현 차원에서 채용 비리나 갑질 근절, 재벌개혁 공약을 만들었어. 근데 솔직히 재벌개혁 부분은 손을 못 댔어요. 어떻게 접근해야 할지 여전히 어려워…. 중대재해처벌법은 2021년 1월에 통과됐는데 노조나 시민 단체들 입장에서는 성에 안 차지. 근데 그 거 하려고 국회에서 얼마나 싸웠어요? 일단 기본 틀을 만들어 놓은 거예요. 갑질 문제는 법률만으로는 한계가 있는 것 같아. 갑질이 통하지 않는다는 관행을 만들어야 돼.

지방정부를 위해서는 각 시도의 제일 중요한 숙원 사업을 할 수 있게 예산을 편성해 주고, 국무회의 의결 전에 대통령하고 협의해서 거의 다 반영해 줬어요. 그리고 '예비타당성조사' 조사 기관을 확대했어요. 그동안에는 예타조사가 KDI(공공투자관리센터) 독점이었거든. 지자체장들이 아주 좋아하지.

남북 관계 개선과 관련해서는 판문점선언 국회 비준하고 남북 의원 회담을 추진하고 싶었어요. 이제 과반 의석수가 생겼으니까 판문점선언을 비준할 수 있지 않을까 싶은데, 시기를 고려해 봐야겠지.

최민희 2018년 정상회담 때는 당대표로 방북하셨습니다.

이해찬 그랬지. 김정은 위원장을 만난 자리에서 10·4선언 11주년 기념행사가 성사됐어요. 김 위원장한테 포도주 한 잔을 주면서 그랬어. 내가 노무현재단 이사장이자 당대표로 여기 왔다, 이번 선언은 10·4선언의 산물이 아니냐, 그러니 10·4선언 11주년 기념행사를 평양에서 개최하면 좋겠다. 그랬더니 김정은 위원장이 이 대표 말씀이 맞다면서 김영철 조평통(조국평화통일위원회) 위원장을 부르더구만. 노무현재단이 10·4선언 기념행사를 평양에서 하자고 한다. 김영철 위원장이 알겠습니다, 그러더라고. 그래도 나는 곧바

남북정상회담에 동행한 이해찬 당대표. 2018년 9월 19일, 평양 옥류관에서 열린 오찬 뒤에 찍은 단체사진 (평양사진공동취재단 제공)

로 추진할 거라고는 생각을 안 했어요. 10월 말쯤으로 예상하고 준비를 해야겠다 싶었지.

근데 10월 4일을 넘기지 말자는 거야. 민관합동으로 해서 급히 행사를 준비했어요. 민간항공사에서 전세기를 빌리려고 했는데 그럴 수가 없대. 대북 제재 '세컨더리 보이콧' 때문에 북한에 다녀온 비행기는 미국을 못 가는 거예요. 그러니 빌려줄 리가 없지. 승용차는 안 된다고 하고, 배로 갈 수도 없고. 국방부에 얘기를 하니까 수송기라도 빌려주겠다고 해서 한 대에 40명 정도씩 타고 갔어요. 방북단은 각계 인사로 해서 150여 명쯤 됐지. 여기저기서 가겠다고 했는데 대부분 못 갔어요.

우리는 분단이라는 특수성을 가진 사회예요. 그걸 간과하면 안돼요. 미국과의 관계도 이 특수성에 의해 좌우되잖아요. 군사적으로 의존할 수밖에 없고, 자주성의 제약을 감수할 수밖에 없지…. 총리 때 진보정상회의에 가서 한국은 미국의 식민지라는 말까지 들었어요. 에티오피아 대통령이 그러더구만. 내가 무슨 소리냐고 반박을 하니까 캐나다 총리가 와서 나를 거들어 줬지. 민주정부는 남북 관계를 더 적극적으로 나서서 풀어야 해.

최민희 미국에서는 바이든 정부가 출범했습니다. 한반도 평화 체제를 만들어 가는 데 좀 더 유리한 조건이 됐다고 보시는지요.

이해찬 트럼프 대통령하고는 스타일이 다르지. 상향식으로 대북정책을 만들어 간다고 할까. 클린턴 정부 때 나도 한 번 만난 적이 있어요. 한반도 공존 체제의 필요성은 이해를 잘하는 분이에요. 취임 직후에 대북정책을 다시 검토하겠다고 밝혔더구만. 이전 대북정책이 북핵 상황을 악화시켰다는 인식이 있는 거예요. 며칠 전 보도를 보니까 성 김 국무부 동아태(동아시아·태평양 담당) 차관보 대행이 바이든 정부의 대북정책 검토 작업을 수 주 안에 끝낼 거라고 했어. 그러면 아마 가을쯤에는 바이든 정부의 대북정책이 성안이 돼서 나오지 않을까 싶어요. 트럼프보다는 훨씬 유연할 거라고 봐요.

최민희 당대표로서 총선 압승뿐 아니라 많은 일을 하고 나오셨습니다. 힘들었던 상황도 많았을 텐데요.

이해찬 어떤 일을 하든 위기가 있으니까…. '정의연 사태' 터졌을 때 당이 많이 시달렸어요. 근데 정의기억연대나 윤미향 의원, 그 양반들은 수십 년 동안 위안부 할머니들을 지켜 온 역사성이 있잖아요. 그것까지 무너뜨리려고 하는 시도는 내가 허용할 수가 없는 거야. 회계 부정이 있었는지는 사실을 확인해야 하는 거고. 본질적으로 과오가 드러난 게 아니면 일단은 견뎌야 해요. 안 그러면 운동의 역사성까지 훼손되거든.

조국 전 장관 경우도 비슷한 거예요. 물러날 때 물러나더라도 검찰 개혁을 위해서 할 수 있는 걸 하려고 했잖아요. 수난을 겪으면서 거의 석 달을 버텼어. 나하고도 의논하면서 출구전략을 만들었고 결국 장관으로서 정비할 수 있는 건 다하고 나왔어요. 위기가 와도 버티면서 할 수 있는 일을 해야지….

최민희 대표님은 늘 '20년 집권 플랜'을 말씀하셨는데요. 부동산 문제를 비롯해서 촛불정부에 기대했던 사회경제 개혁은 미진하다는 평가가 많습니다. 총선에서 압승한 힘으로 겨우 버티고 있다고 말하는 사람들도 있어요.

이해찬 꼭 그런 건 아니에요. 물론 충분한 준비를 못하고 정권교체를 했기 때문에 정책오류도 생기고 장관 임명도 늦어지고 그랬지. 그러다 보니까 관료 사회를 통제하기가 어려웠어요. 박근혜 정부까지 계속돼 왔던 관료 사회의 마인드를 바꿔야 하는데. 2017년 예산도 박근혜 정부에서 짠 예산이잖아요. 집권 직후에 예산팀을 바로 짰으면 하반기에 수정이 가능했을 텐데 그렇게 못했어요. 나중에 보니까 관료들이 과소추계를 해서 세금이 너무 많이 들어왔어. 공무원 스타일이지. 2018년 예산도 박근혜 정부 식의 예산으로 갔어요. 정책 전환이 쉽게 안 되는 거야. 이런 점들이 2019년부터 문제가 되어서 나타나기 시작했다고 봐요.

2016년 촛불집회를 기점으로 우리 사회가 한 단계를 넘어섰어요. 그전에는 이념 지형을 따지면 우리가 밀려. 그런데 지금은 기류가 바뀐 것 같아요. 보수의 민낯이 드러나고 시민들이 나서서 촛불정부를 만들었잖아요. 시민들이 그렇게 무언가를 바꾸고 나니까 정치 효능감이 생겨. 정치참여도 높아지고. 지방선거, 총선을 우리가 다 이겼어요. 이제 우리가 40%, 보수가 30%, 나머지 30% 정도가 되지 않을까 싶어.

집권당다운 면모를 갖추고 대선을 미리 준비해야 돼요. 우리 당 후보가 가지고 나갈 공약을 만들어야지. 문재인 후보 때는 그걸 못했어요. 후보 개인이 준비하는 것과는 별개로 당이 기본적으로 해야 될 일을 빨리해야 되는 거야. 그러고 나서 경선을 치러야 돼요. 당과 관련 없는 학자들이 갑자기 정책을 만들고 그러면 안 돼. 당이 미리 정책을 준비하고, 경선에 나오는 후보들은 그걸 받아들이고. 그래서 누구든 당이 만드는 후보가 되는 거예요.

부동산 문제는 순환형 공공임대주택 모델을 새 지도부가 정책으로 만들면 좋겠어요. 지금은 공공임대주택이 분양 형식이잖아요. 순환형은 LH가 소유하고 일정 기간만 살다가 다음 세대에게 넘겨주는 방식이에요. 예를 들면 최저 주거 면적을 15평 기본으로 하는 임대주택에서 부부가 살다가, 아이가 둘이 되면 20평대로 옮겨 갈 수 있게 하는 거지.

지금 당의 재정 형편은 좋아졌어요. 특별당비 안 받고 공천 장사 안 해도 재정 자립이 가능해. 이제 의석에 따라서 받는 정당 보조금이 연간 200억 정도 돼요. 2022년에는 지방선거하고 대선이 있어서 600억 정도가 나왔어요. 당 운영비가 200억 정도 되니까 선거가 없는 해에도 적자가 안 나는 거지. 여기에 권리당원이 월 천원씩 내는 당비가 있잖아요. 문재인 후보 때보다 훨씬 좋은 조건 이에요.

'등거리 외교'는 우리의 운명

최민희 우리 정부에겐 미국, 중국, 일본과의 관계를 어떻게 관리해 나갈 것인지가 언제나 큰 과제였습니다. 우선 대표님은 한미 관계나 한미동맹에 대해 어떤 견해를 갖고 계시는지 궁금합니다.

이해찬 한미 관계를 얘기하려면 우리 현대사부터 시작해야지. 우리 현대사를 보면 보편성과 특수성이 있어요. 보편성은 국가 발전 과정에서 벌어지는 일반적인 일들, 특수성은 일제강점과 분단이에요. 일제로부터 해방이 됐는데 미국으로부터 군사적 지배와 경제적 원조를 받아야 된단 말이지. 생산 기반이 없었으니까. 그게 우리의 특수성이에요.

일제강점에서 벗어나는 과정에서 우리가 자주적, 독자적 독립운동만으로 해방을 이룬 게 아니야. 2차 대전의 승전국은 미국, 러시아였어요. 중국은 딱 승전국이라고 말하기는 좀 애매한데. 아무튼 우리는 패전 국가 일본의 식민지였잖아요. 미국이 일본을 점령

했고 한국은 일본에 예속된 나라로 보는 거야. 그러니까 승전에 대한 독자적인 몫이 없었어요. 전후에 냉전이라는 새로운 세계질서가 만들어지면서 분단 상황이 됐고, 미소 간 냉전에 끼어 버렸어요. 냉전이 열전(熱戰)으로 간 최초의 전쟁이 6·25야. 전쟁은 터졌는데 우리 군사력이 어느 정도였느냐. 함정이 한 대도 없었어요. 하와이에서 헌 배를 한 척 얻어 오는 중에 전쟁이 났어.

이런 과정에서 남한에 자주적인 정부가 들어서지 못했어요. 이승만을 중심으로 하는 정치세력은 전쟁 중에 미국한테 군사작전권도 넘겨줬지. 그전에는 우리한테 작전권이 있었어요. 독립국가로서 국군이 창설돼 있었고 작전권도 갖고 있었어. 그런데 그걸 미국에 넘기고 경제적으로 원조를 받고, 거기다가 친일 세력을 청산하지 못해서 친일파가 군인, 관료의 주류가 됐어요. 정일권, 백선엽, 박정희 등등. 국군 창설할 때 90%가 일본군 출신들이었다고 해요. 정일권은 만주에서 일본군 대위인가까지 올랐는데, 해방 후에 환국하는 사람들의 인솔단장을 맡았어. 돌아와서는 육군 준장까지 갔고.

정치세력도 여야 할 것 없이 다수가 지주 출신에다 친미적인 사람들이었어요. 독립운동을 했던 여운형, 김구 선생 등은 이승만 정권이 다 제거해 버렸잖아요. 정치세력이 항일 세력이 아니었단 말이야.

이게 우리 현대사의 기본 지배구조였어요. 자주적인 정부가 될 수 없었던 거예요. 우리 사회를 지배해 온 상층에 친일, 친미가 주류를 이루게 돼요. 미국에 의지하는 사람들, 미국의 지시를 따라야 한다고 보는 사람들이지. DJ가 대통령이 되기 전까지 이런 사람들

일색이었다고 보면 돼요. 이 사람들은 자주적인 정부가 들어서는 걸 막아야 하니까 반대 세력을 용공으로 몰았어요. 국가보안법이 원래는 형법으로 만들려다가 임시조치법으로 만든 거예요. 나중에 다시 형법으로 만들려고 대법원장이 국회에 와서 설명을 했는데 자유당이 출석을 거부하지. 의결정족수가 안 돼 가지고 무산됐어요. 그러면서 지금까지 왔어. 해방과 전쟁을 거치면서 만들어진 구조가 고착된 제도적, 상징적인 사례라고 할 수 있어요.

이런 구조에서 한미 관계, 한미동맹을 어떻게 볼 것이냐. 시작은 전쟁을 통해 원조를 받았고 친미 정권이 들어섰어요. 한미동맹은 조건이었지. 우리는 그 조건에서 경제적으로 발전했고 정치적으로도 민주화를 이뤘어요. 북한과 비교할 수 없는 우위에 서 버렸어. 경제력도 그렇고 정당성이 우리한테 더 주어진 거예요.

최민희　　우리가 정당성에서 북한을 앞섰다고 말씀하셨습니다. 과거 학생운동권 일각에서 '북한은 독립운동 세력이 세웠고 친일파 숙청, 토지개혁을 했기 때문에 민족 정통성이 있는 정부는 북한이다' 그런 주장을 했습니다. 대표님 말씀은 그런 시각에서 벗어나야 한다는 뜻으로 들립니다.

이해찬　　그렇지. 미국의 원조를 받는 나라에서 미국에 공산품을 파는 나라가 됐어요. 문화를 꽃피웠고. 우리식으로 자본주의 발전을 했고, 그 토대 위에서 민주화를 이뤘단 말이야. 민주주의의 정통성이 우리한테 생긴 거예요.

그리고 우리도 농지개혁을 했어요. 그러면서 지주계급이 없어졌고 새로운 경제활동의 주체가 나올 수 있었어요. 지주계급이 남아있었다면 산업화에 방해 요인이 되거든. 우리는 지주가 경제발전을 이룬 나라가 아니에요. 필리핀 같은 경우는 지역의 호족 세력이 막강해. 아키노 집안도 16개 호족 중에 하나예요. 이런 세력들 때문에 민주화도 못해. 반면에 한국 재벌 중에 지주 출신이 별로 없어요. 이병철, 정주영도 지주가 아니라 상인이야. 자본을 조달한 거지. 적은 돈은 국내에서 조달했고 큰돈은 미국 등에서 차관을 도입해서 동력이 됐어요. 차관 도입에 비판적인 시각이 있지만 교역 관계에 있기 때문에 이자를 가져가는 거는 어쩔 수 없어요. 그들은 투자라고 보니까.

최민희　해방 후 자주적인 정부는 세울 수 없었지만 그런 가운데서도 경제발전을 이뤘고 민주화를 통해 정통성을 얻었다는 말씀인데요. 이것이 가능했던 이유는 무엇이라고 보십니까?

이해찬　이런 질문이 나오면 '교육열이 높다', 이런 뻔한 대답들을 해요. 물론 그것도 한몫했다고 봐요. 먹고살려면 취직해야 하고 그러려면 공부해야 하니까 교육열이 높았어요. 근데 그것만으로 되나. 여러 가지 요인이 있을 거예요.

　나는 직접적인 요인이 개방형 통상 국가로 방향을 잡았기 때문이라고 생각해요. 자유당 말기부터 경제개발 계획을 세웠거든. 농산물 말고는 자원이 없어서 개방형 통상 국가로 방향을 잡은 거야. 박정희가 아니에요. 2차 대전 후에 경제발전 계획을 세운 나라들의 몇 가지 유형이 있어요. '수입대체형'이 많았어. 우리한테 부족한 것만 수입한다는 거야. 개방형 통상 국가로 방향을 잡은 나라는 우리하고 대만, 싱가포르 정도였어요. '내포적 산업화'를 주장했던 분들이 계셨지만 그건 자원이 어느 정도 있어야 가능해요. 우리는 인구가 많고 자원은 없어요. 기술개발, 인력 육성으로 경제를 발전시키는 게 맞았다고 봐요. 그런 점에서 개방형 통상 국가라는 국가발전 전략을 잘 세웠던 거지. 우리 경제는 내수로 제조업을 발전시킨 게 아니고 수출 위주의 산업으로 시작해서 발전했어요.

　박정희가 중화학공업을 육성하려고 자본에 엄청난 특혜를 줬지. 수출기업한테는 엄청나게 싼 이자를 주는 것 같은 방식으로. 일반 이자율이 20%라면 수출하는 사람들한테는 6~7% 정도. 국제적으로 경쟁하려고 그런 건데 그 전략도 어느 정도 성공한 거예요. 그 과정에서 다 독점자본 세력이 돼 버렸지만.

최민희　국가발전 전략을 개방형 통상 국가로 설정해서 성공을 거뒀다지만, 그 과정에서 부작용도 많았습니다.

이해찬　그렇지. 값싼 노동력을 기반으로 자본축적이 된 거예요. 노동착취가 벌어질 때 노동자들이 노조 만들어서 견제를 해야 하는데 독재 정부가 철저히 막아 버렸잖아요. 북한의 존재가 노조 탄압의 명분이 되기도 했고. 그러면서 자본이 국가권력을 넘어 버렸어요. 세금을 제대로 걷지도 못하고. 유럽의 경우는 노조가 일찍이 권리를 얻어서 자본과 대응할 수 있었는데 우리는 그렇게 하지 못한 거야.

최민희　일본에 대해서도 여쭤보겠습니다. 일본이 경제, 정치, 문화에서 급속하게 쇠퇴하고 있는데요. 과거 청산 문제로 한일 관계가 악화되고, 일본이 수출규제 같은 방식으로 경제보복을 해도 우리가 큰 타격을 받지 않았습니다. 국민들도 한일 관계 악화를 크게 걱정하거나 일본을 두려워하지 않는 것 같습니다.

이해찬　역사적으로 일본은 항상 우리를 대륙 침공의 징검다리로 삼아 왔어요. 일본에 대한 우리의 인식은 식민지 종주국에서 '부러운 나라'로 바뀌었다가 이제 아무 영향력이 없는 나라가 돼 버렸어요. 실제로 지금 우리가 일본에 의존하는 게 하나도 없어요. 정치, 경제, 문화적으로.

일본도 2차 대전에 지고 나서 냉전 구조 속에 끌려들어 간 거거든. 냉전의 첫 전선이 되고 친미 세력들이 집권을 했어요. 80년대, 90년대 지나면서 진보가 다 몰락하고 극우만 남았지. 반면에 우리는 80년대 들어서 민주화 세력이 정치에 진입을 하잖아요. 일본하고 결정적으로 달라요.

일본은 이제 중국하고 상대가 안 돼요. 남중국해에서 한번 붙으니까 일본 내에서 비판이 나와. 왜 강대국하고 붙으려고 하냐고. 100년 전 청일전쟁에서 승리했던 나라였는데 이제 군사적으로 대적할 수 없게 됐어요. 그나마 2000년경까지는 경제적으로 주도권을 잡았는데 이제는 그것도 안 돼요.

내가 당대표일 때 일본 수출규제에 대응해서 정부가 '소부장(소재, 부품, 장비) 2.0 전략'을 발표했어요. 일본 의존도를 낮추는 거예요. 치밀하게 준비했는데 나중에 보니까 반도체, 디스플레이 소재는 우리가 안 사 주면 사 가는 나라가 없더구만. 기술도 우리가 없어서 못 만드는 게 아니었어요. 우리가 비슷한 가격으로 만들면 일본이 가격을 다운시켜서 장난을 치니까 안 만들었어. 동진케미칼, 솔브레인 등등 예닐곱 군데 우리 기업들을 만났더니 다 만들수 있대. 이 사람들이 대기업하고 컨소시엄을 만들어 달래요. 대기업이 사 준다고만 하면 만들겠다고. 약간의 정밀도 차이가 있지만극복 가능한 거야. 규제 풀어 달라고 해서 풀어 주니까 1년 만에 만들어 냈잖아요. 그러니까 일본 기업들이 우리한테 와서 공장을 짓겠다고 그래. 일본 정부는 3개 품목 수출규제도 약발이 안 먹히니까 20개 품목은 내놓지도 못해요.

그리고 우리한테 없는 기술은 덴마크, 벨기에 등에 있더구만. 굳이 일본에서 안 사 오고 거기 공장을 사 버리면 되는 거야. 삼성만 해도 사내 유보금이 150조예요. 유럽 공장 사는 게 일도 아니에요. 벨기에가 일본하고 가장 가까운 기술을 갖고 있는데 2조 정도면 살 수 있다고 들었어요.

이제 일본은 우리한테 영향력을 미칠 수가 없어요. 미국에 얹혀서 어떻게 영향력을 행사해 보려고 하겠지만.

최민희　신자유주의를 기반으로 한 세계화가 흔들리고 있습니다. 미중 간의 갈등도 변화하고 있는데, 미중 관계를 어떻게 전망하시는지요?

이해찬　미묘하지. 경제적 이익을 중국에서 취해야 하는데, 군사적으로는 미국으로부터 자유롭지 못한 상황이니까. 사드가 대표적인 사례지.

중국이 지금은 아니지만 장차 패권국가가 될 가능성이 있어요. 필리핀, 베트남 등등 동남아 나라들은 다 겁을 먹고 있다고 봐. 호주도 긴장하고. 호주는 소고기하고 와인의 상당량을 중국에 수출해요. 사드 문제가 터졌을 때 우리한테 연대하자고 그랬지. 호주, 뉴질랜드는 우리가 사드 대응을 잘하고 있다고 보더구만. 우리가 중국에 기술을 의존하는 건 없잖아요. 관광은 우리도 안 가면 그만이고. 호주가 그럴 정도니까 동남아 국가는 말할 것도 없어요. 말레이시아, 인도네시아 같은 경우는 경제 주도권을 중국인들이 잡고 있고.

내가 중국 정치인들 만나면 당신들이 패권주의로 가면 망한다고 말해요. 우리가 미국하고는 헤어질 수 있지만 중국하고는 헤어질 수가 없다, 우리가 이사를 갈 수가 없지 않느냐. 하지만 우리는 한 번도 당신들에게 예속된 적이 없다, 당신들이 패권국으로 가면 우리도 가만있을 수 없다. 이런 말을 하면 중국 지도자들은 절대 그럴 리 없다고 하지만, 현실적으로 그럴 가능성이 높아요.

지금 외교는 20세기 외교와는 달라요. 군사력이 있어도 쉽게 강점할 수 없어요. 군사력을 갖더라도 행사하지 못하게 해야겠지. 그런 게 국제사회의 외교적 연대예요. 예를 들어서 미얀마 군부를 중국이 지원한다면 집중적으로 규탄해야 돼요. 근데 내가 보기에 그런 거 같지는 않아요. 그럴 이유가 별로 없거든. '일대일로'에서 미얀마는 중요한 경로가 아니에요. 베트남, 태국, 스리랑카 쪽으로 빠져나가는 거야.

2021년 3월에 중국하고 미국이 알래스카 고위급 회담에서 세게 붙었잖아요. 미국은 중국의 성장 속도를 늦추려고 해요. 중국은 미국하고 전면전을 할 생각은 없어. 그럴 역량이 부족하다고 보니까. 그래서 유연한 태도를 보이면서 건국 100주년 될 때까지 '소강 사회'(小康社會)*를 구축하겠다, 그런 생각이에요. 옛날 같았으면 미중 갈등에 우리도 끌려들어 갔을지 몰라.

등거리 외교는 우리의 운명이에요. 진영 외교와 통상국가와의 관계 사이에서 깊은 고민이 필요해요. 미국의 동맹국으로서 외교를 해야 하지만 동시에 우리에게 제일 큰 시장인 중국과의 관계를 고려하지 않을 수 없잖아요. 미중과의 관계 설정은 우리한테 선택의 문제가 아니라 생존의 문제야. 과거에 우리는 냉전을 강요받았어요. 그런데 세계화 속에서 통상국가로 성장했지. 지금은 80년대에 비해 대한민국의 자율성이 높아졌고 생존 전략을 선택할 수 있는 역량도 생겼다고 봐요.

2022년 7월에 재닛 엘런 미국 재무부장관이 방한했을 때, 중국 견제를 위해서 '프렌드 쇼어링'(friend-shoring)을 제안했잖아요. 그게 글로벌 경제체제에서 미국의 동맹국들끼리 핵심 부품이나 원자재 공급망을 만들겠다는 건데, 우리한테는 반도체가 핵심이에요. 한국을 포함해서 아시아 반도체 생산국들을 '칩4'(Chip4)

소강사회　　샤오캉 사회. 중국의 모든 인민이 풍족한 생활을 누리는 이상 사회를 말한다. 1979년, 덩샤오핑(鄧小平)은 의식주 문제가 해결되는 단계에서 부유한 단계로 가는 중간 단계의 생활수준을 이르는 말로 사용하여, 20세기 말까지 1인당 국민소득 800달러를 달성할 것이라고 밝혔다. 또한 2002년에 장쩌민은 2020년까지 1인당 국민소득 6,000달러에 이르는 사회의 건설을 목표로 제시하면서 이 용어를 사용했다. 2020년 6월 1일, 시진핑 중국 국가주석이 "우리는 이미 '샤오캉 사회'를 전면적으로 건설하는 목표를 기본적으로 실현했다"고 선언했다.

로 묶어서 중국 반도체 산업에 고삐를 쥐려는 목적이야. 근데 우리로서는 여기에 선뜻 응할 수가 없어요. 우리 반도체 시장의 40%가 중국이고 홍콩까지 포함하면 그 비중이 더 키요. 민주당이 이런 문제에 대해서 성명을 내고 반대 입장을 밝혀야 된다고 봐요. 그게 윤석열 정부를 도와주는 거예요. 근데 민주당도 못했지….

정부는 미국에 통화 스와프를 요구하더구만. 그게 지금 상황에서 현실성이 없어요. 미국이 달러를 회수 중이거든. 통화 스와프는 돈을 풀 때나 하는 거예요.

최민희　대표님은 통상국가로 성장한 우리에게 자율성이 생겼다고 보시는데요. 보수 진영은 그렇게 생각하지 않는 것 같습니다.

이해찬　냉전 시기에는 진영 논리를 따를 수밖에 없었지. 하지만 지금은 달라요. 그리고 신냉전 체제가 올 가능성도 거의 없다고 봐요.

원래 WTO를 만들 때는 자본과 노동의 이동을 시도했어요. 그런데 한동안 자본만 이동을 했지. 현지 투자로 값싼 노동력을 구매한 거예요. 이런 전형적인 자본 이동의 시대를 거쳐서 노동도 이동하게 됐어요. 이제 전쟁이 일어나면 자기 나라 국민한테 총을 쏘는 상황이 벌어질 수 있어요. 진영 간에 완벽한 단절이나 폐쇄가 불가능한 상황이에요.

우리가 얼마나 현명하게 대처하느냐에 따라 국가의 운명이 달라질 수 있어요.

마치며

좌절은 없다, 또 하면 된다

대선은 졌지만 희망은 남아

최민희 뼈아프지만 2022년에 치른 대선 얘기를 하지 않을 수가 없네요. 믿고 싶지 않은 결과를 두고 자꾸 묻게 됩니다. 이번 대선의 시대정신은 무엇이었을까요?

이해찬 국민들이 어떤 지도자를 선택했는지 보면 시대정신을 알수가 있는데 이번에는 아닌 것 같아요. 윤석열은 선거 중에도, 당선된 후에도 국가의 비전을 제시하지 못했어요. 예측하기도 불가능해 보여요. 그저 '정권교체'밖에 없었어요. 그러니 새 대통령이 뽑히긴 했는데 국민들은 '우리가 어디로 가고 있나' 하는 불안감이

들지.

그럼 왜 국민들은 이런 사람을 선택했을까…. 우리 사회는 민주화 이후 단계에 들어섰어요. 경제성장과 민주화를 넘어서 새로운 요구가 나오는 거예요. 이번 대선 결과를 보면 2010년도 서울시장 선거와 많이 닮았어요. 그때도 이른바 강남3구에서 오세훈 쪽으로 몰표가 나오는 바람에 2만 2천 표 차이로 졌잖아요. 구성원들의 의식, 요구가 변하고 있다고 봐야겠지. 이번에는 강남3구만이 아니라 강동구, 용산구 등에서도 우리가 졌어요. 광주의 경우도 부유층 밀집 지역은 윤석열의 득표율이 아주 높더구만. '이익 투표', '계급투표' 경향이 더 강화된 거 같아. 부동산이라는 물질적 욕망이 깔려 있고, 의식도 보수화됐다고 할 수 있겠지.

구성원들의 의식과 요구가 바뀌면 그에 따라서 정책이 좀 더 세분화될 필요가 있어요. 하나의 정책을 모든 사람들한테 적용하려들면 안 된다는 얘기예요. 거기서 우리가 좀 부족했던 게 아닐까.

최민희 결국 부동산정책이 문제였다고 보이는데요. 그쪽에서 일하는 사람들한테 저도 비슷한 얘기를 많이 들었습니다. 문재인 정부는 정책의 세심함이 부족하다, 그로 인해서 피해를 보는 사람들이 반발할 수밖에 없다, 그런 비판이었어요. 대표님의 표현을 빌리면, 민주정부가 민주화 이후 시민들의 욕망에 합리적으로 대처하지 못했다고 할 수 있겠습니다.

이해찬 그렇게 말할 수도 있겠지. 예를 들어서 집 한 채 갖고 있는 사람들이라고 해도 다 형편이 다르잖아요. 그러니 종부세 정책도

회고록을 만들기 위해 대담하는 이해찬, 최민희 의원

좀 더 세심하게 만들 필요가 있었어요. 소득이 없는 경우라면 집을 팔 때까지 조세 이연(移延)을 해 준다거나 하는 방법이 있겠지.

최민희   정부 초기에 종합적인 대책을 내지 못했다는 아쉬움도 있습니다. 임기응변식으로 정책이 토막토막 나왔어요. 대표님이 당 대표 시절에 정부 발표에 제동을 걸었던 기억이 납니다. 공급을 늘리는 방향으로 보완하려고 하셨지요.

이해찬   아파트 정책은 금융, 공급, 유통 정책이 같이 가야 돼요. 공급이 적다고 공급을 했는데 금융이 안 따라가면 소용이 없거든. 그런데 금융 부문이 잘못되면 위험해져요. 대상을 섬세하게 나눠서 정책을 만들어야지.

부동산업계에는 아파트 가격을 전문적으로 관리하는 집단이 있어요. 얼마 이하로는 팔지 말도록 담합을 주도하고 시장가격을 부풀려요. 예를 들어 정상 가격이 20억 정도인 아파트를 25억으로 띄워. 그러고는 자기들이 사요. 실제로 거래가 되고 있는 것처럼 만들려고. 그러면 그 아파트 단지에서는 아무도 20억으로 안 팔게 돼요. 내가 보기에 쉽게 사라질 일이 아니에요. 아파트를 계속 공급하는데도 자가 보유율이 떨어지잖아요. 한 사람이 점점 더 많은 집을 갖는다는 뜻이야.

그래서 공공임대아파트를 소셜믹스 형태로 다량 공급해 주는 게 필요하다고 봐요. 분양과 환수를 적절하게 섞어서. 이런 대책을 종합적으로 세워야 하는데 단기적으로 될 일은 아니에요. 보통 한 지역을 개발해서 입주까지 하는 데 최하 7~8년이 걸려요. 한 정부가 계획을 세워서 효과까지 보려는 건 안 되고, 국가 차원에서 장기적으로 관리해야지.

최민희 부동산정책만큼이나 문재인 정부의 인사도 많은 비판을 받았습니다. 이것도 대선 패배의 요인이었을까요?

이해찬 '윤석열 검찰총장'이 대표적인 인사 실패의 사례니까…. 그런데 눈에 잘 띄지 않는 인사 문제가 있어요. 기재부를 중심으로 하는 경제관료들이 정부를 장악하고 있단 말이지. 재난지원금 지급도 완강하게 버텼잖아요. 초과세수분까지 숨기면서. 대통령이 지시했는데도 한 달 동안 안 움직이다가 막판에 가져온 게 14조였어요. 그것도 안 하려고 했다니까.

최민희 지원금 정책에 관한 기재부의 완강한 태도로 지원금 지급이 늦어졌고 소상공인들의 불만이 높아졌습니다. 경제부처 인사 실패는 국민 생활과 직접 연관된 아픈 실책인 것 같습니다.

그런데 문재인 정부가 부동산정책에서 부족했고 인사에 문제가 있었다 하더라도 그것만으로는 윤석열의 당선을 설명하기 부족해 보입니다. 문재인 대통령의 지지율은 임기 마지막까지도 40% 대를 유지하고 있습니다. 민주당의 대선 전략이라든가 선대위 활동에 문제는 없었을까요?

이해찬 2012년 대선과 비교해 보면 큰 혼선을 빚거나 하지는 않았다고 봐요. 처음에 국가적 과제에 대한 공약이 없었던 건 좀 아

마치며

545

쉬웠고. 선거를 끌고 가는 큰 아젠다를 캠프에서 만들지 못했어요. 사전 준비가 부족했다고 봐야지. 뒤늦게 나하고 이 후보가 의논해서 몇 명이 서둘러 만든 게 'G5'하고 '국민통합정부'예요.

최민희　2017년에는 촛불혁명 덕분에 시작부터 적폐 청산이라는 명확한 아젠다가 있었습니다. 반면 이번에는 G5, 국민통합정부, 정치 교체 같은 우리의 큰 아젠다가 대선정국을 주도하지 못했군요. 하지만 앞서 대표님도 말씀하셨듯이 국민의힘과 윤석열 후보는 아무런 비전도, 의제도 내놓지 못했습니다. '정권교체'라는 구호만 있었지 전혀 준비가 안 돼 있었습니다. 그런데도 그들이 이길 수 있었던 것은 검찰, 언론과 같은 기득권 카르텔이 작동했기 때문은 아닐까요?

이해찬　그렇지. 이재명 후보는 너무 아까운 후보야. 굉장히 좋은 후보였는데…. 정치권에 이 후보처럼 살아온 사람이 어디 있어요? 이 후보하고 밥 한번 같이 먹으면서 이런 저런 얘기를 듣다 보니까 내가 참 미안해지더구만. 소년공으로 공장 다닐 때 야학 다닐 시간도 없었다는 거 아니야. 일이 늦게 끝나니까. 그러면서도 한 단계씩 극복해 나간 의지가 놀라워요. 다시 서민들, 노동자들 곁으로 돌아와서 정치인으로 성장한 것도 대단하고. 그런 사람을 기득권 카르텔이 똘똘 뭉쳐서 공격했지. 윤석열 쪽의 비리 의혹은 증거가 나와도 검찰이 수사를 하지 않고, 언론은 외면해 버렸어요. 반면에 이 후보는 아무런 증거가 없어도 의혹을 부풀렸고.
　앞으로도 미디어 전략을 어떻게 할 건가 다시 생각해 봐야 해요. 언론의 사유화, 보수화가 심각해. 『한겨레』나 『경향신문』 같은 매체들도 기득권 카르텔에 제대로 대응하지 못했어요. 진보적인 성향의 유튜버들이 있지만 그것만으로는 한계가 있었지.

최민희　선거가 끝나고 언론계 선배가 했던 얘기가 기억납니다. "대선 과정에서 서울 법대 출신들을 중심으로 하는 우리 사회 최고 엘리트 카르텔이 움직이는 게 보이더라. 흔히들 검언유착, 검언과 국민의힘의 유착이라고 하는데 그 정도가 아니다. 한국 사회 최고 엘리트들의 기득권 카르텔이 모든 분야에서 작동한 선거였다" 이런 얘기였습니다.

이해찬　전형적으로 한동훈 같은 인물이 그 카르텔의 중심에 서게 됐어요. 검찰, 언론, 관료 집단을 부유층, 기득권층의 2세들이 다 차지해 가고 있고.

　내가 공무원들하고 일을 해 오면서 이런 현상을 피부로 느낄 수 있었어요. 2018년쯤부터는 당정협의를 할 때 공무원들의 분위기가 달랐어요. 얘기를 들어 보니 강남3구 출신, 특목고 출신, SKY 대학 출신들이 공무원 사회의 주류를 이루게 됐다고 하더구만. 시험 준비에서부터 그 사람들을 따라갈 수 없게 된 거지. 공정하게 시험을 쳐서 뽑는다는 것이 사회구조적으로는 불공정한 결과를 가져왔어요. 우리 사회 장래로 볼 때 굉장히 나쁜 거예요. 보수적인 엘리트 카르텔이 각 분야를 좌지우지할 테니까.

최민희　다른 한편으로 보면 검찰, 언론, 관료 등 공고한 기득권 카르텔이 작동하는 가운데에서도 이재명 후보는 선전했다고 할 수 있겠지요?

이해찬　지배구조는 보수화되어 가고 있지만 다른 한편에는 중산층과 서민들이 있으니까. 이 사람들은 이재명에 대한 기대를 가지고 있었다고 봐요. 비전, 정책, 선거에 임하는 자세 이런 것들이 윤석열하고는 많이 대비가 됐잖아요. 우리가 2월 말, 3월 초쯤까지 5% 정도 지고 있었어요. 근데 꾸준히 지지율이 상승하면서 막판 당 여론조사에서는 1.2%로 격차가 줄었어요. 결국 0.7%로 졌지만 계속 상승 흐름이었던 거야.

2012년 대선에서는 일대일 구도로 치러졌는데도 150만 표 차이로 졌어요. 진보가 똘똘 뭉쳤는데도 그 정도였다고. 이번에는 심상정 후보가 2.2%를 가져갔는데 0.7%, 24만 7천여 표밖에 차이가 안 났어요. 전체적으로 보면 진보 진영의 표가 좀 더 많이 나온 셈이지. 선거는 졌지만 희망적인 부분이에요.

최민희　선거에 지고 나서도 2030 여성들을 중심으로 이재명 지지 열풍이 일어나고 있는 것도 고무적입니다. 민주당에 20만 명 정도가 신규 입당을 했는데 상당수가 2030 여성이라고 합니다.

이해찬　2030 여성들이 정치적 효능감을 봤다는 뜻이에요. 이재명 후보가 여론조사에서 뒤처져 있다가 선거 막판에 자신들이 지지를 드러내니까 따라붙는 걸 본 거야. 2030 세대에 대한 당의 준비가 부족했는데 지금부터라도 조직적으로, 정책적으로 이들과 함께할 수 있게 해야겠지.

최민희　'이재명 대통령 만들기'를 대표님의 마지막 임무라고 생각하셨는데 마음이 많이 착잡하실 것 같습니다. 윤석열이 당선 직후부터 보인 행보나 정책들도 경제, 외교, 안보 등등 모든 분야를 걱정하게 만듭니다. 민주당 지지자들 사이에서는 대표님이 뭔가 역할을 좀 더 해 주셔야 하는 게 아니냐는 목소리도 나옵니다.

이해찬　결과는 나왔고, 어쩌겠어요. 우리 사회가 모든 면에서 이명박 정부 시절로 후퇴하는 게 아닐까 걱정이 되기는 해요. 하지만 나는 이제 끝이야. 물러나야지. 정치가 자꾸 퇴행적으로 가면 안 돼요. 당은 이재명 중심으로 갈 수밖에 없어요.

"인생은 아름답고 역사는 발전한다"

최민희　대표님의 파란만장한 인생 역정을 들으면서 울림과 감동이 컸습니다. 대표님은 지난 시간을 돌아보면서 어떠셨는지요.

이해찬　자료를 보기가 싫었어요. 지나간 일들을 다시 보려고 하니까 정글로 들어가는 거 같아. 그래도 정확한 사실관계를 확인하고 객관화하는 게 중요하니까 안 볼 수는 없잖아요. 쭉 보면서 그런 생각이 들더구만. 아이고, 어떻게 용케 살아왔다.

　대담 준비를 하면서 가끔 꿈을 꿨어요. 정치하는 동안에도 꿔

본 적이 없는 꿈인데⋯. 보안사에 잡혀가는 꿈, 안 잡혀가려고 싸우고 그런 꿈을 꿨어요. 가위 눌리는 거지. 처음이야. 새로운 경험을 했어요.

최민희　한시도 과거에 매달려 있을 수 없는 삶을 살아오셔서 그런 게 아닐까요? 끊임없이 새로운 일을 도모해야 하니까 잡혀가고 고문 받고 그런 고통스러운 기억을 떠올릴 겨를이 없었던 거지요. 이번 작업이 대표님의 기억 구석구석을 헤집는 과정이었던 것 같습니다.

이해찬　예전에 고문당할 때도 막연히 느꼈지만, 고문당한 사람을 보는 게 더 충격이 큰 것 같아요. 문리대 친구들이 고문당한 나를 보고 죽었다고 생각했대. 고문이 심리적으로도 큰 고통을 남기는 거야. 나하고 같이 다녔다고 소문이 잘못 난 친구가 잡혀가서 고문을 당한 일이 있었어요. 이번에 그 일도 꿈을 꿨어.

최민희　개인적인 질문을 몇 가지 드리고 싶습니다. 대표님의 삶을 들으면서 한 사람이 일생 동안 이렇게 많은 일을 할 수 있을까, 그런 생각이 들었는데요. 원래부터 부지런한 '얼리버드형'이셨습니까?

이해찬　그런 편이지. 고등학교 때 보통 열 시면 자서 네 시에 일어났어요. 예습을 하고 학교를 갔어. 학교 갔다 와서는 놀고. 밤늦게까지 집에서 공부하고 수업 시간에 자는 애들이 이해가 안 됐어

아내 김정옥과 함께

요. 나는 수업 시간에 잔 적이 없거든. 고3 때도 그랬어요. 결혼하고 나서도 비슷했고. 아내도 운수 사업하는 집안에서 자라서 일찍 일어나는 게 습관이 돼 있더구만.

근데 요즘은 예전만큼 일찍 못 일어나요. 저녁에도 밥 먹고 나면 식곤증이 와서 삼십 분쯤 자다가 깨. 그러고 나서 밤 열두 시쯤 자는 거지.

최민희　굉장히 소식(小食)하시지요?

이해찬　원래 많이 먹지 않는데 위 수술 후에 더 그렇게 됐어요. 91년에 위천공이 생겨서 절제 수술을 했거든. 위가 3분의 1만 남았어

마치며　　　　　　　　　　　　　　　　　　　　　551

요. 한꺼번에 많이 못 먹으니까 간식을 먹지. 먹는 거하고 상관없이 살찐 적이 없었어요. 감옥에서 실험도 해 봤어요. 할 일 없으니까 2주는 많이 먹어 보고 2주는 적게 먹어 보고 했는데 똑같더구만. 체질적으로 살이 안 쪄요.

최민희 알고 계시겠지만 대표님은 '까다롭다', '무섭다'는 이미지를 갖고 계십니다. 그런데 사모님께 대표님이 어떤 남편이냐고 여쭤보니 "잔소리가 없고 간섭을 안 한다"고 하셨어요. 비서진들도 "긴장은 되지만 무섭지는 않다" "대한민국 국회의원 중에 제일 모시기 편한 의원이다" 그런 얘기를 하더군요.

이해찬 너무 바빠서 그런 것도 있고, 원래 간섭하고 그런 스타일이 아니야. 비서들한테도 그래요. 연설문이나 보고서 같은 것도 비서들이 써서 올리면 내가 소화를 해서 내 스타일대로 하지. 생각의 단초는 있어야 하니까 초안은 참고만 하고.

최민희 따님이 대표님 성격을 많이 닮았다고 들었습니다. 대표님 같은 분은 자녀 교육을 어떻게 했을까 궁금해하는 분들이 있더군요.

이해찬 글쎄, 그렇게 닮은 거 같지는 않은데⋯. 그냥 간섭 안 하고 키웠어요. 어릴 때 청양 집에 보내서 할아버지, 할머니하고 2년쯤 살았지. 주위에 공부하라고 다그치는 사람이 없어서 그게 불만이었다고 하더구만. 내가 국회의원 되고 나서는 학교 가면 애들이 수군거려서 그런 게 부담이었던 모양이에요. 애가 너무 소극적인 것 같아서 중국의 역사, 문화를 좀 배워 보라고 추천했어. 중문과 가서 중국에 유학을 다녀왔어요. 나는 중국의 음식 문화를 배우면 좋겠다고 생각했는데 애는 별 매력을 못 느꼈나 봐. 관심이 없어. 중국 진출하려는 홈쇼핑에서 중국 유학파 뽑을 때 입사해서 MD 일을 했어요. 결혼해서 남편하고 미국 가는 바람에 그만뒀지.

최민희 대표님은 자신을 곤경에 빠뜨린 사람들에 대해서도 '뒷담 화'하시는 걸 본 적이 없습니다. 그저 냉정하게 객관화해서 평가하 시더군요. 민주통합당 창당 과정이나 세종시 출마 과정에서 보통 사람들 같으면 참지 못할 것 같은 순간에도 '선당후사'의 잣대로 판단하시는 걸 보고 다들 놀랐습니다. 어떻게 매사를 그렇게 '퍼블 릭 마인드'로 처리하실 수 있는지요?

이해찬 나는 뭐 일의 관점에서만 보니까. 김한길, 안철수가 당에 왔을 때, 당 사람들에게 일절 비판하지 못하도록 했어요. 잘못할 줄은 알았지만 갈등의 불씨가 되니까. 처음에는 그게 타고난 내 배 포인 줄 알았어요. 근데 아니야. 과학적 사고의 결과 같아요. 객관 적인 조건을 보고 판단하는 거지.

자라면서 별로 어려움을 겪지 않아서 그럴 수도 있어요. 나한 테 뭘 채근하는 사람도 없었고 내가 아등바등해 본 일도 없었어요. 시험에 떨어진 적도 없고, 선거도 떨어진 적이 없고. 처음 국회의 원 될 때는 DJ 표 모으려고 나갔는데 돼 버렸고. 세종시 출마는 안 나갈 수 없는 상황이어서 그냥 나갔다가 당선됐어요. 어쩔 수 없어 서 했지만 어렵게 해 본 적이 없어. 사소한 문제에 연연하는 게 귀찮기도 해요. 근데 변절하거나 이해관계 때문에 거짓말하고 그런 거는 좀 안 좋아해요.

최민희　대담을 정리하면서 마지막으로 하시고 싶은 말씀이 있을까요?

이해찬　나는 정치도 민주화운동의 연장에서 시작했어요. 민주적 정당을 만드는 것이 목표였지. 아직 걱정스러운 바도 있지만, 시간이 지나면서 조금씩 발전을 해 온 것 같아요. 이제 DJ가 하신 말씀을 조금 느껴. 인생은 아름답고 역사는 발전한다. 당대표 물러날 때 지지자들이 쓴 댓글을 읽었어요. 굉장히 감동을 받았어요.

　운동을 하면서 실패는 해도 좌절하지는 않잖아요. 정치를 하다 보면 목표대로 성취하지 못할 때가 있어요. 못한 것은 또 하면 돼요. 실패가 아니에요.

발문

어느 공적인 인간의 초상

유시민(작가)

책의 형식은 '회고록'인데 내용은 '역사 기록'에 가깝다. 글쓴이 이해찬은 자신이 직접 보고 듣고 겪고 행한 일들 가운데 기록으로 남길 만한 가치가 있다고 판단한 사실을 추려 말했고 사실에 대한 평가는 가끔씩 간략하게 덧붙였다. 개인적 감정 표현을 최대한 절제한 탓에 마치 『조선왕조실록』 비슷한 글을 읽은 느낌이다. 시골 면장댁 아들로 살았던 어린 시절의 일화조차 '역사 기록자 이해찬'을 알리는 데 필요한 만큼만 적었다. 한마디로 이해찬답다. 내가 43년 동안 보았던 그대로, 이번에도 군더더기 없이 말했다.

　제목도 이해찬답다. '꿈이 모여 역사가 되다.' 이해찬은 예나 지금이나 공적(公的, public)인 사람이다. 스무 살의 꿈조차 사적(私的, private) 욕망과 거리가 멀었다. 대학에 들어간 1971년부터 6월항쟁이 일어난 1987년까지의 꿈은 '대한민국의 민주화'였다. 다음 해 평화민주당에 들어가 정치를 시작할 때 '민주적 국민정당 건설'이라는 꿈 하나를 더했다. 첫 번째 꿈은 거의 다 이루었다. 그러나 두 번째 꿈은 아직 미완성이다. 이 책은 바로 그 꿈 이야기를 담고 있다. 오해하지 마시라. 이해찬은 자신이 꿈을 이루었다고 말하지 않는다. 많은 사람들의 꿈이 모여 역사가 되었던 경위를 증언할 뿐이다. 어떤 상황에서도 그는 자기 자신을 앞세우지 않는다.

'냇물아 흘러 흘러 어디로 가니. 강물 따라 가고 싶어 강으로 간다.' 이 책을 읽으면서 신영복 선생이 생전에 즐겨 부르셨기에 유고집 제목이 되었던 동요를 떠올렸다. 이 책의 제목을 '물방울 연대기'나 '냇물 원정대'라고 해도 괜찮았을 것이다. 이해찬은 충청남도 청양군 시골 마을에서 태어난 물방울 하나였을 뿐이다. 그 물방울은 스무 살에 같은 꿈을 꾸는 다른 물방울들을 만나 작은 냇물을 이루었다. 냇물은 다른 냇물들과 뒤섞여 거센 강물이 되었고, 철옹성 같았던 군부독재를 무너뜨려 민주주의로 가는 길을 열었다. 1부에서 저자는 고되고 험난했던 그 여정에서 보고 겪고 했던 일을 증언했다. 나도 여정의 일부를 나누었기에 함께 부딪치고 깨지고 굴렀던 다른 물방울들의 이름을 발견하는 재미가 있었다. 그 물방울들이 언제 어디서 무엇이 되어 다시 만났는지도 생각했다. 글쓴이는 아주 못된 짓을 한 사람은 익명으로 처리했다. 그러나 나는 그게 누구였는지 짐작할 수 있었다. 그리움부터 미안함, 고마움, 배신감, 미움까지 온갖 감정이 따라왔다.

두 번째 꿈은 완성하지 못한 상태로 다음 세대에 넘겼다. '정당 개혁' 또는 '민주적 국민정당 건설'의 꿈은 이해찬의 철학을 집약해 보여 준다. "가치는 역사에서 배우고 방법은 현실에서 찾는다."(173쪽) 내가 이 책에서 본 가장 멋진 문장이다. 사회사상의 역사를 공부하면서 일찍이 마음에 새겼다는 이 명제는 이해찬의 35년 정치 인생을 큰 틀에서 결정지었다. 박정희·전두환 정권 25년 동안 민주화를 꿈꾸었던 사람들은 너나없이 프랑스대혁명·미국독립혁명을 포함한 서구 민주주의 역사와 러시아·중국 등의 사회주의 혁명사를 공부했다. 지향할 가치를 탐색하고 성공할 방법을 배우기 위해서였다.

그러나 이해찬은 다른 나라 역사에서 한국 사회를 바꿀 방법을 찾지 않았다. 가치는 역사에서 배웠지만 목표와 방법을 찾을 때는 대한민국의 현실에서 발을 떼지 않았다. 6월항쟁 때 민통련이 전국 동시다발 시위, 대연합전선, 최저 수준의 행동강령이라는 세 원칙을 세운 것은 다수의 시민운동가들이 이해찬과 같은 철학을 품고 있었다는 사실을 증명한다. 정치에 뛰어든 때도 마찬가지였다. 사회주의정당 또는 진보정당을 창당한 이들과 달리 이해찬은 김대중 총재가 만든 자유주의정당을 '민주적 국민정당'으로 발전시키는 길을 선택했다. 최대한의 추상적인 선을 추구하는 혁명 노선이 아니라 현실의 구체적인 악을 제거하는 개혁 노선을 받아들였다. 어떤 이들은 '개량주의자'라고 손가락질했지만, 그는 그것을 욕설이 아니라 자신의 정치적 정체성을 규정하는 말로 받아들였다.

2부와 3부에서 저자는 현실에서 찾은 방법으로 현실을 바꾼 여러 일들을 회고했다. 국회의원, 서울시 정무부시장, 교육부장관, 국무총리로서 서울시와 중앙정부의 행정을 개선하고 국가권력의 기능과 작동 방식을 변경한 사례들이다. 안기부 특활비 적발, 안면도 방사선폐기물처리장 비밀 행정 폭로, 서울시 행정 3개년 계획 수립, 교원 정년 단축, 대학입시 개혁, BK21 사업 시행, 사립대 분규 해결, 학교 촌지 추방, 세종시 건설과 공공기관 지방 이전, 방사선폐기물처리장 부지 확정, 용산 미군기지 이전, 한미 FTA 협상 타결 등 정치와 행정 분야에서 일하고 있거나 일할 뜻을 가진 사람이라면 참고할 만한 내용이 아주 많다. 뼈대만 추려 담담하게 이야기했기에 그리 큰 일이 아니었던 것 같겠지만, 당시의 언론 보도를 검색하면서 읽으면 어느 하나 간단한 문제가 아니었다는 사실을 알게 될 것이다.

2부와 3부에 그 이야기만 있는 것은 아니다. 정당 개혁과 관련해 곱씹어 볼 가치가 있는 내용도 적지 않다. 이해찬은 일곱 번 국회의원 선거에 나가서 일곱 번 이겼다. 선거법 위반으로 기소된 적이 없고 선거비용이나 정치자금 문제로 말썽이 난 일도 없었다. 우연이 아니다. 그는 '민주적 국민정당 건설'이라는 두 번째 꿈을 한순간도 내려놓지 않았고 그 꿈을 품은 정치인답게 행동했다. 그런데 그런 그가 평화민주당에서 더불어민주당에 이르기까지 35년 정치를 하면서 세 번 탈당한 이력이 있다. 모두가 '민주적 국민정당 건설'이라는 꿈 때문에 생긴 일이었다.

1991년 평화민주당 탈당은 중앙당의 서울시의회 후보 '돈 공천' 의혹 때문이었는데 노무현 의원의 지원 덕분에 겨우 통합 야당에 복귀할 수 있었다. 인내심이 부족해서 범한 오류였다고 자평한 사건이다. 정동영 후보가 대선에서 참패하고 손학규 대표 체제가 들어선 2008년 두 번째로 탈당해 18대 총선에는 출마하지 않았다가 2011년 '국민의 명령' 운동을 통해 민주당에 돌아왔다. 2016년 총선 때는 김종인 비대위원장이 이른바 '정무적 판단'으로 공천에서 탈락시키자 무소속으로 세종시에 출마해 당선했고 추미애 대표

취임 후 복당했다.

정당 개혁은 정당의 지배구조를 '왕정'에서 '공화정'으로 바꾸는 일이었다. 민주화를 시작한 1987년 당시 여야의 네 주요 정당들은 '1노3김'이 지배했다. 그들은 저마다 특정 지역에서 절대적인 지지를 받으면서 그 힘으로 당의 노선, 인사, 공직 후보 공천을 좌우했다. 민주주의 지도자였던 김대중 대통령조차 자신이 이끄는 정당 안에서는 왕이나 마찬가지였다. 그는 소속 정당의 도움을 받아 정치를 한 게 아니라 정당을 손수 만들고 운영하는 모든 부담을 짊어진 상태로 최초의 평화적 정권교체를 실현하고 남북 화해의 시대를 열었으며 복지국가의 주춧돌을 놓았다. 정당 개혁은 그가 할 수 있는 일이 아니었다. 김대중 대통령이 걸출한 개인기와 카리스마로 절대적 리더십을 행사하는 한 민주당은 공화정으로 이행할 수 없었다.

민주당의 개혁은 김대중 대통령의 임기와 정치 인생이 막바지에 들어선 2002년 벽두의 대통령 후보 국민경선에서 출발했다. 노무현 후보와 노사모는 유력한 정치인들의 계파간 담합으로 권력의 향배를 결정하던 '귀족정' 또는 '과두제'의 흐름을 깨뜨리고 민주당을 공화정의 단계로 밀어 올렸다. 이해찬은 그 파도를 타고 노무현 대통령과 함께 '민주적 국민정당 건설'이라는 과제를 추진했다. 2008년과 2016년 탈당은 민주당이 '귀족정' 또는 '과두정'으로 퇴행해 보수정당 출신 정치인을 당대표로 세우는 등 정치적 정체성을 상실한 것을 비판하고 바로잡기 위한 선택이었다.

3부 후반부에서 이해찬은 정치 인생 막바지에 '민주적 국민정당 건설'의 꿈을 거의 다 실현했던 일을 이야기했다. 그는 민주당의 정책 노선과 정당 개혁 정신에 부합하는 후보가 없다는 판단을 내리고 2018년 전당대회에 출마해 당대표가 되었다. 공직선거에서는 매번 이겼지만 당직 선거에서는 숱한 실패를 거듭한 끝에 사실상 처음으로 거둔 당직 선거 승리였다. 이해찬 대표는 문재인 대통령이 당대표 시절 추진했던 정당 개혁을 이어받았다. 시민들이 온오프라인으로 편리하게 당에 들어와 당원의 권리를 행사할 수 있게 했다. 당대표이면서도 개인적으로 가까운 정치인에게 일절 공천 특혜를 주지 않았고 비례대표 추천권을 행사하지도 않았다. 일부 전략공천 선거구를 제외한 모든 선거구에서 경선을 원칙으로 삼아 후보를 선출했다. 현역의원이라고 해서 예외를 두지 않았다. 민주당의 역사에서 공천 잡음이 전혀 없었던 총선은 처음이었다. 민주당은 코로나19 대책을 비롯한 당의 정책을 분명하게 선보여 지지율을 올렸고, 결국 비례연합정당 당선자를 포함해 180석을 얻는 역사적인 대승을 거두었다. 영남 지역의 득표율도 어느 때보다 높았다. 본인은 출마하지 않았지만 21대 총선은 명백히 이해찬의 철학과 노선과 원칙을 각인한 선거였다.

2002년 대통령후보 국민참여경선으로 출발한 민주당의 개혁은 기나긴 우여곡절을 거쳐 오늘에 이르렀다. 권리당원 투표, 대의원 투표, 일반 국민 여론조사를 합쳐 이재명 당대표와 최고위원을 선출한 2022년 8월 전당대회는 민주적 전국 정당인 민주당의 현주소를 드러냈다. 권리당원의 수가 충분히 많기 때문에 이젠 어느 정치인도 개인의 야심을 위해 당의 운명을 좌우할 수 없다. 청년세대와 여성의 참여가 늘어나 민주당은 지역과 계층을 아우르는 국민정당에 매우 가깝게 다가섰다. 몇 가지 문제는 남아 있다. 대의원에게 일반 권리당원에 비해 지나치게 큰 의사결정권을 부여한 당헌당규는 낡은 '귀족정' 문화의 마지막 잔재라고 할 수 있다. 당 운영에 당원의 뜻을 적극 반영하는 데 대한 국회의원들의 저항도 완전히 사라지지는 않았다. 당직 선거나 공직 후보 경선에서 반칙을 저지르고 결과에 승복하지 않는 행태와 문화도 일부 살아 있다. 그런 문제를 다 해소함으로써 '민주적 국민정당 건설'을 완성하는 과제는 다음 세대 정치인과 당원들의 몫으로 넘어갔다. 이해찬은 그만하면 할 일을 충분히 했다고 나는 믿는다.

학생운동 선후배, 국회의원과 보좌관, 국무총리와 보건복지부 장관, 그렇게 인연을 맺고 살아온 세월 동안 나는 이해찬을 인생의 동반자이자 스승으로 여겼다. 기질이 아주 다른데도 우리는 쉽게 의기투합하곤 했다. 나도 대한민국 민주화와 민주적 전국 정당을 원했기 때문이다. 그러나 나는 이해찬처럼 그 꿈을 위해 몸과 마음의 에너지를 다 불태우지는 않았다. 문재인 대통령을 제외하면 내가 본 사람 가운데 이해찬만큼 철저하게 사사로운 욕망을 억누르면서 공적인 인생을 살았던 이는 없었다. 남은 시간 동안 그가 사적인 욕망을 충족하는 즐거움을 한껏 누리기를 응원한다. 이 책을 읽은 독자들은 내 심정에 공감할 것이다.

이해찬 연보

1952. 7. 10.　충청남도 청양에서 아버지 이인용, 어머니 박양순의 다섯째 자녀로 태어났다.

1959~1965　청양초등학교를 다녔다. 넉넉하고 자유로운 집안 분위기에서 행복한 유년을 보냈다. 두 형들이 공부하고 있던 서울에 놀러 갔다가 서울 진학을 결심했다.

1965~1971　덕수중학교와 용산고등학교를 다녔다. 영화와 연극 보기를 좋아했다.

1971　서울대학교 섬유공학과에 입학했으나 적성에 맞지 않아 그만 두었다. 청계천 책방을 드나들며 사회학, 경제학 등에 관심을 갖게 되었다.

1972　사회학자가 되고 싶어 서울대학교 사회학과에 다시 들어갔다. 10월유신으로 휴교령이 떨어져 고향에 내려갔다가 "학생들이 데모도 안 하고 다들 고향으로 내려갔느냐"는 아버지의 질책을 듣고 학교로 돌아왔다. 반유신 학생운동을 시작했다.

1973　유신 이후 최초의 시위였던 '10·2데모'에 참여했다. 선배 이근성과 함께 유인물을 만들어 시위에 나섰다가 수배를 당했다.

1974~1975　전국민주청년학생총연맹(민청학련) 사건으로 체포되어 심한 고문을 당했다. 긴급조치 4호 위반으로 투옥, 안양교도소와

대전교도소에서 수감 생활을 했다. 유치장과 교도소에서 민중의 삶을 보았으며 여러 재야인사와 교류했다. 비전향 장기수를 통해서 분단을 실감했다. 75년 2월에 석방되었다.

1976~1977 친구 소개로 무역회사에서 잠시 일하며 노동자들의 처지를 알게 되었다. 무역회사를 나와 동아일보 해직기자들이 차린 '종각번역실'에서 번역 일을 했다. 재야인사들과 교류하며 엠네스티 인권보고서를 번역했다. 출판을 배우기 위해 범우사에서 잠시 일했다.

1978~1979 78년, 사회학과 학술 모임에서 만나 사귀어 온 김정옥과 결혼했다. 서울대학교 근처에 광장서적을 열었다. 최권행 등과 한마당 출판사를 설립했으나 문병란 시인의 시집을 낸 후 등록취소 당했다. 79년, 돌베개 출판사를 다시 설립했다. 다수의 인문사회 서적을 출판·기획했다.

1980~1982 80년, 복학과 함께 복학생협의회장을 맡았다. 5월, '김대중 내란음모 사건'으로 수배 중 연행되어 심한 고문을 당했다. 10년형을 선고받고 육군교도소, 안동교도소, 춘천교도소에서 수감생활을 했다. 육군교도소에서는 수감 중이던 DJ, 문익환 목사 등 재야 지도자들과 교류했다. 82년 12월, 2년 반 만에 성탄절 특사로 석방되었다.

1983 최초의 공개 정치투쟁 단체인 민주화운동청년연합(민청련)의 정책위원회 부위원장을 맡았다. '직업 운동가'의 삶을 시작했다.

1984~1986 84년, 재야인사들이 중심이 되어 결성한 민주통일국민회의(국민회의)의 발기인 겸 실무를 맡았다. 85년, 재야 단체들이 통합되어 결성한 민주통일민중운동연합(민통련)에 참여해 정책실 차장으로 활동했다. 운동 전략과 정책, 재정 실무를 맡았다.

1987	6월항쟁을 이끌었던 민주헌법쟁취 국민운동본부(국본)의 상황실장을 맡았다. 『한겨레신문』 창간 발기인으로 참여했다.
1988	재야 지도자인 이문영 교수 등의 권유로 평화민주통일연구회 (평민련)에 참여했다. 평민련 인사들과 함께 평화민주당에 입당했다. 제13대 총선에서 서울 관악을구에 출마, 여당 유력 후보 김종인을 꺾고 국회의원에 당선되었다. 국회 5·18광주민주화운동진상조사특별위원회(광주특위) 간사로 활약했다.
1989~1990	노동위, 예결특위, 경제과학위에서 상임위 활동을 했다. 숨겨진 안기부 특활비를 찾아냈으며, 안면도 핵폐기장 건립 비밀 계획을 밝혀냈다.
1991	야권 통합 운동과 당내 민주화가 좌절되면서 6월에 탈당했다가 야권 통합 이후 복당했다. 『시사저널』이 처음으로 실시한 의정 활동 평가에서 1위에 올랐다.
1992	제14대 총선에서 관악을구에 출마해 재선되었다. 당무기획실장을 거쳐 제14대 대통령선거 김대중 후보 선거대책본부 기획실장을 맡았다.
1993~1994	보건사회위, 노동환경위에서 상임위 활동을 했다. 민주당 환경특위 위원장을 맡았다.
1995	지방선거에서 조순 서울시장 후보 선거대책본부장을 맡아 승리했다. 서울시 정무부시장이 되어 삼풍백화점 붕괴 사고를 수습하고, 지하철공사 노조 파업을 해결했다. 서울시 3개년 계획을 수립했다.
1996	당으로 돌아와 제15대 총선기획단장을 맡았다. 관악을구에 출

마해 세 번째 당선되었다. 당 정책위 의장을 맡았다.

1997   제15대 대통령선거를 앞두고 정책위 의장으로서 자민련과 정책 공조 협상을 이끌었다. 대선에서는 기획본부 수석부본부장을 맡았다. 김대중 후보가 당선된 후 대통령직 인수위원회 정책분과위원장으로 정권 인수인계 과정에 참여했다.

1998~1999   98년 2월, 교육부장관에 임명되었다. 교원 정년 단축과 입시 제도 개선을 추진했다. 대학 교육 혁신을 위해 BK21을 도입했으며 사립학교 분규를 해결했다. 99년 5월, 퇴임했다.

2000~2001   당으로 돌아와 총선기획단 정책위원, 당 정책위원회 의장을 맡았다. 제16대 총선에 출마해 네 번째 당선되었다. 국회 정무위원회 예결특별위원회 위원으로 활동했다. 새천년민주당 남북정상회담지원 특별위원회 위원장을 맡았으며, 2000년 6월, 남북정상회담 특별수행원 단장으로 방북했다. 새천년민주당 최고위원, 새천년민주당 제주국제자유도시정책추진단 단장, 한국아동·인구·환경의원연맹(CPE) 회장을 역임했다.

2002   새천년민주당 서울시 지부장을 맡았다. 제16대 대통령선거 노무현 후보 선거대책위원회 기획본부장으로 선거 전략, 후보단일화 협상을 이끌었다.

2003   2월, 노무현 대통령 당선자 특사로 중국을 방문해 장쩌민 주석을 만났다. 9월, 국민참여통합신당 창당 기획 단장을 맡아 열린우리당 창당을 이끌었다.

2004~2006   2004년, 제17대 총선에 관악을로 출마해 5선 의원이 되었다. 같은 해 6월, 제36대 국무총리로 임명되었다. 책임총리로서 행정도시 건설, 공공기관 이전, 핵폐기장 갈등, 한미 FTA 추

진 등 난제를 해결했다. 2006년 3월, 사임했다.

2007   2월, 열린우리당 동북아평화위원회 위원장을 맡았다. 3월, 동
       북아평화위원회 위원장 자격으로 북한을 방문해 남북정상회
       담을 추진했다.

2008   1월, 손학규 당대표 체제의 대통합민주신당을 탈당했다. 4월,
       민주개혁 싱크탱크 재단법인 '광장'을 설립하고 이사장을 맡
       았다.

2009   민주 개혁 진영의 연대와 시민 참여를 위한 모임 '시민주권'을
       창립하고 한명숙 전 총리와 함께 공동대표를 맡았다.

2011   8월, 야권 대통합을 위해 결성된 '혁신과통합'의 공동대표를
       맡았다. 12월, '혁신과통합'과 민주당이 민주통합당을 창당하
       는 데 주도적인 역할을 했다.

2012   제19대 총선에서 세종특별자치시에 출마해 당선되었다. 6월,
       민주통합당 당대표에 선출되었다. 11월, 대선 후보 단일화 과
       정에서 당대표를 사퇴했다.

2014   4월, 재단법인 '사람사는세상' 노무현재단 이사장(~2018.
       10.)을 맡았다.

2015   12월, 더불어민주당 상임고문을 맡았다.

2016   3월, 김종인 비대위원장 체제의 더불어민주당을 탈당했다. 5월,
       제20대 총선에서 무소속으로 세종특별자치시에 출마해 7선
       의원이 되었다. 9월, 더불어민주당에 복당했다. 국회 국토교
       통위원회 활동을 했다.

2017	제19대 대통령선거 문재인 후보 선거대책위원회 수석 공동 선대위원장을 맡았다. 5월, 문재인 정부 특사로 중국을 방문했다.
2018~2019	8월, 더불어민주당 당대표에 선출되었다. 9월, 남북정상회담 때 당대표 자격으로 방북했다. 국회 외교통일위원회 활동을 했다. 2019년, 더불어민주당 국회세종의사당추진특별위원회 공동위원장을 맡았다.
2020	당대표로 제21대 총선에서 더불어민주당의 압승을 이끌었다. 8월, 당대표 임기를 마치고 퇴임했다. 6월, 동북아평화경제협의회 이사장을 맡아 현재까지 활동하고 있다.